VERKIKKERD

Van Lisette Jonkman zijn verschenen:

Glazuur*
Verkikkerd*

* Ook als e-book verkrijgbaar

Lisette Jonkman

VERKIKKERD

Uitgeverij Luitingh-Sijthoff

© 2013 Lisette Jonkman
Uitgeverij Luitingh-Sijthoff B.V., Amsterdam
Alle rechten voorbehouden
Omslagontwerp en fotografie bril: Studio Marlies Visser
Omslagfotografie: iStock Photo
Foto auteur: Bonnita Postma

ISBN 978 90 218 0849 9
NUR 300

http://columnsvanlis.blogspot.com
www.lsamsterdam.nl
www.watleesjij.nu
www.boekenwereld.com

Voor Lau, mijn eigen kikkerprins.
En voor B, mijn Bata-buddy.

Sometimes I get tired of pins and needles
Facades are a fire on the skin
And I'm growing fond of broken people
As I see that I am one of them

PINS AND NEEDLES – MUTEMATH

Ik druk op de bel en meteen begint een jongen keihard te schreeuwen. '*BEZOEK! Hé tuig, errrr issss volluk!*'

Geschrokken spring ik een stukje achteruit.

'O, jeetje,' zegt mam.

Dan zwaait de deur open. Een gedrongen, padachtig wezen met
een sliertig sikje kijkt mijn ouders grijnzend aan. 'Hoi Jacques, hoi
Evelien, wat leuk om jullie weer eens te zien!'

Mijn moeder buigt zich tot mijn grote afschuw naar hem toe om
drie kussen op zijn groezelige wangen te drukken. 'Dag Chris, dat is
inderdaad lang geleden.'

'Wat ben je groot geworden, man,' zegt mijn vader. Hij geeft hem
een stomp tegen zijn arm.

'En jij moet Lucille zijn,' kwaakt het gedrocht tegen mij. 'Welkom in Het Fort!'

O god, het praat tegen me. Ik steek snel mijn hand naar hem
uit, want ik ga hem voor geen goud drie zoenen geven. Hij legt
mijn houterige gebaar echter verkeerd uit en begint te lachen. 'O
ja, de bel. Ik vergeet wel eens hoe raar dat over moet komen op
vreemden. We hadden vroeger iemand in huis die elektrotechniek
studeerde, dus die leefde zich uit op al onze elektrische circuits.
Nu is hij weg en niemand voelt zich geroepen om de bel te veranderen. Je went er vanzelf aan.' Hij trekt me aan mijn hand, die hij
nog steeds vasthoudt, mee naar binnen. Ik denk verlangend aan
de antibacteriële handcrème in mijn roze handtas.

Ik vraag me al de hele weg af wat ik hier te zoeken heb. Sterker nog,
ik vraag het me al twee dagen af, sinds mijn moeder bazig het heft in
eigen hand nam en een kamer voor me regelde – maar niet in de

stad, waar ik wilde wonen. Nee, op de campus. Tussen de nerds.

'Het is niet altijd feest, Lucille,' preekte ze tijdens een van die Serieuze Gesprekken die ze graag voert en waarvan de haren je te berge rijzen. Ik was die middag thuisgekomen uit het park, waar ik met mijn beste vriendin Merel had liggen zonnen (onze favoriete vakantiebezigheid), en had gemopperd tegen pap over mijn recentste afwijzing. 'Dat hospiteren is zinloos. Ik zit iedere week uren in de trein van Groningen naar Enschede, en waarvoor? Ik kan nog geen bezemkast vinden,' zei ik.

Mijn moeder verweet me daarom later die middag dat ik laks was. 'Je hebt de hele zomer gezongen en gedanst, maar geen wintervoorraad aangelegd. Daar pluk je nu het koud wordt de bittere vruchten van.'

'Ik kan heus wel een kamer vinden,' mompelde ik koppig.

'Nog geen bezemkast,' kaatste mijn moeder terug. Shit, dat had ik nooit aan pap moeten vertellen.

En dus deed Mijn Moeder De Carrièrevrouw wat ze altijd doet als anderen het verprutsen: ze belde een van haar contacten. Ik vond het allemaal wel best, omdat ik dacht dat de preek mijn straf was en ze nu de hulplijn in zou zetten die ze al die tijd achter de hand had gehouden. Ja, ik had er alle vertrouwen in dat ze mij het penthouse onder de Enschedese studentenkamers zou bezorgen, via een of ander belangrijk vriendje.

Pas toen ze op zakelijke toon in de hoorn zei: 'Dag Martin, hoe is het? En hoe is het met je zoon, woont hij nog in Enschede?', begon ik nattigheid te voelen. Martins zoon is Chris. Chris woont op de campus. Chris is een meganerd.

Zodra ze ophing, snerpte ik: 'Ik ga níét op de campus wonen.'

'O, dat is grappig,' zei ze op luchtige toon. 'Ik wist niet dat je in de afgelopen paar minuten zelf een kamer had gevonden.' Er hing een zelfverzekerd air om haar heen.

'Het kan me niet schelen, ik ga niet.' Ik sloeg vastberaden mijn armen over elkaar.

'We gaan morgen kijken op de Calslaan,' deelde ze op kille toon mede.

'Ik niet.'

'Jij ook.'

'Nee hoor.'

Ze vernauwde haar ogen tot spleetjes en toen zag ik die beruchte glimlach van haar omhoogkruipen. Ik krijg daar altijd kippenvel van. Bloeddorstig ontblootte ze haar tanden en zei liefjes: 'Dan ga je maar helemaal niet studeren. Lekker een jaartje achter de kassa zitten bij de supermarkt, eens zien of je er dan nog zo over denkt.'

Zo schopte ze mijn laatste restje protest omver.

Schaakmat.

En dus lopen we nu door de gang van het meest deprimerende studentenhuis ter wereld. Chris neemt zijn taak als gids serieus en vertelt met weidse handgebaren allerlei oninteressante dingen over het huis. Ik vraag me af hoe vaak hij die handen wast. Mijn ouders kijken alsof ze nog nooit zulke spannende verhalen hebben gehoord. Ik overweeg er stiekem tussenuit te knijpen – ik geloof niet dat ze het zouden merken. De gang is schemerig; in de banen zonlicht die door de kleine raampjes naar binnen vallen, dansen stofdeeltjes. Ik durf bijna geen adem te halen. Waarschijnlijk heb ik aan het einde van dit bezoek een halve dode rat ingeademd.

We lopen langs vervaagde posters van halfnaakte vrouwen, bierreclames en computerspellen. Op iedere deur waar we langskomen hangt een naambordje. We passeren 'Chewy', 'Hermelien', 'Paladin', 'Kikker' en 'Kofschip'.

'Waarom staan er zulke rare namen op de deuren?' vraag ik fronsend.

'We hebben allemaal een bijnaam in Het Fort,' antwoordt Chris. Hij gebaart naar een van de deuren. 'Ik ben Kofschip.'

Voordat ik kan vragen waar die naam in vredesnaam op slaat, zwaait er een andere deur open. Er komt een magere jongen naar buiten. Hij heeft vettig bruin haar dat in snor-, baard- en kapselvorm bijna zijn hele gezicht bedekt. Op zijn verwassen t-shirt staat de band Iron Maiden.

'Hé Chewy,' groet Chris enthousiast. De jongen die blijkbaar Chewy heet kijkt me aan met een panische blik, murmelt dan iets

onverstaanbaars en snelwandelt met zijn hoofd omlaag in tegen-
overgestelde richting.

Chris lacht verontschuldigend. 'Chewy is een beetje verlegen. En
heb je zijn stem gehoord? Hij is echt net Chewbacca! Volgens mij
zijn z'n ouders stiekem Wookiees.'

Na deze uitleg in een taal die ik niet ken, loopt hij voor ons uit
naar een grijze deur aan de linkerkant. 'Ik zal je de kamer even laten
zien. Hij is niet groot, maar verder best oké.'

Mijn vader grijnst enthousiast naar me. 'Spannend hè, Lucy?'

'Ik geloof dat wij een verschillende definitie van "spannend"
hebben,' mompel ik.

Dan staat Chris stil voor een deur aan het uiteinde van de gang.
Het is een saaie grijze deur met lichte vlakken waar eerder blijkbaar
plaatjes of posters hebben gehangen. Ik zie de plakrandjes nog zitten. 'Hier is het,' kondigt hij aan en hij zwaait de grijze deur open.
Vol trots kijkt hij me aan.

Ik staar langs hem heen de kamer in. Het is een lege ruimte van
drie bij vier meter, met geel uitgeslagen muren, smoezelige gordijnen en grijze vloerbedekking vol vlekken. Het ruikt er muf en uitge-
woond.

'Best leuk, toch?' vraagt Chris een tikkeltje ongerust als ik niets
zeg. Ik kijk hem vol afschuw aan.

Mijn vaders blik gaat vluchtig van mij naar Chris en dan zegt hij
enthousiast: 'Nu, Chris, het ziet er veelbelovend uit, hoor!'

'Ja, heel... eh,' zegt mijn moeder, bij gebrek aan een passende positieve reactie. Ik neem het haar niet kwalijk, ik kan ook niets aardigs
bedenken om over dit wanstaltige hok te zeggen.

Pap wenkt me om de kamer in te komen. 'Kijk, liever, hier kunnen we wel een mooi bureau voor je neerzetten.' Hij wijst naar de
linkermuur. 'En hier je bed.' Hij wijst naar het raam. 'En je kledingkast kan wel, eh...' Hij speurt de kamer af, alsof hij verwacht dat er
spontaan een geheime ruimte ontstaat waar mijn kledingkast in zou
passen. Ik geef het weinig kans; mijn kledingkast is ongeveer even
groot als deze hele kamer. Ik denk niet eens dat ik al mijn schoenen
hier kwijt zou kunnen.

'Nou, het was leuk,' zeg ik vastbesloten, 'maar ik zie dat dit niet gaat werken. Heel erg bedankt, Chris.' Ik zeg het overdreven aardig, want ik wil hier zo snel mogelijk weg en ik schat in dat aardig doen me daarbij zal helpen.

'Echt?' vraagt Chris verbaasd. 'Wil je niet nog even rondkijken in de rest van het huis?'

'Nee, bedankt,' glimlach ik beleefd.

'Maar meestal kun je binnen een jaar verhuizen naar een grotere kamer,' protesteert Chris.

'Nee, bedankt,' glimlach ik weer.

'We kunnen de kamer wel voor je opknappen,' biedt hij aan.

'Nee, bedánkt,' zeg ik nadrukkelijk. Hoe lang moet ik dit volhouden? Ik begin kramp in mijn kaken te krijgen.

'Chris, kun je ons even alleen laten?' komt mijn moeder ertussen.

Hij loopt gehoorzaam de kamer uit en trekt de deur dicht. Even is het helemaal stil. Ik staar naar een groenige vlek vlak bij mijn linkervoet. De lucht lijkt wel extra dik van alle huidschilfers, zweetdruppels en vieze adem die talloze nerds in de afgelopen jaren hier hebben uitgewasemd.

'Waarom doe je dat nou?' vraagt mijn vader. Hij klinkt smekend. Ik blijf opstandig naar de grond staren.

'Ik ga hier niet wonen.'

'Je colleges beginnen over twee weken al.' Pap kijkt zorgelijk.

'Jahaa, dat wéét ik,' val ik gefrustreerd naar hem uit. 'Ik heb toch ook m'n best gedaan?'

'Rustig maar, schat,' sust hij. 'Ik probeer alleen maar te zeggen dat een kamer in de stad misschien wat te hoog gegrepen is. Op dit moment,' voegt hij er snel aan toe wanneer hij mijn boze gezicht ziet. 'Iedereen zoekt nu een kamer. Je hebt veel meer kans als je eerst iets accepteert waar je misschien niet direct blij mee bent. Dan kun je dat als opstapje gebruiken naar een betere kamer als het straks in oktober of november wat rustiger is.'

'Ik ben een grote meid,' verdedig ik mezelf. 'Ik mag wonen waar ik wil.'

Pap haalt een hand door zijn dikke bos krullen en weet duidelijk niet wat hij moet zeggen om mij van gedachten te laten veranderen.

En terecht, er is namelijk niets wat mij van gedachten kan doen veranderen.

Mijn moeder heeft ons gadegeslagen en doet nu zuchtend een stap naar voren. 'Lieve Lucille.' Ze kijkt me aan en ik zie achter die bloeddorstige uitdrukking van haar een glimp medeleven. Heel even. Geloof ik. 'Hoe vaak hebben wij je gewaarschuwd?'

Ik trek met mijn mondhoek. 'Wel duizend keer.' Jezus, wat konden die mensen *zeuren*. Niet te zuinig.

Mam knikt. 'We hebben altijd voor je gezorgd. Ik geloof zelfs dat we je behoorlijk hebben verwénd.' Ze werpt mijn vader een veelbetekenende blik toe. Hij grijnst schaapachtig. 'Nu is het tijd dat je op eigen benen leert staan. Je bent tenslotte al een grote meid.'

'Op eigen benen?' echo ik verbaasd.

'Het is tijd om een volwassen keuze te maken en de gevolgen van je acties als een verantwoordelijke volwassene te dragen,' zegt pap. Hij kijkt mam aan en zij knikt goedkeurend. Ik erger me kapot. Normaal staat pap aan mijn kant, waarom laat hij me nu ineens vallen? Ik weet heus wel dat ik niet zo verstandig of ambitieus ben als Marloes. Daar gaat dit gesprek over. Daar gaan al onze gesprekken over, zelfs als het lijkt alsof het niet zo is. Marloes is mijn jongere zusje, al zou je dat niet zeggen als je ons naast elkaar zet. Ten eerste zit er een gapend gat van bijna zeven jaar tussen ons: ik ben achttien en zij is elf. En ten tweede... Nou ja, ten tweede lijken we gewoon helemaal niet op elkaar. Op geen enkel front. Zij is gedrongen en heeft een onopvallend uiterlijk. Het bijzonderste aan haar hoofd is het feit dat ze één flapoor heeft (waar ze zich niet eens aan wil laten opereren, terwijl ik haar al zestienduizend keer heb uitgelegd hoeveel mooier ze ervan zal worden). Ze heeft een ronde bril die altijd vettig is en muiskleurig haar zonder enig model. Een pony wil ze niet, terwijl haar voorhoofd bepaald niet bescheiden is. Marloes gaat dit jaar naar de tweede klas van het gymnasium omdat ze op de basisschool een klas heeft overgeslagen. Ze is dol op leren en dingen met computers doen. Dus, zoals ik al zei: we lijken totaal niet op elkaar.

En dat vinden mijn ouders maar wat jammer.

Ik kijk verbijsterd van mijn vader naar mijn moeder. 'Dat meen je niet, toch? Mam,' smeek ik met een ongelukkig gezicht. 'Ik wil hier echt niet wonen. Toe, alsjeblieft...'

Mijn smeekbede sterft weg. Mijn moeder kijkt me met een stalen gezicht aan. Het is even stil, maar dan ontplof ik. 'Jullie zijn mijn ouders!' schreeuw ik boos. 'Jullie hebben er toch zelf voor gekozen een kind te nemen? En nu willen jullie ineens niet meer voor me zorgen? Ik wil niet in dit rothok wonen. Wat zijn jullie voor mensen! Leg me dan maar meteen te vondeling. Dit is belachelijk!' Ik sla mijn armen over elkaar en werp ze een furieuze blik toe.

Pap kijkt gekrenkt, hij duikt een beetje in elkaar. Mam blijft fier rechtop staan, onaangedaan door mijn tirade. 'Ben je klaar, dramaqueen?' vraagt ze afgemeten.

'We willen best voor je zorgen,' pleit pap. Zijn gezicht licht op als hem iets te binnen schiet. 'Als je hier gaat wonen, betalen wij je huur en je collegegeld.'

Ik knijp mijn ogen tot spleetjes, in de hoop dat pap zijn omkoperij nog een beetje opschroeft. Een nieuwe mobiel zou ik ook niet erg vinden.

Mam kijkt op haar horloge en zucht. Ze legt haar hand op de deurklink, werpt mij nog één waarschuwende blik toe en zegt: 'Geen geintjes, Lucille.' Dan duwt ze de deur open en glimlacht breed naar Chris, die ongemakkelijk tegen de hoek van een smerige vrieskist leunt en op zijn vingernagels kauwt. Zodra hij ons ziet, springt hij overeind en veegt hij zijn vingers af aan zijn broek.

'Is het allemaal gelukt?' vraagt hij ademloos.

'Ja hoor,' zegt mijn moeder. 'Lucille neemt de kamer.'

'Echt? Wat gaaf!' Chris komt enthousiast grijnzend op me af gewaggeld. Ik hou mijn handen alvast afwerend in de lucht – als hij me wil knuffelen, ga ik gillen. Maar dat doet hij niet. Hij steekt zijn hand naar me uit. De hand die net nog in zijn mond zat (en misschien wel in zijn neus, en god weet waar nog meer). 'Gefeliciteerd,' kwaakt hij blij.

Ik kijk naar zijn uitgestoken hand en grimas ongemakkelijk. 'Dank je wel.'

Chris kijkt van mij naar zijn hand en weer naar mij, maar laat hem dan eindelijk zakken. 'Als je hulp nodig hebt met je spullen verhuizen, geef je maar een gil.'

'Zal ik doen,' kwinkeleer ik en keer hem mijn rug toe. Snel, naar de uitgang. En die pad gaat me echt niet helpen verhuizen. Ik wil niet dat hij met zijn smerige poten aan mijn spullen zit.

'O. My. God.' Merel spert haar ogen wijd open. 'Dat meen je niet.'

Ik knik zielig en neem nog een slokje van mijn Paardenkut, oftewel apfelkorn-spa rood. Ik hou helemaal niet van apfelkorn, maar Merel probeert zich de studententermen alvast eigen te maken en bestelt alleen nog maar drankjes met onbegrijpelijke namen. Ik durfde niet te vragen wat een Paardenkut was en gokte het er dus maar op. Merels drankje klonk namelijk ook niet als iets waar ik heel blij van zou worden; ze nipt momenteel aan een Slipspoortje. Zelfs de jongen achter de bar moest twee keer vragen wat ze precies bedoelde.

'Dus je moet van je ouders in een of ander pauperhok gaan wonen?' De ogen van mijn beste vriendin rollen bijna uit hun kassen. Ik kon het me tot gisteren ook niet voorstellen, maar het begint verdacht echt te worden.

'Weinig kans op iets beters,' zucht ik. 'Zelfs mijn laatste hospiteeravond was geen succes, terwijl ik iedere bewoner van dat verdomde studentenhuis een complimentje heb gemaakt. Ik heb tegen een meisje gezegd dat ik haar schoenen beeldig vond, terwijl ze echt überlelijk waren. Ik heb heel hard om al hun grapjes gelachen, ik heb de jongens lang en veelbetekenend aangekeken, ik heb zelfs een kratje bier meegezeuld als cadeautje! Maar toch heb ik die kamer niet gekregen. En het was niet eens een mooie kamer. Vijftien vierkante meter voor driehonderd euro.'

De jongen die me belde om te vertellen of ik de kamer al dan niet had gekregen, had gezegd: 'We hebben het erover gehad wie het best in het huis paste en helaas hebben we iemand anders gekozen.' Verveeld dreunde hij het zinnetje op dat hij die dag waarschijnlijk al tegen elf van de twaalf hospiteerders had gezegd. 'Wij vinden het ook heel jammer, want we hadden jullie natuurlijk het liefst allemaal gekozen. Maar er is nou eenmaal slechts één kamer beschikbaar...'

Ik heb het gesprek niet eens afgemaakt, ik heb gewoon opgehangen. Wat een tijdverspilling.

'Dus zelfs slijmen helpt niet,' constateert Merel droog naast me.

'Ik verhuis morgen al.' Ik laat de Paardenkut door mijn glas walsen.

'Dan kunnen we niet eens samen stappen in de KEI-week,' roept Merel. Ze zwiept haar blonde haar over haar schouder en kijkt me verontwaardigd aan.

'Ik ging sowieso niet meedoen aan de KEI-week,' help ik haar herinneren. 'Ik ga namelijk niet in Groningen studeren.'

Niet dat ik dat niet geprobeerd heb. Ik heb vorige week in een laatste wanhoopspoging een openbaring gefaket. Vol overtuiging vertelde ik mijn ouders dat ik filosofie wilde gaan studeren. Of rechten. Of een andere studie zonder loting, die ik gewoon in Groningen kon doen. Helaas geloofden ze me geen seconde.

Ik kijk de kroeg rond en krijg een hol gevoel in mijn maag. We zitten in de Groote Griet en worden omringd door mooie mensen. Iedereen, man of vrouw, ziet eruit alsof ze zo van de pagina's van een modeblad komen. Hier hoor ik thuis. Dit is mijn soort mensen.

Ik wil Merel vertellen hoe graag ik hier wil blijven, dat ik alles nu al mis. Dat mijn leven aanvoelt als één grote puinhoop en dat ik niet ontkom aan het gevoel dat dat ook een beetje mijn eigen schuld is. Dat ik niet drie uur reizen bij mijn vrienden vandaan wil gaan wonen. Maar voordat ik mijn mond open kan doen, draait mijn vriendin zich om in een werveling van glanzend haar en kirt: 'Kijk! Daar zijn Frits en z'n chick.'

Ik kijk braaf in de richting van de deur en zie inderdaad de lange, gespierde Frits binnenkomen. Zijn blonde krulletjeshaar met wagonladingen gel erin hangt quasinonchalant om zijn hoofd, alsof hij er niet de halve ochtend mee heeft staan klooien. Of beter gezegd: de halve middag, want ik heb gehoord dat Frits vooral veel in de kroeg te vinden is en stukken minder in de collegezaal. Merel is al verliefd op hem sinds we bebeugelde bruggers waren die met glitterpennen schreven. Frits is volgens mij de reden dat Merel bij Vindicat wil.

'Ja, ik zie het,' knik ik. Dan pak ik de draad van ons gesprek weer op. 'Maar Enschede, kun je het je voorstellen? Dat is echt de andere kant van de wereld!'

'Hm-hmm,' murmelt Merel afwezig en ze verrekt haar nek bijna in een poging Frits in het oog te houden. 'Hoe heet z'n chick ook alweer?'

Ik haal geïrriteerd mijn schouders op. 'Weet ik veel.'

'Het was iets met een L, geloof ik,' zeurt ze door.

'Lisa?' doe ik een halfhartige poging.

Merel schudt verwoed haar hoofd. 'Nee, nee. Het was iets langers. Lorelai of Leonore of zo... Hoi Frits!' roept ze ineens. Ik mors van schrik een plens Paardenkut over mijn marineblauwe rokje.

'Hé Miranda,' roept Frits joviaal. Merel verbetert hem niet.

'Hoe is het?' Ze draait zich om op haar kruk, zodat ze met haar rug naar mij toe zit. Welja, denk ik pissig. Oefen maar alvast met doen alsof ik er niet ben.

'Goed, druk. Je kent het wel,' antwoordt Frits met een oogverblindende smile. Hij loopt op ons af, met zijn chick in zijn kielzog. Ze heeft nog geen woord gezegd, maar ze ziet er ook niet uit alsof hij iets met haar heeft omdat ze zo'n goede gesprekspartner is. Laat ik het zo zeggen: ik wist niet dat cup D in een topje maat S paste.

'Ik begin komende maand ook met studeren,' zegt Merel. Ze wappert flirterig met haar wimpers. 'En raad eens? Ik ga ook bij Vindicat!'

'Wat machtig leuk,' zegt Frits. Hij laat zijn ogen even goedkeurend over haar heen glijden, van haar gestylede blonde haar tot haar lange benen in witte skinny jeans en roze pumps, en wendt zich dan tot de barman. 'Hé Maarten, eikel, waarom was je er niet vannacht? Supermooie partij in de Engel.'

'Ik moest werken, man,' roept Maarten, die precies hetzelfde lijzige accent en krulletjeskapsel heeft als Frits, maar zo te zien wel iets te veel van de bitterballen achter de bar heeft gesnoept. Hij kijkt naar de chick van Frits alsof hij graag een plekje tussen haar borsten zou willen reserveren voor vannacht. De chick van Frits lijkt daar niet echt voor in.

Frits richt zich weer tot Merel. 'Dus jij komt ons huis schoonmaken binnenkort?'

'Hoezo?' Ze rimpelt haar neus.

'Nou, dat is wat alle nullen doen, hè,' legt Frits langzaam en duidelijk uit. 'Die maken de huizen van de ouderejaars schoon. En dan mogen wij tegen jullie schreeuwen.' Hij knipoogt.

'Ik ga geen huizen schoonmaken,' snuift Merel. 'Daar huur je toch een schoonmaker voor in.'

'Nullen zijn goedkoper, want die doen het gratis. En vaak zingen ze ondertussen het 'Io Vivat' ook nog voor je.'

Wat nullen zijn, weet ik: dat zijn de mensen die nog moeten beginnen met studeren, dus de nuldejaars. Maar het 'Io Vivat' komt me niet bekend voor. Merel zo te zien ook niet. We kijken hem allebei niet-begrijpend aan. De chick van Frits legt liefjes uit: 'Het verenigingslied.' Ze haakt haar arm door die van Frits en trekt hem mee naar de andere kant van de kroeg.

Merel draait zich stralend weer naar mij om. Blijkbaar ben ik weer verschenen op haar door hormonen in de war gestuurde radar. 'En, wat denk je?'

Ik staar haar glazig aan. 'Waarvan?'

'Van Frits! Hij vindt me leuk, hè?'

'Als je daarmee bedoelt dat-ie het leuk vindt dat je z'n huis gaat schoonmaken, dan: já, hij is dol op je.'

Merel kijkt me even onderzoekend aan. 'Wat is er met jou?'

'Niks.'

'Jawel, er is wel iets.'

'Nee, ik ben gewoon een beetje chagrijnig van dat hele campusgebeuren.'

'O ja.' Ze knikt me net iets te ernstig, waarmee ze verraadt dat ze het alweer een beetje vergeten was. 'Vet naar.'

'Zeker vet naar.' Ik ben het zat en spring van mijn kruk. De Paardenkut laat ik voor wat-ie is: een smerig drankje. 'Ik ga naar huis.'

'Maar de avond is net begonnen!'

'Mijn avond is afgelopen.' Ik omhels haar, maar ze blijft houterig zitten. 'Bel je me morgen?'

Ze kijkt me bozig aan. 'Dat weet ik niet. Eerst ga ik uitslapen.'

'O.' Ik haal mijn schouders op en doe net alsof ik niet een beetje overstuur ben door haar gedrag. 'Nou, wat jij wilt.'

'Ja, oké,' zegt Merel en ze pakt haar mobiel uit haar handtasje.

'Nou, dan zie je ik je wel weer.' Ik doe een stap richting de deur en hoop dat ze me aan zal kijken, maar ze staart naar het scherm van haar mobiel en tikt met een vluchtig glimlachje een sms aan iemand.

'Doeg,' zeg ik.

'Doei,' mompelt Merel.

Ik been met grote, chagrijnige passen de Groote Griet uit. Wat kan het mij ook schelen. Ik heb Merel niet nodig. Ik kan het best zelf. Over twee dagen zit ik in Enschede en ik zweer het, al moet ik die hele stad binnenstebuiten keren, ik ga daar de allercoolste mensen ooit vinden en dat worden dan mijn vrienden. Dat zal haar leren.

2

'*BEZOEK! Hé tuig, errrr issss volluk!*'

Ik leun vermoeid zuchtend tegen de deurpost aan. Die bel is ronduit belachelijk. Achter me komt mijn vader zwetend en puffend met twee koffers de trap op.

'Hoi aansteller,' zeg ik. 'Het zijn maar kleren, hoor.'

'Ik nodig je uit het zelf eens te proberen,' hijgt pap.

Vanmorgen bleef hij maar zeuren dat het nooit allemaal zou passen. 'Kun je niet iets minder meenemen?' vroeg hij.

'Ehm, nee?' antwoordde ik vol verbazing over zijn domheid. 'Ik heb toch kleren nodig. Of wil je dat ik naakt door een huis vol jongens ga rondbanjeren?'

'Nee, schat,' zuchtte pap. 'Maar ik denk dat je best de helft hier kunt laten.'

'De hélft?'

'Je moet toegeven dat vijf koffers een beetje veel van het goede is.' Hij klikte mijn roze Samsonite open. 'Wat is dit?' mompelde hij verbaasd en trok mijn galajurk eruit. 'Lucy, waarom... hoe... Dit heb je toch niet nodig?'

'Jawel,' wierp ik tegen. 'Wat nou als ze ter afsluiting van de introweek een gala geven? Moet ik daar dan in mijn spijkerbroek heen?'

'En kijk eens naar deze koffer, die zit helemaal vol met schoenen!' vervolgde pap. 'Zoveel paar heb je toch niet nodig?'

'Natuurlijk wel!' riep ik verontwaardigd uit. Snapte hij er nou echt niets van of deed hij maar alsof?

'Deze laarzen zijn precies hetzelfde.' Hij wees naar een paar roze en zwarte suède laarzen met hoge hak. 'En je hebt acht paar All Stars bij je. Is dat niet een beetje te?'

'Ja, duh heb ik die allemaal nodig! Wat nou als ik een hak breek? Moet ik dan op mijn blote voeten rond gaan strompelen? En het zijn allemaal verschillende schoenen! Als ik nu een paar All Stars hier laat, heb ik ze ongetwijfeld morgen nodig. En ze nemen amper ruimte in, kijk maar, ik kan ze helemaal opvouwen.'

'Marloes is drie weken op kamp met één rugzak.' Meteen toen hij het gezegd had, greep mijn vader met zijn hand in zijn toch al verwarde haar en onderbrak hij zichzelf met: 'Maar daar gaat het niet om...'

'Nou, gelukkig dat die leuke Marloes het niet erg vindt om vijf dagen in hetzelfde T-shirt rond te lopen,' sneerde ik. Een bekend giftig gevoel verspreidde zich door mijn aderen.

'Lieverd...' begon mijn vader weer, maar gelukkig werd hij onderbroken door mijn moeders stem vanuit de gang. 'Blijven jullie de hele dag boven? Zo komen we nooit in Enschede!'

De deur zwaait open en daar staat Chris in hoogsteigen paddige persoon. 'Hoi Lucy!'

Zijn sikje zit er nog, maar hij heeft zo te zien wel een poging gedaan zijn wangen en snor te scheren. Geen daverend succes, getuige de vele scheerwondjes en overgeslagen haartjes.

'Hoi.' Ik stap langs hem heen naar binnen en loop in één keer door naar de kamer aan het einde van de gang. Ik duw de klink naar beneden, maar de deur geeft niet mee. Verbaasd probeer ik het nog een keer. Niks.

'De deur zit op slot,' roep ik een tikkeltje geërgerd.

'Klopt!' hoor ik Chris roepen. En ja hoor, daar komt hij energiek aangewaggeld op zijn korte pootjes. 'Ik heb de sleutel hier.'

Ik steek zuchtend mijn hand uit. Chris kijkt me een beetje verbaasd aan en legt dan aarzelend de sleutel in mijn handpalm. Ik steek hem in het slot en open de deur, die een beetje klemt. Meteen komt de muffe walm me weer tegemoet drijven.

De kamer is nog even smerig en stoffig als eergisteren. Ik word overvallen door een spontane suïcidale depressie. Het wordt er ook niet beter van als Chris naast me komt staan, zijn zwemvliezen in zijn zij plant en zegt: 'Zo, hier ga je wonen!'

'Jeeeh.' Ik kijk hem uitdrukkingsloos aan en draai me op mijn hielen om.

Chris waggelt achter me aan en vraagt: 'Kan ik je ergens mee helpen?'

'Nee hoor, mijn vader en moeder zetten alles wel boven.' Ik werp een steelse blik in de richting waar ik de keuken vermoed. Zouden ze een beetje een fatsoenlijk koffiezetapparaat hebben? Eentje die latte macchiato's en cappuccino's kan maken?

'Lucy, lieverd,' hoor ik pap uit de hal roepen. 'Kun je even komen helpen?'

Ik sjok die kant op en tot mijn grote ergernis volgt Chris me ongevraagd.

'Wat?' vraag ik aan mijn ouders.

'Wij tillen de spullen wel de trap op, als jij zorgt dat ze in je kamer komen,' zegt mijn moeder. Haar gebruikelijke rode pumps zijn vervangen door platte schoenen en haar kapsel is enigszins verwilderd.

'Moet ik al deze spullen de gang door sjouwen?' vraag ik met één opgetrokken wenkbrauw. 'Hoe verwacht je dat ik dat doe?'

'Wat dacht je van met je handen?' stelt mijn moeder kortaf voor.

'Ik help je wel,' biedt Chris aan.

Eigenlijk wil ik niet dat hij met zijn vieze vette klauwtjes aan mijn spullen zit, maar aan de andere kant: als ik alles in mijn eentje moet versjouwen ga ik zweten en loop ik grote kans een nagel te breken. Of erger nog: een ernstige SULA te ontwikkelen. Ik huiver bij het idee aan een *Sweaty Upper Lip Alert*.

'Dank je wel, wat aardig,' dwing ik mezelf dus te zeggen. Ik beweeg mijn mondhoeken omhoog naar hem, in een poging een glimlach te imiteren. Zijn hele gezicht licht op.

'Zijn er misschien nog een paar sterke mannen in huis die kunnen helpen?' vraagt mijn vader, die met een gevaarlijk rood hoofd de trap weer op komt zwoegen.

'Ik zal even rondvragen,' antwoordt Chris beleefd. Hij loopt weg en ik blijf verstijfd in de gang staan. Wacht even, hoeveel nerds gaan er precies met hun vingers aan mijn eigendommen zitten? Voor ik genoeg bezwaren heb kunnen bedenken, staan er al drie andere jongens voor mijn neus.

Chris neemt de taak van het voorstellen op zich en wijst op de jongen uiterst links. 'Chewy ken je al.' De harige, magere jongen maakt een piepgeluidje en blijft naar de grond kijken. Denk ik. Ik kan zijn ogen niet zo goed zien.

'Dit is Paladin.' Chris gebaart naar de middelste jongen. Of nou ja, jongen... Het is eerder een holbewoner. Hij heeft een woeste baard, een pokdalige huid en ogen die zo ver in zijn schedel verzonken zijn dat ik me afvraag of het niet stiekem knikkers zijn. Paladin knikt naar me en bromt iets, waarbij ik een glimp opvang van scheve gele tanden en een adem als de lucht uit een grafkelder. Ik knik krampachtig naar hem en hoop dat hij zijn mond niet nog een keer opendoet.

'En dit is Kikker.' De laatste jongen tikt vriendelijk met twee vingers tegen de zijkant van zijn hoofd en glimlacht. Hij heeft heldergroene ogen, die omrand worden door donkere wimpers. Alles aan hem is lang; hij steekt ruim dertig centimeter boven me uit, heeft dik blond haar dat over zijn voorhoofd valt en een ietwat kromme neus, die eruitziet alsof hij een keer gebroken is geweest. En ik heb nog nooit iemand gezien met zulke lange armen en benen.

'Hoi,' mompel ik en kijk snel weg. 'Gaan jullie mijn ouders maar helpen.' Ik draai me snel om en doe een paar stappen in de richting van de kamer. Míjn kamer. Wat een vreselijk idee.

Chris, Chewy en Paladin sjokken braaf de deur uit, maar Kikker blijft op zijn plek. Dat weet ik omdat de haartjes in mijn nek overeind gaan staan, ook al is het ruim vijfentwintig graden hierbinnen. Ik draai me niet om, maar sluit mijn ogen met een zucht en vraag: 'Wat?'

Het blijft even stil, maar dan hoor ik een zacht gegrinnik. Ik draai me toch om en kijk hem boos aan. 'Wat?' vraag ik nog een keer.

Kikkers lippen zijn een beetje uit elkaar getrokken in een geamuseerde glimlach. Zijn groene ogen glimmen. In een flits krijg ik het gevoel dat ik deze jongen ergens van ken, maar ik druk het snel weg. Belachelijk. Ik ken geen nerds.

'Ben je altijd zo lekker beleefd?' Hij vraagt het zonder veroordeling in zijn stem. Ik hoor alleen pure interesse.

Dat maakt me nog pissiger. 'Wat kan jou dat schelen?' vraag ik opstandig.

'Nou, ik sta op het punt je te helpen met je spullen verhuizen,' zegt Kikker schouderophalend. 'Het leek me wel belangrijk om te weten of je altijd zo'n kreng bent of dat je maar doet alsof, omdat dat goed is voor je reputatie.' Hij haalt zijn schouders op. 'Verder niks.'

Ik kijk hem sprakeloos aan, zonder enig idee wat ik terug kan zeggen. Een primeur. Kikker lijkt het alleen maar grappig te vinden dat ik met mijn mond vol tanden sta.

'Waarom noemen ze je eigenlijk Kikker? Wat een stomme bijnaam,' bijt ik hem toe. Ik weet het: geen beste comeback.

Hij geeft geen antwoord, maar bestudeert me alleen maar alsof ik iets heel boeiends ben. Nog even en hij pakt er een vergrootglas bij. Ik krijg er een vreemd gevoel van. De gang lijkt ineens nog schemeriger en de lucht nog dikker.

'Hé!'

Ik schrik zo erg van paps stem dat ik een stap achteruit doe en mijn evenwicht verlies. Met een oncharmante bons land ik op mijn achterste. Ik kijk betrapt naar de deuropening, waar Kikker relaxed tegenaan geleund staat. Pap stapt naar binnen, verstopt achter het eerste gedeelte van mijn kast. De korte, kromme beentjes aan de achterkant verraden Chris' aanwezigheid. 'Wat staan jullie daar nu te luieren?' vraagt pap vrolijk. 'Lucy, wil jij je kamerdeur voor ons openhouden?'

Een beetje daas loop ik voor de wandelende kast uit. Ik weiger achterom te kijken naar Kikker. Ik snap niet wat het is, maar ik wil niet alleen met hem zijn.

Ik lig met mijn handen achter mijn hoofd gevouwen op de roze beddensprei en staar naar het plafond vol gele vlekken. De avondschemer valt in. Om me heen staan mijn kleine witte kledingkast (de grote kon niet mee) en mijn bureau. Pap heeft drie haakjes aan de deur vastgeschroefd, zodat ik mijn jassen op kan hangen. Naast de kast staan mijn vijf koffers netjes op een rijtje ontzettend in de weg te staan. Ik heb er nog niet de kracht voor gehad ze uit te pakken.

Als ik drie zachte tikjes op de deur hoor, ga ik rechtop zitten. 'Binnen.'

De deur gaat op een kiertje open en Chris steekt zijn padachtige hoofd naar binnen. 'Ben je al een beetje gewend?'

'Ik zit hier pas een paar uur,' zeg ik kortaf. 'Dus nee.'

'Ik zie dat je je koffers ook nog niet hebt uitgepakt?'

'Nee. Heb je daar problemen mee?'

'Eh, nee.' Hij bloost. 'Ik wilde alleen weten of je vanavond mee wil eten?'

'Met jou?' vraag ik. Ik kan er niets aan doen, mijn bovenlip trekt een stukje omhoog van afkeer.

'Met ons,' zegt Chris. 'We eten bijna iedere avond met z'n allen. Het kost twee euro per avond en je moet voor vier uur vertellen of je mee wilt eten.' Zijn blik glijdt naar de klok aan mijn muur. Tien voor vier.

Ik denk even na over mijn opties.

Eén: ik ga met alle nerds in dit stinkende huis een smerig prakje eten.

Twee: ik bestel een pizza en eet zielig en alleen op mijn kamer.

Ik moet zeggen dat geen van beide me erg aantrekkelijk lijkt.

Chris trekt een gezicht dat waarschijnlijk zijn variatie op puppy-ogen moet voorstellen, maar hij blijft op een pad lijken. 'Dan kun je meteen iedereen leren kennen. Maken we er een gezellige avond van.'

Ik zucht. 'Is goed. Ik eet wel mee.'

Chris grijnst breed. 'Leuk!'

Hij wil de deur weer dichttrekken, maar ineens bedenk ik iets. 'Wacht! Wat eten we?'

'Eh...' Chris denkt even na. 'Geen idee. Dat moet je aan Paladin vragen, die kookt.'

'O.' Ik staar even besluiteloos naar mijn voeten. 'Ik ben allergisch voor vis, namelijk.'

'Allergisch?' Chris kijkt me vol interesse aan.

'Ja, ik kan er niet tegen,' verduidelijk ik.

'Wat gebeurt er dan?'

'Dan zwel ik op. Hoe laat eten we?'

'Meestal tussen zes en halfzeven,' zegt Chris. 'Maar je kunt wel gewoon de keuken inlopen om te checken of het al klaar is.'

'Hm,' brom ik.

'Ik zou alleen wel iets aan je voeten doen,' zegt hij met een blik op mijn blote voeten. 'Nou, tot straks!' En hij trekt de deur dicht.

Om zes uur bereid ik me met bonzend hart voor op het verlaten van mijn kamer. Oké, ik kan dit. Het zijn maar nerds. En ik moet plassen, dus ik moet sowieso de gang op.

Ik adem nog een keer diep in (waar ik meteen spijt van heb, vanwege de grote hoeveelheid stof die hier nog altijd hangt) en stap mijn kamer uit. De gang is verlaten, op de gebruikelijke verzameling vrieskisten en loslatende posters na. De deur van de kamer naast mij staat wijd open. Aan het bordje met 'Kofschip' zie ik dat het de kamer van Chris is. De kamer is een gigantische bende en het ruikt er ook niet zo lekker. In de hoek bij zijn bed staat een berg vuile vaat en naast de deur ligt een manshoge stapel lege pizzadozen.

Huiverend van afschuw loop ik verder, langs de dichte deur van Chewy en een deur vol kinderachtige *Harry Potter*-plaatjes. In de centrale hal sla ik af naar links, langs de keuken. De keukendeur heeft twee grote ramen, die zo te zien al jarenlang allerlei voedselspetters hebben opgevangen en nog nooit zijn schoongemaakt. Naast de keukendeur spot ik een bordje met POOP. Als ik beter kijk, zie ik dat het een verkeersbord is. Over de ST van STOP is een sticker met PO geplakt. Gelukkig, gevonden.

Als ik de deur opendoe, plas ik bijna spontaan in mijn broek. Alsof de aanblik van de wc alleen niet genoeg is, slaat er een lucht uit de kleine ruimte waar mijn ogen van beginnen te tranen. De muren zijn groezelig en behangen met papier: stripjes, blote vrouwen, stukken tekst, scheurkalenders uit allerlei jaren... Af en toe zit er een verdachte bruine vingerafdruk op, of iets opgedroogds wittigs. Het wasbakje is geel uitgeslagen en verstopt – zo te zien al een tijdje. Er staat een laag troebele vloeistof in, waar dikkere stukjes doorheen drijven en waar een zurige lucht uit opstijgt. Ik sla mijn hand voor mijn mond en richt mijn blik op de wc. Die is het ergst. De bril zit vol vieze vlekken, stof en korte, gekrulde haren, maar dat is nog niet het ergst. Langs de pot, van boven naar beneden en over de hele lengte van het porselein, zie ik lopers in tinten die variëren van geel tot lichtbruin. De binnenkant van de pot heeft zo te zien al jaren geen schoonmaakbeurt meer gehad.

Totaal in shock doe ik een stap achteruit en sla ik de deur weer dicht. Ik hap naar adem, wapper met mijn handen en piep zachtjes: 'Oh my god, oh my god...'

'Wat is er met je kat?' vraagt iemand achter me. Als ik me geschrokken omdraai, zie ik dat Kikker achter me staat.

'M'n kat?' echo ik verbaasd.

'Ja, je zei: "O mijn kat",' helpt Kikker me.

'Nee, ik zei: "O my god",' werp ik tegen, maar dan zie ik dat hij me in de maling staat te nemen. 'O, ha-ha. Grappig hoor.'

Zijn linkermondhoek trekt een klein stukje omhoog. 'Ik zie dat je de boutput hebt gevonden?'

'Eh, ieuw?' zeg ik met een stem die twee octaven hoger dan normaal klinkt. 'De boutput?'

'De goede wc is om de hoek,' wijst Kikker behulpzaam. Hij strekt zijn lange arm uit en gebaart naar de andere kant van de gang. 'De wc waar je ook daadwerkelijk op kunt zitten. Tenzij je natuurlijk graag deze wilt uitproberen.' Hij grinnikt. Het is een diep, aangenaam geluid. 'Ik loop wel even mee.'

Hij gaat me voor de hoek om en gebaart met een overdreven gebaar naar een deur. 'Tadaa, speciaal voor mevrouw. Ik beloof dat deze schoner is.'

Ik kijk hem even met samengeknepen ogen aan, om te zien of hij misschien een rotgeintje met me uithaalt. Hij kijkt onbewogen terug, dus duw ik voorzichtig de deur open... en blaas opgelucht mijn adem uit. Goed, deze wc is ook niet bepaald lekker schoon te noemen, maar hij kan ermee door.

'Nou, eh, bedankt,' zeg ik schoorvoetend tegen Kikker. Die tikt behulpzaam met twee vingers tegen zijn slaap en draait zich om. Ik kijk hem na terwijl hij de gang weer uit slentert.

Ik duw de keukendeur open en word verwelkomd door een vlaag etenslucht. Nieuwsgierig stap ik naar binnen – en direct realiseer ik me waarom Chris me adviseerde niet op blote voeten de keuken in te gaan. Mijn rechtervoet plakt vast aan de vloer naast de vuilnisbak. Als ik hem met een kreet van afschuw lostrek, hoor ik een zacht zuigend geluid. 'Gadver,' hijg ik vol afkeer. 'Wat is het hier smérig!'

Het kleine propje dat bij het aanrecht champignons staat te snijden draait zich grijnzend om. 'Ja, daar staan we om bekend,' zegt ze met een hese stem.

Ik neem haar laatdunkend op. Haar kapsel is vormeloos, schouderlang en pluizig. Ze draagt een blouse die te strak zit om haar spekkige armen en buikje. De lampenkapbroek daaronder doet haar ook niet veel goed, want aan de bovenkant zit hij te strak en aan de onderkant is hij te lang. Haar huid is vettig met hier en daar een kudde puistjes. Vanachter een dikke bril kijken twee dofbruine ogen me aan.

Haar stem is duidelijk haar grootste pluspunt.

Ze veegt haar hand af aan haar broek en steekt hem naar me uit. 'Welkom in Het Fort. Ik ben Hermelien.'

Ik ben zo verbaasd dat ik haar vieze hand gewoon aanpak. 'Hermelien?' vraag ik. 'Echt?'

Haar wangen worden een paar tinten roder. 'Nou... Niet echt,' stamelt ze. 'Maar het is mijn bijnaam. Ik ben namelijk heel, heel, heel erg fan van *Harry Potter*. En Emma Watson – Hermelien in de films – is zo, zo, zo knap! Ik zou haar wel willen *zijn*. Dus toen is het eigenlijk vanzelf een beetje mijn bijnaam geworden. Zij is echt... perfect.'

De glinstering in haar ogen grenst aan verliefdheid. Fijn, dat heb ik weer. Ik deel het smerigste huis van de campus met vier nerds en een hitsige *Harry Potter*-lesbo. Ik hoef niet meer te raden welke kamer van haar is.

'Ik ben Lucille,' stel ik me voor, want ze blijft me maar aanstaren met die jampotbrilogen.

'Lucille,' herhaalt ze langzaam. Ik voel me een beetje aangerand, alsof ze aan mijn naam heeft gelikt. 'Wat een mooie naam!'

'Hoe heet jij?' vraag ik.

'Hermelien,' herhaalt ze.

'Ik doelde meer op de naam die je ouders je hebben gegeven,' antwoord ik droog.

Ze wordt nog roder. 'Ik heb eigenlijk liever dat je me Hermelien noemt.'

'Dat is niet eerlijk, ik heb je mijn naam ook verteld,' reageer ik verontwaardigd. 'Anders had ik ook wel kunnen zeggen dat ik Bella heette.'

'Bella?' Ze rimpelt haar neus. 'Uit *Twilight*?'

Ik zet al mijn stekels op. 'Ja, Bella uit *Twilight*. Hoezo, heb je daar bezwaar tegen?'

'Ben je wel team-Edward?' informeert ze.

'Tuurlijk! Dat is echt een lekkere kerel,' zeg ik.

Ze kijkt wat toegeeflijker. 'Nou, vooruit dan. Robert Pattinson zit ook in *Harry Potter*.'

De keukendeur zwaait open en Paladin sloft naar binnen. Hij gluurt me aan met zijn diepliggende zwarte knikkers. 'Meugh,' bromt hij, bij wijze van groet. Dat neem ik althans maar aan voor het gemak. Ik knik naar hem.

'Champignons gesneden?' vraagt hij bars aan Hermelien.

'Ja,' piept ze. Ze duwt haar pluizige haar achter haar oor.

'Mooi.' Paladin schuift de champignons in een pan met een borrelend goedje. Ik tuur in de troebele vloeistof en vraag voorzichtig: 'Wat is het?'

Paladin kijkt me alleen maar priemend aan en richt dan zijn blik weer op de pan.

'Geen vis?' dring ik aan.

Paladin reageert niet. Hermelien hopst van haar ene op haar andere been, kijkt naar hem vanuit haar ooghoeken en zegt dan tegen mij: 'Nee, geen vis.'

Paladin kijkt naar niemand, hij roert woest in de bleek gekleurde vloeistof die, naar ik aanneem, een saus moet voorstellen. Af en toe gromt hij even of krabt hij in zijn baard.

'Oké.' Ik knik naar Hermelien en wend me tot Paladin. 'Fijn. Leuk. Bedankt voor het informatieve antwoord, hè?'

Ik loop de keuken weer uit. Misschien kan ik alsnog een pizza bestellen.

Op mijn kamer pak ik zuchtend mijn mobiel en bel Merel. De telefoon gaat lang over. Ik wil net ophangen, als ik haar stem hoor.

'Hé Lucy!'

'Hé chick,' zeg ik.

'Hoe is het daar?' vraagt ze. Ze klinkt uitgelaten en opgewekt. Beter dan ik me voel. Merel en ik blijven nooit lang boos op elkaar.

'Al mijn huisgenoten zijn idioten,' rapporteer ik. 'En de wc... Oh my god.' Ik doe verslag van hoe smerig alles hier in huis is.

'Liefje toch!' roept Merel uit. 'Heb je wel antibacteriële zeep bij je?'

'Ik geloof niet dat antibacteriële zeep hiertegen helpt.'

'Hm, dat is jammer,' antwoordt ze peinzend. Dan vervolgt ze: 'De KEI-week begint morgen! Ik heb er zoveel zin in.'

'O ja, leuk! De Kick-In begint pas overmorgen.'

'Kick-In?'

'Onze intro.' Pas als ik de woorden heb uitgesproken, besef ik dat ik zojuist 'onze' heb gezegd. Alsof ik bij dit zootje halvegaren hoor.

Merel antwoordt iets, maar het gaat verloren in een keiharde oerkreet die vanuit de gang komt.

'ETEN! EEEEEE-TENNNN!' De keukendeur slaat dicht.

'Ik geloof dat ik ga eten,' merk ik op. '*Wish me luck*.'

'Oh my god, succes!' roept Merel. 'En hopen dat ze niet in de pan hebben gefapt.'

Zo lekker opbeurend, die meid.

3

Als ik de onverteerbare eerste hap eindelijk weg heb weten te krijgen, hebben de meesten de rubberachtige derrie die voor 'eten' door moet gaan al bijna op. Ik schuif mijn gebarsten bord een eindje van me af en zeg: 'Dus...'

Alleen Chris en Hermelien kijken op. Chewy zit zo ver over zijn eten gebogen dat zijn aanzienlijke hoeveelheid haar in de vieze drek op zijn bord hangt, Paladin schuift ritmisch grommend zijn eten naar binnen zonder te kauwen en Kikker kijkt langs me heen naar buiten. We zitten aan een gigantische ronde tafel van zwart graniet. Het verbaast me niet dat ook dit meubelstuk oogt alsof het al zo'n twaalf jaar geen schoonmaakmiddel heeft gezien.

'Wat studeren jullie?' vraag ik, bij gebrek aan iets beters. Ik heb zo het idee dat gesprekken over make-up en lekkere kerels, mijn twee favoriete gespreksonderwerpen, hier niet zo aan zouden slaan.

Chris likt zijn brede paddenlippen af en zegt: 'Ik studeer communicatiewetenschappen, Paladin doet industrieel ontwerpen, Chewy is vorig jaar begonnen met technische geneeskunde, Kikker doet wiskunde en Hermelien...'

'Studeert technische informatica,' onderbreekt Hermelien hem met een scherp randje aan haar stem. 'Dank je, Kofschip.'

Chris laat zich niet uit het veld slaan en vraagt vol interesse: 'En jij, Lucille, wat ga jij studeren?'

'Psychologie,' zeg ik.

Kikker hoest en ik zou zweren dat hij me een laatdunkende blik toewerpt.

'Wat is er?' Ik steek mijn kin fier naar voren.

'Niks,' zegt hij met zijn blik op tafel gericht.

'Hoe komen jullie eigenlijk aan al die gekke bijnamen?' vraag ik, vastbesloten me niet op de kast te laten jagen door die arrogante kwast.

Chris doet zijn mond al open om antwoord te geven, maar Paladin is hem voor. Hij gromt: 'Flattraditie.'

'Flattraditie?' vraag ik met één opgetrokken wenkbrauw.

Paladin schuift al een nieuwe lading voer zijn baard binnen, dus legt Chewy het met zachte stem uit, zonder me aan te kijken. 'We hebben allemaal een bijnaam, want dat hoort zo. Tijdens de inzuip krijg jij er ook eentje.'

Mijn andere wenkbrauw voegt zich bij de ene die al opgetrokken was. Het wordt nog een gezellige boel daar op mijn voorhoofd. 'Inzuip?'

Ik lijk wel een papegaai.

'Dat is zaterdag over een week,' zegt Chris met enthousiast glimmende ogen. 'Dan moet je vijftien bier opdrinken.'

Mijn wenkbrauwen verdwijnen in mijn haar. En ze komen niet meer terug. 'Sorry, ik dacht even dat je "vijftien bier" zei,' lach ik nerveus.

Chris knikt met een serieus gezicht.

'Nee,' zeg ik vastberaden.

'Ja,' zegt Hermelien. 'Dat hebben we allemaal gedaan.'

'Dat kan helemaal niet.'

'Soms niet, nee,' geeft Chris schouderophalend toe.

'Maar dan komt het er vanzelf weer uit,' vult Kikker met een grijns aan.

'Sorry, maar nee.' Ik schud mijn hoofd. 'Gewoon nee.'

'Dus je kiest voor het alternatief?' vraagt Chris.

'Wat mag dat dan wel niet wezen?' is mijn wedervraag. Alles is beter dan vijftien bier. Ik lust niet eens bier.

Het blijft even stil en dan zegt Chris: 'Zoenen met een van de flatbewoners.'

Ik ben blij dat ik maar één hap van de vieze troep op mijn bord heb gegeten, want ik voel hem nu alweer naar boven komen. 'Moet ik iemand zoenen? Van júllie?'

'Je mag zelf kiezen wie, hoor.' Kikker haalt zijn schouders op.

'En diegene mag geen nee zeggen, dus iedereen hoopt nu eigenlijk dat jij gaat voor de vijftien bier.'

Au! 'Want ík ben natuurlijk de lelijkste hier,' schiet ik uit mijn slof. Mijn stem gaat een stukje omhoog van verontwaardiging.

Het is helemaal stil aan tafel. Iedereen is opgehouden met eten, praten en zelfs met ademhalen. Chewy's lepel is halverwege de beweging naar zijn mond blijven hangen. Zijn mond is een gapend gat tussen al het gezichtshaar.

'Oké,' zegt Kikker. 'Weten we meteen hoe de zaken ervoor staan.' Hij steekt onverschillig een nieuwe hap drek in zijn mond. Iedereen begint voorzichtig weer te kauwen en te eten, maar de sfeer, die net iets losser begon te worden, is weer net zo gespannen als daarnet.

Wat zijn ze allemaal kleinzerig, zeg. Alleen omdat iemand de waarheid zegt schieten ze helemaal in de stress. 'Wie heeft er allemaal voor gekozen met iemand te zoenen in plaats van die vijftien bier weg te tikken?' vraag ik.

Het blijft weer even stil. Iedereen kijkt naar Chewy, die onder al dat haar langzaam paars wordt. Dan steekt hij langzaam en trillerig zijn vinger op. 'Ik,' zegt hij met die gekke hoge stem van hem.

'Met wie?' vraag ik. Ik ruik bloed. En een goed verhaal. En een kans om de aandacht van mijn enigszins botte uitspraak van daarnet af te leiden.

Chewy murmelt iets onverstaanbaars.

Iedereen barst in lachen uit, behalve ik en Paladin, want ik spreek zijn gekke taaltje niet en Paladin beschikt volgens mij simpelweg niet over het vermogen om zijn mondhoeken omhoog te bewegen. 'Wat?'

Chris wijst opzichtig naar Paladin. Mijn mond valt een stukje open. 'O...'

'Nou, zo grappig is dat anders niet,' moppert Paladin. Zijn zwarte knikkers zijn bijna onzichtbaar onder zijn boos naar beneden hangende wenkbrauwen.

Hermelien huilt inmiddels van het lachen. Ze veegt haar ogen droog op een manier die verraadt dat ze nooit make-up draagt en hikt: 'En hij mocht niet – hihi – weigeren, want dat is de – bahaha – flattraditie!'

Chewy kijkt alleen maar naar zijn bord en Paladin kijkt alsof hij iemand gaat slaan. Chris, die naast hem zit, lijkt er niet geheel gerust op dat hij hier zonder kleerscheuren doorheen komt. Hij leunt een beetje opzij. Kikker lacht heel hard, diep vanuit zijn keel. Ik kan mezelf wel slaan, maar ik wil eigenlijk gewoon meelachen. Het is zo'n lekker geluid dat ik er kippenvel van op mijn armen krijg.

'Waarom zoende je niet met Hermelien?' vraag ik oprecht verbaasd. 'Als er een meisje aanwezig is, ga je toch niet met een kerel zoenen?'

Chewy murmelt iets tegen zijn bord.

'Wat?' Ik spits mijn oren.

Hij kijkt me voor het eerst aan met dat harige gezicht van hem en zegt zachtjes: 'Ik wilde haar niet voor het blok zetten.'

'Als een inzuiper jou kiest om mee te zoenen in plaats van de vijftien bier...' begint Hermelien, en Chris maakt haar zin af: 'Mag je niet weigeren.'

Ik gooi mijn handen in de lucht. 'Waarom in godsnaam niet?'

'Flattraditie,' antwoordt iedereen in koor.

'Als je de flattradities niet tof vindt, verander je ze toch,' zeg ik een beetje wanhopig.

Ik voel dat er meewarige blikken op me worden geworpen. Werkelijk, in wat voor parallel universum ben ik terechtgekomen? Normaal ben ik degene die meewarige blikken op dit soort sociale miskleunen werpt. Ik schuif het bord met de koude, kleffe prak erop nog wat verder van me af.

'Ga je dat nog opeten?' vraagt Paladin hongerig.

Ik ben blij als ik na het eten op mijn kamer zit. Het toetje heb ik aan me voorbij laten gaan, ten eerste omdat dat beter is voor mijn lijn en ten tweede omdat ik het van hetzelfde bord bleek te moeten eten als mijn 'hoofdgerecht'. Het bord dat net schoongelikt was door Paladin.

Hermelien vroeg of ik nog bleef voor een potje poker, maar ik heb resoluut bedankt. In plaats daarvan zit ik op mijn bed. Alweer. Ik vraag me af wat ik eens zal gaan doen. Ik zou mijn dozen uit kunnen pakken, maar eigenlijk heb ik daar helemaal geen zin in. Dus doe ik wat ik altijd doe als ik me verveel: ik pak de dvd van *Twilight* en druk hem in mijn laptop.

Een halfuur later zit ik zo in de film dat ik het klopje op mijn deur bijna niet hoor. 'Binnen,' mompel ik afwezig, terwijl ik naar het scherm blijf staren. Waarom kom ik geen lekkere vampier tegen? Of een smakelijke kerel zonder een hang naar bloed. Nu ik erover nadenk heeft dat laatste mijn voorkeur.

Ik kijk op om te zien wie er in mijn deuropening staat en zucht geërgerd. Heeft Chris soms een abonnement op mijn kamer? Krijgt hij korting bij het tiende bezoekje?

Met tegenzin zet ik de film op pauze en ga rechtop zitten. 'Ja?'

Chris grijnst zijn stompe gele tanden bloot. 'Weet je zeker dat je niet even wilt komen kaarten?'

Hij meent dit serieus. O, waar heb ik zulke domme huisgenoten aan verdiend?

'Eh, ja,' zeg ik met nadruk. Mijn stem klinkt iets scherper dan ik gepland had en ik zie Chris een beetje onzeker in elkaar duiken in mijn deuropening. Hij klampt zich aan de klink vast. In gedachten pak ik voor de derde keer vandaag een doekje en ontsmettingsmiddel en wrijf de deurknop schoon. 'Ik weet het zeker.'

'Want als je niet weet hoe je moet pokeren, kunnen we het je wel uitleggen,' biedt hij aan. Als hij mijn gevaarlijke blik ziet, voegt hij er snel aan toe: 'Of we kunnen een ander kaartspel doen.'

'Ik weet heus wel hoe ik moet pokeren. Ik heb er gewoon geen zin in.'

'O,' zegt Chris. Zijn blik glijdt naar mijn computerscherm. 'Bah, kijk je *Twilight*? Echt waar?'

'Wat nou, bah?' vraag ik bozig. 'Dit is een van de beste films ooit! Bovendien is het een kaskraker.'

'Dat maakt het nog geen goede film,' werpt Chris tegen.

Ik pak het dvd-hoesje en zwaai er vervaarlijk mee heen en weer. 'Dit,' zeg ik met nadruk, 'is de beste film *ever*.'

'Nou, nee,' zegt Chris.

'En wat maakt jou zo'n filmkenner?'

'Het feit dat ik de top 250 van IMDB's beste films heb gekeken,' antwoordt hij. 'En daar zat *Twilight* niet tussen. Bovendien hebben we hier Campusnet.' Hij gebaart naar mijn dvd-hoesje. 'Die heb je helemaal niet nodig.'

'Wat is Campusnet nou weer?'

Hij grijnst geheimzinnig naar me. 'Meer dan drie petabyte aan films, muziek en spellen.'

'Drie wat?'

'Een petabyte is duizend terabytes. En een terabyte is duizend gigabytes,' legt Chris uit.

Ik knipper met mijn ogen. 'En hoeveel films kunnen daarop?'

'Tja, dat ligt eraan. Vroeger waren films 700 MB – megabyte dus – maar met die hoge kwaliteit van tegenwoordig is een film al snel meer dan een gigabyte. Dus uitgedrukt in films bestaat Campusnet uit meer dan 300.000 films,' vat Chris het snel voor me samen. 'Maar we hebben ook series, muziek en computerspellen.'

Mijn hoofd tolt van al die informatie.

'Het is ideaal,' lacht Chris.

Ik trek verdedigend mijn schouders op. Als hij maar niet denkt dat ik onder de indruk ben. 'Als ik iets wil, download ik het wel.'

'Maar je kunt het vanaf Campusnet streamen,' zegt Chris. 'Net YouTube, maar dan sneller en betere kwaliteit.'

'Maar hoe...' Ik weet eigenlijk niet wat ik wil vragen. Gewoon 'hoe'. Hoe kan dat? Hoe doen ze dat? Hoe kan ik dat ook bemachtigen? Hoe komt het dat ik hier niets van wist?

'Kom mee, ik zal het je laten zien,' zegt Chris. Als hij ziet dat ik aarzel, voegt hij eraan toe: 'Maar het hoeft niet.'

'Oké.' Ik kijk quasionverschillig weer naar mijn beeldscherm.

Chris loopt mijn kamer weer uit en trekt de deur achter zich dicht.

Ik druk weer op play, blij dat ik de film verder kan kijken. Míjn film. Zelf gekocht. Ik heb dat helemaal niet nodig, al die nerd-computeronzin.

Oké, ik wil het weten.

Zuchtend sta ik op en loop naar de kamer naast de mijne. Chris zit al achter zijn laptop. Grijnzend kijkt hij op en zegt: 'Aanschouw het beste wat je ooit is overkomen: Campusnet.'

Ik ga achter hem staan, in de verwachting een of ander magisch programma te zien. Ik weet niet zo goed hoe ik dacht dat het eruit zou zien, maar de saaie witte zoekbalk komt in ieder geval niet overeen met mijn verwachtingen.

'Is dit alles?'

'Wacht jij maar.' Chris draait zich om. 'Wat wil je zoeken?'

'Eh...'

'Wat dan ook. Noem maar iets.' Hij glimlacht bemoedigend.

Ik kijk om me heen, op zoek naar inspiratie. 'Eh... John Mayer?'

Hij maakt een proestgeluidje en tikt *John Mayer* in het zoekvak.

Nadat hij op *search* heeft gedrukt, verschijnt er direct een lijst met albumtitels in beeld. En losse nummers. En bladmuziek. En albumcovers. Chris klikt op een nummer en direct klinken de eerste tonen van 'The Heart Of Life' uit zijn boxen.

'Oké,' zeg ik, vastbesloten niet onder de indruk te lijken. 'Maar ze hebben vast geen Maroon 5.'

Dat hebben ze wel. En ook Selah Sue, Lily Allen, Dev, Guus Meeuwis, Rihanna, Gotye, Muse en Hanson verschijnen direct in het zoekscherm als Chris ze oproept.

'En *Twilight* dan?'

'En of we *Twilight* hebben,' pocht Chris.

Bij de zoekopdracht *Twilight* krijgen we niet alleen de film, maar ook *New Moon*, *Eclipse*, *Breaking Dawn Part 1* en *Part 2*. Mijn mond valt open van verbazing. Dan bedenk ik iets. Die nieuwe vampierenfilm. Hoe heet hij ook alweer? Het was van de makers van *Twilight* en de cast is ook grotendeels hetzelfde... 'Hoe zit het met *Dark Moth*?'

Chris gaapt nog net niet als hij de woorden intikt. Meteen verschijnt er een bestand op het scherm. Ik hap naar adem. Mijn mond vormt geluidloos de woorden: 'Oh. My. God.'

'Het is een camversie,' zegt Chris. Als ik stil blijf, verduidelijkt hij: 'Die heeft iemand in de bioscoop opgenomen met een camcorder. Erg *crappy*, heel zonde. Niet kijken,' voegt hij er streng aan toe als hij mijn verlangende blik ziet. 'Wacht gewoon tot hij hier in de bioscoop is.'

Mijn maag knijpt samen van enthousiasme. Ik neem me voor om hem te gaan kijken zodra ik weer op mijn kamer ben.

'Overtuigd?' vraagt Chris. Als hij mijn glunderende gezicht ziet, moet hij lachen. 'Ik geloof dat ik mijn antwoord al heb.'

'Wat is je studentnummer?' vraag ik. Dat typte hij net in om toegang te krijgen tot de website. Hij kijkt me even argwanend aan, maar krabbelt het dan op een smoezelig papiertje. Ik pak het aan zonder na te denken over de exotische bacteriën die er waarschijnlijk op leven.

'Hé Kofschip, doe je nog mee?' klinkt het vanuit de deuropening. Kikker leunt met zijn lange lijf tegen de deurpost, armen over elkaar geslagen en zijn blonde haar half voor zijn ogen. Zijn gezicht ziet er anders uit, maar ik weet niet precies wat er veranderd is sinds het avondeten.

'Hé, heb je je bril weer gevonden?' roept Chris.

Kikker maakt als antwoord een vage handbeweging richting de bril, die op zijn neus staat. Ik onderdruk een grijns.

'Zeg prinses, durf jij niet mee te doen?' vraagt hij.

'Doe normaal,' snuif ik. Zonder te aarzelen been ik langs hem heen de kamer uit. Ik zwiep mijn haar over mijn schouder, waardoor er een lok in zijn gezicht zwaait. Pas als ik in mijn kamer tegen de dichte deur leun, merk ik hoe snel mijn hart klopt.

4

Ik bons op de deur van de linkerdouche en dan op de rechter. 'Duurt het nog lang?' vraag ik met stemverheffing om over het geklater van het water heen te komen.

'Ik sta er net onder,' klinkt het uit de rechterdouche. Ik meen Chris' stem te herkennen. Uit de linkerdouche krijg ik geen enkele reactie. Zuchtend leun ik weer tegen de wasbak aan. Het is acht uur, waarom zijn allebei de douches zo vroeg op de ochtend al bezet?

Ik veeg een vochtige lok haar uit mijn gezicht. Het is hier een soort Turks stoombad; de twee spiegels zijn beslagen en er hangt een dikke, warme mist in de badkamer. De douches bevinden zich allebei in een apart hokje met een plastic slot, dat er niet heel stevig uitziet.

Ik kijk op de klok aan de muur. Bijna vijf over acht. Een beetje besluiteloos gluur ik om de hoek van de deur. Ik heb geen zin om te wachten, maar als ik wegloop, zul je altijd zien dat er iemand anders stiekem onder de douche glipt. Dat gebeurt mij mooi niet. Ik blijf wel staan.

Na nog eens vijf minuten wordt eindelijk de kraan van de linkerdouche dichtgedraaid. 'Hè hè, dat werd tijd,' mompel ik tegen de dichte deur.

'Ja hè?' klinkt het.

'Nam je zwemles of zo?'

'Nee, ik waste gewoon mijn haar,' antwoordt Kikker. 'Heb je gezien hoe lang het is? Heb je enig idee hoeveel werk daarin gaat zitten?'

'Je zou ook naar de kapper kunnen gaan, ijdeltuit.'

'Dan pak ik zelf de keukenschaar wel.'

'Dat wil ik zien.'

'Ja, dat zou je wel willen, hè?' De deur gaat open en Kikker stapt de douche uit. Om zijn smalle heupen heeft hij een blauwe handdoek geslagen. Zijn haar drupt nog wat na. De spetters vallen op zijn schouders, waarna ze over zijn blote borstkas naar beneden glijden over zijn gespierde buik en onder zijn navel in de handdoek verdwijnen. Mijn blik blijft hangen in het midden van zijn platte buik, op zijn ondiepe navel met een bobbeltje in het midden.

Mijn mond is ineens heel droog.

Kikker kijkt me aan met die ondoorgrondelijke blik van hem. Zijn groene ogen boren zich in de mijne.

Mijn huid tintelt.

De tijd vertraagt.

Automatisch doe ik een stapje zijn kant op. Hij buigt zich een stukje naar me toe. Inmiddels staan we zo dicht bij elkaar dat ik de geur van zijn schone lijf ruik. Ik druk mijn nagels in mijn handpalmen.

Dan begint hij ineens breed te grijnzen. Voor ik in de gaten heb wat er gebeurt, schudt hij een paar keer heftig met zijn hoofd, waardoor de spetters uit zijn vochtige haar in mijn gezicht vliegen. Ik krijg de volle laag.

'Ah!' gil ik. Met mijn ogen stijf dichtgeknepen doe ik een stap naar achteren en bots tegen de wasbak. Ik verlies mijn evenwicht en knal als een zak aardappelen tegen de vochtige, vuilwitte tegelvloer. Het enige wat ik nu nog van Kikker zie, zijn zijn badslippers. En zelfs dat vind ik eigenlijk te veel. 'Aaah!' schreeuw ik uit. 'Doe even normaal!'

Kikkers lachende gezicht verschijnt op mijn hoogte. 'Niet leuk, prinses?' Hij trekt me met één hand overeind, terwijl de andere de handdoek op zijn plaats houdt. Zodra ik mijn evenwicht hervonden heb, trek ik me los van hem. Ik werp hem een ziedende blik toe en storm dan de douche in.

Na een snelle douche (ik wilde geen seconde langer dan noodzakelijk daarbinnen zijn, en daarbij was de doucheslang gescheurd en provisorisch met tape dichtgeplakt) sprint ik in alleen mijn roze Blond-badjas naar mijn kamer. Op de gang kom ik gelukkig niemand tegen. Als ik eindelijk druipend en rillend in mijn kamer sta, neem ik me voor om nooit meer te vergeten een handdoek mee te nemen. Dat scheelt een hoop stress.

Ik droog me af met een handdoek (ook van Blond), die ik daarna op de grond laat vallen, boven op mijn kleren van gisteren. De zon schijnt door mijn raam naar binnen, slechts gefilterd door de bladeren van een dikke boom.

Het enige wat al helemaal is uitgepakt en ingeruimd is de toiletkast boven mijn vergrijsde wastafel. Ik ben dol op make-up. Als ik ga winkelen, kom ik altijd met een nieuw item thuis. Lippenstift, mascara of blush. Maar vooral oogschaduw is een zwakte. Er bestaat geen fijner gevoel dan het openklappen van een nieuw palet met felle kleuren, highlighters en donkere tinten. Elke dag maak ik een andere look bij mezelf. Vandaag ga ik voor een lichte zilverkleur in mijn binnenste ooghoeken, die via een metallic blauw uitloopt naar een smokey eye met donkerblauw en zwart. Misschien is het iets te heftig voor een normale dag, maar zodra ik me begin op te maken, ga ik er helemaal in op. Ik vervaag de zwarte kleur een beetje met een blendkwast en breng nog wat highlighter aan op mijn wenkbrauwbot. Tevreden doe ik een stap naar achteren en bekijk het resultaat in de spiegel. Perfect.

Merel sms'te me vannacht om halftwee dat ze me mist. Er stonden twee spelfouten in het berichtje, dus ze zal wel brak zijn vandaag.

Als ik de keuken inloop op mijn sandalen met sleehak, zit Hermelien al aan de gigantische ronde tafel. De borden van gisteravond staan opgestapeld in het midden.

'Goedemorgen! Wat heb je mooie oogschaduw op,' begroet ze me vrolijk.

'Mogge,' mompel ik, terwijl ik zoekend om me heen kijk. 'Waar bewaren jullie het brood?'

Hermelien kijkt me even blanco aan en vraagt dan: 'Heb je nog geen brood gehaald?'

'Moest dat dan?'

'Wel als je wilt eten, ja,' zegt ze. 'Hier, neem maar wat van mij.' Ze schuift een half brood mijn kant op.

Ik besmeer de boterham dik met pasta (ook van Hermelien) en loop dan met bord en al naar de balkondeur.

'Wat ga je doen?' vraagt Hermelien.

'Buiten zitten,' zeg ik. 'Heb je wel gezien wat een mooi weer het is?'

Hermelien kijkt ook naar buiten en trekt haar wenkbrauwen verbaasd op. 'Inderdaad. Nou, dan kom ik bij je zitten.'

Moet dat?, wil ik vragen, maar ik hou me in. Hermelien drentelt achter me aan naar buiten, waar ik direct neerplof op de zachte bank. Er stijgt een gigantische wolk stof uit op en ik slaak een gil. 'Gadverdamme, wat is dit?'

'De reden dat wij nooit buiten zitten,' grinnikt Hermelien. 'Die banken staan hier geloof ik sinds 1993 regen en viezigheid op te zuigen.'

'Wie zet er nou een stoffen bank op het balkon?' vraag ik terwijl ik vol afschuw mijn babyblauwe zomerjurkje afklop.

Hermelien haalt haar schouders op. 'Ik niet. Kom, dan gaan we hier zitten.' Ze klopt naast zich op het houten bankje in de hoek van het balkon. Een beetje huiverig laat ik me naast haar op het hout zakken.

'Hoe was je eerste nacht in Het Fort?' vraagt Hermelien. Ze neemt een hap van haar boterham met sandwichspread. Ik weet niet wie dat spul bedacht heeft, maar van mij mag de uitvinder van de sandwichspread een langzame, pijnlijke dood sterven aan een vervelende ziekte. Maakt niet uit wat, maar het liefst iets met veel zweren. Wat stinkt dat spul, zeg. En het smaakt naar vermalen purschuim.

'Ja, het beviel wel,' antwoord ik naar waarheid. Ik ben gisteren gaan slapen nadat ik de camversie van *Dark Moth* had bekeken, die eerlijk gezegd inderdaad een beetje tegenviel. De camera schudde en was niet altijd scherpgesteld, soms viel er een deel van het beeld weg en net tijdens de (toch al niet zo expliciete) seksscène kreeg iemand in de zaal een hoestaanval. Maar goed, ik eet natuurlijk nog liever een pot sandwichspread leeg dan dat aan iemand hier in huis te vertellen.

'Hoe lang woon jij hier eigenlijk al?' vraag ik, om van onderwerp te veranderen.

Daar moet Hermelien even over nadenken. 'Ik geloof... drie jaar.'

'Drie jaar?' herhaal ik. 'In deze vuilnisbelt?'

Ze knikt. 'Maar ik heb het wel naar mijn zin, hoor.'

Ik neem haar gezicht onderzoekend op. Ze moet wel gek zijn. 'En die vieze nerds dan?'

Ze giechelt een beetje. 'Ze zijn heel lief. Je moet ze gewoon een beetje leren kennen.'

'Ik zei ook niets over hun karakter,' brom ik. 'Ik zei dat het een stelletje smeerlappen is.' Mijn gedachten dwalen af naar de badkamer. Naar die druppeltjes die uit blonde haren op brede schouders over een gladde, gespierde borstkas naar beneden rollen. Wat zou Kikker nu aan het doen zijn?

Ach, dat kan mij toch niks schelen. Vreselijke klootzak. Ik hoop dat hij stikt in die zelfgenoegzaamheid van hem.

'Wat vind je van Kikker?' vraag ik terloops aan Hermelien.

Haar ogen beginnen te glinsteren en ze grijnst breed naar me. 'Je vindt hem leuk, hè?' Samenzweerderig port ze me in mijn zij.

'Néé,' zeg ik resoluut.

'Ja ja. Met die rode kop van je.'

'Echt niet! Kikker is zo vreselijk... vreselijk...' Ik probeer op een woord te komen dat beledigend genoeg is om hem te omschrijven, maar dan zie ik dat Hermelien haar blik verplaatst naar iets achter mij.

'Vreselijk sexy?' oppert Kikker met een uitgestreken gezicht. 'Vreselijk intelligent? Vreselijk aardig?'

'Hmpf.' Ik voel mijn oren warm worden. Om iets te doen te hebben, prop ik nog een hap brood in mijn mond.

'Wat ga je vandaag doen?' vraagt Kikker. Shit, net nu ik mijn mond vol heb.

'Nwiedf,' antwoord ik.

'O, oké,' knikt hij, en dan wendt hij zich tot Hermelien, die al klaarzat om antwoord te geven. 'Maar dus, wat ga je doen?'

Aha. Op die manier. Hij had het niet tegen mij.

Weet je, ik ga me gewoon helemaal niet meer met dit gesprek bemoeien. Ik ga achteroverleunen – kijk, zo – en van de zon genieten. Precies. Dit is heerlijk, die warmte op mijn gebruinde huid. Ik ga vandaag niet meer letten op Kikker of Hermelien of wie dan ook. Al die nerds kunnen me gestolen worden, ik ben blijkbaar de enige normale persoon in dit huis en ik zie er perfect uit in mijn luchtige jurk, met mijn haar nonchalant opgestoken en mijn lange benen onder me gevouwen. Misschien moet dat mijn mantra worden, 'ik zie er perfect uit'. Genietend herhaal ik het in mijn hoofd.

Ik zie er perfect uit.

Ik zie er perfect uit.

Ik zie er perfect uit.

'Er zit chocopasta op je neus,' merkt Kikker behulpzaam op.

Hermelien heeft aangeboden me de campus te laten zien. Daar heb ik niet erg veel zin in, maar ik besef dat ik de omgeving een beetje moet leren kennen. Bovendien heb ik verder geen plannen vandaag (tenzij je dozen uitpakken meerekent).

'Hier is het voetbalveld.' Hermelien wijst naar de twee voetbalvelden rechts van mij. 'Het ene heeft echt gras, maar het andere is een keer helemaal opgevreten en verzakt door meikevers. Dus daar hebben ze maar kunstgras overheen gelegd, om van het gezeur af te zijn.'

We wandelen al een tijdlang de hele campus over, in een vlot tempo. Heel anders dan mijn normale heupwiegende slentertempo. Voor een propje loopt Hermelien behoorlijk snel. Ik raak er een beetje buiten adem van. Ik ben al geschokt aangestaard door alle nerds die we tot nu toe zijn tegengekomen (welgeteld vier) en ik weet nu al zeker dat ik hier niet lang wil wonen.

Ik zwiep mijn haar over mijn schouder. Hermelien kijkt me geamuseerd aan.

'Wat?' vraag ik.

'Niks, niks,' zegt ze snel. Maar het stiekeme lachje blijft om haar mond spelen.

'Er is iets,' zeg ik verontwaardigd. 'Wat is er? Gaat het over mij?' Haar grijns wordt breder. Ik word hier een beetje chagrijnig van. 'Vertel nou wat er is!'

'Nee, niks,' herhaalt Hermelien. 'Het is alleen...'

'Wat? Alleen wat?' Ik heb zin om haar door elkaar te rammelen.

Ze kijkt me vluchtig aan. 'Dat is een trucje van je, hè?'

'Wat is een trucje?' Ik staar haar compleet blanco aan.

'Dat gezwaai met je haar,' legt Hermelien uit. Ze wordt een paar tinten roder. 'Dat doe je de hele dag. Niet dat het raar is, hoor,' voegt ze er snel aan toe als ze mijn blik ziet. 'Waarschijnlijk zou ik dat ook doen als ik zulk mooi blond haar had.' Ze plukt even afwezig aan haar eigen pluizige dweil.

Ik ben een beetje verbaasd. Natuurlijk zwaai ik wel eens bewust mijn haar over mijn schouder, maar blijkbaar doe ik het ook heel vaak zonder dat ik het zelf doorheb. 'Doe ik dat echt de hele dag?' vraag ik voorzichtig.

Hermelien knikt. 'En het werkt, hoor. Alle jongens in huis zijn gefascineerd door je.'

Ik grinnik. 'De jongens in huis zijn gefascineerd door alles met borsten.'

'Niet door mij,' mompelt Hermelien binnensmonds. Ze staart naar de straatstenen en gaat nog een tandje sneller lopen.

'Kunnen we even pauzeren?' vraag ik. 'Of wat langzamer lopen?'

Ze kijkt verbaasd over haar schouder. 'O, sorry. Ik loop altijd veel te snel.'

'Zeg dat wel!' Ik leun hijgend tegen het hek van het voetbalveld. Mijn haar kriebelt tegen mijn wangen, dus gooi ik het over mijn schouder.

Oeps.

Ik gluur even naar Hermelien om te zien of ze het gespot heeft. 'Ik zei het toch?' grijnst ze. 'Ik denk dat het een tic is.'

'Ik denk dat jij getikt bent.'

Hermelien knikt. 'We zijn allemaal een beetje getikt.'

'Maar jij het meest,' hou ik vol. 'Ik bedoel, waarom ga je in een huis met alleen maar nerdige gozers wonen?'

'Wacht maar tot je ze leert kennen, dan wil je er nooit meer weg.' Ze haalt haar schouders op. 'Zullen we weer gaan lopen? Dan laat ik je de Bastille zien.'

De Bastille blijkt een soort verzamelpunt voor nerds. Voor het gebouw zit een groepje bleke jongens en meisjes een bordspel te doen. Twee ervan komen me verdacht bekend voor. Ik knijp mijn ogen samen en denk diep na... 'Oh. My. God.' Ik grijp Hermeliens spekkige arm vast. 'Dat zijn die twee kerels uit *Beauty & the Nerd*!' Ik wijs ongegeneerd naar ze. Blijkbaar heb ik een beetje hard gepraat, want de ene kijkt op en rolt met zijn ogen. Oké, een beetje arrogant voor een nerd.

Hermelien klopt geruststellend op mijn hand en zegt: 'Dat klopt, Otto en Anjo. Oftewel de INF-twins.'

Ik kijk een beetje moeilijk. 'INF-twins?'

'Ja, omdat ze een tweeling zijn en allebei informatica studeren,' legt Hermelien met een klein glimlachje uit. 'Zo simpel zijn bijnamen soms.'

'Wat is jouw echte naam?' vraag ik spontaan.

Ze is blijkbaar erg overrompeld door mijn brutale vraag, want ze begint te stotteren en haar oren worden stoplichtrood. 'Dat... Ik, eh, mijn naam...'

'Ja?' moedig ik haar aan.

Ze spiedt om zich heen en trekt me dan aan mijn hand mee naar de ingang van de Bastille. 'Wat gaan we doen?' vraag ik verbaasd, maar ze antwoordt niet. Ze leidt me de dubbele deuren door, een hal door, naar een soort aula. Er staan stoelen en tafels en het plafond is heel hoog. Ze trekt me mee in een donker hoekje, achter een plant. Ik vind het allemaal nogal James Bond worden.

'Zo erg kan je naam toch niet zijn?' schamper ik. 'Ik bedoel, je bijnaam is Hermelien. Wie laat zich nou voor de lol de hele dag Herme...'

'Sjaantje.' Haar hoofd is roder dan ooit en haar ogen staan ongelukkig. 'Ik heet Sjaantje. Nu tevreden?'

Ik weet niet wat ik moet zeggen. Sjaantje? Wat is dat voor naam? Wat erg!

'Oké, dan zou ik ook voor Hermelien gaan,' flap ik eruit.

O, wacht even. Ze ziet eruit alsof ze ieder moment in huilen kan uitbarsten, dus pers ik mijn lippen in een glimlach en zeg zoetjes: 'Ik bedoel... dat valt toch best wel mee?'

'Leuk geprobeerd,' zegt ze vlak.

'Nou, misschien heb ik wel een ontzettend lelijke doopnaam. Ignatia, of zo.'

'Jij zou er nog wel mee wegkomen als je Sjaantje zou heten,' zucht Hermelien. Of moet ik haar nu Sjaantje noemen? 'Jij bent hartstikke mooi.'

'Nou,' protesteer ik bescheiden. Ik zwiep mijn haar over mijn schouder – o, daar zou ik mee stoppen.

'Beloof je dat je het aan niemand vertelt?'

Alsof iemand hier ook maar geïnteresseerd in is. 'Natuurlijk vertel ik het aan niemand.' Ik probeer haar af te leiden, voordat ze er weer iets van zegt. 'Hoe ken je Anjo en Otto eigenlijk?'

'Fanaat.' Ze kijkt naar de grond. 'De spelletjesvereniging.'

'O,' zeg ik beleefd. 'Eh, gaaf.'

Ze grinnikt. 'Helemaal niet. Het is echt supernerd. Maar dat is niet erg,' vervolgt ze schouderophalend. 'Ik hou van spelletjes.' Haar oren worden weer een beetje rood.

'Volgens mij hou je ook van de INF-twins.' Ik neem haar reactie minutieus op. Ze spert haar ogen open en kijkt me geschokt aan.

De rest van de dag wandelen we over de campus. In de supermarkt, die gelukkig vlakbij zit, sla ik direct drie pizza's in. Ik heb nog nooit zulke goedkope pizza's gezien. Of zoveel bier bij elkaar. Ik koop brood, pindakaas, hagelslag en chocopasta. En tot slot, als ik al vijf keer langs het chocoladerek ben gelopen, besluit ik ook een lekkere chocoladereep mee te nemen. Dat heb ik wel verdiend na deze lange dag. We hebben alles gezien. De hele campus. Mijn benen doen pijn en ik geloof dat ik wel vijf blaren voel kloppen in mijn sexy sandalen. Niet zulke praktische schoenen om lange einden mee te wandelen, en al helemaal niet als dat op Hermeliens tempo is. Heeft dat kind in het leger gezeten of zo? Ze marcheert als een volleerd sergeant.

Tussendoor vertelde ze me over wat ik kon verwachten van de Kick-In, die morgen begint. Ik denk er liever nog niet aan, want ik heb er geen zin in en voel me zelfs een beetje zenuwachtig. Het verbaasde Hermelien dat ik nog niet eens had besloten in welke doegroep ik wilde komen (waarop ik reageerde met: 'Wat is een doegroep?'). Je schijnt er zelf geen invloed op uit te kunnen oefenen, maar soms, als je snel bent, kun je van plek ruilen met iemand uit een andere doegroep. Vervolgens noemde ze zoveel groepen op dat ik er een beetje duizelig van werd. Ik voel een zenuwachtig kriebeltje in mijn buik. Een kleintje maar, hoor, maar desalniettemin een kriebeltje. Die nerds kan ik wel aan, maar mijn toekomstige jaargenoten zijn er ook allemaal bij. Ik moet me een week lang bewijzen, laten zien dat ik een plekje verdien in de toplaag van de sociale kringen binnen de universiteit.

Voor het eerst wens ik dat iemand uit de flat tegelijk met mij de Kick-In meemaakt. Al was het maar zodat ik hem of haar belachelijk kan maken tegenover mijn groepsgenoten.

Ik ben benieuwd hoe Merels eerste KEI-dag verloopt. Zodra ik weer op mijn kamer ben, bel ik haar op. De telefoon gaat een keer of acht over, maar dan klinkt het: 'Met Merel.'

'Hé poeps,' zeg ik, lichtelijk verbouwereerd dat ze niet zoals gewoonlijk gillend opneemt met 'Hé chick,' of zo.

'Ik ben er even niet, dus doe je ding na de piep. Later!'

Aha, dat verklaart het. Ik hang vlak voor de piep op.

Er wordt zacht op mijn deur geklopt. 'Binnen,' roep ik.

Chris steekt zijn hoofd om de deur. O ja, hij moet zijn tienrittenkaart er vandaag natuurlijk wel uit krijgen. 'Hoi Lucy.'

'Hoi.' Ik kijk hem uitdrukkingsloos aan.

Hij laat zich er niet door weerhouden en stapt naar binnen alsof hij dit dagelijks doet. In allebei zijn handen klemt hij een beker koffie. De ene mok is robuust en bruin, de andere is zo te zien ooit onderdeel geweest van een gebloemd kop-en-schotelsetje. 'Ik dacht, jij hebt vast zin in een kopje koffie,' zegt hij, met een hoofdknik naar zijn handen. Hij reikt mij de bruine mok aan, die ik verbaasd van hem overneem.

'O,' zeg ik. 'Eh, oké.'

Hij ploft naast me neer op het bed. 'Heb je al veel gezien van de campus?'

'Ja, Hermelien heeft me vandaag de grand tour gegeven.'

'Op die schoenen?' Chris' blik glijdt af naar mijn hoge sandalen.

Ik knik en trek een pijnlijk gezicht. 'Ik durf ze nog niet uit te doen. Is Hermelien stiekem fitnessdocent in haar vrije tijd?'

'Je zou het bijna denken. Ze heeft mij ooit overgehaald om samen naar de stad te lopen, want "zo ver was het niet". Ik moest halverwege de bus nemen, anders stierf ik aan een zuurstoftekort.'

Ik grinnik tegen wil en dank.

'Lucy, het is niet raar om je in het begin een beetje verloren te voelen, hoor,' zegt hij. 'Je moet je draai nog vinden. Toen ik hier drie jaar geleden kwam wonen, heb ik me eerst wekenlang in mijn kamer opgesloten voordat ik contact durfde te zoeken met huisgenoten.'

'Ik voel me niet verloren,' zeg ik.

Hij geeft een klopje op mijn arm. 'Ik wil alleen zeggen dat het niet erg is als het gebeurt. Dat hebben we allemaal gehad.'

'Zelfs Kikker?' vraag ik.

Chris werpt me een 'ik wist het wel'-glimlach toe en ik wens prompt dat ik mijn vraag weer in kan slikken. Fijn, het is pas dag twee en iedereen denkt al dat ik een oogje op Kikker heb. Terwijl het tegendeel juist waar is. Ik vind hem arrogant. En irritant. En daarbij is hij simpelweg niet mijn type. Ik val niet op pezige slungels met een kromme neus. De hele middelbare school lang ben ik omringd geweest door afgetrainde jongens, met biceps die niet zouden misstaan in *Men's Health*. Dat zijn jongens die mijn hart sneller doen kloppen.

Niet Kikker.

Ik wil het allemaal aan Chris vertellen, maar hij geeft al antwoord. 'Zelfs Kikker. Hij is eigenlijk heel verlegen.'

'Sorry, hebben we het over dezelfde persoon?'

Chris grijnst. 'Er zit meer in hem dan je nu misschien denkt. Kikker is echt een goeie gast.'

Ik denk aan onze ontmoeting vanmorgen in de badkamer. 'Nou, wat een goeie gast,' mompel ik wrokkig.

'Leer hem eens kennen, Lucy,' zegt Chris met een half lachje. 'Het kan geen kwaad om mensen een kans te geven.'

'Wat moet dat nou weer betekenen?' vraag ik beledigd.

'Gewoon, dat het handig is om niet meteen te oordelen.' Chris kijkt me veelbetekenend aan en ik ben heel even bang dat hij vermoedt dat ik hem een dikke pad vind. Dan verwerp ik het idee. Belachelijk, hij kan geen gedachten lezen.

'Bedankt voor dit supernuttige advies.' Ik rol met mijn ogen en sla de laatste slok koffie achterover. Door het gesprek merk ik nu pas dat er geen melk in zit. 'En nu ga ik mijn dozen uitpakken.'

'Zal ik je helpen?' vraagt Chris. Hij springt al op. Ik twijfel. Aan de ene kant wil ik niet dat hij met zijn nieuwsgierige neus door mijn spullen gaat. Aan de andere kant: als hij helpt, gaat het sneller en kan ik eerder iets beters doen met mijn tijd.

'Goed,' zeg ik en ik schuif drie dozen vol kleding naar voren. Ik stap over het hoopje vuile was op de vloer heen. Binnenkort moet ik echt even ontdekken hoe de wasmachine werkt. 'Dit kan allemaal netjes opgevouwen in de kast. T-shirts bij T-shirts, broeken bij broeken, rokjes bij rokjes. Ik wil geen wirwar van opgepropte troep waarin ik nooit meer iets terug kan vinden.'

Hij salueert, waar ik heus niet om moet lachen, en begint de stapeltjes netjes in de kast te leggen. Ik stort me op mijn schoenencollectie, die ik netjes naast de deur uitstal. Ik maak een mentale notitie om binnenkort een schoenenrek aan te schaffen. Hm, het zijn er eigenlijk wel heel veel. Inmiddels staan ze rijen dik naast de deur, tot halverwege de kamer. Het ziet er rommelig en vol uit, en ik heb nog niet eens alles uitgepakt. Ik kan moeilijk gaan stapelen, dat ziet er ook niet uit. Nou ja. Ik laat de schoenen even voor wat ze zijn en richt me op het kledingrek. Daar moeten al mijn jurken en tuniekjes aan hangen, maar nu is het nog een hoopje ijzer met een zakje vol schroeven. Vol goede moed pak ik de Ikea-tekening erbij, maar bij het zien van de plaatjes vol pijlen ontsnapt me een kreun van wanhoop. Hier kan ik geen touw aan vastknopen.

'Laat eens zien,' zegt Chris, die onverwacht naast me is komen staan. 'O jee, ik kan niets met Ikea-handleidingen. Maar Kikker is daar wel heel goed mee. Ik roep hem wel even.'

Voor ik kan protesteren, is Chris de kamer al uit. En voor ik mijn haar heb kunnen fatsoeneren, is hij al terug, met Kikker in zijn kielzog.

'Een lastig bouwpakket?' vraagt Kikker. Hij slaat op zijn borst. 'Laat mij maar even kijken.'

Ik duw de tekening in zijn handen. 'Hier. Succes ermee.'

Kikker neemt het papier van me aan. 'Wist je dat ze Ikea-handleidingen eerst testen op mensen met downsyndroom, zodat iedereen ermee om kan gaan?'

'Dat is vast verzonnen,' mompel ik, terwijl ik met hevig blozende wangen een nieuwe doos openvouw.

Chris blijft naast Kikker staan om een beetje te kletsen over het soort schroevendraaier dat hiervoor nodig is. Ik wijs naar het zakje met ijzeren mini-instrumentjes dat bij het pakket zit. 'Alles wat je nodig hebt zit er toch al bij?'

Kikker kijkt me schamper aan. 'Dat wel, alleen heb ik niet zo'n zin om de schroeven er met mijn handen in te draaien.' Hij wappert met zijn lange vingers voor mijn neus.

Ik kijk hem vuil aan en richt me op het werk dat ik net aan Chris toebedeeld had: mijn kleding op stapeltjes in de kast leggen. Pas als ik alle planken twee rijen dik heb volgepropt, besef ik dat het niet past. Het past echt niet. Ik heb nog een halve doos over die barst van de T-shirts en topjes, maar ik kan ze nergens meer kwijt.

'Probleempje, prinses?' klinkt Kikkers stem achter me.

Ik draai me met tegenzin om. 'Nee hoor, alles gaat prima.'

'Dus die kleding hoeft nergens te liggen?' vraagt hij met een uitgestreken gezicht. Het rek staat al bijna helemaal in elkaar.

Ik werp een stoïcijnse blik op de halfvolle doos. 'Nee hoor. Die kleding ligt hier prima.'

'En die schoenen ook, zeker?' Zijn blik glijdt naar de berg schoenen naast mijn deur.

'Ja, die ook,' bits ik. 'Precies zoals ik het gepland had.'

'Hm.' Hij laat zijn felgroene ogen over me heen glijden. Ze glinsteren vervaarlijk, alsof hij me een beetje uitlacht. 'Dus het is niet nodig om de halflege kast op mijn kamer aan te bieden als tijdelijke opslag?'

Mijn mond vormt een O. Want eigenlijk zou dat wel heel handig zijn. Totdat ik een fatsoenlijke kast heb. Ik bedoel, totdat ik een betere kamer heb. In de stad. Het is maar voor even. 'Nou ja,' zeg ik. 'Als jij toch niets met die kast doet...'

5

'Kom op, een beetje enthousiasme, jongens!'

Sander klapt in zijn handen, doet een gek dansje en brult vervolgens: 'Hup, Annies!'

Om me heen schreeuwen vier malloten: 'Eén, twee, drie! ANNIE!'

Ik wacht een paar seconden, en ja hoor: van alle kanten wordt in koor gebruld: 'Vier, vijf! KUTWIJF!'

Ik zucht diep en werp een blik op mijn roze horloge. Het is tien over twee en ik ben in een complete hel beland. Het begon al toen ik mijn Kick-In-bandje op moest halen. Zo'n lelijk plastic ding dat ieder jaar een andere kleur heeft. Tot mijn afschuw bleek het afschuwelijk fluorescerend geel te zijn.

Toen het tijd was om de doegroepen in te delen, bad ik dat ik niet in de Pantserdivisie zou zitten, want die doegroep staat erom bekend dat ze de hele Kick-In lang hun gezicht met camouflagekleuren beschilderen. Maar ik hoopte vooral dat ik niet in Annie zou zitten, want de verhalen van Hermelien vond ik afschrikwekkend genoeg. Annie is altijd een beetje het sukkeltje van de doegroepen, met de zeer originele en vooral inspirerende yell: 'Eén, twee, drie! ANNIE!'

Dat roept de doegroep zo vaak dat de andere groepen daar een beetje ziek van worden. Dus introduceerden zij een aantal jaar geleden de aanvulling: 'Vier, vijf! KUTWIJF!'

Dus hier sta ik, midden op een voetbalveld, tussen honderden andere mensen, in een veel te wijd, wit T-shirt waar met zwarte viltstift ANNIE opgekalkt is. Mijn ene doegroepouder, Sander, is een compleet gestoorde tweedejaars technische geneeskunde en de ander is helemaal een sukkel, want die is nog niet eens op komen dagen. Hij had zich verslapen. Mijn doegroep bestaat verder uit Geert en Marcel, een luidruchtige tweeling met identieke varkensneuzen;

Hetty, een gespierd meisje dat eruitziet alsof ze beter op haar plek was geweest in de Pantserdivisie; Omar, een donkere jongen die van zijn achternaam 'Bah' heet en Ferdi, een verveeld ogende jongen met golvend donkerblond haar en standaard een spottende uitdrukking op zijn gezicht. Hij weigert, net als ik, mee te doen aan dat debiele Annie-gedoe. Ik geloof dat ik hem wel mag.

Er komt een groep enthousiast kletsende en giechelende meisjes met roze shirts en roze petjes langslopen. Ik zucht diep. De Pink Ladies. Daar hoor ik bij, niet bij Annie.

'Oké jongens, even opletten!' roept Sander. Hij klapt in zijn handen. 'We gaan straks gezellig samen lunchen. We wachten nog even op Rikkert, die sms't net dat hij er bijna is. Ik dacht dat we tijdens de lunch wel een voorstelrondje kunnen doen, zodat we een beetje weten waar iedereen vandaan komt en wat ze gaan studeren. Goed plan?'

De tweeling grijnst en roept: 'Yeah!' De rest, waaronder ik, reageert nogal lauw.

'Kijk eens aan, daar is-ie eindelijk,' roept Sander uit. Hij wijst naar de andere kant van het voetbalveld. Ik knijp mijn ogen tot spleetjes tegen de zon en speur naar iemand die eruitziet als een Rikkert. Misschien ballig, met te veel gel in zijn haar en een bierbuik. Hé, daar loopt Chewy! God, wat is het toch een vreselijke haarbal. Ik stoot Ferdi aan en wijs naar mijn flatgenoot. 'Die gozer woont bij mij in huis.'

'Wat, die harige aap?' vraagt hij met een lijzige stem. Zijn r is glad en rond. Zou hij uit het Gooi komen?

Ik knik. 'Hij is echt contactgestoord.'

'Nou, dan hoef je je in ieder geval geen zorgen te maken als hij straks hierlangs loopt,' zegt Ferdi. 'Hij durft toch geen hoi te zeggen.'

Ik kijk gealarmeerd weer naar Chewy. Fuck, hij komt echt deze kant op. Ik wil niet gespot worden door iemand die ik ken in dit witte horror-t-shirt. Ik schuif met twee subtiele stapjes wat meer achter Ferdi, zodat Chewy me misschien niet herkent. Misschien moet hij hier helemaal niet langs.

'Zo, jongen. Ben je daar eindelijk,' zegt Sander.

Tegen Chewy.

Het duurt even voordat tot me doordringt dat Rikkert mijn harige flatgenoot is.

Chewy kijkt verlegen naar ons en mompelt: 'Hoi Annies.'

Sander moedigt hem aan. 'Zo, Rikkert, vertel jij onze doegroep iets over jezelf?'

Chewy kijkt ons allemaal angstig aan en schraapt zwakjes zijn keel. Ik zucht verveeld, waardoor hij nog ongemakkelijker gaat kijken. 'Hoi, ik ben Rikkert,' zegt hij zachtjes met zijn vreemde, koerende, hoge stem. 'Ik woon hier nu een jaar en studeer technische geneeskunde.'

Ik wacht tot er meer komt, maar hij valt stil. Sander klapt in zijn handen en vraagt: 'Hobby's?', ook al vermoed ik dat hij Chewy's hobby's best weet.

'Ik, eh,' stamelt Chewy, 'ik game graag.'

'Sport?' vraagt Hetty hoopvol.

Chewy schudt zijn hoofd.

'Stappen?' Ferdi snuift al van het lachen terwijl hij de vraag stelt.

Chewy bloost nog harder en schudt zijn hoofd opnieuw. Na een paar seconden stilte zegt hij op nog zachtere toon: 'Ik haak.'

Omar Bah vraagt enthousiast: 'Schaken? Dat is ook mijn hobby!'

'Nee, niet schaken.' Hoewel hij superharig is, kan zijn gezichtsvacht niet verhullen dat Chewy zich doodschaamt. 'Haken.'

Er valt een stilte. Iedereen staart Chewy verbijsterd aan. Ik ben de eerste die zichzelf bij elkaar weet te rapen. 'Háken? Als in dekentjes haken?'

Mijn huisgenoot knikt en houdt zijn hoofd gebogen.

Naast me hoor ik Ferdi proesten. 'Oma,' mompelt hij. De tweeling vindt het ook hilarisch. Als ik Chewy was, zou ik nu bidden dat er ineens een geheim luik in de grond bleek te zitten. De schaamte!

Ferdi kan zich niet meer inhouden. Hij lacht Chewy hardop uit.

'Wat is eigenlijk het programma voor de rest van de dag?' vraag ik op zonnige toon.

Sander begint direct te vertellen over een zeskamp en vanavond naar de Vestingbar. Chewy ontspant zichtbaar. Zijn magere, harige lijf in verwassen t-shirt zakt opgelucht een stukje in elkaar. Ferdi kijkt me met gefronste wenkbrauwen aan, teleurgesteld dat hij Chewy niet meer te kakken kan zetten. Ik weet ook niet waarom ik van onderwerp veranderde. Het voelde gewoon een beetje verkeerd om te lachen om de sociale handicap van mijn flatgenoot.

Wat gebeurt er met me?

Sander klapt in zijn handen, wat me een beetje op mijn zenuwen begint te werken. En we moeten nog negen dagen. 'Oké Annies! Laten we snel een lunchtafel gaan veroveren, voordat er geen plek meer is!'

Hij draait zich om, steekt zijn vuist in de lucht en brult: 'Eén...'

'Twee, drie!' vallen Geert, Marcel, Hetty en Omar hem uit volle borst bij. Zelfs Chewy doet voorzichtig mee, met een klein glimlachje om zijn mond. 'ANNIE!'

Alle doegroepen om ons heen schreeuwen als één man: 'Vier, vijf! KUTWIJF!'

Ferdi slaat zijn ogen vermoeid ten hemel. 'God, wat een klotezooi. Ik wou hier helemaal niet zitten.'

'Vertel mij wat,' mompel ik, terwijl we ons langzaam in beweging zetten naar de rand van het voetbalveld.

'Ga je bij een vereniging?' vraagt Ferdi.

'Geen idee,' antwoord ik naar waarheid. Toen ik in Groningen dacht te gaan studeren, verheugde ik me op het moment waarop ik geïnaugureerd lid van Vindicat atque Polit zou zijn, maar ik heb er nog helemaal niet over nagedacht om bij een Enschedese vereniging te gaan. Eerlijk gezegd weet ik niet eens wat voor verenigingen hier allemaal zijn.

'En jij?' vraag ik daarom maar. 'Ga jij bij een vereniging?'

Ferdi kijkt me even geringschattend aan. 'Natuurlijk. Vreselijk dooie boel hier, ik wil het in ieder geval een beetje opleuken. Zodra ik in de gelegenheid ben, meld ik me aan bij Audentis. Het is geen Quintus of Minerva, maar ach...' Hij haalt zijn schouders op.

Ik knik dommig. 'Tja, je moet wat.'

Ik doe nooit meer mee aan een zeskamp. Als ik had geweten dat ik dit moest doen, had ik een gebroken been gefaket. Sterker nog, ik had mijn been met liefde eigenhandig willen breken als dat had betekend dat ik hier nu niet stond. Door het schuiven, kruipen, rollen en vallen ben ik overdekt met modder. Vroeger zag ik opblaaskussens altijd als iets leuks, maar nadat ik er zojuist overheen, tussendoor, onderlangs en omheen gerend ben, denk ik daar heel anders over. Ik ben smerig van de paar honderd modderige voeten die mij voorgingen en die, net als ik, eerst de zeephelling moesten trotseren voordat ze het parcours überhaupt op konden.

De zon is inmiddels verdwenen achter een kudde wolken; een factor die de keuze waar ik momenteel voor sta extra bemoeilijkt. Ik kan vies en plakkerig blijven, of ik kan me af laten spuiten met een brandweerslang. Nou ja, ik heb het hoe dan ook koud, denk ik bij mezelf. Ik kan net zo goed koud en schoon zijn.

Dus stap ik naar voren en wil de slang van de jongen overnemen, maar hij houdt het ding net buiten mijn bereik. 'Nee, nee,' lacht hij. 'Niet "zelluf doen"!'

Er wordt gelachen. O ja, dat is nog zoiets gênants. Langs de kant van het met hekken afgezette parcours staan niet alleen mijn mede-introductiestudenten, maar ook nog eens heel veel mensen uit hogere jaren. Ik meende net een glimp blond haar en groene ogen te spotten in de zee van hoofden, maar ik heb voor mijn eigen geestelijke gezondheid besloten dat ik me dat verbeeld heb.

Ik spreid mijn armen gewillig, ten teken dat de jongen me mag verlossen van het vuil dat aan mijn kleren, huid en haar kleeft. Hij grijnst duivels en draait de spuit vol open. Veel harder dan ik verwacht had raakt het water me midden op mijn borstbeen en beneemt me de adem. Ik val achterover; mijn kont komt onzacht in aanraking met de grond. Doordat ik gevallen ben, is de straal nu op mijn gezicht gericht. Het water dringt in mijn ogen, neus, mond en oren. Ik gil, maar het klinkt meer als gorgelen. Alle lucht is uit mijn longen verdwenen. Ik hef mijn handen voor mijn gezicht om de straal af te weren. Dan is het ineens afgelopen, even plotseling als het begon. Om me heen hoor ik geproest, dat al snel overgaat in schaterlachen. Voorzichtig doe ik mijn ogen open. Ik zit druipend en totaal doorweekt op de grond, in een grote plas modder, met mijn knieën opgetrokken en mijn handen afwerend voor mijn gezicht.

'Zit je lekker?' vraagt de jongen met de brandweerslang pesterig. Ik kijk hem furieus aan en krabbel overeind. De mensen langs de kant beginnen nog harder te lachen en naar me te wijzen. Ik spreid mijn armen defensief en kijk woedend in de rondte. 'Heb ik soms iets van jullie aan?'

Een dikke jongen vooraan bij het hek, die zijn mobieltje erbij heeft gepakt en me aan het filmen is, brult: 'In ieder geval is die roze beha niet van mij!'

Ik kijk naar beneden. O shit!

Het lelijke witte T-shirt is doorzichtig geworden en plakt nu als een tweede huid aan mijn lijf. De spannende roze kanten beha, die ik vanmorgen heb aangedaan onder het mom 'je weet maar nooit', is even goed zichtbaar als wanneer ik geen shirt aan zou hebben. Het is koud, dus mijn tepels prikken erdoorheen. Snel sla ik mijn armen voor mijn bovenlijf.

Mijn gezicht brandt van schaamte. Hoe kom ik hier weg? Waar is mijn doegroep eigenlijk? Ik kijk in de rondte, waarbij mijn natte strengen haar in de rondte zwiepen. Ik weet zeker dat mijn mascara heel erg is uitgelopen, maar dat is nu wel mijn minste zorg. Ik moet weg hier, uit het middelpunt van de belangstelling.

Plotseling voel ik twee sterke handen op mijn schouders. 'Kom op.' Ik kijk om, recht in het vastberaden gezicht van Kikker. Mijn hart mist een slag. Ik had het dus toch goed, toen ik hem net dacht te zien. Hij knijpt even zachtjes in mijn schouder en trekt dan zijn vormeloze zwarte T-shirt uit. Dankbaar gris ik het uit zijn handen. Ik druk het tegen mijn borst en probeer niet te veel te staren naar zijn blote bast.

Met een zachte, dwingende hand leidt hij me door de menigte. Ik ben nog te lamgeslagen van schaamte om iets te zeggen. Het gelach en gehoon klinkt nog na in mijn oren. God, ik heb me nog nooit zo vernederd gevoeld.

Een hete traan rolt uit mijn brandende ogen. Ik knipper snel en probeer te slikken. Het helpt niet. Er volgt nog een traan. En nog een. 'Shit,' mompel ik gefrustreerd, met een verstikte stem.

Kikker kijkt omlaag en ziet mijn mascara nog verder uitlopen. Hij slaat een arm om me heen en trekt me tegen zich aan, ondanks mijn vieze, natte kleren. Dat maakt de prop in mijn keel alleen maar groter.

'Sorry hoor,' piep ik vol schaamte.

'Het is niet erg,' stelt Kikker me gerust.

Zo lopen we een tijdje stilzwijgend naast elkaar, terwijl zijn arm losjes beschermend om mijn schokkende schouders heen ligt. Als we bij de flat zijn, tilt Kikker mijn kin met zijn vinger op. Er vliegt een kriebel van mijn borst naar mijn buik.

'Geen zorgen,' zegt hij met een glimlach. 'Waarschijnlijk zijn ze het vanavond allang weer vergeten.'

Ze zijn het niet vergeten.

's Avonds staan er wel vijf filmpjes op YouTube, met foute namen als *Sjaars wordt bespoten* en *Eerstejaars tieton!!1!*. Ferdi, die naast me met zijn telefoon zit te kloten, zegt ineens verbaasd: 'Hé, je hebt het zelfs tot Dumpert geschopt!'

'Jeeeh, nu is mijn leven compleet,' zeg ik sarcastisch. 'Ik heb altijd al bijna naakt op Dumpert.nl willen staan.'

Het enige goede nieuws is dat ik de filmpjes zelf niet op mijn telefoon kan opzoeken, want die is verzopen tijdens het incident.

We zitten in een hoekje van de grote witte tent die naast de Bastille is opgezet. De KIP (Kick-In Party) is bezig en iedereen is aan het dansen, gillen en zuipen. O, en iedereen heeft het filmpje al gezien. Ik ben beroemd; een twijfelachtige eer.

Sander ploft naast me neer. 'Kom op, Lucy. Niet zo sip.' Hij klapt opbeurend in zijn handen.

Ik kijk hem met hatelijk samengeknepen ogen aan. 'Flikker op.'

Ferdi grinnikt en blijft bewonderend naar het schermpje van zijn mobiel kijken. 'Het is echt net of je geen shirt aan hebt!'

'Dank je wel, Ferdi,' snauw ik. 'Dat wist ik zelf ook wel.'

'Ik weet wat jou op kan vrolijken,' zegt Sander. Hij staat op, klapt weer in zijn handen en haalt diep adem. Zijn handen vormen een toeter voor zijn mond.

'Nee, bedankt...' begin ik, maar ons hele clubje (behalve Ferdi en ik) heeft de geweldige yell al ingezet. 'Eén, twee, drie! ANNIE!'

Na twee seconden komt de reactie. 'Vier, vijf! GEIL WIJF!'

Ik spits mijn oren en trek mijn wenkbrauwen op. 'Hoorde ik dat goed?'

'Ik geloof dat ze de tekst hebben veranderd.' Ferdi grijnst pesterig. 'Speciaal voor jou.' Hij staat op en roept voor het eerst uit volle borst: 'Eén, twee, drie! ANNIE!'

'Vier, vijf! GEIL WIJF!' galmt de tent vol studenten terug, waarbij iedereen naar mij wijst.

Ik begraaf mijn hoofd in mijn handen.

Weet je, eigenlijk is het allemaal niet zo erg. Als je het heel objectief bekijkt. Ik neem nog een slok van mijn bier. Na vijfhonderd keer vertellen dat ik liever wijn heb, besloot ik maar gewoon braaf de biertjes op te drinken die me werden aangeboden. Dit is mijn achtste. Negende? Nou, hooguit tiende. Waar het om gaat is, en dat leg ik momenteel ook uit aan Chewy, die zwijgzaam op de kruk naast mij zit: 'Het vvvalt ammaal reuzzzemee. En bier izzook niezzoviez assikdacht.'

Chewy knikt onzeker.

'Ja, pezzies ja!' roep ik. Ik zie het ineens allemaal een stuk zonniger in. Ten eerste weet iedereen nu wie ik ben. Ten tweede schijnen de meeste jongens het niet zo'n groot probleem te vinden. En ten derde...

Nou, die derde bedenk ik later nog wel.

Ik steek mijn hand op naar de barman van de Vestingbar, met wie ik al dikke vriendjes ben geworden. Ik heb hem Dolly gedoopt, omdat hij zo'n gigantische bos schapenkrullen heeft. 'Hé Dolly! Mag ik noggun biertje?' Ik kijk Chewy vragend aan. 'Jij ook?'

Hij schudt zijn hoofd en zegt onzeker: 'Ik weet ook niet zeker of jij er nog wel eentje moet hebben, eigenlijk...'

Ik doe alsof ik hem niet hoor en neem het glas van Dolly aan. Ineens wordt het donker. Twee handen bedekken mijn ogen. 'Raad eens wie,' bromt Ferdi in mijn oor. Ik giechel hysterisch.

Als hij zijn handen weghaalt ben ik zoveel evenwicht kwijt dat ik achteroverval, tegen zijn borst aan.

'Ho, pas op, prinses,' zegt hij terwijl hij me weer rechtop op mijn kruk zet.

Prinses. Ik proef het woord. Waarom komt dat me zo bekend voor? En waarom voelt het zo frustrerend?

'Ga je mee dansen?' vraagt Ferdi. Hij werpt een minachtende blik op Chewy, die in elkaar krimpt en probeert te doen alsof hij het niet gemerkt heeft.

'Ja, leuk!' roep ik enthousiast. Ik heb me de hele dag nog niet zo blij gevoeld. Ferdi grijpt mijn hand en trekt me mee naar de dansvloer. We worden met gejoel onthaald.

'Whoehoee! Lucy!'

'Lucy Campussy!'

'Wat voor kleur beha heb je nu aan?'

Ik glimlach breed naar al mijn fans en wuif koninklijk. Dan klinken de eerste beats van 'Dancing In The Dark' uit de boxen en ik ga helemaal uit mijn dak. 'Ik ben dol op Dev!' gil ik in Ferdi's oor. 'On my waist, through my hair...'

Halverwege het nummer trekt Ferdi me dichter naar zich toe. Hij legt zijn handen om mijn middel en draait me om, waardoor we allebei dezelfde kant op kijken. Ik dans altijd nogal met mijn heupen, maar ik probeer me ineens een beetje in te houden. Ik wil hem geen verkeerde ideeën geven.

Ferdi merkt het. 'Net danste je veel wilder,' hijgt hij in mijn oor. Zijn adem is warm en ruikt zurig.

'Ik ga even naar de wc,' schreeuw ik boven de bonkende muziek uit.

Ik worstel me van de dansvloer af en baan me een weg tussen de mensen door. Beneden staat er een gigantische rij voor de vrouwentoiletten. Een paar meisjes stoten elkaar aan en wijzen giechelend naar me. Ik steek mijn neus fier in de lucht en loop de mannen-wc in, waar geen rij voor staat.

Ik kijk strak voor me uit, naar de hokjes, in plaats van opzij naar de drukbezochte pisbakken.

'Dat is Lucy!' roept ineens een van de jongens. Hij kijkt over zijn schouder naar me en draait zich half om.

'Gadverdamme, man,' brult zijn buurman als de pisstraal zijn arm en t-shirt raakt. 'Kijk waar je zeikt!'

'Hé Lucy,' roept een ander. 'Weet jij of ze nog een *wet t-shirt contest* gaan doen?'

Er barst een bulderend gelach los. Ik glimlach krampachtig en duik snel in het net vrijgekomen wc-hokje. Trillend maak ik de knoop van mijn spijkerbroek los en laat me op de bril zakken. Met mijn bezwete gezicht in mijn handen blaas ik mijn adem uit.

Ineens verlang ik hevig naar huis. Niet per se naar het huis van mijn ouders, maar naar Groningen. Naar stappen in de veilige wetenschap dat Merel er altijd is. Alsof het is afgesproken, draait de dj boven ineens 'Home'. Ik zing zachtjes mee. *'Home... Let me go home... Home is wherever I'm with you.'*

Plotseling wordt er hard op de deur van mijn hokje gebonsd. 'Hé lul, schiet je op?'

'Zit je te schijten of zo?' valt iemand anders hem bij.

Voortaan ga ik wel weer gewoon in de rij staan bij de vrouwen-wc's.

Het wordt al licht als ik eindelijk de sleutel van de voordeur in het slot steek. De wereld draait rondjes om me heen. Ik kijk besluiteloos op naar Ferdi en zeg: 'Nou... bedankt voor het thuisbrengen.'

'Prima, joh,' antwoordt hij met enigszins dubbele tong. Hij zoekt steun bij de deurpost.

'Hoe laat beginnen we morgen?'

'Pas met de lunch,' wuift hij mijn zorgen weg. 'Kun je lekker uitslapen.'

'Waar slaap jij eigenlijk?' vraag ik. Hij vertelde me net dat hij in de stad woont, maar hij zal toch wel een slaapplaats ergens in de buurt hebben geregeld?

Ferdi kijkt me schamper aan, wat er wel grappig uitziet omdat hij een beetje scheel kijkt. 'In mijn kamer, natuurlijk. Waar anders?' Aan zijn gezicht te zien hoopt hij dat ik het bedoelde als een uitnodiging.

'O, oké,' zeg ik met een vluchtig glimlachje. 'Goed, dan ga ik nu naar binnen... Bedankt voor het brengen...'

Ferdi doet zijn mond open om iets te zeggen, maar ik negeer het. Voordat hij naar binnen kan glippen, doe ik de deur dicht. Ik leun er aan de binnenkant tegenaan en adem drie keer diep in en uit. Oké. Dat ging goed.

Klop – klop – klop.

Ik krijg mijn ogen bijna niet open. In mijn hoofd rolt een betonnen bal heen en weer. Lodderig kijk ik naar mijn deur.

'Lucy?' klinkt een bekende stem aan de andere kant. Mijn maag maakt weer een buiteling. Als ik straks ga kotsen, is het allemaal Kikkers schuld.

'Kom maar niet binnen,' kreun ik half in mijn dekbed.

De deur gaat open.

'Hé, wat doe je?' vraag ik verontwaardigd. Met de grootste moeite draai ik mijn hoofd om. 'Ik zei toch dat je niet binnen mocht komen?'

'O, sorry,' zegt Kikker, die er totaal niet rouwig uitziet. Hij kijkt alsof hij het alleen maar heel amusant vindt dat ik hier voor dood in bed lig. 'Ik verstond alleen "binnen".'

'Wat moet je?' Ik duik nog dieper weg onder mijn dekbed en schaam me een beetje. Kikker heeft me na één klein weekje al gezien met een doorschijnend shirt, een behuild gezicht en een superbrak hoofd.

Hij sluit de deur netjes achter zich en loopt naar mijn bed toe. Voor ik mezelf kan tegenhouden, flap ik eruit: 'Niet dichterbij komen.'

Hij blijft enigszins gealarmeerd stilstaan en kijkt om zich heen, alsof hij een boobytrap à la Indiana Jones verwacht. 'Waarom niet?'

Ik voel mijn bleke wangen warm worden. 'Ik ruik alsof ik net ben opgegraven.'

Hij trekt zijn wenkbrauwen op. 'Sorry?'

'Echt hoor,' zeg ik een beetje defensief. 'Voor je eigen gezondheid is het niet veilig om op minder dan twee meter afstand van me te komen, voordat ik gedoucht heb.'

'En wat heb jij vannacht gedaan, dat je nu zo stinkt?' vraagt Kikker. Hij doet niet eens moeite om zijn lachen in te houden.

Ik zucht. Je zou toch wat kríjgen van die jongen. 'Ik heb feestgevierd, dat is wat ik heb gedaan,' zeg ik knorrig, met een hand tegen mijn pijnlijke hoofd gedrukt. 'Maar je zei dus dat mijn mobiel het weer doet?'

Kikker knikt serieus. 'Aha, afleiding.' Hij haalt mijn mobiel uit zijn broekzak. Ik voel een ondefinieerbare tinteling in mijn onderbuik terwijl hij zijn hand uit zijn zak haalt. Een flits van zijn platte, gespierde buik schiet over mijn netvlies. Ik zie de pezen onder de huid van zijn hand bewegen. Hij houdt mijn mobieltje tussen twee vingers omhoog. 'Kun je hem vangen in deze staat? Of mag ik hem komen brengen?'

Ik kan niet eens mijn vinger in een rechte lijn naar mijn neus brengen, laat staan iets opvangen. Ik geef aan dat hij dichterbij mag komen met een klein hoofdknikje, wat me op een pijnlijke steek komt te staan. 'Een klein stukje dan.'

Met zijn lange arm uitgestrekt doet Kikker twee stapjes in mijn richting. Ik kijk strak naar mijn mobiel en niet naar zijn gezicht. 'Dank je,' zeg ik stijfjes als hij het apparaat in mijn hand drukt. Kikker doet braaf weer twee stapjes achteruit.

'Hoe heb je hem gemaakt?' vraag ik.

Hij haalt zijn schouders op. 'Ik heb hem uit elkaar gehaald en op de verwarming gelegd.' Hij voegt eraan toe: 'Zo simpel kan het soms zijn.'

'Hm.' Ik staar naar het scherm en probeer de informatie die op me af komt te verwerken. 'Drie gemiste oproepen van Merel.'

'Ja, de laatste heb ik geloof ik gehoord,' antwoordt Kikker bevestigend. 'Maar ik genoot zo van je ringtone dat ik een beetje vergat op te nemen.'

Een blos kruipt omhoog over mijn wangen terwijl ik denk aan de kinderachtige ringtone. Het is een liedje van Oli4, een jongen die vroeger niet van de kindertelevisiezenders af te sláán was. Toen ik vorig jaar ineens het nummer 'Mijn droom, mijn doel' weer vond op internet, stelde ik het direct in als ringtone. Het is zo lekker fout.

Ik probeer Kikkers mening over mijn muzieksmaak te peilen, maar zijn gezicht geeft niets prijs, behalve een bijna onzichtbare twinkeling aan de rand van zijn groene irissen. 'Ik was vroeger heel erg fan van Oli4, toevallig,' zeg ik. Terwijl ik de woorden uitspreek, hoor ik hoe defensief ze klinken. Shit, het moest nonchalant overkomen.

'Ik ook,' zegt Kikker met een stoïcijns gezicht. 'Toevallig.'

Ik bijt op mijn lip en kijk hem vanonder mijn wimpers aan.

'Jij gaat zeker straks weer naar de intro?' vraagt hij.

Ik zucht diep. 'Ja, het moet maar, hè?'

'Dat klinkt niet al te enthousiast.'

'Dat is het ook niet.'

'Hoezo?' Hij klinkt oprecht verbaasd. 'Heeft dit met gisteren te maken?'

Ik schokschouder. 'Misschien.'

'Vind je je doegroep wel leuk?'

'O ja, super,' brom ik sarcastisch. 'Wist je dat "kutwijf" inmiddels is veranderd in "geil wijf"?'

Kikker kijkt verbaasd. 'Speciaal voor jou? Ik ben onder de indruk.'

'Geweldige prestatie,' knik ik droogjes. 'Iedereen weet nu hoe ik er in mijn ondergoed uitzie. Niet alleen de mensen van mijn jaar, of zelfs alleen de mensen van de universiteit, nee. Heel Nederland weet het, want ik sta goddomme te kijk op Dumpert!'

Ik krijg een branderig gevoel in mijn dichtgeknepen keel. Nee, hè. Je gaat niet janken, Lucy. Je waagt het niet.

Kikker komt naast me op bed zitten, ondanks mijn eerdere waarschuwingen. Ik heb geen zin om er iets van te zeggen, want ik heb al mijn aandacht nodig om de tranen weg te drukken. Om mezelf af te leiden van mijn penibele situatie, open ik mijn inbox. Ik zie tot mijn verbazing twee sms'jes van Marloes.

Hé Lucifer, veel plezier in je nieuwe kamer. Heb je het naar je zin? Ik kom binnenkort met pap en mam mee om je op te zoeken. X Moes

Kikker, die over mijn schouder meeleest, maakt een snuivend geluid. Ik kijk hem boos aan. Die bijnaam heb ik te danken aan mijn halloweenkostuum van twee jaar geleden. Ik ging als duiveltje, wat Marloes erg toepasselijk vond. Snel open ik de tweede sms.

Oké, die vraag hoef je niet meer te beantwoorden. Aan het filmpje te zien vermaak je je wel. You're famous, sis! O, en een tip: bh's met vulling ivm priktepelgevaar ;-)

Ik masseer met twee vingers het stukje neusbrug tussen mijn ogen. 'Ik haat mijn leven.' Ik spreek de zin stellig uit met mijn schorre katerstem. En het is waar. Ik voel me ellendig.

Hoe kon dit nou gebeuren? Een paar weken geleden was ik nog heerlijk zorgeloos en nam ik mijn status als een van de meest felbegeerde meisjes van Groningen voor lief.

'Als je het zo vervelend vindt,' zegt Kikker met een toon in zijn stem die ik niet thuis kan brengen, 'zou ik de commentaren onder je filmpje niet lezen.'

Mijn wenkbrauwen schieten in paniek omhoog. Mijn stem ook. 'Hoezo?' piep ik angstig.

'Gewoon een woord van advies,' antwoordt hij.

Mijn vinger tikt automatisch het interneticoontje op mijn telefoon aan. *Dumpert*, typ ik. Kikker trekt met een voorzichtig maar vastbesloten gebaar de telefoon uit mijn handen. 'Lucy, ik meen het,' zegt hij serieus. 'Ik zou ze gewoon niet lezen. Je schiet er niets mee op.'

Ik pak mijn telefoon terug. 'Dat maak ik zelf wel uit,' snauw ik.

Kikker blijft even in gedachten verzonken zitten, maar dan staat hij op. 'Oké. Succes daarmee,' zegt hij.

'Ja, dat moet lukken,' bijt ik hem toe.

Vlak voordat hij mijn kamerdeur achter zich dichttrekt, gebaart hij achteloos naar mijn telefoon en zegt: 'Graag gedaan, trouwens.'

Ik haat het als mensen het recht hebben om te zeggen: 'Ik zei het toch.'

De comments variëren van twijfelachtig positieve commentaren als *Ik zou d'r doen* of *Als ik haar tegenkom, kan ze drie dagen niet meer lopen* tot regelrechte scheldkanonnades aan mijn adres en zelfs mensen die voorstellen om mijn eierstokken te verwijderen zodat ik me niet kan voortplanten.

Als ik eerlijk ben, zijn er meer negatieve dan positieve reacties. Die snijden diep door mijn ziel. Ik voel mijn hartslag pijnlijk versnellen en mijn wangen branden van schaamte en boosheid terwijl ik door de pagina's en pagina's vol comments scrol. Ik wil ze niet meer zien, maar ben zo gevangen in geschokte fascinatie dat ik me er niet toe kan zetten het scherm te sluiten en iets nuttigs te gaan doen. Zoals uit bed komen en een douche nemen. Of op zijn minst een glas water drinken om die verdorde spons in mijn hersenpan weer een beetje te hydrateren. Maar ik kan het niet. Ik kan niet uit bed komen, want ik word aan mijn telefoon gekluisterd door een masochistische nieuwsgierigheid. Als iedereen die commentaren kan lezen, kan ik ze maar beter ook allemaal opzuigen. De ergste reacties vind ik nog niet eens de ongefundeerde bashpartijen, maar die van de mensen die beweren bekenden van mij te zijn.

Getver, zij zat bij mij op school. Vreselijke arrogante bitch, verdiende loon dit!!!

Hahaha, zij zit in Annie. KUTWIJF!

Ik ken haar! Ze heet Lucille en ze komt uit Groningen!

Ik begraaf mijn zere hoofd in mijn handen. Hier kom ik nooit meer overheen. Dit gaat me voor de rest van mijn leven achtervolgen. Als ik tachtig ben, weet ik nog steeds hoe kut dit voelde. Merel heeft me al honderd keer gebeld en gesms't. **omg, je staat op internet, Lucy! Je bent berucht! Hoezo had je zo'n lelijk t-shirt aan? En waarom liet je je natspuiten? Was je dronken? Ik ga trouwens bij Albertus Magnus en niet bij Vindicat. Frits zei dat hij nooit iets met een Vindicat-meisje wil omdat dat allemaal raghoeren zijn.**

Ik wil haar best terugbellen, echt wel. Ik heb er alleen geen kracht voor.

De deur van mijn kamer vliegt open en Hermelien stormt naar binnen. 'Hoi Lucy!' tettert ze enthousiast. Ze ploft neer op mijn bed. 'Hoe was je eerste introdag? En de nacht?' Ze snuift in de lucht en voegt er speels aan toe: 'Volgens mij heb jij nog niet gedoucht.'

Ik kreun. 'Ga weg.'

Hermelien fronst. 'Vind je het niet leuk?'

Ik kijk haar met een ziedende blik aan en vraag afgemeten: 'Waarom vindt iedereen het zo moeilijk te geloven dat ik die hele Kick-In geen ruk aan vind? Heb je het filmpje wel gezien? Misschien geeft dat je een kleine impressie waarom ik het niet leuk vind.'

'Welk filmpje?' vraagt Hermelien, maar haar wangen kleuren.

'Je bent de slechtste leugenaar ooit,' mompel ik.

Ze staart naar haar afgekloven nagels. 'Sorry.'

Ik ga een beetje meer rechtop in bed zitten en zucht. 'Jij kunt er niets aan doen.'

'Het wordt vast beter,' pleit Hermelien. Ze klinkt alleen niet alsof ze er zelf veel van gelooft.

6

'Biervingers!' roept Kikker. Chewy, Paladin, Chris en Hermelien steken hun vinger in de lucht, ten teken dat ze nog een biertje willen. Kikker duikt in het vriesvak, want daar bewaren die idioten hun bier. Hij roept over zijn schouder: 'Waar is de beitel ook alweer?'

Paladin reikt achter de bank en gooit tot mijn grote afgrijzen de puntige beitel recht op Kikker af. Ik slaak een kreet en sla mijn handen voor mijn mond, net op het moment dat Kikker zijn hand uitsteekt en de beitel casual opvangt. Hij kijkt mij aan met opgetrokken wenkbrauwen, alsof hij wil zeggen: 'Waar maak je je druk om?'

Als alle biertjes daadwerkelijk ontdooid genoeg zijn om te drinken (Chris stelde voor de flesjes in de magnetron te doen, maar ik wist niet zeker of dat het beste idee ooit was), steekt Chris zijn flesje omhoog en zegt: 'Op onze nieuwe huisgenoot.'

'Ja, op Lucy,' valt Hermelien hem bij.

Ik glimlach verlegen en hef mijn glas water een klein stukje. 'Bedankt, jongens. Op ons, oké? En op Merel, die helemaal vanuit Groningen hierheen is gekomen.'

Mijn vriendin tikt haar glas tegen het mijne. Ze ziet wat bleekjes en oogt vermoeid, maar ik denk dat ik er niet veel beter aan toe ben. We hebben allebei onze introductieweek overleefd. Ik ben zo blij dat die shit-intro erop zit – nu hoef ik me alleen nog door de inzuip heen te slaan.

Kikker wurmt zich tussen Merel en mij door, zodat hij op de bovenste bank kan klimmen. Die nerds hier in huis hebben een heuse tribune gebouwd: twee banken achter elkaar, als een soort treintje, met boven op de achterste bank nog een bank.

Kikkers vingers strijken in het voorbijgaan langs de mijne. Snel trek ik mijn hand terug.

'En laten we er vooral ook op proosten dat je nooit meer een camversie van een film gaat kijken,' lacht Chris.

'Ja, nou,' pruttel ik. 'Ik wilde hem gewoon graag zien.'

'Welke film?' vraagt Paladin, die ons gesprek net niet meekreeg omdat hij het had over Night Elfs level 12. Of zoiets. Die rare bijnaam van hem schijnt afkomstig te zijn van een spelletje waar hij verslaafd aan is. Het heet World of Warcraft en een Paladin is... Hm, Chris heeft het me uitgelegd, maar dit is het punt waarop ik mijn interesse verloor en al mijn aandacht op mijn pasgelakte roze nagels richtte.

Ik kijk Paladin vluchtig aan en mompel dan, half binnensmonds: '*Dark Moth*.'

'O, god, nee hè,' murmelt hij. 'Van de makers van die *Twilight*-shit?'

Ik werp hem een vervaarlijke blik toe.

Hij zucht. 'Dat meen je niet. Een *Twilight*-fan.'

'Wat is daarop tegen?' vraagt Merel fel.

'Ik zou het geen fan noemen,' protesteer ik ondertussen.

'Wat dan?' Kikker komt ondersteboven in mijn beeld hangen. Zijn haar kriebelt mijn neus. 'Een geobsedeerde? Een stalker?'

'Nee, gewoon iemand die van de films geniet,' zeg ik waardig.

'En de boeken dan?' vraagt Hermelien dwingend. Ze kijkt er serieus bij. Dat vind ik zo vervelend van boekverfilmingen: mensen nemen je niet serieus als je de film leuk vindt en dan toegeeft dat je het boek nog nooit gelezen hebt. Dan ben je ineens een tweederangs burger. Of op z'n minst een dom blondje. Zo behandelt Marloes me tenminste altijd, die zelf alle *Harry Potters*, alle *Twilight*-boeken en alle delen van *The Hunger Games* al heeft gelezen. O, en natuurlijk *Lord of the Rings*. Eigenlijk zijn er weinig boeken die Marloes nog niet gelezen heeft. Ik geloof dat mam alleen de *Fifty Shades of Grey*-serie nog even buiten haar bereik houdt.

Ik haal halfslachtig mijn schouders op. 'De boeken, eh, die heb ik nog niet gelezen.'

Hermelien spert, zoals verwacht, haar ogen geschokt open. 'Maar de boeken zijn...'

'...véél beter dan de film,' maak ik haar zin vermoeid af. 'Ik heb het al heel vaak gehoord. Ik zal ze lezen als ik er tijd voor heb, oké?'

'Zegt het meisje dat net drie maanden zomervakantie achter de rug heeft,' leest Kikker mijn gedachten. Merel neemt hem vanaf de onderste bank keurend op. Hij ziet het en grijnst naar haar. Het is een ontspannen grijns van iemand die alles in de hand heeft en die zijn mening niet alleen maar voor zich houdt omdat anderen daar aanstoot aan kunnen nemen. Ik geloof niet dat Kikker ooit bang is om iets te zeggen.

'*BEZOEK! Hé tuig, errrr issss volluk!*'

'Verwachten we nog iemand?' vraagt Hermelien verbaasd.

Ik bijt op mijn lip en zoek Chewy's blik. Volgens mij weet ik wie het is. In Chewy's ogen zie ik dezelfde vrees.

Tijdens de Kick-In was Ferdi door het dolle heen toen hij ontdekte dat ik binnenkort vijftien bier zou moeten drinken, waarna ik een bijnaam zou krijgen die de rest van mijn tijd in de flat mijn vaste aanspreekvorm zou worden. Toen heeft hij zichzelf min of meer uitgenodigd, en Chewy en ik waren allebei te laf om te zeggen dat hij niet mocht komen. Ik ben dan ook niet verbaasd als ik door het geribbelde glas een gestalte met brede schouders en blond haar weet te onderscheiden.

'Goh, je bent gekomen,' zeg ik als ik de deur open.

Ferdi leunt zelfverzekerd tegen de deurpost. 'Natuurlijk ben ik gekomen. En mán, wat heb ik goede ideeën voor een bijnaam.' Met een knipoog loopt hij langs me heen. 'Dus, waar is dat feestje?'

Met tegenzin zeg ik: 'In de keuken.'

Zonder op mij te wachten, gooit hij de deur open. Ik snel achter hem aan. 'Hé Rikkert, leuk je weer te zien, man!'

Chewy duikt een stukje in elkaar bij de aanblik van Ferdi. Kikker gooit lachend een bierdopje naar hem toe. 'Ja man, *Rikkert*.' Hij spreekt de naam van zijn huisgenoot met een kakkerig accent uit, net als Ferdi. Chewy verslikt zich in zijn bier en Ferdi blijft staan, perplex dat iemand hem in de maling zit te nemen. Kikkers groene ogen flitsen van Ferdi naar mij. Dan haakt zijn blik in de mijne. Hij laat zich van de bovenste bank op de grond zakken en blijft al die tijd naar me kijken. In mijn buik beginnen vijf koikarpers aan een dansje. Dan scheurt hij met zichtbare moeite zijn ogen los van de mijne en vraagt hij op relaxte toon aan Ferdi: 'Dus, biertje?'

'Eh... Ja, graag.' Ferdi is nog steeds een beetje van zijn à propos. Ik ben blij dat ik niet de enige ben die in de war raakt van Kikker.

'En wie mag jij wezen?' vraagt Merel. Ze schudt haar blonde haren over haar gebruinde schouders en kijkt Ferdi vanonder haar wimpers aan.

'Ferdi.' Zelfverzekerd steekt hij zijn hand naar haar uit. Daarna stelt hij zich voor de vorm ook aan de rest van de kamer voor. Net zoals bij Merel stellen al mijn huisgenoten zich ook nu voor met hun bijnaam. Ik hoop niet dat ik dat straks ook moet gaan doen. Vooral niet als ze me een achterlijke bijnaam geven – en gezien de hoeveelheid debiele bijnamen hier in huis, heb ik niet veel hoop op een normale.

Dan schiet me iets te binnen. 'Eigenlijk is Lucy al een bijnaam. Het is een afkorting van Lucille. Telt dat ook?'

Chris grinnikt. 'Goed geprobeerd, maar nee. Sorry.'

'Ik vind het wel leuk dat je zusje je Lucifer noemt,' doet Kikker een duit in het zakje.

Ik werp hem een boze blik toe.

'En nu we het er toch over hebben, is het al negen uur?' vraagt Hermelien.

Kikker kijkt op zijn horloge. 'Nog twee minuten. Ik zal alvast een biertje voor je losbikken, Lucy.'

'O, wat spannend!' piept Hermelien.

Ik zie niet in wat er spannend is en wissel een blik met Merel. Zij trekt haar bovenlip aan één kant omhoog en rolt met haar ogen. 'Dan kan ik Lucy mooi nog even lenen.' Ze staat op en trekt me de keuken uit. We horen nog net dat Paladin gromt: 'Meiden moeten altijd samen plassen. En dat terwijl ze hem niet eens voor elkaar vast hoeven te houden.'

Hysterisch giechelend rennen we naar mijn kamer. Ik doe de deur dicht en plof naast Merel op het bed. Ze kijkt me serieus aan. 'Arme, arme jij,' zegt ze, met een klopje op mijn hand. 'Wat zijn die lui... Oh my god, ik weet niet eens of er wel een woord voor is.'

Ik lach hard en opgelucht. Gelukkig denkt Merel er hetzelfde over. 'Vooral die Hermelien,' voegt ze eraan toe. 'Wat is dat een rare. Echt een irritant wijf.'

'Ach, ze doet haar best,' zeg ik.

Merel zet grote ogen op. 'Neem je het nou voor haar op?'

'Nee, natuurlijk niet. Ik denk gewoon dat ze...' Ik maak een draaiende beweging met mijn hand, in een poging de juiste zin te vinden. Wat niet lukt.

Dan slaakt Paladin een oerkreet vanuit de keuken. 'NEGEN UUR! NEEEE-GENNNNN UUUUUURRRR!'

Merel trekt haar wenkbrauwen naar me op. 'Klaar voor een potje comazuipen?'

Uit alle macht probeer ik me te focussen op de streepjes op het krijtbord aan de muur. Iemand heeft geturfd, zodat we de tel niet kwijtraken. Even denk ik opgewekt dat er tien streepjes staan, maar als het blikveld van mijn beide ogen zich weer samenvoegt, besef ik dat het er pas vijf zijn. Naast de vriezer staat een heel kratje vol bier te ontdooien, want inmiddels ligt het drinktempo te hoog om ieder biertje afzonderlijk los te moeten bikken.

Ik moet toegeven dat vijftien bierflesjes wel een iets grotere opgave zijn dan vijftien bierglazen. Ik raak de controle nu al kwijt, en ik ben nog niet eens halverwege.

'Lucy? Hallo? Hoorde je de vraag?' Kofschip knipt met zijn vingers voor mijn gezicht. Tijdens de inzuip moet je niet alleen vijftien bier drinken binnen vier uur, nee, je moet het ook nog doen terwijl je huisgenoten je allerlei vragen stellen over jezelf. Die vragen beantwoord je in toenemende toestand van beschonkenheid, dus de antwoorden worden steeds leuker. Of pijnlijker. Ik moet iedereen bij zijn of haar bijnaam noemen, dus zelfs Chris is nu Kofschip. Alleen Merel en Ferdi hebben natuurlijk geen bijnaam, maar officieel mogen zij ook niet deelnemen aan het gesprek. Al lijken ze zich daar niet zoveel van aan te trekken.

'Nee, ik miste de vraag, sorry.' Mijn s klinkt alsof hij een marathon heeft gelopen en nu vermoeid met zijn voeten over de grond sleept.

'Hoe heette je eerste huisdier?' herhaalt Kofschip.

'Eh...' Ik pijnig mijn geheugen in een poging mijn allereerste huisdier voor de geest te halen. Mijn moeder houdt niet zo van dieren (of van levensvormen in het algemeen), dus een hond of kat zat er sowieso nooit in. Dan schiet het me te binnen. 'Nijntje!'

'Dat was vast een dobermann,' zegt Ferdi.

'Vergeet je niet te drinken?' gromt Paladin. Ik neem een grote slok. Goed, ik ben over de helft. Ik ben trouwens nog niet één keer naar de wc geweest, ook al barst mijn blaas bijna uit elkaar.

'Wie mag als volgende een vraag bedenken?' vraagt Chewy aan Kofschip. Hij wordt een stuk spraakzamer van drank.

Voor Kofschip iets kan zeggen, komt Ferdi ertussen. 'Op welke leeftijd ben je ontmaagd?'

'Eh,' weet ik uit te brengen.

'Ik weet eigenlijk niet of dat wel...' begint Kofschip, maar Ferdi kijkt hem fel aan en zegt: 'O, sorry. Ik was vergeten dat jullie nog in Teletubbieland leven, waar seks niet aan de orde is. In dat geval: Lucy, op welke leeftijd heb je voor het eerst ge-oh-oh? En zei je daarna: "Nog een keer"?'

Merel barst los in een giechelbui. 'Nog een keer... Hahaha!'

'Ik geloof niet dat dat jou iets aangaat,' zeg ik waardig, zo goed mogelijk articulerend. Ik kijk Ferdi serieus aan. En een beetje scheel.

'Ach, wat kan jou het nou schelen,' zegt Merel, die haar glas opnieuw volschenkt met wijn. Ze gaat er aardig snel doorheen. 'Anders vertel ik het ze wel.'

Merel staat niet bekend om haar discretie, vooral niet wanneer er drank in het spel is. Ik sper mijn ogen wijd open. 'Nee!'

'Tuurlijk wel!' roept mijn vriendin jolig. 'Het is een hartstikke grappig verhaal!'

'Hij vroeg alleen naar mijn leeftijd, niet om het hele verhaal,' zeg ik dreigend.

Merel negeert me en steekt van wal. 'We waren tweeënhalf jaar geleden in de kroeg...'

Ik neem snel de laatste slok van mijn biertje en roep dwars door haar verhaal heen: 'Zes!'

Paladin pakt een biertje uit de krat naast hem en schuift het over tafel naar mij toe. 'Succes met nummer zeven.'

Helaas was de onderbreking niet genoeg om Merel op te laten houden. Ferdi hangt aan haar lippen. '... dus toen zei Lucy dat ze even naar de wc ging en die jongen liep gewoon met haar mee. Nou, drie keer raden waar ze het gedaan hebben...'

Ik richt mijn volledige aandacht op mijn biertje, ondertussen de blikken van mijn huisgenoten zo goed en zo kwaad als het gaat negerend. O ja, ik zou naar de wc gaan.

Als ik de keuken uitgestrompeld ben en eindelijk mijn hand op de deurklink van de wc leg, hoor ik Hermeliens zachte stem achter me: 'Op je zestiende?'

Ik draai me om. Ze kijkt me peilend aan. Met een boos gebaar zwaai ik de wc-deur open. 'Whatever. Ik ben bijna negentien, hoor.'

'Maar op een wc, Lucy?'

'Bemoei je er niet mee!' snauw ik. In de spiegel zie ik het schaamrood naar mijn kaken stijgen.

Als ik weer terug ben, zegt Paladin met zijn diepe gromstem: 'Je loopt achter. Zo red je het nooit.' Ik zie het leedvermaak in zijn ogen. No way dat die vieze stinkerd mij straks uit gaat lachen omdat ik een popje ben dat geen vijftien bier op kan. Dit gaat me verdorie lukken. Vastberaden zet ik het bierflesje weer aan mijn mond.

'Lucy! Hé, word eens wakker.' Iemand schudt me heen en weer. Ik kom overeind uit mijn opgevouwen houding en kijk verward om me heen. Mijn benen slapen. Waar ben ik? Dit is niet mijn slaapkamer. Dit is niet eens de ingezakte bank in de huiskamer. Verward kijk ik op, in het gezicht van Hermelien. Ze kijkt bezorgd. 'Jij bent wel dol op wc's, hè?'

O nee, zit ik echt nog op de wc? Hoe lang zit ik hier al? Heb ik eigenlijk wel afgeveegd?

Hermelien proest om mijn verdwaasde blik. Dan besef ik dat ik blijkbaar ook ben vergeten de deur op slot te doen. Dit had zoveel erger kunnen uitpakken! 'Ik ben blij dat jij me gevonden hebt,' flap ik eruit.

'Eh, ja, even daarover,' zegt Hermelien. 'Eigenlijk heeft Kikker je gevonden, maar het leek hem nogal ongemakkelijk voor jou als hij je wakker zou maken.'

Het wordt ineens een stuk kouder in het hokje. 'Kikker heeft me zo gezien? In mijn blote reet slapend op de wc?' Mijn stem schiet van paniek omhoog.

'Rustig maar,' sust Hermelien. 'Trek je onderbroek snel weer aan, dan kun je in je kamer gaan slapen.'

Alsof ik nu nog kan slapen, met al die paniek in mijn aderen. Hermelien blijft in de deuropening staan. Ik trek mijn wenkbrauwen naar haar op en ze doet snel de deur dicht, mij weer alleen latend. Met een rotgevoel laat ik mijn hoofd in mijn handen zakken. Kikker heeft me gevonden. De allerlaatste persoon die ik het gun om zich hierover te verkneukelen.

'Gaat het?' vraagt Hermelien aan de andere kant van de deur.

'Ja hoor,' zeg ik. Snel scheur ik wat wc-papier af. Ik ga hier niet langer blijven dan nodig is.

Als ik mijn kamerdeur achter me sluit, draait Merel zich om. 'Waar was je nou?' vraagt ze slaperig.

'Op de wc,' antwoord ik, zonder haar aan te kijken.

'Zo lang?'

Ik reageer niet, maar trek in plaats daarvan mijn chocoladereep tevoorschijn. Daar heb ik ineens heel veel behoefte aan. Net als ik de eerste hap in mijn mond wil stoppen, zegt Merel: 'Nou ja, je doet je naam in ieder geval eer aan.'

'Naam?' vraag ik blanco.

'Je bijnaam.' Haar ogen twinkelen.

Mijn bijnaam. Die heb ik natuurlijk gisteren gekregen – ik was het alweer vergeten. Eigenlijk staat me in het algemeen niet zoveel meer bij van gisteravond. Ik probeer de herinneringen op te roepen, maar waar dat normaal zo gemakkelijk gaat, schuift er nu een dik, verduisterend gordijn voor mijn geheugen. Af en toe meen ik een flard van een herinnering op het spoor te zijn – een gevoel van herkenning, een voorbode van een onthulling – maar zodra ik haar probeer te grijpen, glipt ze weer achter het gordijn.

Shit.

'Ik weet niets meer van gisteravond,' zeg ik semi-casual tegen Merel. Alsof het de normaalste zaak van de wereld is.

Ze gaat rechtop zitten. 'Echt niet? Dus je weet zelfs je bijnaam niet meer?'

Moet ik het spellen? 'Néé,' zeg ik met nadruk.

'O, dit is echt smullen!' Ze werpt het dekbed met een duivelse grijns van zich af. 'Je gaat hem gewoon voor de tweede keer helemaal vreselijk vinden!'

Ik wapen mezelf in gedachten en hou mijn handen beschermend voor mijn borst.

Merel haalt diep adem en kraait: 'Dixi!'

Het is even stil. Ik laat de naam bezinken, terwijl Merel me verwachtingsvol aankijkt. 'Dixi?' herhaal ik.

'Ja, Dixi,' zegt Merel. 'Je weet wel, zo'n mobiel toilet.'

Haar opmerking slaat alle lucht uit mijn longen. 'Wát?'

'Omdat je eerste keer op het toilet was!'

Ik kan wel huilen. Woorden kunnen niet beschrijven hoe ontzettend fout dit is. Ik druk mijn hand tegen mijn hoofd in een poging alle gedachten op een rijtje te dwingen.

'Heb je hoofdpijn?' vraagt Merel.

'Nee,' zeg ik, zelf ook een beetje verbaasd. 'Vreemd genoeg helemaal niet. Alleen dorst.'

'Zo vreemd is dat niet, hoor.' Merel springt uit bed en trekt een handdoek uit mijn kast. 'Je hebt gisteren direct na je laatste slok bier alles over tafel gekotst. En echt véél! Het leek wel een lavastroom. Zo, ik ga douchen!'

Ze blaast me een kusje toe en trekt de deur achter zich dicht.

De chocoladereep ligt onaangeroerd op mijn bureau. Ik weet niet of ik ooit nog in staat zal zijn om te eten.

7

'Kun je je draai een beetje vinden?' Ferdi kijkt me onderzoekend aan terwijl we teruglopen naar onze fietsen. De namiddagzon werpt door het bladerdak heen felgekleurde vlekjes op zijn krullen. Alsof het niet al erg genoeg is dat hij dezelfde studie doet als ik, zit hij vaak ook nog bij me in de buurt in de collegezaal. De afgelopen week heb ik hem geprobeerd te negeren.

Ik haal mijn schouders op. 'Medium.'

'En heb je het al in de wc gedaan met een van die nerds?'

'O, ha-ha-ha.' Ik kijk hem met een ijskoude blik aan.

'Zeg, Lucy...' Hij pakt me bij mijn arm en dwingt me tot stilstand. Ik kijk hem met tegenzin aan. 'Je moet maar een keer met mij uit eten gaan. Trakteer ik je op een gezellige avond. Kun je eens zien hoe leuk het in de stad is. Enne, misschien komt er binnenkort wel een kamer vrij bij mij in huis.' Hij laat mijn arm los en knipoogt voordat hij wegloopt.

Ik blijf stokstijf staan en kijk hem na. Zei hij nou dat hij me de stad gaat laten zien? Of bedoelde hij dat hij me inside-information gaat geven over die kamer in zijn huis? Of was het maar een grapje? Ik schop gefrustreerd een golf grind weg. Niet alleen de jongens óp de campus zijn onbegrijpelijk.

Tegen de tijd dat ik thuis ben, is het te laat om me in te schrijven voor het gezamenlijke diner. Er komen al etensgeuren uit de keuken. Maar het is alsnog het proberen waard. 'Hoi Chewy,' zeg ik als ik mijn harige flatgenoot boven het fornuis zie zweten. Ineens ben ik best blij dat ik niet mee-eet, want ik loop in dit huis al genoeg kans om onvrijwillig een haarbal in mijn buik te ontwikkelen zónder de hulp van Chewy's lichaamshaar in mijn voedsel.

'Hoi Dixi,' koert Chewy verlegen. Die jongen is soms net een duif. 'Eet je niet mee?'

'Ik had het wel gewild, maar ik wist vanochtend niet zo goed hoe laat ik weer thuis zou zijn.'

'Jammer,' zegt hij. Dan richt hij zijn blik weer op de pannen, die groot genoeg zijn om voer te koken voor een heel weeshuis. Ik hoor de voordeur en draai me snel om, zodat ik kan zien wie er binnenkomt. Een lange blonde gestalte komt op de keukendeur af. Als ik het niet dacht. 'Doeg,' mompel ik tegen Chewy.

Snel glip ik de keuken uit, waarbij ik bijna tegen Kikker opbots.

'Pas op,' zegt hij. Een halve seconde lang vang ik zijn geamuseerde groene blik op.

Ik zeg niets en snelwandel naar mijn kamer, waar ik de deur achter me dichtdoe en mijn ingehouden adem laat ontsnappen. Sinds Kikker me op de wc heeft gevonden, hebben we geen woord meer met elkaar gewisseld. Ik voel me ongemakkelijk in zijn nabijheid. Dat wil zeggen: nog ongemakkelijker dan eerst. Ik ontloop hem moedwillig. Hij is nu thuis, dus wil ik hier niet zijn. Ik weeg mijn opties af en pak mijn telefoon.

Na vijf keer overgaan neemt Ferdi op. Voordat hij zelfs maar zijn naam heeft kunnen noemen, zeg ik: 'Wat zei je ook alweer over samen eten in de stad?'

De zwoele nazomerlucht strijkt over mijn huid terwijl ik van mijn latte macchiato nip. Ferdi kijkt me vanaf de andere kant van de tafel over zijn espresso aan. 'Goh,' zegt hij. 'Toch onverwacht een gezellige avond.'

En tegen wil en dank moet ik toegeven dat het echt een gezellige avond was. Ferdi mag dan ontzettend arrogant en neerbuigend zijn, maar hij boort onze studiegenoten verbaal heel grappig de grond in. Verder is hij niet onprettig om naar te kijken. O, en hij heeft binnenkort dus écht een kamer vrij in zijn huis.

'Heb je lekker gegeten?' vraagt hij.

Ik knik. 'Heerlijk.'

We hebben een heus driegangenmaal verorberd. Als er nog één gram voedsel bij komt in mijn buik, ontplof ik. Hopelijk krijg ik deze hele latte macchiato op zonder interne scheuringen. Ferdi leunt tevreden achterover en kijkt me aan van achter zijn spiegelende zonnebril. Ik zie mijn eigen reflectie in de glazen. De avondzon schijnt op mijn blonde haar en ik glimlach ontspannen, ondanks de verwoede strijd met mijn uitpuilende maagstreek. Ik hou mijn buik al sinds halverwege het hoofdgerecht in. Dat is ook een vorm van topsport, vind ik.

Mijn look voor vandaag is, zover ik in Ferdi's glazen kan zien, erg goed gelukt. Zelfs vanaf de overkant van de tafel kan ik zien dat het felroze van mijn topje en het pastelgeel van mijn hotpants terugkomen in mijn oogschaduw. Mijn jukbeenderen worden benadrukt door perzikkleurige, glinsterende blush en mijn lippen lijken extra vol door de transparante lipgloss. (Die niet plakt. Ik haat plakproducten.) Alle beautyblogs die ik volg kondigen aan dat er morgen een nieuw oogschaduwpalet van mijn favoriete merk uitkomt. Nou goed, een van mijn favoriete merken. Maar misschien kan ik hem stiekem vanavond al ergens reserveren.

Ferdi laat zijn zonnebril een stukje zakken, zodat hij eroverheen kan kijken. 'Waar denk je aan, Dixi?'

'Moet je me de hele tijd Dixi noemen?' vraag ik geërgerd. 'Je bent net een campusnerd.'

Ferdi grijnst onaangedaan. 'Ik vind het een goede naam. Het bekt lekker.'

'Nou, ik vind het maar niks.' Ik sla mijn armen over elkaar.

'Maar waar denk je aan?' Hij tuit zijn lippen en voegt er op een overdreven toontje aan toe: 'Lúcy.'

'Ik dacht eraan dat er morgen een nieuw oogschaduwpalet van een supermerk uitkomt.'

'Een wat?' Hij fronst.

'Een oogschaduwpalet. Je weet wel, een palet met daarin allerlei verschillende kleurtjes,' ratel ik verder. Als ik eenmaal over make-up begin, kan ik eindeloos blijven kletsen. 'Het is heel gaaf, want er zit zowel een shimmer highlighter in als een karamelbruin. En die heb ik nog niet! Als ik hem eenmaal heb, kan ik in combinatie met mijn Storm-palet een smokey eye maken met allemaal bruintinten...'

'Lucy,' onderbreekt Ferdi me. 'Dit interesseert me allemaal geen fuck.'

Ik knipper verbaasd met mijn ogen. 'Maar je wilde weten waar ik aan dacht.'

'Dat vroeg ik alleen maar omdat ik dacht dat je misschien aan iets anders dacht.'

'Zoals wat precies?'

'Weet ik veel! Misschien aan samen dronken worden... Of die kamer bij mij in huis...'

'Nou, vertel dan,' zeg ik dwingend. 'Over die kamer.'

Ferdi krult zijn mondhoeken en neemt eerst pesterig langzaam zijn laatste slok espresso. 'Hm, eens even zien. Het is een kamer van zeventien vierkante meter, dus aardig groot.' Hij wrijft over zijn kin, waar een donkere schaduw op groeit. 'De jongen die er nu woont, gaat op z'n vroegst over drie maanden weg.'

'Over drie maanden pas?' herhaal ik teleurgesteld. 'Dan is het al begin december!'

'Ik kan ook iemand anders voordragen. Er zijn genoeg kandidaten,' zegt Ferdi onverschillig. 'Ik ken de huisoudste nog van de middelbare school, zijn vader en mijn vader zijn goed bevriend.'

'Dus mag jij zomaar mensen aandragen die daar willen wonen? Dat kan ik me niet voorstellen.'

'Als je niet wilt, hoeft het niet, hoor.'

'Nou ja, iets is beter dan niets,' geef ik schoorvoetend toe.

'Dat dacht ik ook.'

'En dan hoef ik niet te hospiteren?'

'Tja, dat ligt eraan...'

'Waaraan?'

Ferdi werpt me een hongerige blik toe over zijn zonnebril. 'Hoe graag ik mijn huisgenoten wil overtuigen.'

Ik probeer te doorgronden wat hij daarmee bedoelt. 'En hoe graag wil je dat?'

'Nu nog niet zo graag.' Hij kauwt op een pootje van zijn zonnebril. 'Maar het zou kunnen dat ik het liever wil als jij... wat beter je best doet.'

Ik ben met stomheid geslagen. Serieus? Denkt hij echt dat ik zo goedkoop ben? Ik staar hem onbeweeglijk een paar seconden lang aan en zoek in zijn ogen naar een sprankje humor. Zijn blik is echter bloedserieus. Hij wacht nieuwsgierig mijn reactie af.

Zonder iets te zeggen glimlach ik liefjes naar hem. Vervolgens sta ik op en been weg met een Hermelien-tempo, zonder ook maar één keer naar hem om te kijken.

'Lucy! Hé, Lucy!' hoor ik hem roepen. 'Het was maar een... een grapje!'

'Dat had je vast niet gezegd als ik erop in was gegaan,' mompel ik boos in mezelf. Eigenlijk is boos niet het juiste woord. Ik ben woedend. Gekrenkt. Vanbinnen kook ik. Vieze kut-Ferdi.

Als ik op de fiets naar huis zit, krijg ik een sms van hem die het vuur in mijn binnenste nog wat verder opstookt. **Goh Ferdi, bedankt voor de leuke avond en het moeilijk lekkere eten. Ik sta bij je in het krijt. Graag gedaan, hoor!**

Als hij maar niet denkt dat ik hem ooit nog aankijk.

Ik ben nog altijd furieus als ik de voordeur van Het Fort opengooi en naar binnen stamp.

'*Hulk smash*,' merkt een al te bekende stem droogjes op. Hè bah, daar heb ik helemáál geen zin in.

'Ga jij nou ook nog eens beginnen,' snauw ik tegen Kikker.

De uitdrukking op zijn scherpe gezicht verandert amper, ik zie alleen even een flits van witte tanden. Dan kijkt hij weer serieus. 'Problemen in het paradijs?'

'Je wilt het niet weten,' brom ik, terwijl ik langs hem heen naar mijn kamer been. Voordat hij me helemaal tot ontploffing kan brengen met een opmerking over afgelopen weekend, sla ik de deur met veel kracht dicht.

Ik moet met iemand praten. Iemand die me niet voor zijn karretje wil spannen. Mijn vingers vinden het nummer in mijn telefoon en ik hoor haar stem al in mijn oor voordat ik goed en wel besef dat ik haar gebeld heb.

'Hé, Dixi,' roept Merel.

'Hoi,' zeg ik bedrukt.

'Wat is er aan de hand?' vraagt ze.

Ik vertel haar het hele verhaal. 'En toen ik thuiskwam, liep ik ook nog eens die vervelende Kikker tegen het lijf,' sluit ik af.

'Heeft hij je een beetje opgevrolijkt?' vraagt ze schalks. De suggestieve ondertoon in haar stem ontgaat me niet.

'Natuurlijk niet!' bijt ik haar toe. 'Ik wil nooit meer met hem praten.'

'Waarom niet?'

'Hij heeft me op de wc gevonden,' herinner ik haar op hoge toon.

'Ach, die dingen gebeuren nou eenmaal,' lacht Merel. Ze klinkt alsof ze een einde aan het gesprek wil maken. Wedden dat haar volgende zin met 'nou' begint? Zondagochtend maakte ze zich ook al zo snel mogelijk uit de voeten. Ze was alleen maar aan het sms'en met haar nieuwe vrienden in Groningen. Nu ik op de campus woon, ben ik vast niet meer hip genoeg.

'Nou, ik vond het gezellig,' voegt ze eraan toe (zie je wel!), 'maar ik moet hangen, Luus. Kom anders dit weekend naar Groningen.'

Het is een halfslachtig aanbod en ik kan uit haar toon opmaken dat ze verwacht dat ik ga weigeren, maar eigenlijk vind ik het een heel goed idee. Ik grijp het met beide handen aan. 'Ja, graag!'

'O. Ja. Leuk.' Merel zucht. Er volgt een stilte, waarin ze zo snel geen smoesje kan bedenken, en dan zegt ze: 'Dan sms'en we nog wel over hoe en wat.'

Het kan me niet schelen dat ze nu zo afwezig doet. Ik weet zeker dat het hartstikke leuk wordt. Eindelijk een weekendje als vanouds!

Oké, ik wist wel dat ik het niet eeuwig vol kon houden. Maar één weekje had toch wel gekund? Was dat al te veel? Blijkbaar wel. Ik heb al de hele week niet meegegeten met de rest van Het Fort, op de eerste plaats om Kikker te ontwijken en op de tweede plaats om ieder contact met mijn rare huisgenoten te vermijden.

Ik sta de volgende avond in de keuken te vechten met de combimagnetron, als ik achter me de keukendeur open en weer dicht hoor gaan.

'Stel hè, puur hypothetisch,' klinkt Kikkers stem. 'Dat ik het gevoel heb dat je me ontloopt. Zou dat dan kunnen kloppen? En zo ja, zou je me kunnen inlichten over de redenen die je daarvoor hebt?'

Ik draai me om en verwacht die tartende groene ogen te zien, maar in plaats daarvan kijkt Kikker naar de tafel. Hij stapelt de vieze borden op en brengt ze naar het aanrecht. Daar begint hij alle vuile vaat van de afgelopen weken (of misschien zelfs maanden) te ordenen. Ik bijt op mijn lip. 'Dat weet je best.'

Nu kijkt hij wel op. Ik lees niets dan verbazing op zijn gezicht.

'Ach, ga me nou niet zeggen dat je het vergeten bent, eikel.'

Een laconieke glimlach verspreidt zich over zijn gezicht. 'Ik moet toegeven dat het zelden voorkomt dat ik met een kater naar de wc sjok, de deur opentrek en een blond meisje knock-out op de pot aantref. Dus als dat is waar je boos over bent, kan ik je het advies geven om het slot voortaan één kwartslag naar rechts te draaien. Dan gaat de deur niet zo gemakkelijk open.'

Ik knijp mijn ogen samen en staar hem vol haat aan.

Kikker haalt zijn schouders op. 'Tja, prinses. Zo is het.'

'Hou in vredesnaam eens op me prinses te noemen,' bijt ik hem toe.

'O, wil je liever dat ik je Dixi noem? Zoals je toffe vriend Ferdi heeft verzonnen?'

Mijn mond valt open. 'Wacht even. Heeft Ferdi die bijnaam verzonnen?'

'Yup.' Kikker laat de linkergootsteen vollopen met heet water en knijpt de halve fles afwasmiddel erin leeg. Ik blijf tegen de tafel geleund staan en kijk naar hem terwijl hij afwast. Hij moet zover vooroverbuigen dat het lijkt alsof hij voor een kaboutergootsteentje staat.

'Krijg je daar geen rugpijn van?' vraag ik gedachteloos.

'Ja. Dus alle hulp is welkom,' zegt hij met een blik over zijn schouder.

Shit. Ik wilde hem helemaal niet helpen. Ik heb een pishekel aan afwassen.

'Hier, vangen.' Kikker gooit een theedoek mijn kant op. Ik vang hem in een reflex en kijk hem zuur aan. Met frisse tegenzin sjok ik naar het aanrecht. Ik pak een bord, droog het af en gooi het achteloos boven op de andere borden in de kast.

'Hou je het heel?' grinnikt Kikker.

'Hou je het heel?' bauw ik hem na met een kinderachtig stemmetje en vertrokken mond. Dan steek ik mijn tong naar hem uit en geef het volgende bord dezelfde behandeling.

Hij kijkt me geamuseerd aan, alsof ik een kleuter ben met een schattige driftbui. Bah, die jongen werkt me echt op de zenuwen.

'Deze is nog niet helemaal schoon,' zeg ik en dump een glas zonder verdere plichtplegingen weer in het afwaswater. Een plons water belandt op Kikkers bovenlijf. Zijn T-shirt plakt aan zijn buik.

'Dank je wel,' zegt hij. Hij wast het glas nog eens af en reikt het me aan. Vlak voordat ik mijn vingers eromheen kan sluiten, trekt hij zijn hand weer terug en keert hij het boven mijn hoofd om. Een straaltje water met zeepsop loopt in mijn nek.

'Aaah!' gil ik. Snel stap ik opzij.

Hij gaat verder met het volgende glas alsof er niets aan de hand is. Ik bewaar wantrouwig een beetje afstand. Niet dat dat helpt, want ik geloof dat hij een spanwijdte van drie meter heeft. Met die apenarmen kan hij nog een glas boven mijn hoofd leegkieperen als ik aan de andere kant van de keuken sta.

We staan zwijgend naast elkaar af te wassen. De enige geluiden komen van de vaat die tegen elkaar tikt in de gootsteen, het klotsende water en de zoemende combimagnetron die mijn pizza opwarmt.

Na tien minuten vraag ik: 'Hé Kikker, wat is je echte naam?'

Hij stopt abrupt met afwassen en kijkt me verrast aan. 'Wat?'

'Je echte naam,' herhaal ik.

Hij schudt zijn hoofd en gaat verder met afwassen. Ik wacht op antwoord, maar als hij na een volle minuut zwijgen nog steeds strak naar de afwas kijkt, zeg ik: 'Ik vroeg iets.'

'Yup.' Kikker balanceert een kommetje boven op een ander kommetje. Dan kijkt hij me aan. 'Je droogt niet meer af.'

'Ik ga pas weer afdrogen als jij me je naam vertelt.' Ik begin er lol in te krijgen. Nooit gedacht dat ik Kikker op de kast zou kunnen jagen. Hij haalt dan wel heel cool zijn schouders op en gaat rustig door met afwassen, maar zijn bewegingen zijn net iets schokkeriger en ruwer dan daarnet.

'Waarom doet iedereen hier zo spastisch over zijn naam?' ga ik verder. 'Hermelien wilde hem eerst ook niet vertellen. Alsof jullie de voorkeur geven aan die stomme bijnamen.'

'Het is gewoon een kwestie van gewenning,' zegt Kikker.

'Je eigen naam heb je al veel langer dan je bijnaam, dus daar ben je juist aan gewend.'

'Heeft Hermelien je haar naam verteld?'

Het klinkt nonchalant, maar ik hoor dat er een grote nieuwsgierigheid achter zijn vraag schuilgaat. Met een zelfvoldaan gevoel zeg ik: 'Ja.'

'Hm.' Hij knikt.

'Hé, weet je wat,' zeg ik, terwijl ik nauwelijks een grijns kan bedwingen. 'Ik vertel je haar echte naam als jij je eigen naam vertelt.'

'Aha. Ruilhandel bedrijven met zaken die niet van jou zijn,' concludeert Kikker. 'Stijlvol, Lucy.'

'Pardon?' vraag ik beledigd. 'Sta je me nu terecht te wijzen?' Ik voel me pijnlijk op mijn plek gezet door die opmerking, gecombineerd met zijn speels opgetrokken wenkbrauw.

'Ik wil alleen zeggen dat er een reden is waarom ze haar naam niet met iedereen deelt. Vergelijk het met halfnaakt in katzwijm op de wc gevonden worden,' zegt hij, met een blik van verstandhouding op mij. Ik voel mijn wangen rood worden van schaamte. Belachelijk.

'Dat is niet hetzelfde!'

'Ik vertel mijn naam alleen als je er iets legitiems tegenover zet.'

'Jeetje! Wat is dat met jullie kerels en oneerbare voorstellen?' roep ik vertwijfeld uit. 'Jij bent al de tweede in twee dagen!'

Kikker stopt met afwassen en kijkt me spottend aan. 'Ik doelde eigenlijk meer op een persoonlijk verhaal. Maar als jij erop staat om er iets anders van te maken, wil ik daar best over nadenken, hoor.'

Mijn wangen worden nog warmer. Ik wil hem net fel van repliek dienen, als hij in de lucht snuffelt en vraagt: 'Is dat jouw pizza?'

Nu ruik ik het ook: een duidelijke brandgeur. 'Shit.' Ik spoed me naar de combimagnetron. Het ruitje is inmiddels ondoorzichtig geworden. Ik trek het apparaat open en de blauwgrijze rook kolkt in dikke wolken naar buiten. Voor ik het weet, staat de hele keuken blauw. De stank van verkoolde pizza is overweldigend. Mijn ogen beginnen te tranen en ik sla mijn mouw voor mijn mond. Kikker trekt de theedoek uit mijn vingers, windt hem om zijn hand en trekt de pizza met plateau en al uit de oven. Met een nonchalante beweging gooit hij de deur naar het balkon open en laat hij mijn zwartgeblakerde ex-avondmaaltijd over de reling verdwijnen.

'Shit,' zeg ik nog maar eens. 'Nu heb ik niets te eten.'

'Had je 'm op de magnetronstand staan?' vraagt Kikker.

Ik haal mijn schouders op en vertel maar niet dat ik geen idee heb op welk knopje ik heb gedrukt, omdat hij net binnenkwam toen ik daarmee bezig was.

'Wat moet ik nu eten?' vraag ik. 'Waarom heb je hem eigenlijk weggegooid? Misschien zaten er nog eetbare stukjes aan.'

'O ja,' stemt Kikker in. 'Hij zag er nog extreem eetbaar uit.'

'Nou, soms helpt het als je het zwarte spul eraf krabt,' verdedig ik mezelf.

'En soms helpt het als je de combimagnetron gewoon op de goede stand zet,' reageert hij mild. Hij zucht en zegt dan: 'Als je wilt, mag je met mij mee-eten. Ik heb toch geen zin om in mijn eentje te eten vanavond.'

'O!' zeg ik. 'Dat is, eh, fijn.'

We kijken elkaar een tijdje strak aan. Kikker trekt zijn wenkbrauwen veelbetekenend naar me op. Staat hij nu te wachten tot ik... Ja, hij staat inderdaad te wachten. Ik pers mijn lippen op elkaar, slik moeizaam en brom dan: 'Dank je.'

Hij draait zich om. 'Geen dank,' zingt hij met een operastem. 'Ik kook graag.'

Ik proest en neem de theedoek weer van hem over. 'Nou, gelukkig maar. Ik ben er namelijk superslecht in.'

'Welke gerechten staan er zoal op de menukaart van Chez Lucille?' Kikker kijkt me nieuwsgierig aan terwijl hij me een druipende pan aanreikt.

Ik begin de pan verwoed droog te wrijven en denk ondertussen na. 'Diepvriespizza,' begin ik aarzelend.

Kikker knikt. 'Een ondergewaardeerde delicatesse.'

'Pannenkoeken.'

'Erg zeldzaam.'

'Spaghetti.'

'Tutti bella.'

'Eh...' Ik durf hem niet aan te kijken. 'Dat was het.'

'Nou, dan wordt het feest als jij binnenkort je eerste flatmaaltijd moet koken.'

Ik spits mijn oren. 'Wat? Moet dat?'

'Je mag maximaal vijf keer mee-eten en dan moet je zelf iets in elkaar flansen voor iedereen,' licht hij toe. 'Heeft Kofschip dat niet verteld?'

Ik schud mijn hoofd en neem de laatste pan van hem aan om af te drogen. 'Maar ik kan echt niet koken,' zeg ik. 'En dat zou betekenen dat ik nog maar twee keer mee mag eten voordat ik zelf iets moet maken voor iedereen.'

'Geef maar een gil, dan help ik je wel,' biedt hij aan. 'Het kan wat hectisch zijn, voor het eerst echt koken en dan ook nog eens voor zo'n grote groep.'

Ik grijns dankbaar naar hem. 'Aardig van je.'

Hij geeft me een por met zijn elleboog. 'Ik ben ook best aardig.'

'Soms.'

'Altijd.'

Ik kijk hem schamper aan. 'Yeah right.'

Kikker plaatst zijn hand als een toeter tegen zijn oor en doet alsof hij heel goed luistert. 'Wat zeg je? Wil je toch liever je verkoolde pizza van de straatstenen schrapen? Nou, als je erop staat dat ik niet voor je kook...'

'Oké, oké,' lach ik. 'Je bent best aardig.'

Ik weet niet waarom, maar als hij tevreden naar me glimlacht, worden mijn knieën nogal slap. Misschien komt het doordat zijn gezicht zo gebruind is, met een paar verdwaalde sproeten op zijn kromme neusbrug. Of doordat zijn groene ogen daardoor extra fel lijken, of zijn haar extra blond, of zijn tanden nog witter. Ik heb geen idee waar het door komt, maar ik moet even steun zoeken bij de tafel. Waarschijnlijk heb ik gewoon heel veel honger en trillen mijn benen daarom zo.

'Oké, ik ga dit maar één keer zeggen, dus luister goed,' zeg ik een halfuur later, als Kikker en ik allebei achter een dampend bord zitten. Het ligt vol gekruide aardappelpartjes, sappige karbonade en frisse rucolasalade met mozzarella, rode paprika en tomaat. Ik was al bijna vergeten dat groenten niet in blik of glas groeien.

'Ik luister.' Kikker knikt geduldig.

'Dit,' zeg ik en ik gebaar naar het bord terwijl ik een mond vol kruidige, krokante aardappel wegslik, 'is heerlijk. Zo. Daar doe je het maar mee.'

'Dank je,' grijnst Kikker. 'Eindelijk een vrouw die mijn kookkunsten weet te waarderen. Mijn vriendin zei steeds dat ik volgens haar dieet moest koken.' Hij trekt een gezicht. 'Ze gaf me een lijst met dingen die ik niet meer mocht maken voor haar. Bovenaan stonden aardappelen en pasta. Wat kun je nog eten als je geen aardappelen en pasta eet, vroeg ik haar. Weet je wat ze zei? Rijst. Rijst! Ik mag dan mager zijn, maar ik ben geen derdewereldbewoner. Rijst komt er bij mij niet in.'

'Heb je een vriendin?' vraag ik verbaasd. Ik slik een te grote hap door. Mijn maag zit in de knoop.

'O, sorry.' Hij schudt zijn hoofd. 'Had. Ex-vriendin. Het is net drie weken uit.'

'Wat vervelend voor je.' De knoop raakt iets losser.

Kikker kijkt me totaal onverschillig aan. 'Ja, echt supervervelend. Ik kan niet meer slapen, niet meer eten,' hij stopt een groot stuk karbonade in zijn mond, 'en vooral niet meer lachen.' Hij trekt zijn ene mondhoek naar me omhoog, wat er nogal vreemd uitziet met zijn mond vol vlees. Ik gniffel.

'Nee, maar serieus.' Hij schudt zijn hoofd. 'We pasten helemaal niet bij elkaar. Ik ben blij dat zij dat ook inzag en er een eind aan maakte.'

Ik adem scherp in. 'Wat?'

'Nee, niet zo.' Kikker schudt lachend zijn hoofd. 'Wat ben jij toch een dramaqueen. Ze ging ervandoor met een kerel uit mijn roeiteam.'

'O,' zeg ik. 'Wat, eh, naar.'

Kikker schokschoudert. 'Gelukkig hadden we het nog niet met elkaar gedaan op het toilet. Of zo.'

Mijn vork bevriest halverwege de weg naar mijn mond.

'O sorry, gevoelige snaar,' zegt Kikker. Hij ziet er niet erg berouwvol uit.

'Ik snap dat je seks heel interessant vindt als je het zelf nog nooit gehad hebt, maar ik vind het een beetje zielig om andermans seksleven tot in den treure te bespreken,' zeg ik afgemeten.

Kikker kijkt me lang aan, tot ik helemaal kriebelig word onder zijn blik en mijn ogen neer moet slaan. Dan zegt hij: 'Lucy, het is geen prestatie om met iedereen seks te hebben als je er zo uitziet als jij.'

Au. Ik dwing mezelf om hem weer aan te kijken. 'Is dat een compliment?'

'Wil je dat het een compliment is?'

'Dus je vindt me knap.'

Kikker maakt een geluidje dat het midden houdt tussen een hoest en een snuif. 'Wat ik probeer te zeggen, is dat het een grotere prestatie is om te wachten tot er iemand voorbijkomt die je echt leuk vindt, in plaats van het met iemand in de wc te doen om erbij te horen.'

'O, en jij wacht zeker nog steeds op die ene iemand die je echt leuk vindt?'

Kikker richt zijn verzengende groene blik op mij en zegt zachtjes: 'Dat zeg ik niet. Maar ik zie er dan ook niet zo uit als jij.'

Oef. Is het hier warmer geworden? Ik heb het ineens heel heet. Er heeft vast iemand met zijn tengels aan de thermostaat gezeten.

'Waar heb jij je bijnaam eigenlijk aan te danken?' vraag ik, om de aandacht van dit lastige onderwerp af te leiden.

'Ik heb een speciaal talent.'

'Vertel.'

'Nee.'

'Je laat niet veel los over je naam, hè?'

'Klopt.'

'Hoe komt dat?'

'Hoe komt dat?' bauwt Kikker me na met een hoog stemmetje.

Tijdens de afwas deed ik dat ook omdat ik geen uitweg wist, dus volgens mij staat hij met zijn rug tegen de muur.

Het is stil. Ik kijk naar Kikker en hij kijkt naar zijn bord. Na twee minuten stilte verandert er iets in zijn blik en vraagt hij: 'Kijk je wel eens *Family Guy*?'

Ik staar hem blanco aan.

'Oké, kom mee.' Hij staat op en laat zijn bijna-lege bord staan. Snel volg ik zijn voorbeeld en loop achter hem aan de keuken uit. Hij houdt zijn slaapkamerdeur voor me open. Ik twijfel even en stap dan naar binnen. Ik ben hier natuurlijk ook geweest om mijn kleren in zijn kast te leggen, maar toen heb ik me bewust niet op de kamer geconcentreerd en alleen maar snel mijn stapels jurken en broeken op de planken gelegd. Ik gaf mezelf geen tijd om alles in me op te nemen. Nu wel. Ik blijf verdwaasd midden in zijn kamer staan.

Kikker niet. Hij neemt een duik op het bed, waar zijn laptop staat, en begint iets op te zoeken. Hij heeft een veel grotere kamer dan ik. Zijn muren zijn wit en de vloer is van kliklaminaat, dat weliswaar bekrast en gedeukt is, maar wel schoon. Ik zie nergens rare vlekken of posters van naakte wijven, wat Kikker een beetje doet stijgen in mijn achting. Al zal ik dat natuurlijk niet hardop toegeven.

Hij kijkt op van zijn laptop en gebaart dat ik naast hem op het bed moet komen zitten. Ik kijk naar zijn dekbed, dat vaalblauw en verwassen is. Voorzichtig laat ik me op het randje van zijn zachte bed zakken. Op het nachtkastje naast het bed staat een foto van hem in een vrolijke omhelzing met een witblond meisje van ongeveer dezelfde leeftijd. Zou dit de ex-vriendin zijn? Ik besef dat ik geen idee heb hoe lang hun verkering heeft geduurd. Misschien was hij stiekem wel veel gekker op haar dan hij aan mij wil toegeven.

'Kijk dit fragment eens,' onderbreekt hij mijn gedachten. Ik kijk naar het laptopscherm van zijn grijze Dell en zie een tekenfilm, waarin een dikke man met nasale stem tegen zijn eveneens dikke zoon zegt dat hij een kikker voor hem heeft gevangen, om hem op te vrolijken. En dat het beest nog leeft, omdat hij voor zuurstof gaatjes in zijn rug heeft geprikt. Dan kijkt hij in de doos, schrikt van de dode kikker (met gaatjes in zijn rug) en er volgen twee volle minuten waarin de vetzak met de deksel probeert de kikker terug in de doos te scheppen.

Ik bekijk het fragment uitdrukkingsloos. Als het is afgelopen, wil ik aan Kikker vragen wat dat te betekenen heeft, maar hij doet iets waardoor ik abrupt mijn mond weer dichtklap. Hij staat op van het bed, kruist zijn armen, pakt de onderkanten van zijn T-shirt beet en trekt het over zijn hoofd. Voor ik mezelf kan tegenhouden, glijden mijn ogen al steels over zijn borstspieren, zijn slanke, lenige bovenlijf. Zijn platte buik, zijn navel. Mijn ogen zuigen het op als een uitgedroogde spons die in een emmer water wordt gedompeld. Dan draait hij zich om, zodat mijn blik op zijn rug rust. 'Zie je enige gelijkenis met de kikker uit het filmpje?'

Ik hap naar adem en sla mijn hand voor mijn mond. Zijn rug is een slagveld. Een lang, wit litteken strekt zich glimmend uit over de hele lengte van zijn ruggengraat. Aan weerszijden tekenen zich zeven kleine, rozige littekens af, alsof iemand hem op die plekken met een scherp object heeft geprikt.

Het duurt alles bij elkaar maar anderhalve seconde voordat Kikker zijn shirt weer aantrekt en zich omdraait, maar het patroon van zijn rug staat op mijn netvlies gebrand. Dan besef ik dat ik mijn hand nog steeds voor mijn mond heb. Snel laat ik hem in mijn schoot zakken, waar hij zich om de vingers van mijn andere hand klemt.

'Dat verklaart wel een hoop, ja,' weet ik ademloos uit te brengen. Ik vang een glimp van mezelf op in de spiegel boven zijn wasbak. Mijn gezicht is bleek en door de grote, bange ogen zie ik eruit als een geschrokken hert dat gevangen is in de koplampen van een vrachtauto.

Kikker lijkt zich een beetje opgelaten te voelen. 'Ik weet eigenlijk niet waarom ik het heb laten zien.'

'Omdat ik door bleef zeuren over je bijnaam,' zeg ik, vervuld van schuldgevoel. Die arme jongen. Hij moet zich net zo kut voelen over zijn bijnaam als ik over de mijne. En toch wil hij zijn echte naam niet vertellen... Die moet minstens vijf keer zo erg zijn. Ik neem me stellig voor om niet meer naar zijn echte naam te vragen.

Straks laat hij dan een ander verminkt lichaamsdeel zien.

'O, en dat speciale talent, natuurlijk,' voegt Kikker er een stuk luchthartiger aan toe. 'Ik kan namelijk dit.'

Hij laat zich door zijn knieën zakken, terwijl hij zijn beide voeten plat op de grond laat staan. Moeiteloos raken zijn magere billen zijn hielen als hij op de grond zit. Zijn knieën steken omhoog voor zijn borst. Ik sla opnieuw mijn hand voor mijn mond, maar dit keer om een giechel te onderdrukken. 'Je bent echt net een kikker.'

8

Ik stap de trein uit en steek het perron over, in de richting van het busstation. Met iedere stap voel ik me beter. Mijn passen worden veerkrachtiger en mijn zelfverzekerdheid keert terug. Jeetje, wat heb ik Groningen gemist. De lucht is hier frisser, de mensen zijn mooier, de omgeving is bekend – dit is thuis! Zelfs de zwervers zijn hier knapper dan in Enschede.

Heupwiegend bereik ik de halte van stadsbus 15. De buschauffeur glimlacht goedkeurend naar me als ik instap. Ik haal mijn ov-chipkaart langs de lezer en plof neer op een stoel.

I'm here, baby. Groningen, wat hou ik toch van je! sms ik naar Merel.

Een jongen die langsloopt verdraait zijn nek bijna terwijl hij me in het oog probeert te houden, wat me op een boze blik van zijn vriendin komt te staan. Ik onderdruk een glimlach en sla mijn in neonroze skinny jeans gehulde benen over elkaar. Daaronder draag ik sandalen met hoge sleehakken, zodat mijn roze gelakte teennagels goed opvallen. Hoewel het september is, stijgt de temperatuur nog regelmatig boven de twintig graden, dus heb ik vanmorgen gekozen voor een sexy zwart shirt met lange, wijde mouwen en blote schouders. Mijn haar draag ik nonchalant in een losse vlecht. Al met al kan ik het die jongen niet kwalijk nemen dat zijn hoofd er bijna afviel daarnet.

Er drijft slechts één vervelend wolkje boven mijn strakblauwe humeur. Toen ik vanmorgen in de gang Kikker passeerde, knikte hij naar me en liep verder. Geen grote ogen, geen kwijl in zijn mondhoeken – wie hou ik voor de gek – hij vond me niet eens belangrijk genoeg om me hardop gedag te zeggen. En dat terwijl we gisteren toch best een momentje hadden, samen. Achteraf heb ik er spijt van dat ik er zo snel tussenuit ben geknepen, maar ik had echt even wat tijd voor mezelf nodig nadat hij zijn gehavende rug had laten zien.

Maar goed, Kikker kan me niets schelen. Als ik hem niets doe, doet hij mij ook niets. Van mij mag die hele flat vannacht in rook opgaan.

Mijn mobiel piept. Yes, een sms van Merel!

Hé chick! Ik laat het wel weten als ik wakker ben. Vind je het ok als een paar andere vriendinnen vanavond ook meegaan?

Hmz. Eigenlijk vind ik het helemaal niet oké als er nog meer vriendinnen meegaan. Ik had me juist zo verheugd op een avondje als vanouds, met z'n tweeën... Maar goed, met anderen erbij kan het natuurlijk ook heel gezellig zijn. Dingen veranderen. Hoe meer zielen... Vanavond maken we de stad onveilig en dan sla ik hele trossen lekkere kerels aan de haak. Ik heb Kikker niet nodig.

Ik frons. Zit ik nou alweer aan Kikker te denken? Het zullen die enge littekens van hem wel zijn. Ik laat het nu los. Eén, twee... Ik stuur terug naar Merel: **Tuurlijk is dat ok! Gezellig. Heb je er ook zo'n zin in? Sms 'feestweekend aan'!**

Ik krijg geen sms terug.

'Wat fijn om je weer te zien, lieverd!' Mijn vader smoort me in een berenknuffel.

Ik maak proestgeluidjes omdat zijn warrige krullen aan mijn lipgloss blijven kleven. 'Ja, hoi pap.' Ik wurm me los.

Hij slaat zijn arm om me heen en trekt me mee naar de huiskamer. 'Ik heb speciaal voor jou appelkruimeltaart gebakken!'

Ik laat mijn tas naast me in de gang vallen en snuif de geur van thuis op. Heerlijk vertrouwd, met een vleugje versgebakken appeltaart. Pap wrijft in zijn handen. 'En we hebben nog een verrassing. O, daar komt ze al aan...'

'Hoi Lucifer,' klinkt een maar al te bekende stem vanuit de keuken. Mijn opgewekte stemming slaat abrupt om als mijn zusje uit de keuken komt met de appeltaart in haar handen en een grote grijns op haar gezicht.

'Moet jij niet op school zitten?' vraag ik.

'Ook leuk om jou weer te zien,' kaatst Marloes terug.

'We hebben Marloes vandaag wat eerder opgehaald van school, omdat...' begint pap, maar ze onderbreekt hem.

'Omdat ik jou graag wilde zien.' Ze werpt hem een waarschuwende blik toe.

'Ja,' stemt mijn vader snel in. 'Inderdaad.' Hij ziet er een beetje ongelukkig uit, valt me op.

Ik loer wantrouwend van de een naar de ander, maar voordat ik iets kan zeggen, beent mijn moeder de kamer binnen. 'Ah, Lucy,' zegt ze zakelijk opgetogen, alsof ze een aandeelhouder in een vergadering verwelkomt.

'Hoi mam.'

'Ik weet dat je al een paar weken niet thuis bent geweest, maar waar hoort je tas níét?' vraagt ze met een scherpe blik.

Ik zucht. 'In de gang.'

'Goed,' glimlacht ze. 'Zet je hem even boven? Dan snijd ik een stuk taart voor je af.' Ze draait zich om en loopt naar de keuken. Ik steek mijn tong uit naar haar rug.

Een uur later ben ik mijn ouders alweer helemaal zat. Ik ben inmiddels helemaal op de hoogte van Marloes' geweldige vorderingen op de middelbare school, de extra vakken die ze volgt, haar uitmuntende cijfers... En dat terwijl ze zelf niets zegt. Ze zit maar een beetje naar de tafel te staren en met haar vorkje de laatste appeltaartkruimels over haar bordje te schuiven. Als ze even opkijkt, vangt ze mijn blik op. Ik knijp mijn ogen hatelijk samen. Snel kijkt ze weer naar de tafel.

'En hoe is het met jouw studie?' vraagt pap.

'Mwah.' Ik kijk verlangend naar buiten, waar de zon schijnt. 'Wel goed, hoor.'

'Heb je al tentamens gemaakt?' vraagt mam.

Ik kijk haar schamper aan. 'Ik ben net begonnen.'

'Wel goed je best doen, hoor,' drukt ze me op het hart. 'Ik ben zo blij dat je een studie hebt gekozen waar je iets mee kunt.'

'Daar kun je straks alle kanten mee op,' stemt mijn vader in.

'Veel beter dan een beetje kliederen met make-up.'

'Dan hebben we straks twee slimme, gestudeerde meiden!'

Met een ruk sta ik op. Mijn handen trillen. 'Ik ga naar de wc.'

Als ik in de badkamer ben, staar ik in de spiegel. Mijn eigen gezicht kijkt terug. Mijn eigen gezicht, dat natuurlijk niet zo slim is als dat van Marloes. Het is al iets minder bruin. En volgens mij ook iets dikker. Geschokt trek ik mijn kin in. Ja, zie je wel – een onderkin! Getver, ik moet echt stoppen met pizza eten. Straks word ik net zo'n zwijntje als Hermelien.

Heel even wens ik dat zij hier was om me op te vrolijken. Ik had haar vanmorgen tijdens het ontbijt bijna meegevraagd naar Groningen, maar bedacht net op tijd dat dat 1) heel slecht zou zijn voor mijn reputatie en 2) haar het idee zou geven dat ik haar aardig vond. Of zo.

Mijn mobiel vertelt me dat het 16.13 uur is. Kan ik al naar Merel toe? Als ik nog één keer van mijn ouders moet horen hoe geniaal mijn kleine zusje is, steek ik mezelf in brand.

Al ontwaakt uit je coma? Zal ik bij jou komen eten? sms ik naar mijn vriendin.

Ik wacht een paar minuten, maar ze reageert niet. Dat zal ik dan maar beschouwen als een 'nee'.

Ik berg mijn mobiel net weer op als hij begint te piepen. Yes, dat zal Merel zijn. Ik open de sms.

Hé Dixi – of mag ik Lucy Campussy zeggen? Wanneer ga ik je weer trakteren op een etentje? Je mag ook voor me komen koken, kan ik je meteen die kamer laten zien ;-)

Een lelijke frons kreukelt mijn voorhoofd. Wat een vreselijke vent is Ferdi toch. Was ik de laatste keer niet duidelijk genoeg?

Een heel zacht stemmetje in mijn achterhoofd roept: 'Dit is je kans op een kamer in de stad, sukkel! Dan hoef je niet in die vreselijke nerdflat te wonen.'

Het kan me niet schelen. Ik ga me niet aanbieden als een of ander goedkoop verzetje in ruil voor een kamer.

Nog een piepje. Als het Ferdi is, doe ik aangifte wegens stalken. Twee sms'jes binnen één minuut is niet oké.

Gelukkig, het is Merel.

Hé Dix, kom maar langs. Ik heb sinds eergisteren een kamer, trouwens, dus daar woon ik nu. Weet je het adres?

Nee aap, stuur ik terug. **Natuurlijk weet ik het adres niet! Ik wist niet eens dat je een kamer had! Vertel!**

Twee seconden later sms't ze haar adres. **Binnen de grachten,** voegt ze er opschepperig aan toe.

'Welkom in mijn paleis!' gilt Merel als ze de deur opengooit. Ze draagt een kobaltblauwe jurk die tot op haar knieën valt. Dat is ook ongeveer de plek waar haar decolleté eindigt. Ik ben blij dat ik me nog even heb omgekleed voordat ik wegging – zonder mijn gebloemde plissérokje, felroze satijnen topje en hoge zwarte pumps had ik me wel enigszins underdressed gevoeld.

'De rest is er al,' roept Merel en ze draait zich om en stommelt voor me uit de trap op.

O.

'Eten die ook mee, dan?' vraag ik, terwijl ik de tegenzin uit mijn stem probeer te weren.

'Tuurlijk! Je gaat van ze houden.' Merel knipoogt over haar schouder naar me.

Ze had er niet verder vanaf kunnen zitten. 'De rest' bestaat uit vijf meiden die allemaal slank en blond zijn. Merel vertelt dat ze met zijn allen een jaarclub gaan vormen zodra die gelegenheid er over een paar weken is. Ik voel me direct bedreigd door hun neppe glimlachjes en overdreven enthousiasme jegens mij.

De meiden kletsen honderduit en maken *inside jokes*, terwijl ik in stilte nog een stuk pizza naar binnen werk (hierna eet ik het echt nooit meer). Ik probeer het snelle gesprek vol onbekende namen te volgen. Ondertussen neem ik Merels kamer in me op. Hij is niet groot – veertien vierkante meter, en dan ben ik nog optimistisch. Merel heeft het hok ingericht met een gezellige verzameling niet bij elkaar passende meubeltjes en troepjes. Haar tweepersoonsbed met sierlijke witte spijlen neemt het grootste deel van de kamer in beslag, op de voet gevolgd door het lompe zwarte bureau. In de hoek staat een kleine kledingkast en daarnaast precies zo'n kledingrek als het exemplaar dat Kikker laatst voor mij in elkaar heeft geknutseld. Ik kan me niet voorstellen dat al Merels kleding hier ligt opgeslagen. Misschien mag ze de kledingkast van een huisgenoot gebruiken, net als ik. Ik voel mijn wangen warm worden bij de gedachte aan mijn dure kleding die gebroederlijk ligt opgestapeld naast Kikkers verwassen en uitgelubberde hobbezakken.

Dan krijgt een van de blondines (Simone, geloof ik) mij weer in de gaten en kirt: 'Lucy, sta jij niet op Dumpert?'

Alle ogen richten zich op mij. Ik slik. 'Eh...'

'Ja, dat klopt!' gilt Merel. Ze wappert enthousiast met haar handen. 'Oh. My. God. We moeten nú dat filmpje kijken.'

'Nee, dat hoeft echt niet...' begin ik, maar Merel klapt haar laptop al open, begeleid door een kirconcert van haar clubgenoten.

Ik heb het filmpje in mijn hoofd vrij succesvol naar de achtergrond verdrongen, maar nu zie ik op het scherm weer hoe ik word natgespoten. Mijn maag knijpt pijnlijk samen van schaamte. De meiden lachen hard, vooral als de Lucy in het filmpje beseft dat haar T-shirt doorzichtig is geworden.

En net als ik denk dat het niet erger kan, vraagt Simone met twinkelende ogen: 'Klopt het nou dat je in een flat vol nerds woont?' Haar grote blauwe ogen zijn omrand met een veel te dikke streep eyeliner en haar wimpers vol mascara klonteren samen als spinnenpoten. Haar ogen schitteren van leedvermaak.

Voordat ik kan antwoorden, schettert Marijn: 'En dat je bijnaam Dixi is omdat je eerste keer op de plee in de kroeg was?'

Ik werp Merel een snelle boze blik toe. Wat heeft ze die meiden eigenlijk allemaal over me verteld?

'Is het waar dat een van de wc's in die flat een gevaar voor de volksgezondheid is?' piept Fleur.

'Heb je foto's van dat domme hert met die *Harry Potter*-bijnaam?' gniffelt Cleo.

'Dom hert?' herhaal ik niet-begrijpend.

Merel schuift haar stoel op, zodat ze naast me zit. 'Ze heet Hermelien,' haakt ze enthousiast in. 'De eerste keer dat Lucy me over haar vertelde, was ze volgens mij al helemaal aan die bijnaam gewend. Ik dacht dat ik het in mijn broek zou doen!'

'Je zou haar echte naam eens moeten horen,' mompel ik, in een poging de aandacht van mij af te leiden.

Dat lukt.

'Hoe heet ze echt dan?' vraagt Cleo.

'Het kan nooit erger zijn dan Hermelien,' roept Merel.

'Toch wel!' Ik laat voor het effect een stilte vallen. Zes paar blauwe ogen kijken me verwachtingsvol aan. 'Ze heet Sjaantje.'

Een orkaan van gegil, gepiep en hoongelach raast door het keukentje. 'Dat méén je niet!' Merel kijkt me aan alsof ze net de jackpot heeft gewonnen. 'Haar naam is net zo lelijk als zijzelf!'

Ik voel een steek van verontwaardiging. Toch trek ik mijn mondhoeken omhoog in een grijns. 'Geniaal hè. Dat arme kind.'

'Heeft de rest net zulke erge namen?' vraagt Fleur. Zij heeft zich in vergelijking met de andere meiden nog vrij rustig gehouden.

'Dat weet ik niet, want niemand wil zijn eigen naam vertellen.' Ik rol met mijn ogen. 'Ze doen er allemaal enorm spastisch over. Maar hun bijnamen zijn raar genoeg. Je hebt Chewy, Kofschip, Paladin en Kikker.'

'Kikker?' herhaalt Cleo.

'Hij is zo idioot lang en dun dat hij net een kikker is als hij op zijn hurken zit.' Ik laat de enge littekens op zijn rug voor het gemak even achterwege. Snel probeer ik het beeld van zijn rug weer te vergeten.

'En Lucy is een beetje verliefd op hem,' voegt Merel er samenzweerderig aan toe.

'Wat? Nee,' protesteer ik. Mijn hartslag versnelt. Waarom zegt ze dat nou?

'Ben je verliefd op een Kikker, Lucy?' sart Marijn.

'Heb je hem al gekust om te zien of hij in een prins verandert?' Cleo giechelt.

'Ik moet echt niks van hem,' zeg ik afgemeten. 'Hij is arrogant en vervelend.'

'Ja, dat is Frits ook,' zegt Merel dromerig. 'Maar hij is wel een moeilijk geile kerel.'

'Heeft hij al wat meer aandacht aan je besteed?' vraag ik.

Ze knikt enthousiast. 'Zeker! Ik weet zeker dat dit iets gaat worden.'

'Frits is Merels langetermijnproject,' gnuift Simone.

'Dat weet ik. Ik heb zes jaar lang bij haar op school gezeten.' Ik kan de hooghartige toon niet geheel uit mijn stem weren. Dat komt me op een ijskoude blik van Simone te staan.

'Tijd voor een spelletje!' Fleur springt klappend op. Ik moet ineens denken aan mijn doegroep-papa, klap-eens-in-je-handjes-Sander.

'Wat voor spelletje?' vraagt Merel.

Er wordt van alles geroepen.

'Mexxen!'

'Kingsen!'

'Vikingen!'

'Stef Stuntpiloot!'

'Ja, Stef Stuntpiloot!'

'Wat wil jij doen, Lucy?' vraagt Merel diplomatiek.

'Eh...' Ik kan moeilijk bekennen dat ik geen van die spelletjes ken. Ik dacht altijd dat Stef Stuntpiloot een kinderspelletje was, net als Bokkie Bèh. Dan zie ik Simone en Cleo allebei hetzelfde naar me playbacken. 'Stef Stuntpiloot,' zeg ik dus maar.

De twee meiden juichen en heffen een lied aan: 'Stef Stúúúntpiloot, Stef Stúúúntpiloot – wij spelen nu Stef Stúúúnt-pi-loot!'

Marijn zet het spelletje snel klaar. Krijg nou wat. Het is echt dat kinderspel. 'Wat is hier zo leuk aan?' vraag ik met een afkeurend trekje rond mijn mond.

Merel en Cleo wisselen een blik van verstandhouding.

'Daar kom je nog wel achter,' gniffelt Fleur.

Ik ben erachter. Het mag dan een kinderspel zijn, maar het is verdomd lastig om iedere keer precies op tijd dat vliegtuigje weg te wippen. Als het niet lukt, raak je een punt kwijt. En wie als eerst van de vier deelnemers drie punten kwijt is, moet een adje trekken, oftewel een shotje nemen. Het woord 'adje' is afgeleid van 'ad fundum', vertelde Merel me net. Het betekent 'tot de bodem'. Ik leer nog eens wat terwijl ik dronken word.

'Daar ga je, Dixi!' gilt Simone, die behoorlijk fanatiek is. Alle meiden hebben tot mijn grote ergernis mijn bijnaam uit Het Fort al overgenomen. En inderdaad, Stef Stuntpiloot vliegt mijn laatste plastic punt omver.

'Drinken!' tettert Merel. Haar blonde lokken zwieren enthousiast om haar hoofd.

'Alweer?' Ik zucht.

Mijn vriendin schenkt al met een grote grijns mijn shotglaasje vol. Ineens bedenk ik dat we nog helemaal niet bij hebben kunnen kletsen. 'Hoe ben je eigenlijk aan deze kamer gekomen?' vraag ik dus maar.

Merel overhandigt me het glas. 'Via een vriend van Simone. Drinken,' voegt ze er streng aan toe.

Gehoorzaam sla ik het shotje achterover.

'Ze heeft wel mazzel gehad, want je vindt nog eerder een lijk in het park dan een kamer in Groningen,' merkt Simone zelfvoldaan op. Haar gezicht gaat me steeds meer tegenstaan.

'Heb jij al een kamer in het centrum van Enschede gevonden?' vraagt Merel.

Ik schud mijn hoofd. 'Was het maar zo'n feest. Ferdi zei wel iets over een kamer die over een paar maanden vrijkomt in zijn huis.'

'Dat is goed nieuws!'

'Ja,' zeg ik sarcastisch, 'maar hij liet niet zo subtiel doorschemeren dat ik daar niet zomaar aan zou komen.'

'Hoe bedoel je... o.'

Ik trek mijn wenkbrauwen op. 'Precies. O.'

'Dus je blijft in dat nerdhol wonen?' Merel kijkt afkeurend.

'Bij gebrek aan beter. Ik kan moeilijk op straat gaan slapen.'

'Persoonlijk zou ik dat liever doen dan in dat vieze stinkhuis wonen.'

'Ik zou nóóit in zo'n vies huis kunnen wonen,' verkondigt Simone dramatisch.

'Hoe weet je dat? Je bent er nog nooit geweest,' snauw ik.

Iedereen kijkt me verbouwereerd aan. Niet dat ik er iets aan kan doen – die uitval was voor mij ook onverwachts.

Fleur schraapt ongemakkelijk haar keel. 'Zullen we naar de stad?'

Als we eindelijk de Groote Griet binnendrommen, is het een uur later. Ik adem de warme lucht van op elkaar gepakte lijven in en wurm me achter Merel en haar club vriendinnen aan. Dan word ik plotseling van achteren omhelsd. 'Lucyyyy,' gilt iemand in mijn oor.

Ik draai me half om (en wurg mezelf ondertussen bijna met de armen die om mijn nek geklemd zijn) en roep uit: 'Hé, Annemijn! Wat leuk om je te zien!'

Wat ik niet meen. Ik ben nooit blij om Annemijn te zien, want die slettebak met haar paardengebit is vreselijk achterbaks.

Ze maakt zich van me los en neemt me van top tot teen op. 'Wat zie je er goed uit,' roept ze met een gemene glinstering in haar ogen.

Ineens schiet me iets te binnen wat mijn moeder ooit tegen me gezegd heeft. '"Wat zie je er goed uit" is nooit een compliment. Het betekent alleen dat je dikker bent geworden.'

Shit, zij ook al? Ben ik echt dikker geworden?

Stel je niet zo aan, zeg ik tegen mezelf. Je ziet er prachtig uit. Veel beter dan die bonenstaak met twee ruggen van een Annemijn.

'Jij ziet er ook geweldig uit,' kraai ik. 'Ook héél bijzonder wat je met je haar hebt gedaan. Zo kunstzinnig!'

Ha, die kwam in ieder geval aan. Annemijn glimlacht zuur naar me. 'Tja, we kunnen nou eenmaal niet allemaal trendsetters zijn.' Ze laat haar blik jaloers over mijn steile haar glijden. Ik zwiep het over mijn schouder (nu heel bewust). Annemijn wappert met haar vingers. 'Ciao bella! Ik ga mijn vriend even opzoeken. Die vriendinnen van je hebben niet op je gewacht, hè?'

Ik kijk over mijn schouder en zie dat ze gelijk heeft. De zes blonde hoofden zijn in de menigte verdwenen. Ze kunnen de trap op zijn gegaan, maar ook naar beneden zijn gelopen. Of misschien zijn ze nog op deze verdieping.

Shit.

Ik vis mijn mobiel uit mijn tas en bel Merel. Hij gaat vijf keer over en gaat dan over naar de voicemail. Ik besluit haar te sms'en.

Hé chick, ik werd opgehouden door die draak van een Annemijn. Waar ben je?

Met mijn mobiel in mijn hand doorzoek ik de kroeg, maar daar is geen beginnen aan. De Drie Gezusters beslaat drie panden. Dat zijn drie keer drie verdiepingen met een heleboel zalen, barretjes en gangen. Als ik Merel niet telefonisch te pakken krijg, vind ik haar echt niet.

Mijn mobiel trilt in mijn hand. Opgelucht neem ik op met: 'Waar ben je?'

Het is even stil, dan zegt een verbaasde stem: 'In Enschede. Hoezo?'

Mijn hart maakt een sprongetje. 'O, hoi Kikker,' zeg ik luchtig. En maar een heel klein beetje hysterisch. 'Ik dacht dat je Merel was.'

'Gelukkig niet,' reageert hij.

'Waarom bel je?'

'Ik ben blij dat je het zo leuk vindt om me te spreken.'

'Ik ben in de kroeg,' zeg ik kortaf. 'Met vrienden.' Ik kruis mijn vingers stiekem.

'Dan zal ik het kort houden. Twee dingen.'

'Brand los.'

'Ten eerste vind ik het zeer onverstandig dat jij je kamerdeur niet op slot hebt gedaan,' zegt hij streng.

Ik ben even van mijn stuk gebracht omdat hij me hierover belt. 'Hé, hoe weet je dat? Heb je stiekem aan mijn deur gevoeld om te testen of hij open was?'

'Dat was niet nodig. Je hebt hem wagenwijd open laten staan.' Zijn stem klinkt naast bazig nu ook een beetje geamuseerd.

'Hrmpf,' doe ik.

'Iedere idioot kan zo naar binnen wandelen en je spullen jatten.'

'Waarom zouden jullie dat doen?'

'Wij niet, maar misschien heeft er wel iemand een vriend met vlugge vingers.'

'Alsof iemand in dat huis vrienden heeft,' mompel ik half naast de telefoon. Ik geloof dat mijn belediging verloren gaat in het geluid van uitgelaten gillende stemmen boven bonkende muziek.

'Mooi,' zegt Kikker. 'Nu ik je op je donder heb gegeven, heb ik nog een verzoek voor je.'

Ik kan een glimlachje niet onderdrukken. 'Misschien had je dit beter in omgekeerde volgorde kunnen doen.'

'We moeten allemaal helpen met het balkon verven, dus wil je het weekend over twee weken vrijhouden?'

'Dat is geen verzoek, dat is een verkapt bevel,' roep ik uit.

'Ook goed. Kun je dan?'

'Nee,' zeg ik vastbesloten. Niet dat ik iets gepland heb staan. Ik ga gewoon niet... 'Wat gingen we ook alweer doen?'

'Het balkon verven,' zucht Kikker.

'Waarom in vredesnaam?'

'Het moet van de huisbaas. Hij levert de verf.'

'Waarom doet die kerel dat zelf niet, dan?'

'Het is meer een vereniging. En we hebben een paar maanden geleden per ongeluk iets laten ontploffen op het balkon. En dat heeft mogelijk de verf een beetje aangetast.'

'Dat is toch niet mijn probleem?'

'Nu wel, dus.'

'Ik zie niet in hoe.'

'Als we niet verven, huurt de huisbaas iemand in. Op onze kosten,' voegt hij eraan toe.

'Maar dat is oneerlijk,' kerm ik. 'Ik woon er pas een paar weken!'

'Oké, we spreken het zo af,' zegt Kikker op een toon die geen tegenspraak duldt. 'Ik leer je koken, jij helpt met verven.'

Ik wil al iets snibbigs antwoorden, als ik bedenk dat dit eigenlijk een heel goed idee is. Ik bedoel, beter van hem dan van mijn ouders. En Kikker is er prima van op de hoogte hoe je kookt voor een hele flat vol hongerige nerds.

'Hm,' brom ik. 'Vooruit dan maar.'

'Fijn.'

We zwijgen allebei. Ik gluur om me heen, in de hoop dat Merel ineens uit de menigte opduikt. Wat natuurlijk niet gebeurt.

'Goed, ik zal je niet langer ophouden,' zegt Kikker. 'Ga lekker verder feesten met je vrienden.'

'Ja.' Ik slik. 'Zal ik doen.'

'O, en je zag er erg mooi uit vanochtend. Tot zondagavond!' En hij hangt op.

Ik staar met open mond naar mijn mobiel. Wacht even, maakte Kikker me net een compliment? Ik schud ongelovig mijn hoofd. Die shotjes stijgen waarschijnlijk naar mijn hoofd.

9

Ik roffel furieus op de deur. 'Chris? Chris! Kofschip! Verdomme, ik weet dat je er bent. Doe open!'

Ik hoor wat geschuifel in zijn kamer, terwijl ik nog een keer hard op de deur bonk. Chris' slaperige hoofd verschijnt in de deuropening. Hij draagt een vuilwit hemd en een afzichtelijke ballenknijper. Ieuw, is het niet strafbaar om die combinatie te dragen als je jonger bent dan zestig?

'Wat is er?' vraagt hij slaapdronken.

'Iemand heeft al mijn Blond-bordjes gejat!' Ik benadruk 'iemand', zodat hij niet denkt dat hij eronderuit komt.

'Je blonde borstjes?' Hij fronst slaperig zijn verfomfaaide voorhoofd.

'Mijn Blond-bordjes! Die bordjes met allemaal blije kleurtjes. Ze stonden in de kast,' leg ik woedend uit. 'En nu zijn ze weg. En niemand hier heeft ze, dus moeten ze zijn verdwenen in dat zwarte gat vol vieze vaat dat zich in jouw kamer bevindt.'

'Ik pak altijd gewoon het bovenste bord op de stapel,' stamelt hij.

Ik duw hem opzij en been zijn kamer in om mijn bordjes terug te veroveren. 'Nou, voortaan blijf je maar mooi met je poten van mijn b...'

De woorden blijven in mijn keel steken bij de aanblik van mijn bordjes. Maar niet alleen de bordjes; ook twee grote mokken, vier koffiekopjes en zelfs mijn suikerpot. Mijn prachtige servies, waar ik zo trots op ben. Totaal onherkenbaar. Van twee bordjes zijn grote butsen afgesprongen, mijn theepot is gebarsten, een van de mokken mist een oor en drie koffiekopjes zijn vanbinnen zo vies en aangekoekt bruin, dat ik betwijfel of ik ze ooit nog schoon krijg.

Zonder een woord draai ik me om en loop de kamer weer uit. Chris waggelt achter me aan. 'Dat oor kan ik er zo weer aan lijmen, hoor,' roept hij me opbeurend na vanuit de deuropening. Gaan padden niet borrelen als je zout op hun rug strooit? Zal ik het eens proberen?

Shit, nu zit het beeld van Kikkers toegetakelde rug weer in mijn hoofd. Het hele weekend en de afgelopen week hebben de littekens over mijn netvlies gedanst. Ze doken precies op de verkeerde momenten op. Al geloof ik niet dat er een geschikt moment voor zoiets bestaat. Ik was zo overdonderd dat ik niet eens gevraagd heb hoe het komt dat zijn rug eruitziet als een kilo rauw gehakt. Ik heb het er zaterdag met Merel over gehad. Vrijdagnacht had ik haar niet meer gevonden in de kroeg, dus belde ik haar zaterdagochtend wakker om weer eens ouderwets samen te gaan shoppen. Niet dat het voor mij erg geslaagd was; schijnbaar valt de maat zesendertig dit seizoen in alle collecties erg klein uit. Merel opperde tijdens het bijkomen op een terrasje een aantal scenario's die zouden verklaren hoe Kikker aan die littekens komt, maar het ene was nog gruwelijker dan het andere. Ik heb mijn gehoor dus maar gewoon tijdelijk op non-actief gesteld en mijn cola (light!) achterovergeslagen.

Alleen is het nu donderdagochtend en ik kan Kikker moeilijk opnieuw gaan ontlopen. Dat zou behoorlijk harteloos zijn. Maar ik kan hem ook niet meer recht aankijken, want ik blijf me allerlei vreselijke dingen inbeelden. Gelukkig heeft hij een drukke week, vol roeitrainingen (ik ben zo blij dat hij bij Euros zit en niet de hele dag hier in huis rondhangt, zoals die verschrikkelijke Paladin). Dat komt me wel goed uit. Steeds als ik hem zie, dwalen mijn gedachten onherroepelijk af naar die littekens. De knoop in mijn maag trekt strak. Ik wil er niet aan denken.

Ik storm de keuken in, waar Hermelien nog geduldig alle kastjes voor de derde keer aan het doorzoeken is. 'Chris heeft ze!' spuw ik. 'Ik wist het wel, die goorlap heeft mijn servies niet alleen geleend, maar ook nog eens gesloopt!'

Hermelien legt haar handen op mijn schouders en duwt me op een stoel. 'Rustig maar.'

Mijn borst gaat snel op en neer omdat ik hijg van woede. 'Ik kan niet rustig doen!'

Op dat moment komt Chris de keuken binnen. Hij heeft godzijdank wel een broek aangetrokken over die ballenknijper van hem, anders had ik zijn huwelijksgroenten er hoogstpersoonlijk afgedraaid. Hij houdt mijn Blond-servies in zijn armen alsof het een pasgeboren baby is. Hij had er eerder ook wel zo voorzichtig mee om mogen gaan, dan was het nu misschien nog heel geweest.

'Dixi, het spijt me,' zegt hij, terwijl de bordjes vervaarlijk rammelen en de kopjes tegen elkaar tikken. 'Ik wist niet dat dat servies zo belangrijk voor je was... Je had het in de gezamenlijke kast gezet, dus ik ging er eigenlijk van uit dat ik het gewoon mocht gebruiken.'

'Gebruiken is tot daaraan toe,' zeg ik met een boze blik. 'Dat betekent nog niet dat je ermee mag gaan hockeyen.'

'Sorry,' herhaalt Chris berouwvol.

Ik zucht en pak mijn servies uit zijn handen. 'Het is al goed,' zeg ik met tegenzin. Getver, het plakt ook nog eens allemaal. Wat spookt die vent uit met zijn vaat?

Ik wil de stapel op het aanrecht zetten, maar daar heeft zich sinds vrijdag alweer zo'n grote berg vieze afwas opgestapeld, dat er geen ruimte meer is. Ook de tafel staat vol vuile borden en pannen. Er liggen aangekoekte klodders eten op de vloer. Eigenlijk is alles hier behoorlijk smerig, maar dat verbaast me inmiddels niet meer.

'Hebben jullie niet iets van een schoonmaakrooster of zo?'

'Ja hoor,' zegt Chris. 'Dat hangt daar.'

Hij wijst naar een vergeeld vel papier. Het plakband waarmee het aan de muur is bevestigd heeft al op verschillende plekken losgelaten, waardoor het nu van ellende omkrult. Ik strijk het glad tegen de muur en lees: *Schoonmaakrooster augustus 2007.*

Zodra ik het papier loslaat, krult het weer om. 'Is hier serieus sinds 2007 niet meer schoongemaakt?'

Chris kijkt vragend naar Hermelien. 'Weet jij wanneer dat voor het laatst is gebeurd?'

Hermelien haalt haar schouders op. 'Dat moet dan geweest zijn voordat ik hier kwam wonen.'

Ik wapper met mijn handen en roep uit: 'Wat smerig! Ik wist best dat het hier vies was, maar dit is zo... zo...' Er is niet eens een woord voor, geloof ik. 'AAAH!' roep ik dus maar.

Chris en Hermelien kijken me verbaasd aan. Ik word overvallen door een nog groter gevoel van walging dan die ene keer in de derde klas, toen Lelijke Leon me vroeg of ik zijn vriendinnetje wilde zijn (en ik hem hard lachend midden in een volle aula heb afgewezen). 'Hoe kunnen jullie hier leven?' vraag ik.

'Blijf ademen,' adviseert Hermelien.

'Een goede weerstand kweken,' voegt Chris eraan toe.

'We moeten een nieuw rooster hebben,' zeg ik resoluut.

Chris proest. 'Nou, succes daarmee.'

'Nee, echt.' Ik gebaar om me heen. 'Dit is niet te doen.'

'We kunnen een flatvergadering beleggen,' stelt Hermelien voor.

Ik knik. 'Goed plan. Vanavond na het eten?'

'Dat ligt eraan of iedereen er dan is,' zegt Chris.

'Hoezo?' vraag ik verbaasd. 'Het is niet alsof iemand hier in huis een leven heeft.'

'Ik ga straks wel even langs de deuren,' zegt Hermelien, voordat Chris kan reageren.

'En wie kookt er vanavond?' vraag ik.

'Ik,' zegt Chris.

'O.' Er valt een stilte, waarin ik hem onderzoekend aankijk. 'En-ne... Wat ga je koken?'

'Lasagne.'

'Zonder vis?' vraag ik (ogenschijnlijk ten overvloede, maar je zou er versteld van staan waar mensen allemaal vis doorheen gooien).

Chris kijkt me even raar aan en zegt dan: 'Ja, natuurlijk zonder vis.'

Ineens word ik overvallen door het beeld van mij en Chris samen aan tafel, in een ongemakkelijk stilzwijgen en met veel te veel lasagne. 'Eh, wie eten er nog meer mee?'

Chris telt op zijn stompe vingers: 'Hermelien, Chewy, jij dus...' Hij pauzeert even en ik merk dat ik mijn adem inhoud.

Belachelijk.

'Ja, dat was het,' besluit Chris na een korte denkpauze.

Ik adem uit met een vreemd teleurgesteld gevoel in mijn buik. Chris kijkt me met een halve grijns aan en ik heb het gevoel dat hij precies weet wat ik denk. Om hem op een dwaalspoor te zetten vraag ik luchtig: 'Moet Paladin niet mee-eten?'

Hij lacht hikkend. 'Paladin eet nooit mee.'

'Op mijn eerste avond wel,' verdedig ik mezelf. 'Hij heeft toen zelfs gekookt.'

'Dat was een uitzondering,' wuift hij mijn antwoord weg. 'Omdat het jouw welkomstdiner was.'

Ik knipper met mijn ogen, met stomheid geslagen. Dan raap ik mezelf bij elkaar. 'Was dat mijn welkomstdiner?'

Chris en Hermelien knikken allebei.

'O,' zeg ik.

Een beetje karig vond ik het wel, in aanmerking genomen dat het een welkomstdiner hoorde te zijn. En een beetje smerig. Nou ja, laat 'een beetje' maar gerust weg. Verschrikkelijk, afgrijselijk, walgelijk.

Om halftwee heb ik college. Ik speur wantrouwig de gangen af naar een bos blonde krullen, maar gelukkig zie ik Ferdi nergens. Opgelucht laat ik mijn adem ontsnappen, ook al wist ik niet dat ik die in had gehouden. Ik wandel de collegezaal binnen en plof neer op een stoel ergens links achterin. De docent begroet ons en klikt de eerste slide aan, ten teken dat het college begonnen is. Ik krijg niet helemaal mee waar het over gaat, want mijn gedachten blijven afdwalen naar het schoonmaakrooster dat we op gaan stellen. En hoe we dat gaan doen. En wie wat gaat doen. En of iedereen op tijd thuis is voor de vergadering. En wat Kikker vanavond voor belangrijks te doen heeft waardoor hij niet mee-eet. Gaat hij het soms weer goedmaken met zijn ex-vriendin?

Mijn mobiel trilt, ten teken dat ik een sms heb. Ik klik hem open.

Sinds we uit eten zijn geweest denk ik de hele tijd aan je.

Gealarmeerd laat ik mijn ogen door de zaal dwalen. Ze blijven rusten op een bos blonde krullen in de hoek. Shit, ik had gehoopt dat Ferdi niet zou komen.

Verspilde moeite, sms ik terug. Ik blijf strak voor me uitkijken.

Mijn mobiel trilt weer. Een kwartier lang krijg ik het voor elkaar om de sms niet te openen, maar ik ben gewoon veel te nieuwsgierig.

Ik bleef namelijk achter met de rekening.

Zak.

Jij trakteerde, weet je nog?

Ja, blijkbaar, stuurt hij terug. Ik kijk even snel zijn kant op en vang zijn zelfingenomen blik.

De hoeveelheid geërgerde blikken van het meisje naast mij is de afgelopen minuten exponentieel toegenomen. Nog even en ze gaat er iets van zeggen, ik zie het aan haar ogen.

Ik berg mijn mobiel op, verzamel mijn spullen en loop de zaal uit. Op deze manier krijg ik toch niets mee van wat er verteld wordt. Ik ga geen twee uur verspillen aan me opvreten over Ferdi's aanwezigheid.

Ik realiseer me heus wel dat ik hem nog vaker ga tegenkomen in de collegezaal. Alleen kan ik het nu gewoon even niet aan. Pap vond hem ook nogal een eikel. 'Hij klinkt als een vos. Oppassen met hem, Lucy.'

'Ik ben geen drie meer, pap.'

Heel even heb ik overwogen om mijn vader te vertellen over het weinig subtiele voorstel om mijn 'diensten' te ruilen tegen een kamer, maar ik heb toch besloten het maar niet te doen. Als vader zijn dat vast geen dingen die je graag van je dochter wilt horen. En zoals ik al zei, ik ben geen drie meer. Ik kan dit prima in mijn eentje oplossen.

'Hé, ben je er alweer?' vraagt Hermelien als ik de keuken inwandel zodra ik thuis ben. Eh, ik bedoel: zodra ik in Het Fort ben.

'College was niet boeiend,' zeg ik vaag.

'Wat ga je nu de rest van de middag doen?' vraagt ze.

Ik haal mijn schouders op.

'Heb je anders zin om mee naar Fanaat te gaan?' vraagt Hermelien. Haar wangen worden langzaam vlekkerig rood, maar ondanks haar verlegenheid kijkt ze me dapper aan.

Het goede antwoord is 'nee'. Ik heb totaal geen zin om mee te gaan naar Fanaat, want ten eerste stikt het daar van de nerds en ten tweede ben ik niet bepaald grootgebracht met spelletjes. Ik vermaakte mezelf meestal met tekenen of zo. De juf op de kleuterschool merkte meteen op dat ik niet bouwend tekende, maar schouwend. Oftewel: in plaats van een poppetje dat uit zes verschillende strepen bestond, tekende ik uit één stuk, bijna zonder mijn pen van het papier te halen. Toen ik wat ouder was tekende ik rustig verder, maar dan op mijn eigen gezicht (of op dat van Marloes – onder dwang). Waarschijnlijk was mijn make-up-obsessie nooit ontstaan als ik me vroeger niet zo vaak verveeld had.

Samenvattend: nee, ik ga niet mee naar Fanaat. Ik steek nog liever mijn hoofd in een bak wurmen.

Dus antwoord ik gedecideerd: 'Ja, leuk.'

'Tof!' Hermelien klapt verheugd in haar handen en pakt me bij mijn arm. 'Kom, dan gaan we meteen.'

Het ging ergens tussen mijn hersenen en mijn mond fout, maar ik krijg geen tijd om te analyseren waar precies, want Hermelien trekt me al enthousiast babbelend mee naar buiten. Vijf minuten later sta ik tegenover de Bastille.

'Hier moeten we naar binnen.' Hermelien gaat me voor. We lopen de dubbele deuren door en een trapje met vijf treden af, en weer door een houten deur. Op het kartonnen bordje erboven staat in vervaagde groene viltstift een draak getekend, met daarachter het woord 'FANAAT' in verbleekte letters.

Binnen ruikt het muf. Het staat vol boekenkasten met daarin stapels bordspelletjes. Meer dan ik ooit gezien heb. Aan de rand is een vierkante ruimte vrijgelaten voor een groot, plat tv-scherm. Hermelien ziet me kijken en zegt: 'Daar doen we de computerspelletjes. Die dansmatten op de vloer zijn voor Dance Dance Revolution, daar ben ik supergoed in.' Ze kijkt wat ongemakkelijk door deze onkarakteristieke vorm van borstklopperij, maar ze zwakt haar woorden niet af.

We lopen om een boekenkast heen en koersen recht op een ronde tafel af. Er zitten vijf nerds een bordspel te doen. Ik spot de INF-twins tussen hen. Hermelien stelt ze een voor een voor. Ten slotte komt ze bij de tweeling. 'Dit is Otto en dit is Anjo,' zegt ze snel. Ik zie dat er een blos omhoogkruipt vanuit haar nek.

Een van de twee kucht. 'Eh, ik ben Otto,' zegt hij.

'O!' roept Hermelien. 'Sorry.'

'Hoe lang ga je inmiddels al met ons om?' vraagt Anjo plagend.

'Ik snap niet dat je het verschil niet ziet,' vult Otto hem aan.

'Ik ben bijvoorbeeld veel knapper,' zegt Anjo.

'In je dromen.'

'Ook daar, ja.' Anjo grijnst naar me.

In mijn ogen zijn beide blonde puddingen even afzichtelijk. Ik trek een gezicht naar Hermelien, maar die is te druk bezig met blozen. Wat hééft dat kind?

'Doen jullie een spelletje mee?' vraagt Otto. Hij vestigt zijn waterige oogjes op mij.

De drie andere nerds (waarvan ik de namen niet heb onthouden) staan op en lopen naar de tv, waar zich inmiddels een grote groep heeft verzameld. Er klinkt een muziekje en het scherm braakt allerlei kleuren uit.

'Eh,' zeg ik.

'Tuurlijk,' zegt Hermelien. Ze ploft neer en klopt op de stoel naast zich, ten teken dat ik ook moet komen zitten.

'Eh,' zeg ik nog een keer. Dan leiden mijn benen me naar de stoel toe, zonder toestemming van mijn hoofd. Ik ga zitten.

'Potje Kolonisten?' vraagt Anjo.

'Leuk,' zegt Hermelien.

'Eh.' Straks denken ze dat dit de enige klank in mijn vocabulaire is. 'Ik weet niet hoe dat moet.'

De tweeling kijkt me ongelovig aan. Hermelien schudt haar hoofd en lacht. 'Dat is niet erg. We leggen het wel uit.'

En zo komt het dat ik na een oefenspelletje 'voor het echie' mee ga doen. En ik moet zeggen, zonder overdrijven, dat ik hier best goed in ben. Als ik een grondstof nodig heb van Anjo of Otto, ga ik gewoon wat vooroverhangen en druk ik mijn armen wat dichter tegen mijn zij, waardoor het spleetje tussen mijn borsten dieper wordt. Voor ik het weet, kan ik mijn laatste stad bouwen. 'En dat zijn één, twee, drie, vier, vijf, zes, zeven, acht, negen...' Ik laat een stilte vallen en roep dan uitgelaten: 'TIEN punten voor mij! Gewonnen!' Ik zwiep triomfantelijk mijn haar over mijn schouder.

Hermelien lacht enthousiast naar me. 'Goed zo, Lucy!'

Ineens besef ik dat ze me geen Dixi is gaan noemen. 'Dank je,' mompel ik, niet alleen omdat ze me feliciteerde.

'Zullen we het nu eens met Steden en Ridders erbij proberen?' stelt Anjo voor.

'Wat is dat?' vraag ik een tikkeltje paniekerig.

'Een uitbreiding,' zegt Otto.

'Nog meer regels,' vat Hermelien droog samen. 'Jongens, zullen we de volgende keer verdergaan? Ik denk dat het avondeten wel zo'n beetje klaar is nu.'

'Wat?' Ik kijk op mijn horloge en constateer dat het inderdaad al kwart over zes is. Hebben we hier zo lang gezeten? Wauw.

'Ja, nu wens je dat je je triomf wat langer had uitgesteld, hè?' vraagt Otto.

'De overwinning was een vergiftigd geschenk,' knikt Anjo serieus.

Terwijl Hermelien me mee naar buiten trekt, fluister ik: 'Wat zei hij nou?'

'Ach, hij kijkt te veel anime,' wuift Hermelien mijn vraag weg.

'Wat is anime?' We stappen flink door.

'Manga.'

'Zeg je nu gewoon fantasiewoorden zodat ik me dom ga voelen?' Hermelien grijnst. 'Japanse tekenfilms.'

'Als in porno?'

'Nee, dat is hentai.'

'O.'

Dat campusjargon gaat me echt boven de pet.

Het eten is goed gelukt (Chris kan blijkbaar wel koken). Een tijdlang is het enige geluid dat van schrapend bestek, malende kaken en af en toe een kuchje. Dan vraag ik: 'Waarom eet Paladin eigenlijk nooit mee?'

Hermelien snuift: 'Die leeft op broodjes bapao, sigaretten en World of Warcraft.'

'Wat was dat ook alweer?'

Chris begint uitgebreid te babbelen over het spel, maar ik luister niet echt. Als hij uiteindelijk besluit met: 'Het schijnt best verslavend te zijn. Een Japanner is laatst overleden omdat hij niet at en dronk en alleen maar World of Warcraft speelde', is mijn aandacht allang naar een tropisch oord met wuivende palmbomen vertrokken.

'Hm.' Ik heb zojuist de voordeur gehoord en spits mijn oren. Aangezien Paladin op zijn kamer computerspelletjes zit te spelen, moet dit Kikker zijn. Een warm gevoel verspreidt zich in mijn maag. Ik besluit de lasagne daar de schuld van te geven.

'Hoi,' klinkt het vaag uit de gang. Ik zie zijn silhouet langs het smerige glas in de keukendeur lopen.

'Kikker?' roept Hermelien. 'Kom je straks ook op de flatvergadering?'

Ik zie hem omdraaien in de gang en op de deur afkomen. Mijn hart begint sneller te bonzen. Pfoe, pittige lasagne.

Kikker duwt de keukendeur open. 'Flatvergadering?' Zijn haar is nat van het douchen en hij draagt een clubshirt van Euros. Zijn neusbrug en jukbeenderen zijn zichtbaar bruiner geworden vandaag. Het blonde haar valt over zijn voorhoofd. Hij laat zijn blik langs iedereen dwalen en blijft iets langer naar mij kijken dan naar de rest. Ik blijf doodstil zitten. In mijn nek kruipt kippenvel omhoog. Dan kijkt hij naar Hermelien en kan ik me weer ontspannen.

'Waar gaat de vergadering over?'

Hermelien knikt naar mij. 'Lucy wil graag een nieuw schoonmaakrooster opstellen.'

'O ja?' Hij trekt geamuseerd zijn wenkbrauwen naar me op. Volgens mij doet hij zijn best om me niet uit te lachen. 'Joh.'

'Ja, toevallig wel,' zeg ik vastbesloten. 'Het lijkt hier wel een zwijnenstal. Nog even en we gaan truffels zoeken.'

'Ik denk dat je zojuist een heleboel zwijnen hebt beledigd,' zegt Kikker. Ik weet niet zeker of hij op de huisgenoten doelt of letterlijk op zwijnen.

'Wie haalt Paladin?' vraagt Hermelien. Ze prikt nog wat rond in haar laatste restjes lasagne en laat het dan met rust. 'Zal ik hem even achter de computer vandaan sleuren?' Zonder op antwoord te wachten staat ze op.

'Jij liever dan ik,' grijnst Chris.

Een halve minuut later komt ze terug. 'Hij zit midden in een heel belangrijk gevecht, zei hij,' meldt ze zuur.

Mijn wenkbrauwen schieten omhoog. 'Dus hij komt niet?'

'Nope.' Hermelien ploft neer op haar stoel.

Na een korte stilte zeg ik: 'Nee.'

'Nee?' vraagt Kikker. 'Wat ga je doen, hem aan zijn oren wegsleuren van de computer?'

'Ja, dat is verdomme precies wat ik ga doen,' foeter ik. 'Het is maar een stom computerspelletje! Hij kan toch wel tijd maken voor zijn huisgenoten van vlees en bloed?'

'Weet je zeker dat je dat wilt doen?' vraagt Chris met een serieus gezicht.

'Het was leuk je gekend te hebben,' doet Kikker een duit in het zakje.

Ik schuif mijn stoel met een ruk naar achteren, waardoor hij kantelt en op de grond klettert. Iedereen is stil van mijn abrupte beweging en staart naar me. Ik kijk boos de tafel rond. Chewy gluurt vanonder zijn zware, vettige wenkbrauwen vol ontzag naar me. Ik bijt hem toe: 'Ga jij me ook waarschuwen?'

Snel schudt hij zijn hoofd, waardoor zijn haar alle kanten op vliegt. Hij richt zijn blik strak op zijn lege bord.

'Mooi,' mompel ik chagrijnig. 'Anders vraag ik of-ie even met je wil zoenen.'

'Hé, rustig aan,' fluit Chris me terug.

Ik draai me naar hem om en knijp mijn ogen gevaarlijk samen. In de bruine modderpoelen rondom zijn pupillen zie ik hoe een paar flarden angst zich verzamelen. Even twijfel ik of ik iets zal zeggen, maar dan besluit ik dat iedereen eerder met mijn schoonmaakrooster akkoord gaat als ik ze in ieder geval een heel klein beetje te vriend hou.

Ik been de keuken uit, naar de laatste deur in de gang. De deur is behangen met screenshots uit een computerspel. Ik vermoed dat het dat spel is waar hij op dit moment mee bezig is. Met drie harde kloppen op de deur kondig ik mijn aanwezigheid aan.

Achter de deur hoor ik niks.

'Hallo?' roep ik.

Er klinkt een zachte grom vanuit de kamer.

'Hallo!' herhaal ik.

'Wat moet je nou weer?'

Ik druk de klink naar beneden, maar als de deur net op een kier staat, blaft Paladin met een woeste, bijna dierlijke brul: 'Zei ik dat je binnen mocht komen?'

'Jeez, doe even normaal,' mopper ik. Voor de zekerheid laat ik de klink los en laat ik de deur op een kier staan. Misschien is hij wel naakt. 'We hebben straks flatvergadering, dus ik vroeg me af of je...'

'Nee,' onderbreekt hij me.

'Eh, sorry?'

'Nee,' herhaalt hij, harder ditmaal. 'N-E-E.' Hij blijft naar zijn computerscherm staren en ramt manisch op zijn toetsen. *'No, I was talking to my idiotic flatmate,'* bromt hij in zijn koptelefoon.

'Ik vind dat je gewoon moet komen,' zeg ik verontwaardigd. 'Het gaat over ons huis, en aangezien jij hier ook woont, is het minste wat je kunt doen proberen mee te beslissen over de staat waarin het verkeert en wat daaraan gedaan moet worden!'

'Ben je klaar?' roept Paladin.

'Ja, dus kom je?'

'Sorry, Ivar,' hoor ik hem brommen. *'She's a real pitbull.'*

Ik hoor hem zijn headsetje afdoen, de stoel achteruitschuiven en met zware voetstappen naar de deur toe klossen. Als hij die helemaal openrukt, herinner ik me hoe groot hij is. Hij kijkt me woest aan, zijn ogen zijn boze zwarte knikkers. Er kringelt rook van de sigaret in zijn mondhoek, die zomaar in zijn baard lijkt te verdwijnen. Uit zijn kamer stijgt een smerige lucht op. Een combinatie van twee pakjes per dag en broodjes bapao, zoals Hermelien al zei.

'Ik ga het nog één keer zeggen,' bijt hij me toe, terwijl hij boven me uittorent en een wolk rook in mijn gezicht uitblaast. Ik doe kuchend een stap naar achteren. Hij buigt een stukje naar me toe, waardoor ik de graflucht uit zijn mond opvang. Mijn ogen gaan er spontaan van tranen. 'Ik kom niet naar die stomme vergadering.'

Ik doe mijn mond open om iets tegen te werpen, maar hij inhaleert diep, blaast opnieuw uit in mijn gezicht en vraagt op dreigende toon: 'Was dat alles?'

Een tikkeltje geïntimideerd druip ik af. 'En dat voor World of Witchcraft,' mompel ik.

De deur, die hij net dicht had gedaan, vliegt weer open. Paladin brult over de gang: 'Het is World of Wárcraft, bimbo!'

Ik bevries ter plekke.

Hij noemde me bimbo.

Ik draai me langzaam en beheerst om, met een glimlach op mijn gezicht. Terwijl ik langzaam en heupwiegend op de deur afloop, zeg ik op flemende toon: 'Zeg, Paladin.'

'Hm,' bromt hij. Zo te zien is hij een stukje minder zeker dan daarnet. Misschien flapte hij dat 'bimbo' er wel gewoon per ongeluk uit. Ik besluit hem het voordeel van de twijfel te gunnen en glimlach verder: 'Als je me ooit nog bimbo noemt, krab ik die doffe zwarte oogjes van je uit je harige schedel, jij vieze stinkerd. Begrepen?'

Hij staart me sprakeloos aan.

Ik draai me om en loop weg, zonder op zijn reactie te wachten. En reken maar dat ik hem straks op het schoonmaakrooster zet om als eerste de boutput schoon te maken!

'Dus...' Chris kijkt de kring rond en slaat grijnzend met een denkbeeldige hamer op een denkbeeldige tafel. We hangen op de banken in het woonkamergedeelte achter de keuken. Ik zitlig op een gebloemd exemplaar dat waarschijnlijk ooit rood is geweest, maar nu een soort verschoten grijzig roze kleur heeft aangenomen. Naast mijn hoofd bungelen de voeten van Kikker in afgetrapte All Stars. Af en toe bots ik ertegenaan. 'Pff, die lucht,' roep ik naar boven en wapper mijn hand langs zijn schoenen.

Hij port met zijn voet tegen mijn schouder. 'Hé, niet zo bijdehand hè.'

'Ja, vergadering geopend!' roept Chris. Ik probeer wat meer rechtop te gaan zitten, maar zak direct weer terug in ligstand. Ik geef het op. Blijkbaar zijn dit gewoon loungebanken.

'Zoals jullie allemaal wel weten, wil Dixi graag een schoonmaakrooster opstellen...' begint Chris, maar ik neem het van hem over. Per slot van rekening ben ik degene die hiermee op de proppen is gekomen. En moet iedereen me echt de hele tijd Dixi noemen? Kunnen ze geen voorbeeld nemen aan Hermelien? 'Dank je, Chris.' Ik spreek zijn naam heel nadrukkelijk uit, in de hoop dat hij de hint zal begrijpen. 'Het schoonmaakrooster dat daar hangt, stamt nog uit de prehistorie.'

Kikker en Chris grinniken.

'Vandaar dat ik wil voorstellen een nieuw rooster op te stellen.' Ik kijk de kring rond. 'Wat vinden jullie?'

Het is even stil, maar dan vraagt Chewy met zijn zachte, hoge muppetstemmetje: 'Waarom?'

Ik knipper verbaasd met mijn ogen. Ik had veel vragen verwacht, maar niet deze. Ik gebaar om me heen. 'Nou, dat lijkt me toch vrij duidelijk. Het is hier zo vies dat er zelfs geen muizen durven te komen. Jullie recyclen het afwasmiddel volgens mij al sinds 1986. En ik weet zeker dat er iets achter die koelkast leeft.'

'Maar het is al heel lang zo,' protesteert Chewy zachtjes.

Ik snuif minachtend. 'Is dat je argument? Het moet hetzelfde blijven omdat het al heel lang zo is?'

'Als dingen heel lang hetzelfde blijven, gaan mensen muiten,' valt Kikker me bij. 'Vooral als "hoe het is" eigenlijk niet werkt. En wij muiten nu, voordat de schimmel achter de koelkast ons voor is en iedereen hier opeet.'

Blij met zijn onverwachte steun kijk ik de kring rond. 'Nog meer vragen?' De deur naar buiten staat open en er komt een aangenaam briesje naar binnen. Het is hierbinnen echt tropisch, maar we pasten niet met zijn allen op het balkon. Zelfs als er mensen op de vieze oude bank waren gaan zitten, was het wel erg vol geweest.

'Wie doet wat?' vraagt Chris.

'Ik wilde eigenlijk een soort roulatiemodel maken,' leg ik uit. 'We verdelen het huis gewoon in delen. De ene week doe je dus de wc, de andere week de keuken, de week daarna de badkamer, de week daarna de gang...'

'Maar dat is lang niet allemaal evenveel werk,' protesteert Chris, en ik vóél gewoon dat hij aan de boutput zit te denken.

Ik knik. 'Dat is niet erg, want dankzij het roulerende schema komt iedereen een keer aan de beurt.'

'Wil je de keuken als één geheel zien of is de afwas een aparte categorie?' vraagt Kikker.

'Juist, dat was mijn volgende punt,' zeg ik. 'We hebben elke dag iemand die kookt. Waarom niet ook elke dag iemand die afwast?'

'Omdat iedereen geacht wordt zijn eigen spullen af te wassen,' zegt Chewy nors. Er worden over en weer wat beschuldigende blikken uitgewisseld, wat mijns inziens weinig nut heeft. De berg afwas is zo hoog dat er het afgelopen jaar geen bewoner kan zijn geweest die braaf zijn eigen afwas heeft gedaan. Behalve Kikker heb ik nooit iemand het initiatief zien nemen en de afwasborstel zien pakken.

'Zullen we dan afspreken dat degene die kookt, ook zorgt dat de afwas wordt gedaan?' stel ik voor.

Hermelien fronst. 'En hoe gaat iedereen zich aan die afspraak houden?'

'Wat dacht je van een deadline?' vraag ik. 'De afwas moet gedaan zijn voordat de volgende dag iemand anders moet koken.'

Er valt een nadenkende stilte en iedereen knikt vaagjes bij zichzelf. 'Goed plan,' kwaakt Chris.

'En over de verdeling,' begin ik, maar dan knalt de keukendeur open. Hij vliegt in volle vaart tegen het aanrecht aan. Ik ben even bang dat het glas zal breken. Paladin stommelt naar binnen met een sigaret in zijn baard en een chagrijnige blik in zijn ogen. 'Nou, wat was er in vredesnaam zo belangrijk? Ben ik nog op tijd?'

10

'Moest je je nog opmaken?' vraagt Kikker.

Paladin kijkt hem aan met een uitdrukking die het midden houdt tussen een grijns en een grimas. Tot mijn afgrijzen ploft zijn enorme lijf naast mij op de bank neer. 'Ik hoorde iets over verdeling?' gromt hij langs zijn sigaret.

'Ja, klopt,' zeg ik, terwijl ik mijn adem zo goed mogelijk inhoud. Hij ruikt alsof hij altijd alleen maar kíjkt naar water en zeep. Op zijn beeldscherm.

'Zijn er mensen met een voorkeur?' vraag ik.

Iedereen begint door elkaar heen te roepen, want niemand wil natuurlijk de boutput schoonmaken. Uiteindelijk komen we uit op een schema waar de meeste mensen wel redelijk tevreden mee zijn. Vooral het feit dat Paladin als eerste de wc's voor zijn rekening neemt, stemt me zeer tevreden.

Volgens het schema zitten we na zeven weken weer op de verdeling van de eerste keer. Ik heb het stiekem zo geregeld dat ik altijd schoonmaak nadat Hermelien iets onder handen heeft genomen. Ik vertrouw haar op de een of andere manier beter op het hygiënische vlak dan de jongens. Op die manier verzeker ik mezelf ervan dat ik niet helemaal van voren af aan moet beginnen, zoals Paladin wel zal moeten met de boutput. En Kikker met de keuken. En Hermelien met de badkamer. Eigenlijk is Chris de enige die het redelijk makkelijk heeft, want de gangen hoeven alleen maar even gestofzuigd en gedweild te worden.

'Biertje dan maar?' stelt Kikker voor, als we het schema hebben opgehangen naast het papier uit 2007. Hij duikt in het vriesvak.

Het wordt nog best een gezellige avond, op een vreemde, nerdachtige manier. De een gaat wat harder door het bier heen dan de ander; Paladin en Chris hebben hem na drie uur kletsen aardig zitten. Chris stelt zelfs voor om een spel te spelen dat hij Strip Scrabble noemt. Niemand gaat erop in. Ik vraag zelfs niet wat het is, want het betekent ofwel dat je alleen maar namen van striphelden mag spellen, ofwel dat je bij de driemaal woordwaarde van de ander ineens drie kledingstukken uit moet trekken. Ik loop bepaald niet warm voor een van die twee opties.

Hermelien wijst me er inmiddels iedere keer op als ik mijn haar over mijn schouder zwiep. 'Je deed het weer,' zegt ze voor de zeshonderdste keer.

'Jeetje, ik moet daar echt mee ophouden,' zucht ik.

'Het is wel een leuke tic, hoor,' zegt Chris. 'Beter dan knipogen of met je knokkels kraken.'

Als antwoord duwt Paladin met zijn linkerhand op de vingers van zijn rechterhand, waardoor ze zo hard kraken dat het bijna niet anders kan dan dat ze gebroken zijn. Ik krimp ineen.

'Naar geluid, hè,' stemt Hermelien in. Ze werpt Paladin een vuile blik toe, die hij beantwoordt met een... is dat een glimlach?

'Zeg, wat is dat tussen jullie?' vraag ik. 'Ik wil me nergens mee bemoeien, hoor...'

'... maar je bemoeit je er toch graag even mee,' maakt Kikker mijn zin af.

'Ik had het niet tegen jou.'

'O, sorry, ik wil me nergens mee bemoeien, hoor.' Hij grijnst.

'Maar vertel,' ga ik verder tegen Hermelien en Paladin.

Hermelien kijkt naar de grond en Paladin staart me aan alsof ik gek ben. 'Wat bedoel je?' gromt hij.

'Er is iets tussen jullie, dat voel ik.'

Paladin kijkt even nieuwsgierig naar Hermelien, die stug naar de grond blijft kijken. 'Ik denk dat je je vergist,' zegt ze bruusk. Ze had net zo goed op Paladins schoot kunnen springen om hem een gigantische tongzoen te geven – ah, gadverdamme, dit beeld krijg ik dus nooit meer van mijn netvlies af. Ieuw, ieuw, ieuw.

'Wat is dat trouwens een leuk rokje, Lucy,' zegt Hermelien. Waarschijnlijk probeert ze me alleen maar af te leiden, maar ik ben te zeer in mijn nopjes dat eindelijk iemand iets zegt over mijn nieuwe taillehoge zwarte kokerrokje. Het sluit nauw om mijn buik en komt tot iets boven mijn knieën. Een geweldig kledingstuk dat wonderen doet voor mijn figuur – al zeg ik het zelf.

'Dank je!' roep ik enthousiast.

'Waar haal jij al die leuke kleding toch vandaan?' vraagt Hermelien. Ze laat haar ogen dromerig over mijn zeegroene blouse glijden. 'Ik kan dit soort dingen nooit vinden.'

'Ik geloof ook niet dat ze dit hebben bij de London of de Attitude,' zeg ik aarzelend. Momenteel draagt Hermelien een zwart vest (dat ze overigens helemaal tot bovenaan heeft dichtgeritst – fout!) met daarop een afbeelding van een roze kattenschedel met een strikje en de tekst 'WTF LOL!'.

'Wil jij dan een keer met me winkelen?' vraagt ze.

'Ik, eh...'

'Toe? Alsjeblieft?' Hermelien kijkt me met grote ogen aan. 'Ik beloof dat ik al je adviezen opvolg.'

'Nou, oké,' stem ik schoorvoetend in.

'Perfect!' roept ze uit. 'Wat dacht je van morgen? Heb je dan college?'

'Ja, om tien uur...'

'Dan gaan we daarna gewoon de stad in. Hartstikke leuk, o, ik heb er nu al zin in!' Ze klapt in haar handen en glimlacht stralend naar me.

Paladin kijkt verbaasd van Hermelien naar mij. 'Meiden...' mompelt hij, waarna hij de hals van zijn bierflesje weer in zijn baard laat verdwijnen en het arme ding pas laat gaan als het helemaal leeg is.

Ik moet toegeven dat ik de gesprekken niet altijd kan volgen. Er worden, voor zover ik ze kan thuisbrengen, veel verwijzingen gemaakt naar films en series. Zo blijkt Chewy een afkorting te zijn van Chewbacca, een harig beest uit de film *Star Wars*. Er wordt mij collectief op het hart gedrukt *Star Wars* in vredesnaam een keer te gaan kijken. Net als ik wil toestemmen, zegt Paladin: 'Het is een veel betere serie dan *Twilight*.'

'Wacht even,' zeg ik. Mijn tong werkt niet meer helemaal mee na vijf biertjes, maar ik doe mijn best. 'Zei je nou serie?' Het klinkt als 'shjerie' als ik het zeg, maar mijn punt is duidelijk, want Paladin knikt.

'Het zijn zes films,' zegt hij.

'Jezzzus,' schrik ik. 'Zes? Wat veel!'

'Maar het is absoluut de moeite waard,' verzekert Kikker me. 'Ik weet dat je me waarschijnlijk niet gelooft, maar het zijn echt goede films. Als je het feit negeert dat alles op andere planeten en in de ruimte plaatsvindt, is het eigenlijk gewoon een sprookje.'

'Een sprookje,' herhaal ik laatdunkend.

'Over goed en kwaad,' legt hij uit. 'Licht en donker. Dat moet jij, als Disney-prinses, toch wel kunnen waarderen.'

'Waarom ben ik nou weer een Disney-prinses?' vraag ik verbaasd.

'Ach, doe niet zo schijnheilig,' lacht Chris. 'Alleen de roze hoepeljurk ontbreekt nog, maar je hebt alle features. Je bent slank, blond, knap...'

Hij klinkt alsof hij er nog iets aan toe wilde voegen, maar zich op het laatste moment bedacht heeft. Ik wacht, maar er komt niets meer. Dus laat ik het maar gaan. Voor één keertje. Ik bedoel, ik weet dat ik nu moet gaan sleuren en trekken totdat hij vertelt wat hij net heeft ingeslikt, waarschijnlijk uit beleefdheid, maar als ik erover nadenk is die weggebleven toevoeging waarschijnlijk een belediging.

'Ik ga ook gewoon niet beledigd zijn,' zeg ik onbedoeld hardop.

'Goed zo,' moedigt Kikker me aan. Hij laat zich tussen mij en Paladin in ploffen op de benedenbank, waardoor het ineens wel heel erg knus wordt. 'Beledigd zijn is een keuze.'

'Hè?' vraag ik, nogal afgeleid door zijn lange lijf dat tegen het mijne aangedrukt is. Ik voel de warmte van zijn bovenbenen door zijn broek heen. Zijn gezicht is ineens ook weer heel dichtbij, net als toen in de douche.

Ik probeer een stukje van hem af te schuiven, ook al schreeuwt mijn hele lijf dat ik gewoon moet blijven zitten waar ik zit. Het is niet handig. Ik moet een beetje afstand creëren. Alleen kan dat niet, want ik zit al tegen de leuning van de bank aangeprakt.

'Je kiest ervoor om beledigd te zijn,' zegt Kikker en ik kijk gehypnotiseerd naar zijn mond. Ik zie hoe zijn tong de woorden vormgeeft en naar buiten duwt. Zijn lippen sluiten ze af en geven ze klank mee. Af en toe vang ik een glimp op van zijn witte tanden. 'Beledigd zijn is een keuze.' Op zijn voortanden zitten een paar vlekjes die witter zijn dan de rest, maar al met al heeft hij een heel mooi, regelmatig gebit. Zijn lippen zijn vol, maar niet vrouwelijk. Je ziet ze niet vaak, zulke lippen. Ze zien er sexy en uitnodigend uit. Terwijl mijn wangen warm worden, vraag ik me af hoe het zou zijn om met Kikker te zoenen.

'Vind je niet?' vraagt hij. Ik kijk snel weer in zijn ogen en knik. Te oordelen naar de manier waarop de huid rondom zijn ogen verkreukelt in een glimlach, weet hij precies waar ik net aan dacht. Mijn bloed raast door mijn lichaam alsof het een achtbaan zonder noodstop is. Ik voel me licht in mijn hoofd. Het komt niet van de drank. Mijn ademhaling gaat jachtig.

'Ben je moe?' vraagt Kikker. Hij boort zijn heldere ogen in die van mij. Het voelt alsof mijn kleren van me afglijden, alsof hij onder mijn huid kijkt, recht in mijn hersenen en naar mijn organen.

'Ja, wel een beetje,' zeg ik zachtjes. 'Ik ben moe.'

Hij slaat een arm om me heen om me van de propvolle bank af te helpen. 'Kom, ik begeleid je wel even naar je kamer. Anders lig je straks achter Paladins computer te slapen.'

'Alsjeblieft niet, zeg,' mompelt die. 'Weet je hoe ze World of Warcraft noemde? *World of Witchcraft*! Dat is toch belachelijk. Dat kind kijkt echt alleen maar *Twilight*.' Hij spreekt dat laatste woord uit alsof het iets extreem smerigs is.

Ik neem niet eens de moeite om erop te reageren, ik ga te zeer op in de sfeer tussen Kikker en mij. De lucht die tussen ons in hangt is dik en statisch. Mijn knieën knikken terwijl ik me omdraai naar de groep. 'Nou, welterusten allemaal! Ik vond het gezellig,' voeg ik eraan toe, ook al had ik die laatste zin niet gepland. Maar ik meen hem wel, dus het zal ongetwijfeld in orde zijn.

Terwijl ik de kamer uitloop, voel ik duidelijk Kikkers aanwezigheid achter me. Hij raakt me niet aan, maar ik weet dat hij er is. Ik voel het omdat mijn lichaam zich wil omdraaien en zich als een babyhamster tegen hem aan wil nestelen.

Met alle wilskracht die ik in me heb, red ik het om tot aan mijn kamerdeur niet om te kijken. Dan leun ik met mijn rug tegen de deur aan en is hij in twee stappen bij me. Gek, hoe moeilijk het soms lijkt om die afstand te overbruggen, maar hoe makkelijk het is om het daadwerkelijk te doen. Zijn sterke armen glijden om mijn middel. Ik welf mijn lichaam tegen het zijne aan en kijk omhoog. Zijn groene ogen zijn half geloken en donker van begeerte. Mijn lippen tintelen van het verlangen om gekust te worden. Gekmakend langzaam komt zijn gezicht dichterbij. Ik strek mijn handen uit en leg ze om zijn hoekige wangen heen om het proces wat te versnellen. Ik wil dit te graag om nu nog te wachten. Mijn hele lijf klopt, alsof ik koorts heb. Maar wel heel lekkere koorts. Ik ga op mijn tenen staan en strek mijn nek om mijn lippen op de zijne te drukken...

Plotseling zingt iemand heel hard: 'Je bent mijn droom, mijn doel, de liefde van mijn leven!'

Kikker verstart abrupt en ik verlies mijn evenwicht van schrik. Gelukkig val ik nu niet, want hij houdt me staande. Geschrokken trek ik mijn mobiel uit mijn broekzak om te zien wie mij op dit tijdstip belt. Het schermpje vertelt me dat het Merel is.

'O god, zou er wat ergs zijn?' prevel ik ongerust. Dan kijk ik Kikker spijtig aan en zeg: 'Sorry, ik moet echt opnemen...'

Hij knikt. Dat ondoordringbare masker is weer voor zijn gezicht geschoven, waardoor ik niet kan zien wat hij denkt of voelt.

Met een molensteen in mijn maag neem ik op. 'Hallo?'

Ik word overvallen door het schetterende, blokkerige geluid van een volle discotheek waar de muziek zo hard staat dat de telefoon het niet aankan. 'Héééé laiverd!' gilt Merel in mijn oor. 'Ik kan niet zo lang bellen, maar raad eens met wie ik net gezoend heb?' Ze wacht niet tot ik begin met raden, maar roept direct: 'Frits!'

'O,' zeg ik, een beetje verbaasd. 'Die had toch een chick?'

'Ach, dat stelde niets voor,' laat Merel zelfingenomen weten.

'Met wie ben je daar?'

'Simone vroeg of ik meeging naar de kroeg. Ik zou eigenlijk niet eens gaan, dus ik ben blij dat ze zo aandrong.'

Op de achtergrond hoor ik Simone met een aanstellerig stemmetje roepen: 'Is dat Lucy? Doe haar maar de hártelijke groetjes!'

'Hihi, je krijgt de groetjes,' herhaalt Merel braaf.

'O,' weet ik uit te brengen. Ik voel een jaloerse steek.

'Maar hé, gaaf hè, van Frits!' roept Merel.

'Hm-hmm,' reageer ik lauwtjes.

'Nou, echt lekker enthousiast ben je ook niet,' bitst ze. 'Stoor ik je soms ergens bij?'

Ik geef geen antwoord, maar kijk naar Kikker, die naar het open raam toe is gelopen en nu met zijn rug naar mij toe naar buiten staart, de duisternis in. Ik hoor krekels tjirpen en af en toe kwaakt er een eendje dat nog wakker is. Een heel contrast met Merels lawaaiige omgeving.

'Heb je soms een nerd je bed ingelokt?' lacht mijn vriendin. 'Is het die apathische debiel van een Chewy?' Ze giechelt om haar grapje. Ik denk dat het lachen haar zou vergaan als ik haar vertelde op wat voor cruciaal moment ze belde.

Maar goed, beledigd zijn is een keuze. En Merel is mijn beste vriendin, dus ze bedoelt het goed. Ze is alleen aangeschoten. En ik ook. Dus kies ik ervoor te zeggen: 'Nee, je stoorde niet, hoor.'

'O. Nou ja, ik ga weer ophangen, want zo is er niks aan. Ik mis je wel, hoor,' haast ze zich te zeggen.

'Ik jou ook,' antwoord ik. 'Het was zo gezellig dit weekend. We moeten echt snel weer...'

Ik hoor Simones stem op de achtergrond. Merel onderbreekt me en zegt: 'Ja, inderdaad, nou ik moet gaan – byyyeeee!'

En ze verbreekt de verbinding.

Ik luister een paar seconden naar de ingesprektoon. Langzaam laat ik mijn telefoon zakken. Ik staar naar Kikkers rug. Zijn hoekige schouders tekenen zich scherp af door de stof van zijn T-shirt. Hij zucht diep en draait zich langzaam om. We kijken elkaar aan, maar die geladen sfeer van net is er niet meer. De belofte is weg. Ik gebaar machteloos naar mijn mobiel en zeg: 'Lekkere timing...'

Kikker trekt zijn mondhoek op in een glimlachje, maar dat bereikt zijn ogen niet. Hij kijkt me serieus aan en zegt: 'Misschien is het maar beter zo.'

NEE! wil ik gillen, maar in plaats daarvan knik ik een beetje stom. Hij doet een paar stappen in mijn richting en dan hebben we toch het ongemakkelijke wel-of-niet-knuffelen-moment. Uit de manier waarop hij zich afwendt, maak ik op dat hij zich in verlegenheid gebracht zou voelen als we nu lichamelijk contact zouden hebben.

Argh, waarom heb ik mijn mobiel niet uitgezet? Of op stil? Waarom heb ik eigenlijk opgenomen? Ik had hem ook weg kunnen leggen, dan hadden we samen kunnen lachen om die onderbreking en eindelijk over kunnen gaan tot die kus waar ik zo naar hunker. Ik wist niet dat ik het in me had om iemand zo graag te willen zoenen.

'Welterusten Lucy,' zegt Kikker zacht. Onze ogen ontmoeten elkaar nog even en dan draait hij zich om en loopt naar zijn kamer.

Die nacht slaap ik slecht, ik heb te veel energie. Mijn binnenste kolkt en schuimt. Als ik eindelijk wegzak, droom ik heel druk. Ik word wakker met mijn dekbed om me heen gedraaid en een bezweet voorhoofd. Het is nog donker, maar ik ben niet meer moe. Mijn hart klopt in mijn keel. Met enige moeite bevrijd ik me uit mijn deken. Ik zwaai mijn benen uit bed en rek me uit. Mijn mobiel vertelt me dat het 06.00 uur is.

Door de muur heen hoor ik een laag, zagend geluid. Blijkbaar is mijn paddige buurman wel diep in slaap, bedenk ik jaloers. Ondanks het vroege tijdstip zweeft er een gevoelige, breekbare gitaarmelodie rond in de flat. Het lijkt van deze verdieping te komen, maar ik zou niet weten wie van mijn huisgenoten het in zich heeft om zo prachtig gitaar te spelen. Onbewust dwalen mijn gedachten twee deuren verder, naar de kamer met een eigen wasbak en een blauw dekbedovertrek. En een foto van de bewoner met een blond meisje op het nachtkastje. Wie zou dat zijn? Zijn zus? Of misschien toch zijn vriendin?

Totaal onverwacht slaat er een withete golf jaloezie door me heen. Ik klap bijna dubbel van de intensiteit. Het zal toch niet? Zou hij daarom zo terughoudend zijn geweest? Kan ik hem daarom niet peilen? Hij is gewoon een vieze, vuile bijna-vreemdganger. Alhoewel, de intentie was er. De situatie was er. Als Merel niet gebeld had, was het zonder enige twijfel gebeurd. Dus eigenlijk ís hij een vieze, vuile vreemdganger.

Het heeft geen zin om hierover na te denken. Met een onrustig gevoel spring ik onder de douche. Het hele huis is in diepe rust, dus ik neem er de tijd voor. Ik smeer mijn lijf in met een appel-kiwibodymousse, zeep mijn haar in met extravolumeshampoo, scrub mijn nog verkreukelde gezicht en masseer conditioner in mijn haar.

Ik droog me af met mijn dikke roze handdoek. Mijn haar wikkel ik in een tweede, wat kleinere handdoek. Ik loop naar mijn kamer en doe dagcrème op. Daarna smeer ik me helemaal in met bodylotion. Bewonderend kijk ik naar mijn lijf. Oké, iets meer rondingen dan een paar weken geleden; het is onmiskenbaar. Ik ga schuin voor de spiegel staan en duw mijn borsten naar voren. Ze zien er gek wit uit, met die roze rondjes in het midden en al dat bruin eromheen. Al begint die kleur alweer iets te vervagen. Misschien kan ik volgend jaar gewoon topless gaan zonnen, dan word ik tenminste egaal bruin. Dan moet ik alleen wel een plek vinden waar ik mijn C-cup zonder pottenkijkers vrij kan laten, want ik heb geen zin in glurende geilneven.

Ik draal een tijdje voor mijn kledingkast. Mijn hand glijdt over de gladde stof van mijn zachtroze colbertje met driekwartmouwen. Ik heb een *little black dress* in gedachten die hier heel mooi bij zou passen, maar die hangt in Kikkers kast. En op dit moment kan ik wel een stuk of tienduizend plekken bedenken waar ik liever zou zijn dan bij Kikker in de buurt. Ik wil niet eens aan hem denken. Oké, dat is niet helemaal waar. Ik wil alleen niet degene zijn die als eerste weer toenadering zoekt. Al is die jurk wel écht heel erg mooi...

Vooruit, omdat ik hem zo graag aan wil.

Ik trek mijn Blond-badjas strak om me heen en schuifel over de gang naar Kikkers deur toe. Dan blijf ik stilstaan. De kou trekt vanuit het grijze plastic zeil omhoog in mijn voeten, maar ik moet nog even moed verzamelen voordat ik aan durf te kloppen. Met één hand zoek ik steun bij de vrieskist die tegen de muur staat tussen de deuren van Chris en Kikker. Het ding ligt tjokvol pizza's. Ik haal diep adem en probeer tot mezelf te komen. Ineens besef ik dat de zachte gitaarmuziek die ik al de hele tijd hoor, uit Kikkers kamer komt. Het is een melancholiek geluid met zachte, hoopvolle uithalen. Het komt me vaag bekend voor. Ik krijg het er tegelijkertijd warm en koud van.

Terwijl Kikker nietsvermoedend verder speelt, hef ik mijn hand op om aan te kloppen. Hij blijft in de lucht hangen. Ik wil niet dat hij stopt. Het is een prachtig geluid. Geen wonder dat Chris zo tevreden ligt te snurken, zo'n slaapliedje wil iedereen wel.

Ik laat mijn ingehouden adem ontsnappen. Mijn hand zakt weer naar beneden. Net als ik besloten heb dat ik Kikker niet kan storen en dat ik wel iets anders aantrek, zie ik vanuit mijn ooghoek iets kleins en donkers bewegen op de vloer. Ik kijk omlaag en sta oog in oog met een kleine bruine muis, die op zijn dooie gemakje achter de vrieskist vandaan komt scharrelen. We staren elkaar een halve seconde bewegingsloos aan. Dan slaak ik een harde kreet van afschuw. Snel probeer ik mijn stem te dempen door mijn handen op mijn mond te drukken, maar het is al te laat. De muis schiet weg over mijn voeten en verdwijnt in een spleet tussen de muur en de ongebruikte koelkast die verderop in de gang staat. Kikkers deur zwaait open en ik kijk recht in zijn verbaasde gezicht. Als hij mij ziet, spert hij zijn groene ogen gealarmeerd open. Zijn blonde haar zit nog in de war van het slapen. Zijn bril staat een beetje scheef op zijn neus. 'O,' zegt hij.

'O,' zeg ik. Het geluid wordt gedempt door mijn handen.

Hij kijkt links en rechts van mij de gang in en vraagt dan schoorvoetend: 'Heeft het een specifieke reden dat je om zeven uur 's ochtends voor mijn deur staat te gillen?'

Ik haal mijn handen weg en piep angstig: 'Muis!'

'Waar?' Hij speurt de grond af, maar dat harige pestkopje is natuurlijk al lang aan de andere kant van de flat. Ik wijs naar de plek waar hij verdween. 'Hij liep over mijn voeten,' gruwel ik.

Er flitst een grijns over Kikkers gezicht. 'Misschien houdt hij wel van tenenkaas.'

Ik maak een verontwaardigd geluid en geef hem een duw tegen zijn schouder. Zijn blote schouder. Hij draagt trouwens alleen een losse boxer, valt me ineens op. En ik alleen een badjas.

Het lijkt wel alsof hij exact hetzelfde denkt, want hij doet verlegen een stap achteruit. 'Hij is banger voor jou dan jij voor hem, hoor.'

Er komt een flashback bovendrijven. Ik kan er niets aan doen, ik proest het uit. Kikker trekt één wenkbrauw op. 'Grappig?'

'Ja,' gier ik. O jee, ik maak best veel herrie. Dat vindt Kikker ook, want hij schudt quasiafkeurend zijn hoofd, pakt mijn bovenarm stevig beet en trekt me zijn kamer in. Hij sluit de deur achter zich.

'Zo,' mompelt hij. 'Je maakt de hele flat wakker. Straks leggen ze uit wraak nog een paardenkop onder je kussen.'

'Waarom zouden ze dat doen?' Ik trek mijn bovenlip op, nog nahikkend.

'*The Godfather*?'

Ik kijk hem glazig aan.

'Laat maar,' wuift hij het weg. 'Vertel eens wat er zo leuk was.'

Hij pakt zijn Washburn-gitaar van het bed en zet hem tegen de muur. Dan laat hij zijn lange lijf op de matras neerploffen en kijkt verwachtingsvol naar me op. Ik slik moeizaam als ik de spieren in zijn armen, borst en buik zie bewegen. Heel voorzichtig ga ik naast hem op het randje van het bed zitten, waarbij ik mijn badjas over mijn knieën vouw. Kikker aanschouwt het met een geamuseerde blik, maar hij zegt niets.

'Oké, Merel had een keer een date met een jongen,' begin ik, terwijl ik probeer de opnieuw opborrelende giechels te onderdrukken. 'Toen zijn ze uiteindelijk in de slaapkamer beland. Het ging allemaal heel goed, totdat hij zijn broek uittrok en nogal, eh... groot geschapen bleek te zijn.' Ik bloos, want ik heb er eigenlijk niet goed over nagedacht hoe ik dit aan Kikker ging vertellen. Snel ga ik dus maar verder: 'Merel keek blijkbaar nogal geschokt. Hij wilde haar geruststellen, want een meisje dat in paniek is, gaat niet met je naar bed. Dus hij keek van haar naar zijn piemel en zei sussend: "Hij is banger voor jou dan jij voor hem, hoor." Merel is toen alsnog niet met hem naar bed geweest omdat ze een lachflauwte kreeg.'

Kikker lacht. 'Die arme jongen! Het is ook nooit goed. Klein mag niet, maar groot is eng.'

'Zoals ik het van Merel begreep was dit echt een slagschip, hoor,' verdedig ik mijn eigen sekse.

'Hoe groot is een slagschip?' vraagt Kikker. 'Even voor mijn beeld vanuit het vrouwelijk perspectief.'

'Eh...' Eigenlijk wil ik helemaal niet met Kikker over piemels praten. Dit komt me allemaal iets te dichtbij, ik krijg het er warm van. 'Zo?' Ik hou mijn handen uit elkaar en geef een lengte aan van iets minder dan mijn eigen onderarm.

Kikker knikt serieus. 'Ja, dat mag wel een slagschip genoemd worden.'

Even zijn we allebei stil. Ik staar ongemakkelijk naar de zoom van mijn badjas. Dan schuift Kikker een stukje mijn kant op. Hij zucht en mompelt: 'Luister, over gisteravond...'

O god, dit is het moment waarop hij gaat vertellen dat het een foutje was. Ik sta abrupt op en vraag: 'Mag ik even in je kledingkast neuzen? Ik wil vandaag mijn zwarte jurkje van SuperTrash aan.'

'O.' Hij knippert verbaasd en staat dan ook op. 'Natuurlijk.' Ik wil niet naar zijn ontblote bovenlijf kijken, maar ik doe het toch. Hij draait zich naar zijn bescheiden kast om de deur te openen. Ik hap geschrokken naar adem.

De littekens, shit, ik was de littekens vergeten. Hoe konden die nou zomaar uit mijn gedachten verdwijnen? Op de een of andere manier waren ze verdrongen door zijn groene ogen. De littekens bewegen op dezelfde manier als de rest van zijn huid; als hij zich uitrekt worden ze langer, als hij naar één kant leunt rimpelen ze mee. Toch zijn ze niet hetzelfde. Snel wend ik mijn ogen af. Als ik weer opkijk, ontmoeten onze blikken elkaar. En ik wéét het, ik zie het in zijn ogen. De pijn, de acceptatie. Dan richt hij zich weer op de kledingkast. Zijn schouders hangen een beetje.

Wacht even, denkt hij dat ik hem heb afgewezen? Dat heb ik niet! Toch?

'Dit jurkje?' vraagt hij zakelijk.

'Nee, dat is een Oasis.' Ik wil het uit zijn handen pakken, maar zodra onze vingers elkaar raken trekt er een schok door mijn lichaam. Alles in mijn binnenste begint te kolken. Het is net als die scène uit *Pirates of the Caribbean* waarin ze de Kraken oproepen. Vanuit de diepste, donkerste bodem van mijn hart worstelt zich iets warms naar boven. Kikker voelt het ook. Hij vlecht zijn vingers door de mijne. Het jurkje valt vergeten op de grond. Ik kijk hem onzeker aan.

Ook zijn blik is behoedzaam, maar daaronder zie ik mijn eigen verlangen glanzend weerspiegelen in zijn groene ogen. Zonder ons oogcontact te verbreken tilt hij met zijn vrije hand zijn bril van zijn neus. Met een beheerst gebaar vouwt hij hem dicht en legt hij hem op zijn nachtkastje. Dan buigt hij een stukje voorover, zodat onze gezichten op dezelfde hoogte zijn. Mijn hart slaat op hol.

'Ik weet echt niet wat ik van je moet denken,' zegt hij met een half lachje. Zijn lippen zijn zo dicht bij de mijne dat ik moeite moet doen om hem in de ogen te blijven kijken.

'Dat is wederzijds,' mompel ik.

Hij strijkt een blonde lok uit mijn gezicht en kijkt diep in mijn ogen. 'Heb je je mobiel bij je?'

'Eh, nee,' zeg ik, een beetje van mijn stuk gebracht.

Hij knikt tevreden. 'Mooi zo.'

En dan, voor ik zelfs maar kan ademhalen, trekt hij me tegen zijn lange lijf aan en drukt hij zijn lippen op de mijne. De blonde stoppels op zijn kin schaven mijn huid. Hoewel ik verrast ben, reageert mijn lijf direct op zijn kus: ik duw mezelf nog dichter tegen hem aan en verwelkom zijn mond op de mijne. Zijn sterke, pezige armen om mijn middel houden me overeind, want mijn knieën knikken zo erg dat ik niet zeker weet of ik er nog op kan staan. Ik geef me over aan de heerlijke combinatie van zijn zachte lippen en net-niet-pijnlijk schurende baardstoppels. Als vanzelf gaan mijn lippen van elkaar. Zodra zijn tong voor het eerst speels langs de mijne strijkt, smelt ik. Ik voel de warmte vanuit mijn borstkas naar de rest van mijn lichaam stromen. Hij legt één hand achter mijn hoofd en de andere in de welving van mijn rug, waarna hij me als een danser achterover buigt in zijn armen, alsof ik niet meer weeg dan een veertje. Ik verlies alle controle als de kus heviger wordt. Dit is het enige wat ik nog kan, het enige wat ik nog wil. Hij is de enige die ik wil. Staan op mijn eigen benen heb ik inmiddels opgegeven. In mijn onderbuik balt zich een kloppend gevoel samen. Mijn ademhaling is bepaald niet meer rustig te noemen. Ik voel zijn hart snel kloppen tegen mijn eigen borst. Het is net alsof het via morse met mijn hart probeert te communiceren.

Mijn vingers vlechten zich in zijn blonde haar, waardoor het nog rommeliger wordt. Hij kreunt zachtjes. Het geluid resoneert in onze kus.

Voor mijn gevoel maakt hij zich veel te snel los, maar goed, van mij had de zoen dan ook wel een jaar of wat mogen duren. Hijgend kijken we elkaar aan, met gigantische pupillen in verwilderde ogen.

Kikker is de eerste die iets zegt.

'Jezus, Lucy.' Zachtjes brengt hij me weer in verticale positie.

'Ik weet niet of ik al kan staan,' fluister ik.

Zijn ogen twinkelen. 'Dan hou ik je toch nog even vast,' mompelt hij schor, waarbij zijn lippen langs de mijne strijken. Spontaan verandert alles onder mijn navel in pudding.

'Hmm,' concludeer ik, 'staan behoort echt niet tot de mogelijkheden.'

'Misschien moeten we dan maar gaan zitten.'

'Perfect idee.'

Tot mijn schrik duwt hij me achterover op het bed en drukt mijn armen boven mijn hoofd tegen de matras. Hij buigt zich naar me toe en kust me zacht naast mijn oor. Met een spoor van kleine kusjes vervolgt hij zijn weg naar beneden.

Ik hap naar adem en kerm: 'Zitten, zei ik. Niet liggen.'

'O, dat spijt me.' Kikker trekt me overeind en schuift mijn benen van het bed af. Dan komt hij naast me zitten en kijkt me uitdagend aan. 'Zo beter?'

Nee, zo is het helemaal niet beter. Verdorie. Ik en mijn grote mond.

Dan hoor ik de bel. Nee, dat zeg ik verkeerd. Ik hoor door de hal galmen: '*bezoek! Hé tuig, errrr issss volluk!*'

Kikker werpt een snelle blik op de digitale wekker naast zijn bed en dan springt hij geschrokken overeind. 'Shit, ik moet weg. Sorry, Lucy. Het spijt me.' Ondertussen plukt hij een vaalblauwe spijkerbroek van de vloer en hijst hem over zijn smalle heupen. Met de rits heeft hij iets meer moeite. Uit beleefdheid kijk ik even de andere kant op. Als hij het gevecht met zijn ritssluiting heeft gewonnen, trekt hij snel een t-shirt over zijn hoofd en grist hij een gebreide grijze trui uit zijn kast.

'Waar moet je heen?' vraag ik zo nonchalant mogelijk. Alsof het me helemaal niets doet dat onze zoenpartij ruw is onderbroken.

'Roeiweekend in Tilburg,' klinkt Kikkers stem gedempt door zijn trui heen. Ik sta op en geef een ruk aan de onderkant, waardoor zijn warrige haardos door de halsopening schiet. Grijnzend strijkt hij er met zijn handen doorheen. 'Dank je.'

'Geen probleem.' Ik reik hem zijn bril aan vanaf het nachtkastje. Hij vouwt zijn vingers om de mijne en geeft er een kneepje in. Dan zet hij zijn bril op.

Degene voor de deur wordt ongeduldig en belt nogmaals aan. '*BEZOEK! Hé tuig, errrr issss volluk!*' Alleen hoor ik er nu ook een stem doorheen. 'Anders doe je even open!'

Een vrouwenstem.

Ik ben me er ineens pijnlijk van bewust dat ik alleen een badjas draag, die aan de bovenkant nogal open is gevallen. Snel trek ik hem wat dichter om me heen. Ik raap het Oasis-jurkje van de grond en loop naar de deur. 'Nou, bedankt voor het jurkje. En, eh...'

'Dat is toch niet het goede jurkje? Je moest toch iets van Supertramp?' Kikker spit door zijn kast in een poging wijs te worden uit mijn kledingsysteem. Dat wordt een lastige opgave, aangezien ik geen kledingsysteem heb.

'SuperTrash,' verbeter ik hem timide. 'Maar laat maar zitten, deze is prima.'

'Weet je dat zeker?' Hij kijkt me peilend aan.

'Ja, heel zeker.'

'O. Nou. Dan, eh...'

'Hé zak, lig je nog in bed? O-PEN-DOEN!'

Ik gebaar over mijn schouder. 'Volgens mij moet je weg.'

Hij glimlacht half. 'Ja, volgens mij ook.' Hij pakt zijn weekendtas van de grond, zwaait hem over zijn schouder alsof het ding niets weegt en pakt zijn sleutelbos. Als hij naast me in de deuropening staat, mompelt hij: 'Maar of ik weg wíl is natuurlijk een heel andere vraag...'

De kleine haartjes op mijn armen gaan overeind staan en er glijdt een aangename rilling langs mijn ruggengraat. 'Dan blijf je toch hier?'

'Hm. Ik vrees dat mijn roeiteam me dan vermoordt.'

'Ik bescherm je wel.' Ik neem zijn gezicht in mijn handen en ga op mijn tenen staan om hem een kus te geven. 'Ik ben namelijk heel sterk.'

Kikker kreunt zachtjes als onze lippen elkaar raken. Heel even is de kus zacht en lief, maar dan laat hij zijn tas met een plof op de grond vallen en trekt hij me tegen zijn harde lijf aan. Hij houdt me stevig vast, alsof hij bang is dat ik anders vlucht. Hartstochtelijk kust hij me terug, heftig... en kort. Dan maakt hij zich zwaar ademend van me los.

Er wordt weer op de deur gebonkt. 'Als je nu niet opendoet ga ik weg! Dan ga je maar met de trein!'

Hij houdt me gevangen in zijn blik. Zijn ogen zijn donker en verzwelgen me bijna.

'Je moet weg,' zeg ik hees.

'Ja.' Hij schudt zijn hoofd, alsof hij een betovering moet verbreken. Dat lukt aardig als de persoon voor de deur weer op de bel drukt.

'BEZOEK! *Hé tuig, errrr issss volluk!*'

Met zijn vingers masseert hij zijn neusbrug. Als hij me weer aankijkt, is zijn blik gekweld. 'Wat doe je met me, Lucy?'

Voor ik antwoord kan geven, graait hij zijn tas van de grond en beent hij naar de deur. Daar draait hij zich nog één keer om. 'Alvast een fijn weekend,' zegt hij. Dan trekt hij de deur open en springt hij naar buiten. Ik vang een glimp op van een klein meisje met glanzend bruin haar en een ongeduldige blik in haar bruine ogen. 'Tering, dat duurde lang.'

'Ik was nog ergens mee bezig,' zegt hij. 'Waar staat de – ach nee, gaan we met jóúw auto? Moet ik me in een roze Cuore vouwen, Jildou?'

Dan slaat de deur dicht.

11

Ze heet dus Jildou.

Ik heb het net even bij Hermelien gepolst, maar Jildou is inderdaad het roeimeisje waar Kikker verkering mee heeft gehad. Eigenlijk wilde ik het niet met Hermelien over Kikker hebben, want ze vermoedt al genoeg. Maar toen ze vanmorgen de keuken binnenstormde en haar eerste woorden waren: 'En, en, en? Hebben jullie gezoend?' wist ik dat ik alle subtiliteit kon laten varen. Ik heb dat ene college trouwens ook maar laten varen, want na de bizar fijne momenten die ik deze ochtend met Kikker heb doorgebracht kan ik me toch niet op statistiek concentreren.

'Wat vind je hiervan?' Ik hou een zachtgroen jurkje met vlindermouwtjes omhoog.

Hermelien kijkt bedenkelijk. 'Hm, ik weet het niet...'

'Nou, ik wel. Passen, kreng!' Ik duw haar met jurkje en al de paskamer in. Ondanks haar aangeschoten bewering van gisteren dat ze al mijn advies zou aannemen, is er behoorlijk wat overredingskracht nodig om Hermelien tijdens het shoppen in de kleding van mijn keuze te hijsen.

'Hoe lang hebben ze dan iets gehad?' vraag ik door het gordijn heen. Ik hoor wat geritsel en zie Hermeliens lompe zwarte vest op de grond vallen.

'Eh, iets van vier of vijf maanden,' zegt Hermelien. 'Ik weet het niet precies. Het grootste deel van die relatie is sowieso langs me heen gegaan, omdat het zomervakantie was.'

'Is er niemand in huis tijdens de zomer?'

'Ik niet, in ieder geval.' Het geluid van een rits die wordt dichtgetrokken. 'O nee. O, jeetje.'

'Wat is er? Hoe ziet het eruit?' vraag ik, bijna ontploffend van nieuwsgierigheid.

'Dit kan niet, hoor, Lucy... Veel te strak.'

Ik vertrouw er maar op dat ze de jurk inmiddels helemaal aan heeft en trek zonder pardon het gordijn open. 'Zo erg kan het toch niet... Wauw.'

Een paar seconden lang neem ik in me op hoe de jurk om Hermeliens lijf sluit. Hij zit strak om haar bovenlijf, waardoor het lijkt alsof ze een taille heeft, maar waaiert vervolgens wijd uit op de hoogte waar normaal haar buikje over haar broek heen blubbert. Hoewel haar benen bleek en – bah – ongeschoren zijn, valt me nu pas op dat ze mooi gevormd en slank zijn. De kleur van de jurk haalt haar normaal nogal grauwe teint op.

'Is het zo erg?' piept Hermelien beschaamd, als ik nog niets gezegd heb.

'Het is... geweldig.' Ik grijns enthousiast naar haar. 'We nemen hem!'

'Ho, wacht even. Heb ik hier ook iets over te zeggen?' moppert Hermelien. 'Groen is echt totaal niet mijn kleur en heb je wel gezien hoe strak hij zit...'

'Kop dicht, ik heb al besloten.'

Ze kijkt me boos aan. Hoe kan het dat ik eerder nog niet heb gezien dat ze goudgroene strepen in haar verder nogal doffe bruine ogen heeft?

'Echt, Hermelien. Kijk eens naar jezelf.' Ik ga naast haar staan en negeer de vreemde blik van de verkoopster als die hoort dat ik mijn huisgenoot Hermelien noem. 'Je ogen worden er groener van, je huid straalt ineens en hij doet wonderen voor je figuur.'

Peinzend kijkt ze naar zichzelf in de spiegel. Ik vraag me af hoe het voelt om jezelf nog nooit mooi te hebben gevonden.

'Ik ga je straks zo prachtig opmaken dat je je spiegelbeeld wilt zoenen,' beloof ik.

'Echt?' Er flakkert hoop op in haar ogen.

'Echt.' Ik glimlach oprecht naar haar. 'En probeer nu deze eens.' Ik hou een oranjerode halterjurk omhoog.

Anderhalf uur later zitten we op het terras van De Kater. Voor mijn neus staat een grote cola light met ijsblokjes en Hermelien nipt van een koud biertje. Ze wordt omringd door een bonte verzameling plastic tassen. Er ligt een enthousiaste blos op haar appelwangen. 'Nooit gedacht dat winkelen zo leuk was.'

'Nooit gedacht dat voor iemand anders winkelen zo leuk was,' reageer ik. Dit is de eerste keer dat ik tijdens het shoppen niet uitsluitend bezig ben met wat mij leuk staat. Sterker nog, ik heb zelf niet één ding gekocht! Tel daarbij op dat Hermelien normaal niet echt een lust voor het oog te noemen is en ik vraag me af wat er met me aan de hand is. Dit had ik een paar weken geleden nooit gedurfd. Toen zou ik niet eens met haar op een terras gesignaleerd willen worden.

'Hoeveel geld heb ik uitgegeven?' Hermelien knijpt haar ogen tot spleetjes, maar ik hou haar snel tegen. 'Sta daar maar niet te lang bij stil. Bedenk gewoon dat je de afgelopen jaren ver onder het kledingbestaansminimum hebt geleefd.'

'Ja, laat ik dat maar doen,' zegt ze, maar ik zie aan haar gezicht dat ze stiekem toch tot een totaalbedrag is gekomen. Ze heft haar glas. 'Op een geslaagde shopdag!'

Ik tik mijn cola tegen haar biertje. De ijsblokjes tinkelen.

'Heb jij nog iets leuks gezien?' vraagt Hermelien.

Ik denk aan het uitzonderlijk mooie blauwe satijnen jurkje met een schuine halslijn en een zwarte petticoat waar ik direct verliefd op werd. Veel te duur, natuurlijk.

'Neuh,' mompel ik goedmoedig.

De zon begint al achter de huizen te verdwijnen, terwijl het pas zes uur is. In de schaduw is het meteen een stuk kouder. Ik moet mezelf eraan herinneren dat het al bijna herfst is. Binnen niet al te lange tijd kan ik mijn wintertruien, dikke panty's en lange broeken weer uit de kast halen. De gedachte deprimeert me.

'Wat is jouw favoriete seizoen?' vraag ik.

'De winter,' antwoordt Hermelien zonder twijfel.

Ik trek een vies gezicht. 'Waarom?'

'Het is zo gezellig,' zegt ze, maar aan de manier waarop ze mijn ogen ontwijkt zie ik dat er nog een andere reden is.

'En verder?'

Haar oren worden rood en ze neemt snel nog een slok bier. 'En ik kan verhullende kleding aan,' murmelt ze in haar glas.

En ineens is het daar. Ik had er nog niet eerder bij stilgestaan, maar nu ik me bijna aan mijn stoel moet vasthouden om niet weggespoeld te worden door de golf genegenheid, kan ik het niet meer ontkennen. Ik mág Hermelien. Oké, eerst mocht ik haar ook best, een beetje, maar meer zoals je een huisdier mag. Nu besef ik dat ik dit onzekere, mollige meisje het beste gun omdat ik vind dat ze het verdient. In een vlaag van naastenliefde besluit ik te trakteren. Ik gooi een briefje van vijf op tafel, zet mijn glas erop en sta op. 'Kom, chick. We gaan naar huis.'

'O.' Snel slaat ze haar laatste restje bier achterover.

'Ik ga je mooi opmaken,' zeg ik, terwijl we koers zetten naar het station. 'En dan gaan we vanavond stappen. Ik weet zeker dat ik ze van je af moet slaan.'

'Wie?'

'De vliegen, nou goed?' Ik zucht. 'De jongens, muts.'

'Mag ik al kijken?' Hermelien wiebelt heen en weer op mijn bureaustoel.

'Nog niet,' brom ik met opeengeklemde kaken, om te voorkomen dat het oogpotloodje uit mijn mondhoek valt.

Ik ben begonnen met het plukken van haar wenkbrauwen. Het wc-papier dat ik gebruikte om mijn pincet te ontdoen van haar ontwortelde haartjes bevat nu zoveel vacht dat ik er ongetwijfeld een warme bontjas van zou kunnen maken. Nadat Hermelien uitgejammerd was en ik het bloeden gestelpt had, begon het pas. Ik stortte me op het wegwerken van haar onzuiverheden (dat is een chique term voor 'puisten camoufleren') en daarna op een egale basisteint. Omdat Hermelien me smeekte dat ze er niet uit wilde zien als een gestuukte muur, heb ik maar gewoon een licht getinte BB Cream gebruikt. Vervolgens kwam de grootste opgave: schaduwen. Als je geen geprononceerde jukbeenderen hebt, kun je heus nog wel doen alsof. Om ze goed naar voren te laten komen, heb ik eronder wat bronzer aangebracht. Daar bewerkte ik ook meteen de huid onder haar kaak en kin mee, zodat haar gezicht iets hoekiger lijkt. Een goudroze blush op haar wangen, een heel klein beetje highlighter bij haar slapen *et voilà*, ik kon beginnen aan mijn favoriete onderdeel: de ogen. Geconcentreerd teken ik op allebei haar ogen een *wing* met zwarte eyeliner. Na de finishing touch, mascara, doe ik een stap naar achteren om het eindresultaat te bewonderen. Wauw. Haar ogen lijken groter en de groene tinten van de oogschaduw halen die paar groene streepjes in haar irissen naar voren. Haar gezicht oogt slanker en haar wangen zien er gezond uit met die blosjes.

'Wat zit je me aan te staren?' Ze draait zich om. 'Is het echt zo...' Haar stem sterft weg. Met open mond betast ze haar gezicht, alsof ze me ervan verdenkt dat ik haar een masker op heb gedaan.

'Nou, inderdaad,' zeg ik tevreden.

Ze kijkt me met grote ogen aan. 'Jeetje, Lucy, je bent een tovenares!' Haar stem trilt van de emotie. 'Ben ik dit echt?'

'Jazeker. En waag het niet om te gaan huilen, dan verpest je je make-up,' waarschuw ik.

Een halfuur later zitten we aan tafel. Het is nog stiller dan anders, want zelfs het geschraap van bestek ontbreekt. Nou, niet helemaal: Hermelien en ik eten met smaak, maar Chewy en Chris zitten al zeker tien minuten met grote ogen en open mond naar Hermelien te staren. En terecht: ze ziet er geweldig uit in haar zachtgroene jurk en met haar golvende lokken (ik heb mijn stijltang er maar eens bij gepakt). Haar wimpers zijn dankzij mijn supermascara zo lang dat ze bijna tegen haar bril aan komen. Misschien was de blush niet eens nodig geweest, want ze bloost al ontzettend onder de bewonderende blikken van onze tafelgenoten.

De keukendeur vliegt open en Paladin klost naar binnen, met zijn armen vol bevroren broodjes bapao en een sigaret bungelend in zijn mondhoek. Hij gromt iets naar ons en laat zijn doffe kraaloogjes even snel over de tafel heen glijden. Dan ziet hij Hermelien.

De broodjes vallen een voor een met kleine plofjes op de grond en de sigaret zakt omlaag als Paladin zijn mond opent om iets te zeggen. Er komt geen geluid. Hij staat daar alleen maar, met zijn armen langs zijn lichaam en zijn mond open, naar Hermelien te staren. Die draait zich om, glimlacht naar hem en zegt: 'Pas op, je sigaret brandt een gat in je baard.'

Paladin maakt een sputterend geluid, waarna de peuk op de grond valt en hij hem met zijn hak uittrapt. Ondertussen probeert hij de smeulende plek in zijn baard af te koelen door ernaar te wapperen.

Hermelien giechelt. 'Dat helpt niet.' Ze staat op, steekt een vaatdoekje onder de kraan (ik wil er niet aan denken hoeveel ziekten er in dat ding leven) en klikklakt naar Paladin toe op haar nieuwe pumps met een klein hakje. Ik wilde haar eigenlijk hoge hakken aanmeten, maar ze zei dat ik dan beter meteen haar enkels kon breken en haar afleveren op de Spoedeisende Hulp.

'Alsjeblieft.' Ze drukt het natte vaatdoekje tegen de brandvlek in Paladins baard.

'Eh... Dank je,' gromt hij. Zijn ogen blijven haar ongelovig opnemen, van haar bruine haar dat glad en glanzend op haar schouders hangt tot haar in pumps gestoken voeten (en geschoren benen!). Dan schraapt hij zijn keel met het geluid alsof er twee rotsblokken over elkaar schuiven. 'Zeg, Hermelien... Heb je iets, eh...'

'Wat? Wat is er?' vraagt Hermelien. Ik zie aan haar ogen dat ze bang is dat hij vindt dat ze er niet uitziet. Gelukkig redt Chris haar voordat ik dat hoef te doen.

'Inderdaad,' zegt hij verlegen. 'Er is iets anders aan je.'

'Ja,' doet Chewy een duit in het zakje. 'Heb je je haar gekamd of zo?'

Hermelien kijkt ze om de beurt aan. 'Lucy en ik hebben vandaag gewinkeld en daarna heeft ze me opgemaakt,' zegt ze met een brede glimlach. 'Dus jullie vinden het mooi?'

'Mooi?' Paladin slikt hoorbaar. 'Ja, het is mooi.'

'Erg mooi,' zegt Chris.

'Heel erg mooi,' zegt Chewy.

Als ik ooit ernstig om licht verlegen zit, zorg ik dat Hermelien een complimentje van een jongen krijgt en draai ik een gloeilampje in haar oor. Aan haar stralende ogen te zien kan ze de hele stad een week lang van stroom voorzien.

'Dus zo kunnen we wel op stap?' vraag ik tevreden. Wauw, dit is nieuw. Een ander meisje krijgt complimentjes van het andere geslacht en ik ben blij voor haar, ook al heb ik er zelf niet een gekregen. Wat is er vandaag toch met me aan de hand?

'Ik weet niet of we jullie zo de deur wel uit kunnen laten gaan,' lacht Chris.

'Waar gaan jullie op stap?' koert Chewy.

'De Vestingbar?' Ik kijk Hermelien vragend aan.

Ze proest. 'De Vestingbar is alleen leuk tijdens de Kick-In en de Bata.'

'De Bata?'

'De Batavierenrace, dat is een estafetteloop van Nijmegen naar Enschede,' legt ze geduldig uit. 'Na afloop wordt hier op de campus het grootste studentenfeest van de Benelux gehouden.'

'Wauw,' zeg ik, diep onder de indruk. 'Dat wist ik niet. Hebben jullie wel eens meegedaan?'

Paladin krijgt een lachbui, die al snel overgaat in een hoestbui.

'Nee,' vat Hermelien zijn goed gemaakte punt samen. 'Alleen aan het bier drinken na afloop.'

'De Vestingbar kun je wel vergeten,' zegt Chewy zacht. 'Daar komt bijna niemand.'

'Draaien ze er muziek?' vraag ik.

'Ja, dat wel,' antwoordt hij aarzelend.

'Hebben ze er drank?'

'Ja, dat ook.'

'Kun je er zitten?'

'Natuurlijk, zoals ik al zei is er niemand...'

'Dan gaan we mooi naar de Vestingbar,' besluit ik triomfantelijk. 'Gaan jullie ook mee, jongens?'

Natuurlijk gaan ze mee. Paladin ziet eruit alsof hij nog steeds niet kan geloven dat Hermelien geen fata morgana is en Chewy is er niet veel beter aan toe. Alleen Chris heeft zich weer een beetje herpakt, maar zijn paddige ogen puilen nog steeds uit. De jongens blijven maar naar haar staren. Misschien komt het doordat ik degene ben die haar zo mooi heeft gemaakt, maar ik voel me niet eens beledigd dat Hermelien meer aandacht krijgt dan ik. Steeds als ze me verlegen glimlachend aankijkt omdat een van de jongens haar een zwijmelende blik toewerpt, voel ik mijn borst zwellen van trots.

Een steek van heimwee treft me onverwachts. Vroeger deed ik dit soort dingen met Merel. Niet dat een van ons erg opgelapt hoefde te worden, maar ik maakte ons op en zij deed onze haren. Samen pasten we dan zo'n zestien outfits voordat we een definitieve keuze maakten. Dat doet ze nu waarschijnlijk samen met die vreselijke Simone.

Ik heb Hermelien een make-over gegeven, sms ik naar Merel.

Een minuut later piept mijn mobieltje. **En, is Sjaantje nu een Zwaantje?** luidt het sarcastische antwoord.

Eigenlijk heb ik er een beetje spijt van dat ik Hermeliens echte naam aan Merel en haar vriendinnen heb verteld. Ik deed het alleen om mezelf uit de meedogenloze spotlight van hun aandacht te halen. Maar goed, nu kan ik er niets meer aan doen. Hermelien werpt me weer een stralende glimlach toe.

Ach, waar maak ik me eigenlijk druk om? Het is maar een naam. En daarbij: ze komt er toch nooit achter.

De Vestingbar is inderdaad zo goed als verlaten. De muziek bonkt keihard uit de boxen, alsof het aantal decibels de afwezigheid van mensen kan compenseren. Aan de bar zitten maar twee jongens. Ik herken de blonde achterhoofden direct. Hermelien ook.

'Hé Anjo! Otto!' roept ze uitgelaten.

De blonde Fanaatpuddingen draaien zich als één man om. Dan worden hun ogen groot, alsof iemand ze net de *cheats* heeft gegeven voor wat voor nerdig computerspel ze ook spelen.

Ik kan de tweeling niet uit elkaar houden. De linker vindt als eerste zijn tong weer terug. 'Herme... Hermelien?' stottert hij.

'De enige echte,' lacht ze.

'*Bishōjo,*' fluistert de rechter.

'*Dōmo arigatō,*' antwoordt ze koket, met een klein buiginkje.

Ik trek vragend een wenkbrauw op naar Chris. Hij mompelt: 'Het is Japans.'

'Hermelien spreekt Japans? Wat zeiden ze?'

Chris grijnst. 'Otto zei "mooi meisje" en zij bedankte hem.'

Oké, de rechterpudding is dus Otto. Hij draagt een paars shirt en Anjo heeft zich vandaag verstandig in onflatteus zwart gestoken.

Dit moet ik onthouden. O, en ben ik hier de enige die geen Japans spreekt?

'Hé Lucy Campussy!' klinkt het ineens. De stem hoort bij de barkeeper met een deken van krulletjes op zijn hoofd.

'Ha, Dolly!' zeg ik, blij dat ik ook iemand herken.

'Rondje bier?' Hij begint alvast met tappen.

'Wat doen jullie hier?' vraagt Anjo. Hij richt de vraag uitsluitend tot Hermelien, van wie hij zijn ogen nog steeds niet los kan scheuren.

'Die twee wilden naar de Vestingbar,' zegt Chris met een gebaar naar Hermelien en mij. 'We zeiden al dat er waarschijnlijk niets aan zou zijn.'

'Het is hier anders heel gezellig,' zegt Otto, duidelijk een beetje beledigd dat Chris hem en zijn broer schaart onder 'niets aan'.

'Ik merk het,' gromt Paladin. Hij steekt een sigaret op.

Dolly kijkt verstoord naar de omhoogkringelende rook, maar zegt er niets van. Hij zet een hele rij gevulde bierglazen op de bar. Ik graai in mijn tas naar mijn portemonnee, maar de barman maakt een wegwerpgebaar. 'Dat komt wel goed, Lucy.'

Hermelien laat zich op de kruk naast Anjo zakken. Ik ga naast haar zitten. Als ik opzij kijk, zie ik dat Chewy de andere kruk in beslag heeft genomen. Chris' hoofd verschijnt naast Chewy. Paladin blijft staan.

'Proost,' roept Chris. Hij steekt zijn biertje in de lucht.

'Proost,' klinkt het van alle kanten. Ik flap eruit: 'Op Hermelien.'

'Op Hermelien!' echoot iedereen.

Ze port me met haar elleboog. 'Ik word verlegen van je.'

'Leuk toch?' Ik haal mijn schouders op.

Ze grinnikt toegeeflijk. 'Aan al die complimentjes kan ik best wennen.'

Dolly blijkt een spraakzame barman. Hij kent Chewy van technische geneeskunde. Onder zijn ontspannen gebabbel komt mijn flatgenoot zelfs een beetje los. Na het derde biertje begint Chewy aan een verhaal over iemand die 'de HP' wordt genoemd. 'Ik ken hem van de studie,' koert hij. 'We zaten samen in een projectgroep. Op een gegeven moment belde hij me 's ochtends om te vertellen dat hij niet kwam die dag. En zijn exacte woorden waren: "Rik-kert, ik was vannacht zo bezopen dat ik in de hoek van mijn kamer heb gescheten." Sindsdien noemen we hem HP. Eerst dacht hij dat we Harry Potter bedoelden, maar later besefte hij dat het de afkor-ting is van Hoekpoeper.'

Ik stik bijna in mijn bier.

'Hé, waarom is die Kikker van jullie eigenlijk niet mee?' vraagt Dolly. Hij veegt een vies bierglas af aan een nog viezere theedoek. Ik negeer doelbewust de gedachte dat mijn glas waarschijnlijk die-zelfde behandeling heeft gehad.

'Die is op roeiweekend,' antwoordt Hermelien.

'Waarheen?' vraagt Anjo.

'Tilburg,' zeg ik tegen mijn glas.

Ik voel Hermeliens nieuwsgierige blik. 'En Jildou is dus mee?'

'Ja, Jildou is dus mee, ja,' snauw ik.

Oeps.

Iedereen kijkt me aan. Ik staar naar mijn bierglas, alsof daar een uitweg is.

Na een korte stilte vraagt Chris zo casual dat het grappig is: 'Zeg, Lucy... Speelt er soms iets tussen jou en Kikker?'

Ik maak een 'hrmpf'-geluidje.

Chris fronst. 'Maar heeft hij niet iets met dat roeimeisje? Hoe heet ze?'

'Ze heet Jildou, dat zeg ik net,' roept Hermelien.

'O, dat is best een lekker ding,' zegt Dolly.

'Als je van sletterig houdt wel, ja,' brom ik.

Paladin grijnst zijn bruine tanden bloot. 'Ik geloof niet dat ie-mand hier een probleem heeft met sletterig.'

Alle jongens bulderen van het lachen. Ik pers mijn lippen op el-kaar en stap van mijn kruk. Als ik de trap afdaal naar de wc's, denk ik terug aan de avond dat mijn filmpje online ging. Ik ben niet van plan het ooit nog te gaan bekijken. Hopelijk verdwijnt het snel in de vergeten archieven van het internet.

Deze keer staat er geen rij voor de vrouwen-wc's. Sterker nog, er is niemand. Dan hoor ik voetstappen achter me. 'Hé Lucy, wacht even,' zegt Hermelien.

Ik draai me om.

'Wat is er vanmorgen gebeurd?' vraagt ze.

'Zo, jij valt lekker met de deur in huis.' Ik kan een klein lachje niet onderdrukken.

Ze grijnst terug en haalt haar schouders op. 'Ik wil het gewoon weten. Tijdens het winkelen liet je niet erg veel los.'

'Oké.' Ik zwaai mijn haar over mijn schouder. 'Maar je mag het aan niemand vertellen.'

Ze maakt een v-teken van haar wijs- en middelvinger en doet alsof ze ertussendoor spuugt. 'Ik beloof het.'

'Oké,' zeg ik nog een keer en kauw op de binnenkant van mijn wang.

Hermelien kijkt me verwachtingsvol aan.

Dan gooi ik het er maar gewoon uit. 'We hebben gezoend, maar toen belde Jildou aan. Het voelt een beetje alsof hij voor haar heeft gekozen.' Ik schaam me terwijl ik het zeg.

Waarschijnlijk heeft de alcohol Hermeliens remmingen weggenomen, want ze slaat haar armen om mijn hals en knuffelt me als een bezitterige boa constrictor.

'Was het lekker?'

Ik trek een wenkbrauw op tussen het stikken door. 'Eh... Ja.'

'Ik wist wel dat je hem leuk vond!'

'Het is goed met je.' Ik duw haar armen zachtjes wat opzij, zodat het bloed weer naar mijn hersenen kan stromen. 'Ik vind hem helemaal niet leuk. Het is een eikel. Hij ligt nu waarschijnlijk in een tentje met die Jildou.'

'Natuurlijk niet!' roept Hermelien. De blosjes op haar wangen schijnen door haar rouge heen. Toch zie ik de onzekerheid opflakkeren in haar ogen. 'Vind je het wel leuk hier? Of wil je naar huis?'

Ja, ik wil naar huis. Ik wil naar Groningen, naar mijn ouders en mijn irritante zusje en Merel. Ik wil me onder mijn dekbed verstoppen en toegeven dat ik een lafaard ben. Ik wil in een tijdmachine stappen en me terug laten transporteren naar vorig jaar. Ik wil...

'Nee.' Ik schud mijn hoofd. 'Ga maar terug naar de jongens, ik kom zo.'

Hermelien glimlacht dankbaar. Dan rolt er onverwachts een

traan uit haar linkerooghoek. 'Hé,' zeg ik geschrokken. 'Gaat het?'

'O Lucy, ik ben zo blij dat je bij ons in huis bent komen wonen!' Hermelien slaat haar armen weer om me heen.

Ik klop wat onbeholpen op haar rug. 'Ik ook.'

'Ik ben zo blij dat ik een vriendin als jij heb,' snikt ze tegen mijn schouder.

Ik verstar. Zijn we vriendinnen? Merel zou me heel hard uitlachen als ze me nu zag, knuffelend met mijn nerdige huisgenoot. Wanneer ben je eigenlijk vriendinnen met iemand? Ik heb zo lang Merel als mijn enige echte vriendin beschouwd, dat ik niet goed weet of ik er wel meer heb. Is Hermelien er een?

'Wat is eigenlijk de definitie van vriendschap?' vraag ik voorzichtig.

Hermelien laat haar greep wat verslappen. 'Dat je het gezellig hebt met elkaar, je op je gemak voelt, elkaar vertrouwt,' somt ze op. 'Gewoon, dat je om elkaar geeft.' Ze wrijft in haar oog om de tranen weg te vegen, maar verandert zichzelf daarmee in een pandabeer. Ik grijp haar pols vast. 'Niet doen,' berisp ik haar.

'Wat, waarom... O nee, de make-up!' realiseert ze zich.

Ik trek haar mee de wc's in. Voor de spiegel ziet ze wat een slagveld ze van haar gezicht heeft gemaakt. Ze hikt nog wat na van het huilen en lacht tussendoor. Er rolt nog een traan over haar wang.

'Niet huilen,' beveel ik. Ik graai de wc-rol uit het hokje en begin haar gezicht droog te deppen. Ik heb mijn noodvoorraad make-up niet bij me, want ik heb mijn handtas in de flat achtergelaten. Normaal doe ik dat nooit en dit is de reden. Met water en wc-papier doe ik wat ik kan om haar gezicht te redden. Als we een halve rol verder zijn, is Hermelien weer enigszins toonbaar. 'Zo moet het maar,' zeg ik.

Ze kijkt in de spiegel en grijnst naar me. 'Het is nog altijd beter dan mijn normale hoofd.'

Ik stuur haar alvast naar boven en ga zelf nog even naar de wc. Als ik mijn handen sta te wassen, besef ik dat we echt een beetje vriendinnen zijn. En ik schaam me niet eens meer heel erg voor haar.

12

Doodsbang probeer ik op het wiebelige koord te blijven staan. Ik hang in het niets. Het dunne touw onder mijn voeten is het enige wat voorkomt dat ik in de eindeloze afgrond stort. Op het plateau achter mij staat Merel te gillen dat ik terug moet komen. 'Keer om! Lucy, hoor je me? Je gaat vallen!'

Ik ben doodsbenauwd, mijn hart klopt in mijn keel. Ik spreid mijn armen in een poging mijn evenwicht te bewaren. Op het plateau dat in de verte opdoemt staat een lange jongen met blond haar. Mijn hoofd weet niet wie het is, maar mijn hart gaat sneller kloppen. Ik wil naar hem toe. Zo goed en zo kwaad als het gaat, versnel ik mijn wankelende pas. Het touw lijkt steeds dunner te worden. De jongen op het plateau tegenover mij wenkt me en ik strek mijn armen naar voren, maar ineens word ik op mijn schouder getikt. Ik kijk om en verlies bijna mijn evenwicht. Ferdi staat achter me op het touw. Hij kijkt me aan met die langzame, arrogante grijns van hem. Heel traag haalt hij een schaar achter zijn rug vandaan. Dan pakt hij me in één snelle beweging vast en knipt hij het touw door. Ik voel de schok als het onder mijn voeten vandaan verdwijnt en ik door Ferdi omlaag word getrokken, de donkere diepte in. We vallen snel, mijn maag maakt buitelingen. Ferdi klemt zijn armen als een bankschroef om me heen. Ik strek wanhopig mijn handen uit naar de figuur op het plateau in de verte, die snel uit het zicht verdwijnt. 'Kikker!'

Ik word wakker van mijn eigen schreeuw. Het dekbed heb ik van me afgeschopt. Het ligt verfrommeld op de grond. Mijn wang is dankzij een plakkaat kwijl met het kussen versmolten. Ik graai naar mijn mobiel om te kijken hoe laat het is. Kwart voor elf. En ik heb een sms.

Goedemorgen lieverd, hoe laat kunnen we je verwachten? Dan kan ik die ene moorkop voor je bewaren ;-) Liefs, pap.

Even staar ik wazig en onwetend naar de sms van twee uur geleden, met mijn mond nog versuft halfopen en mijn voorhoofd in een frons. Dan dringt het tot me door. Marloes is jarig! O nee. Ik heb nog geen cadeautje. Ik ben nog niet aangekleed. Ik ben nog niet in Groningen.

Mijn moeder vermoordt me.

Alsof het zo is afgesproken, begint mijn mobieltje te tjirpen. Ik schraap mijn keel en hoop dat ik niet te krakerig en net-uit-bedde-rig klink als ik zeg: 'Hé Moes.'

'Hé Lucifer,' zegt ze. Dan is het stil.

De seconden tikken ongemakkelijk weg, tot ik besef dat ze wacht op een felicitatie. 'O, eh, gefeliciteerd met je... verjaardag!' Ik wroet in mijn hersenpan om me te herinneren hoe oud ze ook alweer is geworden.

'Twaalf,' beantwoordt ze mijn onuitgesproken vraag.

'Ja, twaalf. Dat wist ik,' lieg ik. 'Je wordt al een hele dame!'

Marloes kucht. 'Hm-hmm. Kom je nog langs?'

'Zeker, zeker.' Ik spring uit bed en trek mijn kast open.

'Wanneer?'

'Straks.' Ik prop snel wat kleding in mijn tas.

'Hoe laat ben je hier?' dringt ze aan.

'Ergens in de middag.'

Ik hoor mijn zusje zuchten. 'Ik vind het wel saai, hoor, dat jij niet meer thuis woont.'

Ik staar even verbaasd naar mijn telefoon. 'Eh, ja?'

'Ja.' Ik hoor haar aarzeling, waarna ze er schamper op laat volgen: 'Nu heb ik niemand meer om te pesten.'

'Tijd om vrienden te zoeken, dus.'

'Tot straks, allerliefste zus,' sneert ze.

Ik hang op en zucht diep. Daar gaat mijn rustige weekend. Ik schuif mijn megabult wasgoed in een tas. Mam moet mijn kleren nog maar even wassen, tot ik heb uitgevogeld hoe de wasmachine werkt. In alle haast smijt ik ook een paar studieboeken in mijn tas. Ik heb ze nog bijna niet ingekeken – eigenlijk was ik van plan om vandaag en morgen studerend door te brengen, maar waarschijnlijk zal daar nu weinig van komen. Misschien kan ik in de trein een beetje leren.

Ik doe mijn kastje open en zie dat ik geen brood meer heb, alleen chips. Ik kan kiezen uit een naturel- of een paprika-ontbijt.

In de keuken zit Hermelien samen met Chewy te ontbijten. Ze is weer haar oude, muizige zelf. 'Hé, Lucy,' zegt ze als ik binnenkom. 'Het was gezellig, hè, vannacht?'

Ik grijns. Het was zeker gezellig. We hebben nog tot vijf uur gezeten. Uiteindelijk stonden Paladin, Chris en Chewy erop de rekening te splitsen. Ik geloof dat Dolly ons heeft gematst, want hij heeft zelf ook heel wat biertjes meegedronken.

'Ga je ergens heen?' vraagt Chewy, met een blik op mijn overvolle weekendtas.

'Nee, ik heb voor de lol mijn tas ingepakt.' Ik rol met mijn ogen. 'Ik ga naar mijn ouders. Mijn zusje is jarig.'

'O, gefeliciteerd!' roept Hermelien. 'Dat wist ik helemaal niet, joh.'

'Ik ook niet,' mompel ik.

Het is zo druk in de trein naar Deventer dat ik niet kan zitten. Alle plaatsen zijn bezet door nerds. Ik zoek in de ruimte tussen de coupés steun tegen de muur en probeer me te verdiepen in mijn statistiekboek, maar telkens als de deur van de wc opengaat komt er een walm naar buiten waar ik bijna tegenaan kan leunen. Dat leidt nogal af, kan ik je vertellen.

Als ik een halfuur later besef dat ik dezelfde zin al vijftien keer heb gelezen, klap ik het boek dicht. Met een zucht laat ik het in mijn tas glijden.

'Ben je er klaar mee?' vraagt een lijzige stem achter me.

Ik draai me om. 'Wat doe jij hier?' vraag ik aan Ferdi.

Hij grijnst zelfverzekerd. 'Ik ga naar Leiden.'

'Wat moet je daar?'

'Naar een paar vrienden toe, die geven een feest. En morgen ook even langs mijn ouders.'

'Wonen die in Leiden?'

'Is dit een kruisverhoor? Waar denk je dat ik die r vandaan heb?' Hij trekt smalend één mondhoek omhoog.

Ik zucht en kijk uit het raam. We razen station Deventer Colmschate voorbij. Nog heel even. 'Waar moet je eruit?' vraag ik bot.

'Wauw,' zegt Ferdi droogjes. 'Ik heb zelden iemand ontmoet die zoveel op mij lijkt.'

'Eh, sorry? Ik lijk niet op jou.'

Ferdi zegt niets, maar zijn alwetende glimlachje staat me niet aan.

'Ga anders mee naar Leiden,' biedt hij aan.

'Nee, dank je,' zeg ik koeltjes. 'Mijn zusje is jarig vandaag.'

'Hm, zelf weten.' Hij feliciteert me niet.

Ik knik naar mijn tas, waar de boeken in zitten. 'Wanneer hebben we eigenlijk het eerste tentamen?'

'Over twee weken.'

Ik schrik. 'Dan al?'

Ferdi knikt treiterig langzaam. 'Nog niet geleerd?'

Ik knijp mijn ogen tot spleetjes. Wat is het toch een zak.

'Komend weekend is er een huisfeest bij ons. Heb je zin om langs te komen?' Hij doet een stapje dichterbij. Zijn blauwe ogen benemen me de mogelijkheid om een andere kant op te kijken.

Ik wijk achteruit tot ik de treindeur tegen mijn rug voel. 'Ik zal kijken.'

'Hoezo, heb je al een andere afspraak?' Hij leunt nog wat dichter naar me toe, tot onze neuzen elkaar bijna raken. 'Ga je soms op stap met die Kikker?'

Ik staar boos terug. 'Volgend weekend moeten we het balkon verven.'

Ferdi proest. 'Het balkon verven? Waarom in vredesnaam?'

'Er is iets ontploft en nu is de verf beschadigd,' mompel ik. Nu kijk ik toch weg.

Hij schudt zijn hoofd. 'Was het jouw schuld dat het ontplofte?'

'Nee,' zeg ik.

'Had jij kunnen voorkomen dat het ontplofte?'

'Nee, maar...'

'Waarom moet jij het balkon dan verven?' Hij trekt zijn wenkbrauwen op. Ik druk me nog wat steviger tegen de treindeuren aan.

Eigenlijk ben ik het met hem eens, maar als er iets is wat ik nog minder graag wil dan het balkon verven, is het op Ferdi lijken.

'Omdat ik dat graag wil,' zeg ik dus maar.

De trein mindert vaart. Ferdi grijnst zelfingenomen. 'Juist. Dat geloof ik echt.' Voordat ik kan protesteren zegt hij: 'Ik zou graag verder praten, maar we zijn in Deventer. Volgens mij moet jij overstappen.' Hij doet een stap achteruit. Ik adem opgelucht uit. Achter me gaan de deuren open. Ik stap snel langs Ferdi heen. Hij grijnst en zegt: 'Dag pop.'

'Kijk eens, schat. Voor jou.' Pap reikt me een bordje met een moorkop aan.

'Geen stukje ananas?' vraag ik.

Hij laat zijn blik een fractie van een seconde langer op me rusten, zijn versie van een waarschuwing. Het doet me maar weinig. Mijn moeder kijkt me aan met een gezicht als een oorwurm. Ik glimlach zonnig naar haar. 'Alles goed?'

'Perfect,' zegt ze met opeengeklemde kaken.

Ik wend me tot Marloes. Haar gebakje staat onaangeroerd voor haar op tafel. Ze kijkt naar buiten. 'Hé Moes, wilde je geen vriendinnen op je verjaardag of zo?'

Mijn zusje kijkt me even aan. Ze heeft een ongezonde huidskleur, valt me op. Ik bedoel, nog ongezonder dan normaal. 'Kom je wel genoeg buiten?' vraag ik.

Ze steekt haar tong naar me uit en gaat verder met uit het raam staren. Ik kijk naar mijn vader voor tekst en uitleg. Die schraapt zachtjes zijn keel en vraagt dan aan me: 'Weet je waarom we Marloes laatst eerder hebben opgehaald van school, Lucy?'

'Omdat ze mij graag wilde zien, toch,' herinner ik me.

Marloes maakt een onbeleefd proestgeluid. Mijn moeder kijkt haar waarschuwend aan.

'Dat zei je,' verdedig ik mezelf.

'Natuurlijk zei ik dat,' barst mijn zusje los. Op haar bleke wangen verschijnen twee felroze blossen van verontwaardiging. 'Wat wilde je dat ik dan zei? Dat ik zo'n verschrikkelijke nerd ben dat ik zelfs van een computerclub op school word weggepest?'

Een deken van verbaasde stilte daalt neer over tafel.

Uiteindelijk zeg ik: 'Zo.'

'Ja,' zegt Marloes.

'Dus je wordt gepest?'

'Een beetje,' begint ze, maar pap onderbreekt haar met een strengere toon dan ik hem ooit heb horen gebruiken.

'Laat je rug eens zien,' zegt hij bruusk.

Marloes kijkt hem vuil aan en staat dan op van haar stoel. Ze trekt haar Pacman-T-shirt tot halverwege haar rug omhoog. Twee blauwpaarse plekken, allebei half zo groot als mijn mobieltje, spreiden zich als olievlekken uit over haar onderrug. Ik krijg een vreselijk déjà-vu-gevoel. 'Jezus,' hijg ik. 'Wie heeft dat gedaan?'

Marloes trekt haar shirt weer omlaag en gaat zitten. Ze kan haar pijnlijke gezicht niet helemaal verbergen als haar rug tegen de leuning aankomt.

'Wie?' eis ik nogmaals.

'Dat zeg ik niet,' bromt ze.

'Waarom niet?' Ik sper mijn ogen wijd open. 'Ik maak ze af, die kleine huftertjes!'

Ze schudt haar hoofd. 'Dit is exact wat ik kan gebruiken. Een hysterische grote zus. Denk je dat dat mijn reputatie verbetert?'

'Maar wat... Hoe... Waarom pesten ze je dan?'

Marloes' gezicht blijft onbeweeglijk. 'Werkelijk, Lucy? Heb je geen idee?' Ze gebaart naar haar gezicht en haar kleding. 'Komt er geen enkele verklaring in je op waarom ik anders zou kunnen zijn en dus een goed pispaaltje?'

'Ze zijn jaloers,' grauw ik.

'Op mijn sexy uiterlijk? Op mijn slanke figuur?' Ze trekt spottend een wenkbrauw op.

'Er is meer in het leven dan alleen uiterlijk!' schreeuw ik machteloos.

'Nooit gedacht dat ik die woorden uit jouw mond zou horen,' schreeuwt ze terug.

Ik haal diep adem. Beledigd zijn is een keuze. Met gedempte

stem zeg ik: 'Je bent slimmer dan zij allemaal bij elkaar.'

'Ik zou mijn hersenen zo inruilen voor jouw uiterlijk,' mompelt ze.

Haar woorden prikken gaatjes in mijn hart. Ik draai me om naar mijn vader. 'Jullie moeten aangifte doen. Dit is mishandeling.'

'Dat willen we ook, maar Marloes wil niet...'

'Ze zijn allemaal minderjarig,' valt ze hem in de rede. 'Ze krijgen een taakstrafje en een preek bij bureau Halt, en daarna gaan ze weer vrolijk verder met mijn jas onderpissen na de gymles.'

Ik spring op. 'Hebben ze dat gedaan?'

'Ja, verdomme,' roept Marloes, die ook uit haar stoel springt. Haar gezicht vertrekt van de pijn. 'Je hebt geen idee, hè? Je hebt echt geen idee!'

Ze stormt de kamer uit en slaat de deur met een harde klap achter zich dicht.

Ik kijk naar mijn ouders. 'Wat bedoelt ze?'

Mijn moeder vouwt haar handen onder haar kin. Haar bloedrode nagels matchen precies met de kleur van haar lippen. 'Het lijkt erop dat de pesterijen ook iets met jou te maken hebben.' Ze slaat haar koele blik naar me op. 'De aanvoerder van dat clubje rotmeiden is het nichtje van een meisje dat vroeger schijnbaar nogal op de huid is gezeten door... jou.'

'Wat? Wie?' vraag ik geschrokken.

'Alleen al het feit dat je niet meteen weet wie het is, vind ik behoorlijk kwalijk, Lucille,' dient mijn moeder me scherp van repliek.

Ik kauw op de binnenkant van mijn wang.

'Hoe dan ook, Marloes wil niet vertellen wie het is,' zegt mijn vader. 'Misschien krijg jij het uit haar.'

Ik werp een laatste blik op mijn verpieterende moorkop. Ach wat, ik ging toch afvallen.

'Moes?' Ik klop op haar deur.

Het blijft stil.

'Loessoe?' probeer ik het nogmaals.

Ik wacht. Eén, twee, drie, vier, vijf, zes, zeven, acht seconden. Dan gaat de deur zachtjes krakend open. 'Wat?' vraagt mijn zusje bedrukt. Nu ik tegenover haar sta, realiseer ik me pas hoe klein ze eigenlijk is voor haar leeftijd.

'Wie zijn het?' vraag ik. Omdat ze naar de vloer blijft staren, ga ik op mijn hurken zitten om haar blik te vangen. Ik prevel: 'Alsjeblieft, Loes. Alsjeblieft.'

Ze wendt haar blik af en klemt haar lippen op elkaar.

'Mam zei dat het mijn schuld was. Is dat zo?' dring ik aan.

Ze schokschoudert. 'In ieder geval heb je haar niet behoorlijk dwarsgezeten.'

'Wie is haar nicht?'

'Zegt de naam Kötter je iets?'

O god. Karin Kötter.

Marloes ziet de herkenning in mijn ogen. 'Ja dus.'

'Wacht even,' zeg ik. 'Je wordt dus gepest door iemand die van haar achternaam Kutter heet?' Ik kan een klein giecheltje niet onderdrukken. 'Het is bij jullie echt eten of gegeten worden, hè?'

'Jezus, Lucy,' roept Marloes. 'Weet je wel wat haar nichtje me aandoet omdat ik niet zo mans ben als jij?'

'Ik wist niet dat ze een nichtje had,' verdedig ik mezelf.

'O, en daar wordt het minder erg van dat je iemand het leven zuur hebt gemaakt?' Haar ogen schieten vuur.

'Ik heb haar nooit geschopt of geslagen. Of over haar jas geplast,' voeg ik er vol walging aan toe.

'Soms doen woorden veel meer pijn dan klappen,' mompelt mijn zusje. Er ligt een wijsheid in haar stem die ik daar liever niet gehoord had.

Ik pak haar schouders vast. 'Vertel me hoe ze heet. Anders ga ik het opzoeken op Facebook en ben ik er ook zo achter,' dreig ik.

Ze zucht. 'Fokje. Ze zit in de tweede.'

Ik hef mijn handen in totaal ongeloof. 'Fokje Kutter? Serieus Moes, hier kun je zoveel gemene grappen over maken. Hoe in godsnaam...'

'Daar gaat het niet om!' gilt Marloes in mijn gezicht. Haar ogen vlammen van boosheid. 'Snap je het echt niet? Ik wil me niet verlagen tot haar niveau! Ik wil dat jij je excuses maakt aan haar nicht, zodat Fokje me met rust laat.'

Mijn mond valt open. 'Wat... maar...'

'Maar dat wil je natuurlijk niet,' spuwt Marloes. 'Fokje zei dat ze wilde dat jij je excuses zou maken. Dan houdt ze op met pesten. Dat zou ik veel liever als verjaardagscadeau hebben dan die chocolade-reep die je overduidelijk in je haast op het station hebt gekocht, omdat je mijn verjaardag was vergeten.'

'Nee, ik...'

'Flikker toch op, Lucy.' Met een klap slaat ze de deur voor mijn neus dicht.

Totaal verbijsterd blijf ik nog een paar seconden gehurkt voor de dichte deur zitten. Dan sta ik langzaam op en loop ik de trap af. In de kamer zitten mijn ouders zwijgend aan tafel. Het valt me nu pas op dat er geen radio aanstaat. Regendruppels biggelen langs de ruit naar beneden; de wereld huilt met mijn hart mee.

'En?' vraagt pap.

'Ze wil dat ik mijn excuses aanbied aan Karin Kötter.' Ik spuug de naam bijna uit.

'O,' zegt mijn moeder. 'Wanneer ga je dat dan doen?'

Ik kijk haar uitdrukkingsloos aan. 'Nooit.'

'Waarom niet, Lucy?' vraagt pap. 'Als je haar gepest hebt, kun je haar toch wel je excuses aanbieden.'

'Ik heb haar niet gepést,' protesteer ik. 'Ik kan het niet helpen dat zij niet tegen een paar woordgrapjes kan.'

Mams mond verandert in een harde streep. 'En je studie?'

'Eh, ja, prima,' zeg ik schuldbewust. 'Weet je, ik ga nu denk ik ook nog even studeren. De tentamens beginnen over twee weken al...'

Ik kan dit niet.

Doodsbenauwd staar ik naar de pagina's. Ik dacht dat het aan de drukte in de trein lag dat de informatie eerder niet tot me door-drong, maar nu ik in mijn eentje in mijn kamer zit, besef ik dat ik echt wat tekst en uitleg nodig heb om deze stof te begrijpen.

Die had je kunnen krijgen in die colleges die je hebt overgesla-gen, zegt een stemmetje in mijn achterhoofd pinnig.

Normaal ben ik geen voorstander van luisteren naar stemmen in mijn hoofd, maar deze heeft gelijk. Ik ben royaal de sigaar als ik dit vuistdikke boek niet binnen twee weken begrijp. In paniek sms ik naar Hermelien: **Hé Kolonistenkoningin, ken jij toevallig iemand die goed is in statistiek?**

Het antwoord komt binnen een halve minuut. Het doet mijn hart in mijn keel kloppen.

Daarvoor moet je twee deuren verderop zijn. Kikker kan heel goed uitleggen.

Ik besluit om niet kinderachtig te doen. Het gaat hier om mijn toekomst. Dan kan ik me niet laten dwarszitten door een kleine *crush*.

Ik stel de perfecte sms aan Kikker op (en het kost me maar twintig minuten! Oké, oké, dertig, maar dat komt doordat ik tien minuten besteed aan het verzinnen van een vlot synoniem voor 'hoi'). **Ha Kikker! Vermaak je je in Tilburg? Heb je toevallig een gaatje in je schema om mijn non-existente statistiek-skills wat bij te spijkeren? Liefs Lucy.**

Ik wilde er eerst ook nog in zetten dat ik een zenuwinzinking nabij was en vooral dat vrijdagochtend wat mij betreft wel drie jaar had mogen duren (minstens), maar dan werd de sms te slijmerig en bovendien veel te lang om nonchalant over te komen. De kunst is om het te laten lijken alsof ik dit berichtje in een opwelling heb getypt.

Terwijl ik wacht op antwoord, verdiep ik me weer in hoofdstuk één. Ik probeer de kennis die ik al van statistiek heb weer wat omhoog te krijgen, maar het is diep weggezonken onder hopen nutteloze zaken. Ik heb het begraven onder welke showbizzstellen nog een item zijn en wie er uit elkaar zijn, de wetenschap dat nagels niet doorgroeien na de dood, maar dat de huid gewoon uitdroogt en de teksten van popsongs die ik waarschijnlijk nooit meer zal horen, maar nog altijd woord voor woord kan meezingen.

Ik ben nooit een echte studiebol geweest. Ja, ik deed vwo, maar om eerlijk te zijn was het ieder jaar weer kantje boord. Mijn ouders stonden nagelbijtend langs de slootkant, klaar om me huisarrest te geven als ik het niet naar de overkant redde. Meer dan eens lukte het maar met één hak en moest de andere die laatste paar centimeters eroverheen gematst worden door meevoelende docenten. Mijn ouders hebben zich scheel betaald aan bijlessen in exacte vakken, waar ik overigens de helft van de tijd niet naartoe ging omdat ik iets beters te doen had.

Waarom heb ik eigenlijk statistiek nodig bij psychologie? Wat een onzin. Ik wil gewoon weten hoe het brein werkt, hoe mensen denken en wat er allemaal goed en fout kan gaan in de communicatie daarboven.

Mijn mobiel trilt naast me op het bed. Als een hongerige hyena spring ik eropaf.

Tilburg is oké, al hebben ze hier opvallend weinig Disney-prinsessen. Ik moet je dus de basis van statistiek en koken leren - staat er nog meer op je verlanglijstje?;-)

Mijn wangen worden warm. Hoe moet ik dit nu weer opvatten? Hij wil me in ieder geval helpen, dat is al een overwinning. Een klein glimlachje kruipt omhoog terwijl ik het sms'je nog een paar keer lees. Niet vaak, hoor. Echt maar een keertje of dertien.

'Oh. My. God.' Merel kijkt me vol afgrijzen aan over haar biertje. 'Dat meen je niet.'

Ik betwijfel ineens of het zo'n goed idee was om haar te vertellen dat Kikker en ik gezoend hebben. 'Eh, jawel.'

'Met die lange roeier?' Ze rimpelt haar voorhoofd.

'Ja, Merel,' bits ik. 'Je weet wie Kikker is.'

'En dat vond je een goed idee?'

'Ik weet niet; vond jij het een goed idee om met Frits te zoenen?'

Merels ogen beginnen te glimmen. 'Het is niet bij zoenen gebleven, hoor.'

Ik sla mijn hand voor mijn mond. Nu ben ik degene die zegt: 'Dat meen je niet!'

'Jazeker wel,' zegt ze, een tikkeltje trots.

'Wanneer?'

'Donderdagnacht.'

'En hoe was het?'

Ze is even stil en kijkt naar de tafel. 'Eh, nou...'

'Goed? Slecht?' Ik kijk haar peilend aan. Dan besef ik het. 'Je weet het niet meer, hè?'

'Niet meer van minuut tot minuut, nee.' Ze kucht ongemakke-lijk.

'O, vreselijke, ontzettende...' Ik schud mijn hoofd.

Merel knijpt haar ogen samen. 'Maar daar hadden we het niet over. Jij vertelde dat je met die kwal van een Kikker hebt gezoend.'

'Ja,' herhaal ik. 'En toevallig weet ík alles nog.'

We kijken elkaar strijdlustig aan. Dan breekt er een brede glim-lach door op Merels gezicht. 'Touché,' grinnikt ze. 'Dus, vertel. Kon hij het een beetje?'

Ik denk terug aan de kussen en kan niet voorkomen dat een dro-merige uitdrukking zich over mijn gezicht verspreidt. 'Hij is een natuurtalent.'

'Daarnaast kan hij koken en hij sport veel,' zegt Merel toegeef-lijk. 'Dat is beter dan die nerds die de hele dag een beetje stom naar hun computerscherm zitten te staren.'

'Alleen jammer van zijn ex en dat meisje waarmee hij op de foto staat die hij op zijn nachtkastje bewaart.' Ik trek een scheef ge-zicht.

Merel geeft me een stomp tegen mijn arm. 'Dan weet je in ieder geval dat hij in staat is tot sociale interactie. En dat er geen eh, vitale onderdelen zijn beschadigd bij het verminken van zijn rug.'

Kikkers littekens glijden weer over mijn netvlies, maar dan schuift het beeld van Marloes' toegetakelde rug eroverheen. Ik begraaf mijn hoofd in mijn handen.

'Wat is er?' vraagt Merel.

'Marloes wordt gepest,' zeg ik.

Mijn vriendin kijkt me medelijdend aan. 'Tja, dat zat er natuur-lijk wel een beetje aan te komen.'

'Ze doet gymnasium. Daar zijn ze toch te slim om te pesten?'

'Ze is hoogbegaafd,' helpt Merel me herinneren. 'Ze heeft een klas overgeslagen en ze is ook nog een vroege leerling. Alle kinde-ren in de klas zijn minstens één jaar ouder dan zij. Dat is reden ge-noeg.'

Ik haal diep adem en zeg dan: 'Maar je moet het ergste nog ho-ren. Ze wordt gepest door het nichtje van Karin Kötter. En dat kind heet Fokje.'

Merel proest haar bier terug in haar glas. 'Fokje Kötter? En zij laat zich pesten door iemand met zo'n neuknaam?'

'Dat zei ik ook al.'

'Je moet haar even wat scherpe reacties bijbrengen, Luus.'

'Dat heb ik geprobeerd, maar ze wil iets anders.' Ik kijk Merel angstig aan. 'Dat ik Karin mijn excuses aanbied.'

'Wat? En dat zou Marloes helpen omdat...'

'Omdat de pesters hebben beloofd om haar dan met rust te laten. Maar ze doen echt nare dingen, Merel.' Ik trek een vies gezicht. 'Ze hebben op haar jas geplast en ze heeft twee blauwe plekken op haar rug waar je bang van wordt. Je zou bijna denken dat die koters tegenwoordig boksbeugels in hun tas stoppen.'

'Raar... Ik bedoel, wij hebben Karin wel een beetje geplaagd met haar naam, maar we hebben haar nooit met een vinger aangeraakt.' Merel schudt verwoed haar hoofd om haar eigen woorden kracht bij te zetten.

'Nee toch? Precies,' zeg ik, opgelucht dat ik niet de enige ben die daar zo over denkt. Waarschijnlijk heeft die dramaqueen van een Karin de zaak gewoon schromelijk overdreven tegen haar kleine nichtje, waardoor zij nu denkt dat ze wraak moet nemen via Marloes. Ik krijg haar nog wel te pakken. Als dit zo doorgaat, zoek ik die Fokje binnenkort eens thuis op om een hartig woordje met haar te spreken.

'Waarschijnlijk waait het wel over,' sust Merel mijn geweten in slaap. 'Over twee weken is ze ineens beste vriendinnen met die Fokje, let maar op. Weet je nog hoe wij waren toen we twaalf waren?'

Ik lach opgelucht en snijd een gemakkelijker onderwerp aan. 'Hoe bevalt je studie?'

Merel grijnst. 'Ik heb de binnenkant van de collegezaal nog niet zo heel vaak gezien.'

'En de binnenkant van de kroeg?'

'Te vaak. Maar ik vind dat je prioriteiten moet stellen,' vervolgt ze stellig. 'Voor je het weet zijn we oud en uitgezakt. Nu we nog jong en strak zijn, moeten we lol maken. Studeren kan altijd nog. Ik probeer nu natuurlijk alvast zo veel mogelijk tentamens te halen, maar als het niet lukt... Volgend jaar weer een kans.'

'Zo kun je het ook bekijken.' Ik tik met mijn wijsvinger tegen mijn kin.

'Jouw studie dan?'

'Medium. Kikker moet me even op weg helpen met statistiek, want daar snap ik de ballen van. En die irritante Ferdi blijft me maar afleiden als ik in college zit.'

'Het is wel een vasthoudertje, hè?' Merels ogen twinkelen ondeugend.

'Een drugshond aan de kuit van een bolletjesslikker is er niets bij,' zucht ik.

'Dat is goed nieuws, Luus. Hier kun je gebruik van maken.' Ze grijnst breed. 'Je wilt toch zo graag in de stad wonen?'

'Hij geeft volgende week een huisfeest,' zeg ik.

'En? Wat trek je aan?'

Ik trek met mijn vinger strepen in de condens op mijn glas. 'Ik heb gezegd dat ik niet kom.'

'Wat? Ben je gek?'

'We gaan komend weekend het balkon schilderen,' protesteer ik. 'Ik weet niet of ik dan nog puf heb om de hele nacht door te zuipen.'

'Maar je kunt op z'n minst je gezicht even laten zien,' zegt Merel. 'Anders krijg je die kamer natuurlijk nooit. Wil je voor altijd op de campus blijven wonen?'

'Nee,' geef ik toe.

'Nou dan.' Mijn vriendin grijnst tevreden. 'Je gaat er gewoon naartoe. Bovendien,' voegt ze er met glinsterende ogen aan toe, 'kun je een vervelender uitzicht hebben dan Ferdi. Zeg over hem wat je wilt, maar het is een behoorlijk lekkere kerel.'

13

'Dat wordt dan zeventien euro vijfendertig,' zegt de caissière met een Twents accent.

Ik tik mijn pincode gedachteloos in en richt me op het inpakken van de boodschappen. Het pinapparaat maakt een piepgeluid. Ik kijk op het scherm.

GEEN SALDO

'O.' Ik voel een kriebelige hitte omhoogkruipen vanuit mijn hals.

'Storing?' vraagt de caissière. Zonder op antwoord te wachten, roept ze achter zich: 'Rory! Er is weer stóóóring!'

'Nee,' haast ik me te zeggen. Zachtjes vervolg ik: 'Het is geen storing. Ik heb gewoon geen saldo.'

'O, op die fiets,' zegt de caissière, waarna ze zich tot mijn afgrijzen omdraait en door de winkel schreeuwt: 'Rory! Laat maar, ze heeft gewoon te weinig geld op haar rekening!'

Ik ruk mijn pasje uit het apparaat en prop het terug in mijn portemonnee. De half ingepakte boodschappentas laat ik staan. Ik maak dat ik zo snel mogelijk uit de supermarkt kom. Als ik buiten sta, gun ik mezelf geen tijd om op adem te komen, maar bel ik direct naar mijn vader.

'Hoi Lucy!' zegt hij opgewekt.

'Pap, ik heb geen saldo meer,' zeg ik in één adem. 'Wil je misschien wat geld overmaken?'

'Natuurlijk, lieverd,' zegt hij. 'Heb je onverwachte uitgaven gehad?'

Ik denk even na. 'Gisteren heb ik wat dingen besteld op internet,' zeg ik aarzelend. 'Maar dat was niet veel geld of zo.'

'Ik zal meteen wat overmaken,' zegt pap. 'Check je wel je rekening straks even op internet? Ik zou niet willen dat je geskimd bent of iets dergelijks.'

'O god, dat moet het zijn!' roep ik uit. 'Ik moet de politie bellen!'

'Kijk eerst maar even op je rekening, schat,' adviseert pap. 'Ik bel je zo terug.'

Ik storm Het Fort binnen en loop bijna Hermelien onderstebo-ven. 'Ik ben geskimd,' piep ik in paniek tegen haar.

'Wow, wat naar! Wanneer?'

'Weet ik veel,' zeg ik. 'Ik ga nu op mijn rekening kijken.'

In mijn kamer klap ik direct mijn laptop open. Ongerust zoek ik op mijn digitale rekeningoverzicht tussen de afschrijvingen naar een buitensporig groot bedrag. Hermelien helpt met speuren over mijn schouder. 'Aha, daar staat het,' zegt ze.

Ik kijk naar het getal dat ze aanwijst. Gisteren is er honderddrie euro van mijn rekening afgeschreven.

'Jeetje,' schrik ik. 'O kijk, die skimmende sukkels hebben ook nog de naam van hun maatschappij erbij laten staan.'

Snel googel ik hem.

'O.' Ik schraap mijn keel. 'Vals alarm.'

'Hoezo?' vraagt Hermelien.

'Dat is de website waar ik gisteren kleding en make-up heb ge-shopt,' antwoord ik zachtjes.

Hermelien trekt een pijnlijk gezicht. 'Waar heb je dat allemaal aan uitgegeven, dan?'

Ik staar naar het scherm. Heb ik echt honderddrie euro uitgege-ven? Hoe kan dat nou?

'Make-up. En een beetje kleding. Maar het waren allemaal klei-ne bedragen, want bijna alles was in de uitverkoop,' voeg ik eraan toe als ik Hermeliens gezicht zie. Ik vertel er maar niet bij dat ik mezelf ook één jurk voor de volle prijs gunde. Je weet wel, omdat ik al zoveel geld had bespaard. Maar dat was alsnog maar vijfendertig euro...

'Lucy,' begint Hermelien beheerst. 'Je hebt al zoveel kleding dat het niet in je kast past.'

'Dit is ook een belachelijk kleine kast,' werp ik tegen.

'Je hebt de grootste kast hier in huis. Wat voor kleren heb je ge-kocht die nog niet in je kast hingen?'

Ik tel op mijn vingers. 'Vier topjes, een leuk rokje, een shawl, een paar mooie pumps, een zwart jurkje, twee nieuwe oogschaduwpaletjes en een blush. O, en een oogpotlood.' Ik denk even na. 'Ja, dat was het.'

Hermelien staart me met open mond aan. 'Maar je hebt al zo ontzettend veel... spullen.' Ze gebaart naar mijn kast en wastafel.

'Nou, dat valt toch wel mee?' Ik probeer het door haar ogen te zien. Oké, de linkerkastdeur kan niet meer helemaal dicht doordat de kleding een klein beetje naar buiten puilt. En vooruit, de wasbak is niet meer zo goed te zien onder de stapels paletten, poederdozen en kwastenbakjes. Jaja, en de berg was die midden in mijn kamer op de grond ligt is zo groot dat er gerust een halve kleuterklas in verborgen zou kunnen zitten.

'Je hebt gelijk,' zucht ik. 'Ik weet niet zo goed waarom ik blijf kopen.'

Hermelien zingt zachtjes: *'I am a weapon of massive consumption...'*

Ik grinnik en maak de zin uit het Lily Allen-nummer af: *'But it's not my fault, it's how I'm programmed to function.'*

'Je hebt nog vijf euro op je rekening en we zijn pas op de helft van de maand. Hoe ga je dat nou doen?' vraagt Hermelien.

Ik haal mijn schouders op. 'Mijn vader zou geld overmaken.'

'O, op die manier.' Hermelien knikt. 'Dan kun je het later terugbetalen.'

'Eh... Ja, dat kan.'

'Ga je het niet terugbetalen?' vraagt ze verbaasd.

'Misschien wel, hoor,' haast ik me te zeggen. 'Ik heb er alleen nog niet over nagedacht dat dat misschien zou moeten.'

Hermelien trekt een wenkbrauw op. 'Jij bent echt verwend.'

'Wat? Ik... Nee!'

'Lucy, je hebt bergen en bergen spullen. Als je je geld verbrast, maakt je vader even wat over. En je hoeft het niet eens terug te betalen.' Ze grijnst. 'Ik bedoel het niet vervelend, maar je bent wel verwend.'

Ik kijk haar peilend aan. Er ligt geen greintje valsheid in haar ogen. Ze meent het, maar ze vindt het niet erg. 'En wat dan nog?'

'Nee, niks dan nog.' Ze klopt geruststellend op mijn arm en

staat op. 'Kom, dan schiet ik je boodschappen wel voor.'

'Ik betaal het je terug,' bied ik aan.

'Dat lijkt me logisch, drol,' lacht ze. 'Is het vanavond trouwens al jouw beurt om te koken?'

De schrik slaat me om het hart. 'O shit, ik hoop het niet. Is Kikker al thuis?'

Kikker is al thuis. Ik klop op zijn kamerdeur, terwijl mijn hart in hetzelfde tempo tegen mijn strottenhoofd bonkt. Na vier seconden en een beetje gaat de deur open. Kikker steekt zijn gebruinde gezicht om de hoek. Voordat hij iets kan zeggen, roep ik in paniek: 'Ik moet vanavond koken! En wanneer kunnen we beginnen met statistiek?'

Zonder iets te zeggen trekt hij langzaam één mondhoek op. Hij doet zijn deur wat verder open en loopt langs me heen. Met een rukje van zijn hoofd geeft hij te kennen dat ik hem moet volgen. Ik wandel braaf achter hem aan. In de keuken laat hij zich in een zachte bank zakken. Ik ga naast hem zitten en doe mijn best om niet tegen hem aan te glijden (wat vrijwel onmogelijk is, want zodra er iemand op gaat zitten verandert de bank in een poel drijfzand).

Als Kikker mijn herhaaldelijke pogingen om niet tegen hem aan te zakken al opmerkt, laat hij er niets van merken. Hij knikt naar het bord en zegt voor het eerst iets. 'Hoeveel mensen eten er vanavond mee?'

Ik kijk snel naar het aantal krijtstreepjes. 'Vijf.'

'Dus voor hoeveel mensen koken we?'

Ik zwijg een seconde verward. 'Vijf, toch?'

'Fout,' zegt Kikker. 'Je moet jezelf ook meetellen, anders heb je altijd te weinig.'

'O.' Ik schuifel heen en weer.

'Wat gaan we klaarmaken?'

'Eh...' Ik ga in mijn hoofd de gerechten na die ik beheers. 'Pannenkoeken?'

Zijn groene ogen twinkelen. 'Waarom ook niet? Het is alweer eeuwen geleden dat we dat hebben gegeten.'

'Eet echt iedereen mee vanavond?' vraag ik achterdochtig.

'Schijnbaar,' zegt Kikker. Hij staat op. 'Moeten we een lijstje maken van wat je allemaal nodig hebt?'

'Kant-en-klare pannenkoekenmix en water,' snuif ik. 'Klaar.'

'Geen spek? Kaas? Suiker? Stroop? Appel? Jam?'

Ik hap naar adem. 'Moet ik dat allemaal halen?'

'Je wilt ons toch niet laten verhongeren?' Hij kijkt me met puppyogen aan. Ik geef hem een duw. 'Ik haal stroop en wat hartige dingen. Suiker staat hier nog in de kast. De rest denk je er zelf maar bij.'

Als ik langs het schoonmaakrooster aan de muur loop, bedenk ik ineens iets. 'Kikker, wanneer is de laatste keer dat iedereen zijn schoonmaaktaak heeft gedaan?'

Hij kijkt verbaasd. 'Waren we dan al begonnen?'

'Dus niemand heeft ook nog maar een vinger uitgestoken om het huis op te knappen?' vraag ik. Hermelien en ik doorkruisen samen de supermarkt, terwijl we het mandje dat ik achter me aan trek volladen met spullen.

'Nee, niet echt,' geeft Hermelien toe. 'Moeten we ook chocoladesaus?'

'Ik heb nog chocopasta. Maar wanneer waren jullie van plan te starten?'

Zij, Kikker, Chris en Paladin staan als eerst ingeroosterd. Chewy en ik staan de week daarna pas op de planning om te starten met schoonmaken.

Hermelien schokschoudert. 'Eh... Volgende week?'

'Welke dag?' dring ik aan.

Ze gooit een fles stroop in het mandje. 'Donderdag?'

'Dus dan wordt donderdag onze vaste schoonmaakdag,' zeg ik.

Ze maakt een onbestemd geluidje.

Bij de kassa proberen we eerst mijn pasje uit, maar als daar nog altijd niet genoeg saldo op blijkt te staan, betaalt Hermelien.

'Hoe bevalt je studie tot nu toe?' vraagt ze als we samen de boodschappen naar de flat sjouwen.

'Leuk,' zeg ik meteen. 'Maar sommige vakken zijn wel lastig.'

'Zoals statistiek,' vult ze me aan.

Ik knik. 'Zoals statistiek. Gelukkig heb ik dat vrijdag pas weer.

Het college van vandaag was echt interessant.' En Ferdi was er niet, voeg ik er in gedachten aan toe. Misschien heeft hij wel zo'n zwaar feestje gehad in Leiden dat hij de maandag aan zijn weekend vast moest plakken.

'Maar Kikker gaat je nu helpen met statistiek, toch?' Hermeliens ogen glimmen nieuwsgierig.

'Vreselijk aagje!' Ik geef haar een por met mijn elleboog en probeer ondertussen de boodschappen niet te laten vallen.

'Jullie zijn zo lief samen!' roept Hermelien.

'Wanneer is hij eigenlijk thuisgekomen?' pols ik voorzichtig.

Ze haalt haar schouders op. 'Gisteravond.'

'Later dan ik?'

Ze kijkt me scheef aan, met een heimelijk glimlachje. Ik krijg geen antwoord.

Note to self: ik moet een manier bedenken om nooit meer te hoeven koken. Het staat inmiddels als een paal boven water dat ik dit gewoon niet kan. Hermelien heeft de grootste moeite met Chris buiten de keuken houden, die er geen genoeg van kan krijgen me uit te lachen. Hoewel Kikker zijn best doet om me serieus te helpen, moet hij zich af en toe even omdraaien om te lachen. We begonnen met beslag mixen, een taak die simpel genoeg lijkt, maar die ik alsnog wist te veranderen in een soort bodypainting. De eerste pannenkoek mislukte al jammerlijk, omdat ik vergeten was boter in de pan te doen. Er hangt nu een constante geur van verbrand beslag in de keuken. Kikker staat naast me te bakken. Ik wijt een groot deel van mijn stapel verfrommelde, aangebrande en misvormde pannenkoeken aan het feit dat zijn arm af en toe langs de mijne strijkt. En dan kijkt hij me ook nog zo nu en dan aan met zo'n ondeugende twinkeling in zijn ogen. Het kan me niet schelen hoe vies het hier is, ik wil dat hij me vastpakt, tegen de muur drukt en me zoent tot ik niet meer weet waar ik eindig en hij begint.

'Volgens mij kun je die wel omdraaien,' haalt Kikker me uit mijn sexy fantasie. Ik knipper en kijk verbaasd naar mijn pannenkoek, die inmiddels hard en uitgedroogd is en blauwe rook begint te produceren.

'O,' zeg ik en dump de miskleun op de stapel bij zijn onsuccesvolle broertjes en zusjes. Naast me maakt Kikker een korte beweging met de steel van de pan, waardoor zijn pannenkoek met een sierlijke backflip op de andere kant landt.

'Hoe doe je dat?' vraag ik jaloers.

'Gewoon, zo,' zegt Kikker. Hij doet het nog een keer en kijkt me met een plagerig glimlachje aan.

Ik knijp nijdig in de fles bakboter, waardoor er een soort boterzee in mijn pan ontstaat.

'Ga je ze verdrinken? Is dat je nieuwe tactiek?' Kikker kijkt nieuwsgierig naar mijn pan. Ik brom wat en gooi er een flats beslag bij.

Vastbesloten me niet te laten afleiden door zijn lange lijf naast me, concentreer ik me hard op het beslag in mijn pan. Dit lijkt me het juiste moment. Stiekem hou ik in de gaten hoe Kikker zijn pannenkoek een salto laat maken. Hij schudt drie keer met de pan, duwt hem dan naar voren en omhoog en trekt hem vervolgens weer snel naar beneden om de pannenkoek op te vangen.

Een glimlachje kruipt over mijn gezicht. Wat simpel, dat kan ik ook wel. Zonder verdere omhaal imiteer ik zijn bewegingen, al moet ik iets harder schudden omdat mijn pannenkoek ondanks de gigantische hoeveelheid boter op miraculeuze wijze toch is vastgeplakt aan de bodem. De pan is zwaarder dan ik bedacht had, waardoor ik de pannenkoek iets te hoog gooi.

'Wat doe je...' roept Kikker, maar het is al te laat. De hele sloot boter uit mijn pan belandt op de muur en de pannenkoek zelf vliegt zo hoog de lucht in dat ik mijn hoofd in mijn nek moet leggen om hem te volgen. Hij zeilt omhoog, schijnbaar ongestoord door de zwaartekracht. Hij redt het helemaal tot aan het plafond, waar hij met een vochtige klets tegenaan slaat.

En niet meer naar beneden komt.

In stilte staren Kikker, Hermelien en ik omhoog. De pannenkoek blijft hardnekkig aan het plafond plakken.

Na een paar seconden weet Hermelien uit te brengen: 'Dus...'

'Tegen het plafond,' prevelt Kikker verwonderd. 'Jeetje Lucy, je had gelijk. Je kunt echt niet koken.'

'Daar kan ik ook niks aan doen,' schiet ik in de verdediging. 'Thuis kookt mijn vader altijd.'

'Maar hebben je ouders je nooit leren koken?' vraagt Hermelien. Er klinkt oprechte verbazing door in haar stem.

'Nee, daar hadden ze het te druk voor.'

'Hoe moest dat dan als je in je eentje thuis was?' vraagt Kikker.

'Dan liet pap iets achter om op te warmen,' zeg ik. 'Of ik deed een pizza in de oven.'

'Dus je kunt helemáál niet koken?' Hermeliens gezicht baadt in ongeloof.

'Nee,' snauw ik. Mijn handen gooi ik wanhopig in de lucht. 'Ik kan helemáál niet koken! Helemaal niet! Ik heb het nooit geleerd, verdomme!'

De stilte die neerdaalt over de keuken wordt alleen onderbroken door denkbeeldige krekeltjes. Ik kijk strijdlustig van Kikker naar Hermelien. Met een boze blik daag ik ze uit om me uit te lachen – wat ze vervolgens ook doen. Bulderend van het lachen vallen ze tegen me aan. Ik sla mijn armen over elkaar en probeer ze te roosteren met mijn blik.

De keukendeur vliegt open en Chris stormt naar binnen, op de voet gevolgd door Chewy. 'Wat is er? Waarom maken jullie zoveel herrie?'

Kikker leunt tegen het aanrecht en veegt een denkbeeldige traan uit zijn oog. Hermelien giechelt ongecontroleerd. Ze wijst naar het plafond. Chewy en Chris komen dichterbij en kijken omhoog. Chewy knijpt zijn ogen tot spleetjes om te focussen. 'Is dat een...'

'Een pannenkoek?' vraagt Chris.

Hermelien en Kikker barsten uit in een nieuw lachsalvo. Ik pers mijn lippen op elkaar. Chris kijkt me grijnzend aan. 'Heb jij dat gedaan?'

'Nee, het waren de kaboutertjes,' snauw ik. 'Oké, ik heb een pannenkoek tegen het plafond gegooid. Ha-ha-ha, grappig hoor. Zijn we nu klaar met lachen?'

Dat commentaar zorgt ervoor dat mijn vier huisgenoten het helemaal niet meer hebben. Ik ben het zat.

'Nou, eet smakelijk. Ik bestel wel een pizza.' Met driftige bewegingen trek ik het schort over mijn hoofd en smijt het op de grond. Voordat iemand me tegen kan houden, ben ik de keuken al uit.

Op de gang hoor ik snelle voetstappen achter me. Iemand legt een hand op mijn schouder en draait me om. Ik kijk in twee geamuseerd glinsterende groene ogen.

'Rot op,' zeg ik vlak.

Kikker laat zijn hand van mijn schouder naar beneden glijden, over mijn arm. Ondanks mijn vest met lange mouwen is het alsof zijn vingertoppen een brandend spoor trekken over mijn huid. Ik hap naar adem en kantel mijn hoofd achterover om in zijn gezicht te kunnen kijken. Kikker doet een stapje dichterbij en pakt mijn andere arm ook vast. 'Beledigd zijn is een keuze, prinses.'

'Jullie lachten me uit omdat ik niet kan koken,' protesteer ik.

'We lachten om de rare situatie. En misschien een heel klein beetje omdat jij niet kunt koken, maar je moet toegeven dat het wel een beetje... bijzonder is dat iemand van achttien zelfs geen fatsoenlijke pannenkoek kan bakken.'

'Ik ben bijna negentien,' zeg ik gedecideerd.

'Sorry, van bijna negentien.' Ik laat me afleiden door zijn lippen terwijl hij praat. Zou hij me weer kussen?

Hij kust me niet. In plaats daarvan geeft hij een kneepje in mijn arm en zegt hij: 'Kom, we hoeven er nog maar een paar te bakken. Ik dek de tafel wel.'

In mijn zak begint mijn mobiel te trillen. 'Ik kom zo, even mijn telefoon opnemen.'

Kikker knikt en loopt terug naar de keuken. Ik wurm mijn mobiel uit mijn broekzak en neem met tegenzin op. 'Hoi pap.'

'Dag lieverd,' zegt hij met zijn kenmerkende Winnie-de-Poeh-achtige opgewektheid. 'Heb je je rekening nog gecheckt?'

'Eh, ja.' Ik leg uit dat ik iets te enthousiast heb geshopt op internet.

'Je moet wel oppassen met dingen op internet kopen, lieverd,' waarschuwt pap me. 'Ik heb het geld naar je overgemaakt. Zul je nu wat zuiniger aan doen?'

'Ja pap,' zeg ik braaf.

Als ik in de keuken kom, zie ik pas wat een slagveld we ervan hebben gemaakt. En met 'we' bedoel ik natuurlijk 'ik'. Hermelien staat de vetspetters van de muur te boenen en Kikker dekt de tafel, terwijl Chewy en Chris met een biertje erbij commentaar leveren op de pannenkoek aan het plafond. 'Ik denk dat hij binnen nu en twee minuten valt,' zegt Chris.

'Ik denk het niet,' koert Chewy. Hij neemt een slok bier.

'Fijn dat jullie meehelpen,' merkt Kikker op.

'Ja hè? Zo zijn we gewoon,' grijnst Chris. Met die tevreden uitdrukking op zijn gezicht heeft hij wel wat weg van een pad die zich klaarmaakt om een extreem sappige vlieg op te peuzelen.

Ik doe zo goed mogelijk mijn best om de laatste acht pannenkoeken ook echt op pannenkoeken te laten lijken. Toch kijkt Chewy bedenkelijk als ik het bord met twee gigantische stapels in het midden van de tafel neerzet.

'Ik roep Paladin wel even,' biedt Hermelien aan. Het schijnt dat hij zijn computer vanavond speciaal in de steek laat omdat ik kook. Ik heb zomaar het idee dat hij me gaat uitlachen.

Een paar minuten later zitten we met zijn allen aan tafel. Chris, Chewy en Kikker hebben constant binnenpretjes, want niemand heeft Paladin verteld dat hij precies onder de plafondpannenkoek zit. Ik probeer me niet persoonlijk beledigd te voelen doordat bijna niemand mijn pannenkoeken schijnt te willen eten en iedereen in plaats daarvan massaal aanvalt op Kikkers baksels. Zelf eet ik gewoon zo trots mogelijk drie van mijn lelijke miskleunen op.

'Zo, dan neem ik deze,' zegt Chris en hij grist tevreden de laatste Kikkerpannenkoek weg voor Chewy's neus. Die kijkt met tegenzin naar de stapel die ik heb gebakken. Ik glimlach vervaarlijk en schuif het bord zijn kant op. 'Neem maar lekker, hoor.'

Chewy slikt moeilijk en prikt met zijn vork in de bovenste pannenkoek, die zo hard is dat ik half verwacht dat zijn bestek zal verbuigen. Ik blijf hem bemoedigend aankijken.

'Je hoeft hem niet op te eten,' helpt Hermelien hem.

'Maar ik heb zo'n honger,' koert Chewy.

'Hoe komt het dat jullie allemaal zulke vreetzakken zijn?' vraag ik.

'Nou, dat valt wel mee,' protesteert Chris.

Ik schud verwoed mijn hoofd. 'Nee, dat valt niet mee. Iedereen hier propt zich vol alsof hij op het punt staat een winterslaap te gaan houden.'

'Je moet genoeg opscheppen, anders is het op,' zegt Kikker. 'Daarom wil Chewy zich ook met gevaar voor eigen leven aan een van jouw monsterpannenkoeken wagen.'

Chewy murmelt iets en neemt een hap. Na twee keer kauwen grijpt hij naar zijn wang.

'Wat is er?' vraagt Hermelien.

Hij kijkt eerst beschuldigend naar mij voordat hij antwoord geeft. 'Ik geloof dat ik een kies heb gebroken.'

Kikkers mobiel zoemt op tafel. Hij kijkt op het schermpje. Ik hou zijn gezicht nauwlettend in de gaten. Heel even flitst er een schaduw van een emotie overheen. Dan staat hij op en loopt de keuken uit. Ik kijk hem na en trek dan vragend mijn wenkbrauw op naar Hermelien. Die schudt haar hoofd, ten teken dat zij het ook niet weet.

Chewy en Chris zijn hevig teleurgesteld als Paladin na het eten terugsloft naar zijn kamer en de plafondpannenkoek nog steeds op zijn plek hangt. Ze beweren zo aangeslagen te zijn dat ze niet kunnen helpen met afruimen.

'Ik kan niet wachten tot iedereen vanaf donderdag zijn eigen troep opruimt,' zeg ik als ze zich snel uit de voeten maken. Hermelien bromt instemmend vanachter een stapel vieze borden.

De rest van de week verloopt relatief rustig. Ik kom Ferdi maar twee keer tegen bij college en beide keren krijg ik het voor elkaar om helemaal aan de andere kant van de zaal te gaan zitten. Donderdagavond stuurt hij me een sms om te melden hoe laat zijn huisfeest zaterdag begint. Ik stuur niets terug. Ik raak steeds lichtelijk in paniek als ik bedenk dat de eerste tentamenperiode dichterbij komt en dat ik nog altijd geen hulp heb gehad bij statistiek. Kikker heb ik na dat abrupte afscheid maandagavond niet meer gezien. Het zit me best dwars dat hij geen toenadering zoekt. Het is net alsof die hele zoen nooit heeft plaatsgevonden. Zou het voor hem dan minder betekend hebben dan voor mij? Ik heb geen idee, maar ik weet wel dat ik een kriebelig gevoel in mijn onderbuik krijg als ik denk aan zijn lippen op de mijne. En dat verlangen in zijn ogen... Dat kan ik me toch moeilijk verbeeld hebben?

Ik check elke dag het bord in de keuken om te zien of hij toevallig mee-eet die avond, en als dat niet het geval blijkt te zijn, schrijf ik me ook niet in. Hoewel ik mezelf plechtig beloofd heb om nooit meer pizza's te eten, schuif ik er op dinsdag en woensdag wel eentje in de oven. Ik laat geen van beide verkolen, omdat ik me zonder Kikkers aanwezigheid kan concentreren op de knopjes van de combimagnetron. Donderdagavond speelt FC Twente en laat ik me door Hermelien overhalen om mee te gaan naar het stadion en daar een patatje te halen. Ik bedenk dat ik haar het boodschappengeld van maandag nog niet heb teruggegeven. Dat moet ik echt even doen.

Tevreden zwijgend zitten we naast elkaar op een muurtje onze vette hap op te eten, terwijl we kijken naar de niet-aflatende stroom voetbalfans die onderweg is naar het stadion.

'Hou jij van voetbal?' vraagt Hermelien.

Ik moet lachen bij het idee. 'Oorlog in korte broekjes.'

'De korte broekjes zijn het enige wat ik aan de sport kan waarderen,' zegt ze.

Vrijdagochtend is het druilerig weer. Ik heb slecht geslapen, dus wanneer de wekker veel te vroeg gaat, wil ik hem het liefst uitzetten en me gewoon nog een keer lekker omdraaien. Dan kan ik later vandaag wakker worden, een lekker warme douche nemen, mijn hangpak aantrekken en me de hele dag hullen in een comfortabele cocon van chocolade-ijs en *Gossip Girl*, *Pretty Little Liars* en al die andere prachtseries die je hier gewoon van Campusnet kunt trekken. De afgelopen dagen heb ik tot mijn spijt veel minder van mijn vrije uren besteed aan studeren dan aan meidenseries. Ze zijn gewoon zo verslavend!

Maar goed, vandaag kan dat niet, want vandaag is toevallig mijn laatste kans om die gigantische statistiekachterstand een beetje in te halen. Ik ga het hele college lang aantekeningen maken. En ik moet Kikker echt even aan zijn jasje trekken over die bijles. Als ik hem vandaag niet meer zie, moet het maar morgen, tijdens het verven.

Ik kan zoveel betere dingen bedenken om op een zaterdag te

doen dan het balkon verven, denk ik terwijl ik mezelf chagrijnig uit bed sleep. Het is koud in mijn kamer. Ik stap met een inmiddels geroutineerd gebaar over mijn stapel vuile was heen en trek mijn kast open. Vandaag trek ik maar weer eens mijn gebleekte skinny jeans aan. Ik stap in de broek en trek hem omhoog. Gek, ik kan me niet herinneren dat ik eerder zo moest stropen om de pijpen over mijn bovenbenen te krijgen. Maar de grootste verrassing volgt bovenaan pas: tot mijn afgrijzen krijg ik de knoop niet meer dicht. Met geen mogelijkheid.

'Hoe kan dat nou?' vraag ik mezelf hardop af. Ik ga voor de spiegel staan en trek mijn buik in, terwijl ik met al mijn kracht de knoop en het knoopsgat naar elkaar toe probeer te drukken. Als dat niet lukt, ga ik op mijn rug op bed liggen. Ik adem helemaal uit, trek de broek nog iets hoger over mijn heupen en doe een nieuwe poging.

Shit, het lukt echt niet.

Ik trek de broek zo snel mogelijk weer uit en gooi hem van me af. Mijn moeder zal hem wel te heet gewassen hebben of zo. Ik trek de broek aan die ik gisteren ook droeg. Daarvan weet ik tenminste dat hij past. Daarboven combineer ik een zwarte blouse met een donkerblauw colbertje, want ik heb pumps in precies dezelfde kleur blauw. Dan begin ik aan mijn make-up.

Als ik op de klok kijk, schrik ik. Hoewel ik me voor mijn gevoel heel snel heb opgemaakt, zijn er toch ruim veertig minuten verstreken. Ik trek mijn kastje open om mijn ontbijtmogelijkheden te inventariseren. Hm, een pak crackers en een chocoladereep. Snel stop ik de reep in mijn tas, samen met mijn collegeblok en statistiekboek. Zo, ik ben er klaar voor.

Ik loop haastig mijn kamer uit en kijk recht in het slaperige gezicht van Kikker, die toevallig mijn deur passeert. Hij wrijft in zijn ogen en wankelt een beetje om zijn evenwicht te bewaren. Zijn haar staat aan één kant omhoog.

'Uit bed gevallen?' vraag ik.

Hij knippert. 'Verslapen. Ik moet eigenlijk al bij college zijn, maar dat ga ik niet meer redden.' Hij neemt me van top tot teen in zich op. Als zijn ogen weer bij mijn gezicht aankomen, voel ik dat mijn wangen warm zijn van verlegenheid.

'Ik ben ook te laat,' zeg ik snel.

'Ga dan maar snel,' antwoordt hij. Ik knik en probeer uit alle macht niet naar zijn blote bovenlijf te kijken. Hij draagt alleen een verwassen boxershort. Ik wilde al niet naar college, maar nu wil ik helemaal hier blijven. Ik heb in mijn hoofd 'de hele dag series kijken' echter vervangen door een andere activiteit.

Dan schiet me iets te binnen. 'Wanneer heb je tijd voor statistiek?'

Hij denkt na en krabt ondertussen op zijn achterhoofd. Ik zie zijn borstspieren onder zijn huid bewegen. 'Heb je vanavond tijd?'

'Ik had eigenlijk een belangrijke afspraak met de nieuwste aflevering van *Gossip Girl*, maar vooruit,' zeg ik. 'Omdat jij het bent.'

Kikker maakt een kleine buiging. 'Dank u voor dit liefdadige gebaar. Ik waardeer uw goedheid.' Hij blijft kleine buiginkjes maken en schuifelt zo achteruit de gang uit. Net voordat hij de hoek omgaat, kijkt hij me nog even samenzweerderig aan. Dan is hij weg. Mijn hart slaat een slag over. Hoewel het maar een blik was, voelt het als veel meer. Een belofte voor vanavond.

14

Ik doe mijn best om op te letten, maar er zijn twee factoren die mijn concentratie ernstig verstoren. Ten eerste is er het vooruitzicht van een avond samen met Kikker. Het kan me niet schelen of we alleen maar over statistiek gaan praten; alleen al het idee van een paar uur alleen met hem laat een zwerm vlinders in me los.

Dan is er nog iets anders wat me afleidt. Het is bij de start van het college pontificaal naast me komen zitten en het heet Ferdi. Hij weigert zijn klep te houden over dat huisfeest van hem. Ik doe dus erg mijn best om op te letten, maar het wordt me niet makkelijk gemaakt.

'Wat doe je morgen aan?' vraagt Ferdi.

Ik trek een geërgerde frons in mijn voorhoofd en probeer te luisteren naar de docent, die op totaal ongeïnspireerde toon doorboomt over standaarddeviaties waar rekening mee gehouden moet worden. Ferdi buigt zich wat dichter naar me toe. 'Is het een verrassing?' fluistert hij.

Ik rol met mijn ogen.

Hij komt nog een stukje dichterbij. Hij draagt een houtig luchtje. 'Is het een sexy jurkje?'

Ik draai mijn hoofd met een ruk opzij. 'Hou je kop nou eens,' bijt ik hem toe.

'O, rustig maar hoor,' grinnikt hij. 'Mi-au, zeg.'

Het lukt me om een tijdje op te letten, maar dan begint Ferdi weer. 'Zullen we anders straks even de stad in om een leuk jurkje te kopen?'

'Ik ben blut,' zeg ik, zonder mijn ogen van de PowerPointpresentatie af te wenden. De afgelopen drie slides heb ik al niet meer meegekregen.

'Dan betaal ik het toch.' Hij stoot me vertrouwelijk aan. 'Ik wil natuurlijk wel dat je er fatsoenlijk bijloopt op mijn huisfeest...'

'Nee, bedankt.' Ik werp hem een zo koel mogelijke blik toe. In mijn achterhoofd hoor ik Merel schreeuwen: 'Wat doe je? Gratis kleren, trut! Aanpakken! Pluk 'm kaal!'

Ferdi zit er niet mee. Hij haalt zijn schouders op en gaat verder met aantekeningen maken. Na vijf minuten fluistert hij: 'Zelfs niet als je iedere jurk mag kiezen die je wilt?'

Ik verstijf. Een flits van blauw satijn met een zwarte petticoat schiet langs mijn geestesoog. Snel druk ik de prachtige jurk die ik vorige week samen met Hermelien gezien heb weer terug op mijn mentale verlanglijstje. Ik ga géén kleding van Ferdi aannemen. Als ik kleren wil, koopt mijn vader ze wel voor me. Als ik het lief vraag.

'Nee, dank je,' mompel ik.

Ik voel zijn ijsblauwe ogen op mijn gezicht branden, maar blijf koppig aantekeningen maken. Inmiddels zijn mijn letters en cijfers veranderd in kriebeltjes.

Eigenlijk heb ik best zin in zaterdagavond. Hoewel Ferdi een behoorlijke creep kan zijn, heeft hij bewezen dat hij ook leuk gezelschap kan zijn. En ik kan meteen even die kamer bekijken waar hij het steeds over heeft. Het enige wat ik hoef te doen is een beetje oppassen dat ik niet te dicht bij hem kom, want zoals ik gemerkt heb is hij nogal aanhalig.

Zodra het college is afgelopen pak ik mijn spullen in, opgelucht dat ik eindelijk weg kan. Ferdi heeft de hele tijd naar me zitten kijken. Ik werd er zenuwachtig en ongemakkelijk van. Daarom negeerde ik hem zo goed mogelijk en bleef ik voor me uitstaren. Ik weet niet hoe lang ik dat nog zou hebben volgehouden.

'Doei,' zeg ik over mijn schouder.

'Tot zaterdag, Lucy.' Hij spreekt mijn naam langzaam en sensueel uit. Ik vang een flits van zijn scherpe kaaklijn en blauwe ogen op voordat ik me omdraai en snel wegloop. Ondanks alles glijdt er een rilling over mijn rug – en het is bepaald geen onaangename.

Hermelien staat bij haar postvakje als ik de deur opengooi. 'Hé, je draagt een van je nieuwe jurken!' zeg ik blij verrast.

Ze knikt stralend. 'Bij Fanaat is vanavond een Red Alert Party, dus iedereen moet in het rood komen. Ga je ook mee? Dan kun je me weer inmaken met Kolonisten.'

'Ja, leuk!' stem ik enthousiast in. Dan denk ik aan mijn statistiekafspraak. 'Alleen moet Kikker me eerst nog wat dingen uitleggen,' voeg ik eraan toe.

'Aha.' Hermelien knikt begrijpend. 'Over Jildou?'

'Hè, wat? Nee, over statistiek.'

'O!' In anderhalve seconde gaat Hermeliens gelaatskleur van rood naar doodsbleek naar biggetjesroze.

'Maar wat is er met Jildou dan?' vraag ik wantrouwend.

Ze schudt driftig haar hoofd. 'Niks, hoor.'

'Welles.'

'Niet, echt niet...'

'Hermelien, zijn we vriendinnen?' vraag ik met stemverheffing. Het kan me niet schelen dat dit een beetje emotionele chantage is; ik moet het weten. Mijn hart bonkt bij voorbaat al woedend tegen mijn ribben.

'Ja,' antwoordt Hermelien met een klein stemmetje. 'Maar...'

'Dan moet je me vertellen wat er met Jildou is. Het móét,' voeg ik eraan toe, als ik haar onwillige blik zie.

Ze staart naar de vloer en zwijgt hardnekkig.

Ik pak haar schouders beet. 'Ik zou het jou ook vertellen.'

Met een diepe zucht richt ze haar blik naar me op. Ik ruik dat ze weer chocola heeft zitten snoepen. 'Oké,' zegt ze. 'Maar je weet het: *don't shoot the messenger.*'

'Ik beloof het.' Verwachtingsvol bal ik mijn vuisten.

'Volgens mij zien ze elkaar weer. Ik zag ze deze week samen...'

Voordat ze kan vertellen wat ze ze deze week samen zag doen, zwaait de deur open, precies tegen mijn schouder. 'Au!' Ik wrijf over de pijnlijke plek. 'Verdomme, kijk eens uit je...'

'Misschien moet je niet pal voor de deur gaan staan, prinses,' oppert Kikker, die de deur netjes achter zich sluit. 'Daar komen ongelukken van.'

'Daar komen ongelukken van,' bauw ik hem met opgetrokken lip en schele ogen na.

Kikkers linkermondhoek trilt. Ik denk dat hij een glimlach onderdrukt, maar het volgende moment kijkt hij weer serieus. 'Soms laat je wel heel goed blijken dat je twaalf bent.'

'Achttien. Bijna negentien,' herinner ik hem.

'Wanneer ben je eigenlijk jarig?' vraagt Hermelien.

'Op 20 januari.'

'Dat is nog lang niet! Het is pas oktober.'

Ik steek mijn tong naar haar uit. 'Ik vind het bijna. Nog maar drie maandjes!'

'Jong blaadje.' Ze geeft me lachend een por. 'Laat je vooral niet van je statistiekhuiswerk houden door deze ouwe taart van bijna twintig.'

Voor ik het weet sta ik nog alleen met Kikker in de gang. Hij knikt naar de keuken. 'Ik moet eerst een vaas koffie hebben, hoor. Anders blijf ik niet wakker. Wil je ook?'

Ik knik en hij verdwijnt naar de keuken. Nu ik erover nadenk ziet hij er ook wel een beetje afgepeigerd uit. Ik heb hem de hele week niet meer gezien en vanmorgen had hij zich verslapen. Heeft hij soms een wilde nacht gehad? Met Jildou? Bij die gedachte krijg ik het idee dat iemand mijn luchtpijp dichtmetselt. Dat zou hij niet doen. Hij zei zelf dat hij over haar heen was. En wij hebben... Ik frons. Tja, wat hebben we eigenlijk? Feitelijk gezien niet zoveel. We hebben hartstochtelijk gezoend, maar verder niets. Misschien was dat maar gewoon voor de lol.

'Sta je te denken aan glitterende eenhoorns?'

Ik knipper snel met mijn ogen. 'Nee, aan trage kerels die er uren over doen om even een kop koffie te zetten.'

'Deze koffie is met zóveel liefde gezet, dat duurt nou eenmaal een tijdje.' Met een knipoog reikt hij me mijn beker aan. Het is een van mijn Blond-mokken, inmiddels zonder oor. Het doet me al bijna geen pijn meer om ernaar te kijken.

Ik ga hem voor naar mijn kamer. Pas als ik de deur opendoe, herinner ik me dat het een ontzettende bende is. Ik bijt op mijn lip en probeer bij het binnenkomen zo veel mogelijk hopen kleding aan de kant te schuiven. Shit, waarom heb ik vanmorgen mijn bed niet opgemaakt? Of even een doekje over mijn spiegel vol make-upve gen gehaald? Of in ieder geval mijn make-upverpakkingen dichtgedaan?

Maar goed, het is te laat. Ach, waarschijnlijk ziet Kikker het niet eens. Het is niet alsof de rest van het huis nou zo netjes is. Die gedachte stelt me enigszins gerust, tot ik naar zijn gezicht kijk. Hij staart vol verwondering om zich heen. 'Wow,' zegt hij. 'Heb je actief moeite gedaan om er een puinzooi van te maken?'

Ik sla mijn armen over elkaar. 'Ik heb nog geen tijd gehad om op te ruimen.'

'Hm-hmm.' Hij knikt. 'Net zoals je geen tijd had om je kleding uit te pakken. Hé, is dat een pakket met... Heb je nog meer kleding gekocht?'

'Een beetje maar. En de helft stuur ik toch terug, want het past niet.'

'Vervelend als kleding te klein is,' stemt hij in.

Ik zet al mijn stekels overeind. 'Wie zegt dat het te klein is? Misschien is het wel te groot. Of het zit niet mooi.'

'Wat jij wilt.' Hij neemt onaangedaan plaats op mijn bureaustoel. Ik trek ondertussen snel mijn bed recht en schuif nog wat kleding naar de hoeken van de kamer.

'Goed, wat snap je niet?' vraagt hij.

Ik kijk hem even dommig aan en gooi er dan uit: 'Alles.'

Kikker trekt gealarmeerd een wenkbrauw op. 'Je hebt over een week tentamen en je snapt er nog niets van?'

'Een week en één dag,' verbeter ik hem.

'Juist.' Hij tikt nadenkend met zijn vinger tegen zijn kin.

Ik leun van mijn ene op mijn andere voet. 'Kun je me helpen?' vraag ik met tegenzin. 'Of kan ik het maar beter opgeven?'

Hij maakt een gromgeluidje. 'Alsof jij gaat opgeven.'

'Wat moet dat betekenen?'

'Precies wat ik zeg.' De blik die hij me toewerpt voel ik onder in mijn buik. Hij zucht. 'Goed. Dan beginnen we bij het begin.'

Ik pak mijn boek erbij. 'Hoofdstuk één dan maar?'

Kikker maakt een wegwerpgebaar. 'Doe dat maar weg.'

Verbaasd klap ik het boek weer dicht. 'Oké...'

'Wat is statistiek?' vraagt hij.

'Statistiek is, eh... Getallen en cijfers en iets met eh...' Ik staak mijn zinloze gewauwel en denk na. Shit, wat is statistiek eigenlijk?

Kikker wacht geduldig tot ik antwoord geef. Als hij ziet dat ik er niet uitkom, zegt hij: 'Statistiek draait niet om cijfertjes, het draait om gegevens. Dat kunnen bijvoorbeeld ook de antwoorden op een poll zijn. In jouw vakgebied werk je veel met onderzoeksresultaten, maar je moet die uitkomsten wel goed kunnen interpreteren als je tot een juiste conclusie wilt komen. Het is dus een heel belangrijke wetenschap voor psychologen.' Hij articuleert duidelijk en zoekt constant op mijn gezicht naar tekenen van begrip of onbegrip. Ik ontspan een beetje en ga op bed zitten. Hij schuift op de bureaustoel een stukje naar me toe. 'Als jij een stapel onderzoeksresultaten op je bureau hebt liggen, moet je met een aantal dingen rekening houden.'

'Zoals de standaarddeviatie,' flap ik eruit.

Kikker maakt een goedkeurend geluidje. 'Zoals de standaarddeviatie, inderdaad. Vertel.'

'Eh...' Ik voel dat mijn wangen warm worden. 'Geen idee. Ik heb het vandaag in het college gehoord.'

'Als je een onderzoek doet, is het belangrijk dat je de standaarddeviatie weet. Dat is de gemiddelde afwijking van het gemiddelde.'

Ik zucht. 'Waarom noemen ze het niet gewoon zo? Dat is toch veel duidelijker.'

Kikker grinnikt. 'Het kan heel gemakkelijk zijn, als iedereen weet waar je over praat. Jargon wordt pas onbegrijpelijk als je het spreekt tegen mensen die het niet kennen.'

'Zodat ze zich goed dom voelen,' mompel ik.

Hij haalt zijn schouders op. 'Eigenlijk gebruiken we allemaal wel een bepaald jargon.'

'Nou, ik heb het nog nooit in mijn leven over standaarddeviaties gehad.'

'Maar wel over al die make-upspullen van je,' zegt Kikker.

Ik frons. 'Hoe is dat jargon?'

'Precies zoals ik het zeg. Vertel eens hoe dat roze ding daar heet?'

'Een blush.'

'En dat roze ding dat ernaast ligt?'

'Een oogschaduw.' Ik trek spottend één wenkbrauw naar hem op. 'Alsof je dat niet weet.'

'Dat weet ik inderdaad niet,' zegt Kikker onbewogen. 'Ik zou het allebei voor hetzelfde aanzien. Trouwens, ik zou ook niet weten waar ze voor zijn.'

Ik sta op en pak de blush. 'Deze is om een gezonde kleur op je wangen te geven. Niet op de appeltjes van je wangen, zoals veel mensen doen' – ik rol met mijn ogen – 'maar in de holte onder je jukbeenderen. Je kunt zelfs een beetje *shapen*.'

'Daar. Jargon.' Kikker kijkt me triomfantelijk aan.

'Hè?'

'*Shapen*. Ik heb geen idee wat dat is.'

'Het is gewoon je gezicht vormen door licht en donker te gebruiken. Je maakt een schaduw, zodat het lijkt alsof je wangen een beetje ingevallen zijn. Niet te opvallend natuurlijk, je moet het wel *blenden...*'

'Jargon.' Hij grijnst.

Ik kijk hem vol verbazing aan. 'Zo had ik er nog nooit tegenaan gekeken.'

'Al die make-uptermen klinken voor mij als abracadabra.'

'O, maar het is heel simpel,' begin ik enthousiast. 'Ik kan het je zo uitleggen, maar dan moet ik je misschien ondertussen opmaken, dan gaat het gemakkelijker...'

Kikkers handen schieten afwerend omhoog. 'Leg weg en ga zitten,' lacht hij. 'Ik zit er niet op te wachten om er straks als een mislukte travestiet bij te lopen.'

'Ik zou toevallig een heel goed gelukte travestiet van je maken,' pruttel ik, maar ik loop wel terug naar het bed.

Kikker gaat verder met het onderwerp statistiek, op een rustige toon, maar zonder me de indruk te geven dat ik dom ben. Voor hem moet dit echt peanuts zijn, hij studeert immers wiskunde. Ik ben onder de indruk van zijn didactische vaardigheden. 'Je moet docent worden,' flap ik er na een tijdje uit.

'Docent?' Hij kijkt alsof ik zojuist iets totaal bizars heb voorgesteld.

'Je legt echt heel goed uit. Of eigenlijk is het niet eens uitleggen, het is...' Ik denk even na. 'Overleggen. Want alle dingen die je vertelt snap ik. Jij geeft me het idee dat statistiek geen onbegrijpelijk vak is, maar iets simpels en logisch.'

'Omdat het dat ook ís,' zegt Kikker.

Door de gang klinkt Chewy's koerende stem: 'Eten... Jongens? Eten!' Hij zegt het zachtjes en schuldbewust, alsof hij zijn excuses aanbiedt voor het feit dat hij voor ons gekookt heeft.

'Is het al zo laat?' vraag ik.

'Blijkbaar.' Kikker staat op en steekt zijn hand naar me uit om me van het bed af te helpen. 'Gaat u mee, *mademoiselle*? *Le diner est* gereed *et* smerig. *Bon.*'

Ik pak lachend zijn hand aan. Hij werpt me een blik toe die ik niet goed thuis kan brengen. In mijn achterhoofd komt weer dat bekende gevoel opzetten: ik ken hem ergens van. Terwijl we naar de keuken lopen, vraag ik: 'Heb jij vroeger toevallig in Groningen gewoond?'

Hij schudt zijn hoofd. 'Enschede, *born and raised*. Dat kun je toch wel hóóór'n?' zegt hij met een overdreven Twents accent.

Hermelien komt naast ons lopen. 'Wat kun je hóóór'n?'

'Dat ik uit Enschede kom,' zegt Kikker. 'Lucy dacht dat ik in Groningen had gewoond.'

'Waarom?' vraagt Hermelien aan mij.

Ik haal ontwijkend mijn schouders op. 'Soms heb ik het idee dat ik Kikker ergens van ken.'

'O!' Hermelien wappert enthousiast met haar handen. 'Misschien zijn jullie wel verbonden zielen. Daar heb ik laatst iets over gelezen.'

Kikker trekt zo neutraal mogelijk zijn wenkbrauwen op. 'Verbonden zielen, hm?' Ik hoor een randje humor in zijn stem.

Hermelien pikt het duidelijk niet op. 'Ja, dat betekent dat jullie in een vorig leven elkaars grote liefde waren, maar om een of andere reden niet bij elkaar konden zijn. Nu zoeken jullie zielen elkaar weer op in dit leven!'

Verbijsterd staar ik naar mijn vriendin. Kikker kucht en mompelt: 'Ja, dat is een interessante theorie.'

'En volslagen gestoord,' voeg ik eraan toe. Als ik Hermeliens gezicht zie betrekken, schud ik belerend met mijn vinger. 'Hé, je weet het: beledigd zijn is...'

'Een keuze, jaja,' bromt ze en ze duwt de keukendeur open.

Tijdens het eten heeft iedereen het over de Red Alert Party. Nou ja, iedereen behalve Paladin, die op een gegeven moment alleen even naar binnen komt schuifelen om een broodje bapao in de magnetron te duwen. Hij kijkt niet naar ons.

'Hé Paladin, ga je vanavond ook mee?' vraagt Hermelien. Ze gaat iets meer rechtop zitten en maakt haar rug wat holler. Goed zo, ze leert heus wel iets van mij.

'Nee,' gromt hij, terwijl hij naar de magnetron blijft staren. Volgens mij durft hij niet meer naar Hermelien te kijken omdat hij bang is om weer met zijn mond vol tanden te staan.

'Ga jij wel mee, Kikker?' vraagt Hermelien.

'Ja, leuk,' zegt Kikker.

'Heb je wel iets roods dan?' Chris grijnst naar hem en onthult daarbij zijn met spinaziestukjes verrijkte rij gele tandjes. Ik kijk snel de andere kant op.

'Vast wel. En anders mag ik wel iets van Lucy lenen, want die wil me toch al in een travestiet veranderen.'

Hermelien veert overeind. 'Wil je mij straks opmaken, Lucy?'

'Graag,' zeg ik, en tegen Kikker: 'Zie je, zij waardeert mijn kwaliteiten tenminste.'

'Ik waardeer heus wel andere kwaliteiten van je,' grinnikt Kikker. Ik voel dat ik rood word tot achter mijn oren. Nou ja, als ik de hele avond ga blozen hou ik me in ieder geval aan het thema.

15

'Hermelien! Lucy! Wat leuk om jullie te zien,' roept Anjo. Of Otto. De identieke lelijkling komt direct op ons af. Nu ze allebei hetzelfde rode shirt dragen wordt het een stuk lastiger om ze uit elkaar te houden.

De lichten bij Fanaat zijn gedimd, de boekenkasten zijn opzijgeschoven en overal glinsteren lampjes en kaarsjes. Voor de ramen hangen roodfluwelen gordijnen, de discolichten verspreiden een rode gloed en bij binnenkomst was er zelfs een rode loper. De muziek staat hard genoeg om op te dansen, maar niet zo hard dat je moet schreeuwen om elkaar nog te kunnen verstaan. Er is zelfs een bar naar binnen gesjouwd, waar Dolly en zijn compagnons van de Vestingbar vrolijk staan te tappen. Hij steekt zijn hand naar me op en ik zwaai terug. Overal staan groepjes mensen die van top tot teen in het rood zijn gehuld. Sommige feestgangers hebben zelfs hun hele gezicht rood geverfd – en ik me maar afvragen of het *too much* zou zijn als ik rode oogschaduw en rode lippenstift op deed. Ik heb de lippenstift uiteindelijk achterwege gelaten. Tenslotte ben ik mijn moeder niet.

Ik kijk om me heen en moet toegeven: het voelt als een leuk feestje. Toch besluit ik de kat nog even uit de boom te kijken, want met die nerds weet je het maar nooit.

'Wat zie je er weer prachtig uit,' zegt Anjo of Otto tegen Hermelien. Die grijnst breed. Ik heb haar gezicht weer helemaal in de camouflage gezet. Deze keer stemde ze er zelfs in toe om foundation te dragen, nadat ik had uitgelegd dat je dat toch niet ziet met de lichten gedimd. Ik heb wel even diep in mijn make-uptas moeten graven om een tint te vinden die licht genoeg was voor haar vampierachtige huid. Haar ogen heb ik extra aangezet met zwart. Van rood en oranje heb ik een oogschaduwtint gemixt die precies bij haar jurk past. Rouge en transparante lipgloss met wat glitters maken het helemaal af. Hermelien ziet eruit alsof ze zo uit een glamoureuze modecatalogus komt wandelen.

'Ze verkeert in goed gezelschap,' vult de andere tweelingbroer aan. Hij pakt mijn hand vast en voordat ik iets kan doen drukt hij er een kus op. Ik verstijf van walging. Hij kijkt me aan met een blik die waarschijnlijk zwoel moet zijn, maar meer de indruk wekt dat hij een scheet onderdrukt. 'Je ogen lijken wel diamanten, Lucy.'

Ik ontbloot mijn tanden naar hem. 'Dank je.' Snel trek ik mijn hand terug. Als de blonde pudding zich afwendt, veeg ik de rug van mijn hand heimelijk af aan Kikkers T-shirt.

'Sta je nu INF-twin-kwijl aan mijn kleding te smeren?' vraagt hij me streng.

Ik knipper onschuldig met mijn ogen en gooi mijn haar over mijn schouder. 'Misschien.'

'Hm.' Zijn ogen twinkelen. 'Toch heeft hij wel gelijk. Je ziet er mooi uit.'

Mijn hart maakt een sprongetje. Ik heb mijn make-up afgestemd op mijn felrode jurkje en dito nagellak. Daaronder draag ik een zwarte, doorschijnende panty en rode enkellaarsjes met veters en hoge hakken.

'Lijken mijn ogen dan op diamanten?' vraag ik spottend, in een poging mijn verlegenheid te verbergen.

Kikker buigt zich een stukje naar me toe, zodat hij me recht aan kan kijken. Mijn mond wordt droog. 'Eens zien,' zegt hij en kijkt me diep in mijn ogen. Ik schijn spontaan de kunst om te slikken niet meer te beheersen. Wat is het eigenlijk oneerlijk dat ik drie lagen mascara moet aanbrengen om lange zwarte wimpers te krijgen en dat Kikker ze al van zichzelf heeft. Ze komen bijna tegen zijn bril aan als hij knippert.

'Yup,' knikt hij na een grondige inspectie. 'Duidelijk gevalletje van caleidoscoopogen.'

Alsof het zo afgesproken is klinken de eerste tonen van 'Sterrenstof'. Kikkers gezicht licht op. 'Je kunt veel van die Fanaat-lui zeggen, maar ze hebben wel een goede muzieksmaak.'

Ik trek mijn mond scheef. 'De Jeugd Van Tegenwoordig? Noem je dat goed? Ze praten niet eens normaal Nederlands.'

'Ach, niet zo zeuren,' lacht Kikker. 'Zelfs Kofschip vindt hun nummers tof, en hij is een ontzettende taalneuker.'

Ik kijk opzij en inderdaad, Chris staat een waggelend paddendansje te doen. De hele zaal brult uitgelaten mee met het refrein. Kikker vangt mijn blik, net op het moment dat iedereen roept: 'Caleidoscoooooop in je oogs – ik kijk omhoog, m'n pupillen worden groot!'

'En ik maar denken dat je dat zelf had verzonnen.'

'De Jeugd heeft het natuurlijk van The Beatles,' zegt Kikker. 'Dus zij hebben het ook niet zelf verzonnen.'

Ik hou mijn mond maar. Het uitpluizen van songteksten ligt niet helemaal in mijn straatje.

Kikker draait zich naar ons groepje. 'Biervingers!'

Iedereen geeft meteen gehoor aan zijn verzoek door een hand op te steken. Kikker telt ze en loopt naar de bar.

'Ooooh!' gilt Hermelien ineens. Ze grijpt mijn arm. Gealarmeerd volg ik haar blik naar de deur, waar net iemand binnenkomt met een woeste baard, een blauwe kilt, blote benen in kisten en een rode polo.

'Paladin!' roept Chris.

De INF-twins kijken met open mond naar onze chagrijnige huisgenoot, die zich een weg naar ons toe baant tussen het feestende nerdvolk door. Ik meen een glimlachje om zijn mond te zien, maar dat kan ook gewoon een verdwaalde baardhaar zijn.

Chewy koert vol bewondering: 'Je bent als Red Shirt Guy gekomen!'

'Ik laat een belangrijke battle hiervoor schieten, dus beter wordt het een leuk feestje,' gromt Paladin. Hij doet een poging om onopvallend naar Hermelien te gluren en faalt daar jammerlijk in.

Ik besluit hem een beetje te pesten en roep: 'Wat ziet Hermelien er mooi uit, hè?'

Hij kijkt me aan alsof hij ieder moment zo'n grote kolenschop om mijn hals kan slaan en net zo lang zal knijpen tot ik blauw aanloop. Ik kies eieren voor mijn geld en vraag: 'Wat is een Red Shirt Guy eigenlijk?'

'Niet "een" Red Shirt Guy.' Paladin schudt zijn hoofd. 'Er is er maar eentje!'

Chewy springt bij en legt uit: 'Het is een *meme*.'

Ik frons. 'Een miem?'

'Ja, zoiets,' zegt Chewy. 'Het ging rond op internet, want Red Shirt Guy is een kerel die tijdens een bijeenkomst van Blizzard een vraag over World of Warcraft stelde waar zelfs de designer en *loremaster* geen antwoord op wisten. Als dank hebben ze hem een eigen karakter gegeven in het spel: Red Shirt Guy.'

Paladin knikt enthousiast. 'Je kunt als rechtgeaarde World of Warcraft-speler niet naar een rood themafeestje gaan zonder je als Red Shirt Guy te verkleden.'

'Dus heb jij te allen tijde een kilt in je kast liggen?' informeer ik.

'Ja, lach jij maar.' Paladin kijkt me chagrijnig aan.

Ik schenk hem een plastic glimlach. 'Dat zal ik zeker doen, stinkerd.'

Kikker komt naast me staan met een lange plank vol bierglazen. 'Een meter bier, leef je uit.' Dan wendt hij zich tot mij. 'Ik kan jou ook geen drie seconden alleen laten zonder dat je ruziemaakt met iemand, hè?'

'Hij begon,' snuif ik.

'O, héél volwassen,' zegt Paladin. Ik steek mijn tong naar hem uit.

'Lachen,' roept een jongen met een camera. Hij maakt een foto van ons.

'Wacht, die was niet leuk,' zeg ik. 'Kom, even allemaal bij elkaar en in de lens kijken.'

'Hè getver, geposeerde foto's,' zegt Kikker.

'Niet zo zeuren,' waarschuw ik, terwijl ik met mijn speciale fotoglimlach een arm om hem heen sla.

De hele groep poseert braaf voor de foto. De jongen flitst met zijn camera en steekt dan lachend zijn duim op. 'Leuk!'

Hermelien pakt mijn hand vast en roept: 'Kom, dan gaan we Kolonisten!'

'En nu met de uitbreiding,' voegt een van de INF-twins toe.

Een halfuur later piept mijn mobiel, net als ik druk bezig ben

Hermelien over te halen om me haar graan te geven. 'Kom op, wat is nou één lullig graantje voor twee steen en een erts?'

'Je gaat er een stad mee bouwen en dan heb je gewonnen,' zegt Hermelien. 'Dus nee, je krijgt mijn graan niet.'

'Ah, jammer.' Ik wend me tot de linkerhelft van de tweeling. 'Please, Otto, heb jij graan?'

'Ik ben Anjo,' merkt hij op.

Ik zucht en kijk op het schermpje van mijn mobiel om te zien wat er zo belangrijk is. Het is Merel.

Hé chica! Ben je in de stad?

Ik sms terug: **Nee, op de campus – morgen balkon verven, weet je nog. En Ferdi's feestje.**

Bijna meteen piept mijn mobiel weer. **O ja, dat is waar ook! Enjoy. Is de pesttoestand met je zusje al opgelost?**

Shit, waarom begint ze nu over Marloes? Het kind wil zelf niet dat ik haar leer om van zich af te bijten. Nou, dan moet ze het maar voelen. Ik slik om de brok in mijn keel weer omlaag te duwen.

'Ga je nog iets doen?' vraagt Anjo ongeduldig.

'Nee, ga jij maar.' Ik gooi lusteloos mijn kaarten op tafel. Het kan me ineens niets meer schelen of ik win. Ik denk aan mijn zusje, die dan wel onzettend slim is, maar op het sociale vlak echt een dombo kan zijn. Eigenlijk zou ze precies op de campus passen. Misschien moet ik haar een keer meenemen in de vakantie. Ik vrolijk er helemaal van op. Niet van de gedachte dat mijn irritante zusje door mijn huis heen banjert, natuurlijk, maar wel van het idee dat ze even uit de buurt van die rotmeiden is. Pap, mam en ik hebben haar beloofd dat we niets tegen school zullen zeggen. We staan er geen van allen echt achter, maar we leggen ons erbij neer omdat we hopen dat het vanzelf overwaait. Of misschien denken mijn ouders dat ik op mijn blote knietjes bij Karin Kötter om vergeving ga smeken, maar daar kunnen ze op wachten tot ze een ons wegen.

Ineens geeft Hermelien me een por in mijn zij. 'Kijk wie er net binnenkomt,' sist ze in mijn oor. Ik draai me snel om, waarbij ik mijn hoofd voel tollen van het aantal inmiddels genuttigde biertjes.

Een klein, slank meisje dat verkleed is als duiveltje, compleet met hoorntjes en een puntige staart, stapt de ruimte binnen. Hoewel ik haar maar één keer in een flits gezien heb, herken ik haar direct.

Ik vloek zachtjes. 'Wat doet Jildou hier?'

Die vraag had ik niet eens hoeven stellen, want Jildou gaat recht op haar doel af. Met zelfverzekerde, heupwiegende passen zet ze koers naar Kikker. Die staat te geinen met Paladin, Chewy, Chris en een paar Fanaat-leden. Ze gaat schuin achter hem staan en legt haar hand op zijn blote onderarm. Hij draait zich om. Ze kijken elkaar een tijdje zwijgend aan. Dan glimlacht zij en zegt iets. Kikker antwoordt. Tot mijn opluchting beantwoordt hij haar glimlach niet. Die opluchting verdampt echter meteen weer. Jildou gebaart naar de deur, pakt zijn arm en trekt hem mee naar buiten.

Ik staar nog een tijdje met open mond naar de deur en kijk dan naar Hermelien. Die kijkt me onheilspellend aan. 'Wat nu?' vraagt ze.

'Wat denk je? We gaan achter ze aan, natuurlijk,' zeg ik vastbesloten. Voordat ze kan antwoorden spring ik op uit mijn stoel en been met grote passen naar de deur. Hermelien strompelt achter me aan, zo snel als haar pumps dat toelaten.

'Hé Dixi, nog een biertje?' vraagt Chris. Hij gaat in de weg staan, zodat ik niet verder kan lopen. Op dit moment is dat ongeveer even verstandig als voor een sneltrein springen.

'Nee, bedankt,' snauw ik en doe een stap opzij.

Hij doet hetzelfde. 'Weet je het zeker?' vraagt hij. Ik zie de paniek in zijn ogen en besef dat hij Kikker in bescherming probeert te nemen.

Ik vernauw mijn ogen tot spleetjes. 'Wat zei ze tegen hem?'

'Wie? Wat? Ik weet niet waar je het over hebt,' piept Chris. Ik pak zijn oorlelletje tussen mijn duim en wijsvinger en knijp er hard in. Hij kermt.

'Ik heb geen tijd voor onzin, Kofschip!'

'Oké, oké, maar stop met mijn oor martelen!' roept hij uit.

Ik laat hem los en plant mijn handen afwachtend in mijn zij.

Chris wrijft over zijn oor. 'Ze zei dat ze het met hem wilde hebben over vorig weekend.'

'Wat is er vorig weekend gebeurd?' vraag ik.

'Weet ik veel,' antwoordt Chris. Hij bedekt voor de zekerheid ook zijn andere oor.

'Waar zijn ze heen?' vraagt Hermelien.

Chris haalt zijn schouders op. 'Buiten.'

Ik duw hem opzij en zet koers naar de deur, met Hermelien in mijn kielzog. We lopen naar buiten, nu wat langzamer. De voetbalvelden liggen er verlaten bij, net als de straat. Het is donker en koud. De herfstnachten oefenen de temperatuur van een winterdag alvast. Huiverend wrijf ik over mijn armen, waar direct kippenvel op verschijnt. Ik loop zo veel mogelijk op mijn tenen en beveel Hermelien om hetzelfde te doen. 'We willen onszelf niet verraden door als een stel paarden aan te komen klakken.'

Hermelien blijft staan. Ik draai me om. 'Kom nou.'

Ze wriemelt ongemakkelijk met haar handen en kijkt alle kanten op. Dan zegt ze zachtjes tegen de grond: 'Ik denk dat we dit niet moeten doen, Lucy.'

'Waarom niet?' Ik probeer de woorden uit haar mond te staren. Als dat niet lukt, vraag ik op dringende toon: 'Heeft dit iets te maken met wat je me vanmiddag wilde vertellen? Over Kikker en Jildou samen?'

Ze beweegt van de ene op de andere voet. In de verte hoor ik de trein aankomen op station Drienerlo. Als hij alweer is weggereden, zwijgt Hermelien nog steeds.

'Nou?'

Ze zegt dan in één adem: 'Ik sneed een stuk af door het park en ze zaten op een bankje. Ze keken elkaar aan en hielden elkaars handen vast. Het leek alsof ze het over iets heel belangrijks hadden.' Ze ademt weer in.

'Wat zeiden ze dan?' dring ik aan.

'Dat weet ik niet, want ik had haast. Daarom sneed ik dat stuk ook af, ik moest snel naar college toe.'

'Hoe zag het eruit? Was het een leuk gesprek?'

Hermelien denkt even na. 'Jildou lachte wel veel. Ze zagen mij niet. En zodra ik hen zag, ben ik heel snel doorgefietst.'

'Lachte Kikker ook?'

'Ik weet het niet.'

Ik bijt op mijn lip. De jaloerse vlammen laaien op in mijn borst.

'Soms moet je geen vragen stellen, weet je,' probeert Hermelien voorzichtig. 'Bijvoorbeeld wanneer je het antwoord niet wilt weten.'

'Ik wil het antwoord wél weten,' snauw ik.

Ze houdt afwerend haar handen op. 'Oké, oké...'

'Nee, echt,' ga ik verder. 'Ik wil weten of ik hem kan vertrouwen. Na onze zoen is hij op roeiweekend gegaan met Jildou.'

'En met de rest van Euros,' helpt Hermelien me herinneren.

Ik rol met mijn ogen. 'Oké, maar dat is inmiddels al twee weken geleden en hij heeft nog steeds geen poging gedaan me nog een keer te zoenen.'

Hermelien trekt haar wenkbrauwen op. 'O, zelfs vanmiddag niet?'

'Néé!' roep ik. 'Kun je nagaan: we hebben de hele middag op mijn kamer gezeten. Met z'n tweeën. Zonder afleiding. Er was een bed in de buurt en een slot op de deur.' Ik gooi mijn handen in de lucht.

'Misschien kun je beter wachten tot morgen,' zegt Hermelien.

'Waarom?'

'Nu heb je iets te veel biertjes gedronken om nog redelijk te zijn.'

'Hij houdt me aan het lijntje en ik moet redelijk zijn?'

Een bekende stem achter me vraagt droogjes: 'Wie houdt je aan het lijntje?'

Ik draai me met een ruk om. Kikker kijkt vragend op me neer. Zijn groene ogen lijken te gloeien in het donker. Jildou komt naast hem staan. Ze kijkt strijdvaardig terwijl ze me van top tot teen monstert. Als ze bij mijn gezicht is aanbeland, houdt ze mijn blik iets langer vast dan noodzakelijk, alsof ze me een waarschuwing geeft. Dan wendt ze zich tot Kikker. 'Dus dit is je nieuwe huisgenootje?'

Voordat Kikker kan antwoorden zeg ik: 'Ja, dat klopt. En raad eens? Ze kan zelf ook praten.'

'Joh.' Ze trekt spottend haar mondhoek op.

Ik besluit de volwassene te zijn, ook al is Jildou minstens twee jaar ouder dan ik. 'Lucy Luijcx,' zeg ik en ik steek mijn hand naar haar uit.

Ze kijkt ernaar alsof ik haar een kopje ochtendurine aanbied en maakt geen aanstalten om mijn hand te schudden. Ik trek mijn wenkbrauwen naar haar op. Goed, dan moet ze het zelf maar weten. Ik laat mijn hand weer zakken en zeg: 'In ieder geval leuk om je ontmoet te hebben. Leuke outfit. Wat moet je voorstellen, een gebruikte tampon?'

Schaterend werpt ze haar hoofd in haar nek. 'Liever dat dan een hoerenmadam! Ik heb riemen die meer bedekken dan dat rokje.'

'Met zo'n kont als jij heb je geen riem nodig, hoor,' verzeker ik haar liefjes. 'Daar blijft je broek ook vanzelf wel op hangen.'

Ze knijpt haar ogen tot spleetjes. Zo, ik heb haar tuk.

'Goed,' onderbreekt Kikker ons op verbaasde toon. 'Ik vind het echt keigezellig hier, maar volgens mij moeten Lucy en ik het nog even ergens over hebben.' Hij pakt mijn arm vast.

'Nee, Kikker,' protesteer ik.

'Há, noem je hem Kikker?' lacht Jildou hatelijk. 'Waarom gebruik je zijn eigen naam niet gewoon in plaats van die stomme bijnaam?'

Ik kijk van haar naar Kikker. Hij maakt een kalmerend gebaar. 'Lucy...'

Jildou ruikt bloed. 'Je weet zijn naam niet, hè?'

'Ach, hou je kop,' grauw ik naar haar.

'Je weet zijn naam niet eens! Já, dit gaat helemaal goed komen.' Grinnikend draait ze zich om. 'Ik ga nog een biertje halen. Veel plezier, Lucy. Je weet helemaal niets van hem.'

Ze loopt weg en laat ons achter – stil, zwijgend, sprakeloos.

16

Ik weet niet wat ik moet denken. Hermelien kucht en mompelt: 'Ik ga even, eh...', en ze loopt snel terug naar Fanaat. Ik kijk haar na.

'Wat wás dat allemaal?' doorbreekt Kikker de stilte.

'Vertel jij me dat maar.' Ik sla mijn armen over elkaar. Niet alleen omdat ik boos ben, maar ook omdat het zo stervenskoud is. Ik klem mijn tanden op elkaar zodat ze niet gaan klapperen. Kikker ziet het. Zonder te aarzelen trekt hij zijn colbertje uit en slaat het om mijn schouders. Ik weet dat ik moet protesteren, maar stiekem ben ik wel blij met de warmte. Ik trek het wat steviger om me heen. Bij hem komen de opgerolde mouwen tot iets boven zijn elleboog, maar bij mij vallen ze tot over mijn pols. Ik pluk aan een los draadje. 'Is het nou uit tussen jullie of niet?'

Kikker haalt zijn hand door zijn haar en zucht. 'Ja, het is klaar. Het ligt alleen wat... ingewikkeld.'

Ik pers mijn lippen op elkaar. Ingewikkeld is niet wat ik wilde horen. Ingewikkeld betekent meestal: we noemen het geen relatie, maar als we elkaar zien belanden we toch altijd weer samen in bed.

Ik knijp mijn ogen tot spleetjes en vraag: 'Is dat waarom je afgelopen week zo vaak weg was? Omdat het ingewikkeld is?'

Hij knikt.

'Goed.' Ik sta mezelf toe nog een halve seconde lang te genieten van de warmte van zijn jasje en trek het dan uit. Met een zo achteloos mogelijk gebaar gooi ik het naar hem toe. 'Bedankt.'

'Wat?' Hij kijkt verbaasd. Ik draai me om en loop zo snel als mijn waardigheid het toelaat zonder te rennen naar binnen. Achter me hoor ik hem roepen: 'Lucy! Wacht!'

Ik wacht niet. Binnen verdwijn ik zo snel mogelijk in de mensenmassa. Ik speur om me heen naar een bekend gezicht, maar zie alleen Paladin. Met tegenzin loop ik naar hem toe. 'Hé.'

Hij draait zich pas om als ik tegen zijn arm duw. 'Wat?'

'Als Hermelien me zoekt, ik ben naar huis.' Ik denk even na en voeg er dan aan toe: 'En als Kikker me zoekt... laat hem maar lekker zoeken.'

Voordat hij kan reageren loop ik weg. Ik graai mijn jas van de kapstok en glip naar buiten langs iemand die verkleed is als mens-erger-je-niet-bord. De kou slaat me opnieuw in het gezicht. Gelukkig is het maar een paar minuten lopen naar Het Fort, anders zou ik waarschijnlijk bezwijken aan onderkoelingsverschijnselen.

Binnen loop ik meteen door naar mijn kamer. Ik haal mijn make-up eraf, trek mijn kleren uit en ga in bed liggen. Met de deken tot aan mijn kin opgetrokken wacht ik tot ik weer warm word. Door een kier in mijn gordijnen heen zie ik de boom voor mijn raam heen en weer wuiven in de wind. De takken werpen grillige schaduwen op het plafond.

Ik sluit mijn ogen, maar de slaap wil niet komen. Het adrenaline-peil in mijn bloed is nog te hoog. In mijn hoofd weerklinken steeds weer Jildous woorden: 'Je weet helemaal niets van hem.'

Die vuile trut met haar zelfingenomen gezicht. Ik bal mijn handen tot vuisten onder de dekens, waardoor mijn vingers zich in mijn handpalmen begraven. Weet zij zijn echte naam soms wel? Waarom wil hij die niet aan mij vertellen? Zo'n groot geheim kan het niet zijn, als Jildou het weet.

Ik draai me wild om en stomp in mijn kussen. Shit, ze heeft gelijk. Ik weet helemaal niets van Kikker. Ik ken alleen zijn bijnaam en ik heb de littekens op zijn rug gezien. Zo, dat is nog eens een bak kennis, denk ik sarcastisch.

Blijkbaar ben ik wel in slaap gevallen, want ik schrik wakker als er iemand op mijn deur bonst.

'Lucy!' klinkt het vanuit de gang. De deurklink gaat naar beneden, maar ik heb het slot erop gedraaid. 'Lucy! Verdomme, waarom is je deur op slot?'

'Dat wou je toch zo graag. Je zei het toen je me laatst belde,' roep ik met een stem die kraakt van de slaap en de drank.

'Doe open, we moeten praten,' zegt hij. Als ik niet snel genoeg reageer, bonkt hij weer met zijn vuist op de deur. 'Verdomme, als het nodig is ram ik deze deur in. Ik heb niet de hele Vestingbar afgezocht om me nu zo gemakkelijk af te laten wimpelen!'

'Flikker op, Kikker,' zeg ik zwakjes.

'Nee. Doe open. Het is gevaarlijk om je deur op slot te hebben.'

Ik veer overeind in bed. 'Jij was degene die zei dat ik hem op slot moest doen!'

'Als je weggaat, ja. Niet als je gaat slapen. Wat nou als er brand uitbreekt?'

'Dan ram je de deur toch in, zoals je net zei,' daag ik hem uit.

Het is stil. Zo lang, dat ik even vrees dat hij weg is gegaan. Dan klinkt zijn stem weer, dit keer zachtjes en smekend. 'Alsjeblieft, Lucy. Doe open.'

Ik sta wiebelig op uit bed en trek mijn badjas aan. Dan draai ik de deur van het slot. Kikker komt meteen naar binnen, alsof hij bang is dat ik me bedenk als hij te lang wacht. Hij zakt neer op mijn bureaustoel, dezelfde plek als waar hij vanmiddag zat. Ik wil naar het bed lopen. In mijn poging een berg wasgoed te ontwijken strijkt mijn arm zachtjes langs zijn hand. Meteen verspreidt een opwindende warmte zich door mijn lichaam.

Ik verstijf midden in mijn beweging.

Snel kijk ik naar zijn gezicht om te zien of hij het ook voelt. Als antwoord brandt zijn blik bijna gaatjes in mijn netvliezen. Langzaam, als in een trance, pakt hij mijn arm vast. Hij vouwt zijn lange vingers om mijn pols en trekt me naar zich toe. Mijn hart bonst in mijn keel als ik met één stap de afstand tussen ons overbrug. Hij haalt me binnen als een visser die de lijn van zijn hengel oprolt. Voor ik het weet zit ik op zijn schoot, met mijn beide benen over de rechterleuning van de bureaustoel gevouwen. Zijn ene arm is achter mijn rug, zijn vingers glijden langs mijn nek omhoog en vlechten zich vast in mijn haar. Hij trekt mijn hoofd achterover, zodat ik hem wel aan moet kijken. In zijn ogen lees ik alles wat ik me net nog afvroeg. Zijn pupillen zijn donker van verlangen. Ik doe mijn lippen een klein stukje van elkaar en hoop dat hij me gaat kussen.

Tot het bloedt.

Minstens.

Ik voel zijn borstkas zwoegend op en neer gaan tegen mijn bovenlijf. Zijn vingers graven zich nog wat dieper in mijn haar. Hij kantelt mijn hoofd verder achterover. Dan buigt hij zich voorover naar mijn weerloze nek. Ik voel zijn warme adem vlak onder mijn oor. Nog even en ik raak oververhit. Hij ademt zeker drie keer uit voordat hij eindelijk contact maakt. Zijn lippen strijken martelend zachtjes over het gevoelige plekje onder mijn oor. Ik kreun zachtjes en klem mijn benen heimelijk wat dichter tegen elkaar aan. Het bloed bonst in mijn slapen.

Hij trekt me dichter tegen zich aan terwijl hij een spoor van brandende kussen in mijn nek achterlaat. Hongerig schampen zijn tanden langs mijn kaak. Dan laat hij zijn greep op mijn haar wat vieren. Ik kijk hem aan. Onze lippen zijn nog maar centimeters van elkaar verwijderd. Het puntje van mijn neus raakt de zijne bijna. Bijna onmerkbaar buigt hij zijn hoofd een stukje opzij. Ik open mijn lippen, die inmiddels branden en kloppen.

En dan, geheel onuitgenodigd, klinkt Jildous sarrende stem in mijn oren. 'Je weet helemaal niets van hem.'

Ik hap naar adem en duw hem van me af, vlak voordat onze lippen elkaar kunnen raken. Mijn lichaam bonst en zoemt als een zwerm onrustige bijen. Verbaasde bijen, die zich afvragen waarom hun korf net omver is geduwd.

Ik trek mijn badjas een stukje dichter om me heen. 'Wat wilde je me vertellen?' vraag ik schor. Ik priem mijn vinger beschuldigend in zijn borst.

Kikker moet even omschakelen voordat hij antwoord geeft. Ik heb hem duidelijk verrast met mijn plotselinge aanval.

Hij zucht en houdt mijn blik gevangen. Met zijn vinger volgt hij de omtrek van mijn lippen. 'Ik ga je dit nu vertellen en je moet me geloven,' zegt hij zachtjes. 'Ik weet dat jij denkt dat ik nog gevoelens heb voor Jildou, maar dat is niet waar. Het ligt ingewikkeld om een andere reden.'

'Wat voor reden?'

'Ze is een vriendin van mijn zusje. Die heeft ons gekoppeld en ze zijn er allebei nogal van overtuigd dat we nog een tweede kans no-dig hebben.'

'Dan zeg je toch dat dat niet zo is.'

'Dat doe ik.' Hij trekt zijn wenkbrauwen op. 'Ze luisteren alleen niet naar me. Mijn zusje was zelfs zo over haar toeren dat ze geen contact meer met me wilde tot het weer aan was. Ik probeer Jildou er nu zo vriendelijk mogelijk van te overtuigen dat we niet bij el-kaar passen. Vooral niet omdat zij haar uitstapje met mijn teamge-noot "een foutje" noemt.'

'Goh.'

'Ja, mijn definitie van "foutje" is ook iets anders. Bovendien ben ik onverwacht verliefd geworden op iemand anders.'

Hij kijkt me onafgebroken aan. Ik hou mijn adem in. Dan vraag ik zachtjes: 'En wie is dat dan?'

Hij kijkt me alleen maar veelbetekenend aan. Er dansen lichtjes in zijn ogen. 'Mag ik je nu kussen of wil je me nog verder ondervragen?'

Ja! Ja! Kus me!

'Hoe heet je?' Het voelt alsof mijn lippen zo opgezwollen zijn dat ik bijna niet meer kan praten.

Kikkers blik verhardt een fractie van een seconde. Dan trekt hij zijn ene mondhoek op in een klein glimlachje. 'Het is ook wel raar om het je niet te vertellen, hè, prinses?'

Ik knik vastberaden.

Er verschijnen weer lachrimpeltjes naast zijn ogen. Hij pakt mijn hand en schudt hem, alsof hij zich opnieuw voorstelt. 'Aangenaam kennis te maken. Ik ben Olivier.'

'En je achternaam?' eis ik.

'Groen.'

Ik grijns. 'Niet.'

'Wel, echt,' zegt hij.

'Moet ik je nu Kikker of Olivier noemen?'

Hij legt zijn voorhoofd tegen het mijne. 'Zullen we het daar een andere keer over hebben?'

Ik spring van zijn schoot. 'Goed plan. Ik heb echt slaap nodig.'

Met zichtbare tegenzin staat hij op. 'Niet helemaal wat ik be-doelde, maar je hebt gelijk.'

Ik geef hem een zacht duwtje tegen zijn borst. 'Welterusten, Olivier Groen.'

Met een blik die staal zou kunnen laten smelten kijkt hij me aan. 'Welterusten, Lucille Luijcx.'

Het laatste wat ik van hem zie voordat hij de deur sluit is het groen van zijn ogen.

Ik kan de slaap niet vatten. In plaats daarvan heb ik mezelf in het dekbed gerold en lig ik in een knusse cocon van warme liefdesgevoelens naar de nieuwste aflevering van *The Vampire Diaries* te kijken. Daarna zoek ik een tijdje naar studentenkamers in Enschede, maar ze zijn allemaal boven het budget dat mijn ouders gesteld hebben. Mijn wekkerradio vertelt me dat het halfvijf in de ochtend is. Wat kan mij het schelen? Morgen – of eigenlijk vandaag – is het zaterdag. Ik kan zo lang in bed liggen als ik wil. En ik heb honger.

Ik klim uit bed en graaf in mijn voedselkastje naar iets lekkers. O, een chocoladeletter. Bingo! Wat ben ik blij dat al het Sinterklaaslekkers tegenwoordig al vanaf eind augustus in de supermarktschappen ligt. Eigenlijk zou dat het hele jaar te koop moeten zijn. Vooral chocoladeletters. En truffelpepernoten. Mmm.

Even aarzel ik, want ik zou een beetje op mijn eten gaan letten. Maar ach, het is weekend. Een paar hapjes kunnen heus geen kwaad. Ik scheur de verpakking open en zet mijn tanden in de knapperige chocolade. De eerste twee happen zijn goddelijk, de volgende happen gewoon lekker, en ineens ben ik een halfuur verder en is de hele letter op.

O. Dat was niet de bedoeling.

Ik besluit nog wat te slapen, maar de suiker in mijn systeem laat me draaien en woelen en ik geef het op. Ik spring uit bed en moet me daarbij even vasthouden aan mijn bureau omdat ik duizelig ben van slaapgebrek en te veel biertjes. Dit is het perfecte moment om even te douchen, er is toch geen hond. En misschien kan ik eens ontdekken hoe de wasmachine werkt. Ik pluk de stapel wasgoed van de vloer. De kledingstukken en handdoeken ruiken alsof ze een paar weken in een doodskist hebben gelegen.

Ik rimpel mijn neus en hou de zachte stinkberg zo ver mogelijk voor me uit terwijl ik naar de badkamer trippel. Daar drop ik alles op de grond. Goed, eens zien – dit moet niet al te moeilijk zijn.

Hm, het zijn wel veel knopjes. Ik haal diep adem. Laat ik aan de rechterkant beginnen. De draaiknop staat nu op dertig graden, maar gezien de geur die mijn wasgoed verspreidt lijkt dat me niet heet genoeg. Ik draai eraan tot hij op tachtig graden staat. De knop ernaast geeft alleen cijfertjes aan. O jee. Momenteel staat hij op drie. Goed, dat zal wel in orde zijn. Boven de knop die helemaal links zit staat een draaikolkje, dus dat zal de centrifuge wel zijn. Is 1400 genoeg?

In de lade zitten drie verschillende vakjes. Om zeker te weten dat ik het goed doe, schenk ik in alle drie een beetje wasmiddel met lavendelgeur. En nog wat extra in het middelste, want dat is het grootst. Ik prop zo veel mogelijk kledingstukken en handdoeken in de krappe wastrommel (waarom is dat ding zo verrekte klein? Ik moet heel hard drukken om de laatste handdoek erbij te wurmen) en druk op het aan-knopje.

Heel even gebeurt er niets, maar dan klinkt er een klik en begint de wasmachine herrie te maken. Ik draai me tevreden om. Geen idee hoe lang een wasbeurt duurt, maar ik kan vast in de tussentijd wel even douchen.

Als ik net shampoo in mijn haar masseer komt er iemand in de douche naast me staan. Ik vraag me verbaasd af wie er in vredesnaam nog meer zo vroeg wakker is op een zaterdag. Zou Kikker ook niet hebben kunnen slapen? Ik voel de opgewonden verwachting borrelen in mijn borst. Dan hoor ik degene naast me heel hard rochelen.

'Môgge, Paladin!' roep ik.

'O god, daar heb je haar,' bromt hij. 'Ben je soms uit bed gevallen?'

'Ik kan jou hetzelfde vragen,' antwoord ik vrolijk. 'Ik had trouwens niet gedacht dat jij douchte.'

'En ik had niet gedacht dat jij aan denken deed.'

'Was je mond ook meteen maar uit met zeep, stinkerd!'

Het is even stil. Dan komt er ineens een straal koud water over het douchehokje heen. 'AAAH!' gil ik.

'Beste bimbo, is er iets?' vraagt Paladin onschuldig.

Ik klem mijn tanden op elkaar. 'Nee hoor.'

Twee uur later wordt er op mijn deur geklopt. Ik sla een bladzijde in mijn statistiekboek om en roep afwezig: 'Binnen.'

Chris stapt naar binnen. Zijn ogen gaan verbaasd wat verder open als hij mijn roze jurkje, zwarte panty en hoge pumps ziet. 'Weet je zeker dat je dat aandoet?'

Ik schiet overeind. 'Hoezo? Is het niet mooi?'

'Het is prachtig, maar tijdens het verven kun je beter oude kleren aandoen.'

'O god, we gaan verven,' kreun ik ellendig. 'Dat was ik helemaal vergeten.'

'Alles staat al klaar, we kunnen zo beginnen,' zegt Chris verheugd.

'Jeeeh.' Ik werp hem een sarcastische blik toe.

Hij lacht. 'Hup, omkleden en verven.'

'Ik zal jou eens verven,' mompel ik als hij de deur achter zich dichttrekt.

Ik doe mijn haar in een paardenstaart en trek een oude slobberende spijkerbroek aan. Als resultaat van een avondje stappen zit er een scheur in, zo'n vijf centimeter onder mijn linkerbil. Erbij draag ik een saai zwart topje en mijn meest afgetrapte All Stars. Als ik naar buiten kijk en de kale boomtakken zie, trek ik er snel nog een donkerblauw vest bij aan.

In de keuken is het een drukte vanjewelste. Paladin en Kikker staan samen een van de banken van het balkon te manoeuvreren zodat hij door de deur naar binnen kan. Chris kwaakt aanwijzingen vanaf de zijlijn. 'Een beetje hoger, Kikker. En nu duwen, Paladin. Ja, nee, niet zo! Hij moet wat meer kantelen. Nee, de andere kant op.'

'Hé Kofschip, is "hou" met of zonder d?' gromt Paladin.

'Ligt eraan in welke zin,' antwoordt Chris.

'Wat dacht je van de zin "hou je bek"?'

'Dan mag het allebei.'

'In dat geval, hou je bek, met én zonder d.'

Hermelien en Chewy slepen met potten witte verf. 'Ik snap niet dat we het wit moeten verven,' mompelt ze. 'Zwart zou veel praktischer zijn, qua ontploffingsgevaar.'

'Wat is er nou eigenlijk ontploft?' vraag ik.

'Ach, niets groots. Gewoon een barbecue.'

Ik knipper verbaasd. 'Sorry, zei je nou een barbecue?'

'Ja, het leek Chris een goed idee om het vuur op te stoken met spiritus,' zegt Chewy. Door zijn gezichtshaar heen meen ik een glimlachje te zien.

Chris verdedigt zichzelf: 'Ik was niet degene die zei dat we er water op moesten gooien.'

'Nee, dat was ik,' geeft Hermelien toe. 'Daarom was ik ook degene die daarna verschroeide wenkbrauwen had.'

Ik proest achter mijn hand.

'Hé stelletje lapzwansen, kunnen jullie anders even helpen?' stelt Kikker voor. Er parelt een zweetdruppeltje langs zijn slaap naar beneden. Hij vangt mijn blik en zijn ogen twinkelen even. Mijn buik reageert erop met een Cirque du Soleil-achtige salto.

Chewy en Hermelien zetten hun schouders onder de bank, zodat Paladin en Kikker hem eindelijk in de goede positie krijgen en hem binnen neer kunnen zetten.

'Kunnen we die andere twee banken niet gewoon over het balkon flikkeren?' stelt Paladin voor terwijl hij het zweet van zijn voorhoofd wist.

Een halfuur later is eindelijk het hele balkon leeg en kunnen we aan de slag. Chris drukt iedereen een roller in de hand. Ik ben persoonlijk geen fan van fysieke arbeid, maar het balkon witten werkt best therapeutisch. Terwijl ik ontdek welk tempo en welke hoeveelheid verf het minste spettergevaar opleveren, denk ik na over hoe ik zo snel mogelijk zo veel mogelijk statistiek in mijn hoofd kan proppen, voordat ik woensdag tentamen heb. En hoe ik die andere vijf vakken erbij ga leren. Volgend weekend moet ik ook maar in Enschede blijven, dan kan ik me tenminste concentreren op het studeren. En een beetje in de buurt van Kikker blijven.

Op het moment dat ik dat denk, klinkt het naast me: 'Is dit een goede look voor me?' Ik kijk opzij. Kikker heeft met witte verf indianenstrepen over zijn wangen getrokken.

'Mooi hoor,' zeg ik. 'En zo artistiek verantwoord.'

'Ik dacht al dat je dat zou vinden, daarom heb ik ook iets voor jou.' Voor ik iets kan doen, zet hij een streep op mijn neus. Ik veeg de verf er zo snel mogelijk af met mijn mouw. Kikker is me weer te snel af en zet een nieuwe streep. Ik zwaai wild met mijn armen en spetter hem daarbij onder met de verf die nog op mijn roller zat.

'Staakt het vuren,' roept Hermelien. 'Jullie maken de ramen helemaal wit. Stoeien doen jullie straks maar.'

'Ja baas.' Ik salueer naar haar.

Het grote werk neemt niet veel tijd in beslag, maar de kleine hoekjes en de stukjes langs het raam duren des te langer. Tussendoor houden we een koffiepauze van een uur, zodat iedereen het gevoel in zijn vingers weer terug kan krijgen. Als we eindelijk klaar zijn met verven, is het bijna etenstijd. Iedereen zit inmiddels onder de verf, vanwege onverwachte 'hé, kijk eens deze kant op'-kwast-in-je-neus-grapjes. Paladin denkt dat hij de enige is die is ontkomen, maar Chris heeft in het voorbijgaan een zeer opvallende witte verfhand op zijn rechterbil gezet. Af en toe kijkt hij me gniffelend aan en hoewel de keren dat ik hem wel kon wurgen niet meer op twee handen te tellen zijn, moet ik toch meelachen.

'Wie kookt?' vraagt Hermelien. 'Is het niet jouw beurt, Chris?' We hangen uitgeput in de zachte huiskamerbanken. De verwarming staat hoog en mijn vingers tintelen terwijl ze opwarmen.

Chris ziet er niet uit alsof hij veel zin heeft om te koken. Of om überhaupt overeind te komen. Hij zucht. 'Alleen als er iemand helpt.'

Het blijft stil. Dan voel ik hoe mijn stembanden en mond samenwerken om de woorden 'Dat doe ik wel' te vormen. Verbaasd vraag ik me af waarom ik dat zei.

'Wordt het net zo lekker als die pannenkoeken van maandag?' vraagt Paladin met tegenzin.

'Minstens. Bij jou zal ik er extra veel liefde in doen,' zeg ik. 'En een beetje verf.'

'Want niets zegt "ik hou van jou, lieve huisgenoot" als een eetlepel chemische pigmenten in zijn eten,' vindt ook Kikker. Hij lacht die typerende lach van hem en ik word weer overvallen door het gevoel dat ik hem ergens van ken. Ik weet het zéker.

Kikker trekt vragend zijn wenkbrauwen naar me op. 'Wat zit jij te dromen, prinses?'

'Nee hoor.' Ik sta op en wenk Chris. 'Kom, boodschappen doen.'

'Wat dacht je van spaghetti?' vraag ik.

'We hebben deze week al twee keer pasta gegeten,' helpt Chris me herinneren.

'Gebakken aardappeltjes en groente dan?'

'Minder voedzaam dan je denkt.' Hij buigt zich weer over het rek met wereldgerechten, waar ik hem wanhopig bij vandaan probeer te krijgen. Ik ken geen van de namen op de pakjes en meestal betekent dat niet veel goeds voor mijn eetlust.

Chris pakt een kartonnen verpakking uit het schap en steekt hem naar me uit ter controle. 'Zullen we bobotie eten?'

Ik pak het aan. 'Wat is dat nou weer?'

'Het is een soort kerrie, maar dan uit Zuid-Afrika. Gehakt, sperzieboontjes, appel en rijst met rozijntjes. Ik doe er ook altijd kaas overheen.' Hij smakt verlangend bij het vooruitzicht.

Ik bekijk het pakje nog een keer kritisch. 'Ik hou niet zo van sperzieboontjes,' probeer ik.

'Geen probleem, dan vervangen we die door paprika.' Chris trekt het gerecht vastberaden uit mijn handen en gooit nog een extra verpakking in zijn mandje. 'Haal jij even twee pakjes crème fraîche en zes paprika's? O, en doe ook maar een bakje trostomaten.'

Het is duidelijk dat ik verloren heb. Ik sjok naar de groenteafdeling om mijn opdracht te vervullen. Op weg daar naartoe kom ik Omar Bah tegen, uit mijn introductiegroepje. Hij is samen met een andere jongen en ze praten over een tentamen. We knikken naar elkaar. Ineens bedenk ik dat ik nog helemaal geen vrienden heb gemaakt op mijn studie. Tenzij je Ferdi meerekent, natuurlijk. Ben ik nu een kneus? Moet ik niet wat actiever op zoek gaan naar vriendschapsmateriaal? Misschien kom ik vanavond op Ferdi's huisfeest wel leuke mensen tegen, denk ik hoopvol.

'Alsjeblieft', zeg ik als ik weer naast Chris sta. Ik dump de boodschappen in het mandje.

'Bedankt.' Hij inspecteert de paprika's op rotte plekken. 'Nog leuke plannen voor dit weekend?'

'Vanavond een feestje bij Ferdi.'

'Die kakker die bij de inzuip was?' Chris fronst.

Ik zucht. 'Ja, die inderdaad.'

'Je ziet er ook echt uit alsof je er heel veel zin in hebt.'

Ik gooi een Snickers in het mandje. 'Het is gewoon... Ik moet eigenlijk leren. En ik ken niemand daar.'

'Ga dan niet.' Chris plukt de Snickers weer uit het mandje en legt hem terug in het rek naast de kassa. Hij begint het mandje uit te laden op de band.

Met mijn armen over elkaar leun ik tegen de kassa. 'Dat kan niet.'

'Waarom niet?'

Ik aarzel en sla mijn armen over elkaar. 'Gewoon niet. Dat kan ik niet maken.'

Waarom vertel ik hem niet over de kamer in Ferdi's huis? Alsof het Chris zou kwetsen. En dan nog, al zou het hem kwetsen – zou me dat echt iets kunnen schelen? Gelukkig eist de caissière Chris' aandacht op. Ik kijk toe hoe hij betaalt en bedenk dat ik Hermelien nog steeds terug moet betalen voor de boodschappen. Chris doet vriendelijk tegen de caissière, ook al vind ik het maar een ongeïnteresseerde doos. Met die chagrijnige smoel had ze van mij nog geen knikje gekregen, laat staan de brede glimlach die Chris haar schenkt. Bij het weglopen zegt hij: 'Fijne dag nog!' Hij klinkt alsof hij het meent. De bliepmiep is al met de volgende klant bezig. Ze hoort hem niet of negeert hem expres.

We lopen naar buiten, waar ik een van de tassen van Chris overneem. 'Waarom deed je zo aardig tegen haar?'

Hij haalt zijn schouders op. 'Zo doe ik altijd.'

'Maar ze deed alsof je niet bestond,' werp ik tegen. 'Dan kun je toch wel een uitzondering maken en haar géén fijne dag wensen?'

Hij reageert niet.

'Waarom zou je aardig doen zonder reden?' dring ik aan.

Met een peinzende uitdrukking antwoordt hij: 'Ik heb geen reden nodig om aardig te zijn, Lucy. Bij mij is het geen knopje dat aan en uit kan.'

'Bij mij wel.'

'Soms kun je ook gewoon beginnen met aardig doen en hopen dat de ander bijtrekt.'

'Nou, dat deed ze niet.'

'Deze keer niet, maar misschien heeft ze een rotdag,' oppert Chris. 'Heeft haar vriendje het net uitgemaakt.'

'Of ze is gewoon een rotwijf.'

'Tja, dat kan natuurlijk ook.' Hij grijnst schaapachtig. We komen langs Fanaat, waar het nog donker is na het feestje van gisteravond.

'Vond je het leuk?' vraag ik, met een knikje naar Fanaat.

'Niet slecht. Jij?'

Ik denk terug aan de gezellige gesprekken, de potjes Kolonisten... en aan Jildous bezoekje. 'Medium,' antwoord ik dus maar.

We zwijgen de rest van de weg naar huis. Mijn adem komt in wolkjes uit mijn mond. De zomer lijkt nog maar zo kortgeleden, maar over negen weken is het al kerst. Over iets meer dan dertien weken ben ik jarig. Eindelijk negentien.

'Geef maar,' zegt Chris. Ik heb al vijf keer van hand gewisseld, want de boodschappentas begint toch wel zwaar te worden. Stiekem vroeg ik me al af hoe ik dat ding ooit al die trappen op zou krijgen zonder minstens drie vingers te verliezen aan afknelling. Met een dankbare glimlach overhandig ik hem de tas. Hij pakt hem aan terwijl hij mijn gezicht bestudeert met zijn bolle amfibieogen. Dan zegt hij: 'Je moet vaker lachen, Lucy. Het maakt je knapper.'

Hij draait zich om en loopt de trap op. Ik blijf versteend staan. De glimlach ligt inmiddels als een bevroren grimas op mijn lippen. Wacht even, was dat een complimentje, een belediging of een versierpoging? Of gewoon zomaar een opmerking? Ik dwing mijn benen te beginnen aan het beklimmen van de trappen. Wat moet ik hier nu weer van denken?

Ik besluit er niet te veel hersenactiviteit aan te besteden. In plaats daarvan stort ik me op het snijden van de paprika's. Mijn hoofd luistert echter niet zo goed naar mijn besluit, want ik blijf er over nadenken. Daarom vraag ik het maar gewoon.

'Chris?'

'Ja?'

'Hoe bedoelde je dat, dat ik knapper ben als ik lach?'

Hij draait zich om van het fornuis. 'Gewoon, zoals ik het zei.'

Ik laat mijn blik door de keuken dwalen, die op hem en mij na leeg is. 'Maar wat bedóél je ermee?'

'Dat je knapper bent als je lacht,' zegt hij nog een keer. 'Benaderbaar. Open.'

'Misschien wil ik juist helemaal niet benaderbaar zijn.'

Hij grinnikt en draait zich weer om naar de pan met gehakt. 'Als er iemand smeekt om menselijk contact, ben jij het wel.'

'Pardon?'

'Je bent altijd bezig met reacties uitlokken.'

Ik staar perplex naar zijn rug. 'Nietes.'

'Welles.'

'Níétes!'

Hij haalt zijn schouders op. 'Dan niet.'

'Je zegt het alleen maar omdat je zelf contactgestoord bent,' mompel ik, zo zachtjes dat alleen de kleurige stukjes paprika me kunnen horen.

Chris komt naast me staan. 'Wat zei je?' Hij neemt het bord vol paprika van me over.

'Hoe kun je zoiets zeggen terwijl je helemaal geen mensenkennis hebt?' vraag ik bozig.

'O, ik heb geen mensenkennis? In tegenstelling tot jou, zeker,' kaatst hij terug. 'Je doet alsof je zo'n vrouw van de wereld bent, maar eigenlijk weet je helemaal niets van anderen. Niet dat je er geen gevoel voor hebt, maar je bent simpelweg niet geïnteresseerd in anderen.' Hij brengt het rustig, als een feit.

Mijn mond valt open. 'Wat een onzin!'

'Is dat zo?'

'Ja!'

'Goed.' Hij mikt de paprika in de pan. 'Vertel dan eens iets over mij.'

'Over jou?'

Hij kijkt me uitdagend aan. 'Ja, over mij. Wat zijn mijn motieven, mijn drijfveren?'

Ik aarzel, maar dan sneer ik: 'Je bent aardig en behulpzaam, op het misselijkmakende af. Waarschijnlijk omdat je denkt dat je zo een vriendin kunt scoren die voor je innerlijk gaat.'

Een triomfantelijke grijns verspreidt zich over zijn gezicht. 'Fout,' zegt hij, niet in het minst uit balans gebracht door mijn belediging. 'Je zit er helemaal naast.'

'Hoezo?' Ik ga naast hem staan. Zelfs op mijn platte schoenen steek ik een heel stuk boven hem uit. Hij lacht nog steeds geheimzinnig naar de pan. Ik geef hem een duw tegen zijn schouder. 'Hé, ik vroeg je wat.'

'Ik ben niet aardig in de hoop een vriendin te scoren,' zegt Chris. 'In de verste verten niet.'

Ik frons. 'Wil je geen vriendin, dan?' Ik stel me een meisje voor dat net zo klein en paddig is als hij. Kunnen ze romantisch samen vliegjes vangen.

'Nope.' Hij gooit de crème fraîche in de pan en giet er water bij.

'Waarom niet?'

Met zijn tanden scheurt hij de zakjes sausmix open. 'Daar heb ik geen behoefte aan. Wil je me die pollepel even aangeven?'

'Straks ga je me nog vertellen dat je liever een vriendje wilt,' grinnik ik en steek de pollepel naar hem uit. 'Hier,' zeg ik, als hij hem niet aanpakt. Dan kijk ik naar hem. Zijn hand is halverwege in de lucht blijven hangen. Even wankelt het kwartje op de rand van mijn hersens, maar dan valt het over de rand. 'Oh my god!' roep ik. 'Je bent homo!'

'Ssst!' sist Chris met een paniekerige blik in zijn ogen. 'Dat hoef je niet over de campus te schreeuwen.'

'Je bent homo,' herhaal ik op fluistertoon.

Hij knikt.

Ik sper mijn ogen wijd open. 'Maar je doet helemaal niet gay.'

'Je bedoelt dat ik niet met mijn handen flapper en iedereen "meid" noem?' vraagt hij droog.

'En waarom draag je geen leuke kleding?' ga ik onverstoorbaar verder. Ik dacht dat homo's een soort ingebouwde modesensor hadden om ze feilloos te vertellen wat wel en niet kon. En dat die sensor bij het verwassen Cannibal Corpse-T-shirt en de hoogwater-spijkerbroek die Chris draagt meteen op rood zou springen. *Error*, dit komt er niet in.

'Ik ben gewoon niet zo,' zegt hij onverschillig.

'Maar weet je het zeker? Ik bedoel, jij was net zo onder de indruk van Hermelien als de rest toen ze die jurk droeg, laatst,' voeg ik er-aan toe.

'Dat was dan ook een behoorlijke schok.'

'Niet meer dan dat?' Ik neem zijn gezicht onderzoekend op. Hij schudt zijn hoofd. 'Nee.'

'Hm.' Ik druk de pollepel in zijn handen en ga weer op een stoel aan de keukentafel zitten. 'Maar hoe ben je erachter gekomen dan? Ben je verliefd op iemand?'

'Ook niet,' geeft hij schoorvoetend toe. 'Ik wist het gewoon al-tijd al. Eerst onbewust, maar later merkte ik het steeds beter. Nu is het voor mij geen raadsel meer. Ik ben gewoon...' – hij zoekt even naar een ander woord dan homo, lijkt het wel – '... iemand die niet op meisjes valt.'

'Hm.' Ik tik met een vinger tegen mijn kin. 'Maar pikken andere jongens dat dan wel op met hun gaydar?'

'Niet echt,' geeft Chris schoorvoetend toe. 'Of eigenlijk... echt niet.'

In mijn achterhoofd begint een geweldig idee vorm te krijgen. 'Laten we gaan winkelen.'

Chris trekt een wenkbrauw op.

'Echt,' zeg ik. 'Laten we binnenkort gaan winkelen. Wat dacht je van donderdag? Dan is het koopavond.'

'Hoe gaat winkelen mij helpen?'

'Ik kan je in kleding steken die een stuk modieuzer is dan deze...'

'Dit is mijn smaak, die hoeft niet veranderd te worden, dank je,' onderbreekt Chris me.

'Ik ga ook niet aan je smaak sleutelen,' vul ik mezelf snel aan. Ik kruis stiekem mijn vingers achter mijn rug. 'We kijken gewoon wat je leuk staat.'

Hij kijkt me wantrouwend aan. 'Moest jij niet studeren?'

Dat zijn precies de woorden die het stemmetje achter in mijn hoofd al de hele tijd roept. Ik wuif met mijn hand alsof ik een lastige vlieg wegjaag. 'Ach, dan leer ik de rest van de tijd wat harder.'

'Ik zal erover nadenken. Maak jezelf eerst maar eens nuttig door alle borden uit de kast te halen.'

17

Hermelien kijkt me smekend aan. 'Ah, doe je nog één potje mee?'

Ik bijt op mijn lip. 'Ik moet echt weg, anders komt er niets meer van dat feestje.'

'Laat die stomme Ferdi toch stikken.'

Na het eten hebben mijn huisgenoten me overgehaald eens mee te doen met pokeren. Zonder verwijten of gelach legden ze me de regels uit en speelden ze een proefpotje met me. Inmiddels zijn we vijf potjes verder en ik moet zeggen dat ik er best goed in ben. Alleen Kikker kijkt me af en toe aan met een besmuikt lachje, alsof hij precies weet wat ik denk. Hij is de enige die schijnt te merken wanneer ik bluf.

We hebben er een biertje en een zak chips bij opengetrokken en ieder kwartier mag iemand anders de muziek kiezen. Inmiddels zijn mijn oren geteisterd door zoveel soorten herrie dat ik niet kan wachten tot ik aan de beurt ben om échte muziek op te zetten. Met een melodie en zo.

Ik heb helemaal geen zin om naar Ferdi te gaan. Ten eerste regent het, ten tweede is het al hartstikke laat en ten derde ken ik helemaal niemand op dat feestje. O, en het is hier ook best gezellig. Voor zover het gezellig kan zijn met nerds. Misschien kan ik nog één potje meespelen. Mijn bier is ook nog niet op.

Alsof Ferdi mijn twijfel voelt, stuurt hij een sms.

Hé schoonheid, kom je nog langs? Dan kun je meteen de rest van je misschien wel toekomstige huisgenoten ontmoeten!

Ik trek een gezicht naar mijn telefoon. Mijn huisgenoten kijken me stuk voor stuk met puppyogen aan. Ik heb echt geen zin om naar Ferdi te gaan, maar misschien laat ik dan wel een heel leuk feestje schieten. Bovendien is hij tot nu toe mijn enige hoop op een vlucht uit dit nerdhol.

'Ik moet even bellen,' zeg ik tegen de rest. Ik snel de keuken uit en scrol ondertussen door mijn lijst met contactpersonen.

De telefoon gaat drie keer over, maar dan wordt er opgenomen. 'Met Merel.'

'Hé chick, met mij. Alles goed bij jou?' Op de achtergrond hoor ik vrouwenstemmen door elkaar heen tetteren.

'Ja hoor, prima. Met jou?'

'Goed, goed... Ik heb alleen een klein dilemma,' zeg ik.

'O?' Ze klinkt ineens een stuk geïnteresseerder. 'Vertel.'

'Ik weet niet of ik naar Ferdi's feest moet gaan of hier in Het Fort moet blijven om te pokeren.'

Ze is even stil. Dan zegt ze: 'Dit meen je niet.' Ze klinkt een beetje verontwaardigd.

'Wat is er?'

'Is dit je dilemma? Is je leven zo saai geworden dat je me hiervoor moet bellen?'

Sprakeloos staar ik naar de telefoon, alsof ze me kan zien. Ik hoor de meiden op de achtergrond dingen naar Merel roepen. 'Wie is het?' Ik meen Simones stem te herkennen. Mijn haren gaan overeind staan. 'Is dat die vriendin van je?'

'Natuurlijk ga je naar Ferdi's feest,' gaat Merel verder. 'Daar kun je tenminste nog beter van worden. Met pokeren met die nerds schiet je niets op.'

'Doe niet zo kattig!'

'Ik doe niet kattig. Ik vind het gewoon stijlloos dat je weigert te reageren op mijn sms, maar dat je me vervolgens wel voor een lullig dramaatje in je leven opbelt. Of eigenlijk is het niet eens een dramaatje, dit is gewoon sneu.'

O, natuurlijk. Door al het gedoe met Kikker heb ik haar gisteravond niets teruggestuurd. 'Ben je een beetje op je tepel getrapt, schat?'

'Volgens mij vergeet je mij gewoon,' pruilt Merel.

'Nee, natuurlijk niet! Hoe kan ik jou nou vergeten?' vraag ik. 'Er kwam alleen iets tussen.'

'Tussen je benen?'

'O, ha-ha.' Goed, ze maakt alweer seksistische grapjes. Dan komt het wel in orde.

'Vertel het eens, chick,' spot ze. 'Wat was er zo belangrijk dat je je beste vriendin daarvoor moest laten schieten?'

Ik speur om me heen. Er luistert niemand stiekem mee vanuit een hoekje, dus mompel ik: 'Kikker.'

'Ben je nou nog steeds met die lange lummel bezig? Dit wordt serieus, Dixi.'

'Ik heet geen Dixi!'

'Whatever.' Ik zie voor me hoe ze met haar ogen rolt. 'Dus wat je eigenlijk wilt is in die nerdgrot blijven wonen.'

'Nee...' Ik hoor hoe onzeker mijn stem klinkt. Wat wil ik eigenlijk?

Ze zucht. 'Ga gewoon naar dat feestje, Lucy. Wie weet is het wel hartstikke leuk. En anders ga je toch gewoon weg? Ik zie het probleem niet.'

'Goed punt.' Ik knik. Er valt een stilte. 'En hoe is het met jou?'

Merel lacht hard. 'Ach, rot op. Alsof dat je interesseert.'

'Tuurlijk interesseert dat mij!' zeg ik, maar ze heeft al opgehangen.

Aan de zee van fietsen zie ik direct waar het feest is. Ik parkeer mijn eigen exemplaar ertussen en loop onzeker naar de voordeur toe. Ferdi's studentenhuis is midden in het centrum; dichter bij de kroegen kun je bijna niet wonen. De muziek bonkt me al tegemoet en ik betwijfel of iemand de bel hoort. Ik tel de seconden terwijl ik wacht. Eén, twee, drie, vier... Ik zwiep mijn haar over mijn schouder en hoop dat ik niet per ongeluk een beetje verf vergeten ben eruit te wassen. Negen, tien, elf, twaalf... Bij twintig ga ik weg, besluit ik. Dan kan ik maandag tegen Ferdi zeggen dat ik er was, maar dat er niemand opendeed. Vijftien, zestien, zeventien, achttien... Bijna...

De deur zwaait open. Een golf geluid rolt naar buiten, samen met een verfomfaaid uitziende Ferdi. Zijn haar zit in de war en zijn blauwe ogen twinkelen enthousiast. 'Ah, de ster van de avond!' roept hij en trekt me tegen zich aan in een omhelzing. De geur van Dior Homme dringt in mijn neusgaten. Ik verdrink bijna met mijn hoofd tegen zijn brede schouder.

Als hij me loslaat, doe ik wankel een stapje achteruit. Misschien had ik geen hoge hakken aan moeten trekken. Wat is er eigenlijk mis met mijn All Stars? Waarom draag ik pumps?

'Hoi,' zeg ik met een stijve glimlach.

Ferdi pakt mijn arm beet en werpt me een van zijn karakteristieke arrogante lachjes toe. 'Het is hoog tijd dat er wat drank in jou gaat, Dixi.'

'Ik heet Lucy,' zeg ik, maar mijn stem gaat verloren in een koor van bulderende stemmen als we vanuit de gang de keuken inlopen. Een brede kerel met bruine krulletjes slaat op Ferdi's schouder. 'Is dit die klasgenoot van je?'

'Jazeker. Dit is Lucille Luijcx.' Ferdi trekt me een stukje dichterbij. Ik voel mijn schouders verstrakken.

'Lucille, aangenaam kennis te maken.' De brede kerel steekt zijn hand naar me uit. 'Ik ben Roderick.'

'Dit is de huisoudste waar ik je over vertelde,' legt Ferdi uit. Zijn toon is achteloos, maar in zijn ogen zie ik dat hij het belangrijk vindt om dit te benadrukken.

Ik schud Rodericks hand en bekijk ondertussen zijn gezicht. Hij heeft een brede kaaklijn, een kuiltje in zijn kin en de koudste ogen die ik ooit gezien heb. Ze zijn mistig grijs, met kleine blauwe spikkeltjes als bevroren waterdruppeltjes. Hij glimlacht kil naar me.

Ferdi stelt snel zijn andere vier huisgenoten voor. Het zijn allemaal mannen. Het testosterongehalte in de keuken is bijna tastbaar. Onbewust vergelijk ik de sfeer met die in Het Fort. Ik was even vergeten hoe weinig haantjesgedrag daar voorkomt. Deze jongens staan hier met opgeblazen borst te laten zien hoe mannelijk en sterk ze zijn. Hoewel in Het Fort behalve Hermelien en ik alleen maar jongens wonen, voelt het niet aan als een echt mannenhuis.

Ik ben opgelucht als Ferdi me meetrekt naar de tuin, waar het weliswaar een stuk kouder is, maar waar de sfeer aanzienlijk losser is. Er is een zeil over de tuin gespannen tegen de regen. In alle hoeken en in het midden staan terrasverwarmers. Het puilt hier uit van de mensen, die allemaal een drankje in hun hand houden. Ferdi tapt een biertje voor mij en daarna eentje voor zichzelf. Hij heft zijn plastic glas naar me. 'Proost.'

Ik glimlach en neem snel een slok. Ondertussen speur ik om me heen om te zien of ik toevallig iemand ken. De tuin staat helemaal vol lachende, pratende en drinkende mensen. Ik woon al een paar maanden in Enschede. Ik moet toch minstens één bekende tegenkomen? Het blijkt een *mission impossible*. Waar ik op de campus al minstens vijf bekenden was tegengekomen, sta ik hier als een stomme sukkel zonder sociale contacten om me heen te staren. Sommige gezichten komen me vaag bekend voor van de intro, maar daar blijft het bij.

Dan wordt er op mijn schouder getikt. Als ik me omdraai staat er een meisje dat me nieuwsgierig opneemt. Ze heeft donker haar en een puntige wipneus. 'Ben jij toevallig Lucy die op Dumpert staat?'

Ferdi barst in lachen uit. 'Jezus Abby, niet nu!'

Het meisje, dat schijnbaar Abby heet, kijkt hem verontwaardigd aan. 'Nou, ik mag het toch wel vragen?' Ze wendt zich weer tot mij. 'Ben je die Lucy?'

Mijn wangen gloeien inmiddels alsof ik een levende terrasverwarmer ben. 'Misschien,' mompel ik.

'Zie je wel?' Abby draait zich naar een groep jongens en meisjes een stukje verderop. 'Ze is het, hoor!'

De groep komt meteen dichterbij. Het zweet breekt me uit. Hulpzoekend kijk ik naar Ferdi, maar hij grijnst alleen zelfingenomen. Abby staat zichzelf nog te feliciteren. 'Zie je wel, ik wíst het wel, ze is het gewoon.'

'Had je nog wilde plannen voor vanavond?' vraagt een van de jongens.

'Nee, vast niet,' zegt een meisje. 'Ze heeft geen wit T-shirt aan.'

'Wat voor beha draag je vandaag?' lispelt een zwaar beschonken, kalende kerel in mijn oor. Ik slaak een kreet van afschuw en doe een stap in Ferdi's richting.

'Is dit waarom je me hebt uitgenodigd?' sis ik boos naar hem.

'Nee hoor,' zegt hij met een uitgestreken gezicht.

Een jongen met een wenkbrauwpiercing roept: 'Eén, twee, drie! ANNIE!'

De hele tuin vult in koor aan: 'Vier, vijf! GEIL WIJF!'

'Wat is je cupmaat?' vraagt de zatlap. Hij wankelt mijn kant op. Ik ga snel achter Ferdi staan.

'Trek je niets aan van Walter, hoor,' lacht Abby aan mijn andere kant. 'Hij kan niet zo goed doseren. Morgen is hij degene met de meeste spijt.' Ze steekt een sigaret op en houdt mij haar pakje voor. 'Ook een peuk?'

'Nee, bedankt.' Ik haal mijn neus op. 'Ik rook niet.'

'Goed, meer voor mij.' Abby klapt het pakje dicht en geeft een zet tegen Walters schouder, die gedesoriënteerd de andere kant op wankelt. 'Hoe raak jij hier zo verzeild?'

'Ferdi heeft me uitgenodigd. Jij dan?'

'Geen idee. Zie je die jongen daar, met dat korte haar en die wenkbrauwpiercing? Dat is Jort. Ik was met hem op date vanavond, maar ineens kwam hij een tros vrienden tegen en voor ik het wist was ik hier.'

'Maar jullie kennen elkaar ook,' merk ik op.

Ferdi grinnikt. 'Heel Enschede kent Abby. Ze staat achter de bar in De Kater.'

Jort slaat een arm om haar schouders. 'De geilste barvrouw van heel Enschedééé!' Om het af te maken laat hij een harde boer.

'Ik zie direct waarom je met hem op date ging, hij is echt Prince Charming,' merk ik op tegen Abby.

'Ik wil ook best een liefdesliedje voor je boeren, hoor,' zegt Jort.

Abby doet een stapje dichter naar me toe. Ik blijf stokstijf staan, tot ik besef dat ze mijn oogschaduw bestudeert. 'Wat zit je make-up mooi,' zegt ze vol bewondering.

'Dank je.' Ik glunder stiekem een beetje.

'Doe je dat zelf?'

'Ja, ik ben nogal een tutje,' beken ik.

'Hartstikke gaaf. Ik heb daar altijd een visagist voor nodig,' zegt Abby.

'Ben je model?'

'Ik weet het, geen droombaan, maar van alleen achter de bar staan kom ik niet rond. En dan moet je er toch een arbeidersbaantje naast nemen.' Ze knipoogt en neemt nog een trekje van haar sigaret. 'En deze lieverdjes mag ik eigenlijk niet meer opsteken, maar hoe kan ik mijn grootste liefde nou opgeven?'

'Misschien omdat je eraan doodgaat?' opper ik luchtig.

Abby lacht schor. Dan gebaart ze van mij naar Ferdi. 'En jullie zijn een stelletje?'

Ik proest bijna een slok bier uit. 'Eh, nee.'

Ferdi zegt niets. Abby trekt haar wenkbrauwen op. 'O, volgens mij denken jullie hier niet helemaal hetzelfde over.'

'Hé lui, is het nog gezellig hier?' Roderick slaat joviaal op Ferdi's schouder. Hij kijkt mij aan met die vreemde ogen. Er loopt een ijsdruppel langs mijn ruggengraat. 'Ik zie dat je al vrienden gemaakt hebt?'

'Ik wist niet dat je een heuse beroemdheid op je feest had, Ro,' zegt Abby. Als hij haar niet-begrijpend aankijkt, knikt ze naar mij. 'Lucy is onze Dumpertkoningin!' Ze wendt zich tot mij. 'Meid, wat heb jij een bak ellende over je heen gekregen. Ik heb er wel bewondering voor dat je dat zo hebt doorstaan.'

'O,' zeg ik dommig. 'Eh, dank je.'

'Zeg Dix, wil je die kamer nog zien?' vraagt Ferdi.

Ik was de kamer alweer bijna vergeten, terwijl dat de hele reden is dat ik hier op ben komen dagen. Eigenlijk vind ik het wel gezellig met Abby, maar ik weet niet hoe snel ik uit de buurt van Roderick moet komen. Die jongen jaagt me de stuipen op het lijf. 'Goed,' zeg ik dus maar.

Ferdi gaat me voor naar binnen. In de keuken worstelen we ons door de groep haantjes heen en in de gang passeren we een zoenend stelletje dat zich in de hoek bij de kapstok heeft teruggetrokken, maar daarna is het rustig. We gaan de trap op, waar ik bijna mijn hoofd stoot tegen het lage plafond, en lopen langs drie deuren voordat we stilstaan. Ferdi maakt een dramatisch gebaar. 'Dit is misschien wel jouw toekomstige kamer.'

Hij duwt de deur open. Een bedompte lucht komt me tegemoet, alsof het raam nog nooit open is geweest.

'Het is wel een beetje donker,' zeg ik voorzichtig. Ik vind dat ik me nog bescheiden uitdruk, want ik zie geen hand voor ogen. Als ik puur op de geur en de duisternis af moest gaan, zou ik net zo goed op het punt kunnen staan een graftombe binnen te stappen.

Ferdi loopt zonder aarzelen naar binnen en trekt de gordijnen open. Het vage licht uit de tuin onthult een middelgrote vierkante kamer die van boven tot onder volgepropt is met wasgoed. Het ligt overal: op het bed, op de vloer, over de stoelen...

'Eh, het is, eh...' Ik zoek naar een goed woord.

'Een fucking puinhoop?' Ferdi trekt grijnzend een wenkbrauw op. 'Daar moet je even doorheen kijken.'

'Waar is de bewoner van dit hol eigenlijk?'

'Ergens in de tuin.'

'Vindt hij het wel goed dat we in zijn kamer kijken terwijl het er hier uitziet als de H&M na een koopavond?'

'Nu je het zegt: nee, waarschijnlijk niet.' Ferdi grijnst. 'Kom, dan gaan we naar mijn kamer.'

Hij trekt me mee naar buiten en sluit de deur achter ons. Terwijl we door de gang lopen nestelt een onrustig gevoel zich in mijn buik. Ik werp een blik over mijn schouder naar de trap. In de achtertuin feest iedereen vrolijk door; boven de bonkende bassen uit hoor ik mensen gillen en schreeuwen.

'Welkom in mijn kasteeltje,' zegt Ferdi. Ik kijk langs hem heen de kamer in en verbaas me over het verschil met de bende van net. Het is een grote kamer met lichtgeverfde muren en één wand die bijna helemaal uit ramen bestaat.

'Wow,' zeg ik.

'Ja hè?' Hij grijnst trots.

'Het is in ieder geval opgeruimd,' probeer ik mijn bewondering nog wat af te zwakken.

Ferdi loopt vlak langs me, zodat ik zijn dure aftershave ruik. Hij geeft de deur een zetje, zodat die dichtvalt. 'Wil je wat drinken?' Met een zwierig gebaar haalt hij twee champagneflûtes uit een open kastje. 'Iets met bubbels?'

'O, ja,' zeg ik verbaasd. 'Lekker.'

Hij trekt een koelkastje open en haalt er een donkere fles met een roze etiket uit. 'Lust je Moët?'

Aan zijn peilende blik zie ik dat dit een test is. Ik heb geen flauw idee wat Moët is, maar mooi dat ik hem dat niet aan zijn arrogante neus ga hangen. 'Zo, doe maar duur,' zeg ik dus maar. Ik ben trots op mezelf. Die opmerking is lekker sarcastisch als de wijn van de Aldi komt, maar ook gepast als hij vijftig euro per fles kost.

Ferdi trekt geamuseerd één mondhoek op. 'Ja, ik dacht, laat ik eens alles uit de kast trekken.'

Shit, ook daaruit kan ik niets opmaken. Nou ja, het is Ferdi, dus het zal wel iets chics zijn. Ik zoek naar stoelen, vind ze niet en plof dus maar neer op het bed. Met een klein knikje pak ik mijn glas van Ferdi aan. Hij gaat naast me op het bed zitten en we klinken, waarbij hij diep in mijn ogen kijkt. Zijn gezicht is zo dichtbij dat ik zie dat zijn blauwe irissen doorweven zijn met dunne, gouden draadjes. Ik deins onwillekeurig een beetje terug. 'Op ons,' zegt hij zachtjes.

'Eh,' zeg ik, waarna ik meteen maar mijn halve glas in mijn keelgat giet. Gelukkig heb ik een goede bodem gelegd; bobotie is eigenlijk best wel heel erg lekker. Al wil ik dat natuurlijk niet met zoveel woorden tegen Chris zeggen. Met een gevoel van weemoed denk ik aan mijn huisgenoten, die nu nog gezellig met zijn allen zitten te pokeren. Ik durfde Kikker niet aan te kijken, maar hij kan er nooit blij mee zijn dat ik vanavond bij Ferdi ben. En al helemaal niet als hij wist dat we nu samen op zijn kamer aan de bubbels zitten.

'Lucy, vertel eens,' haalt Ferdi me terug uit mijn overpeinzingen. 'Hoe is het met je?'

Ik frons. 'Hoe bedoel je?'

'Ik wil gewoon weten hoe het met je gaat. Is dat verboden?' Hij buigt zijn hoofd een stukje mijn kant op. Ik schuif wat achteruit.

'Goed, hoor.'

'Kun je een beetje wennen in Enschede?'

'Tuurlijk.' Ik neem nog een slok. Het glas is alweer bijna leeg.

Ferdi houdt de fles omhoog. 'Nog een beetje?'

Ik reik hem mijn glas aan en hij schenkt bij. Ondanks mijn goede bodem merk ik toch dat de belletjes een beetje naar mijn hoofd stijgen.

'En jij?' vraag ik, om de aandacht een beetje van mij af te leiden.

'Perfect,' zegt Ferdi tevreden. 'Ik heb het erg naar mijn zin op de studie, ik heb een heleboel vrienden op de vereniging, en kijk waar ik woon.' Hij gebaart om zich heen. 'Koninklijk plekje.'

Nu voel ik me een nog grotere kneus. Ik ben hard op weg mijn eerste tentamenperiode te verkloten, heb nog niet echt vrienden gemaakt en woon in Het Fort. Kan mijn leven nog sneuer?

'Wanneer gaat je huisgenoot weg?'

'Over een paar weken,' zegt hij.

'Beetje vage termijn.'

Hij haalt zijn schouders op. 'Ik weet het niet. Maar ik zal je in ieder geval aanbevelen.'

'Ach, alles is beter dan die dump waar ik nu woon.' Ik plof achterover in de kussens. Ferdi komt naast me liggen. Zijn schouder raakt de mijne. Ik schuif een stukje van hem weg, maar ik kan niet verder opzij.

Ferdi kijkt me weer zo lang aan, wat extra intimiderend is omdat onze neuzen elkaar bijna raken. Dan zegt hij zachtjes: 'Weet je dat je een heel bijzonder meisje bent, Lucy?'

Hij legt een vinger onder mijn kin. Ik registreer dat zijn gezicht te dichtbij is. Dat zijn ogen half geloken zijn. Dat zijn lippen een stukje van elkaar af zijn. Dat zijn gezicht zo egaal en gaaf is dat ik het bijna niet geloof. Mijn hart fladdert als een angstig vogeltje tegen mijn ribbenkast, op zoek naar een weg naar buiten. Ik wil mijn blik afwenden. Ik wil hem wegduwen. Ik wil opstaan en weglopen.

Te laat.

Hij buigt zich voorover, strijkt een lok haar uit mijn gezicht en drukt dan zijn lippen op de mijne. Ik laat me overvallen door de hongerigheid van zijn kus. Hij laat zijn handen om mijn middel glijden en drukt me tegen zich aan. Pas als mijn hersenen registreren dat hij zijn ogen dicht heeft, in de volle overtuiging dat we hier allebei van genieten, besef ik dat ík mijn ogen nog open heb. Wijd open. Het is niet dat hij niet kan zoenen – technisch gezien doet hij niets verkeerd. Ik heb er gewoon geen gevoel bij. Dit is net als zoenen met een wildvreemde in de kroeg: het is lichamelijk redelijk opwindend, maar het is niet iets waar ik naar gehunkerd heb tot ik er bijna aan onderdoor ging.

Ik ruk me los als ik voel dat Ferdi de bovenste knoopjes van mijn blouse los begint te maken. Ik probeer hem van me af te duwen en als dat niet zo snel lukt schuif ik onder hem vandaan, waardoor ik zittend op de grond terechtkom. Mijn blouse is half opengeknoopt. We kijken elkaar hijgend aan, allebei verbaasd.

'Waar kwam dat vandaan?' vraag ik met schorre stem.

Ferdi haalt een hand door zijn haar. Zijn ogen glanzen. 'Vond je het niet fijn?'

'Daar gaat het niet om.' Mijn adem gaat nog steeds te snel. 'Waarom deed je dat?'

'Omdat ik er zin in had.'

Ik sta op en knoop mijn blouse snel weer dicht. 'Waar is de wc?'

Ferdi gebaart richting de deur. 'In de gang, eerste links.'

Ik loop zonder verder nog iets te zeggen de gang in. Eenmaal in de wc vis ik mijn mobiel uit mijn zak om een hulplijn in te schakelen, maar wie moet ik bellen? Ik kan het niet maken om Merel nog eens lastig te vallen en Hermelien staat ook niet boven aan mijn lijstje met mensen die ik wil vertellen over een zoenpartij met Ferdi, want reken maar dat zij partij kiest voor Kikker.

Dan weet ik het. Oké, een beetje vreemd is het wel, maar op dit moment heb ik even geen beter alternatief. En ik was toch bezig met nieuwe vrienden maken?

Voordat ik me kan bedenken loop ik naar beneden, door de gang waar het stelletje nog steeds staat te zoenen en door de keuken waar gelukkig geen haantjes meer staan. Zodra ik buiten ben vallen haar donkere haar en brutale wipneus me op. Ik leg een hand op haar schouder. 'Abby?'

'Hé, Lucy!' Ze kijkt om zich heen. 'Waar is Ferdi?'

Ik werp een wantrouwige blik op haar vriendengroep. 'Kan ik heel even met je praten?'

'Tuurlijk. Kom, dan gaan we naar een rustiger plekje, dan hoeven we niet zo te schreeuwen,' leest ze mijn gedachten. We banen ons een weg terug naar de lege keuken. Ze kijkt me met onverholen nieuwsgierigheid aan. 'Wat is er?'

Ik wriemel zenuwachtig met mijn handen. 'Ferdi begon me net ineens te zoenen en ik weet niet of ik het wil.'

Abby grijnst. 'Ik dacht al dat hij een oogje op je had. Wat is het bezwaar? Het is toch een leuke jongen?'

'Hij is leuk om te zien, ja,' zeg ik aarzelend.

'Maar...?'

'Ik val niet op hem. We passen niet bij elkaar.'

'En er is een andere jongen die wel bij je past?'

Ik knik voorzichtig.

'Ziet die jou staan?'

'Volgens mij wel, ja.' Ik denk aan vannacht, toen hij op mijn deur klopte. De veelbetekenende blik in zijn ogen toen ik hem vroeg op wie hij verliefd was. Hoe hij me tegen zich aandrukte. Waarom heb ik hem toen niet gewoon gezoend? Als ik er alleen al aan denk staat mijn hele lijf weer in vuur en vlam.

'In dat geval zou ik zeggen: pas een beetje op. Maar aan de andere kant: wat niet weet, wat niet deert,' lacht Abby. Haar ogen twinkelen ondeugend. 'Maar goed, advies aannemen van mij heeft nog nooit iemand beter gemaakt, dus baseer daar alsjeblieft je beslissing niet op.'

Ze heeft gelijk: wat niet weet, wat niet deert. En ik ben de afgelopen tijd behoorlijk roestig geworden; erg veel oefening heb ik niet gehad, dus wie weet vindt Kikker wel gewoon dat ik niet kan zoenen.

Met een hoofd vol gedachten aan Kikker stap ik even later Ferdi's kamer weer binnen. Hij zit met zijn laptop op schoot, maar zodra ik binnenkom, klapt hij hem dicht en staat hij op. 'Het spijt me als ik je overrompeld heb,' zegt hij.

Ik haal diep adem en produceer een glimlachje. 'Het is niet erg. Ik schrok er gewoon van.'

'Wil je nog een glaasje bubbels?' Hij houdt de fles omhoog. Als hij ziet dat ik aarzel, voegt hij er snel aan toe: 'Ik beloof dat ik je niet meer zal zoenen als je het niet wilt.'

Ik neem plaats naast hem op bed. 'Goed.'

We drinken de fles leeg, waarna Ferdi een nieuwe opentrekt. We hebben het over zijn leven in Leiden en mijn leven in Groningen. Na mijn vijfde glas bubbels deel ik mijn zorgen over de verwaterende vriendschap tussen Merel en mij. Na het zevende glas laat ik zelfs iets los over Marloes en de pesterijen. Hij vertelt dat hij een vriendin had in Leiden, maar dat ze inmiddels uit elkaar zijn omdat zij in Maastricht is gaan studeren en hij hier. We kletsen zo lang dat we op een gegeven moment het feestgedruis in de achtertuin horen verstommen. Ik kijk op de klok en schrik me een hoedje. 'Het is halfvier, ik moet naar huis,' zeg ik geschrokken.

'O,' zegt Ferdi, niet erg onder de indruk.

Ik sta op en begin mijn pumps aan te trekken. Dan voel ik Ferdi's handen om mijn middel glijden. Kippenvel kruipt over mijn lijf en mijn wangen worden warm. De kamer deint zachtjes mee met het vraagteken boven mijn hoofd. Ik draai me naar hem om. 'Wat doe je?'

Hij trekt me tegen zich aan. 'Ik weet dat ik het niet zou doen, maar ik zou je nu heel graag willen zoenen.'

Sprakeloos kijk ik hem aan. Toen ik zat had ik het lichte gevoel in mijn hoofd nog redelijk onder controle, maar nu ik sta ben ik blij dat Ferdi zijn armen om me heen heeft geslagen, anders was ik waarschijnlijk omgevallen. Ik weet alleen niet hoe ik denk over het feit dat zijn gezicht steeds dichter bij het mijne komt. Of over het wollige gevoel in mijn buik.

Dit keer komt de zoen niet als een verrassing. Ik sluit mijn ogen en laat mijn vingers in zijn haar verdwijnen, terwijl ik fantaseer dat het Kikkers lippen zijn die ik voel. Het is Kikker die in mijn onderlip bijt, het is Kikker die mijn hoofd achterovertrekt en mijn mond open dwingt, het is Kikker die zijn handen over mijn billen laat glijden...

Maar het is Ferdi's stem die in mijn oor kreunt: 'Ik vind je zo geil.'

Goed, er zijn vast meiden die opgewonden worden van dat soort uitspraken, maar ik kan niet zeggen dat ik in die categorie val.

'Ik dacht dat je me niet meer zou zoenen.' Ik hoor dat ik met dubbele tong praat.

'Alleen als je het niet wilde. En ik zág gewoon dat je nu wel wilde,' grijnst hij. 'Zullen we even gaan liggen?' Hij manoeuvreert me met zachte dwang in de richting van zijn bed.

Ik zet me schrap, voor zover dat gaat met een dronken hoofd en voeten in pumps.

Ferdi kijkt me vragend aan. 'Wat...?'

Ik schud mijn hoofd en grijp me vast aan de deurpost. 'Ik moet naar huis.'

Ferdi's armen vallen langs zijn lichaam naar beneden. Zijn blik verduistert. 'Verdomme, Lucy!' roept hij.

Ik doe nog een stapje naar de deur toe.

'Je bent zo'n vreselijke... vreselijke...' Hij zoekt gefrustreerd naar het juiste woord. 'Opgeilster!'

'Ik dacht dat we gewoon een leuke avond hadden,' zeg ik verbaasd.

'Dat hadden we ook,' schreeuwt hij. 'Totdat jij tegen begon te stribbelen!'

Ik sper woedend mijn neusgaten open. 'Nou, sórry hoor! Wat denk je wel niet van me?'

'Tja, wat zou ik van je denken?' Het sarcasme druipt van zijn woorden. Hij gebaart naar mijn jurkje en pumps. 'Kijk eens naar jezelf, Lucille. Wat voor indruk denk jij te wekken bij mannen? Dat je een lief, onschuldig en kuis meisje bent?'

Zijn opmerking komt aan als een vuistslag in mijn buik. Ik voel mijn mondhoeken naar beneden trekken en mijn kin trillen. 'Stik erin, Ferdi. Ik ben je hoer niet.'

Voordat hij de opwellende tranen in mijn ogen kan zien, draai ik me om en storm ik de deur uit. In de gang voel ik de eerste waterlander over mijn wang glijden. Als ik eenmaal bij de trap aangekomen ben, word ik verblind door een tranenwaas voor mijn ogen. Niets ziend dender ik van de treden af. Met een harde bonk stoot ik mijn hoofd tegen het lage plafond. Ik zak terug op een trede, maar mijn voet glijdt weg. Zonder grip op de treden of de leuning rol ik als een lappenpop van de trap af. Ik land op de grond met een klap die alle lucht uit mijn longen slaat. Als een vis op het droge hap ik naar lucht. Ik durf me niet te bewegen. Wat als ik iets gebroken heb? Dan moet ik Ferdi roepen. Ik zie hem ervoor aan dat hij me hier gewoon laat liggen, de zak.

Heel voorzichtig wring ik mijn rechterarm onder mijn lijf vandaan en duw mezelf omhoog. Ik zoek steun bij de leuning en trek mezelf met een snik omhoog. Goed, ik kan op mijn benen staan, dat is goed nieuws. Een beetje trillerig weliswaar, maar ik sta. Op mijn linkerheup voel ik een enorme blauwe plek opkomen en mijn rechterschouder doet zeer, maar verder klopt alleen mijn hoofd. Waarschijnlijk van de bubbels. Ik trek de voordeur achter me dicht en loop naar mijn fiets, die zielig op de grond ligt. Nou ja, het had erger kunnen zijn. In ieder geval is hij niet gejat.

Terwijl ik naar huis fiets passeer ik af en toe groepjes luidruchtige jongelui in de donkere straten, maar verder is het stil. Ieder normaal mens ligt waarschijnlijk al te slapen. Ik trap goed door en negeer daarbij zo veel mogelijk de pijn in mijn heup. De gebeurtenissen van vandaag malen als een doorgedraaide carrousel rond in mijn hoofd. Alles buitelt over elkaar heen. Ik ben op. Het enige wat ik nu nog wil is slapen. Heel lang slapen. En pas wakker worden als de tentamens voorbij zijn. Of nog beter, als dit hele kloterige jaar voorbij is.

18

Iemand bonkt verwoed op mijn deur. 'Dixi! Diii-xi!'

Ik verstop kreunend mijn hoofd onder het kussen.

Het geram gaat door. 'Dixi!'

'Laat me met rust,' jammer ik. Mijn stem kraakt.

'Dixi, ben je wakker?'

Ik druk het kussen nog wat dichter tegen mijn oren, maar ik kan Chris' stem niet buitensluiten. En nu staat hij ook nog naast mijn bed, wat het helemaal onmogelijk maakt om hem te negeren.

'Dixi, word wakker.' Hoewel ik zo'n beetje gemummificeerd ben in de deken, lukt het hem toch om me heen en weer te schudden. 'Is die bende in de wasmachine van jou?'

'Welke bende?' Ik gluur met één halfopen oog onder het kussen vandaan.

Chris staat walgelijk wakker te zijn naast mijn bed. 'Goedemorgen, schone slaapster.'

'Meurgh,' mompel ik. Mijn gezicht voelt alsof het is verfrommeld tot een propje.

'Als het jouw troep is in de wasmachine, zou ik maar snel uit bed komen.' Chris grijnst zo vrolijk dat ik fysiek moeite moet doen om mijn duimen niet tot aan de knokkels in zijn oogkassen te duwen.

'Wat wauwel je allemaal?' Terwijl ik het vraag, besef ik dat ik mijn wasje glad vergeten ben nadat ik het er gisteren in heb gedaan. Ik kijk hem paniekerig aan. 'O nee. Zeg dat alles nog heel is.'

'Het is nog wel heel, ja,' zegt hij met een stem die me weinig hoop geeft.

Ik spring uit bed en krimp meteen in elkaar van de pijn. Mijn hele lijf schreeuwt het uit. Heb ik gisteren soms op olympisch niveau gegymnastiekt? O wacht, ik ben natuurlijk van de trap gestuiterd.

Ik kijk naar mijn heup en word op slag onpasselijk van de dikke, paarsblauwe bloeduitstorting. Meteen moet ik weer denken aan Marloes' blauwe plekken. Ik druk het beeld weg, terwijl mijn geweten in mijn oor fluistert dat ik een slechte grote zus ben.

'Wat heb jij gedaan?' Chris' ogen zijn nog groter dan normaal als hij geschrokken kijkt naar het bewijs van mijn onzachte ontmoeting met Ferdi's trap.

'O, van de trap gevallen,' wuif ik het weg. Met een snelle beweging trek ik mijn badjas aan over mijn hemdje en gestippelde onderbroek. Nu ik weet dat Chris homo is, voel ik niet meer zoveel bezwaar om schaars gekleed voor zijn neus te staan. Ik bedoel, zolang ik geen piemel heb, is het niet alsof hij me zal bespringen in een opwelling van lust. Ik schiet in mijn badslippers en flip-flop op hoog tempo door de gang. In de badkamer staat een lange gestalte over de wasmachine gebogen. Mopperend en vloekend trekt hij het ene na het andere felroze lapje stof uit de trommel.

'Is dat mijn was?' Mijn stem klinkt lichtelijk hysterisch.

Kikker draait zich om met een gezicht dat op onweer staat. 'Ja, prinses. Dit is jouw wasgoed.'

'Wat is er gebeurd?' Ik kijk naar de berg felroze lapjes op de vloer.

'Zo te zien heb je de temperatuur te hoog ingesteld, te veel wasmiddel in de machine gedaan en de trommel te vol gepropt,' somt Kikker op. 'O, en zo te zien zat er nog een papiertje in je broekzak.'

Ik gebaar naar de hoop naast hem. 'Waarom is alles roze?'

Met een vermoeid gebaar masseert hij zijn neusbrug met twee vingers. 'Kleuren kun je beter apart wassen.'

Voorzichtig loop ik naar de berg op de grond en begin er dingen uit te vissen. Mijn nieuwe rode jurkje is zo te zien aardig gekrompen. Mijn witte skinny jeans is nu roze. Mijn Blond-handdoeken zien er vaal uit. En als klap op de vuurpijl zit alles onder de minuscule witte snippertjes. Geschokt laat ik al mijn prachtige kleding en handdoeken door mijn handen glijden. Mijn mooie kanten string met touwtjes is helemaal verfrommeld. Met een zucht van ellende begraaf ik mijn gezicht in mijn handen. 'Wat een teringzooi.'

'Zeg dat wel,' merkt Kikker op. 'Ik hoop dat de wasmachine het nog doet. Je had er beter een babyolifantje in kunnen drukken, dat was lichter geweest.'

'Maar... Dit wist ik helemaal niet!' roep ik uit. Ik sta op en kijk Kikker boos aan. 'Niemand vertelt mij hoe die wasmachine werkt! Ik doe maar wat.'

'Als je het gevraagd had, had ik het met liefde uitgelegd,' zegt hij kil.

'O ja, want jij snapt altijd alles! Je wilde me alleen maar uitlachen omdat ik zo'n dombo ben die niet met de wasmachine om kan gaan.' Ik ben onredelijk, maar door de combinatie van slaapgebrek, zoveel tegenslag en een opkomende kater maak ik me daar niet zo druk om.

Kikker kijkt me waarschuwend aan. 'Niet doen, Lucy.'

'Ga toch weg.' Ik maak een geïrriteerd handgebaar. 'Ik word er zo ziek van dat ik me altijd maar minderwaardig voel als jij in de buurt bent. Ga maar lekker ergens anders volwassen zijn!'

'Goed.' Hij zucht. 'Ik spreek je wel weer als je normaal kunt reageren. Over vijf jaar of zo.' Hij werpt me nog een blik toe die door mijn ziel snijdt en loopt dan de badkamer uit. Nu zie ik pas dat Chris nog in de deuropening staat. Hij kijkt verbaasd van mij naar de weglopende Kikker en zegt dan voorzichtig: 'Dit is niet je beste dag, of wel soms?'

'Nee,' bijt ik hem toe.

'Wil je dat ik ook wegga?'

'Ja!'

Hij draait zich om en sloft weg. Ik blijf achter in de badkamer, waar het overweldigend naar lavendel ruikt.

Ik heb niemand nodig. Ik sluit me het grootste deel van de tijd op in mijn kamer en blijf tot vier uur 's middags in mijn ochtendjas rondlopen. De gordijnen hou ik dicht, ook al doet de herfstzon daarachter hard haar best om mij te verleiden een rondje buiten te lopen. Ik ontbijt op mijn kamer en zet *New Moon* op. Niet dat ik mijn aandacht erbij kan houden, maar ik heb de film al zo vaak gezien dat ik van minuut tot minuut weet wat er gebeurt.

Ik word de hele dag door niemand gebeld of ge-sms't. Niet door

Ferdi, niet door Merel, niet door Marloes en niet door mijn ouders. Ook klopt er niemand op mijn deur, zelfs Chris niet.

Prima. Lekker rustig.

's Avonds eet ik niet mee met de rest. Ik wacht tot iedereen weg is uit de keuken en slof dan in mijn wijde broek van roze katoen en zwarte wollen trui de keuken binnen. Het ziet eruit alsof er een veldslag heeft plaatsgevonden; de borden staan schots en scheef op elkaar, het vieze bestek ligt verspreid over de tafel en in de gootsteen staan de pannen zo hoog opgestapeld dat de wasbak op meerdere plaatsen overstroomd is. Ik snuif verontwaardigd. Waarom hebben we eigenlijk een schoonmaakrooster opgesteld? Het is niet alsof iemand zich daaraan houdt. Ik gooi mijn pizza mozzarella in de oven (dit is echt de laatste keer dat ik zo'n zondige vette hap eet) en zak zuchtend neer op de benedenste bank. Ik heb de hele dag nog niet omgekeken naar mijn studieboeken. Morgen begint de tentamenweek. Ik denk er maar niet aan, want als ik dat doe, kruipt er een zenuwachtig en onrustig gevoel omhoog vanuit mijn onderbuik. Om mijn gedachten af te leiden zet ik de tv aan. *De Wereld Draait Door* is net begonnen. Ik kijk nooit naar het nieuws, maar dit vind ik wel een leuk programma. Tenzij er weer zo'n gekke opera-dude in de uitzending is. Nu zit Marc-Marie Huijbregts met zijn hoge stemmetje vol vuur iets te vertellen over jezelf zijn. Bla, bla, bla. Mij heeft het tot nu toe nog niet zoveel gebracht; iedereen heeft een hekel aan me.

Af en toe stommelt er iemand langs de keukendeur. Op die momenten duik ik in elkaar en kijk ik extra strak naar de tv. Eindelijk piept de oven dat mijn pizza klaar is. Ik druk de tv uit. De pizzadoos keer ik binnenstebuiten, om vervolgens mijn avondeten erop te schuiven. Dat scheelt afwas.

Ik sleep een deken mee het balkon op en ga achterstevoren op de houten bank zitten. Mijn voeten laat ik tussen de reling door bungelen. De avondzon schijnt op mijn gezicht en de herfstkou laat mijn gezichtshuid tintelen. Ik snuif de geur van het najaar op. Ik haat de herfst, het is gewoon een afbraakseizoen. Iedereen zegt dat het zo lekker ruikt, maar het enige wat mijn neus oppikt is de geur van rottende bladeren. In de maanden na de zomer ruik ik alleen maar dood. De lijkjes van doodvriezende insecten en stervende zoogdiertjes. En nog vragen mensen zich af waar nou die herfstdepressie vandaan komt.

De campus is rustig vandaag. Alle nerds blijven het liefst binnen in hun donkere holen, lekker warm en stoffig. Het enige licht dat ze opvangen is afkomstig van hun computerscherm. Een beetje zoals ik vandaag heb geleefd, dus.

Ik realiseer me plotseling dat ik sinds de aanvaring in de badkamer vanmorgen niet meer heb gepraat. Ik heb geen levend wezen meer gesproken. Zou mijn stem nog werken? Ik heb hem al uren niet meer gehoord.

'Hallo,' zeg ik zachtjes. Er zit een vliesje over mijn stem. Ik kuch eens en probeer het nog een keer, nu wat harder. 'Hallo!'

De jongen die beneden in zijn eentje langsloopt kijkt verbaasd omhoog en steekt met een aarzelend gebaar zijn hand naar me op. Ik groet terug en voel mijn wangen rood worden van schaamte. Fijn. Ik ben één dag alleen en ik verander meteen in een in zichzelf mompelende kluizenares.

'Hé, ben je er wel?' klinkt het ineens achter me.

Ik draai me snel om en kieper bijna van het gammele bankje. Hermelien staat in de deuropening en neemt me een beetje ongerust op. 'Gaat het goed? Voel je je niet lekker?'

Ik heb vandaag nog niet in de spiegel gekeken, maar aangezien ik geen make-up draag, mijn haar niet gewassen of gekamd heb en in pauperige kleren een pizza naar binnen zit te stouwen, vind ik het geen vreemde vraag. Ik zal er wel een beetje ziek en zielig uitzien.

'Gaat wel,' antwoord ik naar waarheid.

Hermelien loopt langzaam naar me toe en schuift naast me op de bank. Ze volgt mijn voorbeeld en steekt haar voeten tussen de balustrade door. Zo zitten we een tijdje zwijgend naast elkaar. Ik heb mijn pizza half opgegeten naast me neergezet.

'Is er gisteren, eh,' begint Hermelien dan aarzelend. 'Is er iets... gebeurd?'

Ik ben direct op mijn hoede. 'Nee,' bijt ik haar toe. Veel te snel, veel te scherp. Ik had net zo goed meteen 'ja' kunnen zeggen. Hermelien trekt een wenkbrauw op.

Ik zucht diep en zeg niets. Het is een tijdje stil. Een plotselinge windvlaag rukt de dode blaadjes van de kalende boomtakken in het park tegenover ons. Met een korrelig, krakend geluid waaien ze over straat. Ik bedenk weemoedig dat het nog maar een paar maanden geleden is dat ik in bikini in het Noorderplantsoen lag met Merel, nietsvermoedend van wat me te wachten stond. In die tijd was het ondenkbaar dat er een dag voorbijging zonder dat we elkaar zagen, spraken of sms'ten. We deelden alles met elkaar. Merel was mijn belangrijkste bondgenoot, en ik die van haar. Haar mening betekende meer voor me dan die van mijn vader, moeder en zusje bij elkaar opgeteld. Nu heb ik haar al weken niet meer gezien en de telefoongesprekken en sms-conversaties verlopen ook niet bepaald soepel. Hoe kunnen we zo snel zo ver uit elkaar zijn gedreven?

'Hoe gaat het nu tussen jou en Kikker?' vraagt Hermelien voorzichtig.

Ik schud mijn hoofd.

'Niet goed?'

'Hij is te goed voor me,' zeg ik zachtjes.

Hermelien fronst. 'Sorry?'

'Hij is overal goed in en hij zit nooit ergens mee.' Ik maak een gefrustreerd geluidje. 'Ik word stapelidioot van hem.'

'Je bent dus heel verliefd op hem,' zegt Hermelien met een grijns.

'Ik wil gewoon geen gezeik,' zucht ik. 'Hij is wel mijn huisgenoot.'

'Ik heb ook wel eens iets gehad met een huisgenoot,' geeft Hermelien schoorvoetend toe. Ze kijkt strak over het balkon heen, naar het park.

'O?' vraag ik geïnteresseerd.

'Ja, maar het werd uiteindelijk toch niks,' vervolgt ze gemaakt luchtig. Dan onderbreekt ze zichzelf en roept: 'Hé kijk, daar is de Ridder!'

Ik volg haar uitgestoken wijsvinger en zie een jongen die onder het balkon door loopt. Hij maakt een vreemd, metaalachtig geluid. Aan de mouwen en broekspijpen van zijn zwarte kleren zijn ijzeren platen en kettingen bevestigd, die tijdens het lopen tegen elkaar aan rammelen. En schuin over zijn borst draagt hij een band, die de houder op zijn rug op zijn plek houdt. Een houder met daarin...

'Is dat een zwáárd?' Ik staar vol verbazing naar deze wonderlijke verschijning.

Hermelien knikt. 'We noemen hem niet voor niets de Ridder. Hij gaat elke dag LARP'en.'

'Wat, larven?'

'Nee, LARP. Live Action Role Playing.'

'O ja, dat.' Ik kijk haar nog steeds totaal blanco aan.

Hermelien lacht. 'Dan verkleed je je als een elfje of een dwerg of... nou ja, de mogelijkheden zijn eindeloos. Je verkleedt je als wat je maar wilt en dan ga je een verhaal naspelen. Of je gaat een gevecht aan met iemand.'

'Klinkt leuk,' schamper ik.

'Nee, het is echt best leuk. Iedereen heeft een bepaald wapen of een speciale kracht,' legt Hermelien blozend uit. 'Als je bijvoorbeeld met je zwaard op iemands been slaat, mag hij dat niet meer gebruiken.'

'Dat lijkt me nogal wiedes.' Ik grinnik. 'Volgens mij kún je je been niet eens meer gebruiken nadat iemand er met een zwaard op ingehakt heeft.'

'Geen echt zwaard,' zegt Hermelien. Ze geeft me een por. 'Een nepzwaard. Of een bijl. Of een toverstaf.'

'Ik hoor het al,' lach ik. 'Klinkt echt als iets voor mij.'

'Wat is jouw hobby, Lucy?' vraagt ze onverwachts.

Ik denk even na. 'Make-up.'

'Wat vind je daar zo leuk aan?'

'Alles,' antwoord ik lachend. 'Het gevoel dat je start met een gezicht vol onvolkomenheden en verborgen mogelijkheden en dat je daar dan een mooi kunstwerk van maakt.'

'Zoals bij mij?' Ze pulkt aan een puistje op haar kin.

Ik sla haar hand weg. 'Niet aan je gezicht zitten met je vieze vingers. Inderdaad, net als bij jou. Als ik een gezicht zie, weet ik meteen wat de sterke punten zijn. Dat is de kunst, weet je,' ga ik verder. 'Je moet niet je slechte punten wegmoffelen, maar je sterke punten naar voren halen.'

'Ik geloof niet dat mijn gezicht sterke punten heeft,' mompelt

Hermelien. Ze drukt haar lippen samen tot haar mond op een kattenkont lijkt.

'Niet als je zo kijkt, nee,' lach ik.

'Wat zijn mijn sterke punten?'

'Niet zo naar complimentjes vissen, hè?' Ik geef haar een por, maar dan zie ik dat ze het echt wil weten. Het is niet zoals wanneer ik aan een jongen vraag wat hij dan mooi aan me vindt, terwijl ik dat eigenlijk allang weet. Hermelien weet echt niet wat haar mooie kanten zijn. Ik neem haar gezicht tussen mijn handen, zodat ze me recht aan moet kijken. Als iemand me een paar weken geleden had verteld dat ik dit zou doen, zou ik diegene direct uit mijn bestaan gewist hebben. 'Hermelien, je hebt prachtige ogen. Ik heb nog nooit irissen gezien met zo'n onbestemde kleur. Als je groen draagt, zijn ze groen. Als je bruin of zwart draagt, zijn ze zwart. Als je lichte kleuren draagt, zijn ze bijna geel.' Ik kijk of de boodschap aankomt. Mijn vriendin staart me gefascineerd aan. Ik ga verder. 'Je hebt een kleine neus.'

'Nou en?' vraagt ze verbaasd.

'Je moest eens weten wat een aardappel op je gezicht voor negatieve invloed op je uiterlijk kan hebben.'

'Weet je wat een negatieve invloed op mijn uiterlijk heeft? Die dikke spekwangen van me. En die onderkin.' Ze slaat haar armen over elkaar heen.

Ik gluur omlaag naar mijn buik, die niet meer strak en plat is, maar stiekem over mijn broekrand heen blubbert als hij denkt dat ik het niet zie. De helft van de broeken in mijn kast krijg ik inmiddels niet meer dicht. Dan kijk ik naar de half opgegeten pizza naast me. Mijn blik glijdt naar beneden, waar een jongen en een meisje in sportkleding naar het park toe joggen. Hermelien ziet ze ook. 'O, die zijn alvast aan het oefenen voor de Bata.'

'Dat grote feest?'

'Voor de estafetteloop,' helpt ze me herinneren.

'Hm.' Ik heb een idee. 'Is dat niets voor ons?'

Hermelien staart me verbaasd aan. En een beetje angstig. 'Wil je ons inschrijven voor de Bata?'

'Waarom niet?' vraag ik met groeiend enthousiasme. 'Jij wilt van je spekwangen af, ik wil van die dikke buik af. Weet je dat ik sinds kort kipfilets heb?' Om het te demonstreren laat ik de deken van mijn schouders glijden en wapper ik mijn arm heen en weer, alsof ik iemand uitzwaai. Het losse stuk vlees onder mijn bovenarm zwaait vrolijk mee. 'Walgelijk, toch?' vraag ik vol afschuw. Snel trek ik de deken weer om me heen.

'Dat heb ik ook,' zegt Hermelien droog.

'Precies. Daarom moeten we gaan sporten. En hardlopen is gratis. Iedereen doet het, dus hoe moeilijk kan het zijn?' Ik vind mijn plan steeds beter klinken. 'En die inschrijving is een mooie stok achter de deur.'

'Heel leuk allemaal, maar voor de Bata heb je een team nodig.' Hermelien trekt haar wenkbrauwen op. 'Anders moeten we allebei stukken extra lopen.'

'Geen probleem, dan vragen we de rest van de flat toch ook?'

'Dan zijn we met z'n zessen. Dat is niet genoeg.'

'Misschien wil die lelijke tweeling ook wel meelopen,' zeg ik schouderophalend. 'Of Ferdi.'

'Tja, we kunnen eens rondvragen...'

'Tof!' Ik spring op van de bank. Hermelien lijkt nog niet overtuigd, maar dat komt nog wel. 'Na de tentamenweek beginnen we met hardlopen, oké?'

'Eh...'

'Wat een superplan is dit!' jubel ik.

19

'Wat een kutplan is dit,' hijg ik.

'Ja, welke idioot heeft dit bedacht?' vraagt Hermelien sarcastisch, tussen het astmatische piepen van haar ademhaling door. Haar gezicht heeft een onaangename lichtpaarse kleur. Maar goed, ik zie er waarschijnlijk niet veel beter uit. Ik draag dezelfde strakke sportbroek die ik op de middelbare school voor de gymles gebruikte, maar door de extra kilo's heeft mijn kont ineens verdacht veel weg van een vacuüm verpakte Hema-worst. Bij iedere stap voel ik mijn buik flubberen. We hebben er net een rondje om de twee voetbalvelden opzitten en zetten nu koers naar het park. Ik kan precies aanwijzen welk stukje lijf er een paar maanden geleden nog niet zat. Iedere ademteug brandt in mijn longen.

'Hoe ver wil je de eerste keer?' vraagt Hermelien.

Ik hap naar adem. 'Eigenlijk wilde ik de hele campus rond, maar misschien kunnen we het beter houden bij een rondje door het park en dan terug langs de andere kant van de Calslaan.'

'Dat vind ik nog te ver.'

'Ik ook, maar als we dit niet kunnen, zijn we echt watjes,' piep ik buiten adem.

'Misschien helpt het als we een beetje praten,' raspt Hermelien.

'Goed plan.'

'Hoe gingen je tentamens?'

Ik grijp naar mijn gezicht. 'O god, kunnen we het ook ergens anders over hebben?'

'Zo slecht, hm?'

'Vre-se-lijk. Als ik overal een drie voor haal is het hoog.'

De tentamenweken zijn in een waas van stress voorbij geraasd. Op maandag besefte ik dat ik nog maar twee dagen had om statistiek een beetje fatsoenlijk tot me door te laten dringen. Dat was natuurlijk niet genoeg. Ik heb drie keer op het punt gestaan Kikker om hulp te vragen, want hij legde het de vorige keer zo duidelijk uit. Mijn trots won het echter steeds van mijn gezonde verstand, dus maakte ik rechtsomkeert en ging ik weer panieken boven mijn statistiekboek. Het is waarschijnlijk een overbodige mededeling, maar het tentamen was een marteling. Volgende keer laat ik me liever *waterboarden*. Direct na thuiskomst stortte ik me op het leren van het volgende tentamen. Waar deze studietechniek op de middelbare school best goed werkte, kom ik er op de universiteit duidelijk niet mee weg.

'Ik ben gewoon niet slim genoeg,' flap ik eruit.

'Niet slim genoeg?' Hermelien kijkt me moeilijk aan, maar dat kan ook komen doordat we nog altijd voortzwoegen op een tempo dat eigenlijk geen hardlopen genoemd mag worden.

Ik heb nu al spijt van mijn bekentenis. 'Laat maar.'

Maar Hermelien laat niet los. 'Je denkt dat je niet slim genoeg bent om te studeren?'

'Nee, dat...'

'Omdat je je eerste tentamenweek verknald hebt?'

'Ik zei laat maar...'

'Lucy.' Haar stem is ineens helemaal helder. 'Je bent niet dom, je bent gewoon lui.'

Ik blijf abrupt staan. Hijgend steun ik met mijn handen op mijn knieën. 'Lui?' vraag ik verontwaardigd.

'Ja, lui.' Hermelien is duidelijk niet onder de indruk van mijn toon. 'Hoeveel tijd heb je in studeren gestoken?'

'Nou, best veel,' begin ik, maar ze onderbreekt me.

'En hoeveel tijd heb je in je make-up gestoken? En in online shoppen? En feestjes?'

'Jij vroeg me mee naar zo'n feestje,' zeg ik verontwaardigd. 'Nou wordt-ie mooi.'

'O, en als ik je meevraag kun je natuurlijk geen nee zeggen. Dat is waar ook.'

Ik kijk haar boos aan. 'Je mag ook wel een beetje meeleven, hoor.'

Ze schudt haar hoofd. 'Dat is je probleem tot nu toe geweest. Iedereen leeft veel te veel met je mee. Als jij ergens over klaagt, zegt iedereen: "Och lieverd, je hebt gelijk. Ja, wat vreselijk vervelend." En dan kopen ze iets moois voor je. Ook als het je eigen schuld is. Het is tijd dat iemand je een keer tegenspreekt.'

Ik doe mijn mond open om iets te zeggen, maar er schiet me geen intelligente reactie te binnen, dus klap ik hem weer dicht.

'Ik bedoel het niet lullig, hoor,' voegt Hermelien er luchtig aan toe.

'Je bedoelt het niet lullig.' Ik frons. 'Hoe bedoel je het dan?'

Ze haalt haar schouders op. 'Gewoon, eerlijk. Soms is het goed om eens de waarheid te horen.'

Haar niet lullig bedoelde woorden blijven de hele week door mijn hoofd spoken. Ik hoor ze tijdens colleges, wanneer ik voor de spiegel sta om me op te maken, terwijl ik naar een kledingwebsite surf en als ik de nieuwe aflevering van *The Vampire Diaries* aanklik. Haar stem klinkt op de raarste momenten in mijn hoofd. 'Je bent niet dom, je bent gewoon lui.'

Om het tegendeel te bewijzen verdiep ik me extra in al mijn vakken – zelfs de saaie. Ik ben als eerste bij de collegezaal en ga als laatste weg. Ik stel vragen en maak aantekeningen. Als Ferdi dinsdag naast me komt zitten, negeer ik hem.

'Ga je vanavond mee naar die zeikerige meidenfilm die in première gaat?' Aan zijn toon hoor ik dat hij verwacht dat ik 'ja' zal zeggen.

'Nee, dank je.' Ik blijf voor me uitstaren.

'Ben je soms boos over het huisfeest?'

Ik antwoord niet.

'We hadden allebei wat gedronken. Ik vind niet dat je daar je oordeel op moet baseren.'

Ik zwijg.

'En geef toe: als jij niet zo moeilijk had gedaan, hadden we een heel leuke nacht kunnen hebben.'

Ik schuif mijn stoel naar achteren, pak mijn aantekeningenblok en ga zonder verdere omhaal aan de andere kant van de zaal zitten.

Samenvattend: ik gedraag me voorbeeldig, als de gedroomde student. De hele week bekijk ik zelfs niet één keer mijn favoriete beautyblogs. Het enige wat ik doe is de Facebook-pagina van Karin Kötter opzoeken. Ik tik een kort berichtje.

Hoi Karin, sorry dat ik je op de middelbare school een beetje heb geplaagd met je naam en dat je dat vervelend vond. Groet, Lucille Luijcx.

Ik kijk een tijdje naar de woorden. Dan druk ik hard op backspace, tot het hele beschamende bericht weg is.

Pas als ik op donderdagochtend een sms aan Merel stuur om te vragen wat ze voor haar verjaardag wil en zij terugstuurt dat het nieuwste oogschaduwpalet van ons favoriete merk boven aan haar lijstje staat, kan ik me niet meer inhouden. Ik móét even kijken wat er nu weer voor producten zijn verschenen, welke *limited editions* ik heb gemist en welke make-uptrends ik moet gaan oefenen voor de feestdagen.

Op vrijdag stap ik in de trein, tevreden dat ik zo'n leuk cadeautje voor Merel heb. Mijn vader haalt me in Groningen van het station. Ik zie hem al van een afstand staan naast onze oude Volvo. Hij zwaait, alsof hij bang is dat ik hem voorbijloop en bij een ander in de auto stap. 'Hallo lieverd!'

'Hoi pap.' Ik geef hem een zoen op zijn wang. 'Alles goed?'

'Het gaat z'n gangetje.' Hij haalt adem om nog iets te zeggen, maar bedenkt zich dan blijkbaar. We rijden langs winkelstraten die al vol kerstversiering hangen. Nog een paar weken, dan is het kerst. Lekker met z'n allen om de tafel bij mijn oma. Gezellig. Ik krijg al zin om mijn polsen door te snijden als ik eraan denk.

Mijn moeder zit thuis voor zich uit te staren aan de keukentafel. Ze roert gedachteloos in de dampende kop koffie die voor haar staat. Marloes zit tegenover haar een boek te lezen. Ze ziet er nog verfomfaaider uit dan de laatste keer dat ik haar zag. Onder haar ogen tekenen zich donkere kringen af. Ze heeft net zo'n afwezige blik in haar ogen als mijn moeder.

'Hallo, Familie Zombie,' begroet ik ze.

Mijn moeder schrikt op. 'O, dag lieverd.'

Marloes neemt niet eens de moeite om op te kijken uit haar boek. Ze steekt alleen een vinger op ter begroeting.

'Zo, gezellig hier.' Ik plof neer op een stoel en gooi mijn tas naast me neer. 'Dooie boel.'

Marloes maakt een proestend geluidje. 'Ik was even vergeten dat we hier speciaal zijn voor jouw entertainment. We beginnen ons zang- en dansprogramma vanavond pas, hoor.'

Ik steek mijn tong uit naar haar en buk om mijn mobiel uit mijn tas te pakken, maar een scheut spierpijn remt mijn beweging. 'Au,' sis ik.

'Te veel gefeest?' vraagt Marloes droogjes.

'Nee, hardgelopen,' antwoord ik met een vertrokken gezicht.

'Wat goed, schat,' zegt mijn vader.

'We gaan meedoen aan de Batavierenrace.'

'De wattes?' Marloes trekt een wenkbrauw op.

'Dat is een estafetteloop van Nijmegen naar Enschede,' recycle ik Hermeliens woorden. 'Na afloop wordt op de campus het grootste studentenfeest van de Benelux gehouden.'

'Maar jij bedoelt dat je mee gaat doen aan dat feest, toch?' Marloes grijnst. 'Ik heb jou nog nooit vrijwillig zien bewegen.'

'Goed dat je hardloopt, Lucille,' zegt mijn moeder.

'Dank je, mam.'

'Dat kun je ook wel gebruiken.'

Ik trek een pijnlijk gezicht. 'Au.'

Ze haalt haar schouders op. 'Als je dat had bedacht voordat je al die calorieën naar binnen stouwde...'

'Goed,' onderbreekt mijn vader haar met een gespannen gezicht. Hij legt een hand op haar arm. 'Wil je nog een kopje koffie, lieverd?'

Mam zucht en knikt.

Marloes gaat weer verder met lezen in haar boek en pap rommelt wat in de keuken. 'Kopje koffie, Lucy?'

'Eh...' Het valt me op dat Marloes er verschrikkelijk uitziet. Slaapt dat kind nog wel? Ik word getroffen door een steek van schuldgevoel. 'Ja, graag, pap.'

Ik zwaai zo onopvallend mogelijk naar Marloes en trek vragend mijn wenkbrauwen op. Ze zucht en knikt naar de deur, waar ze vervolgens zelf heen sloft. Ik sta op en volg haar. De deur sluit ik zachtjes achter me. Dan draai ik me naar haar om. 'Hoe gaat het met je?' fluister ik.

Marloes leunt tegen de trapleuning. Ze draait een lok vettig haar om haar vinger en haalt haar schouders op. Net als ik weer een vraag op haar af wil vuren, mompelt ze: 'Goh, dus het kan je wel iets schelen?'

Haar woorden komen aan alsof ik met mijn blote voet op een Lego-blokje ga staan. 'Waarom zou het me niet kunnen schelen? Je bent toch mijn zusje?' Ze reageert niet. 'Ik dacht gewoon dat...' Mijn stem sterft weg. Het valt me op hoeveel ouder ze er ineens uitziet.

'Je dacht gewoon dat het vanzelf op zou houden als je er maar zo min mogelijk aandacht aan besteedde?' vult ze me vinnig aan.

Ik doe mijn mond open om iets te zeggen, maar de woorden liggen als een verstrengeld touw achter in mijn keel. Marloes kijkt me minachtend aan.

De deur gaat open en paps vrolijke krullenkop steekt om de hoek. 'De koffie is klaar, komen jullie er gezellig bij zitten?'

Marloes en ik knikken braaf en paps hoofd verdwijnt.

'Pap is vastberaden om me op te vrolijken,' mompelt ze.

'En daar wordt het alleen maar erger van?'

'Spijker op z'n kop.'

We lopen samen naar binnen. Pap knipoogt naar ons. 'Even meidengeheimen bespreken op de gang?'

'Ja, zoiets.' Marloes duikt weer in haar boek.

'Lukt het met Grieks?' Pap tikt op de kaft en wendt zich tot mij. 'Marloes loopt voor op de rest van haar hele klas. Ze kan al bijna aan het boek van volgend jaar beginnen.'

'Goh.' Ik kijk strak naar de tafel. 'Knap, hoor.'

Marloes' vingers vouwen zich wat steviger om het boek. 'Dank je.'

'Hoe is het met jouw studie, Lucille?' vraagt mijn moeder. Haar toon is even scherp als altijd, maar de blik in haar ogen is doffer, minder geïnteresseerd. Zelfs een beetje verveeld, alsof ze al weet dat het niet goed met me gaat. Alsof ze niet verwacht dat ik ooit zo goed zal worden als Marloes, het juweeltje, haar geniale Marloes. Gelukkig hebben ze haar, want zonder haar hadden ze alleen mij.

'Prima,' zeg ik kortaf.

'Je hebt net proefwerkweek gehad, toch?' vraagt pap.

'Tentamenweek, ja.'

Pap laat zich niet uit het veld slaan. 'Ging het goed?'

'Dat ligt aan je definitie van "goed".'

'Zo moeilijk, hè?'

'Hm-hmm.' Ik roer in mijn koffie.

'Ach, het is de eerste keer,' troost pap. 'De volgende keer gaat het vast beter.'

In mijn hoofd zegt Hermelien weer: 'Je bent niet dom, je bent gewoon lui.'

'Ik wil nog wel een koffie.' Met een demonstratief gebaar schuif ik mijn kopje naar pap toe.

'Gefelicitééééérd!' gil ik zodra Merel de deur opendoet.

Ze grijpt mijn onderarmen vast en gillend springen we een rondje om elkaar heen. 'Kom mee,' roept ze. We rennen de trap op naar haar kamer. Daar plof ik op haar bed. Er is nog niemand – wat een verschil met de vorige keer.

'Kijk eens, chick.' Ik steek het mooi ingepakte cadeautje naar voren en kijk grijnzend toe hoe mijn beste vriendin het papier eraf scheurt.

Haar mondhoeken raken haar oren bijna als ze ziet wat het is. 'Aaaah! Dank je wel, super!' Ze steekt me het oogschaduwpalet toe en vraagt: 'Wil je me opmaken, net als vroeger?'

Een warm, nostalgisch gevoel verspreidt zich in mijn borst. 'Ja, leuk! Ga maar voor de spiegel zitten.'

Merel opmaken is heel anders dan Hermelien opmaken. Ten eerste is Merel niet bang om te veel make-up te dragen en ten tweede hoef ik veel minder aan haar te sleutelen. Merel is een wit canvas waar ik op kan schilderen wat ik wil, terwijl Hermelien een schets is waar ik overheen moet werken. Het is gemakkelijker om met Merel te werken, maar aan Hermelien valt gek genoeg meer eer te behalen.

Het kost me een halfuur om haar helemaal naar mijn zin op te maken. In die tijd kletsen we over van alles. Ik vertel haar over de plannen om mee te doen aan de Batavierenrace en over het fiasco op Ferdi's feest. Mijn geflopte tentamenweek laat ik even achterwege, evenals Marloes' pestperikelen – ik heb het er verder niet meer met haar over gehad, omdat ik bang ben dat ze beseft dat het wel erg lang duurt voordat het pesten vanzelf overwaait. Straks begint ze nog over dat achterlijke plan waarin ik mijn excuses aanbied aan Karin Kötter.

Merels verhalen zijn een stuk vrolijker dan de mijne, maar op de een of andere manier gaan ze allemaal over dingen die zij of een van haar nieuwe vriendinnen heeft gedaan toen er veel drank in het spel was. Ik ben behoorlijk lang bezig met haar wallen wegwerken. 'Slaap je wel genoeg?' vraag ik.

'Waarom zou je slapen als je ook kunt feesten?' lacht ze mijn bezorgdheid weg.

Ik vraag of ze ook een ontgroening heeft gehad, maar volgens Merel heet dat geen ontgroening, omdat dat woord een negatieve lading heeft. Ik frons. 'Maar eigenlijk is het dus nog hetzelfde?'

'Nou ja, er zijn strenge regels. Omdat we nullen waren, mochten we niet drinken, moesten we minstens zeven uur per nacht slaap krijgen, mochten we niet uitgehongerd worden...'

'Zo, dat is genereus,' schamper ik. 'Wat moest je wel doen?'

Merel kijkt me bozig aan. 'Dat mag ik niet vertellen.'

'Dat mág je niet vertellen?' herhaal ik ongelovig.

'Ja.' Merel is bloedserieus. 'We hebben een contract getekend en als ik er dingen over naar buiten breng, moet ik een gigantische geldboete betalen.'

'Waarom? Is het allemaal zo illegaal?'

'Nee, helemaal niet.' Ze ontwijkt mijn blik. 'Ik bedoel, we moesten wel nare dingen doen, maar...'

'Zoals wat?'

'Lucy...'

'Kom op, je kunt het me best vertellen.'

Merel bijt op haar lip. 'Nou, oké. Maar je moet me belóven dat je er geen woord over zegt tegen iemand anders.'

'Tuurlijk.' Ik teken een kruisje over mijn hart, zoals we vroeger altijd deden als we iets aan elkaar beloofden.

'Goed.' Ze lijkt nog niet helemaal zeker van haar zaak, maar zegt toch aarzelend: 'Eén keer toen we 's avonds gingen eten, kregen we een dampend bord vol spaghetti bolognese voor onze neus. We hadden allemaal behoorlijke honger, want de lunch was al uren geleden en tussendoor mocht niemand snoepen – nou ja, alleen een meisje met suikerziekte. Toen vertelde de BANK...'

'De wat?'

'De bazen, zeg maar,' legt ze snel uit. 'Die vertelden dat we pas mochten eten als zij het zeiden. Dus wij bleven wachten en kijken naar het eten. Pas na een halfuur zei de BANK dat we drie minuten kregen om ons bord leeg te eten. Inmiddels was het al koud, maar door de honger propten we het zo snel mogelijk naar binnen. Na drie minuten moest iedereen stoppen met eten en werd ons verteld dat we ons gezicht in ons bord moesten leggen. God, wat was ik blij dat ik bijna alles op had gekregen in die drie minuten. Het meisje naast me had een gezicht vol spaghetti. En we mochten niet douchen, dus de spaghettihoofden zagen er nog viezer uit dan de rest van ons!' Ze lacht hard. Ik beweeg mijn mondhoeken omhoog in een poging haar vrolijkheid te imiteren. Ik weet eigenlijk niet of ik meer wil weten, maar nu Merel begonnen is, lijkt ze niet meer te kunnen stoppen. Ze vertelt dat ze moesten 'zoemen', oftewel met hun gezicht naar een muur staan en met hun vingers in hun oren en hun mond dicht een monotoon geluid vanuit hun keel maken. Of 'hakken-tenen lopen': op een rij staan en met je tenen tegen de hakken van je voorganger vooruitschuifelen. 'Als je denkt dat dit erg is, moet je het verhaal van onze zustervereniging in Leiden eens horen,' zegt Merel vergoelijkend als ze mijn ongeruste blik ziet. 'Die mochten een heel menu bij de Mac samenstellen, waarna alles in de blender ging. De hamburgers, de cola, de patat, de frietsaus... En toen moesten ze het opdrinken.'

Oké, nu moet ik wel een beetje lachen. 'Hadden we toch bijna samen al die gruwelen moeten doorstaan.'

'Het valt wel mee, hoor,' verzekert ze me. 'Je doet het met zijn allen. Gedeelde smart is halve smart.'

'En gedeelde smerigheid?'

'Gedeelde bah is halve bah.' Merel grinnikt vrolijk.

Als ik klaar ben met het gezicht van mijn beste vriendin ziet ze er met haar donkere ogen, roze blosjes en rode lippen uit alsof ze zo van een *Vogue*-cover gewandeld is. Ze kijkt me met haar gepatenteerde zogenaamd-onschuldige bambiblik aan en vraagt: 'Is het wel mooi?'

'Het is prachtig,' verzeker ik haar.

De bel gaat en Merel springt op. 'O, dat zal Simone zijn!'

Hè bah, niet Simone. Ik ruim Merels make-uptafel op. Beneden hoor ik gegil. Enthousiast pratend stampen ze de trap op. Simone loopt Merels kamer binnen alsof die van haar is. 'O, hoi Lucy,' zegt ze koeltjes. Ze neemt me van top tot teen op met haar spinnenpoot-mascara-ogen.

'Simone.' Ik knik lichtjes, in een niet al te enthousiaste begroeting. Ik vind Simone echt zo'n meisje dat zegt: 'Ik hou van lekker eten.' Of: 'Ik hou van leuke dingen doen met vriendinnen.' Alsof er ook mensen zijn die dol zijn op smerig eten en graag de hele dag dingen doen waar ze geen flikker aan vinden met rotlui.

'Wanneer komt de rest?' vraagt ze aan Merel.

'De andere meiden kunnen ieder moment hier zijn.'

'Gelukkig.' Ze zakt op het bed, op de plek waar ik net zat. 'Wil je je cadeautje al hebben, Meertje?'

Merel klapt in haar handen als een klein kind. 'Ja, hebben!'

Simone trekt een envelop uit haar handtas van paars krokodillenleer. 'Kijk eens meid, voor jou!'

'Dank je!' Enthousiast trekt ze het flapje open. Er zit een roze papiertje in. Terwijl ze leest wat erop staat worden haar ogen zo groot als kerstballen. 'Wow... Moontje, echt?'

Serieus, Meertje en Moontje? Ik trek mijn mondhoeken afkeurend naar beneden. Ben ik in Sesamstraat beland?

'Ja, echt!' Simone grijnst breed.

'Maar dat is... dat is super!'

Ik heb het idee dat ze mijn aanwezigheid helemaal vergeten zijn. 'Wat is het?'

'Een weekendje weg met vijf vriendinnen naar keuze!' Merel kijkt me wild enthousiast aan.

'O. Goh. Leuk,' zeg ik. In gedachten voeg ik eraan toe: en ik weet al welke vijf vriendinnen er meegaan – of eigenlijk, welke vriendin er níét meegaat.

Het halfuur daarop druppelen de meiden van Merels club allemaal binnen. Marijn zegt bij binnenkomst verrast: 'O! Dit is wel een iets, eh... dikkere Lucy dan ik me herinner.'

Beledigd zijn is een keuze, denk ik. Beledigd zijn is een keuze. Beledigd zijn is... 'Leuk om je weer te zien, Marijn,' zeg ik met opeengeklemde kaken.

De enige die een beetje aardig doet is Fleur. 'Hoi Lucy, hoe is het met je?' vraagt ze – en ze lijkt het ook nog echt te willen weten.

Iedereen maakt weer volop *inside jokes* en niemand neemt de moeite om ze aan mij uit te leggen, waardoor ik er het grootste deel van de tijd een beetje stom bij zit. Als alle roddels langs zijn geweest, richt Merel haar aandacht weer op mij. 'Hoe is het in die nerdflat van je?' Ze klinkt een stuk nasaler dan toen we net met z'n tweeën waren, alsof ze zich nu al verkneukelt om wat ik ga zeggen. Voordat ik antwoord kan geven, voegt ze eraan toe: 'Weet je wie ik echt een engerd vond? Die Chris.'

'Wat dan?' vraagt Simone bloeddorstig.

'Hij heeft van die enge, bolle paddenogen en hij is klein en lelijk. O, en hij zat echt de héle avond op me te geilen,' voegt ze er luchtig aan toe.

Há, dacht het niet. Ik gniffel. 'Dat lijkt me sterk.'

'O?' Merel trekt een wenkbrauw op. 'En waarom? Ik zag eigenlijk geen betere alternatieven in die flat.'

Beledigd zijn is een keuze. Ze bedoelt mij niet, ze rekent mij niet tot de bewoners van de flat. 'Omdat je niet zijn type bent.'

Op Fleur en mij na barsten alle meiden tegelijk in lachen uit. 'Ik ben zijn type niet?' Merel veegt onder haar ogen, om te voorkomen dat de lachtranen haar make-up verpesten. 'Sorry hoor, maar die jongen ziet eruit alsof zijn ouders broer en zus zijn. Ik denk niet dat hij heel kieskeurig is.'

'Toch wel,' hou ik vol.

'Wat ontbreekt er dan aan mij,' Merel gebaart suggestief langs haar lijf, 'waar meneer paddenhoofd niet opgewonden van raakt?'

'Om te beginnen heb je geen piemel,' flap ik eruit.

Er valt een doodse stilte. Dan beginnen Simone, Marijn en Merel door elkaar heen te krijsen.

'Is hij homo?'

'Lucy, wat een goed verhaal!'

'Hij is gewoon gay!'

Cleo schuift ongemakkelijk heen en weer op haar stoel. Fleur kucht zachtjes. Ik voeg er snel aan toe: 'Maar hij wil eigenlijk nog niet dat veel mensen het weten. Mij vertelde hij het ook per ongeluk. Dus als jullie het niet verder zouden willen vertellen...'

'Alsof wij mensen kennen die ook maar enige link met hem zouden kunnen hebben,' snuift Marijn.

Gerustgesteld zak ik terug in mijn stoel. Daar heeft ze gelijk in.

Merel vraagt geïnteresseerd: 'En jij bent nu dus aan het hardlopen met die dikke muts?'

Ik bal mijn handen tot vuisten in mijn schoot. 'Ja, met Hermelien.'

'Sjaantje op het hardloopbaantje,' giechelt Simone.

'Kan ze er een beetje wat van?' Merel kijkt alsof ze het antwoord al weet.

'We zijn allebei nog niet zulke geoefende lopers.' Ik hoor zelf hoe walgelijk politiek correct het klinkt. 'Deze week hebben we onze eerste twee keer er pas opzitten.'

'Het is wel goed dat je wat aan je vetjes doet,' zegt Marijn bemoedigend.

Ik kijk haar vuil aan en probeer een bitchy opmerking te bedenken om naar haar hoofd te slingeren, maar er schiet me niets te binnen.

'Hoe staat het eigenlijk met Frits?' vraag ik Merel.

'Met wie?' lacht ze. 'Nee, dat is alweer een tijdje over. Jeetje, je loopt echt achter, Lucy!'

'Wat was er mis, dan?'

'Vooral zijn bedprestaties. Of eigenlijk: het gebrek daaraan. Hij was het gelukkigst als hij lekker bovenop mocht klimmen en ik de zeester deed.'

Ik frons. 'De zeester?'

'Ja, je weet wel: op je rug liggen met je armen en benen wijd.'
Merel knipoogt. 'Dat was het einde van mijn held van de middelbare school.'

'Ach, je moet die hele middelbare school ook eens achter je laten,' zegt Simone. Ik hoor dat er meer achter haar woorden steekt. Dit gaat niet alleen over Frits, dit gaat over mij.

'Je kunt niet zomaar afscheid nemen van zes jaar van je leven,' zeg ik. Het klinkt feller dan ik had gewild.

'Soms moet je afscheid nemen van je verleden.' Simone haalt haar schouders op. 'Wat je vroeger leuk vond, hoef je nu niet meer leuk te vinden.'

'Dat is waar, Lucy,' zegt Merel voorzichtig.

Ik knijp mijn ogen tot spleetjes. 'Ik hoor ook bij je herinneringen aan de middelbare school.'

'Met de nadruk op herinneringen,' mompelt Simone.

Merel bijt op haar lip. 'Ja... Dat is waar...'

'Ja?' vraag ik. 'Ben ik alleen een herinnering?' Ik gebaar naar de muur, waar een foto van ons samen hangt. Hij is twee jaar geleden genomen, toen Merel mee op vakantie ging. We hebben mijn ouders helemaal gek gezeurd, tot ze toegaven dat er best ruimte voor nog een persoon was. Marloes mocht ook een vriendinnetje meenemen. Dat waren twee geweldige weken op Ibiza. Het was bijna alsof we met zijn tweeën op vakantie waren, want we zagen mijn ouders eigenlijk alleen 's avonds. Overdag gingen we samen naar het strand, naar winkelstraatjes en lange wandelingen maken. Die foto is gemaakt door de hotelfotograaf. Het is zo'n typische kazige vakantiefoto: twee slanke, blonde meisjes op het strand, in het licht van de ondergaande zon.

Merel volgt mijn blik naar de foto. 'Soms gaan dingen voorbij,' fluistert ze bijna onhoorbaar.

'Soms ook niet.'

Ze zucht. 'Je moet toegeven dat we een beetje uit elkaar zijn gegroeid, Lucy.'

'Vind je?'

'Ja, dat vind ik.' Ze raakt nu geïrriteerd. 'Jij bent veranderd in een preuts heilig boontje.'

'O, ík ben veranderd?' Ik sper mijn ogen open. 'En jij dan, met je toffe nieuwe vriendinnen en je rare verenigingsperikelen?'

'Heb je haar over de ontgroening verteld?' Simones ogen schieten vuur.

'Nee, nee,' zegt Merel snel.

'Weet je het zeker? Want als je verteld hebt wat er gebeurd is, zal ik zorgen dat mijn vader...'

'Nee, ik heb niets verteld, Moontje.'

Ik kijk in haar onzekere ogen en daarna in het vastberaden, afstandelijke gezicht van Simone. Dan sta ik op. 'Goed, jij je zin. Merel, fijne verjaardag nog. En Simone...' Ik aarzel even, maar zeg dan: 'Geweldige mascara. Niets meer aan doen.'

20

Hoeveel keer moet je op je bek gaan voordat je voor het gemak maar gewoon blijft liggen? Ik weet het niet, maar ik heb geen zin om uit bed te komen. Het is al halftwaalf. Mijn vader kwam net even om het hoekje van mijn deur gluren. Ik deed alsof ik nog sliep, terwijl ik vannacht eigenlijk alleen maar wat gedommeld heb. Alle leuke momenten die Merel en ik samen hebben meegemaakt – en dat zijn er nogal wat – speelden als een film in mijn hoofd. En iedere paar minuten dreunde het verpletterende besef weer op me neer: ik ben mijn beste vriendin kwijt.

Als ik om halftwee eindelijk uit bed kom, slof ik in mijn badjas naar beneden. Mam zit aan tafel en pap en Marloes staan in de keuken samen een appeltaart te bakken. 'Môgge, Lucy!' galmt pap.

'Morgen? Het is al bijna avond,' zegt Marloes.

'Was het een leuke avond?' Pap draait zich om en veegt zijn appeltaartdeeghanden af aan zijn *Kiss The Chef*-schort.

Ik schud mijn hoofd.

'Ach, lieverdje toch. Nou, misschien vrolijk je je op van een lekker stukje appeltaart,' zegt hij gemoedelijk.

'Nog meer calorieën,' mompelt mam voor zich uit.

Mijn mobieltje piept. Een sprankje hoop leeft op in mijn borst. Misschien is het Merel. Snel graai ik in mijn handtas.

Het is niet Merel.

Hé prinses, Hermelien vertelde me van je Bata-plan. Goed idee! Alleen hebben we daar wel een team van minstens 25 man voor nodig. Zal ik mijn roeiteam ook vragen?

Mijn ogen worden groot van verbazing. Vijfentwintig mensen? Wow.

Tering, wat veel! Vraag je roeiteam maar, goed plan.

Ik druk op verzenden, aarzel even en sms er dan achteraan: **En heb je binnenkort een gaatje in je drukke agenda om me uit te leggen hoe die duivelse wasmachine werkt?**

Kikker stuurt een paar seconden later al terug: **Hou je soms niet van roze, Lucy?**

Ik grijns. Alleen al het feit dat zijn vingers de letters van mijn naam hebben aangeraakt, jaagt het kippenvel over mijn lijf. Ik stuur terug: **Ik ben dol op roze, maar je kunt ook te veel roze hebben.**

Een halve seconde later reageert hij al. **Een Disney-prinses kan nooit genoeg roze hebben.**

Mijn wangen worden warm. Jeetje, waar ben ik mee bezig? Ik heb net zo trots aan Hermelien verteld dat ik het niet wil aanleggen met een huisgenoot.

Met welke huisgenoot zou zij trouwens iets gehad hebben? Ze kletste er zo snel overheen dat ik niet door kon vragen. In gedachten ga ik al mijn huisgenoten langs. Ik blijf hangen bij Paladin. Er is wel een bepaalde spanning tussen hem en Hermelien. Zou hij het zijn? Chris diskwalificeer ik op voorhand, Kikker lijkt me niet helemaal haar type en bij Chewy zou ik niet eens zonder twijfel kunnen aanwijzen waar zijn lippen zitten op dat behaarde gezicht van hem, dus hij is ook geen goede kandidaat. Dinsdag gaan we weer hardlopen, dat lijkt me het perfecte moment om haar eens goed uit te horen.

'Dus, Hermelien, vertel eens over die huisgenoot met wie je iets gehad hebt?' Ik probeer mijn ademhaling onder controle te houden. De koude buitenlucht brandt in mijn longen. Aan de wolkjes die uit mijn mond komen kan ik goed zien hoeveel moeite dit me kost. Eigenlijk stom; ik plaats gewoon mijn ene voet voor de andere, alleen wat sneller dan normaal en daarom zweet ik me een ongeluk, ondanks de temperatuur die maar een paar graden boven nul bungelt.

Hermelien draait zich half om, waardoor ze bijna struikelt over haar eigen voeten. 'Hoe weet jij...'

'Dat vertelde je me laatst zelf,' onderbreek ik haar. 'Dus wie was het?'

Ze kijkt weer voor zich met een gezicht dat op onweer staat. 'Ik heb het er liever niet over, oké?'

'Nee, niet oké.'

'Waarom wil je het zo graag weten?' vraagt ze een tikkeltje wanhopig. 'Wat maakt het uit?'

'Ik ben gewoon nieuwsgierig. Was het Paladin?'

In een halve seconde verandert haar gezichtskleur van behoorlijk verhit naar *error, error, system overload.* 'Nee!'

Ik grinnik.

'Ik vraag jou toch ook niet naar wat er tussen jou en Ferdi is?' kaatst ze terug.

'Nou, zeg.' Ik maak een klauw van mijn vingers. 'Niet zo kattig.'

Hermelien tilt vastberaden haar kin wat hoger op en rent door.

'Het was dus Paladin?' probeer ik nog, maar ze zegt niets meer.

Pas als ik vraag wat we die avond eten, reageert ze weer normaal. 'Spaghetti bolognese.'

Ik moet weer denken aan Merels verhaal over de ontgroening – o sorry, de introductietijd. Of hoe ze het ook noemde. Voor ik het in de gaten heb, vertel ik het aan Hermelien. Die luistert gefascineerd. 'Ik zou het niet kunnen,' zegt ze. 'Een paar jaar geleden kwam er een verhaal naar buiten over een studentenvereniging die tijdens de introductie de nullen een adje goudvis liet trekken.'

'Een adje goudvis?' Ik huiver. 'Is dat wat ik denk dat het is?'

Ze knikt. 'Exact wat je denkt. Een glas water, inclusief goudvis, in één keer achterover slaan.'

'Hè, getver. Dat doet me denken aan dat filmpje op internet van die jongen die een adje frituurvet doet.'

Hermelien trekt een vies gezicht. Dan verandert haar uitdrukking naar verbaasd. 'Hé, zijn we al hier?'

Ik kijk om me heen en zie dat we zonder het te merken al meer dan driekwart van ons rondje erop hebben zitten. En het was niet eens moeilijk! Ik heb het gevoel dat ik best nog zo'n stuk zou kunnen lopen.

'Wat goed van ons,' zeg ik verwonderd.

'En ik heb niet eens de neiging om in foetushouding op de grond naar adem te gaan liggen happen,' grapt Hermelien. 'Het wordt misschien echt iets, die Bata.'

'Kikker zei alleen dat we een team van vijfentwintig mensen nodig hebben.'

'Dat zijn er wel veel.'

'Hij zou z'n roeiteam vragen.'

'Misschien kan ik bij Fanaat eens polsen of er geïnteresseerden zijn,' zegt ze voorzichtig. 'Maar koester niet te veel hoop, want je hebt ze gezien. De meesten zijn al buiten adem na een potje Kolonisten.'

Ik knik. 'Ik zal Ferdi ook vragen.' De tegenzin druipt van mijn stem.

Hermelien geeft me een por. 'Niet zo enthousiast, hè.'

Tijdens het eten vraagt Chris: 'Hé Lucy, wanneer gaan we eigenlijk shoppen?'

Verrast kijk ik op. 'Wil je dat echt, dan?'

Hij knikt verwoed, waardoor de spaghettisliert die nog uit zijn mond hangt eerst tegen zijn voorhoofd en daarna tegen zijn kin slaat. Ik zucht en onderdruk een glimlach. 'Maak eerst je gezicht maar eens schoon, smeerpijp.'

Hij veegt met zijn mouw over zijn wang, waardoor hij de oranje smeerboel alleen maar erger maakt. Ik rol met mijn ogen en veeg zijn gezicht schoon met een servetje. 'Zullen we donderdagavond doen?'

Grijnzend vraagt Chris: 'Ga je ook mee, Chewy?'

'Ja, is goed,' koert hij zacht. 'Misschien willen Paladin en Kikker ook wel mee.'

Bij het horen van zijn naam stijgt er een bijna-fatale hoeveelheid bloed naar mijn hoofd. 'Leuk,' weet ik uit te brengen.

Hermelien kucht. 'Misschien vind ik het ook leuk om mee te gaan. Eens zien in wat voor apenpakjes Lucy jullie hijst.'

Op dat moment zwaait de keukendeur open. Kikker stommelt naar binnen en gooit zijn sporttas onderweg op de grond. 'Wie gaat Lucy in een apenpakje hijsen?' vraagt hij geïnteresseerd. Zijn blonde haar staat overeind van de wind. In zijn bleke gezicht met rode wangen en matchend gekleurde neus, twinkelen zijn groene ogen extra fel. Ik ben blij dat ik op een stoel zit, want mijn benen schijnen spontaan in gelatinestaven veranderd te zijn. Ferdi mag nog zo *Men's Health*-cover-knap zijn, hij haalt het niet bij Kikker. Hij heeft gewoon iets – wat dat precies is weet ik niet, maar het bevat in ieder geval een combinatie van knap, irritant, slim en vreselijk sexy.

'Lucy gaat Chris een make-over geven,' rapporteert Hermelien.

Chris kijkt ongerust mijn kant op. 'Geen make-over,' verzeker ik hem snel. Ik kruis mijn vingers achter mijn rug.

'Ga je mee, Kikker?' Chewy vraagt het zó zachtjes dat ik even denk dat hij is overgeschakeld op telepathie en ik hem alleen in mijn hoofd hoor.

Kikker kijkt me peilend aan. 'Ga je me dan niet opmaken?'

'Nee hoor.' Mijn stem klinkt iets te hoog.

'Goed.' Hij trekt één mondhoek geamuseerd omhoog. 'Ik ga mee. Maar zodra je met blush aan komt zetten, ben ik weg.'

Ik knik braaf. 'Oké, alleen mascara dan.'

'Wil je weten hoe de wasmachine werkt of ga je de volgende keer voor alleen maar blauwe was?'

In een gebaar van overgave steek ik mijn handen op. 'Jij wint.'

'Vertel me eens iets nieuws,' grinnikt hij. 'Zal ik het meteen laten zien? Of is je bordje nog niet leeg?'

Ik sta op. 'Chris eet de rest wel op.'

'Sorry, staat hier soms "kliko"?' Chris wijst verontwaardigd naar zijn voorhoofd.

'Zelf weten, je kunt het ook weggooien,' zeg ik liefjes, terwijl ik naar de keukendeur loop. Vlak voordat die achter me dichtvalt, zie ik nog hoe Chris mijn bord naar zich toetrekt en snel de restjes naar binnen begint te lepelen.

'Lekker geroeid?' vraag ik, terwijl ik achter Kikker aanloop naar de badkamer.

Hij schokschoudert. 'Niet echt geroeid, alleen op de ergometer gezeten.'

'Wat is dat?'

'Ken je die spinningfietsen in de sportschool?' Als ik knik, zegt hij: 'Nou, zo'n soort ding, maar dan voor roeiers. Het is zeg maar roeien, maar dan zonder dat je vooruitkomt. Pure energieverspilling, dus.'

'Je houdt niet zo van ergometers,' concludeer ik.

Hij steekt zijn wijsvinger als een pistool naar me uit. '*Spot on.*'

'Waarom doe je het dan?'

'Anders heb ik helemaal geen conditie meer als we in het voorjaar weer beginnen met roeien – écht roeien,' voegt hij eraan toe.

'Daar zit wat in.'

Hij kijkt me met een scheef glimlachje van opzij aan. Eén seconde, twee seconden, drie seconden... Ik word er helemaal kriebelig van, want hij zegt niets. Daarom vraag ik maar gewoon: 'Wat?'

Kikker blijft lachen. 'Zo vind ik je het leukst.'

Ik kijk hem verward aan.

'Zoals je nu bent.' Hij gebaart vaag naar me. 'Je stelt vragen en je luistert.'

'Wanneer doe ik dat niet, dan?'

'Als je bezig bent met je imago.' Kikker trekt zijn hoekige schouders op. 'Dan doe je alsof je alles weet, koppige muts die je bent.'

Ik schiet in de lach. 'Noem je me een koppige muts?' We lopen de badkamer in.

'Ja, muts. Je bent koppig.' Zijn ogen twinkelen. 'En nu... De wasmachine.' Hij geeft een harde klap op het apparaat. 'Zullen we beginnen met wat jij fout deed?'

En ik deed nogal wat fout, ontdek ik tijdens Kikkers uitleg. Ik laat me enigszins afleiden door zijn lange, slanke vingers die iedere functie aanwijzen. Af en toe strijkt hij met zijn vingertoppen langs een knopje en dan krijg ik plaatsvervangend een warm gevoel. Ik zou bijna jaloers worden op de wasmachine.

'Snap je het?' vraagt Kikker. Shit, ik heb helemaal niet meer geluisterd. Ik had het te druk met hopen dat ik ooit zal reïncarneren als Kikkers wasmachine.

'Ja,' piep ik. 'Dank je.'

'Dus stel dat je straks een gekleurd wasje gaat doen...' Ik zie aan zijn duivelse grijns dat hij het weet: ik heb niet goed opgelet. 'Dan zet je hem gewoon op dertig graden, toch?'

A-ha, een strikvraag. 'Nee, hoger,' zeg ik zelfverzekerd.

'Goed zo,' zegt hij met een formeel knikje. 'Negentig graden.'

'Ja,' zeg ik. Mijn aandacht ligt inmiddels bij zijn lippen. Jeetje, normaal ben ik nooit zo snel afgeleid.

Hij grijnst. 'Want als je dat doet, weet je zeker dat je voortaan alleen nog maar Barbiekleertjes draagt.'

'O.' Ik kijk hem verloren aan.

Met een toegeeflijke stem zegt hij: 'Dertig graden, Lucy. Ik was alleen mijn dekbedden en handdoeken op negentig graden, maar daar valt weinig meer aan te verpesten. Die chique spullen van jou zou ik wat voorzichtiger behandelen.' Zijn arm strijkt langs de mijne. Onbewust ga ik een stukje dichter naar hem toe leunen. Hij kijkt naar me omlaag en vraagt met zachte stem: 'Zo goed, prinses?'

Ik knik en beweeg nog een minuscuul stukje zijn kant op, zodat onze armen elkaar weer raken. Zijn blik haakt aan de mijne vast. Hij scheurt door mijn zelfbeheersing heen als klittenband door een ragfijne panty. Ik moet wel naar hem blijven kijken, zelfs als ik mezelf vertel dat ik weg moet lopen. Geen gedoe met huisgenoten, weet je nog?

Kikker tilt als in trance zijn hand naar mijn gezicht. Zijn lippen zijn een klein beetje geopend. Dan hoor ik plotseling achter me een boze bromstem: 'Kan een mens niet eens rustig douchen zonder op een stelletje kwijleballen te stuiten?'

Ik draai me geschrokken om naar Paladin. Hij rolt met zijn ogen. 'O nee, het is die *Twilight*-muts.'

Kikker grinnikt. 'Ach Paladin, jij hoeft toch nog niet te douchen? De laatste keer was met kerst, dat is pas elf maanden geleden.'

'Hou jij je nou maar met je roeispaantjes bezig,' gromt Paladin. 'Of nee, hoe noemen jullie die? Palen, toch?'

'Grote, harde, lange palen.' Kikker knikt bevestigend. 'Yup.'

Lachend verdwijnt Paladin in het linkerdouchehokje. 'Jij bent zo gay dat je regenbogen schijt.'

'Sterker nog, ik ben zo fris dat ik glitter pis.' Kikker werpt me een ondeugende blik toe. Ik grijns krampachtig terug. Zouden ze nog steeds zo doen als ze wisten dat Chris homo is? Kikker vervolgt: 'Hé Paladin, over gay gesproken. Lucy gaat ons donderdagavond vertellen wat écht fashionable is. Ga je mee de stad in?'

'Ach meid, dat lijkt me enig!' klinkt een hoge stem uit het hokje.

Daarna gaat de kraan aan en bromt Paladin met zijn eigen stem: 'Nee, natuurlijk niet. Winkelen is voor zieke hoeren.'

Ik giechel.

'Als Chef Zieke Hoer zou jij het dan juist extra moeten waarderen,' zegt Kikker serieus.

Paladin zucht. 'Kunnen jullie niet gewoon even ergens anders heen gaan? Ik wil douchen.'

'Alleen als jij mee gaat winkelen,' zegt Kikker.

'Nou, blijf dan nog even lekker staan.'

Kikker draait de warmwaterkraan open. 'Je vraagt er zelf om.'

'Jézus, koud!' brult Paladin.

'Zwaar geschut, jongen.'

'Flikker op, Kikker!'

Ik knik meelevend. 'Dat zeg ik ook altijd, maar het schijnt niet te helpen.'

'Ik meen het!'

'Ga je mee winkelen, schat?' vraagt Kikker aanstellerig. Ik gniffel achter mijn hand.

'AAAH! Oké, oké, ik ga mee! Doe die kraan uit, verdomme,' buldert Paladin.

'Goed.' Kikker draait de kraan dicht. 'Maar alleen omdat je het zo lief vraagt.'

Op zowel woensdag als donderdag zie ik Ferdi bij college. Ik neem me voor om hem voor ons team te vragen zodra hij tegen mij begint te praten, maar hij negeert me. Net iets voor mij: net nu ik wil dat Ferdi eens iets tegen me zegt, doet hij waar ik al weken naar verlang, namelijk zijn waffel houden en zich met zijn eigen zaken bemoeien. Donderdag lijkt het er zelfs op dat hij werk maakt van dat irritante kind met mandarijnkleurig haar dat naast hem zit. Ik richt me vol afschuw weer op het aantekeningen maken. Ferdi heeft echt geen smaak. Het lijkt erop dat hij zijn scharrels slechts selecteert op het criterium 'heeft een hartslag'.

Na college komt hij echter naar me toe, met Miss Mandarijn in zijn kielzog. 'Hé Lucy, dit is Annebel. Jullie kennen elkaar al, toch?' Hij lacht er pesterig bij.

Ik trek een wenkbrauw naar hem op. 'Wat wil je?'

'Annebel heeft een kamer vrij in haar huis,' zegt hij. Mijn hart gaat wat sneller kloppen. 'En vanavond is er hospiteeravond. Ze zou het leuk vinden als je langskomt.'

Annebel kijkt alsof iemand met geweld iets in haar darmkanaal duwt. 'Ja, enig.'

Ik kijk hen om de beurt wantrouwig aan. Ferdi gaat verder: 'Het begint om negen uur. Ben je erbij?'

Uit haar handtas haalt Annebel een lijstje, waar al een rijtje namen op staat. 'Nou?' dringt ze aan, als het te lang duurt voor ik antwoord.

'Eh...' Ik hak de knoop door. 'Tuurlijk, leuk!' Ik produceer een gezichtsspasme dat hopelijk op een vriendelijke glimlach lijkt.

'Ja, leuk,' knarsetandt Annebel terug. Ze schrijft *Lucie* op het lijstje. Ik besluit dat het beter is voor mijn kansen als ik niets van de spelfout zeg. 'Dit is het adres.' Ze overhandigt me een papiertje met een adres in de binnenstad, vlak bij Ferdi.

Als haar knaloranje kapsel om de hoek is verdwenen, draai ik me met een ruk om naar Ferdi. 'Wat was dat?'

Hij zet zijn handen ontspannen in zijn zij. 'Dát, als je het zo wilt noemen, was een geweldige kans die zomaar in je schoot werd geworpen.'

'Hoe kwam je daar zo op?' Ik knijp mijn ogen tot spleetjes.

Ferdi klopt op mijn schouder. 'We raakten aan de praat, niets ernstigs, Dixi. In ieder geval, graag gedaan,' voegt hij er spottend aan toe als ik hem zwijgend blijf aankijken. 'Jij ook een fijne dag, hè?'

Hij draait zich om en loopt met zelfverzekerd verende tred weg.

Pas als iemand achter me mijn naam zegt, besef ik dat ik de laatste student in de zaal ben. 'Lucille?'

Het is Paul, de docent. Eigenlijk heeft hij een hele rits titels voor zijn naam staan, maar door zijn leeftijd (vierendertig), zijn ogen (groot, eerlijk en blauw, als die van een pasgeboren baby) en zijn gezichtsvorm (veel babyvet) noemt iedereen hem gewoon Paul. Hij heeft een stapeltje papier bij zich. 'Ik heb je tentamen hier.'

Bij het woord 'tentamen' beginnen al mijn inwendige alarmbellen te rinkelen. O shit. Als hij het me persoonlijk komt overhandigen, is het óf heel goed, óf heel slecht. Ik geloof niet dat ik op het eerste mag hopen.

'Wat is de schade?' vraag ik zenuwachtig.

Paul trekt verontschuldigend zijn mondhoeken naar beneden. Hij graaft in het stapeltje en trekt er wat velletjes uit, die hij me overhandigt. Boven aan het papier prijkt een grote, rode twee.

'O. Goh.' Ik slik. 'Een twee.'

'Ik heb duizenden studenten op verschillende universiteiten, dus normaal kan het me niet zoveel schelen hoe hoog of laag het cijfer is dat je haalt,' zegt Paul. 'Maar ik kon deze beoordeling gewoonweg niet rijmen met jouw intelligentie.'

'Mijn intelligentie?' Ik stoot een humorloos lachje uit. 'Sorry, misschien zie je me voor iemand anders aan. Ik ben Lucille Luijcx.'

'Dat weet ik.' Zijn babyogen kijken me rustig en alwetend aan. 'Je hebt meer in je mars dan je denkt. Je moet alleen wat beter over jezelf gaan denken.'

Ik frons. 'Mij wordt juist altijd verweten dat ik arrogant ben, dus dat zou per definitie betekenen dat mijn zelfbeeld wel prima is. Nietwaar?'

'Is dat zo?' vraagt Paul. Ik hoor geen oordeel in zijn stem, alleen interesse.

'Ja. Toch? Arrogante mensen maken andere mensen juist onzeker.'

Paul tikt met zijn wijsvinger tegen zijn kin en knikt bij zichzelf, alsof hij nadenkt over mijn uitspraak. 'Maar denk je niet dat die arrogantie eigenlijk een muur is?'

Ik grinnik. 'Ja, want eigenlijk ben ik natuurlijk heel onzeker.'

In plaats van antwoord te geven, blijft hij me onderzoekend aankijken.

Ik voel dat mijn handen zich ongemakkelijk in elkaar vouwen. 'Ik ben niet onzeker. Waarom zou ik?' Ik zwiep mijn haar over mijn schouder.

'Ik heb geen idee. Wat ik denk is dat een arrogante houding vaak een pantser is om de weke, gekwetste delen van een persoonlijkheid te beschermen. Zou dat kunnen kloppen?'

Ik verplaats mijn gewicht van mijn ene voet naar mijn andere en ontwijk zijn blik.

Paul gaat verder. 'Je kunt een ideaalbeeld bedenken en je wanhopig in dat beeld proberen te persen, maar je kunt ook kijken wat je hebt om mee te werken en daar het optimale uit proberen te halen.'

'Dus je vindt dat ik niet mezelf ben?' Ik frons. 'Maar je kent me niet eens. Misschien bén ik dit wel. Dat weet jij niet.'

Paul glimlacht. 'Je hebt gelijk. Het gaat er dan ook niet om wat ík denk of vind. Het gaat om wat je van jezelf denkt. De buitenwereld kun je tot op zekere hoogte voor de gek houden, maar bij jezelf is dat een stuk lastiger. Als je tevreden bent met jezelf, komt de rest vanzelf.'

Als ik de collegezaal verlaat, bevindt de twee op mijn tentamen zich verkreukeld tussen mijn vingers. Ik weet niet zo goed wat ik moet denken van Pauls wazige advies, maar ik weet één ding heel zeker: als dit cijfer een afspiegeling is van mijn mogelijkheden op de universiteit, ben ik flink de sjaak. Intelligent of niet.

Als ik thuiskom, zitten al mijn huisgenoten aan de keukentafel. 'Twee woorden, negen letters,' zegt Chris berispend tegen me. Hij spreekt het uit alsof het één woord is: tweewoordennegenletters.

'Duurt lang,' legt Paladin grommend uit.

'Wat duurt lang?' Ik gooi mijn tas neer en plof op een stoel.

Kikker staat op. 'Nee, niet op je kont gaan zitten. We gaan de stad in.'

O ja, we zouden gaan shoppen. Sinds wanneer vergeet ik winkelafspraken? Ik kijk de tafel rond. Chris en Hermelien hebben er oprecht zin in, Kikker staat al vol verwachting bij de deur, Paladin kijkt alsof hij tegen zijn zin een kilo spruitjes heeft gegeten en Chewy... Ik heb geen idee wat Chewy denkt, want zijn wolfachtige gezichtsbeharing belemmert het zicht op iedere emotie die hij zou kunnen voelen. Ik schuif mijn stoel achteruit over de plakkerige vloer. 'Wacht heel even.'

Ik ren naar mijn kamer en graaf net zo lang in mijn toilettas tot ik gevonden heb wat ik zoek: mijn draadloze scheerapparaat.

Eigenlijk gebruik ik het nooit (scheermesjes zijn veel handiger), maar het is ideaal voor wat ik in gedachten heb.

'O nee,' koert Chewy als hij ziet wat ik in mijn hand heb wanneer ik de keuken weer binnenkom. 'Nee hoor.' Ik heb hem nog nooit zo vastberaden gehoord. Hij schuift zijn stoel een stukje achteruit.

'Ah, toe nou,' pleit ik, terwijl ik stapje voor stapje zijn kant op kom.

'Ja, Chewy,' valt Hermelien me bij.

Hij schudt zijn hoofd, waarbij zijn baard heen en weer schudt.

'Jawel, joh,' zegt Chris. Hij staat op en legt een hand op Chewy's schouder. 'Je kunt het heel makkelijk bijhouden als het eenmaal kort is.'

Chewy kijkt naar Chris, Hermelien en mij. Kikker komt naast me staan. 'Moet ik hem vasthouden?'

Mijn harige huisgenoot zucht. 'Nou, vooruit dan. Geef maar.'

Ik leg het scheerapparaat in zijn hand en hij verdwijnt naar de badkamer. Er verstrijken vijf minuten, tien, twintig... Net als we elkaar ongerust aan beginnen te kijken en ik wil opperen dat Chewy misschien ontsnapt is via het badkamerraam, komt er een jongen de keuken binnen. Hij heeft hetzelfde verwassen Iron Maiden-shirt aan als Chewy en dezelfde haarkleur, maar daar houdt de gelijkenis op. Iedereen in de keuken snakt collectief naar adem.

Na een paar seconden beladen stilte vraagt de jongen in Chewy's kleren met Chewy's stem: 'Dusse... Is het wat?'

'Het is...' Hermelien wrijft ongelovig in haar ogen. 'Het is...'

'Nee, ik vond je met haar leuker,' zegt Kikker. 'Plak het er maar weer op.'

'Chewy...' Ik doe een stap naar voren. 'Je hebt blauwe ogen.'

'Ja,' antwoordt hij onzeker. 'Is dat erg?'

Ik lach opgelucht. 'Nee, natuurlijk niet! Ik had ze alleen nog nooit echt gezien.'

'O.' Hij wiebelt ongemakkelijk heen en weer.

Ik schraap mijn keel en grijns. 'Wat ik dus bedoel is: jeetje, Chewy, wat ben jij eigenlijk een lekker ding!'

Zonder haarmantel zie ik hoe snel zijn gezicht van bleek naar stoplichtrood gaat.

'Ja, inderdaad,' stemt Hermelien in.

Vanuit mijn ooghoek vang ik op dat Chris ook knikt. Zo te zien is hij diep onder de indruk.

Chewy bloost tot achter zijn oren. Hij heeft een rechte neus, blauwe ogen en hoge jukbeenderen. Zijn kaaklijn is precies scherp genoeg en zijn mond is gemaakt om te zoenen. Om eerlijk te zijn had ik van alles verwacht, maar dit niet. Hij ziet eruit alsof hij zo uit een modecatalogus is gewandeld, ook al is zijn kapsel nog steeds niet om aan te zien.

Kikker stoot Paladin aan. 'Heb jij even mazzel. Jij hebt met hem gezoend.'

Ik proest het uit en verstop me snel achter Hermeliens rug. Die giechelt hysterisch met me mee.

Paladin kijkt ons allemaal vervaarlijk aan en zet dan koers naar de keukendeur. 'Stik maar in dat winkelen. Ik weet niet waarom ik in eerste instantie al mee wilde gaan.'

'Maar...' zeg ik.

'Tabee.' Hij slaat de deur met zoveel kracht dicht dat er een barst in de ruit springt.

Ik kijk naar de scherpe lijn en sla mijn ogen dan op naar Kikker. Die haalt zijn schouders luchtig op. 'Ik vind het al heel wat dat hij echt van plan was mee te gaan.' Hij klopt Chewy met vlakke hand op zijn haarloze, nog altijd blozende wang. 'Kom op, *pretty boy*. De stad in.'

Winkelen met vier nerds is een soortgelijke ervaring als het in bedwang houden van een groep enthousiaste labradorpuppy's. Of een troep kleuters vertellen dat ze netjes twee aan twee moeten lopen in een snoepwinkel. Chewy en Chris giechelen als twee schoolmeisjes met elkaar, Kikker tikt af en toe met zijn lange vinger op mijn rechterschouder terwijl hij links van me loopt (ik ben veel te gemakkelijk in de maling te nemen en dat heeft hij nu ook ontdekt), en Hermelien rent nog net niet kwijlend van de ene etalage vol chique feestkleding naar de andere.

'Waar shoppen jullie normaal?' vraag ik, in een poging een winkelstrategie op te zetten.

De jongens kijken elkaar blanco aan. 'Eh...' Chris schraapt zijn keel. 'Normaal koopt mijn moeder mijn kleding.'

Ik zucht. 'Wat ben je toch een hopeloos geval. En jij, Chewy?'

'Ik winkel niet echt,' mompelt hij.

'En die shirts die je draagt,' zeg ik. 'Waar haal je die dan vandaan?'

'Large.'

'Wat is dat?'

'Een website.'

'En jij, Kikker?' Ik trek een wenkbrauw op. 'Jij winkelt zeker ook niet?'

Hij haalt zijn schouders op en zegt goedmoedig: 'Ik heb best veel kleding. Waarom zou ik nieuw kopen wat ik nog in de kast heb hangen?' Zijn ogen twinkelen. 'Ik ben jou niet.'

Oké, dit is hopeloos.

'Laten we simpel beginnen,' stel ik voor. 'H&M.'

Al snel blijkt dat het niet werkt om met zijn allen door de winkel te struinen, dus stal ik de jongens alle drie in een apart pashokje en schuim ik de winkel af. Regelmatig stuur ik Hermelien met een nieuwe lading kleding naar de paskamer. Als ik uiteindelijk bij de paskamers kom, klinkt er volop gemopper vanachter ieder deurtje. Kikker steekt met zijn hoofd, nek en een deel van zijn blote schouders boven de deur van de paskamer uit en ziet me als eerste aankomen. Hij wenkt me. 'Lucy, hoe had je dit bedacht?' Hij houdt de gestreepte longsleeve omhoog die ik voor hem heb uitgezocht.

'Nou, die moet je aantrekken,' zeg ik behulpzaam. 'Het is een shirt, dus je armen en je hoofd moeten erdoorheen.'

'Dat had zelfs ik begrepen, maar wat is dit?' Hij wijst met een lange vinger naar de hals.

'Een v-hals.'

'Een v-hals.' Hij knikt bedachtzaam. Dan kijkt hij me aan. 'Kom ik op jou over als iemand die v-halzen draagt?'

'Eh...' Ik frons.

'Ik zal je een hint geven. Néé.' Hij gooit het shirt over mijn hoofd. 'En dit trouwens ook niet.' Er vliegt nog meer kleding uit het pashokje.

'Hé,' roep ik verontwaardigd. Ik maak een prop van een stapel kleding en mik die terug in zijn hokje.

De verkoopster komt zenuwachtig aanlopen. 'Laten jullie het wel heel?' piept ze.

Ik negeer haar en vraag aan Kikker: 'Vond je de rest wel goed?'

'Nou, weet je wat het is?' Hij trekt een shirt over zijn hoofd en doet de deur open, zodat ik nog net een reepje van zijn gespierde buik opvang voordat hij het shirt eroverheen trekt. De verkoopster wordt weggeroepen door een andere klant. Kikker komt dicht bij me staan en steekt zijn armen recht vooruit. Heel even denk ik dat hij me wil knuffelen, maar dan zegt hij: 'Wat valt je op?'

'Eh...' Mijn blik glijdt over zijn armen. 'De mouwen zijn iets te kort.'

'Ietsje, ja,' lacht Kikker. 'Maar bijna lang genoeg, hoor. Ze komen toch al zeker net over mijn ellebogen.'

Ik grinnik. 'Oké, oké. Extra lange mouwen voor jou.'

'Lucy?' klinkt het paniekerig uit Chris' pashokje.

'Ja?' Ik trippel naar hem toe.

'Kun je even helpen?'

Ik loop zijn hokje in en blijf dan stokstijf staan. Chris staat in een soort yogapose, met een overhemd half over zijn armen en hoofd. Zijn buikje puilt over zijn broek heen (godzijdank heeft hij wel een broek aan, want ik hoef die ballenknijper echt niet nog een keer te zien). 'Ik zit vast,' weet hij uit te brengen. Zo te horen zitten zijn neus en mond tegen de stof aangedrukt. 'Kun je even helpen?'

Ik draai een rondje om hem heen en probeer te bepalen waar ik het best kan gaan trekken of duwen, zonder de stof te scheuren. 'Hoe heb je dit in vredesnaam gedaan?'

'Ik trok hem gewoon aan,' piept Chris.

'Het is een overhemd,' roep ik uit. 'Je moet de knoopjes opendoen en het dán aantrekken. Waarom probeer je het over je hoofd te trekken?'

'Het kost uren om al die knoopjes open en weer dicht te doen! Ik wilde tijd besparen.'

'Nou, missie gefaald,' zucht ik. 'Blijf stilstaan, dan maak ik ze los. Niet bewegen, want dan scheur je je overhemd.'

'En mijn spieren dan? Die staan ook op het punt om te scheuren.'

'Niet zo huilen.' Ik pruts met het bovenste knoopje. Als het openschiet, probeert Chris zijn armen wat verder naar buiten te duwen. 'Niet! Doen!' Ik geef hem een pets op zijn rug.

'Au!' Chris moppert wat in zichzelf. 'Dat doet maar een beetje alsof ze de koningin is en vangt nietsvermoedende jongens in martelwerktuigen die zich vermommen als kleding.'

'Hou op met piepen.' Ik prik in zijn buik. 'Anders laat ik je mooi opgesloten zitten in dat shirt.'

'Nee, haal me hieruit! Ik krijg geen adem.'

De verkoopster klopt op de deur van het hokje. 'Gaat het goed?' vraagt ze op ongeruste toon.

'Ja hoor, prima,' zegt Chris, net op het moment dat hij een onverwachte beweging maakt. Er klinkt een scheurend geluid.

'Wat was dat?' In de stem van de verkoopster klinkt nu ook agitatie door. 'Scheurde er iets?'

Ik geef Chris een harde tik tegen zijn arm. 'Ik zei toch, niet bewegen,' sis ik boos.

'Sorry, ik had kramp.'

'Dat is je eigen schuld, drol. Wie trekt er ook een overhemd aan zonder de knoopjes eerst open te maken?' mopper ik. Snel wrik ik de rest van de knoopjes open, zodat zijn armen eindelijk naar beneden kunnen en zijn verfomfaaide rode hoofd tevoorschijn komt. 'Lucht!'

Ik stroop het overhemd van zijn rug en armen en bekijk de schade. In de rug zit een grote, lelijke scheur. Hij zit niet eens op een naad, maar gewoon midden in de stof. 'Slechte kwaliteit,' zegt Chris.

'Ja, geef die kindjes in de sweatshop in India maar de schuld,' fluister ik.

De winkeldame roffelt op de deur. 'Zitten jullie nou samen in een hokje?'

Ik sla mijn hand voor mijn mond om niet te lachen. Chris schudt vermoeid zijn hoofd.

'Hallo? Ik kom nú naar binnen!'

De klink beweegt naar beneden, maar dan zie ik Kikkers blonde hoofd boven ons hokje uitsteken. 'Mevrouw,' zegt hij met zijn lage stem. De verkoopster laat de deur los.

'Ja?'

'Deze mouwen zijn te kort. Zou het helpen als ik een L neem in plaats van een M?'

'Hmm, ik vrees dat ook een L niet zal helpen.' Terwijl de verkoopster in beleefde bewoordingen uitlegt dat Kikker abnormaal lang is en dat de kleding in deze winkel daar niet op gemaakt is, gebaart Kikker met zijn hoofd naar me. Hij knikt in de richting van zijn hokje. Ik schud niet-begrijpend mijn hoofd. 'Wat?' playback ik naar hem.

Hij gebaart weer naar zijn hokje, nu wat duidelijker. Ik laat mijn blik op en neer glijden langs de muur, tot de spleet onder de afscheiding tussen de twee hokjes me opvalt. Ik kijk nog eens naar Kikker en wijs vragend naar de vloer. Hij knikt fanatiek en trekt zijn wenkbrauwen naar me op, net op het moment dat ik de verkoopster hoor zeggen: 'Dus het spijt me, meneer, maar ik moet even een probleem in dit hokje oplossen...'

Ik bedenk me geen seconde meer. Met een snelle beweging laat ik me plat op mijn buik vallen, waarna ik als een soort krab onder de afscheiding door schuifel. Mijn rug en kont schaven langs het hout – en ik zit vast.

'Shit!' sis ik. 'Chris!'

Hij zet zijn handen tegen mijn schouder en mijn heup en duwt hard, zodat ik als een perfecte imitatie van een menselijke krakeling over de vloer Kikkers hokje binnenschuif. Zodra ik opkijk, zie ik zijn grijnzende gezicht. 'Tijd om op te staan, prinses.'

In het hokje naast ons vliegt de deur open. 'Hallo,' hoor ik Chris zeggen.

'O... U bent alleen.' De verkoopster schraapt haar keel. 'Goed. Ik, eh... past het allemaal?'

'Ja hoor, prima. Dank u.'

De deur sluit weer. Ik bijt op mijn vuist om niet te lachen. Kikker geeft me een por en mompelt: 'Ik weet dat Chris echt vreselijk sexy is, maar kon je je niet inhouden?'

Dan hoor ik de verkoopster bij een ander hokje. Haar stem klinkt compleet gestrest. 'Nu ben ik het zat. Dame en heer, wilt u wel snel de winkel verlaten?'

'We doen niets!' roept Hermelien verontwaardigd.

'U stond samen in een hokje.'

'Hij wist niet wat de voorkant van deze trui was,' bitst Hermelien. 'Ik hielp hem alleen maar.'

Chewy koert ongemakkelijk: 'Laat maar, we gaan wel.'

'Goed.' De verkoopster klikklakt weg.

Ik schuifel het hokje uit. 'Dusse... volgende winkel?'

Na de wat moeizame start slagen we nog best goed. Ik weet de jongens ervan te overtuigen dat ze wat kleding kopen die niet zwart of slobberig is, en vooral vrij van bandnamen. Kikker vindt een lichtgroen overhemd dat precies de kleur van zijn ogen heeft, met extra lange mouwen en een extra slanke pasvorm. Hij vindt het te duur, dus moet ik lullen als Brugman om hem aan zijn verstand te peuteren dat het in de uitverkoop is. Gelukkig wint mijn verstand het van zijn gierigheid. Chewy blijkt geen problemen te hebben met v-halzen en ook niet met een nieuwe broek of schoenen die géén legerkistjes zijn. Eigenlijk is hij zelfs heel makkelijk. De enige met wie ik twist heb over smaak, is Chris. Hij wil geen shawl (zelfs geen heel saaie blauwe!), hij wil geen v-hals, hij wil geen skinny jeans – eigenlijk wil hij vrij weinig. Op een gegeven moment fluister ik tegen hem: 'Hoe denk je ooit op iemands gaydar te verschijnen als je dit allemaal weigert?'

'Dat kan me niet schelen,' zegt hij koppig. 'Ik ga er niet bijlopen als een meisje.'

'Nu loop je erbij als een slons.'

'Nee, Lucy. Gewoon nee.'

Ik zucht. Hier komen we niet uit. Als ik nog op tijd wil zijn op die hospiteeravond bij Annebel, moet ik opschieten. 'Jongens, ik vond het gezellig, maar ik moet om negen uur ergens zijn, dus...'

'Waar dan?' vraagt Hermelien.

'Een studievriendin,' lieg ik. No way dat ik ze ga vertellen dat ik op zoek ben naar een andere kamer. Het is net zo gezellig.

Annebel woont in een statig huis met een jaartal op de gevel. Ik let niet op welk jaartal, want ik ben te zenuwachtig. Ik heb helemaal niets meegenomen. Ik weet niet wat ze in een nieuwe huisgenoot zoeken. Kortom: ik weet niet wie ik moet zijn.

Pauls preek duikt onwelkom op in mijn hoofd. Jaja, als je zelf weet wie je bent heeft de rest daar niets mee te maken. Bla-bla-bla. Wat een onzin. Iedereen conformeert zich in bepaalde mate aan wat er van hem verwacht wordt. Ik doe dat gewoon wat meer dan anderen, maar maakt dat me een onzeker mens? Ik vind van niet. Ik zie het niet als gebrek, maar als sociaal voordeel. Een kameleon, dat ben ik.

Die gedachte werkt opbeurend. Iets zekerder van mijn zaak druk ik op de bel.

Drie kwartier later sta ik weer buiten. Wat een tijdverspilling. Annebel had al besloten om te verhinderen dat ik die kamer zou krijgen, dus ik kreeg de moeilijkste vragen van alle kandidaten. Ik bedoel maar: 'In welk jaar is dit huis gebouwd?' Waar hebben we het nou helemaal over? Ik was er al bang voor, maar iedereen behalve ik had iets bij zich. Een kratje bier, een fles wijn, een doos bonbons – één jongen kwam zelfs aanzetten met een frituurpan en bitterballen. Het hele huis trok vooral toe naar een slank, knap meisje met grote bruine ogen. Nee, daar hoor ik nooit meer iets van.

21

Ik krijg gelijk: in de tweede week van december heb ik nog altijd niets van Annebel of haar huisgenoten gehoord. Om het allemaal nog wat erger te maken is mam erachter gekomen dat mijn vader me zo'n beetje iedere maand extra geld toestopt. Ze belt me op en het is een bijzonder onaangenaam gesprek. 'We betalen je huur en je zorgverzekering al, Lucille,' bijt ze me toe. 'Joost mag weten waar je al je geld aan opmaakt, maar ik weiger je belachelijk dure hobby's te bekostigen. Je bent toch niet aan de coke, hè?'

Pap belt me de volgende dag om te vertellen dat mam het niet zo meende, dat ze op dit moment gewoon onder veel druk staat op haar werk, maar dat ze wel gelijk had: ik moet wat zuiniger aan doen. Dus geen impulsaankopen meer.

Dit komt me slecht uit, want mijn geld is alweer bijna op. Waar gaat het heen? Ik log in op internetbankieren en ga mijn uitgaven van de afgelopen maand na. Eerst zoek ik naar grote bedragen, maar meer dan dertig euro in één keer is er niet afgegaan. Wel veel kleine bedragen: een croissantje op het station, boodschappen en wat extra's, een topje in de opruiming...

Ik kijk in mijn voorraadkastje, maar op een halve chocoladereep na is het leeg. Ik moet alweer boodschappen doen. Snel reken ik uit hoeveel geld ik nog heb om het tot 24 december te redden. Ik wist niet dat ik zo kon toeleven naar een datum die niet mijn verjaardag is, maar sinds ik weet wanneer de studiefinanciering op mijn rekening wordt gestort, is dat ook een beetje mijn favoriete dag. Ik moet alleen het doseren nog even onder de knie krijgen, want de eerste twee weken na de stufi leef ik als een god in Frankrijk, maar de twee weken daarna moet ik het als een pauper doen met zo veel mogelijk kliekjes en restjes.

Het moet lukken, als ik gewoon vaak mee-eet met de rest van Het Fort. Shit, normaal kan ik altijd terugvallen op de portemonnee van mijn ouders. Dit gaat best lastig worden.

Op weg naar de supermarkt kom ik Chewy tegen. Hij trekt de laatste dagen best veel met Hermelien op. Vanavond is er weer een pokeravondje – dat is zo langzamerhand vaste prik geworden op donderdag. Hermelien vertelde me gisteren tijdens het boodschappen doen dat ze vroeger nooit zoveel gezamenlijk met de flat deden. 'Dat is pas sinds jij er woont.'

'Maar ik doe heel vaak niet mee,' zei ik verbaasd.

'Nee, maar dat hoeft ook niet. Je werkt als een soort katalysator.'

Op mijn bureau piept mijn mobieltje. Als het weer Merel is die een gezellige foto van haar en 'de meiden' stuurt in hun wintersportchaletje in Oostenrijk, spring ik uit het raam. Ik heb er deze week al drie binnengekregen en ik geloof dat ik ga kotsen als nummer vier nu in mijn inbox zit. Ze heeft het perfect duidelijk gemaakt: ze verkiest hen boven mij. Goed. Als ze me daar nu ook niet zo mee lastig zou vallen zou het helemaal mooi zijn, want dan kon ik misschien ook beginnen met afscheid nemen.

Wantrouwig kijk ik naar het scherm. Het is een sms. De afzender wekt mijn verbazing, maar de inhoud van het berichtje zet mijn haren rechtovereind.

Ik heb het helemaal gehad. Kom nu naar Enschede met de trein. En als je zegt dat ik niet welkom ben, ga ik ervoor liggen. Moes

Ik lees de woorden opnieuw en opnieuw. Dan druk ik op BELLEN.

'Hoi,' neemt mijn zusje met nasale huilstem op.

'Hé zus! Wat is er aan de hand?' Ik probeer volwassen en grote-zus-achtig over te komen.

'Ik kom naar je toe.'

'Ja, dat stond al in je sms. Ga je me ook vertellen waarom?'

'Dat weet je best.' Ze klinkt kinderachtig, alsof ze twaalf is – o wacht, dat is ze ook. 'Ik kan best op de bank slapen als je geen extra matras hebt.'

'Goed.' Ik zucht. 'Hoe laat ben je op het station? Dan haal ik je wel af.'

Zodra we hebben opgehangen loop ik naar Hermeliens kamer.

Haar deur staat zoals altijd wagenwijd open. Ze zit achter haar computer – ook geen uitzonderlijke situatie. 'Hé Lucy.'

'Mijn zusje komt zo langs,' zeg ik zonder verdere introductie.

'O.' Hermelien glimlacht. 'Leuk!'

'Ja, alleen weten mijn ouders het niet. En volgens mij moet ze morgen nog gewoon naar school.'

'O.' Hermeliens wenkbrauwen zakken weer een stukje. 'Dat is minder. Vanwaar dit plotselinge bezoekje?'

Ik slik, maar dan vertel ik over hoe ze gepest wordt in de klas. Hermelien wil weten waarom, dus ik vertel over het nichtje van Karin Kötter. En over Karin Kötter zelf.

'Heb jij iemand gepest?' vraagt Hermelien met grote ogen.

Ik hef afwerend mijn handen op. 'Niet gepést... Het was een beetje plagen. We hebben haar nooit geslagen of zo. Niets aan de hand, toch?'

Hermelien zegt niets, maar ik lees het antwoord in haar ogen. Voor het eerst zie ik dat ze me veroordeelt. Het doet meer pijn dan ik wil toegeven. Haar gekwetste, bozige blik snijdt door mijn ziel. 'Zeg, kijk me niet zo aan,' snauw ik. 'Het is gebeurd, oké? Zo erg was het echt niet.'

Hermelien zegt niets.

'Echt hoor. Ze stelt zich gewoon aan, die Karin.'

'Als jij het zegt.' Haar vlakke toon verraadt dat ze me niet gelooft.

Ik draai me om en loop terug naar mijn kamer. Hier schiet het niet op. Ik bel mijn vader.

'Hoi lieverd,' neemt hij op.

'Hé pap. Zijn jullie Marloes toevallig kwijt?' begin ik voorzichtig.

'Nee,' antwoordt hij verbaasd.

'Hm. Kijk nog eens goed. Weet je het zeker?'

'Hoezo?'

'Marloes komt naar mij toe,' zeg ik onomwonden. 'Ze zit nu in de trein.'

Een paar verwarde seconden lang blijft het stil. 'Goh.'

Ik wacht tot er meer komt. Dan vraag ik: 'Alleen "goh"?'

'Tja.'

'Nou,' zeg ik kortaf. 'Ik hoor je wel als je meer te zeggen hebt. In ieder geval weet je waar je favoriete dochter uithangt.' Ik hang op.

Midden in de gang blijf ik staan. Ik laat mijn mobiel zakken, sluit mijn ogen en begraaf mijn vingers in mijn haar. 'Shit,' fluister ik zachtjes.

Een uur later sta ik met mijn brakke fietsbarrel op het station. Mijn kast ligt vol chips en chocolade. Ik heb gezorgd dat er genoeg ham, kaas en sneetjes witbrood in huis zijn om onbeperkt tosti's te bouwen. Mijn rekening is wel leeg nu, maar ik ga er stiekem wel van uit dat ik mijn kosten kan declareren bij pap en mam. Het was tenslotte niet mijn idee dat Marloes hierheen zou komen – ik bedoel, het was natuurlijk ook niet hun idee, maar het is wel hun kind.

Op weg naar de voordeur kwam ik net Chewy tegen. Ik moet echt wennen aan zijn nieuwe uiterlijk, het is net als wanneer iemand die altijd een bril draagt ineens lenzen in heeft. Hij had een grote blauwe plek op zijn wang. Ik vroeg wat er gebeurd was. Hij lachte voorzichtig en zei: 'Joh, je zou die andere kerel moeten zien.' Ik vind de nieuwe Chewy wel leuk, heb ik besloten.

Ik zie Marloes meteen zodra ze uit de trein stapt. Ze is zo grijs en onopvallend dat ze juist in het oog springt. Ik steek mijn hand op. 'Marloes, hier ben ik!'

'Ja, dat zie ik,' roept ze terug. 'Je hebt een fuchsiaroze jas aan, Lucifer. Ik kan moeilijk om je heen.'

Met mijn zusje achterop fiets ik terug naar de campus. Onderweg vraag ik niets over de reden van haar bezoek en zij vertelt niets. Ze klemt zich aan me vast en steekt haar handen in mijn jaszakken om ze warm te houden. Inmiddels tikken we 's avonds en 's nachts regelmatig het vriespunt aan. Over anderhalve week is het kerst en over twee weken breekt het nieuwe jaar aan. Terwijl Marloes zich als een babyaapje aan me vasthoudt en ik haar op mijn oude fiets zo veilig mogelijk naar Het Fort vervoer, komt er een onkarakteristieke rust over me. De straatlantaarns verlichten de donkere straten. Ik haal diep adem door mijn neus. Het valt me op dat de lucht geen enkele geur heeft, ik voel alleen de kou tintelen in mijn longen. De druppel-

tjes vocht in de wolkjes die ik uitadem lichten op als ik door een licht-
plas fiets. De winterse stilte wordt alleen zo nu en dan verbroken
door een langsrijdende auto. In een prettig zwijgen rijden we mijn
straat in. Pas vlak bij mijn flat zeg ik zachtjes: 'Hier woon ik.'

Marloes stapt van de bagagedrager. Ik zet mijn fiets op slot en
we beklimmen de trappen naar de voordeur van Het Fort. Voordat
ik de deur opendoe, bedenk ik iets. 'Moet je horen.' Ik druk op de
bel, die op inmiddels vertrouwde toon door de flat blèrt: '*BEZOEK!
Hé tuig, errrr issss volluk!*'

Marloes kijkt me met grote ogen aan. 'Cool!'

'Je bent een geboren nerd, Moes,' lach ik.

De deur zwaait open. 'Ben je je sleutel vergeten?' vraagt Kikker.

Mijn wangen worden warm. 'Nee, ik liet mijn zusje even onze bel
horen.' Ik gebaar naar haar. 'Kikker, dit is Marloes. Marloes, dit is
Kikker.'

Ze schudt braaf zijn hand, maar vraagt er wel zachtjes achteraan: 'Heet je écht Kikker?'

Kikker knikt. Ik schud mijn hoofd.

Marloes lacht en laat zich gewillig door mij naar binnen slepen.
'Wat een gaaf huis, Lucy! Wat is er achter die deur?'

'De keuken.'

'En waar is jouw kamer?'

'Verderop.'

Ik observeer Marloes stiekem terwijl ze ons hele huis in zich opneemt. Haar ogen glimmen en ze kijkt geanimeerd om zich heen,
alsof ze iedere vierkante centimeter van Het Fort in haar hoofd wil
opslaan. 'Hier?' Ze duwt mijn deur al open. 'Jeetje, wat een bende!'

'Bedankt hè.'

'Ze heeft gelijk, weet je,' zegt Kikker vanuit de deuropening.

Ik draai me met een zwiep van mijn haar om. 'Moet jij niet op
wiskundekamp of zo?'

'Dat is pas in de zomer.'

Ik trek een wenkbrauw op. 'Er is dus echt een wiskundekamp?'

'Natuurlijk. Waar moeten al die knappe blonde meisjes anders
leren wat het verschil is tussen sinus en cosinus?'

Ik word spontaan jaloers van de gedachte aan Kikker in een kamer vol sexy leeghoofden die smachtend naar zijn lange lijf kijken. Pas dan zie ik dat hij een grapje maakt. Ik strijk mijn gezicht snel glad en hoop dat hij de donkere schaduw die eroverheen gleed niet heeft gezien. Hij kijkt me aan met die onpeilbare blik van hem. Ik richt me snel tot Marloes. 'Ik zal even ergens een matras regelen, anders moet je bij me in bed.'

Ze rimpelt haar neus. 'Getver, ga dan inderdaad maar snel rond-vragen.'

Ik steek mijn tong naar haar uit en loop de gang op. Kikker loopt gelijk met me op. 'Onverwacht bezoekje?' vraagt hij.

Ik knik en trek mijn mond scheef. 'Net wat ik kon gebruiken.'

'Ik denk dat Chewy wel een extra matras heeft. En anders heeft Kofschip nog ergens een opblaasmatje.'

'Bedankt.' Ik schenk hem een vluchtige glimlach.

Chewy sleept het matras voor me naar mijn kamer, zelfs als ik drie keer heb gezegd dat dat echt niet hoeft. Hij murmelt iets (zijn ma-nier van praten is er niet op vooruitgegaan sinds zijn gezichtshaar is getrimd) en klungelt stug verder.

Een paar minuten later ligt het matras opgemaakt en wel klem tussen mijn bureau en mijn eenpersoonsbed. Het vergde wat pas-en meetwerk – een soort Tetris voor gevorderden – maar nu hoeft Marloes in ieder geval niet bang te zijn dat het matras gaat schuiven of zo.

Ze ploft neer op het bed en staart naar het plafond. 'Het is net of ik Kikker ergens van ken,' zegt ze peinzend.

Ik zeg verbaasd: 'Jij ook al?'

'Wie nog meer?'

'Ik.' Heel even gaat het deurtje in mijn hoofd weer pesterig lang-zaam open. Ik kan bijna naar binnen gluren en zien wat erachter zit, maar dan valt hij met een klap weer in het slot. 'Hij komt me af en toe zo bekend voor.'

Een paar minuten verstrijken in stilte. We denken allebei na. Dan zegt Marloes: 'Je hebt daar een vochtplek.' Ze wijst hem aan op het plafond.

'Heel behulpzaam,' sneer ik.

Ze haalt haar schouders op en vouwt haar handen achter haar hoofd. Hardnekkig blijft ze omhoogstaren. Ik kijk een tijdje naar haar starre houding en koppige blik. Dan zucht ik. 'Schuif eens op.'

Ik vouw me naast haar op de vieze, oude matras en probeer niet aan de vlekken te denken. Dit ding is de natte droom van iedere schimmel. Ik wed dat er honderden parasieten in zitten die jarenlang hun kans hebben afgewacht om via mijn oor naar binnen te kruipen en mijn hersenen op te eten.

Marloes en ik liggen een beetje onwennig naast elkaar. Onze heupen en ellebogen raken elkaar. Ik doe alsof ik net zo druk bezig ben met het plafond als zij, maar eigenlijk let ik alleen maar op haar ademhaling.

Dan vraag ik zachtjes: 'Wat hebben ze gedaan?'

Ik voel dat het lichaam van mijn zusje zich naast me aanspant als een veer. 'Maakt het uit?'

'Ja.'

Ze zegt niets. Ik bestudeer de vochtplek op mijn plafond. Hij is volgens mij groter geworden sinds de laatste keer dat hij me opviel. Het is ondoenlijk om ieder vlekje en viezigheidje in deze kamer te monitoren. Het is een beetje alsof ik ineens een lichaam met heel veel potentieel gevaarlijke moedervlekken in de gaten moet houden. Hoe weet je of er eentje echt groter is geworden of dat je je gewoon aanstelt?

'Ze hebben mijn huiswerk in de fik gestoken,' mompelt Marloes.

'O?' Ik hoor hoe mijn stem de hoogte inschiet. 'En wat zei de docent daarvan?'

Ze balt haar handen tot vuisten. 'Die geloofde het niet,' zegt ze met een matte stem die totaal niet matcht met haar aura van opgekropte woede.

Ik ga rechtop zitten. 'Die geloofde het niet?'

'Nee. Ik heb het verteld, maar die meiden ontkenden net zo hard. Fokje ging zelfs huilen en vroeg waarom ik zoiets gemeens zei. Toen moest ik naar de decaan om voor straf het schoolplein schoon te maken.' Ze vertelt het emotieloos. 'De docent zei dat ze teleurgesteld was en dat ik andere mensen niet de schuld van mijn nalatigheid moest geven.' Haar stem breekt pas bij het laatste woord. Ze fluistert erachteraan: 'Ik maak altijd mijn huiswerk. Altijd.'

Een intens gevoel van machteloosheid klemt zich om mijn hart. Mijn oren suizen. Als die rotmeiden nu in de buurt waren, had ik ze stuk voor stuk knock-out geslagen met mijn statistiekboek. Ik leg mijn hand op Marloes' arm en wrijf zachtjes heen en weer. 'Kun je er niet iets tegen doen?'

Ze kijkt me ineens aan met zoveel onverholen haat in haar blik, dat ik mijn hand terugtrek alsof ik me gebrand heb. 'Jíj kunt er iets tegen doen! Maar dat doe je niet, want ik ben niet belangrijk genoeg.'

'Marloes, doe even...'

'Nee, niks "doe even". Je hebt je zorgeloze leventje hier en je hebt ons achter je gelaten. Ik ben gewoon een pluisje dat je van je kleding hebt geveegd.'

'Wat? Nee, dat is niet waar...'

'Dat is wél waar, Lucy! Je geeft alleen maar om jezelf. Het is een lachertje dat je psychologie bent gaan studeren. Het kan je geen ene ruk schelen wat er in andermans hoofd omgaat, zolang jij je zaakjes maar voor elkaar hebt.' Ze priemt met haar wijsvinger in mijn borstbeen. 'Je bent een trut en een egoïst.'

Ik spring op, bleek van schrik en verontwaardiging. 'Hier hoef ik niet naar te luisteren!' roep ik met een wild handgebaar. 'Ik ben je verdomme op komen halen van het station. Ik heb een heleboel eten voor je in huis gehaald. En jij komt hier binnenwalsen en begint me verwijten te maken!'

'Zeg niet dat het als een verrassing komt. Ik heb het al eerder gezegd. Of is je geheugen net zo slecht als je tentamencijfers?' spot mijn zusje. Ze gebaart naar het verfrommelde tentamen statistiek, dat onder mijn bed ligt. De rood omcirkelde twee is veel te goed zichtbaar.

'We kunnen niet allemaal zo godverdomde slim zijn als jij!' krijs ik.

'Nee, vooral jij niet, Mevrouw Bijles.'

Mijn mond verhardt zich tot een dunne streep. 'Je weet niet wat je zegt.'

Marloes springt ook op. 'Ik weet niet wat ik zeg? Ik ben altijd al degene geweest die weet wat ze zegt.'

'Nou, daar vind ik het niet op lijken!'

'Jij bent zeker ook niet het nakomertje, of wel soms?' Marloes knijpt haar ogen tot spleetjes. 'Jij bent niet het ongelukje.'

Ik zoek steun bij de deurklink. 'Je bent geen... Je was niet...'

Marloes blaast over mijn woorden heen op vliegtuigvolume. 'Je zou pap en mam eens moeten horen, thuis! "Lucy dit, Lucy dat, Lucy is zo knap en getalenteerd, Lucy zus, Lucy zo... Marloes, ruim je kamer eens op! Ga rechtop staan! Doe eens leuke kleren aan! Neem eens een voorbeeld aan je zus!"'

We kijken elkaar aan met elektrisch geladen blikken. De twee tegenpolen lijnrecht tegenover elkaar, zij aan de ene kant van de kamer, ik aan de andere kant. Ik haal zwaar adem door mijn neus, in een poging mijn laatste restje kalmte te bewaren. Het lukt niet. Ik ga haar wurgen. Ik klem mijn vingers nog steviger om de deurklink. Het zou me niet verbazen als het staal onder mijn vingers zou verpulveren.

Ik gooi de deur open en been boos de gang op. Vanuit de kamer roept Marloes me na: 'Loop maar weg, zoals altijd!'

Briesend van woede ren ik de gang door. In de spiegel vang ik een glimp van mezelf op. Ik schrik me een ongeluk; ik kijk in de spiegel en mijn moeder kijkt terug. Dezelfde strakke, harde uitdrukking rond mijn mond, dezelfde intense blik. Dit is allemaal Marloes' schuld. Ik smijt de keukendeur open. Hij vliegt met een oorverdovende klap tegen de muur, waardoor de breuk in het glas nog wat verder scheurt. Pas dan zie ik dat al mijn huisgenoten om de keukentafel zitten met kaarten in hun handen. Ze staren me geschokt aan.

Natuurlijk, de pokeravond.

Hermelien is de eerste die iets zegt. 'Gaat het, Lucy?'

Ik laat mijn ingehouden adem langzaam ontsnappen.

'Doe je mee?' vraagt Chris voorzichtig.

Ik kijk van de tafel naar de deur, die inmiddels achter me is dichtgevallen. Kan ik dat wel maken tegenover Marloes? Die zit nu in haar eentje op mijn kamer. Aan de andere kant, het is haar eigen schuld. Dan moet ze maar niet zulke valse dingen tegen me zeggen. Die trouwens helemaal niet waar zijn, als we het er toch over hebben. Ik ben niet egoïstisch. En ook geen trut. En ze moet niet doen alsof ik de favoriete dochter ben, want... 'Ja, leuk,' onderbreek ik de monoloog in mijn hoofd.

Kikker schuift de stoel naast zich naar achteren. 'Neemt u plaats.'

Ik kijk hem scheef aan en laat me dan bevallig op de stoel zakken.

'We beginnen zo aan een nieuw potje, hoor,' verzekert Kikker me. Hij gebaart naar de twee fiches die hij nog heeft en dan naar de gigantische stapel die voor Paladins neus ligt. 'Ik kleed eerst Paladin nog even uit.'

Ik grinnik. 'Jij liever dan ik.'

'Wederzijds,' gromt Paladin.

'Waar is je zusje?' vraagt Hermelien.

'Op mijn kamer.' Ik staar naar het tafelblad. De beschuldigende blik die Hermelien me vanmiddag toewierp, ben ik nog niet vergeten.

'Wil ze er niet bij komen zitten?'

'Neuh,' zeg ik zo neutraal mogelijk.

'Biertje?' vraagt Chris.

Ik knik dankbaar.

Twee uur later neem ik de laatste slok van mijn vierde biertje. Ze komen hard aan, maar ik heb dan ook nog niets gegeten. Ik heb een emotionele dronk, dat voel ik. Iedereen zit met elkaar te kletsen. Ik hoor ze lachen, ik zie dat ze zich op hun gemak voelen bij elkaar. Ik ben de enige die op een afstandje zit. Niet echt, maar psychisch gezien wel. Ik lag er na een paar rondes al uit. Nu kijk ik toe hoe de rest het leuk heeft, hoe ze elkaar plagen en op de kast jagen, in het volle vertrouwen dat niemand het persoonlijk opvat. Mijn enige gezelschap is mijn bierflesje.

Wat doe ik hier?

Ik vraag het me voor het eerst in lange tijd weer af. De vraag raakt een plek diep in mijn keel, waar direct een ondoordringbaar brok verdriet en heimwee ontstaat. Wat doe ik hier, bij deze mensen? Waarom ben ik niet in mijn vertrouwde stad, bij de mensen die ik al zo lang ken? Waarom is Merel niet bij me? Waarom houdt Marloes niet meer van me?

Ik moet denken aan de eerste keer dat mijn ouders haar mee naar huis namen. Ze was niet meer dan een klein rozig propje. Alleen haar wipneusje kwam boven het dekentje in haar Maxi-Cosi uit. Omdat ik pas bijna zeven was, had ik bij mijn oma gelogeerd terwijl mijn moeder er in het ziekenhuis een baby uitperste. Ik had twee dagen lang moeten lijden onder wat mijn oma 'snoep' noemde en mijn melktanden gebroken op Haagse hopjes die ouder waren dan Jezus, dus ik was dolblij om mijn ouders weer te zien. Mijn moeder knielde naast me neer en trok met haar vinger het dekentje omlaag, zodat ik het gezicht van de baby kon zien. 'Kijk eens Lucille, dit is je zusje. Ze heet Marloes.'

Ik herinner me de verwondering die ik voelde, of misschien verbeeld ik me dat omdat ik een beetje aangeschoten ben. Zo'n klein mensje, helemaal nieuw en ongeschonden. Ik durfde haar niet vast te houden. Ik durfde zelfs bijna niet naar haar te kijken. Veel kinderen in de klas voelden zich bedreigd door hun jongere broertjes en zusjes, maar ik niet. Ik voelde me alleen maar heel rijk. 's Middags kon ik bijna niet wachten tot de school uit was, want dan kon ik weer naar mijn babyzusje toe. Mijn vader heeft een album bijgehouden met foto's uit die begintijd. Op één kiekje sta ik op een krukje naast de wieg van Marloes. Met mijn hoofd leun ik op mijn armen, terwijl ik gefascineerd naar mijn slapende zusje staar. 'Dat kon je uren doen,' zegt pap iedere keer als die foto voorbijkomt. 'Eén keer heb je zelfs in je broek geplast omdat je niet weg wilde bij Marloes.'

Oké, dat laatste is wat gênant, ik geef het toe. Maar als ik me dat zo voorstel, kan ik me niet indenken waarom we later uit elkaar gegroeid zijn. Toch is het gebeurd. Mijn ouders waren altijd net een tikkeltje trotser op alles wat Marloes deed. Ze vergeleken haar prestaties constant met de mijne en ik kwam er nooit positiever uit. 'Marloes loopt nu al, dat deed Lucy pas toen ze tien maanden was!' 'Marloes heeft net voor het eerst "papa" gezegd. Lucy hield tot haar eerste jaar haar mond stevig dicht!' 'Marloes kan al zelf eten. Lucy laat zich het liefst nog steeds voeren!' Kortom: ik was de sukkel, Marloes was het wonderkind. Toen ze later onze schoolprestaties ook nog gingen vergelijken, voelde ik me helemaal een idioot.

'Wat kijk je sip.' Kikker neemt me op met die aandachtige groene ogen van hem. Hij kijkt bezorgd, het is net alsof hij weet wat ik denk. Het is bijna griezelig hoe goed hij mijn stemming kan peilen. En het is ronduit sneu dat dat andersom niet zo is. Ik weet bijna nooit wat er in zíjn hoofd omgaat.

Ik kan dit er niet bij hebben. Wankel sta ik op. 'Ik ga naar bed. Bedankt voor de gezelligheid.'

Mijn huisgenoten wensen me goedmoedig welterusten en gaan verder met kaarten. Ik loop de keuken uit, richting mijn kamer. Hoe dichterbij ik kom, hoe zwaarder het besef op me drukt dat ik Marloes urenlang alleen heb gelaten. Het is midden in de nacht en ik heb morgen om negen uur college. Wat moet zij in die tijd doen? Ze kan moeilijk de hele tijd op mijn kamer blijven.

Ik doe de deur voorzichtig open. Mijn kamer is donker. Heel even denk ik dat er niemand is. In een vlaag van paniek knip ik het licht aan, waarna ik de omgewoelde hoop dekens op het matras zie bewegen. 'Doe dat licht uit,' kreunt mijn zusje.

'O, gelukkig. Je bent er nog,' mompel ik, meer tegen mezelf dan tegen haar.

'Hoe laat is het?' vraagt Marloes korzelig. Ze kijkt op mijn wekker. 'Zo hé, kon je het nog later maken?'

'Met gemak.' Ik werp mijn kleding van me af als een slang die uit zijn oude huid kruipt. Gapend stap ik over Marloes' bed heen en kruip onder mijn eigen dekens.

'Getver, moet je je tanden niet poetsen?' vraagt ze.

Ik trek de deken over mijn hoofd. Als reactie geeft Marloes me een por. 'Hé, je moet je tanden nog poetsen. Je stinkt naar bier.'

'Laat me met rust, ik moet morgen vroeg op.'

'Tandenpoetsen duurt twee minuten.'

Ik werp de deken van me af. 'Soms vergeet ik wat een verschrikkelijke tandenpoetsnazi jij bent.'

Ze rimpelt haar neus. 'Ik vind het gewoon vies als je zonder poetsen gaan slapen. Weet je wel dat daar de meeste gaatjes door ontstaan?'

'Ja, dat weet ik,' mompel ik, terwijl ik weer uit bed kruip en mijn onwillige lichaam naar de wasbak toe dwing.

Met een tevreden grijns gaat Marloes weer liggen. 'Doe je zo meteen ook het licht uit?'

Tijdens het college de volgende dag kan ik mijn ogen bijna niet openhouden. Het restje aandacht dat ik overheb, gaat steeds naar mijn kamer, waar mijn kleine zusje nog ligt te slapen. Of niet, natuurlijk. Wat moet ik straks met haar gaan doen? We zouden naar de film kunnen gaan. Marloes en ik hebben nooit echt dingen samen gedaan, vooral vanwege het leeftijdsverschil. En het persoonlijkheidsverschil. Eigenlijk zou Marloes veel beter op de campus passen dan ik.

Er komt een laatkomer naast me zitten. Ik ruik aan de aftershave dat het Ferdi is.

'Hoe ging de hospiteeravond?' vraagt hij.

Ik haal mijn schouders op. 'Niets meer van gehoord.'

'Je ziet eruit alsof je onder een brug hebt geslapen.'

'Bedankt.' Ik klem mijn kiezen op elkaar. Ferdi ziet er zelf fris en wakker uit, alsof hij er al een fotoshoot op heeft zitten.

'Bijna vakantie, Dixi.' Hij klopt geruststellend op mijn arm.

Ik knik. Dan schiet me iets te binnen. 'Hé Ferdi, ken je de Batavierenrace?'

Hij snuift. 'Natuurlijk.'

'Wil je toevallig ook meedoen?'

Hij kijkt me schuin aan. 'Hoezo?'

'Ik doe samen met wat mensen uit mijn huis mee, maar we hebben niet genoeg teamleden. Dus als jij en je huisgenoten nog een ploeg zoeken...'

Er verschijnt een superieur glimlachje om zijn mond. 'Bedankt voor het aanbod. Ik zal erover nadenken.'

'Ja,' zeg ik, een beetje van mijn stuk gebracht. 'Goed. Laat het maar weten.'

'Wat had jij trouwens voor je tentamens?' schakelt hij over op een ander onderwerp.

'Niet zulke geweldige cijfers.' Dat is nog zacht uitgedrukt. Op mijn persoonlijke pagina van de universiteit prijken een twee, een vier en twee vijven onder elkaar. Niets om over naar huis te schrijven. Of te bellen. Of te sms'en. 'Jij dan?'

'Ook niet echt super,' zegt hij schouderophalend. Dat stelt me een beetje gerust, tot hij eraan toevoegt: 'Drie zevens en een zes komma acht.'

Ik kan ineens niet meer slikken. Shit, dat is hartstikke hoog. Aan zijn blik te zien wil hij nu ook de mijne weten. No way dat ik hem ga vertellen over mijn faalcijfers. Ik sta op en zeg: 'Alvast een fijn weekend, ik moet weg.' Zonder verdere uitleg loop ik de collegezaal uit. Tot zover mijn plan om goed op te letten. Het vooruitzicht van een ronde herkansingen in januari knijpt mijn keel dicht. De zenuwen fladderen in mijn borst. Ik stop ze snel weg. Eerst moet ik me maar eens druk maken over Marloes, daarna hou ik me wel weer met mezelf bezig.

22

Op de fiets naar huis pieker ik over wat ik met Marloes moet doen. We kunnen niet naar de film, want daar heb ik geen geld voor. Misschien kan ik een film van Campusnet trekken. Dan hoef ik alleen nog maar iets te vinden wat we allebei leuk vinden. Onbegonnen werk.

Als ik langs de Bastille kom, rijd ik bijna Anjo (of Otto) ondersteboven. 'Hoi Lucy!' roept hij.

'Hoi,' zeg ik neutraal. Dan schiet me iets te binnen. 'Ben je op weg naar Fanaat?'

'Zeker! Kom je nog langs?'

'Ik denk het wel. Vind je het goed als ik iemand meeneem?'

'Moes, kam je haren, we gaan een paar nerds verslaan met Kolonisten,' zeg ik als ik mijn kamerdeur opengooi. Alleen is er niemand. Het dekbed is netjes rechtgetrokken en Marloes' kleding van gisteren ligt over mijn stoel gevouwen.

Fronsend draai ik me om. Waar kan ze zijn? Ik loop naar de keuken en ja hoor, daar zit ze, samen met Hermelien en Kikker. Alle drie zitten ze onderuitgezakt in een bank; Kikker op de bovenste en Hermelien en Marloes samen op de onderste. Hun aandacht is gevestigd op de grote, vierkante tv-kast. Op het scherm rollen een heleboel regels witte tekst de ruimte in.

'Wat kijken jullie?' vraag ik. Ze draaien als één man hun hoofd om.

'Je bent net op tijd,' roept Marloes. 'We kijken *Star Wars* en Kikker zei dat jij dat nog nooit gezien hebt.'

Kikker klopt op de bank. 'Toevallig heb ik hier nog een prachtig plekje voor je vrijgehouden. Dit is de eerste film die uitkwam, *A New Hope. Episode IV*. Kijk je mee?'

Ik voel mijn mondhoeken afkeurend naar beneden zakken. Hermelien ziet het. 'Toe nou, Lucy! Het is echt een leuke film.'

'Ja, please?' Marloes kijkt me met grote puppyogen aan. Ik ben blij om te zien dat ze toch nog íéts van me geleerd heeft.

Ik zucht. 'Vooruit dan maar.' Hermelien en Marloes juichen. Ik klauter onhandig op de bovenste bank, waarbij ik half op Kikkers schoot val. Als ik weer rechtop wil gaan zitten, schuift hij een stukje naar me toe, waardoor er een kuil in het midden van de bank ontstaat en we tegen elkaar aan zakken. Ik voel zijn ribben tegen de zijkant van mijn lijf drukken. De sensatie jaagt een stroom zoemende, pluizige hommels door mijn maagstreek. Kikker gaapt en rekt zich overdreven uit, waarna hij zijn arm op de leuning achter me neerlegt. Grinnikend kijk ik hem aan. 'Subtiel, hoor.'

'Ja hè?' Zijn ogen twinkelen. 'Je moet bijna wel hoogsensitief zijn om te registreren hoe geraffineerd ik dat aanpakte. Maar goed, aangezien je het toch al doorhebt...' Hij slaat zijn arm om mijn schouders en trekt me tegen zich aan. Ineens lijkt alles heel ver weg en onbelangrijk. Ik kan me niet voorstellen dat ik me een halfuur geleden nog druk maakte over tentamencijfers.

'Houden jullie wel je kop?' vraagt Marloes. Ze draait zich half om naar ons. 'Ik wil geen gesmak horen.'

Ik geef haar een zetje met mijn voet. 'Hup, film kijken!'

Zodra ze zich omdraait, begint Kikker harde slurpgeluiden te maken. Dan zegt Hermelien: 'Stil, het begint!'

'Waarom is *Episode IV* eigenlijk de eerste film?' vraag ik zachtjes aan Kikker.

'George Lucas heeft eerst alle zes de scripts geschreven, maar bij het bepalen welke hij eerst zou gaan verfilmen koos hij voor nummer vier, omdat dat de goedkoopste en gemakkelijkste zou zijn,' legt Kikker uit.

'Dus eigenlijk vallen we midden in een verhaal?' Ik frons.

'Mwah, je kunt er altijd voor kiezen om na het kijken van vier, vijf en zes ook één, twee en drie nog te zien.'

'Ja, dat klinkt echt als iets wat ik ga doen.'

'Wist je dat er binnenkort nog een *Star Wars*-film komt?' mengt Marloes zich in het gesprek.

'Ja, en die ouwe Harrison Ford doet ook weer mee,' gniffelt Hermelien. 'Ik ben benieuwd.'

Zodra Chewbacca de Wookiee in beeld komt, maak ik een verbaasd geluidje. Kikker knikt. 'Ja, twee druppels water, nietwaar?'

'Het is écht net Chewy,' stem ik in.

Op een bepaald moment leg ik mijn hand op Kikkers been. Ik voel zijn spieren even aanspannen en wil bijna mijn hand terugtrekken, maar dan drukt hij zijn been wat dichter tegen het mijne aan.

Star Wars is niet zo erg als ik dacht. Halverwege vraag ik ongerust wanneer de kerels met klei op hun kop nou langskomen, maar Kikker legt me uit dat ik in de war ben met *Star Trek*. Als tegen het einde de Death Star moet worden opgeblazen, legt Kikker zijn hand op de mijne. Onze vingers vlechten zich in elkaar. Ik gluur even omlaag. Dit wil ik onthouden. Ik heb het idee dat onze handen met elkaar versmolten zijn, dat we elkaar nu nooit meer los kunnen laten. Ik weet niet hoeveel tijd er verstrijkt. De film nadert het einde. Hij strijkt zacht met zijn duim over de palm van mijn hand. De aftiteling begint. We halen tegelijk adem, niet te snel, niet te langzaam. Ik raak helemaal in trance en durf me niet te bewegen. Stel je voor dat ik mijn linker grote teen een millimeter opzijschuif en dat dit moment verdwijnt?

Een halve seconde later blijkt dat ik zelf helemaal niets hoef te doen om een einde te maken aan het moment, want de bel galmt door de gang. '*BEZOEK! Hé tuig, errrr issss volluk!*'

'Ik ga wel,' zegt Hermelien. Ze loopt de keuken uit. Door de deur heen hoor ik haar met iemand praten. Dan komt ze de keuken weer in, op de voet gevolgd door Jildou.

Van alle mensen die ik niet had willen zien vandaag, staat Jildou bovenaan. Ik trek snel mijn hand los uit die van Kikker en probeer zo goed en zo kwaad als het gaat rechtop te zitten. Wat niet lukt. We zijn toe aan nieuwe banken.

'Hééé, wat leuk, volle bak,' zegt mijn rivale met een duivelse grijns. Dan wendt ze zich tot Kikker. 'Ga je mee, lange?'

Nu pas valt me op dat ze sportkleding draagt. Ik kijk Kikker vragend aan. Hij knikt naar Jildou. 'Ik moet nog even mijn sportbroek aandoen.'

'Te lang voor de tv gehangen?' informeert ze liefjes.

'*Star Wars*,' zegt hij met zijn scheve grijns, waarvan ik dacht dat hij die speciaal voor mij bewaarde.

Jildou lacht. 'Wat ben je toch een nerd.'

'Yup.' Kikker springt van de bank en loopt de keuken uit. Jildou geeft hem in het voorbijgaan een speelse duw. Hij steekt zijn wijsvinger naar haar uit. 'Niet zo tof doen, anders gooi ik je bij de eerste wedstrijd in het voorjaar uit de boot.'

Ze giechelt. 'Dan ben ik vast verkouden tijdens de Bata.'

'Dat willen we natuurlijk ook niet.' Kikker wendt zich tot mij. 'Had ik dat al gezegd, Lucy? Mijn hele team doet mee.'

Ik zie het allemaal aan terwijl in mijn borst een jaloers monster de kop opsteekt. Als Jildou me een valse blik toewerpt en Kikker dan achternagaat, slaat de hitte me aan alle kanten uit.

'Hij zit toch in een herenteam?' vraag ik aan Hermelien. Mijn toon is agressiever dan ik voorzien had.

Mijn vriendin deinst een stukje achteruit. 'Ja, maar iedere boot heeft een stuurtje nodig om aan te geven waar ze langs moeten. Anders varen ze tegen alles aan. Het liefst willen ze zo min mogelijk extra gewicht in de boot, dus stuurtjes zijn meestal kleine, lichte meisjes.'

'Jildou, dus,' mompel ik.

Marloes kijkt gefascineerd van Hermelien naar mij. 'Heb je verkering met Kikker, Lucifer?'

Hermelien schiet in de lach. 'Lucifer, dat is ook een leuke.'

'Het is beter dan Dixi,' mompel ik. 'En nee, ik heb geen verkering met Kikker.'

'Waarom wilde hij dan dat je naast hem kwam zitten?' vraagt Marloes.

'En waarom hielden jullie elkaars hand dan vast?' doet Hermelien een duit in het zakje.

'En waarom kijken jullie naar elkaar alsof er niemand anders meer bestaat?' gaat Marloes verder.

Ik spring van de bank. 'Dat wil ik ook wel eens weten.' Met grote passen been ik de keuken uit. Ik kom Jildous slanke figuurtje tegen bij de voordeur. Ze grijnst breed naar me. 'Leuk hè, dat we met zijn allen de Bata gaan lopen. Kan ik bij jou alvast een van de lange stukken reserveren?' Ze laat haar blik op en neer gaan over mijn lijf (ik vervloek mezelf dat ik dit strakke shirt heb aangetrokken) en vraagt dan op vertrouwelijke toon: 'Jij gaat zeker zo'n kort stukje lopen? Dat snap ik wel, hoor. Het echte werk moet je gewoon overlaten aan de mensen die er de juiste bouw voor hebben.' Het is duidelijk dat ze daar zichzelf mee bedoelt.

Strijdlustig kijk ik haar aan. 'Toevallig ga ik ook een lang stuk lopen.'

'O?' Ze trekt geamuseerd haar wenkbrauwen op. 'Hoeveel kilometer?'

'Ik, eh...' Shit, daar heb ik me nog niet in verdiept.

Ze lacht smalend naar me. Dan richt ze haar blik op een punt achter me. 'Zo, dat duurde lang.'

Kikker komt aanlopen in een flodderige, oude trainingsbroek, die hij goed heeft vastgesnoerd om zijn smalle heupen. 'Niet kletsen, maar rennen,' zegt hij tegen Jildou.

Ze loopt naar buiten. Als Kikker me passeert, pak ik zijn arm. 'Waarom heb je haar gevraagd om mee te lopen?' vraag ik zo zachtjes mogelijk.

Hij kijkt me verbaasd aan. 'Omdat ik mijn team zou vragen, en daar hoort zij ook bij. Bovendien kunnen we wel wat extra mensen gebruiken. We hebben er pas zeventien.'

'Maar moest je per se háár vragen?' Ik kijk hem ongelukkig aan.

Kikker grijnst naar me. 'Stel je niet zo aan, Lucy.' En voor ik weet wat er gebeurt, drukt hij een vluchtige kus op mijn lippen. Als het besef in mijn hersenen doordringt, is de deur al dicht. Mijn lippen tintelen. Ik druk mijn vingers ertegenaan.

Oké, het is officieel. Ik snap geen hol van jongens.

'Néé, daar wilde ík al een dorpje bouwen!' Marloes grijpt naar haar muizige haar. 'Hoe moet ik ooit winnen met jullie erbij?'

Anjo en Otto kijken haar met een identieke grijns aan. 'Niet.'

'Nee, dat is duidelijk.' Mijn zusje plaatst met een theatrale zucht haar dorpje ergens anders.

Anjo draagt vandaag een oranje shirt waarmee je eigenlijk alleen op Koninginnedag wegkomt. En zelfs dan is dit een randgevalletje. Maar goed, dankzij dat shirt kan ik hem wel onderscheiden van Otto, die het standaard campustenue draagt: zwart, verwassen bandshirt, kistjes en een lampenkapbroek van een of andere altowinkel. Ik heb de jongens van Het Fort verboden om daar ooit nog één voet binnen te zetten. 'Je zusje lijkt wel op je,' zegt Anjo.

Marloes en ik kijken elkaar aan met een twijfelachtige blik. 'Vind je?' vraag ik.

Anjo knikt. 'Ja, jullie hebben dezelfde ogen, dezelfde lach en dezelfde uitstraling.'

Die jongen is echt gestoord. Marloes en ik lijken totaal niet op elkaar.

'Ik lijk meer op mijn vader,' zegt Marloes. 'Lucy is sprekend mijn moeder.'

Ik trek afkeurend mijn bovenlip op. 'Wat een onzin.' Mijn spiegelbeeld van gisteravond flitst even door mijn hoofd. Nee, dat was geen representatief moment. Ik lijk niet op Marloes en ik lijk niet op mijn moeder. Van alle mensen in deze ruimte lijkt Marloes nog het meest op Hermelien.

Hermelien is bezig met een spelletje Dance Dance Revolution, samen met een paar langharige personen van wie ik eerst dacht dat het meisjes waren. Het bleken gewoon kerels met jaloersmakend lang haar te zijn. Ze is helemaal in haar element, zoals ze daar met rode wangen heen en weer springt. Dat herinnert me eraan... 'Hé jongens, hebben jullie wel eens meegelopen met de Bata?'

Anjo en Otto kijken elkaar aan en barsten dan in lachen uit. 'Ben je gek? Nee, natuurlijk niet!'

'O.' Ik bijt op mijn lip. 'Zou het jullie leuk lijken om dit jaar mee te doen?'

'Geen haar op mijn hoofd die daaraan denkt,' reageert Anjo meteen. Otto valt hem bij: 'Rennen is voor dieren.'

Geen veelbelovende reacties.

'Ook niet als wij allemaal meedoen?' vraag ik met mijn allerliefste stem.

'Wie is "wij allemaal"?' vraagt Otto.

'Ik, Hermelien en ons hele huis,' zeg ik.

'Je mag jezelf niet als eerste noemen,' bemoeit Marloes zich ermee.

Ik steek mijn tong naar haar uit.

'Gaat Hermelien de Bata lopen?' Anjo knippert verbaasd met zijn ogen.

'Uhuh. Zelfs Paladin doet mee,' doe ik er een schepje bovenop.

De tweeling wisselt weer een blik. Dan zegt Anjo: 'We zullen erover nadenken.'

Ik grijns dankbaar. Dat klinkt in ieder geval al een stuk beter dan 'geen haar op mijn hoofd die eraan denkt'.

'Gaan we nu verder? Dan kan ik jullie even inmaken,' komt Marloes ertussen.

Het was een goed idee om haar mee te nemen naar Fanaat. Tussen de spelletjes en totaal onhippe nerds komt ze helemaal tot rust. Ik vergeet de tijd, zoals vaak wanneer ik hier zit. Pas als Hermelien met een rood hoofd van inspanning naar me toekomt en vraagt: 'Moet jij vanavond niet koken?', besef ik dat het al bijna etenstijd is.

We graaien met zijn drieën in de supermarkt alles bij elkaar wat we nodig hebben voor een lekkere pasta. Ik schaam me niet eens meer heel erg als mijn pasje aangeeft dat het saldo te laag is om de boodschappen af te rekenen. Terwijl Hermelien haar pasje in het apparaat steekt, besef ik dat ik haar nog steeds niet heb terugbetaald voor de vorige keer dat ze mijn boodschappen heeft voorgeschoten. Shit, dat is al superlang geleden. Ze is er zelf ook niet meer over begonnen. Zou ze het vergeten zijn?

'Dit tel ik gewoon op bij je lopende rekening,' zegt ze met een grijns.

Goed, ze is het nog niet vergeten. Waarom heeft ze er dan niets over gezegd? En waarom heeft mijn vader het boodschappengeld voor Marloes' bezoekje nog niet overgemaakt?

Alsof het zo is afgesproken, gaat mijn mobiel. 'Dag lieverd, hoe is het met jullie?' Pap klinkt bezorgd.

'Nog even goed als vanmorgen,' zeg ik sarcastisch. Pap en mam belden me in alle vroegte op om te vragen waarom ze Marloes niet konden bereiken. Mijn zusje antwoordde daarop droog: 'Ik heb mijn mobiel uitgezet, want ik werd gek van ze.' Blijkbaar belden pap en mam haar ieder halfuur om te vragen wanneer ze terugkwam. En ze accepteerden het antwoord 'als ik daar zin in heb' niet bepaald. Met frisse tegenzin hebben ze haar vandaag ziek gemeld op school, maar mam dreigde dat ze Marloes als vermist opgeeft als ze zondagavond niet thuis is.

Pap drukt me op het hart om haar genoeg groenten en fruit te geven. 'En geen bier,' voegt hij daar streng aan toe.

'Pap, werkelijk. Denk je dat ik een complete idioot ben?' Ik hang chagrijnig op.

Mijn zusje blijkt een verbazingwekkend goede hulp in de keuken. Of eigenlijk ben ik de hulp; Marloes coördineert de boel en zorgt dat alles op rolletjes loopt, terwijl ik af en toe braaf een opdrachtje vervul, zoals: 'Wil jij de paprika even snijden?' Al die uren die ze samen met pap in de keuken doorbrengt werpen duidelijk vruchten af. Hermelien bekijkt het allemaal gniffelend vanaf de keukentafel, terwijl ze een boek leest.

'Je mag ook even helpen, hoor,' klaag ik.

Ze kijkt op uit haar boek. 'Nee, bedankt.'

'Het was geen aanbod. Wat lees je trouwens?'

'*Harry Potter.*' Haar oren worden rood.

Marloes draait zich om. 'O, leuk! Welk deel?'

'Deel één.' Hermelien werpt een onzekere blik op mij. 'Ik lees eens in de zoveel tijd de hele serie opnieuw.'

'Alle zeven boeken?' vraag ik verbaasd.

Ze knikt.

'Maar je weet alles wat er gebeurt al.'

'Dat is niet erg, dan kan ik me juist extra verheugen op bepaalde stukjes. En de saaie stukken overslaan.'

'Hoe vaak heb je ze nu al gelezen?'

'Allemaal?' Hermelien denkt even na. 'Tja, het ene deel wat vaker dan het andere, want steeds als er een nieuw deel uitkwam las ik ter voorbereiding alle voorgaande delen nog even.'

'Even, zegt ze.'

'Maar ik denk al met al zo'n twintig keer. Misschien tweeëntwintig.'

Mijn mond valt open. 'Zo vaak?'

Ze knikt. Ik hoor de voordeur open- en dichtgaan, waarna Chewy de keuken binnensloft. Hij loopt nog net zo gebogen als toen zijn gezicht verstopt was achter een gordijn van haar. Ik kan zijn onzekere houding en stijve gedrag echter niet meer rijmen met zijn knappe gezicht. Waarom zou je dat willen verbergen door je nooit meer te scheren en te veranderen in een Wookiee?

'Hoe is het met die blauwe wang van je?' vraag ik.

Hij draait de gehavende kant van zijn gezicht naar me toe. 'Bijna weg.'

'Waar kwam dat nou van?' Hermelien klapt haar boek dicht.

Chewy haalt zijn schouders op. 'Geen idee. Hij was er ineens.'

Ik wijs naar hem met de achterkant van het mes in mijn hand. 'Weet je zeker dat je niet gevochten hebt?'

'Dan had ik wel een stoer verhaal opgehangen.' Hij glimlacht onzeker naar me en steekt zijn hand uit om een stukje paprika te pikken van de snijplank. Ik geef hem een tik op zijn vingers.

Na het eten gaan we naar de Vestingbar. Dolly kijkt bij binnenkomst een beetje moeilijk naar Marloes. 'Hoe oud is zij?'

'Ik ben twaalf,' zegt Marloes. Ze steekt trots haar borst vooruit.

Dolly kijkt me grijnzend aan. 'Familie van je?'

'Ja, hoe weet je dat?' vraag ik verbaasd.

Hij haalt zijn schouders op. 'Geen idee, jullie lijken gewoon op elkaar.' Shit, hij is al de tweede die dat vandaag zegt. Of eigenlijk de derde, als je Anjo en Otto níet als één persoon telt. Dolly grijnst zijn scheve tanden bloot. 'Ik schenk geen alcohol aan haar, maar zolang je op haar past, mag ze best binnenkomen.'

Marloes vindt de Vestingbar net zo cool als Het Fort en Fanaat. De hele campus is één groot avontuur voor haar. Ze heeft natuurlijk ook nog niet zulke hoge standaarden, daar zal het aan liggen.

'Wat een gave krukjes,' zegt ze tegen Dolly. Ik kijk omlaag en zie nu pas dat ieder krukje een in ondergoed gestoken damesachterwerk moet voorstellen.

Na een paar biertjes weten we Dolly over te halen om zich bij onze Bata-ploeg te voegen. Ook de lelijke tweeling geeft met tegenzin toe dat ze het zullen proberen. Inwendig doe ik een dansje: we komen steeds dichter bij ons doel.

Ik hou het vanavond trouwens bij cola, want ik heb geen zin om morgen weer zo brak te zijn. De laatste tijd drink ik sowieso best veel als ik het vergelijk met mijn tijd in Groningen. Toen dronk ik alleen op zaterdag. Afhankelijk van de hoeveelheid zakgeld die voorhanden was en de hoeveelheid drankjesaanbiedende jongens viel mijn promillage wel eens te hoog uit, maar de mixjes die ik graag drink zijn nu eenmaal best duur, dus zoop ik me er nooit een gigantische kater aan. Bier hebben ze echter altijd en overal. Bovendien is het goedkoper dan een cocktail of een wijntje. Laatst heb ik ergens gelezen dat een biertje evenveel calorieën bevat als een bruine boterham. Nu weet ik niet of dat waar is, maar eerlijk gezegd had ik er niet eens bij stilgestaan dat bier überhaupt calorieën bevat. Op de een of andere manier serveren mijn hersenen alles wat vloeibaar is af als 'niet dikmakend'. Ik kijk peinzend naar mijn cola. Daar zit natuurlijk ook heel wat suiker in. Daarna kijk ik naar mijn buikje. Ik stoot Hermelien aan. 'Zullen we drie keer per week gaan hardlopen?'

Ze verslikt zich in haar bier. 'Dat is wel veel.'

'Maar het zou wel goed zijn. Vooral omdat ons Bata-plan waarschijnlijk écht doorgaat!'

Ze grinnikt toegeeflijk. 'Vooruit dan maar, blij ei.'

Halverwege de avond check ik Facebook. Ik scrol snel voorbij de foto's van Merels leuke wintersportvakantie (Merel en Simone op ski's, de hele groep in de après-skihut, een brak ontbijtje met zijn allen) en zie dan dat ik een privéberichtje heb. Ik herken de donkerharige schone met donkerrode lippenstift op de foto niet direct, maar dan zie ik de naam Abigail naast het profielplaatje staan.

Ik lees het nog een keer. Mijn ogen rollen bijna uit mijn hoofd. O,
wauw! Wat een kans. En veertig euro kan ik goed gebruiken, nu ik
niet meer bij mijn ouders aan mag kloppen voor extra geld. Voor ik
me kan bedenken, stuur ik een berichtje terug.

Hé Abby, dat lijkt me hartstikke leuk! Zeg maar wanneer ik waar moet
zijn.
Liefs, Lucy

Het is alsof Abby boven op haar mobiel heeft gezeten, want ze
stuurt me direct het adres en de mededeling dat ze het 'supervet-
awesome' vindt dat ik tijd en zin heb. Ik voel me ineens helemaal
opgepept. De wereld lijkt een stuk zonniger. Wat nou slechte tentamencijfers? Wat boeit het dat ik geen kamer in het centrum kan
vinden? Wat kan het mij rotten dat als ik nu op het strand ga liggen,
Greenpeace waarschijnlijk spontaan het protocol voor aange-
spoelde bultruggen in werking stelt? Ik heb mijn eerste visagieopdracht te pakken! Mijn avond kan niet meer stuk.
'Wat zit jij te glimmen?' vraagt Kikker. Hij komt van achteren
over me heen hangen, zodat ik zijn frisse, net-gedouchte geur kan
opsnuiven. Zijn hoekige kaak raakt mijn wang bijna. Een uurtje geleden heeft hij zich bij ons gevoegd, net toen ik me af begon
te vragen of hij soms bij Jildou bleef slapen. Ik moet echt ophouden met dat jaloerse gedoe. Daar houden jongens helemaal niet
van.
'Ik heb een opdracht!' Trots leg ik hem uit dat Abby een visagist

nodig heeft voor een fotoshoot. 'En ik krijg er nog geld voor ook,' voeg ik eraan toe.

'Wat goed, Lucy.' Hij lijkt echt onder de indruk.

'Dank je,' straal ik. En dan, zomaar uit het niets, omdat ik daar zin in heb en omdat ik totaal hyper ben van de cola en de adrenaline... kus ik hem. Niet zo'n vluchtig zoentje dat hij vanmiddag op mijn lippen drukte, maar een echte zoen, zoals die ene in zijn kamer, die alweer zo lang geleden lijkt. Alleen zitten er nu heel veel mensen omheen. Kikker reageert eerst verrast, maar slaat dan zijn lange armen om me heen en trekt me tegen zich aan. Om ons heen hoor ik vaag mijn huisgenoten joelen, maar die negeer ik. Het gaat alleen nu om zijn lippen op de mijne en zijn stoppels die langs mijn kin schaven. Mijn bloed overtreedt alle snelheidslimieten. Als er flitsers in mijn aderen stonden, kreeg ik binnenkort heel veel boetes binnen. O god, ik ben zo dronken van verliefdheid dat ik zelfs geen leuke grapjes meer kan maken.

Veel te snel haalt hij zijn lippen van de mijne. Voorzichtig laat hij zijn greep op mijn middel vieren, terwijl hij me verwonderd aankijkt. 'Wow.'

Ik kijk verlegen de andere kant op, want ineens dringt tot me door dat ik net zomaar een jongen heb gezoend. Nee, niet 'zomaar een jongen'. Ik heb Kikker gezoend. Olivier.

Hij legt een vinger onder mijn kin. 'Wat heb ik gedaan om dat te verdienen? Dan weet ik wat ik nog een keer moet doen.'

Ik sla mijn ogen naar hem op. 'Gewoon zijn zoals je bent.'

En dan (natuurlijk, hoe kan het ook anders?) gaat mijn mobieltje. De nostalgische tonen van het favoriete liedje uit mijn jeugd stijgen op uit mijn broekzak. 'Je bent mijn droom, mijn doel, de liefde van mijn leven. Wat ik je bied, dat kan geen ander je geven...' Naast me voel ik Kikker in elkaar krimpen. Ik kijk op het schermpje. Pap. Alweer. Ik rol met mijn ogen en druk het gesprek weg.

Ineens springt Marloes van haar barkruk. 'Ik weet het!' Ze stompt enthousiast tegen mijn arm.

'Au!' Ik doe een stapje achteruit, bang voor nog zo'n stomp. Werkelijk, als je ziet hoe lomp mijn zusje af en toe doet, zou je zeggen dat ze is opgevoed door een kudde olifanten. 'Wat weet je?'

'Ik weet waar we hem van kennen!' Ze wijst naar Kikker. Ik kijk naar hem en heel even, een fractie van een seconde, meen ik een vlaag van vrees in zijn ogen te zien. Dan verdwijnt het naar de achtergrond en kijkt hij ongemakkelijk van mij naar Marloes.

'Nou?' Ik kijk mijn zusje verwachtingsvol aan.

'Hij is Olivier!'

Er gaan een paar seconden voorbij, waarin niemand iets zegt en ik niet goed weet wat ik moet denken. Ken ik zijn echte naam dan toch ergens van? Waarom deed hij dan geen belletje bij me rinkelen?

Het deurtje waarachter het besef ligt opgeslagen gaat op een kiertje open. Een vaag gevoel van herkenning welt op in mijn binnenste.

Als ik niet reageer, zegt Marloes: 'Je weet wel, die jongen waar jij vroeger zo'n fan van was!'

Ik sper mijn ogen wijd open. Het besef slaat door me heen als een tornado door een sloppenwijk. Hij is Oli4? Kikker is mijn idool van vroeger? Ik kijk hem vragend aan. 'Is dat zo?'

Hij kijkt nu niet meer ongemakkelijk, maar ronduit ongelukkig. 'Zullen we daar niet...'

'O, dat schattige kleine jongetje?' onderbreekt Hermelien hem. Ze komt naast me staan en tuurt ingespannen naar zijn gezicht. 'Ja, je bent het echt!'

Ik moet toegeven dat ik ook wel wat gelijkenissen zie met het blonde kindsterretje van vroeger, nu Marloes het heeft gezegd. Op mijn elfde ben ik een tijdlang helemaal gek van hem geweest. Hij was twaalf en had zo'n blond pannenkoekkapsel dat alle toffe jongens toen hadden. Hij speelde gitaar op het kindernetwerk dat mij de hele dag aan de tv gelijmd hield en zong liedjes over liefde voor meisjes op wie ik altijd heel erg jaloers was, ook al wist ik niet precies waarom. Ik had zijn cd's, een T-shirt met zijn gezicht erop en een plakboek waarin ik alle artikelen uit de *Hitkrant*, de *Tina* en de *Break Out!* plakte die over hem gingen. Ik dronk zelfs thee uit een Oli4-mok. Samen met mijn moeder en Merel ben ik naar een concert van hem geweest. We stonden helemaal achteraan in een zaal vol prepuberale, gillende, verliefde meisjes, maar toch bleef ik de hele tijd doordrongen van het besef dat hij op slechts tientallen meters afstand van me stond. Ik weet zelfs nog (dit is echt heel eng, nu ik erover nadenk) dat ik dacht: dit moment moet ik koesteren, want ik zal nooit meer zo dicht bij hem komen.

Compleet verbouwereerd gaap ik hem aan. Chris vraagt voorzichtig: 'Dus wacht even... Jij bent beroemd, Kikker?'

Hij begint verwoed zijn hoofd te schudden, maar Hermelien roept: 'Je bent wél beroemd! Ik woon dus al jaren in huis bij een celebrity en ik wist het niet eens.'

'Wie is een beroemdheid?' vraagt Dolly vanachter de bar. Ik geloof dat het werken in die harde muziek hem een beetje doof heeft gemaakt.

'Ik ben geen...' probeert Kikker weer.

'Lucy, dit is zo tof!' gilt Marloes. 'Je woont gewoon bij je jeugdidool in huis! En je hebt net met hem gezoend!'

Kikker doet een stap achteruit. En nog een. Ik besef dat hij aan het vluchten is. Snel leg ik een hand op zijn schouder. Hij schudt zijn hoofd. De blik in zijn ogen breekt mijn hart. 'Niet weggaan,' fluister ik, maar met een laatste grote pas maakt hij zich uit de groep los. Voor ik het weet, is hij door de deur naar buiten verdwenen.

Ik draai me bozig om naar mijn zusje. 'Je wordt bedankt, Moes.'

'Ik zei alleen maar waar ik hem van kende!' roept ze. 'Het is toch waar?'

'Je hebt hem weggejaagd!'

'Kan ik het helpen dat hij zo spastisch reageert,' mompelt ze.

'Daar heeft ze gelijk in,' zegt Hermelien.

Ik bijt op mijn lip en kijk naar de deur. Chris geeft me een zetje. 'Hup, achter hem aan.'

'Nee, ik moet bij Marloes blijven,' zeg ik spijtig.

Mijn zusje snuift. 'Ik kan heus wel voor mezelf zorgen, hoor! Ik ben al twaalf.'

'Je klinkt net als je zus,' zegt Chris.

'Ga nou, Lucifer,' zegt Marloes.

Ik twijfel. Marloes kan het goed vinden met mijn huisgenoten, vooral met Hermelien. Is het raar als ik achter Kikker aanga om dit bizarre gedoe op te helderen en haar hier laat? Of moet ik als verantwoordelijke grote zus bij haar blijven? Ze slaat haar armen over elkaar en zucht. 'Gá nou.'

'Goed,' zeg ik, nog altijd aarzelend. Aan Hermelien vraag ik: 'Neem jij haar straks mee naar huis?'

Ze knikt en imiteert Marloes' houding met over elkaar geslagen armen. 'Ga je nou?'

Ik draai me om en ren de deur uit. 'Succes,' roept Chris me na.

De trap is zo glad dat ik bijna uitglijd. Met een wilde beweging grijp ik de leuning vast. De kou snijdt in mijn blote handen. Ik blijf twee tellen lang stilstaan en loop dan voorzichtig de rest van de treden af. Het is vreselijk koud, mijn adem komt in wolkjes uit mijn mond. Ik stop mijn handen diep weg in mijn jaszakken. Lag er nou maar sneeuw, dan kon ik zien welke kant hij op was gegaan.

Als ik de trap af ben, kijk ik om me heen. De voetbalvelden liggen er stil en verlaten bij. Dan zie ik iemand lopen op het smalle paadje tussen de twee velden. Ik knijp mijn ogen samen om goed te focussen. Ja, het is hem.

'Kikker!' roep ik. Mijn stem galmt over de velden en weerkaatst tegen de bomen van het park aan de overkant, maar Kikker wandelt stug door. 'Kikker!' Ik schreeuw nu.

Als hij nog steeds niet reageert, zet ik ook flink de pas erin. Ik durf niet te rennen, want het vriest en volgens mij is de straat glad. Ik kom niet verder dan een vreemde snelwandelpas. Ik hoop niet dat iemand me stiekem aan het filmen is, want dit ziet er echt niet uit. Ik lijk wel een gans die een ei moet leggen. Als Kikker achteromkijkt en me zo ziet waggelen, zal hij zich wel kapot schrikken.

Tegen de tijd dat ik het paadje tussen de voetbalvelden heb bereikt, is Kikker al aan de overkant van de straat. Ik zet nog een tandje bij. Pas bij Het Fort haal ik hem in, op de trap. 'Wacht nou even,' hijg ik, terwijl ik achter hem aan de trappen op stommel. 'Je hoorde me toch wel?'

Hij kijkt me aan, zegt niets en steekt de sleutel in het slot. Binnen zet hij direct koers naar zijn kamer. Ik moet bijna rennen om hem bij te houden. Hij duwt de deur open, loopt naar binnen en ik glip nog snel achter hem aan, voordat hij de deur dicht kan doen. Triomfantelijk leun ik tegen de muur, terwijl mijn borst nog snel op- en neergaat van de snelwandeltocht.

'Ik heb niet zo'n zin om te praten, Lucy,' zegt hij met verslagen stem. Ik kijk hem onzeker aan. Zijn ogen staan gekweld.

'Had je het aan niemand verteld?' vraag ik zachtjes.

Hij ademt diep in, sluit zijn ogen en laat zich achterover op bed vallen. Met twee vingers masseert hij zijn neusbrug. 'Het was niet nodig.'

'Waarom?'

Hij kijkt me alleen maar aan.

Ik doe een paar stappen naar het bed en ga heel voorzichtig op het randje zitten. 'Waarom hield je het geheim? Het is toch supertof dat je een beroemdheid bent.'

Kikker haalt zijn schouders op. 'Het is niet iets wat je direct vertelt. "Hoi, ik ben Olivier, ik was als kind beroemd en nu ben ik een slungelige wiskundestudent met een te grote neus en de BMI van een Russische ballerina."' Hij trekt een wenkbrauw naar me op en tot mijn opluchting zie ik een klein sprankje humor in zijn ogen. 'Niet de beste openingszin, vind je wel?'

Ik knik. 'Maar later heb je het ook niet verteld.'

'Er kwam geen goed moment.' Hij haalt zijn hand door zijn blonde haar, waardoor zijn puntige elleboog in de lucht steekt. 'En hoe langer je met zoiets wacht...'

'Hoe moeilijker het wordt,' stem ik in. Ik bijt schuldbewust op mijn lip.

'Ik weet niet meer wanneer het een geheim werd, maar dat was het op een gegeven moment wel.'

Ik kijk naar zijn lange, pezige lijf dat op het bed uitgestrekt ligt. Hij heeft één knie opgetrokken. Zijn T-shirt is een klein stukje omhooggeschoven, waardoor ik een randje huid van zijn platte buik kan zien. Ik zou boven op hem willen kruipen, maar in plaats daarvan blijf ik netjes rechtop op de rand van zijn bed zitten, zonder dat onze lichamen elkaar raken.

'Het was eigenlijk wel fijn om gewoon Kikker te zijn,' zegt hij peinzend. 'Mensen vroegen niet of ik al die stomme liedjes van vroeger wilde zingen. Want die kwamen me op het laatst echt de neus uit, vooral "Mijn Droom, Mijn Doel".' Hij trekt een vies gezicht naar me, waar ik een beetje om moet giechelen. 'De volgende keer dat je Rob de Nijs op tv "Banger Hart" ziet zingen, moet je er maar eens over nadenken dat die man al honderd jaar hetzelfde nummer zingt. Avond na avond. Wat zal die vent schijtziek van zijn eigen liedje worden. Dat had ik al na drie jaar; ik stond iedere week vier keer op een podium en hoewel ik veel leukere liedjes had, wilde iedereen toch steeds weer "Mijn Droom, Mijn Doel" horen. Als ik alleen de intromuziek al hoor, word ik misselijk.'

'Vond je het zelf geen leuk nummer?' vraag ik verbaasd.

'Toen ik het schreef wel, maar toen was ik elf,' schampert hij.

'Nou, ík vond het een geweldig liedje.' Ik begin de melodie te neuriën.

Kikker duwt zich met zijn ellebogen omhoog. Voor ik weg kan springen, slaat hij zijn ene hand voor mijn mond en zijn andere hand om mijn schouder, zodat ik niet anders kan dan naast hem op bed vallen. 'Hou je op?' vraag hij.

Ik knik braaf, maar zodra hij zijn hand weghaalt, zing ik zo hard als ik kan: 'Je bent mijn dróóm, mijn dóél, de lll...' Kikker klemt zijn hand weer om mijn mond.

Ik probeer mijn hoofd heen en weer te schudden, zodat ik verder kan zingen. Dan probeer ik in zijn hand te bijten. Hij trekt hem lachend weg. 'Hé, hongerlap!'

'...de liefde van mijn leven,' zing ik heel vals verder op vliegtuigvolume. Kikker prikt met zijn lange vingers in mijn zij. Mijn lichaam schokt opzij. 'Niet kietelen!'

'Alleen als jij ophoudt met zingen.' Zijn gezicht is nu heel dichtbij. Ik knik, terwijl ik diep in zijn ogen blijf kijken. 'Deal.'

Hij strijkt een lok haar uit mijn gezicht. Dan zegt hij onverwachts: 'Kende je die jongen met wie je het in de wc hebt gedaan?'

Zo, hallo – over van onderwerp veranderen gesproken. Ik sla mijn ogen neer en schuif een stukje achteruit. Kikker houdt me tegen. 'Of was het zomaar een willekeurige kerel die niet besefte dat hij de kans van zijn leven kreeg?'

Als ik hem weer aankijk, staan mijn ogen vol tranen. De brok in mijn keel is zo groot dat het pijn doet.

'Hé, wat is er?' Hij kijkt me geschrokken aan en strijkt zachtjes met twee vingers over mijn wang. Dat kleine, lieve gebaar zet de sluizen open. De tranen stromen over mijn wangen en ik hap naar adem. Kikker trekt me tegen zich aan in een troostende omhelzing. Door zijn t-shirt heen voel ik de warmte van zijn bovenlijf. Ik begraaf mijn neus in de holte tussen zijn nek en zijn schouder en snotter erop los. Ik weet niet hoe lang we zo zitten. Het kan een minuut zijn, of een uur. Als mijn ademhaling weer wat rustiger is en ik nog slechts af en toe snik, laat Kikker me weer voorzichtig los. Ik begin meteen mijn make-up weer zo veel mogelijk bij te werken. 'Sorry,' mompel ik ellendig. 'Ik zie er niet uit.'

Hij pakt mijn boenende handen vast en legt ze met een demonstratief gebaar op het bed. 'Geen ge-sorry. Je bent prachtig, Lucy.'

Ik kijk hem schamper aan. 'Tuurlijk. De depressieve-clown-look is het helemaal voor mij.'

Kikker grinnikt. 'Ach, je kunt het hebben.' Dan kijkt hij schuldig. 'Het spijt me dat ik over je eerste keer begon.'

Ik ga zitten en recht mijn rug. Tijd om knopen door te hakken. 'Nee. Het is juist goed dat je dat deed.'

'Maar je raakt er zo overstuur van...'

Ik onderbreek hem snel, voordat ik me kan bedenken. 'Dat is omdat ik het allemaal verzonnen heb.'

We staren elkaar verbouwereerd aan. Ik weet niet wie verbaasder is.

Kikker herhaalt voorzichtig: 'Je hebt het verzonnen.'

Ik knik. 'Merel ging altijd maar door over seks dit en seks dat. Ik kon het niet uitstaan dat zij het al wel had gedaan en ik niet.'

'Dus verzon je een onzinverhaal.'

Ik haal mijn schouders op. 'Het kwam toevallig zo uit. Het alternatief was bekennen dat ik op de wc in slaap was gevallen, nadat ik die jongen ervan had overtuigd dat hij écht niet mee naar binnen mocht. Ook niet heel aantrekkelijk.'

Kikker schudt verward zijn hoofd. 'Dus Merel heeft al bijna twee jaar het idee dat je eerste keer op de plee in een kroeg was, terwijl die eerste keer eigenlijk nog moet komen?'

Ik hef afwerend mijn handen op. 'Hé, dat zei ik niet...'

'Wanneer was het dan?' Hij kijkt me streng aan.

Ik overweeg iets te verzinnen, maar ik ben nu toch schoon schip aan het maken. De waarheid dan maar. 'Oké, oké! Ik heb het nog nooit gedaan. Ik ben nog máágd.' Ik rol met mijn ogen.

'Je zegt het alsof het iets is om je voor te schamen.'

'Nou, dat is het toch ook een beetje?' Ik gebaar wanhopig naar mijn lijf. 'Ik ben bijna negentien en ik ben ontzettend dik geworden. Het is niet alsof het ooit nog gaat gebeuren.'

Kikker kijkt me lang aan met ogen die inmiddels donkergroen zijn. Dan vraagt hij op lage, rustige toon: 'Lucy, weet je wel hoe frustrerend het is dat jij hier maar doorratelt over hoe onaantrekkelijk je bent, terwijl ik iedere keer als ik je zie het liefst al je kleren van je lijf zou willen scheuren?'

Ik kijk hem dommig aan. Eén voorbarige vlinder doet alvast een blij dansje in mijn buik, de rest houdt nog ongelovig zijn adem in. 'Eh... nee?'

'Heel frustrerend,' verzekert hij me.

'O.' Ik gooi onzeker mijn haar over mijn schouder, in een poging mijn houding terug te vinden. 'Ik kan mijn mond wel houden,' stel ik voor.

'Geweldig plan,' gromt hij instemmend. Met één arm duwt hij me achterover op het bed. Terwijl zijn mond de mijne vindt, laat hij zijn andere hand zachtjes omhoogwalen over mijn buik.

Ineens schiet ik overeind en hap ik geschrokken naar adem.

'Wat is er?' vraagt Kikker.

'O shit, sorry. Ik maak je steeds aan het schrikken,' mompel ik.

Hij glimlacht geruststellend. 'Het is in ieder geval nooit saai met jou.'

'We kunnen dit niet doen,' zeg ik met tegenzin.

Kikker knikt langzaam. 'Ik ga ook veel te snel. Het spijt me, je doet gewoon iets met me...'

Ik schud mijn hoofd. 'Het ligt niet aan jou. En ik wil het ook heel graag,' voeg ik er kleintjes aan toe, omdat ik vanbinnen nog steeds word verteerd door verlangen. 'Alleen... de rode vlag hangt buiten.'

Kikker draait zich om naar zijn raam. 'Waar? Het is pikdonker.'

Ik kuch ongemakkelijk. 'Zo bedoel ik het niet. Maar, eh, de Ferrari staat voor de deur.'

'Wat?' Hij kijkt me totaal verloren aan. 'Wiens Ferrari? Hoe zie jij die dingen buiten?'

Ik sluit mijn ogen kort en zeg dan zachtjes: 'Ik ben ongesteld.'

'O, op die manier,' zegt Kikker begrijpend. 'Dat kun je toch gewoon zeggen, zonder omslachtig te doen met vlaggen en Ferrari's?'

'Dat weet ik wel,' zeg ik blozend. 'Alleen ik vind het gewoon een beetje... gênant.'

'Er is niets gênants aan.'

Ik kijk hem vervaarlijk aan. 'Dat zou je niet zeggen als je vader tijdens je eerste ongesteldheid een kersentaart voor je had gebakken met daarop in grote letters GEFELICITEERD, JE MENSTRUEERT!'

Kikker doet zichtbaar moeite om niet te lachen, maar toch stoot hij wat proestgeluidjes uit. 'Heeft je pa dat écht gedaan?' Zijn ogen twinkelen.

'Ja,' snauw ik. 'Hij was helemaal trots. Die idioot had de halve familie uitgenodigd en het aan alle buren verteld. Ik wilde gewoon onder een steen kruipen en dóódgaan.'

'Daar kan ik wel een beetje inkomen, ja.' Hij kijkt me geamuseerd aan.

'Dus sorry,' vervolg ik zwakjes.

Kikker haalt vrolijk zijn schouders op. 'Je weet wat echte schippers doen, hè?'

Ik grijns. 'Goed om te weten. Maar eh, eerst graag een transparante zee.'

'Dat snap ik.' Hij denkt even na en zegt dan: 'Lucy, wil je een keer met me uit?' Als ik verbaasd mijn mond hou, voegt hij eraan toe: 'Het hoeft niet per se morgen, hoor. Kan ook in de kerstvakantie.'

'Ja,' stamel ik. 'Heel graag.'

In de gang hoor ik de deur krakend open- en dichtgaan. Mijn huisgenoten stampen naar binnen. Kikker merkt droog op: 'Het is net alsof er een kudde bizons binnen komt klossen.'

Marloes blèrt: 'Lucy! We zijn thuis!'

Ik schiet in de lach. 'Ik heb het gehoord!'

Chris en Hermelien kwelen in koor: 'Je bent mijn droom, mijn doel, de liefde van mijn leven!'

Kikker roept: 'Zeg, willen jullie niet van die slechte nummers zingen?'

Er wordt op de deur geroffeld. 'Mag ik binnenkomen?' Terwijl ze het vraagt, duwt Marloes de deur al open. 'Gelukkig, jullie zijn aangekleed.'

'Ik ben blij dat je ons daar zoveel tijd voor gaf door eerst netjes te kloppen,' antwoordt Kikker serieus.

'Hoe laat moet je morgen naar je visagiegebeuren? Mag ik mee?' Marloes stuitert in de deuropening. Volgens mij heeft Dolly haar helemaal volgetankt met cola.

Ik sta op en loop naar de deur. 'Om tien uur. En natuurlijk mag je mee.'

Marloes zet grote ogen op. 'Wow, dan kunnen we echt nog maar vijf uur slapen.'

Geschrokken kijk ik op Kikkers wekker. 'Shit, jij had echt allang in bed moeten liggen. Dit vertellen we nóóit aan pap en mam, oké?'

Ik duw haar richting mijn kamer en kijk nog één keer achterom naar Kikker. Hij laat zijn ogen over me heenglijden met een blik die er bijna voor zorgt dat ik weer bij hem in bed kruip. 'Slaap lekker, prinses.'

'Jij ook, kapitein.' Een brede grijns breekt door op mijn gezicht. 'Of zal ik nog even een slaapliedje voor je zingen?'

'Zolang er geen droom, doel of liefde van iemands leven in voorkomt.'

Ik trek een quasibeledigd gezicht. 'Zeg dat maar niet tegen de artiest, dan is hij vast diep beledigd.'

Kikker haalt zijn schouders op. 'Nee, dat is oké. Ik ken hem persoonlijk.'

23

Als de wekker gaat, ga ik direct rechtop zitten. Het vooruitzicht van een visagieopdracht (een echte!) geeft me een enorme boost. Veel beter dan mezelf uit bed slepen om naar college te gaan. Marloes laat zich met frisse tegenzin door mij onder de warme dekens vandaan kletsen. 'Kom op, de douche is nu vrij.' Ik por met mijn teen in haar zij terwijl ik mijn net gewassen haar droogwrijf. 'Straks staat er een stinkende nerd onder en dan komen we nooit op tijd.'

Knorrig schuifelt mijn zusje naar de douche, gewapend met mijn badslippers, douchespullen en een grote, zachte badhanddoek. Ik heb de stapels vuile was redelijk onder controle sinds Kikker me heeft uitgelegd hoe de wasmachine werkt. Terwijl ik mijn kleren uitzoek en mezelf opmaak, neurie ik zachtjes mijn favoriete liedje van Oli4. 'Je bent mijn diamantje, ik denk de hele dag aan jou. Mijn hart dat is verpand, ja, dat is verpand aan jou!'

De teksten waren niet erg origineel, maar goed, het was ook kindermuziek. En toevallig waren de melodieën juist heel leuk. Waarom zouden ze anders niet uit mijn hoofd gaan?

Ik kan de lange, hoekige Kikker nog altijd niet helemaal rijmen met het kleine, mollige jongetje dat met zijn gitaar en piepstem liedjes maakte. Toch zijn er wel bepaalde gezichtsuitdrukkingen die ik van hem herken. Als hij het naar zijn zin heeft, lacht hij een beetje scheef. Dat doet zowel de kleine als de grote Olivier.

In de bus heb ik een extra stoel nodig voor de koffer met alle make-up die ik meesleep. In gedachten combineer ik kleuren met Abby's gezicht. Als we drie kwartier later bij onze halte uitstappen, weet ik precies wat voor look ik ga maken.

Marloes is zwijgzaam, maar dat is ze 's ochtends meestal. Ik kijk stiekem opzij naar haar profiel. Ze ziet er moe uit. Zo zou een twaalfjarig meisje er niet uit moeten zien, zo uitgeblust en verslagen door het leven. Ik voel een steek in mijn hart. Morgen is het zondag, dan moet ik haar wel terugsturen naar mijn ouders. Ik ga ervan uit dat ze een excuus hebben verzonnen om aan de school te verklaren dat ze er niet was, maar ze kan niet eeuwig hier blijven. Bovendien eet het kind alsof er geen morgen komt. Ik heb vanmorgen drie tosti's voor haar gemaakt voordat we uit puur tijdgebrek weg moesten, en nog klaagde ze in de bus over honger.

Als we bij de fotostudio komen, is Abby er al. 'Hé Lucy,' roept ze enthousiast. Ze drukt een kus op mijn wang. 'Heb je versterking meegenomen?'

'Dit is Marloes,' stel ik mijn zusje voor. 'Moes, dit is Abby.'

'Wat ben jij knap,' flapt Marloes eruit als ze Abby de hand schudt. Ze wordt meteen rood, maar Abby grijnst van oor tot oor bij het compliment.

De shoot vliegt voorbij. Abby is een droom om op te maken. Haar huid is zo glad dat ik bijna geen onzuiverheden hoef weg te werken. Ze is heel enthousiast over de kleuren die ik gekozen heb. De artdirector van het tijdschrift is ook bij de fotoshoot, om de boel in goede banen te leiden. Ze vindt het geen probleem als ik Abby's ogen dramatisch aanzet, dus ga ik helemaal los. Als ik mijn werk bekijk terwijl Abby in allerlei poses voor een ijsblauw doek poseert, voel ik me zo trots als een pauw. Marloes haakt haar arm door die van mij in een onkarakteristiek fysiek vertoon van zusterschap. 'Mooi gedaan, Lucifer.'

'Bedankt. Ik vind het ook heel leuk om te doen.'

'Waarom ben je eigenlijk psychologie gaan studeren?' vraagt ze onverwachts.

Ik kijk verbaasd opzij. We hebben het niet meer over onze ruzie van donderdagavond gehad. Ik heb er niet meer aan gedacht sinds we allebei onze mening hebben uitgesproken.

Oké, dat is niet waar. Ik heb er de hele tijd aan gedacht. Constant hoor ik Marloes' schrille, boze stem in mijn hoofd die me verwijt dat ik alleen maar om mezelf geef. Ook als ik me ervoor af wil sluiten, duiken haar venijnige woorden op. Ze hebben zich bij Hermeliens uitspraak gevoegd. 'Je bent niet dom, je bent gewoon lui.'

Ik denk lang na. 'Ik weet het eigenlijk niet. Het leek me een leuke studie,' antwoord ik.

'Wat leek je er zo leuk aan?'

'Tja... Het werken met mensen, de dingen die ik leer over onderlinge verhoudingen,' som ik op. 'Zo is er een theorie die stelt dat we nooit iets voor anderen doen zonder daar iets voor terug te verwachten. Dat vind ik erg interessant.'

'Hoe zit dat dan met vrijwilligerswerk? De mensen die dat doen, verwachten er niets voor terug.'

'Ze krijgen geen materiële beloning, nee. Maar doordat ze dingen voor anderen doen zonder daarvoor betaald te worden, krijgen ze wel een goed gevoel over zichzelf. Ze worden aardig en onbaatzuchtig gevonden.'

Marloes fronst. 'Dus mensen die vrijwilligerswerk doen, zijn eigenlijk heel egoïstisch?'

'Nee, dat zeker niet. Ze doen het alleen wel om hun ego te voeden; om zich beter te voelen over zichzelf.'

'Interessant.' Marloes pulkt in gedachten aan een puistje op haar kin.

Ik geef haar een tik op haar vingers. 'Niet aan je gezicht frunniken. Daar krijg je wondjes en littekens van.'

Ze steekt haar tong naar me uit en slaat chagrijnig haar armen over elkaar. Het is verbazingwekkend hoe snel ze van mijn intellectueel gelijke (ach, wie hou ik voor de gek? Mijn intellectueel méérdere) kan overschakelen naar een sociaal onvolgroeid meisje dat net in de puberteit zit. Een paar minuten later draait ze bij en vraagt: 'Zou je dit niet liever doen dan psychologie?'

Ik frons. 'Dit?'

'Ja, visagie. Mensen mooi maken.'

'Natuurlijk zou ik dat liever doen,' zeg ik. 'Alleen bestaat er geen universitaire opleiding visagie. Het is geen wetenschap. Bovendien, denk je dat ik als visagist óóit een baan vind?'

Marloes' grijze ogen kijken me lang onderzoekend aan. Dan vraagt ze: 'Hoe vaak heeft mam je dat verteld?'

Ik adem geschrokken in. 'Hoe weet je dat?'

'Als jij mam napraat, verander je in haar. Je houdt je hoofd precies zoals zij en je maakt dezelfde handgebaren.'

'Echt?' vraag ik verbaasd.

Marloes knikt vol overtuiging. 'Twee druppels water.' Terwijl ik deze informatie nog aan het verwerken ben, zegt ze: 'Dus, vertel. Waarom heb je niet voor visagie gekozen?'

'Omdat, eh...' Ik denk goed na. Waarom heb ik niet voor visagie gekozen? Omdat mijn moeder het zo afkeurde. 'Dan had je net zo goed geen atheneum hoeven doen, dat had ons een hoop geld voor bijles gescheeld,' wierp ze me zelfs een keer voor de voeten. En ergens had ze natuurlijk ook wel gelijk. 'Als ik niet voor een universitaire studie wilde kiezen, waarom heb ik dan zoveel moeite gedaan om me door het vwo heen te worstelen?' antwoord ik.

Marloes kijkt me sceptisch aan. 'Dat is ook een antwoord van mam. En nu je eigen reden?'

Ik sta met mijn mond vol tanden. Mijn zusje van twaalf heeft me klemgezet.

'Ik denk dat ik dan geen reden heb.'

'Hm.' Ze kijkt naar Abby, die achteroverleunt in een zwaartekracht tartende houding. 'En stel dat je wel rond zou kunnen komen als visagist, maar echt nét. Zou dat genoeg zijn?'

Ik knik fanatiek. 'Het geld zou me geen reet kunnen schelen.' En ik meen het. Dan kan ik maar wat minder winkelen. Met de kleding in mijn kast kan ik nog jaren voort. Dit is het waard. 'Misschien ben ik oppervlakkig, maar ik vind het echt super om mensen mooi te maken. Het is iets tastbaars, niet zoiets als voor een tentamen kennis in je hoofd stampen waarvan je betwijfelt of je het ooit nodig gaat hebben.' Ik ben een beetje verbaasd door mijn eigen woorden.

'Waarom ga je dan geen visagieopleiding doen?'

Ik grimas. 'Was het maar zo simpel.'

'Het ís zo simpel,' houdt Marloes vol. 'Jij maakt het moeilijk.'

De rest van de dag blijf ik erover nadenken. Ik speel in gedachten het gesprek af dat ik met mijn ouders zou moeten hebben om te vertellen dat ik stop met psychologie en graag de rest van mijn leven mensen wil opmaken. Ik denk dat mijn moeder een rolberoerte krijgt.

'Hoe laat wil je morgen terug?' vraag ik met mijn mond vol pizza. Een weekend met mijn zusje is een speciale gelegenheid, dan mag ik best pizza eten. We waren pas tegen het eind van de middag klaar met de shoot. Abby was door het dolle en de fotograaf beloofde me de foto's te mailen zodra hij ze bewerkt had. Marloes en ik besloten een filmavondje te houden met pizza, chips en chocola. We zijn alle *Twilight*-films achter elkaar aan het kijken.

'Eh...' Marloes slikt haar mond vol pizza door. 'Niet?'

Ik zet de film op pauze. 'Je moet op een gegeven moment weer naar huis, Moes,' zeg ik serieus.

'Ik weet het.' Ze zucht. 'Ik weet gewoon dat zodra ik thuis ben, het gepest weer begint. Het was zo fijn om daar een paar dagen vrij van te hebben.'

'Pesten ze je ook buiten school, dan?' vraag ik geschrokken.

'Ze spammen mijn hele inbox vol,' antwoordt ze. 'En aangezien ik thuis toch niet veel anders te doen heb dan computeren, zie ik al die berichtjes binnenkomen.'

Ik ben vervuld van afschuw en medelijden. Voorzichtig vraag ik: 'En je weet zéker dat het ophoudt als ik eens met Karin ga praten over het gedrag van haar nichtje?'

Marloes schudt haar hoofd. 'Je moet niet alleen praten. Je moet je excuses aanbieden.'

Ik adem uit en sluit mijn ogen. 'Ik zal erover nadenken, oké, Moes? Ik kan je niet garanderen dat ik mijn excuses aan haar ga aanbieden. Dat is verdomde vernederend. Bovendien heb ik niets verkeerd gedaan, alleen een beetje geplaagd.'

Mijn zusje reageert niet. Ik druk weer op play.

We komen niet toe aan de laatste film, want halverwege *New Moon* valt Marloes al in slaap. Ik probeer haar op het matras te leggen, maar ik ben niet zo sterk en zij is zo'n onhandig dood gewicht dat ik haar maar gewoon in mijn bed laat liggen. Ik ruim de laptop op en gooi de verfrommelde chipszakken weg. Dan dek ik mijn zusje toe. 'Je hebt je tanden niet gepoetst,' fluister ik. Op mijn tenen sluip ik de gang op voor een wc-bezoekje. Sinds iedereen regelmatig zijn schoonmaaksteentje bijdraagt, is alles in de flat niet meer zo vies als eerst. Het is niet brandschoon, hoor; eerder medium schoon. Uit gewoonte ga ik nog steeds naar de schone wc en mijd ik de boutput, ook al ziet die er tegenwoordig redelijk begaanbaar uit. Dit is toch een beetje 'mijn' wc geworden. Terwijl ik op de bril zit, bekijk ik de teksten die tussen de stukjes papier op de muur zijn gekalkt. *The cake is a lie!* staat er links van me. Joost mag weten wat dat betekent. Gekke nerds.

Als ik van de wc kom, hoor ik een vreemd geluid. Het is niet hard, maar terwijl ik doodstil in de gang sta, hoor ik het duidelijk. Het is zacht en zielig. Ik kijk om me heen en probeer te ontdekken achter welke deur het vandaan komt. Ik sluip langs de deuren. Het lijkt uit Paladins kamer te komen.

Ik blijf voor zijn deur staan, besluiteloos. Wat moet ik doen?

Ineens dringt een afschrikwekkende gedachte mijn brein vol vet en suiker binnen. Zou hij iemand gekidnapt hebben? Zou hij een meisje gevangen houden in zijn kamer? O god, wat moet ik doen?

Het gesnik gaat verder. Het klinkt hoog, kinderlijk en zielig. Ik krijg er kippenvel van. Snel kijk ik om me heen, alsof ik ergens hulp of inspiratie vandaan kan halen. Dan verman ik mezelf en maak ik mijn aanwezigheid kenbaar met drie zachte klopjes op de deur. Het gejammer houdt direct op, alsof er een hand over een mond gelegd is. Ik hoor wat geschuifel en dan Paladins barse stem: 'Wat?'

Er loopt een rilling over mijn rug. Moet ik dit wel doen? Niet dat ik nu nog veel keuze heb, want ik ben al begonnen.

'Hé Paladin,' zeg ik zo casual mogelijk.

'Wat? Wie is dat?' gromt hij, nog geïrriteerder dan normaal.

'Lucy,' piep ik met een klein stemmetje.

Zijn antwoord is kort. 'Ga weg.'

'Nee.' Ik slik mijn angst weg en zeg: 'Laat me erin.'

'Wat?' Hij klinkt oprecht verbaasd. En een beetje in paniek. 'Waarom? Nee!'

Ik duw de klink naar beneden en zwaai de deur wijd open. De stank van Paladins kamer dringt direct mijn neus binnen: zweet, sigaretten en ontbindende voedselresten. Maar ik ruik ook iets anders. Iets zoets. Het is stikdonker, het enige licht komt van het beeldscherm van zijn computer. Mijn hart klopt in mijn keel terwijl ik probeer mijn ogen zo snel mogelijk aan het donker te laten wennen. Ik speur met samengeknepen ogen de kamer door. Het bed, de plek waar ik een gemarteld, vastgeketend meisje met een prop in haar mond had verwacht, is leeg. Ik kijk naar Paladin, die achter zijn computer zit en zijn stoel half heeft omgedraaid.

'Wat doe je...' begin ik, maar hij valt me snel in de rede.

'Porno kijken.'

Ik frons, lichtelijk gealarmeerd. 'Echt?' Het beeldscherm laat alleen de desktop zien. 'Ik zie niets.'

Hij schudt zijn hoofd met een benauwde uitdrukking op zijn gezicht. 'Nee, maar het is ook heel vieze porno. Echt simpelweg verkeerd. Zieke dingen. Dus daarom heb ik het weggeklikt.'

Zijn stem klinkt een beetje schor. In de asbak ligt een smeulende sigaret. Hij krabt nerveus in zijn baard. Zijn broek zit nog dicht, voor zover ik dat kan zien in de verduisterde kamer.

'Ik dacht dat ik iemand hoorde huilen,' zeg ik aarzelend.

'Dat dacht je dan verkeerd.'

'Ik dacht het niet.'

We staren elkaar een tijdje defensief aan. Uiteindelijk is hij de eerste die zijn blik afwendt. 'Kun je gewoon weer weggaan?' zucht hij. Het klinkt een beetje zielig.

Ineens besef ik waar de zoete geur vandaan komt. Op zijn bureau staat een dikke roze geurkaars te branden.

'Paladin?' vraag ik, want er schiet me plots een idee te binnen. 'Was jij aan het huilen?'

Hij kijkt me woedend aan. 'Ik? Wat een onzin!'

Ik ben nog lang niet overtuigd en doe een uitval naar zijn muis. Voor hij me tegen kan houden, heb ik het verstopte filmschermpje onder in beeld opengeklikt. De film gaat automatisch verder met afspelen. 'Nee!' roept Paladin, maar het is te laat.

Ik kijk naar een bekend tafereel. Bella en Edward staan voor het altaar en beloven elkaar eeuwige trouw. Het is *Breaking Dawn*, de film die ik met Marloes zou gaan kijken.

Edward zegt: '*I, Edward Cullen, take you, Bella Swan...*'

'*For better and for worse*,' vult Bella aan.

'*To love*,' zegt Edward met een intense blik in zijn ogen.

'*To cherish... As long as we both shall live*,' besluit Bella.

Paladin ramt hard op de pauzeknop. 'Genoeg!' roept hij wanhopig. De zwarte knikkers die zijn ogen zijn, zien er vochtig uit. 'Oké, als je het per se wilt weten: ik ben fán van *Twilight*.' Hij maakt een hulpeloos gebaar met zijn handen. 'Ik kan er niets aan doen. Het is gewoon zo romantisch!'

Ik kijk hem met open mond aan en probeer deze informatie te verbinden met mijn grote boze huisgenoot.

Met een verslagen blik in zijn ogen mompelt Paladin: 'Lach me maar uit.'

'Ben je gek?' Ik voel dat een brede grijns zich over mijn gezicht verspreidt. 'Dit is echt supertof! Zullen we samen verder kijken?'

Paladin kijkt me verbaasd aan. 'Meen je dat?'

'Tuurlijk!' Ik plof neer op de stoel naast hem en spring direct weer overeind. 'Wacht, ik heb nog chocola!'

Ik ren naar mijn kamer, gris de laatste onaangeroerde chocoladereep van mijn bureau en sjees weer terug. Ik breek de reep in tweeën en geef Paladin de helft. Hij drukt op play.

Vijf minuten later zitten we allebei met een gelukzalige glimlach te sniffen en chocola te eten. 'O,' piep ik. 'Dit is mijn favoriete stukje.'

Na een tijdje steekt Paladin nog een sigaret op. 'Jij ook?' vraagt hij en houdt me het pakje voor.

Ik schud beleefd mijn hoofd. 'Nee, ik ben meer van de tweedehands longkanker.'

Hij bromt iets en steekt hem aan. Dan vraagt hij voorzichtig: 'Zullen we dit wel, eh...' Hij kucht. 'Tussen ons houden?'

'Natuurlijk,' zeg ik. 'Al snap ik niet dat je in het openbaar zo afgeeft op *Twilight*. Ik dacht echt dat je het vreselijk vond.'

Hij trekt diepe rimpels in zijn voorhoofd. 'Heb je me gezien? Ik ben geen type dat meidenfilms kijkt. En al helemaal geen *Twilight*.'

Ik grinnik. 'En ik maar denken dat ik de enige was met een imago om te beschermen.'

De volgende ochtend voel ik me nog altijd niet erg uitgeslapen. Ik word wakker omdat Marloes door de kamer schuifelt en haar kleding en toiletspullen met duidelijke tegenzin weer in haar tas propt. 'Lukt 't?' vraag ik met een krakerige slaapstem.

'Ja hoor,' antwoordt mijn zusje luchtig. 'Ik ben even aan het opruimen, want ik moet straks weer weg.' Ze bukt om een verfrommelde sok van de grond te rapen. Dan vraagt ze: 'Of, eh... Mag ik nog een nachtje bij je logeren?' Ze werpt me een steelse blik vol hoop toe.

Ik druk mijn hoofd kreunend in mijn kussen. 'Hier hebben we het over gehad, Moes. Je kunt niet blijven.'

'Ik kan best bij je komen wonen. Dan zoek ik wel een baantje bij de supermarkt,' pleit ze. Haar ogen smeken net zo hard als haar stem.

Zuchtend mompel ik: 'Dat zou pas écht zonde zijn. Jij kunt alles worden wat je wilt.'

'Ja, ik ben net Barbapapa,' antwoordt ze sarcastisch. 'Helaas ben ik ook dik en roze.'

Als Marloes in de keuken de tosti's voor ons ontbijt maakt en een eitje bakt, vecht ik met de radio. Eerst snapte ik niet waarom die nerds hier nooit een vinger uitsteken naar dit gigantische bakbeest, maar ik geloof dat ik inmiddels wel weet waarom. Hoe ik ook aan het knopje draai, het verdomde apparaat schijnt alleen Sky Radio te ontvangen. Nou, vooruit dan maar. We ontbijten met kerstliedjes op de achtergrond.

'Het is alweer bijna kerst,' mompelt Marloes.

'Jeeeh,' zeg ik zonder enig enthousiasme.

Marloes grijnst. 'Ik kijk vooral uit naar de Haagse hopjes.'

Die Haagse hopjes hebben in onze familie mythische proporties aangenomen. Niemand lust ze, maar omdat iedereen bang is voor mijn oma, is er tot nu toe nog geen ziel geweest die ze durfde af te slaan. Daarom tovert oma ieder jaar weer kilo's rotsharde Haagse hopjes ergens vandaan om haar hele familie van deze smakelijke traktatie te voorzien.

'Wie zou er dit jaar een tand breken?' vraag ik verheugd.

'En wie zou het eerst boos de kamer uitlopen?' vult Marloes aan.

We wedden ieder jaar op dit soort idiote dingen om de kerstdagen nog enigszins draaglijk te maken. Nu heb ik echter ook een reden om uit te kijken naar de kerstvakantie: ik ga uit met Kikker!

Alsof hij mijn gedachten gehoord heeft, gooit Kikker de keukendeur open. 'Môgge!'

Marloes begint meteen te zingen. 'Je bent mijn droom, mijn doel...'

Kikker rolt met zijn ogen. 'Dit ga ik nog lang horen, hm?'

Ik kijk hem grijnzend aan.

Marloes springt op. 'Ik ga mijn tanden poetsen.'

'Extra goed, hè,' roep ik haar na.

Kikker laat zijn lange lijf op de stoel naast me zakken. 'Leuke meid.'

'Ja,' zeg ik toegeeflijk. 'Mijn ouders zijn dol op haar.'

'Dat zeg je alsof je denkt dat ze niet dol op jou zijn.'

Ik schokschouder. 'Marloes is hun kleine meisje. Ze zijn altijd aan het opscheppen over hoe goed ze het doet op school en hoe slim ze is.' Na een korte pauze voeg ik eraan toe: 'Ik dacht altijd dat ze dat alleen naar mij toe deden, maar nu blijkt dat ze het ook andersom doen. Marloes zegt dat ze de hele tijd opscheppen over mij en dat ze er schijtziek van wordt.'

'Ze kijkt enorm naar je op.'

'Hm.' Ik schuif de kruimels heen en weer over mijn bord.

'Echt, hoor,' vervolgt Kikker.

'Ik ben niet zo'n goed voorbeeld,' zeg ik spijtig. 'Ik haal shitcijfers en ik ben altijd blut.'

Kikker geeft me een por. 'Je bent grappig.'

'Doei Moes! Goede reis,' mompel ik in het haar van mijn zusje. Ik heb haar helemaal naar Hengelo gefietst omdat ik zeker wilde weten dat ze een goede aansluiting zou hebben. Die extra beweging kan ik best gebruiken na alle vreterij van gisteren. Na een laatste dikke knuffel stapt Marloes de trein in en zwaait nog een keer. Ik moet lachen om hoe knullig we op een spuugafstandje naar elkaar staan te zwaaien. De conducteur fluit en de deuren glijden sissend dicht. Marloes doet een stap naar het raampje toe en zwaait nog harder. De trein komt in beweging. Ik zwaai zo fanatiek dat ik het gevoel heb dat mijn kipfiletje loskomt van mijn arm. 'Doei!' roep ik.

'Doei,' zie ik haar playbacken. Dan maakt de trein vaart en verdwijnt ze uit het zicht.

Als ik terugloop naar mijn fiets, voel ik een pijnlijke leegte in mijn borst. Het liefst had ik Marloes weer meegenomen naar Het Fort. Ik knipper hard omdat mijn ogen ineens een stuk natter zijn dan normaal. Wat overigens van de kou komt, hoor.

De volgende dag komt Ferdi naast me zitten tijdens college. Ik bijt op mijn lip. Eigenlijk wilde ik de laatste week voor de kerstvakantie extra goed opletten, zodat ik in januari niet ook nog een modderfiguur sla tijdens de herkansingen. Maar aan de andere kant... Ferdi kan mijn Bata-ploeg wel uit de brand helpen.

Tot mijn vreugde begint hij er ook over. 'Ik heb nagedacht over je Bata-vraag,' deelt hij mee op formele toon.

'En?' Ik probeer niet te happig te klinken, maar onder tafel hou ik mijn vingers en tenen gekruist in de hoop dat hij ja zegt.

'We willen wel meedoen,' zegt hij luchtig.

'O, leuk,' zeg ik casual. 'Ik zal jullie op de lijst zetten.'

Ondertussen kan ik wel gillen van blijdschap. We hebben een ploeg van vijfentwintig! We kunnen meedoen aan de Bata!

Eenmaal thuis schrijf ik ons meteen in op de website. Bij gebrek aan een passende ploegnaam vul ik maar gewoon 'Het Fort' in, en in het veld 'ploegleider' tik ik mijn eigen naam.

Die avond vertel ik het tijdens het hardlopen aan Hermelien. Zij is ook blij, al lijkt ze nu wel te beseffen dat het echt wordt. 'Hoe groot zijn die stukken die we moeten rennen eigenlijk?' vraagt ze voorzichtig.

'Eh... Dat heb ik nog niet gecheckt,' geef ik toe.

Het valt me wel op dat behalve Kikker, Hermelien en ik, niet veel huisgenoten zich bezighouden met het opbouwen van een conditie voor de Bata. 's Avonds fabriceert Chewy een ondefinieerbare witte brij met daarin drijvende stukjes waterige rijst en incognito groenten. Ik dek de tafel.

'Hoe vaak loop jij eigenlijk hard?' vraag ik nonchalant. 'Dan kunnen we misschien een keer met z'n allen.'

Chewy verstijft. 'Ik, eh... Ik loop nog niet. Eigenlijk.'

Ik trek een wenkbrauw op. 'O. Wil je me de borden even aangeven?'

Hij reikt in de kast achter zich en overhandigt me een grote stapel borden. Terwijl ik ze aanpak, valt me op dat hij een blauwe vinger heeft. Ik zet grote ogen op. 'Jeetje, Chewy, wat heb je met je hand gedaan?'

'Hè?' Hij kijkt naar zijn vinger. 'O, dat. Ja, geen idee. Ik zal er wel iets op hebben laten vallen, of zo.'

'Ga je morgen mee hardlopen?' probeer ik.

'Eh, morgen komt niet zo goed uit voor mij.'

Tijdens het eten neem ik poolshoogte bij Chris, maar ook die heeft nog niets ondernomen. 'Waarom zou ik?' kwaakt hij vrolijk.

'Misschien omdat de Bata al over een paar maanden is?' opper ik.

'Nou, een paar maanden,' komt Hermelien tussenbeide. 'Het is pas in april. Dat duurt nog superlang.'

'Ik heb van alles opgezocht over de voorbereiding en ik lees overal: "De meest gemaakte fout is te laat beginnen."'

'Ach, we hoeven toch niets te winnen,' sust Chris.

'Nee, maar ik wil wel graag dat iedereen blessurevrij zijn stuk af kan leggen,' werp ik tegen. Ik schuif mijn bord vol watergroentenmeuk van me af. 'Dit kan ik niet eten, sorry.'

'Is niet erg,' koert Chewy zachtjes.

Ik sta op en been naar Paladins kamer. 'Paladin?'

'Ja?' gromt hij.

'Heb jij al wel één keer hardgelopen de afgelopen weken?'

Hij doet de deur open. 'Waarom zou ik in godsnaam willen hardlopen?'

'Voor de Bata.'

'Ga ik meedoen aan de Bata?' vraagt hij.

Ik zucht. 'Je had gezegd dat het prima was.'

'Wanneer?' vraagt hij verbaasd.

'Toen ik het je vroeg, ik klopte op je deur. Weet je dat niet meer?

Je riep heel hard ja, dus ik dacht dat je wel enthousiast was.'

'Ik denk dat je me gehoord hebt tijdens een battle met mijn kop-telefoon op.'

'O shit.'

In de daaropvolgende seconden kijk ik hem met mijn allerliefste puppyogen aan. Paladin kijkt stug terug, maar zucht dan. 'Nou, vooruit. Omdat jij het bent.'

Dan gooit hij de deur weer dicht.

Het is voor iedereen een drukke week. Ik volg ieder beschikbaar college en als ik 's avonds thuiskom, zoek ik de PowerPoints van de colleges uit het eerste blok op om ze nog eens door te nemen. Ik maak proeftentamens om niet meer in paniek te raken van de vraagstelling. De rest van Het Fort is ook druk aan de studie, be-halve Paladin, die altijd alleen maar World of Warcraft schijnt te spelen. Ik vraag me af of hij wel eens slaapt.

Kikker zie ik de hele week niet. Steeds als ik langs zijn kamer loop luister ik of ik toevallig een teken van leven hoor, zoals zacht gepingel op een gitaar, maar hij heeft het schijnbaar erg druk. Hij vertelde al dat hij bijles geeft, dus dat de periodes voor de vakanties vaak erg druk voor hem zijn. Maar zo druk dat hij nooit meer thuis is? Tja, schijnbaar wel.

Op donderdagmiddag krijg ik een mail van Abby, met daarin de foto's van de shoot. Ze vindt ze prachtig geworden. Wild enthousi-ast open ik de bijlage. Daar is mijn make-up, levensgroot op het scherm van mijn laptop. Wauw, het is nog mooier dan ik me herin-nerde! Abby wenst me alvast fijne feestdagen en voegt daaraan toe: *Hopelijk gaan we volgend jaar vaker samenwerken!*

Ik stort me met hernieuwde vastberadenheid op het proeftenta-men dat ik aan het maken was. Het moet en zal me lukken. Ik ga niet slapen vóór ik dit afheb.

Om halftwaalf geef ik mezelf een kleine plaspauze. Daarna schuifel ik op mijn sloffen de keuken binnen en schenk een koud glas melk in. Ik hoor de voordeur opengaan. Er komen twee men-sen binnen. Het is inmiddels een soort sport voor me geworden om te raden wie er binnenkomt. Ik kan feilloos Paladins klossende stappen en Hermeliens geschuifel uit elkaar houden, maar wie dit zijn, weet ik niet zo een-twee-drie. Ze lopen door de hal, langs de keukendeur, maar het glas vervormt hun gestaltes zo erg dat ik ze nog steeds niet herken. Ik hoor de stem van een jongen en een meisje. Zij giechelt iets en hij sist, ten teken dat ze stil moet zijn. Snel sla ik de laatste slok melk achterover, waarna ik de gang inloop. O, ik ben te laat. Het enige wat ik nog zie is dat Kikkers deur dichtvalt.

Mijn rechterwenkbrauw kruipt naar boven. O? Neemt Kikker een meisje mee?

Ik probeer het van me af te schudden. Waarschijnlijk stelt het niets voor. Het engeltje op mijn ene schouder zegt geruststellend: 'Ze is vast een studiemaatje. Je moet je niet zo aanstellen.'

POEF! Ja hoor, daar is het denkbeeldige duiveltje. 'Een studiemaatje om halftwaalf 's nachts? Dan lijkt het er meer op dat ze elkáár gaan bestuderen, nietwaar?'

Ik haal diep adem en loop voorbij Kikkers deur naar mijn kamer. Tijdens het langslopen kuch ik hard, zodat hij kan horen dat ik het ben. Misschien komt hij dan wel naar buiten. Helaas, ik hoor alleen wat gedempt gepraat en gegiechel aan de andere kant van de deur.

Goed, dan moet hij het zelf maar weten. Ik ga me er niet druk over maken. Pomtiedomtiedom.

Een kwartier later heb ik nog geen woord begrepen van de vraag die ik probeer te beantwoorden. Steeds als ik drie woorden heb gelezen, hoor ik iets. Of denk ik iets te horen. Of vraag ik me af waarom ik niets hoor. Dan spits ik mijn oren en vergeten mijn hersenen dat ze eigenlijk iets belangrijks aan het doen waren. Ik open zelfs één keer Facebook om te zien of er nog iets spannends gebeurd is, maar klik het scherm snel weg als ik zie dat Merel weer gezellige foto's heeft gepost. Ze zit me in de weg, maar ik wil haar niet verwijderen als Facebook-vriend. Dan is het écht definitief.

Ik spreek mezelf streng toe. Doe even normaal, Lucy. Je kunt het wel of niet leren van je tentamens níét laten afhangen van de aanwezigheid van een bepaalde huisgenoot. Leren, kreng.

Mijn inwendige preek werkt. Ongeveer twintig minuten lang

ben ik bijna niet bezig met wie er bij Kikker is en wat ze daar uitspo-ken, tot ik nieuwe geluiden hoor. Onmiskenbare geluiden. Mijn hart schiet omhoog naar mijn keel en begint daar drie keer zo snel te kloppen als normaal. Mijn hele gezicht gaat van koud naar warm. Néé, dit kan niet waar zijn.

Ik hoor seksgeluiden.

24

Terwijl ik versteend in mijn bureaustoel zit, voel ik blinde paniek door me heen slaan. Ik twijfel tussen vechten of vluchten. Moet ik me onder de dekens verstoppen, of naar binnen stormen? Nee, dat laatste zeer zeker niet. Wat voor aanspraak kan ik maken op Kikker? 'Ga van hem af, die jongen heeft binnenkort een afspraakje met mij, ook al hebben we nog geen datum geprikt?'

Ik hoor duidelijk een meisje kreunen. En die lage stem die ritmisch genietend omhoogschiet kan niet anders dan van Kikker zijn. Want laten we eerlijk zijn, het is niet alsof mijn andere huisgenoten erg veel kans op een seksleven hebben.

Shit, wat moet ik doen? Mijn handen trillen. Ik ben licht in mijn hoofd. Volgens mij ben ik aan het hyperventileren. Ik moet hier weg, anders val ik straks flauw.

Zo snel als ik kan stommel ik langs de kamer van Kikker, maar ik kan niet voorkomen dat ik in het voorbijgaan het kletsende geluid van vlees op vlees hoor. Ik klem mijn handen tegen mijn oren. O, de walgelijkheid! Ik wil mijn trommelvliezen doorprikken. Ik roffel op Hermeliens deur. Als ze niet snel genoeg opendoet, bonk ik nog een keer. 'Hermelien! Doe open!'

'Is er brand?' roept ze met een krakerige stem vanaf de andere kant.

'Wat? Nee,' zeg ik verbaasd.

'Kom dan morgen maar terug.'

Mijn mond vormt een verbaasde O. Hermelien stuurt me weg? Dat is voor het eerst. 'Maar je moet me helpen!' kerm ik. 'Alsjeblieft!'

Het is even stil. Dan klinkt er een diepe zucht. 'Kan het niet morgen? Ik ben zó moe.'

'Nee.' Ach, wat sta ik moeilijk te doen. Ik storm zonder verdere omhaal haar kamer binnen. Het is donker. Mijn vriendin is slechts een bult onder de dekens in bed.

'Kom anders even binnen,' bromt ze sarcastisch.

'Je moet me helpen,' herhaal ik dwingend. Eisend.

'Wat is er dan?' Ze knipt het lampje op haar nachtkastje aan en kijkt me dan bezorgd aan. 'Waarom huil je?'

Huil ik? Met één hand voel ik op mijn wang, die helemaal nat is. Dan zal ik inderdaad wel huilen, stel ik vast.

Hermelien klopt op het bed. 'Kom even zitten en vertel wat er aan de hand is.'

Ik schud wild mijn hoofd. Misschien is het mijn verbeelding, maar ik kan ze hier horen. 'Ik wil hier niet zijn. We moeten weg. Ik krijg hier geen lucht. Laten we naar de Vestingbar gaan.'

'De Vestingbar? Lucy, het is midden in de nacht. Ik moet morgen weer vroeg in de collegezaal zitten. Ik ga niet naar de Vestingbar.' Ze kijkt me aan alsof ik heb voorgesteld om ons te vermommen als hertjes en tijdens het jachtseizoen door het bos te rennen.

Mijn benen begeven het. 'Alsjeblieft, Hermelien. Alsjeblieft,' smeek ik, terwijl ik mijn vingers om haar dekbed klem.

Ze wrijft met haar handen over haar verfrommelde slaapgezicht en kijkt me moeilijk aan. 'Weet je zeker dat het niet hier kan? We kunnen in de keuken gaan zitten. Dat is een stuk dichterbij.'

'De Vestingbar is ook vlakbij,' zeg ik snel. Ik wil hier niet in huis zijn. Ik sta niet voor mezelf in zolang Kikker met die slet bezig is.

Zuchtend zwaait Hermelien haar bleke benen over de rand van het bed. 'Goed dan,' zegt ze met nauwelijks verholen tegenzin. 'Maar we gaan daar niet zitten tot het licht wordt, want dan ben ik morgen niets meer waard.'

Ze trekt een van haar lelijke lampenkapbroeken aan. Ik frons. 'Je kunt ook je jurkje...' Als ze me een waarschuwende blik toewerpt zwijg ik snel. Toegeeflijk zeg ik: 'Maar goed, het is midden in de nacht, dus niemand ziet je waarschijnlijk.'

Hoewel donderdagnacht bij uitstek een uitgaansavond is voor studenten, komen we niemand tegen op weg naar de Vestingbar. Hermelien rilt in haar winterjas. 'Er is hier geen hond. Misschien zijn ze wel helemaal niet open, hoor.' Er klinkt hoop door in haar stem.

De Vestingbar is wel open, al zijn er geen klanten. Dolly en de andere barmannen staan wat met elkaar te geinen. Als ze ons binnen zien komen, beginnen ze spontaan te juichen. 'Onze favoriete klanten!' Dolly pakt meteen twee bierglazen, maar ik schud demonstratief mijn hoofd. 'Nee, geen bier. We hebben cocktails nodig.'

Ik weet niet hoeveel tijd er is verstreken, want ik heb mijn mobiel niet bij me. In het begin probeerde ik nog bij te houden hoeveel liedjes er voorbij waren gekomen, maar ik ben de tel kwijtgeraakt ergens tussen 'Waterloo' van Abba en 'I Don't Care' van Icona Pop (allebei verzoekplaatjes, trouwens). Hermelien is inmiddels klaarwakker. Ze heeft me eerst het hele verhaal op mijn eigen warrige manier laten vertellen en stelde me daarna zoveel vragen dat ik het idee heb dat ze alles nu al vijf keer heeft gehoord.

'Maar wie is dat meisje dan?' vraagt ze steeds weer.

'Weet ik veel!' roep ik verbolgen uit. 'Een of andere slet, ik heb geen idee.'

Hermelien is zo aardig om me er niet op te wijzen dat niet ieder meisje dat het doet met de jongen die ze leuk vindt meteen een slet is. Ik weet namelijk niet of ik dat zonder gillen had kunnen aanhoren. Ze is gewoon even een slet. Omdat ik dat zeg, daarom.

'Kijk eens, dames.' Dolly zet ongevraagd voor ons allebei een nieuwe cocktail neer. Hij is roze, met een witte gloed bovenin en heel veel gecrushed ijs.

'Wauw, deze is ook al zo mooi,' complimenteer ik hem. Dolly is echt een meesterlijke cocktailmixer. Hij kan zelfs een beetje *flare tenden*, als je negeert dat hij bij de laatste worp overmoedig werd en het plafond raakte, waardoor de fles opensprong en alle barmannen nu roze vlekjes op hun gele shirt hebben.

Hermelien prikt peinzend met haar rietje in de roze vloeistof. 'Het is gewoon niks voor Kikker om zomaar een meisje mee naar huis te nemen.' Ze neemt een slokje van haar cocktail. 'O, deze is heerlijk, Dolly!'

De barman glimt van trots. 'En hij is gratis!'

'Wat lief! Dat hoeft niet, hoor,' zeg ik. 'Ik heb mijn portome... protemo... portama...' Gefrustreerd over mijn lamme tong geef ik het op. 'Ik heb geld bij me.'

'Zulke dankbare klanten krijgen af en toe gewoon iets gratis,' lacht Dolly. 'Het is weer eens iets anders dan de hele avond bier tappen.'

'Ik zou willen dat alle mannen zo lief waren als jij,' zeg ik.

Hermelien knikt. 'Hij is wel echt een eikel, als dit waar is.'

Ik kijk haar gepikeerd aan. 'Hoezo, "als dit waar is"? Het is waar! Ik heb ze zelf binnen horen komen en ik heb ze zelf horen... horen...' Ik maak een wild gebaar met mijn hand.

'Maar misschien waren ze gewoon een film aan het kijken,' stelt Hermelien voor. 'In *Zack and Miri Make a Porno* zitten bijvoorbeeld best veel seksscènes, maar het is gewoon een grappige film. Heel onschuldig.'

'Het klonk niet onschuldig,' bits ik. 'Ik weet verdomde goed wat ik gehoord heb.'

Er loopt weer een koude rilling over mijn rug. Hermelien wendt zich tot Dolly en stelt de vraag die ik al de hele tijd vermijd. 'Weet jij hoe laat het is?'

'Ja, natuurlijk.' Hij kijkt op zijn horloge. 'Het is bijna halfvier.'

Hermelien legt kreunend haar hoofd op de bar. 'Daar gáát mijn nachtrust. O god, ik zei nog zó dat we hier niet tot het ochtendlicht zouden zitten...'

'Maar het wordt pas om acht uur of zo licht,' probeer ik haar gerust te stellen. Het werkt averechts.

'Dat is al over vierenhalf uur!' roept Hermelien tegen de bar. Dan richt ze haar hoofd op. 'Oké, we moeten gaan. Het is superkut voor je, Lucy, maar we kunnen hier niet eeuwig cocktails blijven drinken. We moeten ook weer terug naar de realiteit. En de realiteit is dat ik straks college heb van een van mijn pittigste vakken.' Ze staat op van haar kruk en begint haar jas aan te trekken.

'En je cocktail dan?' vraag ik verbouwereerd.

Ze pakt het glas en giet de inhoud in één keer achterover.

Ik trek een zuinig gezicht. 'Zo, dat was zonde van die lekkere cocktail.'

Hermelien negeert me. 'Kom op, jas aan.'

Ik pak mijn portemonnee uit mijn jaszak en reken af met Dolly. Vanaf morgen teer ik toch twee weken op de zak van mijn ouders.

We wensen de barmannen een goede nacht en verlaten de bar. De trap is weer bevroren, dus klemmen we ons angstvallig aan de leuning vast.

'We lijken wel een stel oude omaatjes,' lacht Hermelien.

'Oude, aangeschoten omaatjes,' voeg ik eraan toe.

We schuifelen gezamenlijk naar huis. Bij de voordeur twijfel ik even, maar dan geef ik haar een dikke knuffel. 'Bedankt dat je zo lief bent.'

Verbaasd klopt ze op mijn arm. 'O, eh... dat is prima. Dit moeten we vaker doen.' De opgewekte noot in haar stem vertelt me dat ze het meent.

We wensen elkaar alvast fijne feestdagen en een gelukkig Nieuwjaar, want vanaf morgen loopt de flat leeg voor de vakantie. Alleen Paladin blijft hier om Het Fort te bewaken, maar voornamelijk omdat hij geen afscheid kan nemen van zijn computer. Ik vraag me af of hij wel familie heeft. Het zou me niet verbazen als hij gewoon is ontstaan op zijn bureaustoel en daar nu tot in de eeuwigheid World of Warcraft speelt.

Hermelien slaat rechts af en ik loop rechtdoor, mijn stukje van de flat in. Net als ik de sleutel in het slot van mijn deur probeer te prutsen, zwaait Kikkers deur open. Een lang, blond meisje met opvallende ogen en eindeloze benen komt naar buiten. Ik herken haar ergens van. Gravend in mijn geheugen neem ik haar gezicht in me op. Dan weet ik het weer: zij is het meisje met wie Kikker samen op de foto op zijn nachtkastje staat. Ze heeft een gezonde kleur op haar wangen (een seksblos, denk ik bij mezelf), maar wat me vooral opvalt: ze heeft het groene overhemd aan dat ik laatst samen met Kikker heb gekocht. Dat heb ik Kikker zelf nog niet zien dragen buiten de winkel. Vanbinnen verander ik in ijs.

'Hoi,' groet ze me vrolijk. 'Jij bent Oliviers buurvrouw, zeker?'

Dat, of een heel brutale inbreker, denk ik terwijl ik de sleutel wat steviger in mijn hand klem. Ik ben niet in staat om iets te zeggen. Het enige wat ik kan is zwijgend staren.

Het blonde meisje is duidelijk niet op haar gemak. 'Góéd, nou, leuk je te ontmoeten,' zegt ze met een lichte frons. Ze draait zich om, zodat ik uitzicht krijg op haar billen. Volgens mij draagt ze geen ondergoed. Terwijl ze wegloopt hoor ik haar mompelen: 'Leuke huisgenoten...'

De volgende ochtend doe ik alles op de automatische piloot. Opstaan, opmaken, ontbijten en naar college fietsen. Ferdi komt naast me zitten bij het laatste college voor de vakantie. Hij zegt af en toe iets, maar het komt niet bij me aan. Ik zie de PowerPointpresentatie niet echt, ik zie alleen steeds de blote billen van het blonde meisje onder Kikkers groene overhemd vandaan piepen.

Na een uur krijg ik een sms. In de overtuiging dat het een peptalk van Hermelien is, open ik het bericht.

Dag sprookjesprinses. Zal ik woensdag naar Groningen komen en je in je eigen stad trakteren op een etentje en de bios? Of zie ik je pas volgend jaar weer? ps: zeker niet de hoofdzaak, maar wel nieuwsgierig; staat je Ferrari weer in de garage? pps: zijn dit te veel vragen?

Wat ik voel na het lezen van dat berichtje kan ik het best beschrijven als 'alles tegelijk'. Ik implodeer. Ik wil huilen en schreeuwen en hysterisch lachen en mijn haren uit mijn hoofd trekken. Met een wild gebaar schuif ik mijn stoel naar achteren en met mijn tas in mijn ene hand en mijn telefoon nog in de andere ben ik de zaal uit.

Op de gang zak ik neer in een zitje dat ergens in een hoek staat weggemoffeld. Gistermiddag zou ik nog heel blij zijn geweest met dit bericht. Vandaag besef ik echter hoe onbetekenend ik waarschijnlijk voor hem ben. In een vlaag van woede stuur ik een sms terug. Hoe durft hij zo met mijn gevoelens te spelen?

Wat mij betreft zien we elkaar gewoon niet meer, Olivier. ps: ik ben blij dat je groene overhemd toch nog van pas komt.

Er valt een schaduw over me heen. Ik kijk op, recht in de blauwe ogen van Ferdi. Hij kijkt zowaar bezorgd, een emotie waar ik hem nog niet vaak op heb kunnen betrappen.

'Gaat alles goed?'

Ik snif. 'Ja, alles gaat prima. Perfect. Pico bello.'

Hij gaat zuchtend naast me zitten. 'Vertel.'

Ik doe hem het hele verhaal uit de doeken, wat me niet lukt zonder huilen. Ferdi biedt me zijn zakdoek aan om mijn make-up bij te werken. Dat doe ik ook, maar niet voordat hij me ervan heeft verzekerd dat de doek snotvrij is.

'Dus nu woon ik naast een jongen die ik niet meer aan kan kijken omdat ik me zo vernederd voel,' besluit ik mijn verhaal. Ik snuf nog wat na en dep met de zakdoek onder mijn ogen.

Ferdi legt een hand op mijn rug en wrijft zachtjes heen en weer. 'Je kunt bij mij komen wonen, weet je. Mijn huisgenoot vertrekt eind januari.'

'Echt?' vraag ik. 'Kan dat?'

Hij knikt.

Dit komt als geroepen. Ik kan eindelijk weg van die rotcampus! Het werd een keer tijd. Weg bij Kikker, weg uit dat deprimerende hok met een vochtplek op het plafond.

'Heel graag,' zeg ik met een brede glimlach.

Als ik de trap afloop, hoor ik mijn mobiel piepen. Een sms van Kikker. Ik wil hem niet eens lezen. Nieuwe kamer, schone lei. Ik haal diep adem en dan wis ik het bericht zonder er ook maar één keer naar te kijken. Ferdi laat me zo snel mogelijk weten wanneer ik in die kamer kan. Ik hoef niet te komen hospiteren. Ik pin vastberaden een grijns op mijn gezicht. Nog een maandje, dan begin ik aan een nieuw leven.

Nog voordat ik op de bel kan drukken, vliegt de voordeur al open. 'Lucyyy!' joelt Marloes. Ze vliegt me om de nek.

'Hé Moes,' lach ik.

'Ik vind het zo gezellig dat je twee weken thuis bent.'

Ik kijk om me heen in de gang, die nog precies zo is als ik me herinner. 'Ja, ik ook.'

Mijn vader heeft de kerstboom volgehangen met allerlei snoep. Hij is iets aan het bakken in de keuken, terwijl hij meegalmt met 'Last Christmas' op de radio. Mijn moeder zit aan tafel, op dezelfde plek als de vorige keer. Het is net alsof ze geen centimeter heeft bewogen sinds mijn vorige bezoek.

'Hoi,' galm ik om mijn komst aan te kondigen.

Mijn vader komt uit de keuken. 'Hé, kerstengeltje!' Er zit bakpoeder op zijn neus.

Mijn moeder knikt stijfjes. 'Dag lieverd.'

'Wil je een kerstkransje?' vraagt pap.

Ik pak er eentje van de schaal. Mijn vader woelt door mijn haar en kijkt me met een warme blik aan. 'Fijn dat je er weer bent, schat.'

Ik ga aan tafel zitten en graaf in mijn tas, op zoek naar mijn mobiel. Misschien kan ik Merel een sms sturen... O nee, natuurlijk niet.

Mijn vingers stuiten op een vreemd voorwerp. Het is glad, recht en hoekig. Ik tast er even naar en vis het dan uit mijn tas. In mijn hand hou ik een rechthoekig pakje met glanzend paars pakpapier en een roze strik. Een cadeautje!

'Van wie is dat?' vraagt Marloes nieuwsgierig.

'Weet ik niet.' Ik scheur het papier eraf – ik ben nooit zo'n fan geweest van de 'voorzichtig, misschien kunnen we er onze eigen cadeautjes nog mee inpakken'-benadering. Het is een boek. Op het omslag houden twee witte handen een bloedrode appel vast. '*Twilight*,' mompel ik. Dan zie ik dat er ook een kaartje bij zit. Er staat een dikke schele kerstman op.

Lieve Lucy,

Heel fijne dagen gewenst. Ik hoop dat volgend jaar net zo leuk wordt als dit jaar. Mocht je je een uurtje vervelen, dan kan ik je dit boek echt aanraden. Tot snel!

Hermelien
PS: Je mag me altijd midden in de nacht uit bed sleuren voor cocktails.

Ik voel dat een domme, gelukkige grijns zich over mijn gezicht verspreidt. Marloes kijkt me vreemd aan. 'Waarom huil je?'

Ik leg mijn vingers op mijn wang. Verdomme, inderdaad. Ik zit alweer te janken. Laat ik maar geen gewoonte maken van dat balken om niets. Ik veeg de tranen van mijn wangen. 'Ik heb gewoon weinig geslapen.'

'Van wie is het nou?' Marloes knikt naar het boek.

'Van Hermelien.'

Ze grijnst. 'Zij is tof. Weet je dat ze echt magische dingen kan met PHP?'

'PHP?' Ik schud niet-begrijpend mijn hoofd.

Mijn zusje wuift het weg. 'Laat maar, computernerdalert. Ze heeft me wat trucjes geleerd toen jij op vrijdag naar college was.'

Ik voel een steekje van jaloezie. Schijnbaar snapt Hermelien na één dag al beter wat mijn zusje leuk vindt dan ik na twaalf jaar.

Ik sla het boek open. Het ruikt nog nieuw. 'Dit krijg ik nooit uit,' mompel ik tegen mezelf.

Ik stuur haar een sms.

Hé Hermelien, bedankt voor het boek! Ik zal je binnenkort midden in de nacht wakker maken, dan kan ik je tijdens het cocktails drinken vertellen wat ik ervan vond. Fijne dagen, x

Aangezien Merel en ik geen vriendinnen meer zijn, breng ik de kerstvakantie gewoon thuis door. Ik woon zo'n beetje in mijn trainingsbroek op de bank, waar ik van 's ochtends tot 's avonds met mijn neus in *Twilight* zit. Het boek is verbazingwekkend snel uit. Ondertussen mest mijn vader me vet met lekkere hapjes, die hij zelf in elkaar bakt en knutselt. Ik weet dat ik eigenlijk ook een paar keer zou moeten gaan hardlopen, maar de enige reden die ik dringend genoeg vind om het huis te verlaten, is een bezoekje aan de boekenwinkel om *New Moon* te kopen. Ik doe alleen even wat mascara op en fiets zo snel mogelijk naar het centrum. Om me heen zie ik mensen lachen en winkelen. De meesten van hen lijken zo uit een kerstfilm te zijn weggelopen. Ik verstop mijn bijna onopgemaakte gezicht achter mijn sjaal. Shit, ik was even vergeten dat dit de campus niet is. Hier kun je niet zomaar met een blotebillengezicht over straat gaan.

Op eerste kerstdag stappen we met zijn allen in de auto om naar mijn oma te gaan. Voordat pap de motor start, zucht hij diep. 'We kunnen ook doen alsof we pech hebben.' Hij kijkt ons zielig aan en we giechelen op de achterbank.

Marloes mompelt: 'We hebben sowieso pech, want we moeten langs oma.' Mijn moeder kan er niet om lachen.

Mijn oma is een klein tenger vrouwtje dat er heel lief uitziet, alleen heeft ze een soort stalen grijpklauwen, vermomd als lieve oudedameshandjes. Zodra je binnen een armlengte afstand van haar komt, grijpt ze je vast en begraaft ze die ijzeren vingers in je arm om je bij zich te houden. Het resultaat is dat je vijf pijnlijke minuten doorbrengt in een half gebochelde houding, omdat ze je arm uit de kom zou trekken als je rechtop ging staan.

Ze staat al in de deuropening op ons te wachten en komt mijn vader helpen met inparkeren. Ik zie in de achteruitkijkspiegel dat hij even zijn ogen sluit. Pap haat het als mensen hem willen helpen met inparkeren. Oma maakt gebaren alsof ze op de landingsbaan van een vliegveld staat. Het enige wat nog ontbreekt is het fluorescerende hesje en twee van die lichtgevende stokjes. 'Kom maar... kom maar... je hebt nog heel veel ruimte, hoor... stukje verder... hó! Stop!'

Zodra we zijn uitgestapt, knijpt oma in Marloes' wang. 'Dag lieverdje! Lekker stevig, zoals altijd.' Ze wendt zich tot mij. 'Zo, Lucy,' zegt ze verbaasd. 'Jij bent wel eens dunner geweest.'

De ergernis borrelt omhoog in mijn slokdarm. 'Hallo, oma.' Met op elkaar geklemde kaken geef ik haar drie zoenen.

De kerst is net als ieder jaar een marteling, maar vanwege het versterkte bondgenootschap tussen Marloes en mij is het nog enigszins te doen. Toch zijn we allemaal blij als de kerstbeproeving voorbij is en we weer in de auto naar huis zitten.

Oud en nieuw gaat onopgemerkt voorbij: ik hang op de bank met mijn ouders en Marloes, terwijl we ons een oliebollenflauwte eten en op tv kijken naar de dikke cabaretier die ons het jaar uit vloekt. Dit is de eerste jaarwisseling sinds mijn dertiende die ik weer gewoon bij mijn ouders doorbreng. Als het alle jaren zo is geweest, heb ik er niet veel aan gemist. Toch is het wel lekker dat ik tegen het twaalfuurmoment niet naarstig op zoek hoef naar mijn vrienden in het feestgedruis. Nu heb ik iedereen die ik een fijn jaar wil wensen gewoon binnen kusbereik. Mijn moeder en vader druk ik drie zoenen op hun wangen. Marloes tikt haar kinderchampagne tegen mijn goedkope bubbelwijn. 'Gelukkig Nieuwjaar, Lucifer. Je bent al bijna jarig!'

O, dat is waar ook. Shit, ik heb helemaal nog niet nagedacht over een feest. Normaal leef ik weken, nee, máánden toe naar mijn verjaardag. Vroeger was ik zelfs zo geobsedeerd door de dag waarop ik een jaar ouder werd, dat ik een bizarre gewoonte ontwikkelde. Als ik bij vreemden naar de wc moest (bijvoorbeeld op een feestje van vrienden – de meeste tieners geven hun feestjes gewoon in het huis van hun ouders), dan schreef ik mezelf op de verjaardagskalender. Ik weet niet precies waarom ik het deed, het was gewoon een tic. Ik stel me zo voor dat elk jaar rond 20 januari de heer en vrouw des huizes elkaar aankijken en op hun hoofd krabben, terwijl ze zich afvragen: wie is die Lucy toch?

Mijn mobiel piept dat ik een sms heb. Ik open hem gedachteloos.

Dat ik niks van jou hoor betekent natuurlijk niet dat jij niets van mij hoort. Gelukkig Nieuwjaar, prinses.

Ik pers mijn lippen op elkaar om mijn hart, dat in mijn keel omhoogkomt, tegen te houden. Snel druk ik op WISSEN. Hoe durft hij me een sms te sturen na wat hij gedaan heeft? De huichelaar. Hij denkt dat hij alles maar kan maken. Nou, mooi niet. Ik ben niet meer verliefd op hem. Op die stomme groene ogen van hem, of dat stomme lange lijf, of die stomme scheve glimlachjes. Hij doet me niets meer. Helemaal niets.

Op 1 januari, de niksigste dag van de hele januarimaand, stuur ik een verjaardagsuitnodiging naar al mijn vrienden in Groningen die ik al een tijdje niet meer gezien heb. Ik includeer Merel ook in de mail, want een klein deel van mij hoopt stiekem dat ze toch komt. En anders kan ik altijd nog zeggen dat ik gewoon 'ctrl+a' gedaan heb in mijn adressenlijst. Ik nodig Ferdi ook uit, evenals mijn huisgenoten. Alleen Kikker laat ik achterwege.

De rest van de vakantie richt ik me op mijn herkansingen. Ik ben vastbesloten alles te halen. Oók statistiek. Ik heb Kikker helemaal niet nodig. Ik denk zelfs al bijna niet meer aan hem. Overdag be-

graaf ik me in mijn leerwerk en 's avonds kijk ik stomme meidenfilms met Marloes. Het is net alsof we in een bubbel leven. We eten
meer chips dan goed voor ons is. De blik in haar ogen wordt iedere
dag een stukje vrolijker. Op een avond komt ze zelfs aanzetten met
zelfgebakken cupcakes in de vorm van hartjes. 'Voor jou,' zegt ze
trots. Ik word overspoeld door een vlaag van zusterliefde die zo
heftig is dat ik er zelf bijna misselijk van word.

Ik laat Marloes de foto's van de shoot zien. Ze vindt ze prachtig
en staat erop dat ik ze ook aan pap en mam laat zien. Daarover ben
ik nog niet helemaal zeker, maar mijn zusje heeft al naar beneden
geblèrd: 'Pap, mam! Lucy wil jullie iets laten zien!'

Mijn vader komt met energieke passen de trap op. Daar achteraan komen de slepende, lusteloze voetstappen van mijn moeder. Ik
geef Marloes een harde por met mijn elleboog. 'Moet dat nou?'
brom ik uit mijn mondhoek.

'Ja, ze moeten trots op je zijn,' fluistert ze fanatiek.

Mijn ouders komen achter me staan. 'Wat wil je ons laten zien,
schat?' vraagt pap.

'O, het stelt niet zoveel voor, hoor,' zeg ik snel, met een blik op
mijn moeder.

Marloes valt me in de rede. 'Het stelt wél veel voor. Het is super-
vet. Lucy heeft de make-up van een model gedaan. Kijk!' Ze klikt
de eerste foto open. Het is een close-up, waarop Abby met haar
hoofd tegen haar arm leunt en met halfgeloken ogen in de camera
kijkt. Ze houdt haar hoofd precies in de juiste hoek. Marloes kijkt
met een brede grijns naar mijn ouders. 'Mooi, hè?'

Pap kucht. 'Ja, heel mooi. Doe je dat vaak, Lucy?'

'Dit was de eerste keer.'

Mam neemt de foto met een stoïcijns gezicht op. Er valt een stilte. Dan vraagt Marloes: 'Waarom mag Lucy geen visagieopleiding
gaan doen?'

Pap, mam en ik kijken haar verbijsterd aan. Ik kan haar wel iets
aandoen. Werkelijk, hoe kun je zo slim zijn met computers en tegelijkertijd zo slecht zijn in het inschatten van sociale situaties?

'Het is niet dat ze het niet mág,' begint pap.

Mam vult hem met scherpe stem aan. 'Het is alleen zonde van

haar opleiding en haar talent. Ze heeft atheneum gedaan, de wereld ligt voor haar open... en dan zou ze andere mensen gaan opmaken?' Ze maakt een wegwerpgebaar. 'Met make-up spelen is een leuke hobby, maar je bent een idioot als je denkt dat je er je baan van kunt maken.'

Ik draai me om op mijn stoel om haar aan te kijken. 'Dat is niet waar. Er zijn een heleboel meiden die blogs bijhouden over make-up en daar hun geld mee verdienen.'

'Maar je kunt zoveel méér, Lucille,' pleit mijn moeder. 'Je kunt een baan krijgen op topniveau. Je kunt een geweldig salaris verdienen...'

'Stel nou dat ik dat allemaal niet hoef?' Ik kijk mijn moeder vragend aan.

Die schudt ongeduldig haar hoofd. 'Je weet niet wat je wilt. Je bent pas achttien.'

'Bijna negentien!'

Pap legt zijn hand sussend op mijn schouder. 'Je bent nog zo jong, lieverd. Nog een kind.'

Met een wilde beweging schud ik zijn hand van mijn schouder af. 'Ik woon op mezelf,' help ik hem op koude toon herinneren. 'Omdat jullie vonden dat ik op eigen benen moest staan. Ik ben tenslotte ál achttien.'

'Wij betalen alles.'

'Ik heb anders toevallig wel veertig euro verdiend met die shoot,' werp ik tegen.

'Dat is leuk, maar daar kun je je huur niet van betalen,' zegt mam.

'Jullie geven alleen maar om geld!' roep ik wanhopig uit. 'Als het aan jullie ligt, word ik stinkend rijk en doodongelukkig!'

'Je kunt niet leven van geluk alleen,' zegt mijn moeder met een harde toon in haar stem. 'Geluk vult je maag niet.' Ze draait zich om en beent naar de deur. Vlak voor de drempel draait ze zich nog één keer om. 'Het zijn mooie foto's, Lucille, maar dat is alles. Het zijn maar foto's.'

Ze loopt de trap af. Pap kijkt meelijdend. 'Ik weet dat je denkt dat je dit wilt, lieverd, maar weet je nog dat je vroeger koste wat kost prinses wilde worden? Dat was toch ook niet reëel?'

Ik kijk hem ontmoedigd aan. Pap woelt door mijn haar. 'Soms moet je een droom opgeven, anders blijf je eeuwig hopen en heb je het gevoel dat je een tweederangs leven leeft. Kies iets waar meer toekomst in zit.'

25

Vanaf 29 januari kun je in de kamer. Béter word je een leuke huisge-noot! ;-)

Ferdi's sms vervult me met gemengde gevoelens. Ik ben blij en een beetje zenuwachtig dat het al zo snel geregeld kan worden. Toen ik het aan mijn ouders vertelde deden ze eerst wat moeilijk over de huurprijs, maar ik geloof dat ze inmiddels om zijn. Ik kan wel zingen. Weg van de campus! Tegelijkertijd voelt een deel van me alsof het geen lucht krijgt. Het is waar: ik voel me hier inmiddels best thuis. Ik ken veel mensen en ik kan het met bijna iedereen goed vinden. Maar wil ik echt in Het Fort blijven wonen, tussen al die nerds? En nog belangrijker: vlak bij Kikker? Ik dacht het niet.

Top! Ik heb nog sterke mannen nodig om te helpen verhuizen. Heb jij tijd?

Een paar seconden later stuurt hij terug: **Je maakt leuke grapjes, Dixi.**

Zuur kijk ik naar mijn telefoon, alsof Ferdi dat kan zien. Ik meende het serieus. Ik kan moeilijk aan mijn huisgenoten vragen of ze me helpen verhuizen; ik heb ze nog niet eens verteld dat ik überhaupt wegga. Zelfs Hermelien niet.

Ferdi's huis is wel een stuk verder van de universiteit dan Het Fort; een halfuur fietsen tegenover de vijf minuutjes die het me nu kost om er te komen. Maar goed, er zijn ergere dingen op de wereld.

Zoals de jongen op wie je verliefd bent seks horen hebben met een ander meisje, fluistert een geniepig stemmetje me in. Voordat de geluiden die in mijn trommelvliezen staan gegraveerd zich weer als een kapotte grammofoonplaat in mijn hoofd kunnen afspelen, begraaf ik me in mijn leerwerk.

Vanaf maandag stromen de reacties op mijn feest binnen. Helaas zijn het grotendeels afzeggingen. Mensen die niet kunnen komen, sorry, ze hebben al iets anders en het is ook zo ver weg. Voor de vorm vragen ze nog net even hoe het met me gaat. In een flits zie ik mezelf zitten op de avond van mijn verjaardag, met een biertje in mijn hand helemaal alleen op de bank in de keuken.

Op woensdag heb ik mijn eerste herkansing. Ik ben zo bezig met bang zijn dat ik straks lelijk en alleen oud zal worden (en als maagd!), dat ik helemaal vergeten ben me zenuwachtig te maken over het tentamen. Voor ik het weet sta ik alweer buiten. Ik kan niet met zekerheid zeggen dat ik een voldoende heb gehaald, maar het ging in ieder geval best goed.

Als ik Het Fort binnenstap, hoor ik allemaal kabaal uit de keuken. Nieuwsgierig steek ik mijn hoofd om de hoek. De tv is veranderd in een explosie van kleurtjes en er schallen 16-bits-muziekjes uit de boxjes. Op de bank zitten Chewy en Kikker, allebei met een controller in hun hand, geconcentreerd naar het scherm te staren. Hermelien en Chris zitten op de bovenste bank. Ik wil me snel weer terugtrekken op de gang, maar Hermelien heeft me al gespot. 'Hoi Lucy! Hoe ging je tentamen?'

Kikker kijkt met een ruk mijn kant op.

Ik ontwijk zijn blik. 'Goed, volgens mij. Wat zijn jullie aan het doen?'

Hoewel ik mijn vraag aan Hermelien stel, geeft Chris antwoord. Die jongen zou een geweldige secretaresse zijn. 'Chewy heeft bij zijn ouders op zolder een Nintendo 64 gevonden. Echt *old school*, dit!'

Ik bekijk het scherm nog eens. Twee poppetjes in karretjes racen op een regenboog ergens in de ruimte, begeleid door een hysterisch muziekje dat zo te horen iedere minuut een paar tikjes sneller gaat. Het scherm flitst en knippert. Dat mijn huisgenoten nog niet allemaal schuimbekkend op de grond liggen is mij een raadsel; ik zou er spontaan epileptisch van worden. 'Mario Kart?' informeer ik.

Hermelien knikt enthousiast.

'Je mag er wel bij komen zitten,' zegt Chewy formeel.

Ik grijns naar hem. 'Nee, bedankt. Ik heb morgen weer een tentamen, ik moet leren.'

'Welk vak?' vraagt Hermelien.

'Statistiek.' Ik trek een grimas en kijk Kikker heel nadrukkelijk niet aan.

Hij schraapt zijn keel. 'Heb je toevallig nog advies van een wiskundenerd nodig?'

'Nee, bedankt,' zeg ik koeltjes tegen de keukenvloer.

'Weet je het zeker? Het is gratis.' Ik hoor die vertrouwde plagerige toon weer in zijn stem. Alsof er niets tussen ons veranderd is. Er schiet een steek door mijn borst.

'Toch is het nee.'

Hoewel ik hem niet aankijk, voel ik dat hij me van boven tot onder in zich opneemt. Dan zegt hij met een stem die zo zacht is dat ik bijna overstag ga: 'Lucy...'

'Hé, let eens op je scherm!' onderbreekt Hermelien hem. 'Je rijdt van de baan af.' Ze schenkt me een samenzweerderige blik. Ik laat opgelucht mijn adem ontsnappen en snel de keuken uit voordat iemand nog iets tegen me kan zeggen.

Op mijn kamer start ik mijn laptop op. Voordat ik me weer op statistiek stort, wil ik eerst even mijn mail checken. Afzegging, afzegging, afzegging, afzegging... Inmiddels hebben zo'n beetje al mijn oude vrienden uit Groningen laten weten dat ze niet komen. Dan kom ik bij het laatste mailtje. Verbaasd zie ik wie de afzender is.

Hé Lucy,

Ik kom op je verjaardag, als ik tenminste kan blijven slapen. En wat wil je hebben?

X Merel

Wacht even. Merel komt op mijn verjaardag? Maar ze laat het op de onpersoonlijkste manier mogelijk weten. Zelfs een sms is directer. Ze zegt ook niets over de reden van haar besluit. Een klein glimlachje speelt om mijn mond. Dit is typisch Merel. Waarom komt ze? Is ze Simone soms zat? Ik kan me niet voorstellen dat ze met haar dezelfde klik heeft als met mij. Sinds de zomer zijn we nogal uit elkaar gegroeid, maar daarvoor waren we heel close. Als ik weer eens iets had uitgevreten, pakte mijn moeder soms voor straf mijn telefoon af. Dan voelde het echt alsof ze een van mijn armen had geamputeerd, want ik kon Merel niet bellen.

Ik stuur terug dat ze natuurlijk kan blijven slapen en dat ik graag een mooie lippenstift wil (geen rode). Dan stort ik me weer op mijn studeerwerk. Ik kan me er niet helemaal op concentreren, want een deel van me wacht vol spanning tot Kikker op de deur zal kloppen. Als hij me echt wil spreken, dan komt hij wel. Toch?

Laat hem alsjeblieft een goede reden hebben. Ik gedoog de aanwezigheid van die gedachte heel even in mijn hersenpan, maar dan druk ik haar weer resoluut weg. Ik heb gehoord wat ik heb gehoord en gezien wat ik heb gezien. Waarschijnlijk moet ik het hem ook helemaal niet kwalijk nemen. Ik ging er gewoon van uit dat hij het serieus met me meende, maar hij was helemaal niet van plan om een relatie aan te gaan. Het was gewoon leuk. Misschien heb ik hem wel afgeschrikt met mijn bekentenis over ongesteld zijn. Of hij wil gewoon geen maagd.

Begrijp me niet verkeerd; ik schaam me er niet echt voor dat ik maagd ben. Het is alleen zo frustrerend dat ik nog nooit seks heb gehad met iemand anders dan mezelf (ik bedoel, kom op – ik ben geen heilige) omdat álles over seks gaat. Het is het onderwerp van alle films, grapjes en goede gesprekken. En dan zit ik er maar een beetje bij toneel te spelen. Ik zou niet weten hoe het is. Persoonlijk vind ik dat het gewoon tijd is om er nu eens achter te komen hoe het voelt. Misschien vind ik er wel niets aan en doe ik het nooit meer, maar dan weet ik dat in ieder geval.

De gedachte aan Kikkers lijf tegen het mijne jaagt een tinteling door mijn buik. Ik kan me niet voorstellen dat ik er met hem niets aan zou vinden. Al ga ik daar natuurlijk nooit achter komen, want hij is een klootzak. Punt. Nu leren. Ik moet er morgen toch een hoger cijfer dan een twee uit weten te slepen?

Succes met statistiek. Toi toi toi! Xxx pap en mam

Ja, natuurlijk hopen jullie dat ik mijn tentamen haal, denk ik bitter. Mijn ouders, Marloes en ik hebben de rest van de vakantie gezwegen over het onderwerp 'visagie'. En natuurlijk hebben ze ook wel een beetje gelijk, maar dat kan ik ze niet zomaar geven.

Ik lees de eerste tentamenvraag. Om me heen zit iedereen al geconcentreerd over tafel gebogen. Pennen krassen letters en cijfers op papier. Het stelt me enigszins gerust dat de zaal zo vol is; blijkbaar ben ik niet de enige die een herkansing nodig heeft. Met ingehouden adem laat ik de woorden op het papier tot me doordringen. Tot mijn grote verbazing begrijp ik wat er staat. Ik snap de vraag, en beter nog: ik weet het antwoord.

Ik weet het antwoord!

Als ik na het tentamen naar buiten loop en de januarikou me in het gezicht slaat, moet ik moeite doen om niet te fluiten. Ik durf nog niet vol vertrouwen een voorspelling te doen, maar het ging in ieder geval beter dan de vorige keer.

Mijn huisgenoten zitten bij thuiskomst nog steeds gekluisterd aan de Nintendo 64. Het is net alsof ze daar de hele nacht gezeten hebben. Alleen Kikker is er niet bij.

Gelukkig.

Ik klim naast Hermelien op de bovenste bank en kijk hoe Chris Paladin verslaat. Paladin vloekt iedere vijf seconden hartgrondig. Ik trek vragend een wenkbrauw op naar Hermelien, die fluistert: 'Toen hij naar de wc was hebben we snel zijn poppetje in Princess Peach veranderd en de race gestart.'

Het is extra leuk om te kijken hoe mijn grote, boze huisgenoot razend en tierend de race probeert uit te rijden met een prinses in een roze jurk als avatar. 'Rot op! Wat is dit godv...'

'Het gaat hier heel goed,' rapporteert Chewy luchtig, terwijl hij met Bowser iedereen van de baan beukt.

'Ach, ga toch haken,' knort Paladin. Hij verplaatst furieus zijn sigaret van de ene naar de andere mondhoek, zonder daarbij zijn handen te gebruiken. Soms is het net alsof er kaboutertjes in zijn baard zitten die dat voor hem doen.

Af en toe meen ik een geluidje op de gang te horen. Dan zit ik meteen rechtop en kijk ik naar de keukendeur. Hermelien verlost me uit mijn lijden. 'Hij is roeien en daarna heeft hij een feestje bij Euros,' mompelt ze. 'Die zie je niet voor middernacht.'

Enigszins gerustgesteld zak ik terug in de bank. Hm. Een feestje. Dat betekent drank. En mooie roeimeisjes. Misschien wel dat blonde exemplaar dat hij hier voor de vakantie mee naartoe nam. Zouden ze nu iets met elkaar hebben, of doet Kikker daar niet aan? Ik zucht diep en spring van de bank, net op het moment dat Paladins Princess Peach in het water stort. 'Néé trut, niet duiken! Dat mens is veel te licht, daar heb je toch niks aan?' Hij gooit de controller op de bank en staat op. Hermelien laat zich meteen op zijn plek zakken. 'Mijn beurt!'

'Je doet maar,' gromt Paladin. 'Ik heb straks een afspraak voor een battle.'

We lopen tegelijk de keuken uit. Als we op de gang zijn, stompt Paladin me tegen mijn arm. 'Je ziet eruit als een lijk, bimbo.'

'Nou, bedankt hè,' lach ik. Die beledigingen van Paladin kan ik niet meer serieus nemen sinds ik weet dat hij in zijn hart een dertienjarig meisje met een *Twilight*-verslaving is.

'Nee, maar echt.' Hij kijkt me zo menselijk mogelijk aan met die stukjes steenkool die voor ogen door moeten gaan. 'Is alles oké met je?'

Ik zet mijn zonnigste gezicht op en neem mezelf voor een betere concealer te kopen. 'Prima. Echt, beter dan ooit.'

's Nachts zwalk ik slaapdronken mijn kamer uit, in de richting van de wc. Halverwege de gang hoor ik ineens stemmen. Geïrriteerde stemmen. Ik stop, leun met mijn hand tegen de muur om mijn evenwicht te bewaren en luister.

'Misschien moeten jullie dan eens met elkaar práten,' hoor ik Hermelien op sarcastische toon zeggen. 'Dat zou kunnen helpen.'

'Waarom blazen meiden alles altijd meteen zo op?' Dat is duidelijk Kikkers stem. Hij klinkt vermoeid.

'Nou, je kunt het haar niet kwalijk nemen. Zij wist niets van Mireille en ineens stond ze voor haar neus!'

Mijn hart klopt in mijn keel. Ik moet mijn best doen om ze te blijven verstaan door het gesuis in mijn oren. Ze hebben het over mij! Wíst Hermelien wie Kikkers blonde vriendin was? Heeft ze deze kostbare informatie tijdens onze cocktailnacht voor me achtergehouden?

Kikker slaakt een zucht. Ik kan ze niet zien, maar ik stel me voor dat hij nu zijn neusbrug masseert met vertwijfeld gesloten ogen. 'Ik heb Mireille al gezegd dat het een goed idee is als we dit soort dingen voortaan beter... plannen. Maar nu is het al gebeurd, dus wat kan ik er nog aan doen?'

'Praten, dus. Leg het haar uit.'

Er valt een koppige stilte. Dan mompelt Kikker: 'Welterusten.'

Even blijf ik verdoofd in de gang staan, maar dan hoor ik zijn voetstappen dichterbij komen. Eén eindeloze seconde lang kan ik me niet bewegen. Versteend sta ik midden in de gang. Dan maak ik me als een betrapte tasjesdief uit de voeten. Ik schat in dat hij nog net de flap van mijn badjas mijn kamer in ziet verdwijnen, voordat ik de deur dichtgooi. Met wijd open ogen en een racend hart leun ik tegen de deur. Kikker is stil blijven staan. Ik hou mijn adem in. Lange tijd klinkt er geen enkel geluid. Net als ik denk dat hij waarschijnlijk in slaap is gevallen op de gang, hoor ik zijn stem.

'Lucy?' vraagt hij zacht. Het timbre van dat ene woord voel ik diep in mijn buik. Ik bal mijn handen tot vuisten en klem mijn kaken stijf op elkaar, zodat ik ook niet per ongeluk antwoord kan geven.

'Lucy, ik weet dat je er bent.'

Ik knijp mijn ogen dicht. Zou hij proberen binnen te komen?

Ik hoor hem twee stappen in de richting van mijn deur doen. Het is zo stil in huis dat ik zijn ademhaling kan horen.

'Lucy,' zegt hij schor.

'Ja.' Bíjna ontsnapt dat antwoord aan mijn lippen. Het had ongeveer één milligram wilskracht gescheeld of ik had de deur opengedaan en hem naar binnen getrokken.

In plaats daarvan haal ik heel diep adem. Ik blijf stil. Dan draai ik me om en draai mijn deur op slot.

De metalige klik klinkt definitief en is eindeloos veel harder dan overdag. Hij galmt door de stille gang en weerkaatst tegen de muren. Voor mijn gevoel is nu de hele campus wakker. De stilte die erop volgt is zo mogelijk nog luider. Ik hoor Kikker zijn adem uitblazen en heel langzaam weer in beweging komen. Zijn voetstappen verwijderen zich uit de buurt van mijn kamer.

Ik pers mijn lippen op elkaar en zak langs de deur naar beneden, tot ik op mijn hurken zit. Mijn armen sla ik om mijn knieën. Zo blijf ik zitten, net zo lang tot het echt een kwestie is van kiezen tussen in de wasbak plassen of de tocht naar de wc ondernemen. Ik haal mijn deur zo zacht mogelijk weer van het slot en sluip de gang door.

Als ik later weer in bed lig, besef ik hoe koud ik ben. En niet alleen vanbuiten. Zelfs als mijn huid opgewarmd is, lijkt het alsof mijn botten in een laagje ijs gevangen zijn. Ik rol me op tot een balletje en sla mijn armen om mijn onderbenen heen.

26

Twee weken later komt Paul na het college achter zijn bureau vandaan en loopt naar me toe, voordat ik de zaal kan verlaten. 'Aangezien ik je de vorige keer persoonlijk het nieuws van je slechte cijfer kwam brengen, leek het me wel zo eerlijk om dat nu weer te doen,' zegt hij met een serieus gezicht.

Ik schrik. 'Heb ik weer een twee gehaald?'

Hij kijkt me streng aan, maar dat houdt hij niet lang vol. Zijn ronde gezicht vol babyvet vertrekt zich in een glimlach. 'Néé, Lucille. Mijn vermoedens waren juist.' Met een zwierig gebaar trekt hij mijn tentamen achter zijn rug vandaan. 'Het is een voldoende.'

'Een zes,' roep ik blij uit. Ik pak het papier uit zijn handen en kijk naar het cijfer.

Paul tikt op het rode cijfer. 'Het is geen zes. Kijk, dit streepje loopt door. Het is een acht.'

Mijn ogen worden groot van ongeloof. 'Wauw!'

Paul knikt. 'Hou dit vol, Lucille. Ik zie heel veel mogelijkheden voor iemand met jouw combinatie van intelligentie en sociale vaardigheden.'

Ik bloos van het compliment. Gaat dit over míj? Ik ben dat meisje dat qua intelligentie altijd achter de rest van de klas aanstrompelde. Dat meisje dat al watertrappelend nét het puntje van haar neus boven water wist te houden. Toch?

Nee, herinner ik me. Ik ben niet dom. Dat ben ik nooit geweest. Ik was alleen lui.

Het blijft niet bij statistiek. Iedere keer als ik met een angstig bonzend hart het online cijferadministratiesysteem open, staat er achter de eerdere rode onvoldoende een zwarte voldoende – een díkke voldoende, mag ik wel zeggen. De uitschieters zijn voor psychofysiologie en psychopathologie: een 9,1 en een 9,3. Ik kan het bijna niet geloven. Zou Marloes stiekem het systeem gehackt hebben en mijn faalresultaten in hoge scores hebben veranderd? Kan ze dat? Ik voel mijn hart van opwinding in mijn keel bonzen als ik haar bel om het blijde nieuws te delen (en om toch nog even te checken of zij hier geen aandeel in heeft gehad).

'Hé Lucifer,' neemt ze mat op.

'Hoi Moes! Je raadt nooit wat voor cijfers ik gehaald heb,' ratel ik in één adem.

'Geen idee.'

Ik noem mijn prachtcijfers (niets onder de acht!) en wacht daarna een halve seconde op haar reactie.

'Wow, dat is heel goed,' zegt ze, nog altijd met een vlakke stem, al doet ze duidelijk haar best om enthousiast te zijn.

'Wat klink je down, zus,' merk ik op.

'Nee, valt wel mee.'

'Helemaal niet,' zeg ik streng. 'Vertel.'

Ze zucht. 'Het heeft geen zin om jou hier nog mee lastig te vallen. Gewoon, hetzelfde liedje als de afgelopen maanden.'

Ik bijt op mijn lip. In de vakantie ging het zó goed dat ik eigenlijk hoopte dat Marloes vanaf dat moment wat sterker in haar schoenen zou staan. Ze was oprecht gelukkig, dat heb ik me niet verbeeld. 'Hé, weet je wat,' zeg ik snel. 'Ik vier dit weekend mijn verjaardag. Kom ook gezellig langs. Chewy heeft een Nintendo 64 op zolder gevonden, dus je kunt je inwendige nerd helemaal blij maken.'

Marloes grinnikt tegen wil en dank aan de andere kant van de lijn. 'Ik moet het even aan mam en pap vragen.'

'Geef pap anders maar even, dan kan ik meteen opscheppen over mijn cijfers.'

Een paar seconden later klinkt zijn vertrouwde stem in mijn oor. 'Hoi lieverd! Wat hoor ik van Marloes, heb je leuk nieuws?'

'Ja!' roep ik enthousiast.

Als we een paar minuten later eindelijk uitgejubeld zijn over mijn geweldige tentamenresultaten, vraag ik of Marloes op mijn verjaardag mag komen.

'Goed idee van je, Lucy,' zucht pap. 'Ze kan wel wat afleiding gebruiken.'

'Is het zo erg?'

'Ik weet het niet, ze laat er niets over los.' Hij klinkt emotioneel uitgeput. Ineens realiseer ik me hoe het voor mijn vader moet zijn dat zijn dochter de hele dag diepongelukkig is.

Lang nadat ik heb opgehangen, zijn mijn gedachten nog in Groningen.

Sinds ik Kikker en Hermelien twee weken geleden in de gang hoorde discussiëren, heb ik ze allebei met succes ontweken. Zodra ik thuiskom, trek ik me terug in mijn kamer en begraaf ik me in mijn studieboeken. Ik eet 's avonds pas laat, als ik zeker weet dat het gezamenlijke diner allang verorberd is. De enige persoon met wie ik overdag sociale interactie heb is Ferdi, die af en toe naast me komt zitten tijdens college. Hij vraagt een paar keer of ik meega de stad in, maar ik hou de boot af met smoesjes. Verder heb ik het idee dat de personages uit *Gossip Girl*, *The Vampire Diaries* en *Twilight* mijn enige vrienden zijn. Als ik naar de douche of wc moet, verplaats ik me als een schichtige schim door de gangen. Ik draag iedere dag dezelfde make-up – het is niet eens echt een 'look' te noemen, het is gewoon wat concealer en een beetje mascara. En als ik er puf voor heb, trek ik ook nog een zwart lijntje boven mijn ogen. Hardlopen doe ik in mijn eentje. Het is minder leuk, want ik ben dan alleen met mijn gedachten.

Zo ook nu. Ik trek mijn sportschoenen en trainingsbroek aan, kijk snel om het hoekje van mijn deur om te checken of er geen huisgenoten op de gang zijn en haast me dan naar buiten. Ik weet dat ik ze niet altijd kan blijven ontlopen, maar zolang het lukt, vind ik het prima. Geen van allen heeft nog gereageerd op mijn verjaardagsmail, dus ik zit dit weekend samen met Marloes en Merel op de bank. Goh, leuk.

Ik doe mijn best om het juiste tempo te vinden, maar ik heb al eerder gemerkt dat ik daar problemen mee heb als ik in mijn eentje loop. Schijnbaar bepaalt Hermelien altijd hoe hard we lopen. Terwijl ik nog aan het worstelen ben met mijn ademhaling, zie ik ineens iemand voorovergebogen langs de weg staan. Ik kijk snel om me heen om te zien of ik een omweg kan nemen, maar daar is het te laat voor. De gedaante komt overeind en grijnst me tegemoet met een brede paddenlach. 'Hoi Lucy!' hijgt hij.

'Hoi Chris,' zeg ik met tegenzin.

'Zal ik met je meelopen?' Hij verwacht zo te zien geen 'nee'.

'Moet dat?' vraag ik bot.

'Eh... nee,' zegt hij verbaasd. 'Ik loop ook niet zo hard als jij, maar het is wel gezelliger samen.'

Als antwoord begin ik weer te rennen. Chris blijft nog een halve seconde staan en probeert me dan bij te houden. 'Zo,' hijgt hij. 'Hoe zit het nou tussen jou en Kikker?'

'Niks,' antwoord ik bruusk.

'Maar in de Vestingbar...' Hij ademt alsof hij lijdt aan vergevorderde COPD.

'Hebben we gezoend. Dus?'

Chris onderbreekt zijn worsteling naar adem even om me spottend aan te kijken. 'Lucy, ik mag dan een nerd zijn, maar ik weet wanneer een kus gemeend is. En jullie meenden die kus.'

Ik zucht. 'Wat wil je nou?'

'Waarom ontwijken jullie elkaar?'

Ik gluur opzij. 'Ontwijkt hij mij ook, dan?'

Chris maakt een proestgeluidje. 'Heb je dat niet gemerkt? Hij gaat ineens vier keer per week trainen, terwijl hij een teringhekel heeft aan ergometeren. Hij is bij ieder roeifeestje. O, en hij ziet eruit alsof hij nooit meer slaapt en alsof hij allergisch is voor haren kammen.'

Ik laat zijn woorden bezinken. 'En dat blonde meisje dan?'

'Welk blond meisje?' Chris fronst.

Ik vertel hem over Mireille.

'Nooit van gehoord. Niet gezien.' Mijn huisgenoot haalt zijn schouders op, wat er nogal stom uitziet tijdens het hardlopen.

Hm. Als Kikker haar echt niet meer meebrengt... Ach, hou je kop, snoer ik het hoopvolle stemmetje de mond. Wat zei hij ook alweer tegen Hermelien? Dat hij het beter zou 'plannen', toch? Geen wonder dus dat niemand ziet dat hij haar meebrengt. Ik besluit er niet meer aan te denken, want het onderwerp 'Kikker' consumeert al meer van mijn slaap en hersenactiviteit dan ik zou willen. 'Hé Chris, kom je zaterdag ook op mijn verjaardagsfeestje?' vraag ik dus maar, om mijn gedachten af te leiden.

Hij ontwijkt mijn blik. 'Ik heb al iets, sorry.'

'O.' Ik ben zelf verrast door de belachelijke teleurstelling die ik voel omdat mijn paddige campushuisgenoot niet kan komen. Dat voelde ik niet eens toen mijn Groningse vrienden verstek lieten gaan.

Zaterdag aan het eind van de middag haal ik Marloes op van het station. Ze ziet er lusteloos en afgemat uit. Ik zie dat ze zelfs wat is afgevallen. 'Gefeliciteerd,' zegt ze. 'Je cadeautje krijg je vanavond.'

'Bedankt. Hoe is het?' vraag ik te opgewekt.

'Medium,' antwoordt ze.

Misschien moet ik toch eens met Karin praten. Shit, ik dacht echt dat het goed ging met mijn zusje. Ze leek zo blij in de vakantie. Maar zoals het nu gaat, kan het niet. Marloes gaat eraan onderdoor.

'Wie komen er allemaal?' vraagt Marloes vanaf mijn bagagedrager.

'Eh... dat weet ik niet precies,' zeg ik ontwijkend. Ik weet nog niet hoe ik moet vertellen dat zo'n beetje iedereen heeft afgezegd. Dus vertel ik het niet.

Zodra we binnen zijn, rent Marloes de gang door. 'Even hoi zeggen tegen Hermelien!'

Ik ga naar mijn kamer. Het duurt een halfuur voordat ze zich bij me voegt. 'Was het gezellig?' vraag ik.

'Ja, prima!'

'Hebben jullie het over computernerddingen gehad?'

Ze knikt met een brede grijns. 'Wel jammer dat ze weg moest. Ze had een afspraak in de stad.'

Wat? Hermelien is er niet op mijn verjaardag? Ik voel een mengeling van belediging, woede en zelfmedelijden opkomen. 'Ik ga me nog even opmaken, hoor,' zeg ik. 'Help jij me met iets leuks uitzoeken om aan te trekken?'

Een uur later sta ik in een strak zwart jurkje, een glanzende panty en een babyblauw colbertje moed te verzamelen om de keuken binnen te gaan. Ik kijk nog snel even in de spiegel in de gang. Mijn glanzende oogschaduw heb ik van lichtblauw in de binnenste ooghoek naar donkerblauw in de buitenste laten lopen, inclusief zwarte eyeliner en donkere mascara. Ik zie eruit als de oude Lucy. Toch voelt het een beetje alsof ik een masker draag, bedenk ik als ik de keuken binnenstap.

Behalve Marloes is er niemand om deze transformatie te aanschouwen. Vroeger had ik er niet over gepeinsd om tot het eind van de middag rond te lopen zonder make-up.

'Waar is iedereen?' vraagt Marloes, terwijl ze de Nintendo opstart.

Ik haal mijn schouders quasiongeïnteresseerd op. 'Geen idee. Wat wil je voor pizza?'

Een uur later zitten we nog steeds te Mario Karten, inmiddels met een buik vol pizza. Ik heb mijn eerste glas wijn ingeschonken en Marloes nipt van haar cola. De bel schalt door de hal. Ik zou de persoon die deze tekst heeft ingeschreeuwd toch wel eens willen ontmoeten, bedenk ik terwijl ik naar de voordeur loop. Het valt me op hoe stil het in huis is. Ik hoor niemand in zijn kamer rommelen. Leuke huisgenoten heb ik, hoor. Ik nodig ze uit op mijn verjaardag en in plaats van te reageren, gaan ze allemaal iets buitenshuis doen. Een seconde lang zwelg ik in zelfmedelijden, daarna doe ik de voordeur open.

'Hallo?' Ik zie niemand. Fronsend wil ik de deur weer dichtdoen, maar dan springen er een heleboel mensen tegelijk naar binnen.

'Gefeliciteerd!' brullen Hermelien, Chris, Chewy, Paladin en Kikker in koor. Ze sluiten me spontaan in in een wurgende groepsknuffel.

'Wat! Hoe?' Verbazing, schrik en blijdschap strijden om voorrang in mijn hoofd. 'Ik dacht dat jullie allemaal...'

'Dat was de bedoeling,' lacht Hermelien uitgelaten. 'We wilden je verrassen. Is het gelukt?'

'Ja, ze vermoedde niets!' roept Marloes vanuit de keuken.

Ik draai me om. 'Jij wist hiervan?'

'Tuurlijk, Hermelien vertelde het me net in haar kamer.' Mijn zusje grijnst breed.

Ik ben op een of andere manier naast Kikker terechtgekomen. Er was even een pijnlijk momentje waarop hij kon kiezen tussen naast mij gaan zitten of een stoel erbij pakken. Na twee seconden serieuze twijfel koos hij toch maar voor de plek naast mij. Nu doen we allebei ons uiterste best om onze benen bij ons te houden.

'Cadeautje!' roept Hermelien. Ze gooit een rechthoekig pak naar me toe dat op een bekende manier verpakt is. Vol enthousiasme scheur ik het papier eraf. 'Yes, *Eclipse*! Ik ben bijna klaar met *New Moon*!'

'Dan heb ik goed gegokt dat je zelf deel twee wel zou aanschaffen,' grinnikt Hermelien.

Het volgende cadeautje is van Chris, die samen met Chewy en Paladin een gigantisch pakket voor mijn neus zet. 'Het is breekbaar,' koert Chewy zacht.

Ik trek het papier eraf en stuit op een grote kartonnen doos vol papiersnippers. Daartussen liggen de ingepakte cadeautjes. 'Wauw, een grabbelton,' grijns ik enthousiast.

Als ik het eerste pakje openmaak, vormt mijn mond een verbaasde O. Het is een mok van Blond Amsterdam. Precies zo'n mok als Chris gesloopt heeft. De rest van het Blond-servies komt er ook uit tevoorschijn. Bij ieder nieuw onderdeel sper ik mijn ogen een beetje verder open, tot ik bijna zeker weet dat ze uit mijn hoofd zullen vallen. 'Jongens, dit heeft een fortuin gekost!'

Chris haalt zijn schouders op, Paladin bromt in zijn baard en Chewy kijkt verlegen naar de grond.

'Ik heb het kapotgemaakt, dus dit was het minste wat ik kon doen,' zegt Chris.

'Maar dit is veel meer dan je kapot hebt gemaakt!'

Chewy zegt: 'We wilden er ook iets extra's bij doen, anders is het geen cadeautje.'

'Ja, dan is het gewoon vervangen,' stemt Paladin in.

Jeetje. Ik ben diep onder de indruk als ik kijk naar de grote verzameling serviesgoed op tafel. Er zitten zelfs theelepeltjes bij, met op ieder bovenkantje een ander gebakje. Ik ben er nu al verliefd op. Ik sta op van de bank en druk Chris, Chewy en Paladin alle drie een dikke zoen op de wang. Chewy bloost tot aan zijn haarwortels.

'Hier Lucifer, mijn cadeau,' zegt Marloes. Ik pak het mooi ingepakte presentje aan. Dit keer doe ik erg voorzichtig met het papier. Als ik alle plakbandjes en lintjes los heb weten te peuteren, komt er een boek tevoorschijn. Ik frons en sla het open. Op iedere bladzijde staat een gezicht. Voor op het boekje staat *Face Charts for Make-up Artists*. Ik kijk Marloes vragend aan. Ze tikt op de kaft en zegt: 'Op deze gezichten kun je de look oefenen die je in gedachten hebt, om te zien of alles mooi bij elkaar aansluit. Er staan allerlei verschillende gezichten in. Ik dacht, dat is misschien handig voor je visagie,' eindigt ze verlegen.

Ik vlieg haar om de hals. 'Ik vind het een geweldig cadeau! Dank je wel, Moes. Je bent een topper.'

Kikker is de enige die nog geen cadeautje heeft gegeven. Hij heeft het wel in zijn hand: een plat pakje in glanzend rood papier. Net op het moment dat ik de moed heb verzameld om hem aan te kijken, gaat de bel.

Ik spring op. 'O, ik doe wel open!'

'Ik had niet anders verwacht,' zegt Chris. 'Jij bent jarig.'

'Ja, ik ben jarig,' zeg ik verwonderd. 'Inderdaad.' Ik voelde me eigenlijk nog niet echt jarig, maar nu al mijn huisgenoten er zijn, ben ik helemaal het feestvarken. Chewy zet de radio aan en spontaan klinkt 'Supermassive Black Hole' door de kamer. 'Aaaah, Muse!' roep ik uitgelaten. 'Dit nummer zit ook in *Twilight*!'

Kikker rolt met zijn ogen. Ik werp hem een boze blik toe en snauw: 'Ik ben anders wel dól op Muse, hoor. Toevallig.' Daarna beweeg ik me dansend naar de voordeur. Als ik opendoe, kijk ik recht in het gezicht van Merel. Ze worstelt zichtbaar met een mengeling van blijdschap en terughoudendheid. Het ontaardt in een *duckface* die haar niet echt misstaat, maar goed, de duckface mag natuurlijk allang niet meer. 'Hoi Merel,' zeg ik met een grote glimlach.

'Hé chick.' Ze beantwoordt mijn glimlach kort.

'Fijn dat je kon komen.'

Ze geeft me drie luchtzoenen (sinds wanneer springen we niet meer gillend rondjes als we elkaar zien?) en stapt naar binnen. 'Het is wel ver, hè?'

Ik knik. 'Zeker.'

We lopen de kamer in. Merel kijkt onwennig om zich heen, op zoek naar een zitplaats. Kikker ziet het en verplaatst zijn lange lijf in één moeiteloze beweging naar de bovenste bank. 'Plek zat.'

Merel en ik gaan op de onderste bank zitten. Ze steekt me een klein, chic doosje toe. 'Gefeliciteerd, ouwe taart.'

'Hé, pas op hè, ik ben al negentien. Straks geef ik je een tik met mijn wandelstok.'

'Groentjes,' bromt Paladin.

Merel kijkt hem fel aan. 'Hoe oud ben jij eigenlijk? Dertig?'

Paladin werpt me een blik van verstandhouding toe. 'Hou je vriendin eens koest.'

Voordat Merel kan happen, pak ik snel het cadeautje uit. 'O, hij is super,' roep ik. En het is waar. Ze heeft een prachtige lipstick voor me gehaald. Hij is fuchsia – ik weet dat het niet echt mooi klinkt, maar eigenlijk kan geen vrouw zonder een goede fuchsia lipstick met blauwige ondertoon, want daar lijken je tanden witter van. In tegenstelling tot het rood dat mijn moeder altijd draagt: dat haalt juist het geel in je gebit naar voren.

'Is het de goede?' vraagt Merel.

'Hij is perfect,' verzeker ik haar. En dan, zonder me zorgen te maken over imagoschade of wat anderen ervan vinden, geef ik haar een dikke knuffel. 'Dank je wel.'

Merel klopt onbeholpen op mijn rug. 'O, eh... Graag gedaan.'

De bel gaat opnieuw. '*BEZOEK! Hé tuig, errrr issss volluk!*'

Merel rolt met haar ogen. 'Wat mega-irritant.'

'Ach, je went eraan.' Ik sta op om open te doen.

'Ha, jarige schoonheid,' begroet Ferdi me bij de voordeur. Hij trekt me tegen zich aan en drukt een kus op mijn mond. Ik duw hem verbaasd weg. Hij lacht en houdt zich vast aan de deurpost. Hij ruikt naar alcohol. Ik vind het niet zo erg dat hij langskomt (ik heb hem per slot van rekening zelf uitgenodigd), maar ik hoop niet dat hij iets zegt over mijn op handen zijnde verhuizing. Die kans lijkt me vrij groot als hij al zo binnenkomt. Dronken mensen zijn volgens mij over het algemeen wat loslippiger. En Ferdi is toch al geen type om zijn mond te houden.

'Hé Ferdi.' Ik besluit hem meteen even te zeggen dat hij niet over mijn nieuwe kamer mag praten, maar hij loopt al langs me heen de keuken in. 'Hé nerds,' begroet hij mijn huisgenoten koel. Zijn blik blijft op Merel rusten. 'Goedenavond, schone dame. Wij kennen elkaar nog.' Hij ploft naast haar op de bank en geeft haar een handkus. Merel giechelt. Vanaf de bovenste bank maakt Kikker een 'ik ga over mijn nek'-gebaar naar me met zijn vinger in zijn keel. Ik onderdruk een lachje en trek meteen weer een serieus gezicht, want ik ben nog steeds boos op hem.

Voor Merel schenk ik een wijntje in en voor Ferdi trek ik een biertje uit de krat die staat te ontdooien. Bij gebrek aan meer zitplaatsen klim ik onhandig op de bovenste bank. Om te voorkomen dat Ferdi onder mijn jurk kan kijken (wat hij overigens wel schaamteloos probeert) trek ik mezelf via de leuning omhoog. Kikker slaat zijn arm om mijn middel en hengelt me moeiteloos naast hem op de bank. Ik strijk mijn jurk glad over mijn bovenbenen en kuch. 'Dank je.'

Kikker kijkt me niet aan. 'Graag gedaan.'

'Hé Ferdi, heb jij geen cadeautje voor Lucy?' vraagt Chris goedmoedig.

Ferdi kijkt hem aan alsof Chris ter plekke is veranderd in een pratende naaktslak met kleding aan. Daarna richt hij zich tot mij. 'Sorry hoor, ik heb geen cadeautje meegebracht. Ik dacht dat ik al genoeg moeite had gedaan zodat jij eind januari...'

'Dat geeft niet, hoor,' kwetter ik door hem heen, doodsbang dat hij meer loslaat.

Hij legt zijn hand op mijn onderbeen. Ik ril als ik denk aan hoe hij zich tijdens zijn huisfeest aan me probeerde op te dringen. Wat bezielde me eigenlijk? Ik zie zijn knappe gelaatstrekken bijna niet meer, alleen het geniepige innerlijk dat eronder schuilgaat. Het kost me moeite om mijn been niet weg te trekken. Merel fronst. 'Vind je dat niet raar, op iemands verjaardag komen en geen cadeautje meenemen?'

Ferdi schokschoudert. 'Waarom zou je überhaupt iets mee moeten nemen?'

'Omdat ze jarig is,' zegt Merel. 'Daar heeft ze récht op.'

Kikker proest en Merel kijkt hem pislink aan. Ze is nu al over haar irritatiegrens heen, en de avond is pas net begonnen.

'Daar heeft ze récht op?' vraagt Kikker. 'Wat heeft ze dan gedaan om dat recht te verwerven?' Hij kijkt me aan en grijnst kort. 'Niets ten nadele van jou, prinses, maar volgens mij ben je alleen een jaar ouder geworden. De enige prestatie die je hebt geleverd in dat opzicht, is niet doodgaan.'

Merel slaat haar armen over elkaar en zakt achterover tegen de leuning van de bank. 'Lucy had gelijk. Je bent echt een betweter.'

Kikker grinnikt. 'In hart en nieren.'

'Wat is dit voor muziek?' Ik probeer de aandacht opnieuw naar een onschuldig onderwerp te leiden.

'Nog steeds Muse,' zegt Kikker.

'Goh, nooit geweten dat ze meer leuke nummers hebben.'

Kikker trekt geamuseerd één mondhoek op. 'Wil je zeggen dat je maar één nummer van ze kent?'

'Misschien.' Ik voel mijn wangen rood worden.

'Ik dacht dat je Muse heel leuk vond. Toevallig,' imiteert hij mijn uitspraak van net. Zijn ogen twinkelen als hij me aankijkt.

'Dat vind ik ook, ik ken alleen maar één nummer van ze,' zeg ik hooghartig.

Hij schudt lachend zijn hoofd. 'Je kunt een band niet beoordelen op één nummer. Dat is een belediging.'

Ik begin zachtjes 'Mijn Droom, Mijn Doel' te neuriën. Kikker prikt me genadeloos tussen mijn ribben met zijn lange wijsvinger. Snel stop ik, maar ik werp hem nog wel een uitdagende blik toe.

Chris heft zijn glas. 'Op Lucy, die eindelijk negentien is! We hopen dat je nog heel lang bij ons in huis blijft wonen.'

Mijn keel knijpt zich dicht van angst. Laat Ferdi z'n klep houden. Laat Ferdi z'n klep houden. Laat Ferdi z'n...

'Nou, die kans acht ik klein,' mompelt hij. Ik hou mijn hart vast, maar na een paar geërgerde blikken doen mijn huisgenoten het blijkbaar af als gewoon weer een irritante Ferdi-opmerking. Iedereen proost op mij en neemt een slok. Chewy tikt zachtjes tegen zijn glas en kucht. Iedereen kijkt hem verwachtingsvol aan. Hij wordt rood tot aan zijn haarwortels, maar perst er wel een paar woorden uit. 'Dankzij jou zit ik weer wat lekkerder in mijn vel. Dank je wel, Lucy.'

Ferdi mompelt tegen Merel: 'Lekkerder in zijn vel? Dat gelooft niemand. Zelfs mijn lul is nog nooit zo stijf geweest als Rikkert.'

Chewy slaat zijn ogen neer. Ik zeg snel: 'Lief van je, Chewy. Je hoeft je nergens voor te schamen.'

Ferdi grinnikt schamper.

Merel wenkt me en loopt de keuken uit. Ik zet mijn glas op tafel en loop braaf achter haar aan. Op de gang pakt ze mijn arm vast. 'Jezus, ik ga nu al dood van ergernis,' fluistert ze lacherig in mijn oor.

'Kom.' Ik trek haar mee naar mijn kamer, waar we op mijn roze dekbed neerploffen. Na weken zonder elkaar is de hoeveelheid gespreksstof eindeloos. Ze vertelt over de barstjes die in de groepsdynamiek van haar club ontstonden tijdens de wintersport; Simone en Marijn botsen vaak omdat ze allebei zo bazig zijn, Cleo lust niets en Fleur is altijd blut. 'Een week was te lang,' lacht Merel luchtig. 'Op het laatst konden we elkaars bloed wel drinken. Inmiddels is het weer goed, maar we weten nu wel dat gezamenlijke vakanties misschien niet zo'n heel goed plan zijn.'

Ik vertel haar over de inhaalslag die ik met mijn studie heb gemaakt, waarbij tweeën in achten veranderden. Ook licht ik haar in over de visagieopdracht voor Abby. En natuurlijk vertel ik over Kikkers avontuurtje met het blonde meisje. 'O, en wist je dat hij dus gewoon Oli4 is? Die ene van "Mijn Droom, Mijn Doel", die wij vroeger zo leuk vonden?'

'Néé, dat meen je niet!' gilt Merel. Ze slaat op haar knieën van pret. 'Wat een goed verhaal!'

'Wil je nog een goed verhaal horen?'

Als ze fanatiek knikt, vertel ik haar Paladins *Twilight*-geheim. Ze rolt bijna onder het bed van het lachen. Dan zie ik tot mijn schrik op mijn wekker dat we al ruim een halfuur weg zijn. 'Kom, we moeten terug, anders komen ze ons straks nog zoeken en dan horen ze ons roddelen.'

'Echt heel goede verhalen,' roept Merel.

'Wel echt heel geheim, hè?'

'Ja, ja, natuurlijk,' zegt ze sussend. Ze tekent een kruisje op haar hart. '*My lips are sealed.*'

27

In de loop van de avond smelt de ijsmuur die ik tussen Kikker en mij had gebouwd stukje bij beetje. Hij vraagt hoe mijn visagieopdracht voor Abby ging. Ik vertel het hem, eerst koeltjes en afstandelijk, maar het lukt me niet om mijn ijskoninginnenact vol te houden in combinatie met het onderwerp 'make-up'. Kikker luistert met een klein glimlachje. Als ik eindelijk uitgerateld ben, zegt hij: 'Waarom ben je eigenlijk geen visagieopleiding gaan doen?'

Marloes hoort zijn opmerking. Ze onderbreekt haar gesprek met Hermelien en klautert als een aapje op de leuning van de bank. 'Inderdaad, Lucy.'

Ik kijk ze allebei aan. 'Omdat mijn ouders het zonde vinden om niets met mijn vwo-diploma te doen.'

Kikker fronst. 'Je hebt het gehaald, wat kun je er nog meer mee doen? Die kennis heb je, maar je kunt toch ook gewoon doen wat je wilt? Je passie volgen?'

Ik stel een wedervraag. 'Waarom ben jij eigenlijk gestopt met zingen?'

Terwijl ik hem aankijk, zie ik een barrière oprijzen in zijn blik. Ineens is hij weer afstandelijk. 'Ach, het trok me niet meer.'

'Vind je het niet meer leuk?' vraagt Marloes.

Kikker haalt ongemakkelijk zijn schouders op. 'Ik was dol op muziek, dat ben ik nog steeds. Alleen blijven mensen me zien als Oli4. Het is niet mogelijk om mijn kindsterimago af te schudden en de muziek te maken die ik nu wil maken.'

'Dus jij hebt je passie ook niet gevolgd,' merk ik op.

Hij schraapt zijn keel. 'Er zijn ook wat... problemen geweest.'

Ik trek nieuwsgierig mijn wenkbrauwen op, maar hij schudt zijn hoofd. Marloes dringt aan: 'Vertel nou!'

'Ik kon niet goed omgaan met de roem op zo jonge leeftijd,' mompelt Kikker. 'Laten we het daarbij houden.'

Marloes en ik kijken hem verwachtingsvol aan. Hij zucht. 'Goed.' Schoorvoetend vertelt hij: 'Ik had altijd volop in de spotlights gestaan. Toen tijdens het opnemen van het vierde album bleek dat Oli4 eigenlijk al een beetje voorbij was, liet mijn platenmaatschappij me vallen. Mijn moeder heeft daarna heel erg met me geleurd. Ze ging alle maatschappijen af met me, zodat ik in vredesnaam die cd af kon maken. Dat gaf mij het idee dat ik niet goed genoeg was als dat niet lukte.'

'Ik ken je vierde album helemaal niet,' peins ik.

'Dat kan kloppen,' zegt Kikker droog. 'Het is er namelijk nooit gekomen. Niemand wilde me hebben. Ik werd een *has-been*.'

'Moest je toen weer gewoon naar school?' vraagt Marloes.

Hij knikt. 'Eigenlijk wel, maar ik voelde me zo afgewezen dat ik heel vaak spijbelde. Ik raakte verzeild in een groepje jongens die denk ik wel het predicaat "fout" verdienen. Als puber ben je sowieso al een emotioneel mijnenveld, maar als ex-beroemdheid kan ik je zeggen dat je emotionele toestand ronduit explosief is. Ik was doodongelukkig.'

'En toen?' Ik ben gefascineerd. Dit is niet de koele Kikker die ik ken. Heel even kan ik in zijn verleden kijken, naar de verknipte puber die hij jaren geleden was. Ik voel intens veel medelijden met de verwarde jongen over wie hij vertelt.

'Ik heb heel veel dingen gedaan waar ik niet trots op ben. Ik nam dingen in die niet goed voor een mens zijn, in hoeveelheden die zelfs voor een olifant niet goed zijn.' Hij kucht weer en krabt op zijn hoofd. 'Soms miste ik hele stukken van mijn dag. Dat waren de momenten waarop ik het gelukkigst was: als ik net uit zo'n wit, wazig gat kwam, zonder enig idee wie ik was of wat ik deed.'

'Wat heftig,' mompel ik met grote ogen.

'Hoe ben je eruit gekomen?' vraagt Marloes.

'Ik besloot zelfmoord te plegen,' antwoordt Kikker plompverloren.

Ik sla mijn handen voor mijn mond. 'Wat?'

Hij haalt zijn schouders op en kijkt me met die afstandelijke blik aan, alsof het over iemand anders gaat. Alsof hij het verhaal van een onbekende vertelt. Dat moet een zelfbeschermingsmechanisme zijn. 'Het is zo. Ik wilde er een eind aan maken. En dan het liefst volgens het motto: *"Don't go out with a sizzle, but with a bang."* Dus nam ik genoeg pillen om de angst een tijdje op afstand te houden en sprong ik van een gebouw.'

Marloes en ik staren hem allebei met open mond en grote ogen aan. 'En toen?' eis ik. Het is ondraaglijk dat hij het zo onverschillig brengt.

'Zoals je ziet, mislukte het,' concludeert Kikker. 'Ik dacht wel dat ik dood was, hoor. Tot ik wakker werd en alles zeer deed, dus moest ik nog wel leven.'

'Zijn daar de littekens van?' vraag ik zachtjes. Kikker knikt. Om ons heen kletst iedereen vrolijk door. Niemand schijnt door te hebben dat we hier, op de bovenste bank, het verhaal van een wanhopige jongen aanhoren.

'Ik had mijn rug op twee plaatsen gebroken. Het was pure mazzel dat ik niet verlamd was. De dokter zei dat hij uit principe het woord "wonder" niet gebruikte, maar dat het in mijn geval wel erg treffend was geweest. Ik heb maandenlang in een metalen constructie gezeten, zodat mijn wervels niet zouden verschuiven en per ongeluk alsnog mijn zenuwbaan zouden doorsnijden. Het heeft me bijna twee jaar gekost om weer te kunnen lopen,' vertelt hij met droge ogen. 'Toen besloot ik dat het voor mijn eigen geestelijke en lichamelijke gezondheid beter was om gewoon niet meer te willen zingen.' Hij haalt zijn schouders op. 'Zodoende.'

Ik heb geen idee wat ik moet zeggen. Mijn voornemen om boos op hem te blijven is verdampt. Ik doe mijn mond open om iets te zeggen, maar er schiet me niets te binnen. Kikker ziet mijn worsteling en legt een hand op mijn onderarm. Zijn vingers voelen zo warm en sterk en... levend. Ik slik een lading geschrokken tranen weg en kijk hem aan. In zijn ogen lees ik een faalangst die me maar al te bekend voorkomt.

'Ik kan me niet herinneren dat dat ooit in het nieuws is geweest,' zeg ik zachtjes.

Kikker knikt. 'Mijn ouders, de school en het ziekenhuis hebben het stilgehouden. Er waren wel geruchten, maar toen niemand ze bevestigde, was het nieuwtje er snel af.'

'Hoe verklaarden je ouders dan dat je in het ziekenhuis lag?' vraagt Marloes.

'Ze zeiden dat ik geopereerd werd aan mijn groeischijven. Het was dus niet zo'n raar verhaal dat ik moest worden geopereerd om te voorkomen dat ik nóg langer zou worden.'

Ik kijk hem aan en zie eindeloos veel emoties over elkaar heen buitelen in zijn ogen. 'Dus, dat is mijn rugzakje,' probeert hij er een luchtig grapje van te maken. Zijn gespannen kaken verraden zijn ware gevoelens. Ik heb zin om mijn armen om hem heen te slaan en mijn lichaam troostend om hem heen te vouwen. Ik wil deze gebroken jongen beschermen. Ik wil hem gelukkig maken.

Dan zie ik vanuit mijn ooghoeken dat Ferdi opstaat en de kamer uitloopt. Door de complete chaos in mijn hoofd heen borrelt een gedachte omhoog. Shit, ik moet hem nog op het hart drukken zijn waffel te houden over de verhuizing. 'Sorry, ik moet heel even... Ben zo terug,' mompel ik. Zonder Kikker aan te kijken laat ik me van de bank glijden, tot mijn voeten stevig op de grond staan. Ik ren de keuken uit en haal Ferdi in vlak voordat hij de wc binnengaat. Alle emoties over Kikkers onthulling klotsen nog rond in mijn binnenste. 'Wacht even!'

Hij draait zich naar me om. 'Zo, dit is een aangename verrassing,' zegt hij, terwijl hij een hand om mijn middel laat glijden.

Ik doe snel een stap achteruit. 'Wil je alsjeblieft je mond houden over mijn nieuwe kamer?' Ik gluur om me heen om te zien of er niemand meeluistert, ook al weet ik dat iedereen in de keuken zit.

Ferdi grijnst. 'O, heb je ze nog niets verteld?'

'Ik wacht op het goede moment,' zeg ik zwakjes.

'Nou, dat mag zich dan wel snel aandienen,' spot hij. 'Over een week vertrek je al.'

Zijn woorden komen aan als een vuistslag in mijn gezicht.

Een week!

Natuurlijk wist ik dat ik eind januari in die kamer zou kunnen, maar 'eind januari' leek nog niet volgende week. Ik kijk om me heen in de gang die ik donderdag nog heb schoongemaakt.

'Maar goed, als jij graag de grote verdwijntruc wilt doen, zal ik je niet in de weg zitten. Zomaar ineens verhuisd zijn. Dat is natuurlijk ook wel een mooie frats. Hé, bedankt voor het leuke feestje, jongens. Poef, weg!' Lachend stapt hij de wc in en draait de deur op slot.

Ik slof terug naar de kamer. Hij heeft gelijk. Ik kan niet zomaar verdwijnen. Misschien moet ik het straks heel voorzichtig vertellen. Eigenlijk moet ik dit eerst polsen bij Hermelien, om te zien of zij nog tips heeft. Voor een sociaal incompetente nerdette heeft ze soms best goede ideeën over subtiliteit.

In de deuropening bots ik bijna tegen Merel op, die net naar buiten komt. 'Ho, sorry chick,' lacht ze. 'Even een korte plaspauze.'

'Ik zou die ene nemen die nu bezet is,' adviseer ik haar. De boutput zou ik nog steeds niet aanbevelen.

Ik ben blij dat Kikker en Marloes inmiddels een wat luchtiger onderwerp hebben aangesneden. Ze kletsen over het nut van JavaScript. Als hij me de keuken binnen ziet komen, schenkt Kikker me een kort glimlachje dat mijn hart doet opspringen. Uit zelfbescherming besluit ik niet naast hem te gaan zitten. Ik laat me naast Hermelien op een stoel zakken.

'Heb je het leuk?' vraagt ze.

Ik grijns. 'Beter dan dat. Ik dacht dat ik hier helemaal alleen zou zitten, maar in plaats daarvan zijn al mijn vrienden er.'

'Is dat de wijn, die "vrienden" zei?' plaagt Hermelien.

'Nee,' zeg ik – en ik meen het. 'Jullie zijn geweldig.'

Ze bloost een beetje (en als ik 'een beetje' zeg, bedoel ik natuurlijk dat ze de kleur van een aardbei aanneemt). Snel nemen we allebei een slok wijn; dit was wel weer genoeg emotie voor één avond. Hermelien grijnst. 'Ik ben blij dat je eindelijk het lezen ontdekt hebt.'

'Misschien waag ik me zelfs binnenkort wel aan de *Harry Potter*-reeks,' merk ik op.

'Wat, heb jij je aan het lezen gewaagd?' vraagt Chris.

'Zeker. Dat is allemaal de schuld van ons lieftallige huisgenootje hier.' Ik wijs naar Hermelien.

'Graag gedaan.' Ze maakt een kleine buiging.

'Je leest zeker eerst die *Twilight*-meuk?' bromt Paladin. Als ik hem aankijk, geeft hij me een lipstuiptrekking die zowaar iets weg heeft van een glimlach.

'Ja, niks voor jou,' grijns ik.

'Zeg dat wel.'

'Wat lees jij dan graag?' vraagt Hermelien hem.

Paladin steekt met een zenuwachtig gebaar een nieuwe sigaret aan. 'Voornamelijk fantasy.' Hij heeft pas drie trekjes genomen, maar heeft nu het filter al bereikt.

Ik wissel een blik met Chris, die duidelijk hetzelfde denkt. Net als ik er een plagerige opmerking over wil maken, vraagt Chewy: 'Waar zijn Ferdi en Merel eigenlijk?' Ik glimlach heimelijk als ik zie dat hij een vieze veeg onder zijn jukbeen heeft.

'Ferdi moest naar de wc en Merel ook. Ik heb haar geadviseerd om voor haar eigen gezondheid de boutput niet te gebruiken,' zeg ik.

'Ze blijven wel lang weg.' Hermelien fronst.

'Het slot klemt ook een beetje. Misschien denken ze dat het vast-zit,' oppert Chewy.

Ik sta zuchtend op uit mijn stoel. Op mijn feest wil ik geen paniek om gasten die zichzelf met hun stomme hoofd opsluiten tijdens een wc-bezoekje. 'Ik ga wel even kijken.'

In de gang is het rustig en koel, in vergelijking met de gezelligheid in de keuken. Misschien moet ik maar gewoon hier blijven wonen, denk ik stiekem. Verbaasd laat ik het idee door mijn hoofd walsen. Dat zou betekenen dat ik een kamer in de stad laat schieten voor dit nerdhol. Is dat wat ik wil?

Eerst wil ik eens goed met Kikker praten. Of hij nou wel of geen verkering met dat meisje heeft. Ik heb geprobeerd hem niet aardig te vinden, maar er is gewoon iets in hem dat me naar hem toetrekt. Als een mug die op het licht van de uv-lamp afzweeft blijf ik bij hem terugkomen, zelfs als ik weet dat ik me misschien aan hem zal branden.

Als ik bij de wc aankom, is Merel in geen velden of wegen te bekennen. Bovendien zit de deur niet op slot. Ik weet zeker dat Ferdi het slot net dichtdraaide. Voorzichtig doe ik de deur open en gluur ik naar binnen, maar ik zie alleen de wc-pot.

Verbaasd duw ik de deur weer dicht en speur om me heen in de gang. Ze zijn niet in de keuken, want dan was ik ze wel tegengekomen. Ik kijk om het hoekje van de badkamer, maar op de cavia-achtige dot haar in het doucheputje na is ook die leeg.

Verwonderd loop ik terug naar de keuken. Misschien zijn ze naar buiten om een luchtje te scheppen? Als ik bijna bij de keuken ben, meen ik een geluid te horen. Ik draai me om en tuur in de richting van de gang waar mijn kamer zich bevindt. Het klonk gedempt, maar ik weet zeker dat ik iets hoorde boven het gebonk van de muziek uit. In Sherlock Holmes-modus loop ik zachtjes de gang door, tot ik voor mijn kamer sta. Ik hoor duidelijk dat Merel en Ferdi niet aan het kaarten zijn. In een vlaag van lef gooi ik de deur open. Meteen wens ik dat ik het niet gedaan had.

Ik staar vol afschuw naar Merel, die onder Ferdi ligt en als een soort boa constrictor haar benen om hem heen heeft gevouwen. Ze heeft haar hoofd in haar nek gelegd en maakt dierlijke geluiden op de maat van zijn spieraanspanningen. Haar kanten hipster en haar panty liggen op de grond; die zaten duidelijk in de weg voor wat ze nu aan het doen zijn. En dat ze dat doen, moeten ze helemaal zelf weten, maar wat me het meest tegen de borst stuit is dat ze het op míjn bed doen. Ik heb dit beddengoed net vanmorgen schoon uit de kast gehaald. De deken ligt verfrommeld aan het voeteneinde en (ieuw!) mijn kussen ligt onder Merels blote billen.

Ze kijken allebei mijn kant op. 'Jezus, jongens, serieus?' Ik kan mijn ogen niet van ze afhouden. Ferdi trekt zich snel terug en frommelt zijn spijkerbroek dicht. Merel gaat rechtop zitten en strijkt haar kleren glad, terwijl ze haar slipje en panty op de grond achter haar voeten probeert te verstoppen. Ze kijken allebei schaapachtig naar de vloer.

Ik weet niet eens wat ik moet zeggen. Merel gluurt met een onderdanige blik naar me omhoog. 'Lucy, het spijt me...' begint ze, maar ik draai me om en been terug naar de keuken. Ik wil het allemaal niet horen. Ik ben jarig, verdomme. Snel knipper ik de tranen weg die van schrik in mijn ogen zijn gesprongen. *It's my party, and I cry if I want to.*

Ik gooi de keukendeur open. Hermelien vraagt meteen: 'En, klemde het slot?'

'Nee, ik geloof dat ze dat aardig goed gesmeerd hebben.' Ik schenk mezelf een groot glas wijn in en sla het in één keer achterover. Achter me hoor ik gehaaste voetstappen. Ferdi en Merel komen tegelijk de keuken binnen, allebei met een oververhit gezicht.

'Lucy, sorry, ik wist niet dat jij en Ferdi ook...'

Ik kap haar af, voordat ze stomme dingen kan zeggen. 'Daar gaat het me niet om,' verzeker ik haar. 'Alleen dat jullie dat op mijn bed doen, met mijn kussen als hulpstuk, vind ik verre van fris. En dan druk ik me nog zacht uit,' voeg ik eraan toe.

'Ja, ja.' Ferdi maakt een spottend geluidje. 'En ons kleine avontuurtje heeft er zeker niets mee te maken?'

Er valt een doodse stilte. Ik staar hem vol afschuw aan. Zei hij dat echt? 'Dat heeft er inderdaad niets mee te maken.'

'Volgens mij ben je gewoon jaloers dat ik jou laatst niet even wilde bijtanken.' Hij kijkt me aan met een valse grijns.

Zoals ik al vreesde, is alle aandacht ineens op ons gericht. Iemand heeft zelfs de muziek uitgezet.

'Wat een onzin! Er is niets gebeurd,' roep ik uit. Niet alleen om hem eraan te herinneren, maar ook om mijn huisgenoten van dit feit op de hoogte te stellen.

'O nee? Zo graag wilde je anders niet stoppen.'

De verontwaardiging borrelt in mijn borst als een vulkaan die op uitbarsten staat. Ik wil het niet, maar toch kijk ik naar de bank, waar Kikkers groene ogen me langzaam verpulveren. Zijn toon is luchtig, maar zijn blik is gekwetst. 'Dus jullie hebben een privéfeestje gehad?'

'Tijdens mijn housewarming,' legt Ferdi behulpzaam uit.

Merel zegt met een klein glimlachje: 'Dus je was helemaal overstuur van Kikkers slippertje, maar zelf ben je net zo schuldig!'

'Welk slippertje?' Kikker staat ineens naast me.

Ik kijk hem met woedend samengeknepen ogen aan. 'Eén woord. Mireille.'

Verward kijkt hij me aan. 'Hè? Wat?'

'Doe maar niet zo onschuldig, want ik heb jou en Hermelien

heus wel horen praten toen je thuiskwam van dat roeifeest.'

'Ho, terug, even pauze,' komt Hermelien tussenbeide. 'Dat is niet wat je denkt dat het is, Lucy...'

Merel snauwt: 'Ach, hou je erbuiten, Sjaantje.'

In slow motion zie ik hoe Hermelien haar ogen naar me opslaat. Ik zie de emoties stuk voor stuk op haar gezicht langskomen: verbazing, ongeloof, pijn, woede.

'Sjááántje?' Ferdi is nooit te beroerd om lachend een vat benzine op een toch al oncontroleerbaar vuur te gooien. 'Heet je Sjááántje?'

Hermelien geeft geen antwoord. In plaats daarvan kijkt ze me alleen maar aan. Ik zie in haar ogen hoe onze steeds hechter wordende vriendschap in één beweging doormidden breekt. Weg vertrouwen. Weg gezelligheid. Weg avondjes in de Vestingbar. Fuckerdefuck-fuck, dit komt echt nooit meer goed.

'Hermelien, het was per ongeluk...'

'Per ongeluk, m'n reet,' berispt Merel me, net als ik denk dat het niet erger kan worden. 'Mijn jaarclub en ik hebben ons kapot gelachen.'

'Je jaarclub.' Hermelien knikt ernstig, met een uitdrukkingsloos gezicht. 'Goh. Ik meen me te herinneren dat je zei dat je het aan niemand zou vertellen. Maar dat heb ik vast verkeerd onthouden, of niet soms, Lucy?'

'Ik... Ik...'

Met een stoïcijns gezicht zegt Hermelien: 'Wat ik je dus ging vertellen was dat Mireille helemaal niet Kikkers vriendin is. Ze is zijn zus.'

Kikker kijkt me aan zonder een sprankje humor in zijn ogen. 'Ze vroeg of ze in mijn kamer mocht logeren. Ik had geen idee dat ze een vriendje mee zou nemen. Ik was die nacht bij mijn ouders.'

'Wacht even,' zeg ik. 'Dus toen ik ze hoorde, eh...'

'Ja,' zegt hij snel, met een trek van afkeer rond zijn mond. 'Dat was ik niet.'

'O.'

'Maar jij hebt je dus wel gezellig ingelaten met ballenmans hier,' stelt hij vast, met een vaag gebaar in de richting van Ferdi.

'Ik wilde niet... het was niet...'

'Hebben jullie gezoend?' vraagt Kikker.

'Ja, maar...'

'Ze kwam zelfs terug,' zegt Ferdi. 'Ze liep weg omdat ze het zogenaamd niet wilde, maar ze bedacht zich.'

Kikkers mond verstrakt.

'Maar dat is niet erg,' lacht Ferdi. 'Vanaf volgende week heb je geen last meer van haar.'

De schrik slaat me om het hart. 'Hou je bek,' flap ik eruit.

'Wat is er volgende week?' vraagt Kikker. Zijn groene ogen eisen een antwoord.

'Ik, eh... Ik zou gaan verhuizen,' fluister ik. 'Maar...'

Kikker fronst. 'Verhuizen. Volgende week. Welja, joh. Wanneer was je van plan om dat aan ons te vertellen?'

'Ik wilde het zo snel mogelijk zeggen, maar er kwam geen geschikt moment,' piep ik.

'Hoe kun je zoiets nou verzwijgen?' mengt Chris zich in het gesprek. Hij kijkt me boos aan.

En ik wil het niet zeggen, echt niet. Alleen voel ik me zo in de hoek gedreven dat ik gewoon... aanval. 'Dat moet jij nodig zeggen, Chris. Als iemand dingen verzwijgt, ben jij het wel!'

Hij trekt lijkbleek weg. Ik probeer mezelf weer in de hand te krijgen. Ik heb nog niets gezegd, als ik nu gewoon mijn mond hou, is niemand ook maar iets wijzer.

'Wat verzwijgt Chris dan?' vraagt Hermelien. Ze zegt het beschuldigend, alsof ze niet gelooft dat haar sullige, eerlijke huisgenoot geheimen kan hebben.

'Niks...'

Merel onderbreekt me. 'Misschien dat-ie van mannen houdt?'

Chris grijpt zich vast aan de tafel. Hij werpt me een dodelijke blik toe en zakt dan jammerend ineen, met zijn handen voor zijn gezicht.

Ferdi kijkt me sensatiebelust aan. Dan vraagt hij aan het kermende hoopje mens op de grond: 'Dus jij bent homo?'

'Homo, hetero, het zijn allemaal maar etiketten,' probeer ik nog, maar dan springt Chewy overeind. Hij ziet er furieus uit.

'Wie ben jij, Lucy?' vraagt hij. Zijn ogen schieten vuur. 'Heb je de hele tijd gedaan alsof je iemand anders was? Zit je hier om ons tegen elkaar uit te spelen?'

'Nee, helemaal niet,' protesteer ik.

Ferdi schatert van het lachen. 'Ga je lekker, Rikkert? Hé, weet je wat. Ga lekker haken of zo. Verwerk al je woede in je haakwerkje, oké, oma?'

Chewy kijkt hem ziedend aan, maar zegt niets meer.

Paladin sloft naar de keukendeur toe. 'Ik ben hier klaar mee. Doei.'

In het voorbijgaan stoot hij met zijn massieve gestalte Merel hard opzij. Ze grijpt zich vast aan Ferdi, kijkt Paladin boos na en dan zie ik een vlammetje in haar ogen.

O nee. O, nee, nee, nee.

'Ga je meteen slapen, Paladin?' vraagt ze met een lief stemmetje. 'Of ga je soms eerst nog iets leuks kijken? *Twilight* misschien?'

Mijn huisgenoot verstart op de drempel van de keuken.

'Is het echt waar dat je moest huilen? Of heeft Lucy dat erbij verzonnen om het verhaal beter te maken?'

Paladin draait zich gevaarlijk beheerst om. Hij zoekt mijn blik op met die moordlustige zwarte knikkers van hem. 'Fijn, bimbo.'

Een steek gaat door mijn borst. Iedereen in de kamer kijkt me vijandig aan. Iedereen, behalve Marloes. Ze komt naast me staan en steekt haar arm door de mijne. 'Allemaal ophouden. Ik weet zeker dat Lucy het niet expres heeft gedaan.'

Hermelien schudt ongelovig haar hoofd. 'Net zoals ze niet expres al zo lang wacht voordat ze haar excuses gaat maken aan die Karin? Denk je dat het nog gaat gebeuren, Lucy, of laat je je zusje net zo lang pesten tot ze helemaal geen zelfvertrouwen meer overheeft?'

Marloes kijkt naar me op. De hoeveelheid angst in haar ogen en tegelijk de wil om te vertrouwen is zo groot dat mijn hart er spontaan van in tweeën breekt. Ik knik voorzichtig naar haar. Hermelien ziet het en maakt een verontwaardigd geluidje.

Merel kijkt de kring rond. 'Nou, mensen, ik vond het reuzegezellig, maar volgens mij is het tijd dat wij eens naar bed gaan. Ga je mee, Lucy?'

Hermelien doet een stap naar voren. 'Weet je zeker dat je met die verraadster op een kamer wilt slapen?'

Merel werpt haar een zelfgenoegzame blik toe. 'Sorry hoor, Sjaantje, maar mijn geheimen heeft ze nog nooit doorverteld.'

Hermelien wendt zich tot mij. 'Is dat zo?'

O, kutfuckneuk. 'Nou, ik, eh...'

Zo te zien verontrust het Merel wel een beetje dat ik het niet meteen glashard ontken. Ze doet een stapje in mijn richting en vraagt onzeker: 'Toch, Lucy?'

'Ik, eh...' Smekend zoek ik Hermeliens blik. In die ene seconde oogcontact leg ik zoveel gedachten, dat ik half en half verwacht dat ik spontaan telepathische krachten ontwikkeld heb. Dit kun je me niet aandoen, denk ik. Alsjeblieft. Ik heb mijn portie gehad.

Mijn huisgenoot kijkt me even meelijdend aan, alsof ik een sneue zwerver ben, en zegt dan zachtjes: 'Zeggen de woorden "ontgroening" en "gezicht vol spaghetti" je iets, Merel?'

Mijn beste vriendin verstijft. Dan draait ze haar hoofd op Exorcist-snelheid naar mij om. 'Je had belóófd dat je dat niet zou doorvertellen. Ik had verdomme je woord!'

Paladin haalt zijn schouders op. 'Tja, nou, zoals je misschien al een beetje in de gaten had: Lucy's woord is niet zoveel waard.'

Merels blik schiet vuur. 'Shit, Lucy! Ik kan hier zóveel problemen mee krijgen!' De tranen springen in haar ogen. Dan stormt ze de gang op.

In de keuken hangt een grafstemming. Ik kijk strak naar de grond. Vanuit de gang hoor ik Merel roepen: 'Ferdi, ik slaap bij jou. Met die trut wil ik niets meer te maken hebben.'

Ferdi haalt zijn schouders op en klopt me ten afscheid op mijn hoofd. 'Nou, succes nog hier, hè? Ik denk trouwens niet dat ze je nog willen helpen met verhuizen.'

De deur valt achter mijn beste vriendin en mijn toekomstige huisgenoot dicht.

Paladin draait zich om en sjokt zonder nog iets te zeggen naar zijn kamer, waar hij de deur met een harde klap dichtsmijt. Hermelien trekt met een zucht de nog altijd jammerende Chris overeind. 'Kom, Kofschip. Je moet naar bed.'

'Wat erg, wat erg, wat erg,' hoor ik hem op ellendige toon kermen als ze langs me heen naar de gang sloffen. 'Mijn ouders willen me nóóit meer zien...' Shit, ik wist niet dat het geheim zo diep zat. Hij heeft het mij eigenlijk vrij luchtig verteld. Misschien dat ik het er daarom wel heb uitgeflapt tegen Merel en haar club.

Chewy kijkt me in het voorbijgaan zo hatelijk aan dat ik er een beetje bang van word. Zijn ogen smeulen van woede. Ik zie nu pas dat de vieze veeg op zijn wang een blauwe plek is.

Alleen Kikker, Marloes en ik staan nog in de keuken. Mijn zusje kijkt me onzeker aan en vraagt met een klein stemmetje: 'Vind je het erg als ik alvast naar bed ga?'

'Ga gerust, Moes,' zeg ik op een toon die hopelijk geruststellend is. Ze sloft met hangende schouders weg.

Kikker zegt afstandelijk: 'Zo, jij bent hard van je voetstuk geflikkerd.'

Verdoofd knik ik. 'Ik weet het.'

'Bewaar je eigenlijk ooit wél geheimen? Behalve die van jezelf,' voegt hij eraan toe.

'Ik kon er niets aan doen...'

'Nee? Was het andermans schuld?'

'Ik weet het niet, ik...'

Kikker onderbreekt me weer. 'Valt het je op dat al je zinnen beginnen met "ik"?'

'Ik...'

'Jij bent de belangrijkste persoon in je eigen universum.' Hij schudt zijn hoofd. 'Ik hoop alleen in vredesnaam dat ik nooit meer de fout maak om je ook de belangrijkste in dat van mij te maken.' Hij gooit iets naar me toe. In een reflex vang ik het op. Hij gebaart ernaar. 'Niet dat je er nu nog veel aan hebt, maar ik hoef het niet.'

Zonder verder nog iets te zeggen loopt hij de keuken uit. Ik kijk hem na. Ineens klinkt er een plakkerig geluid. Het volgende moment valt er iets slaps en vochtigs op mijn hoofd. Ik slaak een kreet en veeg het voorwerp met een wild gebaar weg. Het valt op de grond en blijft daar liggen. Het is de plafondpannenkoek.

Ik zak neer op de hardste stoel in de kamer en bekijk het voorwerp in mijn handen. Het is het cadeautje dat Kikker me net zou geven toen Merel aanbelde. Ik scheur het papier eraf en zie een fotolijstje. Er zitten twee foto's in, allebei van de Red Alert Party. Iedereen staat erop. Op de eerste foto sta ik te kissebissen met Paladin. Hij wijst met een chagrijnige kop naar zijn kilt. Hermelien en Chris staan erbij te lachen en wat Chewy denkt of doet zie ik niet, want dit was nog in hariger tijden. Kikker staat naast me. Hij kijkt met een toegeeflijke grijns op mijn kruin neer. De foto ademt vertrouwen en gezelligheid. Ik kan me herinneren dat het mijn idee was om de tweede foto te maken, omdat we er niet leuk op stonden de eerste keer. Op het moment dat de fotograaf afdrukte, zette ik mijn geposeerde fotoglimlach op en trokken al mijn huisgenoten tegelijk een raar, scheef of scheel hoofd. Het ziet er bizar uit. Ondanks mezelf moet ik er een heel klein beetje om lachen.

Ik hou het glanzende rode pakpapier nog in mijn hand. Ineens besef ik dat er een envelop op geplakt is. *Lezen als je alleen bent*, staat erop. Ik kijk om me heen. Veel alleniger dan dit wordt het niet. Ik duw de flap omhoog en haal er een kaartje van Blond Amsterdam uit, met daarop een prinses die een kikker kust. Snel draai ik het kaartje om, al weet ik eigenlijk niet zo zeker of ik wel wil weten wat erop staat.

Voor een koudbloedige amfibie als ik
is het lastig toe te geven,
maar je bent mijn droom, mijn doel,
de liefde van mijn leven.

Ik leg mijn hoofd in mijn handen en huil.

28

Ik draai zaterdagnacht mijn kussen met natte neukvlek om en val in slaap. De volgende ochtend zie ik dat Marloes gehuild heeft. Ik heb het niet gehoord, maar de schrale strepen over haar rode, opgezwollen gezicht zeggen alles. Ik voel me de slechtste persoon op deze wereld. 'Moes, wat is er...' begin ik, maar mijn zusje kapt me snel af: 'Kun je me gewoon naar het station brengen?'

Als ik Marloes heb afgezet in Hengelo, stort ik me thuis op het schoonmaken van de keuken. Misschien verdrijft dat het holle gevoel in mijn maag. Het voelt alsof iemand een nietpistool heeft leeggeschoten op mijn hart. Ik was alle glazen af, stofzuig en boen de vloer. Vervolgens ga ik de gigantische keukentafel te lijf met een schuurspons en Mr Muscle. Tijdens mijn *nervous cleaning breakdown* komt Paladin de keuken binnen met een broodje bapao in zijn hand om in de magnetron te doen, maar zodra hij mij ziet, maakt hij rechtsomkeert. Het is al donker als ik de blinkend schone keuken verlaat.

Ik heb geen idee hoe ik de week daarop doorkom. Zoals Kikker de mistige, witte gaten in zijn geheugen beschreef, heb ik ze ook. Alleen komen ze bij mij niet van drugs, maar van pure wilskracht. Ik zet mijn bewustzijn uit.

Ik hoor niets van Merel. Tijdens de colleges komt Ferdi niet bij me in de buurt zitten, dus hem kan ik ook niets vragen. Nadat ik me maandag en dinsdag naar college toegesleept heb, besluit ik de rest van de week vrij te nemen. Ik studeer voor de tentamens van het tweede blok, kijk zoveel series dat ik af en toe vergeet dat ik in de echte wereld leef en tussendoor pak ik verhuisdozen in. De kleding in Kikkers kast besluit ik maar gewoon *missing in action* te verklaren, want die ga ik dus echt niet ophalen. Ik heb de fotolijst en Kikkers kaartje samen met alle andere cadeautjes bewaard, maar wel helemaal onder in een doos. Het doet te veel pijn om ernaar te kijken.

Zaterdagochtend komen pap en mam me helpen met verhuizen. Ik prop mijn haar in een frommelknot, besluit geen make-up op te doen (dat zweet er straks toch weer af) en trek makkelijke kleding aan. Pap en Chris maken nog even een praatje met elkaar in de gang, maar mij keurt mijn paddige huisgenoot geen blik waardig. We moeten een paar keer heen en weer rijden, maar zaterdagavond zijn al mijn spullen verplaatst naar mijn nieuwe kamer in het centrum. Ik loop voor de allerlaatste keer door mijn kamer in Het Fort. Wat is hij eigenlijk klein. Ineens is het weer de kamer die ik maanden geleden nog af wilde slaan, toen het zo smerig warm was en Chris me een rondleiding gaf. Ik laat me op de grond zakken in kleermakerszit en kijk om me heen, net zo lang tot mijn vader vanuit de gang roept dat we moeten gaan. Ik pak mijn tas, kijk nog een laatste keer om me heen en haal de sleutels van mijn kamer en de voordeur van mijn bos. Ik leg ze netjes naast elkaar op tafel. Op het laatste moment besluit ik een briefje te schrijven. Ik wil er van alles in zetten, helemaal door het stof gaan, maar ik kan de juiste woorden niet vinden.

'Lieverd, schiet je op?' roept pap.

Snel krabbel ik neer: *Hier zijn de sleutels. Het beste. Lucy/Dixi (die het trouwens nooit op de wc heeft gedaan – of waar dan ook).*

Op de automatische piloot worstel ik me door de welkomstborrel in Ferdi's huis heen. Ik drink zoveel dat ik de volgende dag door mijn wekker heen slaap en een college met verplichte aanwezigheid mis. Ferdi pepert het me in als hij terugkomt.

'Had je me niet wakker kunnen maken?' vraag ik.

'Dat heb ik geprobeerd, maar meer dan een beetje op je deur bonzen kon ik niet. Die zat namelijk op slot.' Hij haalt zijn schouders op.

Ik ga steeds vaker hardlopen, tot ik uiteindelijk elke dag mijn sportschoenen aantrek. Het troost me op een of andere manier, al had ik dat niet kunnen voorspellen toen ik samen met Hermelien begon en we allebei half out gingen door zuurstoftekort. Ferdi wil niet mee hardlopen. Om eerlijk te zijn ben ik daar wel blij om. Zoveel werk als hij eerst van me maakte, zo hard laat hij me nu links liggen. In zombiestand kom ik redelijk goed door de dagen heen, tot ik op een dag plotseling in de gang van het huis oog in oog sta met Merel.

'Wat doe jij hier?' vraag ik geschokt.

Ze gooit haar haren over haar schouder en loopt zo langs me heen. Ik volg haar stiekem naar boven. Ze gaat Ferdi's kamer binnen. Tijdens mijn fietstocht naar de universiteit denk ik erover na. Ik ben zo in gedachten verzonken dat ik niet zo goed oplet.

'Ho, pas op, Lucy!' Ik wijk snel uit als ik op het laatste moment zie dat ik bijna één van de identieke drilpuddingtweeling een bandenspoor op zijn voorhoofd bezorg. Hij grijnst naar me. 'Zullen we hier geen gewoonte van maken?'

Ik stap van mijn fiets. 'Nee, goed plan.'

Hij kijkt me onderzoekend aan. 'Gaat het goed met je?'

'Ja, prima,' zeg ik.

Hij zucht. 'Toch is het niet meer hetzelfde zonder jou op de campus, hoor.'

'Nee, dat geloof ik graag,' mompel ik. 'Het is vast een stuk beter geworden.'

'Eerder slechter.' Anjo grimast. 'Hermelien schaamt zich kapot en ze gelooft ons niet als we zeggen dat het echt niet erg is dat ze Sjaantje heet. En ze maakt zich heel veel zorgen over Chris, die schijnt het huis niet meer uit te komen.'

Ik werp ongerust een blik in de richting van waar Het Fort zich bevindt. Het is zo dichtbij dat ik langs zou kunnen fietsen, maar gevoelsmatig is de afstand even onoverbrugbaar als die tussen hier en Mars.

'Ja, hij zit er echt heel erg mee dat het is uitgekomen,' vertrouwt Anjo me toe.

Zijn woorden spoken de rest van de dag door mijn hoofd. Pas als ik thuis ben, besef ik dat ik er niet over twijfelde welke van de tweeling hij was. Ik weet niet hoe ik hem herkende, maar ik wist gewoon dat het Anjo was. In een opwelling stuur ik Hermelien een sms.

Raad eens wie de inf-twins eindelijk uit elkaar kan houden? Het is niet het diepzinnigste bericht dat ik ooit heb verstuurd. Het verbaast me dan ook niet dat Hermelien zich koest houdt.

Februari gaat onopgemerkt over in maart. Leerstof gaat over in tentamens, waarna de colleges weer verdergaan. De dagen worden langer, de kleding dunner en korter. Voorheen was dit altijd mijn favoriete tijd van het jaar. Die eerste dag waarop je je jas thuis kunt laten, vond ik heerlijk. Ik had het onsterfelijke gevoel dat het vanaf dat punt alleen maar beter zou worden. Nu doet het me weinig. Dagen zijn dagen, of de zon nu schijnt of niet. Ik ga zo min mogelijk naar Groningen, want ik wil Marloes mijn gezelschap niet aandoen, omdat ik, zoals Kikker zei, hard van mijn voetstuk ben geflikkerd.

In het nieuwe huis kom ik af en toe een van mijn huisgenoten tegen, maar ze vragen me nooit om mee te eten en meer dan een kort praatje kan er niet af. Ondanks mijn gebrek aan contact met mijn huis, voel ik ook dat de sfeer onrustiger wordt. Misschien heeft het met de lente te maken. Af en toe hoor ik Roderick en Ferdi in het voorbijgaan smoezen over een of ander plan. Ik besteed er weinig aandacht aan. Ferdi en ik negeren elkaar inmiddels volkomen. Zo nu en dan komt Merel langs, die mij ook negeert. Ferdi heeft geregeld andere meisjes dan Merel over de vloer, die geheel volgens de trend stelselmatig doen alsof ik lucht ben. Af en toe krijg ik het idee dat ik naakt door dit huis zou kunnen rennen met een indianentooi op mijn hoofd en dat dan nog niemand het zou merken. Ik voel me een geest, een schim die zich ophoudt in hoekjes en donkere nissen. Ik heb geen vrienden meer over. Niet één. En dat is helemaal mijn eigen schuld. De enige die ik af en toe zie is Abby, als ik langsga in De Kater. Maar ik weet niet of ik haar al een vriendin durf te noemen.

Dan komt er een moment waarop, zoals de Britten dat zo mooi zeggen, *the shit hits the fan*. De poep raakt de ventilator en wordt in de rondte gesproeid, ook over mensen die geen schijt omhoog hebben gegooid.

Op een stralende dag halverwege maart belt Merel aan. Ik doe open, omdat er zover ik weet niemand anders in huis is. Zodra ze ziet dat ik het ben, zet ze haar blik op oneindig en paradeert ze langs me heen naar boven. Ik loop achter haar aan, op de terugweg naar mijn kamer. Terwijl ik mijn klink naar beneden druk, zie ik vanuit mijn ooghoek wat er gebeurt. Merel duwt Ferdi's deur open en slaakt een gil. 'Wat denk jij in gódsnaam...!'

Dan slaat ze de deur weer dicht en draait zich om, waardoor ze recht in mijn gezicht kijkt. Ze werpt nog een blik achter zich en kijkt weer naar mij, duidelijk zonder enig idee wat ze moet doen. 'Wat sta jij nou te kijken?' snauwt ze me dus maar toe.

Ik haal mijn schouders op en ga mijn kamer in. Terwijl ik naar mijn bed sjok en mijn studieboek weer opensla, hoor ik haar voetstappen dichterbij komen. 'Lucy?' vraagt ze uiteindelijk zachtjes voor mijn deur.

'Binnen,' mompel ik.

Ze komt wat verloren binnen en zakt naast me op het bed neer. 'Hij ligt gewoon een of andere roodharige snol vol te blaffen,' zegt ze verwonderd.

Ik maak een 'hm, vervelend'-knikje met mijn hoofd.

'Ik ben speciaal voor hem hierheen gekomen. Weet je hoe ver dit is?' vraagt ze me dwingend.

Ik knik.

'En wat moet ik nu?' Ze gebaart om zich heen. 'Wat moet ik hier nu?'

Ik kijk naar buiten. 'Het is mooi weer. We zouden een terrasje kunnen pakken,' stel ik voor.

Merel kijkt me even bevreemd aan en zegt dan: 'Tja... *What the fuck*. Waarom ook niet.'

Een kwartier later zitten we in de prille voorjaarszon op het terras van De Kater. 'Wacht even,' zeg ik tegen Merel. Ik loop naar binnen en begroet Abby. Zij is al weken mijn enige lichtpuntje.

'Hé, Lucy Campussy!' roept ze. 'Kom je even wat zonneschijn halen, meid? Je ziet pips.'

'Merel zit op het terras,' zeg ik.

Abby trekt afkeurend één wenkbrauw op. Ze kent het hele verhaal over hoe ik door mijn eigen fouten geëxcommuniceerd ben door al mijn vrienden, maar ze geeft Merel toch het grootste deel van de schuld. 'Als zij haar kop had gehouden, was alles nu nog koek en ei geweest,' redeneerde ze. Nu kijkt ze over mijn schouder naar het terras. 'Wil je dat ik haar wegstuur?' vraagt ze, terwijl ze al een stevig uitziende man wenkt die een uniform van De Kater draagt.

'Nee, nee,' zeg ik snel. 'We zijn hier samen.'

Ik leg vlug uit wat er net gebeurd is. 'Dus ik dacht, dat kom ik even melden. Voordat je hem erbij haalt.' Ik zwaai goedmoedig naar de gespierde man.

Even later zitten Merel en ik onwennig tegenover elkaar met een cola voor onze neus.

'Dus,' zeg ik langzaam.

'Dus,' zegt Merel.

'Daar zitten we dan.'

'Yup.'

We kijken om ons heen. Bij de fontein zitten twee kleine meisjes een ijsje te eten. 'Wist je dat we hier de beste ijssalon van Nederland hebben?' vraag ik.

'O, echt?'

'Nou, ik weet niet of hij nog steeds de beste is, maar hij heeft een keer een prijs gewonnen. In 2008, of zo.'

Merel grijnst naar me. 'Goed verhaal.'

'Lekker kort ook,' vul ik haar aan.

We kijken elkaar even peilend aan en barsten dan allebei in lachen uit. 'Tering, Lucy, ik heb je gemist,' zegt Merel, terwijl ze me in een wurgende omhelzing trekt.

'Ik jou nog veel meer. Het leven is zo kut sinds mijn verjaardag,' zucht ik uit de grond van mijn hart.

'Het is allemaal mijn schuld.' Ze kijkt me verdrietig aan.

'Nee, het is mijn eigen schuld.' Ik haal mijn schouders op. 'Meer kan ik er niet van maken. Ik zat in een spagaat; bij jou wilde ik de oude Lucy zijn, zodat onze vriendschap niet zou veranderen. En hier wilde ik juist iemand anders zijn, iemand die ertussen past. Uiteindelijk wist ik zelf ook niet zo goed meer wie ik was.'

'Je hoeft geen kant te kiezen,' zegt Merel.

Ik glimlach wrang. 'Dat weet ik nu, maar helaas is het te laat.'

Als ik haar aan het eind van de middag afzet op het station, is het weer als vanouds. Of nee, beter. Het is als nieuw. We hebben besloten onszelf niet meer in ons oude patroon te dwingen. 'We zijn pas negentien,' zei ik vastbesloten. 'Dat kunnen we wel achter ons laten.'

We moeten accepteren dat onze vriendschap veranderd is en dat er ook andere belangrijke mensen bij zijn gekomen. Merel vertelt dat Simone nogal claimerig is en dat ze dat nu pas begint te merken. 'Het is echt een schat, maar ze is ook heel defensief tegenover mensen die dicht bij me staan, zoals jij.'

Ik vertel haar over Chris, die zijn kamer niet meer uitkomt, en over Hermelien, die zich doodschaamt en volgens Anjo 'niet meer dezelfde is'. Merel trekt een schuldig gezicht. 'Je moet langsgaan. Jullie konden het echt goed met elkaar vinden. Als zij jou aan het lezen heeft gekregen, moet het goed komen. Dat kan toch niet anders?'

Ik weet het niet zo zeker. De laatste keer dat we elkaar zagen leek ze behoorlijk zeker van haar zaak. En Kikker... Over hem durf ik niet eens na te denken. Dat heb ik al twee maanden niet gedaan.

De week daarop kom ik op weg naar de badkamer langs Ferdi's kamer, als ik hem Merels voicemail hoor inspreken. 'Hé Mereltje, met mij. Waarom neem je niet op? Is alles goed? Gaat het plan nog door? Ik spreek je, hè? Doeg!'

Hij klinkt niet zo arrogant en zelfverzekerd als anders, eerder een beetje onzeker. Ik ben benieuwd wat dat voor plan is, waar hij het over heeft. Ik zal het aan Merel vragen als ik haar vanavond spreek. We bellen sinds kort als ik aan het hardlopen ben, zodat ik het idee heb dat er toch iemand bij me is. We praten over onze dag, haar verenigingsleven en mijn studieresultaten (want het is niet alsof ik verder een sociaal leven heb). Het komt er dus op neer dat Merel het grootste deel van de tijd praat, maar dat vind ik niet erg, want dan kan ik me op mijn ademhaling concentreren tijdens het luisteren.

De tentamencijfers van mijn tweede periode zijn net zo veelbelovend als die van de eerste. Paul vroeg me afgelopen week of ik misschien in het vakevaluatieteam wil. Annebel keek me jaloers aan langs een lok mandarijnoranje haar. Voor een vakevaluatie moet je gevraagd worden; het is best een prestigieus baantje binnen de studie. Ik accepteer het meer omdat het haar tegen de borst stuit dan omdat ik dat zelf nou zo graag wil.

Mijn figuur laat nog altijd wat te wensen over, maar ik pas inmiddels weer in mijn broeken, zelfs in die ene heel strakke (met een beetje moeite). Af en toe zoek ik een kledingstuk, maar als ik het na honderd keer alle stapeltjes omkeren nog niet heb gevonden, ga ik er maar van uit dat het nog ergens in Kikkers kast ligt. Als hij al mijn spullen tenminste niet al verbrand heeft.

Begin april belt Merel me tijdens het hardlopen met 'fantastisch nieuws'. Ze kan er alleen niets over loslaten, behalve dat het met Ferdi te maken heeft.

'Kun je hier ook al niets over zeggen?' mok ik. Toen ik haar vroeg naar wat voor plan Ferdi bedoelde toen hij haar voicemail insprak, deed ze ook al zo raadselachtig.

Merel lacht. 'Zorg nou maar gewoon dat je morgenochtend om halfzeven bij Audentis bent,' drukt ze me op het hart.

De volgende dag gaat mijn wekker om halfzes. Even vraag ik me af waarom ik in vredesnaam zo vroeg mijn wekker heb gezet op mijn vrije dag, maar dan weet ik het weer. Merels nieuws. Waarom moet dat zo vroeg?

Ik ben om kwart over zes bij Audentis; iets te vroeg. Ik stal mijn fiets en kijk om me heen. De Oude Markt ligt er verlaten bij. Aan de overkant zwalkt een zwerver heen en weer, maar verder is er geen kip te bekennen. Hier gebeurt niet zoveel. Of om preciezer te zijn: hier gebeurt helemaal niets.

Na tien minuten komt er een vrachtwagen dichterbij. Ik ga een stukje opzij, zodat de chauffeur me niet per ongeluk overrijdt. Dan zie ik een bekend gezicht in de cabine. Nee, twee bekende gezichten.

Merel springt als eerste uit de truck, op de voet gevolgd door niemand minder dan Frits.

'Goeiesmorreges,' groet Frits me vrolijk. Ik kijk vragend naar Merel, die snel het woord neemt. 'Frits en ik zijn weer bij elkaar. Leuk, hè?'

'Hartstikke leuk,' zeg ik. Frits loopt terug naar de truck en kijkt op zijn horloge, terwijl hij iets met de chauffeur overlegt. Snel fluister ik: 'Was hij niet súperslecht in bed?'

'Soms moet je anderen gewoon wat leren,' grijnst Merel.

'Wat gaat er gebeuren?' Ik kijk nieuwsgierig naar de truck, die piepend achteruitrijdt tot de laadbak de treden bij de ingang van de sociëteit bijna raakt.

'Jouw favoriete huisgenoot Roderick heeft begin vorig jaar een aanvraag ingediend bij de ASV, met de vraag of Audentis kon worden opgenomen.'

'De ASV?'

'De Algemene Senaten Vergadering,' legt Merel snel uit. 'Dat is het overkoepelende gedoetje van studentencorpora in Nederland.'

'Het hol van de corpsbal?'

'Ja, zoiets,' lacht ze. 'Ik heb er niet zoveel mee te maken, als Albertiaan, maar Frits als Vindi natuurlijk wel. Vindicat heeft een behoorlijke vinger in de pap binnen de ASV, want het is de oudste studentenvereniging van Nederland. Het verzoek van Audentis zou worden afgewezen, maar toen onze lieve Ferdi mij erover vertelde, wilde ik Frits best even proberen te bewerken.' Ze pakt haar mobiel en begint te scrollen, tot ze bij de F is. 'Maar toen onze goede vriend Ferdi het ineens aanlegde met een ander meisje, had ik geen enkele reden meer om hem een gunst te verlenen.'

'En nu?'

'Nu wordt het leuk.' Ze drukt op BELLEN en wacht tot Ferdi met slaperige stem opneemt. 'Goedemorgen, lekker ding,' zegt ze zwoel. 'Je raadt nooit waar ik nu ben... Voor je vereniging!' Ze luistert even naar wat hij zegt. 'Ja, dat vertel ik natuurlijk niet, dat is een verrassing. Maar ik kan verklappen dat je Roderick best mee mag nemen, hoor. Die zal hier ook wel bij willen zijn!' Er klinken enthousiaste geluiden aan de andere kant van de lijn. 'Oké, tot zo schat!' Merel hangt op. Een bloeddorstig glimlachje speelt om haar lippen.

Ik ontplof bijna van nieuwsgierigheid. 'Wat zit er in die vrachtwagen?'

'Wacht nou maar, ongeduldige muts.'

De vijf minuten die het Ferdi en Roderick kost om te arriveren lijken eindeloos te duren. Verbaasd kijken ze naar de vrachtwagen, maar ze zeggen niets van het gevaarte dat zo'n beetje ín het Audentis-gebouw staat. Ook trekken ze allebei een wenkbrauw op als ze mij zien staan naast Merel. 'Goedemorgen, heren,' groet Frits hen. Ze schudden elkaar de hand. 'Naar aanleiding van jullie aanvraag van vorig jaar heb ik een boodschap voor Audentis. Een blijde boodschap, mag ik wel zeggen,' voegt hij daar veelbetekenend aan toe.

Ik zou zweren dat Roderick een enthousiast piepgeluidje maakt. 'Fantastisch,' mompelt hij.

Ineens stromen uit alle hoeken en gaten van de Oude Markt mensen toe. Het zijn er minstens honderd. Ik herken er een paar vaag, ik geloof dat ze net als Frits lid zijn van Vindicat. Ze stellen zich in een halve cirkel voor de sociëteit op. Ze zijn helemaal in het net: de jongens jasje-dasje en de meisjes rokje-hakje. Ferdi en Roderick nemen de nieuwkomers net zo verbaasd op als ik.

Ondertussen gaat Frits onverstoord verder. 'Audentis et Virtutis wil graag toetreden tot het landelijke corps.' Hij kijkt de heren met een grote glimlach aan. 'Ons antwoordt daarop luidt eenduidig...'

Hij geeft een seintje aan de vrachtwagenchauffeur, die de bak achter op zijn truck begint te kantelen. Met open mond kijk ik hoe het gevaarte hoger en hoger komt. Dan gaat de klep aan de achterkant open. Frits laat zijn arm zakken. Achter hem schreeuwen de Vindicaters en andere corpsleden als één man: 'NEE!'

Uit de vrachtwagen tuimelt een gigantische hoeveelheid witte voorwerpen. Ik kijk beter en zie dat het luiers zijn. Honderden, nee, duizenden luiers. Mijn mond valt open. Merel moet zich aan mij vasthouden om niet om te vallen van het lachen.

'Vindicat atque Polit bestaat sinds 4 februari 1814,' zegt Frits met stemverheffing. Achter hem blijft de vrachtwagen bergen luiers op het bordes van de sociëteit uitstorten.

'Audentis et Virtutis bestaat sinds 1996 en staat dus nog niet eens in de kinderschoenen, maar bevuilt zijn eigen luiers nog. Heren, is dit antwoord duidelijk?'

Roderick en Ferdi knikken totaal sprakeloos. Hun ogen schieten heen en weer tussen Frits' imposante figuur en de gigantische berg luiers voor hun deur.

'Goed, dan wens ik u nog een fijne dag, heren. En succes met opruimen!' Frits knikt beleefd naar mijn twee huisgenoten en wenkt Merel. Die trekt mij ook mee. 'Je wilt vast niet in je eentje bij die twee achterblijven,' sist ze me toe. Ik laat me dankbaar meevoeren naar de cabine.

Merel en ik verlaten de rest van de dag de Oude Markt alleen even om petjes en zonnebrillen te halen op mijn kamer, waarna we incognito op een terrasje gaan zitten om alles goed te bekijken.

Zodra de pers er lucht van krijgt, wemelt het binnen de kortste keren van de journalisten rondom de berg luiers. De busjes en camera's van het plaatselijke nieuws volgen al snel. Er komt zelfs een landelijk nieuwsteam langs om Ferdi aan de tand te voelen. Die ziet er steeds ongelukkiger uit. Ik zie hem vaak even weglopen om te telefoneren. Eindelijk komt Roderick hem uit de brand helpen. Met zijn karakteristieke warme glimlach en kille ogen geeft hij tekst en uitleg aan de journalisten. Ik lees op Nu.nl zijn verklaring: 'Het is gewoon een geintje, je weet wel, studentenverenigingen onder elkaar.'

Ferdi belt Merel pas aan het eind van de middag. Het is extra leuk omdat we hem zien staan met de telefoon in zijn hand en de sneeuwschep om de luiers op te ruimen in de andere. Merel kijkt me vragend aan. 'Moet ik opnemen?'

Ik grimas. 'Wil je opnemen?'

'Nee, natuurlijk niet.'

Dus laten we de telefoon rinkelen in haar tas.

Niet alleen journalisten hebben interesse in de berg luiers; de halve Universiteit Twente loopt uit om met eigen ogen te zien hoe Audentis te kakken is gezet. De andere grote studentenvereniging van Enschede, Taste, is niet te beroerd om het opruimen van de luiers te begeleiden met wat muziek. Merel en ik rollen bijna lachend van onze stoelen bij het horen van hun zelfgemaakte songteksten op bestaande nummers. Een koor van ruim vijftig man brult: 'Het is een stunt, die je normaal alleen in fillums ziet. Het is een stunt, die wordt bezongen in het mooiste lied. Het is een stunt waarvan je dacht dat je hem nooit verduren zou, maar vandaag begint Audentis echt met AU!'

Ineens zie ik vanuit mijn ooghoek een nieuw groepje aankomen. Ik slik moeizaam. Hoewel we op een aardige afstand van het spektakel zitten, voelt het alsof hij vlak langs me loopt.

'Daar heb je Kikker.'

'Waar?' Merel kijkt om zich heen.

Ik wijs het groepje aan. Ineens zie ik ook een slank meisje in een Euros-trui rondspringen. Ze slaat haar arm om Kikkers middel (hoger komt ze volgens mij niet) en kijkt omhoog met een kwijlerige glimlach.

'O ja, daar. Is dat nou Jildou?' vraagt Merel.

Onder tafel bal ik mijn handen tot vuisten. 'Ja.'

Kikker en zijn roeiteam blijven zeker tien minuten staan. Het voelt aan als een jaar. Ineens ben ik me pijnlijk bewust van mijn hele lichaam. Alles tintelt, van mijn wangen tot aan mijn tenen. In mijn onderbuik vinden kleine aardbevingen plaats. Ik kan mijn ogen niet losscheuren van zijn hoekige schouders en lange ledematen. Het groepje komt pas weer in beweging als Jildou aan Kikkers arm trekt en naar de ijssalon wijst. Kikker glimlacht naar haar met die mond die mij maanden geleden voor het laatst gekust heeft. Hij pakt haar hand met de vingers die hij pas één keer over mijn lijf heeft laten glijden, veel te kort. Het roeiteam verdwijnt in de ijssalon.

Mijn mobiel trilt in mijn zak. Ik pak hem meteen, om mijn gedachten af te leiden. Het is een mailtje van de organisatie van de Batavierenrace met belangrijke deelname-informatie. Misschien moet ik vanavond maar eens langs Het Fort om te informeren of we nog een team zijn.

Als ze de deur tenminste voor me opendoen.

's Avonds loop ik een tikkeltje zenuwachtig Ferdi's huis binnen. Ik kan mezelf er nog niet toe zetten om het ook mijn huis te noemen, maar dat komt vast wel. Vanuit de keuken stijgen heerlijke geuren op. Mijn knorrende maag vertelt me dat ik nog niet zoveel vast voedsel heb binnengekregen vandaag. Ik wil langs de keuken glippen, maar Roderick heeft me al gespot met zijn koude ogen. 'Hoi Lucy.'

Shit, nu kan ik niet meer onopgemerkt naar boven glippen. Ik frommel het petje en de zonnebril die ik in mijn hand hield snel in mijn handtas. 'Hoi Roderick.' Ik blijf in de deuropening staan.

'Heb je al gegeten?' Zijn toon is niet onaardig. Sterker nog, vergeleken met zijn normale neerbuigende houding is hij nu ronduit vriendelijk.

Ik schud mijn hoofd. Alsof het is afgesproken, laat mijn maag een lange, hongerige knor horen. Roderick grijnst. 'Ik heb veel te veel gemaakt, heb je zin om een hapje mee te eten?'

Ik aarzel even, maar knik dan. Ik zou zelf toch iets simpels fabriceren met rijst en groenten, dat kan ik morgen ook nog wel eten. 'Wat maak je?'

'Het is iets pittigs, een recept van mijn ex-vriendin. Superlekker.'

'Wat zit er allemaal in?'

'Heel veel groenten, wat kruiden en kip.'

Ik knik bewonderend. 'Klinkt lekker.'

'Nou, dat komt goed uit. Het is namelijk ook klaar.'

Een paar minuten later zitten we allebei met een bord op schoot voor de tv. Ik neem de eerste hap. Het smaakt kerrieachtig, maar dan veel scherper. Ik moet er meteen een slok water achteraan nemen. Roderick lacht. 'Na een paar happen is je mond gewend aan de kruiden, hoor.'

Ik blus na iedere hap mijn brandende mond met water. Echt wennen doet het niet. Volgens mij heeft hij er veel te veel kruiden in gemikt, ik proef helemaal niets doordat mijn smaakpapillen bij de eerste hap verzengd werden. Met mijn vork prik ik in een wit, vlokkig stukje vlees. 'Wat voor kip is dit?' vraag ik verbaasd.

'Scharrelkip,' antwoordt Roderick snel.

Ik spies de scharrelkip aan mijn vork. 'Dit is de raarste kip die ik ooit gezien heb.'

We praten wat over het luierincident. 'Het is jammer dat we niet toegelaten zijn, maar het was best een goede grap,' zegt hij. Achter zijn woorden hoor ik echter wel verontwaardiging. Ik denk dat er binnenkort nog wel iemand gaat boeten voor de publiekelijke vernedering.

Na een half bord hoef ik niet meer. Ik vind het vervelend om tegen Roderick te zeggen dat ik zijn kookkunsten toch niet zo kan waarderen, dus zeg ik dat ik het heerlijk vind, maar dat ik nu weg moet.

'Oké. Fiets voorzichtig!' roept hij me na.

Ik trek een wenkbrauw op. Wat is dat nou weer voor opmerking? Normaal doet hij nooit zo aardig. Van alle huisgenoten leek Roderick me degene die mij totaal niet moest. En nu moet ik ineens voorzichtig fietsen?

Terwijl ik in het zachtoranje licht van de ondergaande zon naar de campus fiets, probeer ik op een rijtje te zetten wat ik tegen Hermelien wil zeggen als ik straks voor de deur van Het Fort sta. Mijn mond brandt echter nog na van het scherpe avondeten, wat me behoorlijk afleidt. Als ik slik, jeukt mijn keel. Ik probeer zo veel mogelijk speeksel in mijn mond te verzamelen, zodat het niet zo brandt. Daar moet het beter van worden.

Het wordt echter niet beter. Tegen de tijd dat ik de trappen naar de flat heb beklommen, is slikken een stuk moeilijker geworden. Ik bel aan en hoor de bekende schreeuw dat er volluk is. Ik haal mijn neus op. Dit is het slechtst denkbare moment om een loopneus te hebben. Ik zweet trouwens als een otter.

De deur gaat open en ik kijk in het gezicht van Hermelien. 'Hé,' zeg ik zo normaal mogelijk. Mijn stem klinkt wat geknepen. Ademhalen kost me moeite. Wat is er toch met me aan de hand?

Hermelien trekt wit weg. 'Lucy...'

Jeetje, ik wist niet dat ze het zó erg zou vinden om me te zien. Er hangt een pluk haar voor mijn oog. Ik probeer hem weg te strijken, maar dan besef ik dat het geen pluk haar is, maar mijn ooglid. Ik betast mijn gezicht met mijn vingertoppen. Het is alsof ik een natte spons indruk. Alles is opgezwollen. Mijn mond jeukt zo erg dat ik onbewust al een paar minuten mijn tong langs mijn tanden schuur, in een poging de jeuk te verminderen.

'Wat is er met jou gebeurd?' vraagt Hermelien geschrokken. 'Ben je in elkaar geslagen?'

'Geen idee,' zeg ik, tussen twee piepende ademteugen door. Ik moet me vasthouden aan de deurpost om mijn evenwicht te bewaren. Mijn keel voelt alsof iemand er een fietsband in oppompt die mijn luchtwegen dichtdrukt. Focussen behoort niet meer tot de mogelijkheden, dus zie ik twee Hermeliens wanneer ik de deurpost loslaat en tegen de grond ga.

'Bel 1-1-2!' hoor ik haar in paniek gillen. Ze rent weg en ik laat me overspoelen door de golven grijze ruis die mijn ogen en oren vullen.

29

Ik lig in een bed. Mijn nek doet zeer, maar toch beweeg ik mijn hoofd opzij. Er staan twee mensen in witte kleding te praten. Als de man me ziet, komt hij snel naar me toe. 'Dag dokter,' zeg ik met een bijzonder onwillige tong.

Hij glimlacht zijn parelwitte tanden bloot. 'Ik ben Antonio, je verpleegkundige. Dit is dokter Evers, zij heeft je opgepept.'

De vrouw knikt naar me. 'Je was er niet al te best aan toe, Lucille,' zegt ze op zakelijke toon. Ze klinkt niet onaardig.

'Wat is er gebeurd?' Jezus, ik praat alsof ik net een halve liter wodka in mijn keel heb gegoten. Mijn lippen voelen aan alsof ze van rubber zijn.

'Je kwam binnen met een anafylactische shock, die het gevolg was van een allergische reactie.' Ze checkt iets op haar klembord. 'Je hebt geluk dat je vriendin zo snel gehandeld heeft. Ik durf niet te zeggen of je er anders zonder hersenletsel van af was gekomen.'

Ik probeer terug te halen wat er gebeurd is, maar mijn hersenen zijn schijnbaar ook in rubber veranderd. 'Is Hermelien hier?' vraag ik dus maar.

Als dokter Evers die naam al vreemd vindt, laat ze het niet merken. 'Ze zit op de gang. Ik kan haar wel even halen, maar ik wil dat je ook goed uitrust.' Ze werpt een strenge blik op Antonio, die knikt ten teken dat hij het in de gaten zal houden. Dan glimlacht ze naar mij. 'Beterschap, Lucille.'

Een paar seconden nadat dokter Evers is verdwenen, stormt Hermelien de kamer binnen.

'Sodemieters, Lucy, wil je me nooit meer zo laten schrikken? Ik deed de deur open en daar stond jij met een hoofd als een luchtballon, doodeng! Je was helemaal zweterig en rood. En toen viel je zomaar om! Je haalde bijna geen adem meer, dus heeft Chris het alarmnummer gebeld. Gelukkig was de ambulance er heel snel. Ze gaven je meteen een shot adrenaline en vanaf toen kon je in ieder geval beter ademen.' Ze hapt zelf ook even naar lucht.

Antonio mengt zich in ons gesprek (of beter gezegd: Hermeliens monoloog) en vraagt geïnteresseerd: 'Weet je of je allergieën hebt?'

Ik haal blanco mijn schouders op. 'Ik ben alleen allergisch voor vis.'

Dan valt het kwartje. Dat witte, vlokkige spul in Rodericks gerecht – het was geen kip. Het was vis. Wat ben ik toch een idioot! 'Er zat vis in mijn avondeten,' kreun ik wanneer ik het besef.

'Wat?' Hermelien doet een stap dichterbij. 'Waarom heb je het dan opgegeten?'

'Ik wist niet dat het vis was. Roderick zei dat het kip was.'

'Maar je proeft het verschil tussen vis en kip toch wel?'

'Normaal wel, ja. Alleen was het eten zo pittig dat ik al blij mag zijn als ik volgend jaar rond deze tijd weer iets kan proeven.'

Antonio houdt zijn hoofd schuin. Ik vind het er aandoenlijk uitzien, een beetje als een puppy die iets niet begrijpt. 'Het is verstandig om mensen van je allergie op de hoogte te stellen, vooral als die zo ernstig is.'

'Dat héb ik gedaan,' zeg ik geagiteerd. 'Toen ik daar in huis kwam wonen moest ik vertellen of ik allergieën of bijzondere ziekten had.'

Hermelien krimpt in elkaar bij de woorden 'toen ik daar in huis kwam wonen'. Ik kijk haar verontschuldigend aan. 'Het is zo'n bende geworden.'

Ze schokschoudert, maar ontkent het niet. Dan zegt ze zachtjes, met haar blik op de grond gericht: 'Misschien had ook niet iedereen jou zomaar zijn geheimen moeten vertellen. Je hebt gewoon iets over je waardoor mensen hun hart bij je willen luchten.' Ze komt bij me op bed zitten.

Ik zucht. 'Sorry dat ik zo'n trut ben.'

Ze schudt haar hoofd. 'Nee, ik ben hier de trut. Ik nam het jou kwalijk dat je mijn geheim verder had verteld, maar vervolgens deed ik precies hetzelfde.'

'Ik ben zo blij dat je weer met me praat.' Ik meen het uit de grond van mijn hart.

Hermelien grijnst. 'Ik voelde me best wel een bitch dat ik niets terug sms'te laatst.'

Ik bloos. 'Het was ook een stomme sms.'

'Helemaal niet! Het was wereldnieuws. Kun je ze écht uit elkaar houden?'

'Ja,' zeg ik trots. 'Ik kwam Anjo tegen en ik wist gewoon dat hij het was.'

'Ik ben onder de indruk,' grinnikt ze.

'Ik eigenlijk ook wel.'

Hermelien bestudeert mijn gezicht. 'Draag je nooit meer make-up?'

'Jawel,' zeg ik. 'Soms.'

Ze fronst. 'Het is toch je hobby?'

Met een knikje zeg ik: 'Ja, dat wel. Maar ik hoor steeds de stem van mijn moeder, die me vertelt dat ik mijn tijd ook aan studeren kan besteden.'

We kijken allebei naar het kraakheldere witte laken waar ik onder lig. Dan zegt ze: 'Ik ga maar weer eens terug naar de kantine. Chris zit nu zo alleen.'

'Is hij ook mee?' vraag ik verbaasd.

'Ja. Zijn eerste keer buiten de campus sinds jij bent verhuisd,' voegt ze er trots aan toe.

'Dus ik ben zowel de reden dat hij niet meer naar buiten durfde als de reden dat hij hier nu zit,' merk ik sarcastisch op.

Hermelien lacht. 'Zie je, je bereikt wel goede dingen.'

'Zal ik dan maar wat vaker halfdood voor de deur gaan liggen?'

'Niet zo grappig, hè?'

Ik grijns braaf. Als Hermelien de deur uitloopt, roep ik haar nog na: 'Ik voelde me anders als een vis in het water!'

Een paar dagen later is de pleister op de rug van mijn hand het enige wat me er nog aan herinnert dat ik in het ziekenhuis heb gelegen. O, en natuurlijk mijn vader, die 's ochtends en 's avonds belt om te checken of ik nog leef. Mijn ouders en Marloes waren niet uit het ziekenhuis weg te slaan. Ik schrok van hoe vaal Marloes eruitzag, maar steeds als ik haar vroeg hoe het met haar ging, stuurde ze het gesprek weer een andere kant op. De verontruste blikken die mijn ouders haar toewierpen ontgingen me niet. Toen ze eindelijk teruggingen naar Groningen, besloot mijn vader dat ik onder strenge sociale controle moest blijven staan. Mijn gelaatstrekken hebben zich godzijdank weer in hun originele staat hersteld, zonder dikke oogleden, hamsterwangen of aardappelneus. Alles is weer normaal. Hermelien wilde dat ik de nachten na mijn ontslag uit het ziekenhuis bij haar kwam logeren. Ik slaap op de oude matras van Chewy, waar Marloes ook op geslapen heeft. Mijn kamer staat nog altijd leeg; blijkbaar komt er niet zo vaak iemand hospiteren. Maar goed, het is dan ook voorjaar. Er zijn maar weinig mensen die nu nog een kamer zoeken. En al helemaal niet op de campus.

'Die Roderick vertrouw ik niet,' zei Hermelien toen ik protesteerde tegen het logeren op haar kamer. 'Straks vergiftigt hij je weer.'

Het is me inmiddels duidelijk dat het niet per ongeluk was. Toen ik Ferdi belde om te melden dat ik in het ziekenhuis lag, schrok hij. 'Wat is er gebeurd dan?'

Ik vertelde hoe Roderick me een half bord vis had laten eten, met het smoesje dat het kip was. Ferdi klonk verbaasd. 'Ja, dat weet ik, dat was gewoon om je betaald te zetten dat jij en Merel die kutstreek hadden bedacht.'

Ik was een paar seconden stil van verontwaardiging. Toen ontplofte ik. 'Weet je wel dat ik bijna dóód ben gegaan?'

'Nou, dóód...'

'Ja, dood, Ferdi. Bovendien had ik niets met dat luiergedoe te maken.'

'Wat deed je daar dan?'

'Merel had me gebeld. Ik wist van niets.'

Hij haalde diep adem. 'Goed. Weet je, zoek het maar lekker uit, met je arrogante kop en je stomme evaluatiebaantje.' Ferdi baalde zo te horen nog steeds dat ik zo'n goede comeback had gemaakt bij mijn studie, na de abominabele scores op mijn eerste tentamens. Zijn volgende woorden raakten me echter wél. 'En die Bata, daar zoek je ook maar andere slachtoffers voor. Wij kappen. Tabee.'

Het goede nieuws is dat iedereen in Het Fort nog van plan is mee te doen. Paladin, Chris en Chewy hebben alvast de kleinste afstanden van drie kilometer opgeëist, de watjes. Het slechte nieuws is dat we nu vijf teamleden missen. O, en dat mijn ex-huisgenoten nog steeds weigeren met me te praten. Hermelien lobby't zich scheel om me weer een beetje in de mode te krijgen, maar alleen Chris is bereid om af en toe een woordje met me te wisselen.

Zaterdag moet ik voor een controle naar het ziekenhuis. De dokter heeft me uitgelegd waarom, maar ik moet eerlijk zeggen dat ik niet heel goed heb opgelet. Ze duwt een stokje in mijn mond, voelt aan mijn nek, steekt een koud metalen ding in mijn oor, schijnt met een lampje in mijn mond en drukt en voelt op zoveel plekken dat ik het idee heb dat ik een auto ben tijdens de APK. Uiteindelijk glimlacht ze zakelijk naar me. 'Allemaal in orde. Je kunt gaan. Ik zou voortaan voor de zekerheid wel heel goed checken of ergens vis in zit.'

Ik bedank haar en loop de gang uit. Wat is zo'n ziekenhuis toch groot. Ik ben bijna bij de uitgang als ik vanuit mijn ooghoek een bekend gezicht zie. 'Hé, Chewy!' Ik zwaai.

Hij kijkt om zich heen. Als hij me ziet staan, kijkt hij snel weer voor zich. Nou ja, zeg. Hij kan me toch niet gewoon negeren? Voor ik me kan bedenken, loop ik achter hem aan. Hij wandelt naast een gezette vrouw in designerkleding, met kort haar in een kleur die duidelijk uit een potje komt. Tenminste, ik ken niet zoveel mensen met paarsig haar die ook nog een likje verf op de bovenkant van hun oren hebben. Ik haal ze in. 'Hé Chewy, wat doe jij hier?' vraag ik.

Hij kijkt me vijandig aan.

Mevrouw Paarshaar kijkt nieuwsgierig naar me. 'En wie is deze knappe dame, Rikkert?'

'Ik ben Lucy.' Ik steek mijn hand naar haar uit.

'Aangenaam, ik ben Rikkerts moeder. Valentina.'

'Leuk om u te ontmoeten,' zeg ik.

'Wat doe jij in het ziekenhuis?' vraagt Chewy.

'Rikkert, dat soort dingen vraag je niet aan mensen,' berispt zijn moeder hem.

'O, geen probleem, hoor,' zeg ik. 'Ik moest voor controle omdat ik laatst bijna dood was. Anafylactische shock,' leg ik vergoelijkend uit aan Valentina.

'Wat vervelend, gaat alles nu weer goed met je?' vraagt Valentina.

Ik knik.

Chewy koert iets, terwijl hij naar de grond blijft staren.

'Wij zijn onderweg naar Rikkerts kuur. Hij hoeft er gelukkig nog maar vijf,' verzucht Valentina.

'Wat voor kuur is dat?' vraag ik.

Valentina kijkt Chewy berispend aan. 'Heb je het haar niet verteld?'

'Mam, ik loop er niet mee te koop. Laten we gaan,' zegt hij, met een boze blik op mij.

'Lieverd, je kweekt zoveel onbegrip door dit te verzwijgen.' Ze richt zich tot mij. 'Rikkert heeft leukemie.'

Het woord alleen al komt aan als een mokerslag. Leukemie. Dat ken ik alleen uit *Achtste-groepers huilen niet*, en Akkie ging dood.

Shit, gaat Chewy dood?

'Wat...' Ik kijk hem geschrokken aan. De tranen springen spontaan in mijn ogen.

'Hier, zie je wat je doet, mam?' Chewy slaat met tegenzin een onhandige arm om me heen. 'Niet huilen, Lucy. Het is niks.'

'Ik ben die ene huisgenoot van hem nog steeds zo dankbaar,' vertelt Valentina.

'Mam...'

'Dankzij haar heeft hij zijn gezicht eindelijk eens fatsoenlijk haarvrij gemaakt. Toen merkten we pas dat hij wel heel gemakkelijk blauwe plekken krijgt. De dokter zei dat we absoluut niet later hadden moeten zijn...'

'Maar hij zei ook dat het nog heel goed te behandelen is,' vult Chewy haar snel aan. Hij wrijft ongemakkelijk over mijn arm. 'Gaat het?'

Ik knik en wapper met mijn handen naast mijn ogen, zodat mijn mascara niet uitloopt van de tranen. 'Ja, sorry. Het is alleen zo onverwachts.' Er zwermen honderden vragen in mijn hoofd rond, maar ik stel de meest egoïstische die ik kan kiezen: 'Kun je wel meedoen met de Bata?'

'Natuurlijk,' zegt Chewy, precies op hetzelfde moment dat zijn moeder vastberaden zegt: 'Absoluut niet.'

Ze zucht en geeft me een klopje op mijn schouder. 'Het spijt me, lieverd, maar we moeten gaan. Anders komen we te laat op de afspraak.'

'Ga maar snel, ik wil jullie niet ophouden.' Ik knik naar Chewy. 'Ik zie je straks. Sterkte...'

Hij knikt met tegenzin naar me. 'Bedankt.'

Ik pak meteen mijn telefoon als ik uit het ziekenhuis kom. De zon schijnt in mijn gezicht en ik blijf heel even met mijn ogen dicht bijkomen met de warmte op mijn huid. Onvoorstelbaar, Chewy heeft leukemie. Mijn huisgenoot heeft kánker. In mijn hoofd was dat iets wat alleen oude mensen overkomt. Ik scrol snel door mijn laatst gebelde nummers, tot ik Hermelien heb gevonden. Zodra ze opneemt, zeg ik ademloos: 'Je raadt het nooit!'

'Wat raad ik nooit?' vraagt ze verbaasd. 'Hoi, trouwens.'

'Ik was net in het ziekenhuis voor die controle...' Wacht even. Is het wel aan mij om dit verhaal te verspreiden? Chewy wilde duidelijk niet dat veel mensen het wisten. Waarschijnlijk vond hij het daarom ook zo vervelend dat hij uitgerekend mij tegen het lijf liep. Ik sta natuurlijk niet echt bekend om mijn discretie als het op geheimen aankomt.

'Ja?' dringt Hermelien aan.

'O, en, eh... er was niets aan de hand. Ik ben helemaal gezond.'

Het blijft even stil. 'Nou, goed zo,' zegt ze een tikkeltje verbaasd. 'Daar ben ik blij om.'

Als ik heb opgehangen, voel ik me vreemd opgelucht. Ik heb het geheim bij me gehouden, in plaats van het vrij te laten in de wijde wereld en te duimen dat het niet bij me terugkomt.

Ik besluit om niet met de bus te gaan, maar terug naar de campus te wandelen. Dat is geen straf met dit prachtige weer. Het voelt alsof mijn ledematen niet echt met mijn lijf verbonden zijn. Ik moet steeds aan Chewy denken.

Om mijn gedachten af te leiden bel ik Merel. We hebben sinds ik uit het ziekenhuis kwam alleen nog maar ge-sms't, maar nu heb ik alle tijd. Ze is doodongerust, dus vertel ik haar uitgebreid het verhaal van de shock en Ferdi's laconieke reactie daarop. 'Hij zei dat hij het me betaald wilde zetten. Ik neem aan dat hij jou ook nog terug wil pakken, dus pas maar op,' waarschuw ik haar.

Merel lacht. 'Hij doet z'n best maar, die aarsmade. Ik lust 'm rauw. Hé trouwens, kan ik tijdens de Bata bij jou tukken? Dat schijnt een mooi feestje te zijn. Mijn club en ik willen het niet missen.'

Als ik thuiskom – ik bedoel, als ik bij Het Fort kom – bots ik op de trap tegen iemand op die naar beneden komt. Ik doe van schrik een stap naar achteren, maar daar is geen tree. Mijn voet tast in de lucht. Ik voel mezelf vallen. Twee handen grijpen mijn schouders vast en trekken me naar voren, zodat ik niet van de trap stuiter. 'Wow, jeetje,' mompel ik. 'Dank je. Sorry.' Dan kijk ik op in twee groene ogen. Bijna glijd ik terug in een shocktoestand. Ik hap naar adem. 'O, jij,' weet ik uit te brengen.

Hij laat me heel langzaam los, alsof hij zeker wil weten dat ik stevig genoeg op mijn benen sta om niet te vallen. Onmiddellijk mis ik de druk en warmte die hij op mijn schouders uitoefende.

'Gaat het, eh...' Kikker schraapt zijn keel om tijd te winnen. 'Gaat het weer met je?'

Ik knik weinig overtuigend.

Hij kijkt me onderzoekend aan. 'Goed.' Zijn ogen glijden over mijn lippen. 'Fijn.'

'Ja,' zeg ik ademloos.

De stilte die valt is elektrisch geladen. We kijken elkaar nog steeds aan. Ik probeer een naam voor de kleur van zijn ogen te bedenken, maar verder dan 'kikkergroen' kom ik niet. We zeggen niets. Mijn lichaam heeft besloten dat er heel veel bloed naar mijn wangen moet. Ik open mijn lippen een stukje. Hij spert zijn neusvleugels wat verder open. Ik adem hulpeloos in en uit, zonder de mogelijkheid om mijn lichaam te besturen. Als hij me nu kust, kus ik hem terug. Daar is geen twijfel over mogelijk. In trance veegt hij een lok haar uit mijn gezicht (gelukkig is het deze keer géén opgezwollen ooglid) en laat zijn vingertoppen martelend langzaam langs mijn wang omlaag zakken. Ze trekken een tintelend spoor naar mijn kaak toe. Hij vervolgt zijn weg langs mijn nek. Dan knippert hij met zijn ogen en lijkt hij zichzelf wakker te schudden. Hij laat zijn arm doelloos naast zijn lichaam vallen. 'Ik moet gaan,' zegt hij schor.

Ik knik met tegenzin. Dan wordt het ogenblik verstoord door het geluid van een oude bakelieten telefoon. Ik druk het gesprek geïrriteerd weg. Mijn vader moet maar even wachten met zijn bezorgdheid.

Kikker kijkt naar mijn hand, waar de nu zwijgende telefoon in ligt. Hij kucht. 'Leuke ringtone.'

'Dank je.' Ik kijk naar de grond. Op de avond dat het allemaal fout ging heb ik mijn ringtone veranderd. Ik kan niet aan het gedicht op mijn verjaardagskaart denken zonder dat mijn keel wordt dichtgeknepen door duizend opgekropte huilbuien.

Heel langzaam komt Kikker in beweging. Hij kijkt me aan in het voorbijgaan en loopt verder naar beneden. Ik draai me om. 'Ik heb je nooit bedankt.'

Hij kijkt me gealarmeerd aan. 'Waarvoor?'

'Je verjaardagscadeautje. De foto's.' Ik maak een hulpeloos gebaar. 'Ik heb niet eens iets gedaan om het te verdienen. Behalve niet doodgaan.'

Een klein glimlachje trekt zijn linkermondhoek scheef. 'Nou, zet dat niet-doodgaan dit jaar maar voort. Oké?'

Midden in de nacht word ik blozend wakker uit een verwarrende droom, waarin Kikker ineens de slaapkamer binnenkwam.

Ik loop naar de wc. Als ik eraf kom, zie ik dat Paladins deur op een kiertje staat. Er valt een streepje licht de gang in. Zonder enig plan loop ik ernaartoe en klop ik aan. 'Paladin?'

'Ga weg, bimbo.'

Ik duw de deur verder open. Paladin neemt niet eens de moeite om *New Moon* weg te klikken. 'Ik zei "Rot op".'

'O, dan heb ik je verkeerd verstaan. Ik dacht dat je zei "Kom binnen".'

'Wat moet je?' Met een vermoeide zucht draait hij zijn bureaustoel mijn kant op.

Ik haal mijn schouders op. 'Ik denk dat ik vooral mijn excuses kom aanbieden omdat ik zo lek als een mandje ben geweest.'

Hij kijkt me uitdrukkingsloos aan met zijn zwarte ogen. Dan pakt hij een sigaret uit zijn pakje en steekt hem aan in zijn mondhoek.

'Rook je ook door tijdens die drie kilometer rennen?' flap ik eruit.

Paladin snuift. 'Ik moet eerst nog maar eens zien of dat hele Batagedoe doorgaat.'

'Tot nu toe niet, maar we zoeken naar vervanging.' Ik gebaar naar de smerige borden die huizenhoog in de hoek van zijn kamer staan opgestapeld. 'Ik neem aan dat daar inmiddels al wel intelligent leven op woont. Wil dat niet meerennen?'

'Ik zal het eens voor je vragen,' bromt hij. Ik meen een minuscule spierbeweging rond zijn mond te zien.

De volgende ochtend belt Merel me wakker. 'Lucy, supernieuws!' jubelt ze.

'Wat?' Ik ga rechtop zitten en wrijf de slaap uit mijn ogen. 'Merel', playback ik naar Hermelien, die knorrig moppert wie er nou zo vroeg belt.

'Ik heb je Bata-probleem voorgelegd aan mijn club. Wij nemen de plaats van Ferdi en zijn huisgenoten in!' Merel slaakt een gil. 'Gaaf hè?'

Ik maak hetzelfde geluid als een hondenpiepspeeltje. 'Echt? Dat is geweldig! Je bent een heldin!'

Hermelien gaat meteen met het goede nieuws langs de deuren. Als ik haar bij Chewy aan hoor kloppen, krimpt mijn hart ineen. Shit, zijn moeder zei dat hij niet mee kon lopen. Dat betekent dat we alsnog één iemand te kort komen. Hij zal het toch wel snel vertellen? Anders worden we alsnog gediskwalificeerd.

Ik neem een lange douche en wikkel me daarna in een spijkerharde badhanddoek van Hermelien. Ik ben hier pas twee nachten, maar het voelt alsof ik nooit weg ben geweest. Mijn kamer staat nog leeg. Ik zou natuurlijk kunnen...

Snel kap ik mijn gedachten af. Weer verhuizen? Mijn vader ziet me aankomen. Ik droog snel mijn haren af en kleed me aan. Als ik weer in Hermeliens kamer kom, zie ik dat ik een oproep gemist heb. Mijn vader. Natuurlijk, wie anders? Ik bel terug in de verwachting zijn rustige en vrolijke stem te horen.

Dat is niet het geval.

'Lucy, in godsnaam, je moet nú naar huis komen.'

Ik kijk verbaasd naar de telefoon. 'Sorry?'

'Je moet naar huis komen. Marloes is...' Zijn stem sterft weg.

Mijn hart stopt met kloppen. 'Wat? Wat is er met Marloes?'

Pap zucht. 'Ik weet het niet. Ze heeft het gewoon... opgegeven. Ze is in hongerstaking.' Zijn stem klinkt gebroken. 'Kom alsjeblieft naar huis, Lucy.'

Ik prop snel wat kleding en mijn toilettas in mijn rugzak en sprint de gang op. Daar ren ik bijna Hermelien ondersteboven. 'O, ik ben zó happy met Merel!' Ze kijkt me blij aan, maar haar glimlach bevriest als ze mijn gezicht ziet. 'Wat is er?'

'Iets met Marloes, ik weet niet wat. Ik moet nu weg, maar we bellen nog wel, oké?' Zonder op antwoord te wachten ren ik de deur uit. Ik neem de trappen met twee treden tegelijk; dat ik niet val mag een wonder heten. Beneden graaf ik in mijn handtas op zoek naar mijn fietssleutels, maar dan bedenk ik dat mijn fiets nog bij Ferdi's huis staat. Zonder me een halve seconde te bedenken zet ik het op een lopen. Mijn tempo ligt hoger dan ik voor mogelijk had gehouden in de verrassend warme aprilzon, terwijl ik bepakt ben met een rugzak en een handtas. Als ik station Drienerlo bereik, loopt het zweet in straaltjes van mijn voorhoofd. Onder mijn oksels prijken twee grote vochtplekken. Ik spring nog net tussen de sluitende treindeuren door en plof zwaar hijgend op een zitplaats neer, naast een meisje met perfecte make-up en een superleuk rood-wit gestreept jurkje. Ze schuift een stukje naar het raam toe en werpt me een blik vol walging toe.

Als ik eindelijk in Groningen ben, staat mijn vader al op me te wachten in de oude Volvo. Ik zie voor het eerst de rimpels in zijn voorhoofd en de lijnen langs zijn mond. Normaal sta ik er nooit zo bij stil dat mijn vader ook maar een mens is, maar nu hij niet lacht, zie ik duidelijk dat hij de jongste niet meer is. Hij is niet meer de man die me op zijn rug nam en rondjes door het park galoppeerde, terwijl ik zijn krullen als teugels gebruikte.

We rijden zwijgend naar huis. Ik brand van de vragen, maar kan er niet één formuleren die ik als eerste zou willen stellen. En eigenlijk wil ik de antwoorden ook niet echt weten.

In de gang gebaart pap naar boven. 'Ze is op haar kamer. Ze wil niet meer naar school.'

Zo snel als ik in Enschede de trappen afrende, zo langzaam loop ik nu omhoog. Marloes' deur is dicht. Ik klop zachtjes aan.

Geen reactie.

Ik duw de klink naar beneden en stap de kamer in. Het eerste zintuig dat begint met registreren is mijn neus. De kamer ruikt muf en vies, alsof er iets ligt te verrotten. De gordijnen zijn dichtgetrokken, zodat het schemerig donker is.

'Moes?'

In het bed beweegt de kluwen dekens een beetje.

Ik trek het gordijn boven het bed open en schrik me een ongeluk. In bed ligt mijn zusje, maar er is niets over van de opgewekte, mollige Marloes die ik ken. In plaats daarvan kijkt een uitgeput meisje met donkere kringen onder haar ogen en ingevallen wangen me aan. 'Hoi Lucifer,' kraakt ze.

Haar huid is lijkbleek, maar haar ogen zijn het ergst. Haar blik straalt geen enkel enthousiasme meer uit, geen levenslust, alleen maar verslagenheid.

'Jezus, Moes! Wat ben je aan het dóén?' Ik sla geschrokken mijn hand voor mijn mond.

Ze kijkt me schuldbewust aan. 'Nou, het duurde best lang voordat jij had besloten of je met Karin ging praten...' Een traan rolt uit haar ooghoek in haar vette haar.

'Dus ben je op eigen houtje gestopt met eten?' vraag ik hysterisch. 'Vind je dat verstandig?'

'Ik drink nog wel water. Ik wil gewoon niet meer dik zijn. Ik wil niet meer míj zijn,' fluistert ze.

Ik kijk naar de depressieve schim die daar in bed ligt en ineens stort het besef verpletterend hard op mijn schouders. Dit is mijn schuld.

Marloes wordt hier helemaal stukgetreiterd, terwijl ik op meer dan honderd kilometer afstand alleen maar aan mezelf zit te denken. Marloes redt het niet alleen. Ze heeft aangegeven dat ze mijn hulp nodig heeft – sterker nog, ze heeft erom gesméékt. Maar ik heb haar gewoon links laten liggen, onder het mom 'nu even niet'. Ik heb haar opzijgeschoven alsof ze een afgedankt knuffelbeest van vroeger was. Ik heb haar problemen gebagatelliseerd, gedaan alsof mijn eigen shit erger was. En nu heeft ze het enige gedaan wat ze nog kon bedenken: een hongerstaking. Een laatste noodkreet, met het signaal: erop of eronderdoor.

Twee uur later staan Merel en ik samen voor een blauwe voordeur in een straat achter de Oude Ebbinge. Achter ons hopsen Fleur en Cleo een beetje onwennig heen en weer.

'Klaar?' vraag ik. De drie meiden knikken onzeker. Ik druk op de bel.

Er verstrijken een paar seconden, maar dan klinkt een krakerige stem door de intercom. 'Hallo?'

'Is dit Karin?' vraag ik.

'Ja, wie ben jij?' Haar nasale stemgeluid roept de oude gevoelens van afkeer bij me op, maar ik verman me.

'Lucy Luijcx en Merel Mouthaen,' zeg ik beleefd.

'Wat... denk maar niet dat ik jullie binnenlaat,' snauwt ze. De sfeer die door de intercom straalt is koud genoeg om ijsklontjes bij in te vriezen.

Hè, gezellig.

'We willen je graag onze excuses maken,' zegt Merel op een toon die niet onaardig is.

Het blijft stil.

Dat ze nog niet heeft opgehangen, geeft me hoop. 'Alsjeblieft, Karin. Je mag ons wegsturen wanneer je maar wilt.'

De intercom zwijgt. We staren alle vier naar het apparaat. Dan snauwt Karin blikkerig: 'Zoek het uit, zeg.'

'Alsjeblieft, mogen we binnenkomen?' vraag ik. Smeek ik.

Het koude antwoord is onverbiddelijk. 'Nee.'

De paniek slaat me om het hart en ik denk razendsnel na. Karin moet onze excuses accepteren. 'Goed,' zeg ik. 'We wachten nog een uur op je op de Grote Markt, voor het stadhuis. Als je er dan nog niet bent, gaan we weg.'

Het enige antwoord dat we krijgen is de klik van de intercom die wordt uitgeschakeld.

We hebben ons op de trap van het stadhuis geïnstalleerd. Hoewel de zon hard haar best doet en ik al heel wat mensen zonder jas zie lopen, vind ik het voor april nog aardig koud. Ik duik diep weg in mijn zalmroze colbert en wens dat ik in mijn haast iets warmers had aangetrokken. Op dit moment had ik eigenlijk bij mijn college statistiek moeten zitten. Paul zal wel verbaasd zijn dat ik er niet ben, want tegenwoordig sla ik eigenlijk nooit meer een college over. Dat had ik een jaar geleden ook niet gedacht. Maar goed, er zijn wel meer dingen die ik een jaar geleden niet had gedacht – zoals dat ik nu op Karin Kötter zit te wachten om mezelf compleet te vernederen.

Na drie kwartier zwijgzaam wachten is de moed me in de schoenen gezakt. Cleo gaat zuchtend verzitten, waarbij ze haar knie per ongeluk-expres in mijn rug port. Merel blaast een blonde lok uit haar gezicht. 'Ik denk niet dat ze nog komt, Dix.'

Ik knik langzaam. 'Daar zou je best eens gelijk in kunnen...'

'Daar, is dat Karin?' onderbreekt Fleur me. Ze wijst naar een meisje in een legergroene trenchcoat dat net de Grote Markt op komt lopen. Ze kijkt speurend om zich heen, tot haar ogen de mijne ontmoeten. Ik voel een schokje van herkenning. 'Ja, dat is Karin,' zeg ik verbaasd.

Zo snel mogelijk krabbelen we overeind.

'Showtime,' mompelt Merel.

Ik loop naast Merel op Karin af, met Cleo en Fleur in ons kielzog. Zij zijn iets langzamer, omdat ze wat meer bagage hebben.

'Dit kan maar beter de moeite waard zijn,' sist Cleo.

'Ik help je hopen,' zeg ik kortaf.

Karin staat midden op het drukke plein, met haar handen in haar zakken. Haar bruine ogen nemen ons achterdochtig op. Ik zie dat ze haar zwarte krullen lichtbruin heeft geverfd. Ik wissel een snelle blik met Merel en weet dat zij hetzelfde denkt als ik. Haar kapsel maakte de bijnaam nog iets erger. Karin Kötter met haar schaamhaarkop.

Oké, misschien zijn we wel een tikkeltje te gemeen geweest om nog grappig te zijn.

Merel en ik blijven op een meter afstand van Karin staan. We nemen elkaar zwijgend op, terwijl om ons heen de mensen passeren. Mijn vroegere klasgenote is afgevallen. Ze ziet er gezond uit, maar niet gelukkig. Haar mondhoeken hangen permanent omlaag en haar wenkbrauwen zijn erg scherp geëpileerd, waardoor het is alsof ze de hele tijd boos kijkt. Ik doe mijn best om ontwapenend te glimlachen. Karins mondhoeken bewegen geen millimeter omhoog.

Cleo loopt om ons heen en filmt met haar mobieltje, zoals we hebben afgesproken. Karin kijkt gealarmeerd en schermt haar gezicht af. 'Stop met filmen,' bijt ze haar toe. Dan wendt ze zich tot ons. 'Wat is dit allemaal?'

Jeetje, ze maakt het ons niet bepaald gemakkelijk. Als het alleen aan mij lag, had ik nu rechtsomkeert gemaakt. Maar het ligt niet alleen aan mij. Ik denk aan Marloes die vanbinnen wegteert. Er hangt verschrikkelijk veel van af.

Ik had dit veel eerder moeten doen.

'Dat is Cleo,' zeg ik zo vriendelijk mogelijk. 'Dat filmen is onderdeel van ons excuus, anders gelooft niemand het.'

'We komen namelijk sorry zeggen voor wat we je op de middelbare school hebben aangedaan.' Merel klinkt alsof ze het opleest van een spiekbriefje. Ik geloof dat ze er nog steeds niet helemaal achter staat, maar zodra ik haar vertelde over de toestand van Marloes, zag ik de bezwaren uit haar ogen verdwijnen.

Karin snuift. 'Waarom nu?' Haar stem klinkt een beetje trillerig, alsof ze de emotie niet toe wil laten, maar geen keuze heeft. Ze slikt moeizaam.

'Omdat we beseffen wat we gedaan hebben,' zeg ik. Cleo filmt door.

Karin gluurt langs me heen naar Fleur. 'Wie is zij?'

'Dat is Fleur.' Ik begin mijn jas los te knopen. Merel volgt mijn voorbeeld. We laten tegelijkertijd onze jassen van onze schouders glijden en gooien ze met een boogje naar Fleur, die ze keurig opvangt en over haar arm hangt. Ik kijk even naar Merel, die hetzelfde vormeloze witte T-shirt draagt als ik. Nu kunnen we niet meer terug. In haar ogen zie ik evenveel vastberadenheid als ik voel.

'Karin, ik hoop dat je ons vergeeft,' zeg ik. Dan draai ik me om naar Fleur. 'Kom maar op.'

Grijnzend schept ze een emmer water uit het opblaasbadje dat we al de hele weg meeslepen. Ze aarzelt even, maar als ik knik, plenst ze de volledige inhoud van de emmer over me heen. Ik draai me weer om naar Karin, happend naar adem door de vloeibare kou die langs mijn huid kruipt. 'Sorry dat we je Karin Kuthaar de Schaamhaarkop hebben genoemd.'

Ik zie de opperste verbazing op haar gezicht.

Nu draait Merel zich om. Ze maakt een ongelukkig piepgeluidje als ze in aanraking komt met de kou. Haar shirt wordt direct doorzichtig, maar ik denk dat ik er niet veel beter aan toe ben. Merel draait zich weer naar Karin toe en hijgt: 'Sorry dat we een keer je kluisje hebben laten vollopen met Lactacyd.'

Ik vang een nieuwe plens water en zeg: 'Sorry dat we de hele klas verteld hebben dat je schaamluis in je haar had.'

Plens.

'Sorry dat we je dagcrème hebben vervangen door tandpasta.'

Plens.

'Sorry dat we je 06-nummer aan de lelijkste jongens in de kroeg uitdeelden.'

Plens.

Zo gaan we door tot het hele zwembad leeg is en de excuses op zijn en Merel en ik bijna niet meer kunnen praten door onderkoeling. Er heeft zich een flinke groep nieuwsgierigen om ons heen verzameld, die waarschijnlijk denken dat dit een of andere grap is. Klappertandend richt ik mijn blik op Karin. Ze kijkt ons compleet perplex aan, met haar mond een stukje open. We zien er waarschijnlijk ook erg bizar uit, helemaal doorweekt midden op de Grote Markt, met een doorzichtig shirt en uitgelopen mascara.

'En natuurlijk sorry dat we je in het algemeen belachelijk hebben gemaakt en hebben buitengesloten,' voeg ik er bibberend aan toe. Mijn hele lichaam wil trillen en bewegen om weer warm te worden. Ik blijf echter stokstijf stilstaan en hou mijn blik op Karin gericht.

Haar gezicht vertoont nog steeds alleen verwondering. We kijken elkaar aan. Eén minuut. Twee minuten. Dan zegt ze: 'Ik dacht dat jullie alleen om jezelf gaven.'

'Dat deden we ook,' zegt Merel. Ik hoor dat haar adem met horten en stoten gaat van de kou. De zon is achter de wolken verdwenen, dus we staan een behoorlijke longontsteking te kweken. 'Alleen nu vinden we het genoeg geweest. Wist je dat jouw nichtje ook een pestkop is?'

'Nee.' Karins ogen verwijden zich. 'Pést Fokje mensen? Nadat ze heeft gezien hoe ellendig ik me daaronder voelde?'

Ik knik. 'Ze pest mijn zusje. Dat was de druppel.' Ik gebaar naar Merel en mij. 'Het werd tijd dat we onszelf een spiegel voorhielden.'

'Ik denk dat het geen kwaad kan als je weet dat we bereid zijn onszelf voor lul te zetten om onze excuses aan je te maken,' grijnst Merel bibberig.

Karin knikt. 'Zo te horen wordt het tijd dat ik eens met mijn nichtje ga praten.' Er speelt een klein glimlachje rond haar zuinige mond.

Dan schreeuwt er iemand vanuit de groep toeschouwers: 'Ik zie je beha!'

'Dat is het idee, Einstein,' kaatst Merel terug. Ze duwt haar borsten trots nog wat verder naar voren.

'Wauw, we staan echt overal,' mompelt Merel voor de zestiende keer in een kwartier verbaasd.

'Zeg dat wel.' Ik heb tot nu toe al vier grote websites gevonden die ons filmpje hebben opgepikt, maar via social media wordt het zo snel verspreid dat over vier uur heel Nederland het waarschijnlijk gezien heeft. Ik duik nog wat dieper weg in mijn warme badjas en zet de tv aan.

'Vanavond in het journaal: pesters komen tot inkeer.' De NOS toont de beelden die we vanmiddag meteen online hebben gezet, met daaronder de tekst *Excuusfilmpje nieuwe internethype*.

Mijn vader duwt de deur open met zijn schouder. Hij zet een dienblad voor ons neer met daarop twee dampende koppen chocolademelk met slagroom en een schaal vol zelfgebakken appel-kaneelcake. 'Kijk eens, meiden.' Als hij vanuit zijn ooghoek ziet wat we op tv kijken, wendt hij snel zijn blik af. Pap worstelt nog met een mix van trots en schaamte. Het kan me niet schelen; ik heb net een telefoontje van Karin gekregen met de verlossende woorden. Fokje laat mijn zusje voortaan met rust. 'Ze heeft het beloofd, dus als ze weer werk van Marloes maakt, is ze van jou,' voegde ze er luchtig aan toe. Het blijft een rare, die Karin Kötter.

30

'Jeetje.' Marloes is diep onder de indruk als we haar het filmpje laten zien. Ze zit in haar badjas op de bank, nog rozig van het douchen. Haar vingers zijn om een mok thee gevouwen. Ze kijkt ons met open mond aan. 'Hebben jullie dat echt alleen voor mij gedaan?'

'Ook een beetje voor onszelf. Omdat we Karin écht het leven zuur hebben gemaakt op de middelbare school,' geef ik toe.

'Jullie staan behoorlijk voor sjaak.'

Merel schokschoudert luchthartig. 'Ach, tijdens de ontgroening heb ik wel gênantere dingen moeten doen.'

Ons internetexcuus gaat nog harder dan mijn doorzichtige-shirtfilmpje van tijdens de Kick-In. Het moment waarop Merel haar borsten naar voren duwt en zegt: 'Dat is het idee, Einstein!' wordt zelfs in een aantal memes verwerkt. Tegen al mijn verwachtingen in vindt Frits het geweldig dat zijn vriendin bijna naakt op internet staat. Hij laat het filmpje aan al zijn vrienden zien en deelt het wel tien keer op Facebook.

Na ongeveer een dag besluiten mijn ouders dat het toch wel een heel goede actie was. Mijn moeder geeft me zelfs onwennig een knuffel. De laatste keer dat ze dat heeft gedaan was geloof ik... nooit. Mijn vader staat erop dat Marloes nog even langs de huisarts gaat voor gezondheidsadvies. Hij is er onkarakteristiek vastberaden over; als mijn zusje een lang gezicht trekt en zegt dat ze daar geen zin in heeft, dreigt hij om haar lange vlecht aan de trekhaak van de auto vast te maken. Ik moet er wel een beetje om lachen. Wie weet wordt pap ooit nog een beetje assertief.

'En, hoe ging het?' vraag ik als Marloes en pap een tijd later terugkomen. Mijn zusje rolt met haar ogen. Haar huid is nog altijd wat dof en de donkere kringen onder haar ogen zijn nog niet verdwenen, maar er is weer levenslust in haar blik verschenen. 'Prima hoor. Pap maakte zich druk om niks.'

Hij grijnst. 'Nou, dat is ook weer opgelost. Kun je meteen even je kamer stofzuigen.'

Marloes grijpt naar haar buik en kreunt theatraal: 'Ik voel me ineens weer heel zwak worden...'

In de trein terug naar Enschede sluit ik mijn ogen en laat de gebeurtenissen van de afgelopen weken de revue passeren. Ergens tussendoor piepen ook steeds twee groene ogen die me op de trap aankijken, twee sterke armen die me opvangen als ik bijna val en de opmerking: 'Zet dat niet-doodgaan dit jaar maar voort.' Wat bedoelde hij daarmee? Dan zie ik hem weer voor me op de Oude Markt, met zijn hand in die van Jildou. Hebben ze weer iets met elkaar?

Ik duw de gedachten weg. Kikker is een afgesloten hoofdstuk. Ik heb hem en de rest van de Fort-bewoners zo hard laten vallen dat het een wonder is dat ze af en toe weer een woordje met me wisselen. Ik moet mijn geluk niet te ver door willen drukken.

'Station Enschede Drienerlo,' klinkt het door de trein. Ik hijs mijn tas over mijn schouder en stap uit de trein. De zon verwarmt mijn gezicht. Ik snuif de lucht van de lente op, die zich voorzichtig openbaart in de groener wordende bomen en blauwer wordende lucht. Automatisch gaan mijn gedachten naar de zomer, mijn favoriete seizoen. De boom voor mijn raam is vast ook al bezig in bloei te komen. Dan bedenk ik dat die boom niet meer voor míjn raam staat, want ik woon niet meer in Het Fort. Ik logeer er slechts.

Als ik de bushalte passeer en er net een lijn 1 aan komt rijden, schud ik beleefd mijn hoofd naar de chauffeur. Het is zulk lekker weer, ik loop wel terug. Zo ver is het niet en ik heb mijn wandelvriendelijke schoenen aan. Onderweg denk ik na over Het Fort. Misschien moet ik maar gewoon weer terugverhuizen. Mijn vader zal het niet leuk vinden en van mijn moeder zal ik wel weer een van die donderpreken krijgen, maar dan woon ik in ieder geval bij mensen in huis die me niet moedwillig proberen te vergiftigen.

Hoe dichter ik bij Het Fort kom, hoe breder mijn glimlach wordt. Eigenlijk is het een heel goed idee. Ik ga gewoon terug naar de campus. Ik voel me er thuis. Natuurlijk moet ik nog werken aan de relatie met mijn huisgenoten, maar over een paar weken zal dat ook wel weer goed zitten. Ik voel een enthousiaste kriebel in mijn buik als ik denk aan hoe we weer met zijn allen om tafel zitten om het smerige eten naar binnen te schuiven en daarna een potje te pokeren met een biertje erbij. Misschien kunnen we in de zomer wel een zwembadje opzetten voor de deur. Ik denk alleen wel dat we het goed in de gaten moeten houden, want er lopen heel wat dronken lui langs en die legen hun blaas echt overal in.

Terwijl ik nadenk over de voors en tegens van een zwembad voor de deur, bel ik aan. Hermelien doet open. 'Hé Lucy! Goed filmpje, zeg.' Ze geeft me een berenknuffel, die ik ternauwernood overleef. 'Hoe is het met je zusje?'

'Goed, ze heeft weer babbels. Ik denk dat het helemaal in orde komt met haar,' lach ik.

Hermelien straalt. 'Ik vind het echt knap dat je jezelf zo hebt weggecijferd om je zusje te redden.'

Ik trek een gek gezicht naar haar. Dan hoor ik geroezemoes uit de woonkamer komen. Door het gehavende glas in de deur heen zie ik de silhouetten van mijn ex-huisgenoten.

Hermelien volgt mijn blik. 'We hebben, eh, visite,' legt ze snel uit.

'Wat voor visite?' vraag ik nieuwsgierig.

Ze negeert mijn vraag. 'Hé, weet je dat Paladin echt al wekenlang al zijn schoonmaakklusjes braaf doet?'

Ik trek mijn wenkbrauwen op. 'Hé, weet je dat ik niet gevoelig ben voor veranderingen van onderwerp?'

'Dus het kan je ook niet schelen dat Kikker de hele zomer gaat zeilen?'

'Wat?' Ik voel dat mijn maag zich in de knoop draait. Een hele horde blonde zeilmeisjes in piepkleine bikini's van Tommy Hilfiger en Gaastra trekt aan mijn geestesoog voorbij. En Jildou, vooral Jildou. 'Nee, dat kan me geen reet schelen,' lieg ik. 'Waarom vertel je me dat?'

'Ik dacht dat het je wel zou interesseren,' piept Hermelien. Haar ogen schieten zenuwachtig naar de deur van de keuken. Aha. Er gebeurt daar iets en ik wil weten wat het is.

Met één beweging duw ik de deur open. Als ik naar binnen stap, hoor ik Chris nog net vragen: 'En ben je nog allergisch voor bepaalde soorten voedsel...' voordat zijn stem wegsterft en hij me verbaasd aanstaart. Op Hermelien na zit iedereen in de woonkamer. Hun aandacht verplaatst zich nu naar mij, maar net keek iedereen nog geïnteresseerd naar een meisje met halflang kastanjebruin haar, dat op een stoel zit. Ze heeft haar ranke benen in verwassen flare jeans over elkaar geslagen en neemt me van top tot teen op. 'Nog een huisgenoot?' vraagt ze zonnig.

'Nee, Lucy woont hier niet meer,' zegt Chewy op zijn gebruikelijke zachte toon, zonder me aan te kijken.

'Steker nog,' voegt Chris er vrolijk aan toe, 'zij woonde in de kamer die nu leegstaat!'

Waarschijnlijk kijk ik alsof ik een roedel paarse chihuahua's de tango zie dansen, want Chris schiet me te hulp terwijl ik al deze gegevens met elkaar verbind. Vlak voordat het kwartje valt, zegt hij bruusk: 'Lucy, dit is Veronique. Ze komt hospiteren.'

Een horzel begraaft zijn angel in mijn hart. 'Wát?'

Ik heb het tot nu toe weten te vermijden, maar mijn blik flitst toch naar Kikker toe. Een fractie van een seconde zie ik spijt in zijn ogen en is het alsof hij iets wil zeggen, maar dan schuift de ondoordringbare wand van onverschilligheid weer voor zijn blik en kan ik net zo goed naar een blinde muur kijken.

Paladin ontbloot de bemoste grafzerken in zijn mond. 'Opgestaan, plaatsje vergaan.'

Veronique kijkt hem geïnteresseerd aan. 'Is dit zo'n populaire plek?'

'Ja, mensen verdringen elkaar om hier te mogen wonen,' bijt ik haar toe.

Ze merkt mijn sarcasme niet op, of ze doet alsof – ik weet niet wat ik erger zou vinden. 'Dan moet ik maar snel zijn met "ja" zeggen, hè?' Ze kijkt de jongens opgeruimd aan. 'Ik doe het. Ik wil de kamer.'

Mijn bloed kookt. Ik klem mijn lippen woedend op elkaar en wens mijn ex-huisgenoten een voor een heel smerige schimmelinfecties toe. Dan draai ik me op mijn hakken om en been ik de keuken uit, naar mijn kamer. Ik passeer Hermelien zonder haar een blik waardig te keuren. Dan realiseer ik me waar ik mee bezig ben. Ik stop en vloek inwendig. Muts, je woont hier niet meer. Je kunt niet naar je kamer rennen en je daar opsluiten.

Ik draai me om en laat me omhelzen door Hermelien. Ze mompelt: 'Ik weet dat het shit is.'

'Sorry,' snuf ik. 'Ik ben hier zelf weggegaan. Wat ben ik toch een aansteller.'

'Je had gewoon wat tijd nodig,' sust Hermelien.

'Ik dacht dat ik zo weer terug kon komen.'

'Dat dacht ik ook. Het is echt toeval dat Veronique uitgerekend nu langskwam. Dat is in al die jaren nooit gebeurd,' merkt ze op. 'Normaal komt er zelfs in augustus en september niemand hospiteren.'

De lucht is te blauw, denk ik als ik over straat loop. De regen zou met bakken uit loodgrijze wolken moeten komen. Bliksemflitsen zouden de hemel moeten splijten en me onder stroom moeten zetten. Dan zou mijn humeur tenminste weerspiegeld worden in het weer.

Ik wandel stevig door. Nog twee straten, dan ben ik bij Ferdi's huis. Ik voel me leeg. Hermelien vroeg of ik nog een nachtje wilde blijven, maar ik voelde er niets voor. Waarom zou ik mezelf voor de gek houden en doen alsof ik nog in Het Fort woon, terwijl er binnenkort een ander meisje in mijn kamer trekt?

Als ik de voordeur open, komt de geur van Ferdi's huis me tegemoet. Eigenlijk heeft het al vanaf het begin geen kans gehad om mijn huis te worden. Het ruikt niet eens naar thuis. Ik bedoel, Het Fort stinkt ook, maar dan op een gezellige manier. Hier ruikt het naar ongewassen harige mannenbillen en een onsmakelijke mengelmoes van verschillende soorten deodorant. Iedereen is op zijn kamer. Snel loop ik door naar boven, waar ik mijn kamerdeur van het slot draai en op mijn bed neerplof. Ik kijk om me heen en besef dat ik geen enkel idee heb wat ik ga doen. Ik besluit mijn studentenmail eens te bekijken, iets wat ik veel te weinig doe. Twee uitnodigingen voor een psychologisch onderzoek, waar ik credits mee kan verdienen om zelf een keer onderzoek te doen, en een mail van Paul. Geïnteresseerd klik ik hem aan. Mijn ogen vliegen over de regels. Hij nodigt me uit om de eerste vakevaluatie bij te wonen op de dinsdag na de Bata. Ik grijns als ik bedenk hoe zuur Ferdi zou kijken bij het horen van dit nieuws.

Het telefoontje waar ik stiekem al de hele tijd op wachtte komt een paar dagen later. 'Hoi Lucy,' klinkt Chewy's ongemakkelijk koerende stem in mijn oor. 'Ik eh... Ik wil het ze vanavond gaan vertellen. En aangezien jij het al weet... Wil jij erbij zijn?'

Ik denk aan Het Fort, aan mijn oude kamer, aan mijn ex-huisgenoten. 'Is goed,' zucht ik dan.

Om stipt halfzes zet ik mijn fiets op slot. Ik beklim de trappen die me inmiddels zo vertrouwd voorkomen en bel aan. Chewy doet bijna meteen open, alsof hij achter de deur heeft staan wachten. 'Ik ben al bijna klaar met koken,' deelt hij mee.

Mijn vroegere flatgenoten trekken stuk voor stuk hun wenkbrauwen op als ze mij zien. 'Hé Lucy, wat leuk om je weer te zien,' zegt Hermelien oprecht enthousiast. Ik schenk haar een opgeluchte grijns. Na haar komt Chris binnen, die flauwtjes naar me glimlacht en aan de andere kant van de tafel gaat zitten. Paladin schuifelt grommend naar binnen en ploft naast Chris neer. 'Kan het wel een beetje snel? Ik moet zo nog een battle leiden.' Ik krimp ineen. Hij moest eens weten.

Ten slotte komt Kikker de keuken in. Ik gluur nog even langs hem heen, maar Veronique komt niet. Dus ze is óf niet uitgenodigd, óf ze woont hier nog niet. Onder Kikkers ogen zie ik een blauwgroene waas, alsof hij al een paar nachten niet heeft geslapen. Ook ziet zijn kapsel eruit alsof er een familie vleermuizen in woont. Ik erger me aan mijn lijf, dat ondanks Kikkers verfomfaaide voorkomen toch een warm, zoemend gevoel door al mijn ledematen stuurt.

Hij knikt naar me ter begroeting. Ik mis de twinkeling in zijn ogen. Met een zucht zakt hij op de stoel naast me neer. Ik merk dat ik wat meer rechtop ga zitten en mijn haar over mijn schouder zwiep. Hermelien ziet het en geeft me stiekem een duw. Kikker heeft niets door, die staart alleen maar naar het tafelblad.

Met een klap zet Chewy een pan in het midden van de tafel. Hij is nog zwijgzamer dan anders. Alle ogen richten zich op mijn ex-huisgenoot de ex-Wookiee. Inmiddels is hij zelfs nog meer haar kwijt. Het ziet eruit alsof hij gewoon kaal begint te worden, alleen is zijn haargrens wel heel snel opgeschoven. Hij slaat zijn ogen zenuwachtig naar me op. Ik probeer zo veel mogelijk geruststelling in mijn blik te leggen. Hij moet het toch een keer vertellen, want hij ziet er behoorlijk wankel uit. Zijn jukbeenderen zijn scherper, zijn wangen zijn ingevallen, zijn ogen lijken groter in zijn magere gezicht. Dat hij die gigantische pan net op heeft kunnen tillen is een wonder.

'Gaat het wel goed met je, Chewy?' vraagt Hermelien bezorgd.

Chewy kucht. En nog een keer. Daarna schraapt hij zijn keel uitgebreid en zegt hij: 'Nee. Het gaat niet goed met me.' Hij tilt het deksel van de pan en onthult de maaltijd. Ik trek mijn wenkbrauwen geschokt op.

'Serieus? Gaan we mie eten?'

Hij kijkt me met een flauw glimlachje aan. 'Ja, dat leek me wel toepasselijk. Eerst wilde ik er nog roze kleurstof doorheen gooien om het allemaal wat leuker te maken.'

'Wat leuker te maken?' dringt Chris aan. Ik zie een gealarmeerde blik in zijn ogen verschijnen.

Chewy wenkt hem om zijn bord bij te houden. Terwijl hij een flinke berg mie voor Chris opschept, zegt hij: 'Ik heb leukemie.'

Chris' mond valt open en de helft van de mie glijdt met een sponzige 'kwak' van zijn bord af op tafel. Paladin kijkt verbijsterd. Hermelien begint spontaan te huilen. Ik sla een arm om haar heen en wrijf geruststellend over haar arm.

'Maar het komt weer goed, toch, Chewy?' vraag ik op dwingende toon.

'De arts zei dat het behandelbaar was,' zegt hij, zonder me aan te kijken. Ligt het aan mij, of zei hij in het ziekenhuis dat het 'heel goed' te behandelen was? Waarom is het nu ineens alleen maar 'behandelbaar'? Dat klinkt een stuk minder positief. En ontwijkt hij mijn blik omdat hij liegt of gewoon omdat hij een contactgestoorde nerd is?

Kikker bijt op zijn lip. 'Wat naar, man. Hoe gaat het met je?'

Chewy haalt zijn schouders op. 'Wel oké, naar omstandigheden. Wil er nog iemand eten?' Hij houdt uitnodigend de lepel vol mie omhoog.

Paladin houdt zijn bord bij. 'Tering,' gromt hij alleen maar op een (voor zijn doen) meelevende toon.

'Ik kan alleen niet meedoen met de Bata,' zegt Chewy zachtjes. 'Helaas.'

Kikker grinnikt en houdt zijn bord bij. 'Nou, wel een beetje een slap excuus hoor. Ik kan niet meedoen, want ik heb leukemie. Huil huil.'

Chewy grijnst opgelucht. 'Het is natuurlijk ook wel het slechtste smoesje *ever*.'

'Komt het echt goed?' snift Hermelien.

Ongemakkelijk krabt Chewy op zijn achterhoofd. Er dwarrelt spontaan een pluk haar op de vloer. 'Als het goed is wel, ja.'

Hermelien en ik wisselen een bezorgde blik.

De rest van de maaltijd hebben we het niet over chemo's, ziekenhuisbezoeken of andere nare onderwerpen. Chewy blijft de hele tijd van onderwerp veranderen. 'Hé Kikker, hoe zit het eigenlijk met je bijlessen?'

Kikker werpt hem een 'ik weet wel wat jij aan het doen bent'-blik toe, maar vertelt toch over het onmogelijke meisje dat hij momenteel moet bijspijkeren op wiskundegebied. 'Het is havo 3, dus echt moeilijk is het niet. Ik leg het zo simpel mogelijk uit, maar het kind is gewoon immuun voor kennis. Ik zweer het je, ze heeft een soort schild om zich heen waar alle logica op afketst. Ondertussen zit ze met haar mobieltje te spelen en op kauwgum te kauwen. Ik heb nog nooit zo'n ongeïnteresseerde leerling gehad.'

'Zelfs Lucy niet?' oppert Hermelien.

Ik steek mijn tong naar haar uit.

Kikker kijkt me peinzend aan. 'Mwah, Lucy kwam in de buurt, maar... au!' lacht hij als ik hem een stomp geef. 'Ze was nog net niet zó dom... au!'

'Hoe gehecht ben jij aan je neusbeentje?' vraag ik liefjes.

'Oké, oké.' Kikker houdt afwerend zijn handen omhoog. 'Om eerlijk te zijn was je een van de snelste leerlingen die ik heb gehad, maar je moest gewoon eerst even begrijpen dat het allemaal heel logisch was.'

'Vrouwenlogica is gewoon anders dan mannenlogica,' verdedig ik mezelf.

Paladin gnuift. 'Er is maar één soort logica, bimbo. Als iets on-dubbelzinnig is, dan is het wel logica.'

'Gelukkig zijn er dan wel weer een heleboel verschillende soor-ten tandpasta, die allemaal nog nooit ontdekt zijn door jou,' kaats ik terug.

Pas na het toetje stel ik de vraag. 'Wanneer komt Veronique hier wonen?'

Chris en Chewy wisselen een blik. 'Over twee weken,' zegt Chris.

'Misschien kan zij wel meedoen in Chewy's plaats,' oppert Her-melien.

'Ja, misschien,' zeg ik met tegenzin.

Natuurlijk wil ik niet dat Veronique meedoet met de Bata. Ze leek me aardig genoeg, maar ik gun haar gewoon niet dat ze naast mijn kamer en mijn huisgenoten óók nog eens de Bata inpikt.

Op de fiets terug naar de stad bel ik naar Abby. Ze neemt op met: 'Zeg, ben jij soms geheelonthouder geworden? Ik heb je al in eeu-wen niet gezien!'

'Er is behoorlijk wat gebeurd, maar ik schaam me diep dat ik je niet even op de hoogte ben komen stellen,' lach ik. 'Zal ik een bier-tje komen doen?'

'Ik dacht dat je het nooit zou vragen!'

Het is druk op het terras van De Kater, maar binnen zit bijna nie-mand. Ik laat me op een kruk zakken en wacht tot Abby tevoorschijn komt. Ze kijkt me een halve seconde blanco aan, maar dan verschijnt er een grote grijns op haar knappe gezicht. 'Lucy! Ik wist bijna niet meer hoe je eruitzag. Wil je me nooit meer zo lang in de steek laten?' Ze drukt twee lippenstiftkussen op mijn wangen. 'Oeps, nu zie je er-uit alsof je net een lesbisch avontuurtje hebt gehad.'

Ik veeg de rode lipstick uit tot het voor rouge door kan gaan. 'Gratis blush, hartstikke handig.'

'Biertje erbij?' Abby wacht niet op mijn antwoord, maar zet de tap alvast open. 'Kijk eens, één goudgele vriend voor jou. Zo, en nu moet je me écht even vertellen wat er allemaal gebeurd is.'

Ik praat haar helemaal bij over de luiers ('O, dat heb ik inderdaad gezien!' roept ze enthousiast), de allergische reactie en het filmpje waarin Merel en ik onszelf voor aap zetten. Abby tuit haar lippen. 'Hoe kan het dat ik het nog nergens gespot heb?'

'Ik heb geen idee, heb je toevallig de afgelopen dagen onder een steen geleefd?' plaag ik. 'Het heeft nog meer mensen bereikt dan mijn Kick-In-filmpje. Het is zelfs op het nieuws geweest.'

'Wauw!' Ze spert goedkeurend haar ogen open. 'Wat ben je toch een lekker ding. Beetje het nieuws halen. Ik pik een slokje van je, hoor.' Ze zet mijn biertje aan haar lippen.

'Mag je wel drinken onder werktijd?'

'Dat staat vast wel ergens in mijn contract,' zegt ze onverschillig. Ze neemt nog een slok.

Ik denk even na over hoe ik het haar moet vragen. Peinzend kauw ik op de binnenkant van mijn wang. Abby ziet het. 'Waar denk je aan?'

Zuchtend zeg ik: 'De Bata. Chewy heeft afgezegd.'

'Wat een eikel!'

Ik kuch. 'Hij heeft leukemie.'

'O.' Abby kijkt beduusd.

'Eigenlijk wilde ik vragen of jij misschien voor hem kunt invallen. Als je daar zin in hebt, tenminste.'

Ze grijnst. 'Absoluut! Hartstikke leuk. Als ik maar niet zo'n nachtetappe krijg, vind ik het prima.'

'Serieus?' Een verbaasd lachje ontsnapt me. 'Geen eisen qua afstand?'

'Neuh. Ik ren me het leplazarus op de loopband, dus ik denk dat ik het wel overleef.'

'Hoe gaat het met jouw drukke modellenleven?'

'O, goed dat je daarover begint!' Zonder te informeren of ik er nog eentje wil, tapt ze een nieuw biertje voor me. Dan vertelt ze met twinkelende ogen: 'Binnenkort heb ik een fotoshoot voor de cover van een heel groot magazine. Het begint met een V, en het eindigt op 'ook', zeg maar. Wat zeg je me daarvan?'

Mijn hart slaat een slag over. 'O Abby, meen je dat? Wat supergaaf! Gefeliciteerd.'

Ze grijnst bescheiden, maar ik zie dat ze er megatrots op is. Wauw, straks wordt ze beroemd. Stel je voor.

31

Eerst herken ik de puber die zaterdagochtend de deur opendoet
bijna niet. Hoewel ik haar maar een weekje niet gezien heb, is ze
langer en slanker dan ik me herinner. Maar als ze uitroept: 'Lucifer!' en als een kangoeroe op me afspringt, weet ik zeker dat ik niet
gek ben geworden. Ze slaat haar armen om me heen en ik klop
grinnikend op haar hoofd. 'Hoi Moes.'

Ik pak haar schouders beet en hou haar op een armlengte afstand. 'Laat me je eens bekijken.'

Met een brede grijns laat ze me geduldig minutenlang naar haar
staren. Haar niksige kapsel is in een vlotte bob geknipt. Er zit weer
kleur op haar wangen, die gelukkig ook niet zo ingevallen zijn als
de laatste keer dat ik haar zag. Haar ogen twinkelen van plezier
over mijn verwondering.

'Waar is je bril?' Ik kijk om me heen, alsof ze hem ergens verstopt
kan hebben.

'Ik heb lenzen,' verkondigt ze trots.

Ik trek een vies gezicht. 'Dus je moet elke dag je eigen oog aanraken?'

'Meerdere malen, zelfs.' Ze knikt serieus, maar begint dan te giechelen.

'Puber.' Ik geef haar een stomp tegen haar arm.

'Je bent zelf een puber.'

'Maar jij bent een bakvis,' zeg ik. 'Die zijn het ergst.'

Mijn vader steekt zijn blonde krullenkop om de hoek van de kamer. 'Lucy! Wat fijn dat je er bent. Stukje appeltaart?'

In de woonkamer zit mijn moeder in vol ornaat. Rode lippenstift, rode nagels, rode lakpumps en een zwart mantelpakje met
een rode zijden blouse. 'Dag Lucy. Hoe is het?' Ze trekt zowaar

haar lippen op in een glimlach. Soort van. Denk ik.

Op een meter afstand blijf ik staan. 'Goed,' antwoord ik naar waarheid. Er is een last van mijn schouders gevallen sinds Merel en ik onze excuses aan Karin hebben gemaakt. Eindelijk heb ik geen last meer van dat knagende schuldgevoel dat zich de afgelopen maanden een weg door mijn hersenen heeft gegeten.

Ze schraapt haar keel. 'Ik wil graag mijn waardering uitspreken dat je dit initiatief hebt genomen, want ik juich het ten zeerste toe...'

Mijn vader onderbreekt haar bruusk. 'Ach, hou daar toch mee op, Evelien. Zeg nou voor één keer in je leven dat je apetrots bent op je dochter.'

Ik hou me vast aan Marloes' schouder om niet van verbazing achterover te kukelen. Mijn moeder knijpt haar lippen op elkaar, sluit haar ogen en ademt diep in. Dan slaat ze haar blik naar mij op en zegt beheerst: 'Ik ben apetrots op je, Lucille. Je doet het geweldig.'

Mijn vingers graven zich wat dieper in Marloes' schouder. 'Au,' zegt ze.

Ik slik. 'Dank je, mam.'

Dan doet mijn moeder nog iets opmerkelijks. Ze spreidt houterig haar armen, alsof ze me verwelkomt om haar te knuffelen. Schuchter overbrug ik de afstand tussen ons. Ik vouw mijn armen onwennig om haar gespannen rug heen, waarna ze mij ook omarmt. Ze klopt drie keer ongemakkelijk op mijn rug en laat me dan los. 'Goed, laten we het niet overdrijven. Heb je nog mooie cijfers gehaald?' Voordat ik kan antwoorden, gaat ze verder: 'Marloes heeft op haar toetsweek drie tienen gescoord.'

Sommige dingen veranderen nooit.

Even knijpt het bekende beklemmende gevoel mijn maag dicht. Ik kijk naar mijn kleine zusje, dat met een onzekere blik in haar ogen mijn reactie afwacht. Dan schenk ik haar een goedkeurende glimlach. 'Wat knap, Moes. Je bent een topper.'

Een opgeluchte grijns splijt haar gezicht in tweeën. 'Ik heb dan ook een geweldige zus als voorbeeld.'

Sommige dingen veranderen gelukkig wel.

Als ik maandagmiddag na afloop van het college mijn notitieblok en laptop inpak, komt Paul naar me toe. 'Heb je mijn mailtje gekregen?'

'O, ik ben vergeten te reageren,' realiseer ik me hardop.

'Geeft niet. Ik wil alleen graag even weten of je erbij kunt zijn.'

Ik knik. 'Zeker. Ik ben erg benieuwd.'

Zodra ik de collegezaal uit loop, bel ik Merel. Niet dat ik haar iets bijzonders te melden heb, maar dat hoeft ook niet. De telefoon gaat een paar keer over, waarna haar voicemail me laat weten dat ze er even niet is, maar dat ik een boodschap kan inspreken na de piep. Ik vind het altijd een beetje raar als mensen op de voicemail van hun mobiele telefoon zeggen dat ze 'er even niet zijn'. Je bent er altijd, toch? Je neemt alleen niet op. Typisch zoiets wat is blijven hangen uit de tijd dat alle telefoons nog met een snoer aan de muur vastzaten. Net zoals opnemen met je naam.

Ik zet koers naar Het Fort, waar ik heb afgesproken met Hermelien om het tijdsschema voor de Bata door te spreken. Het wordt hoog tijd om de etappes en afstanden te verdelen. Aan de massieve keukentafel (die lang niet meer zo plakkerig is als eerst) nip ik van een kopje vieze koffie uit de Blond-mok zonder oor. We puzzelen ons een weg door de 'wie start wanneer'-vraag. 'Abby wil geen nachtetappe, dus die kunnen we het best in de middagploeg indelen,' zeg ik. 'En Jildou wilde graag een lange afstand.'

Met een duivelse grijns zet Hermelien in keurige blokletters 'Jildou' neer om drie uur 's nachts. 'We willen haar natuurlijk wel tevreden houden,' voegt ze er liefjes aan toe.

'Ik geloof dat ik geen goede invloed op je heb,' merk ik op.

'Wanneer wil jij lopen?'

'Eh...' Ik laat mijn ogen over de planning gaan. 'Het maakt me niet uit. Ik wil best een wat langere afstand lopen, al geloof ik dat ik meer dan tien kilometer niet aankan.'

'Ik vind dat jij de finishetappe moet lopen,' zegt Hermelien.

Ik kijk haar vragend aan. 'Waarom?'

Ze schokschoudert. 'Jij bent toch degene die met het idee kwam en iedereen bij elkaar heeft gebracht. Het lijkt me niet meer dan logisch.'

Ik wil protesteren, maar dan gaat de keukendeur open en weet ik even niet meer hoe praten ook alweer werkt. Mijn mond droogt spontaan op als Kikker binnenstapt in alleen zijn spijkerbroek. Aan zijn natte, warrige haar te zien komt hij net onder de douche vandaan. Een paar verdwaalde druppels glijden over zijn gespierde bovenlijf. 'Ik dacht al dat ik jou hoorde,' zegt hij, terwijl zijn groene ogen me gevangen houden.

'Mij?' weet ik uit te brengen.

Kikker grinnikt. Het prettige geluid stuurt kriebels vanuit mijn buik omhoog. 'Ja, jou, ja.'

'Kikker, vind jij ook dat Lucy de laatste etappe moet lopen?' vraagt Hermelien, schijnbaar totaal ongevoelig voor de spanning die ineens in de keuken hangt.

'Ja, goed idee,' zegt hij.

'Goed, dat is dan geregeld.' Hermelien schrijft mijn naam op bij de laatste etappe.

'Zo simpel?' vraag ik verbaasd. 'Moeten we hier niet over stemmen?'

'Soms zijn dingen gewoon heel simpel,' zegt Kikker. 'Trouwens, ik heb hier nog wat kleding van je. Ik neem aan dat je dat wel terug wilt?'

'O, ja. Natuurlijk.' Ik spring op alsof iemand een pogostick in mijn kont gemonteerd heeft. 'O, ik moet alleen nog wel...' Ik kijk naar Hermelien en het loopschema.

Mijn vriendin maakt een wegwerpgebaar. 'Ga je kleren maar ophalen, joh. We zijn toch klaar? Ik mail de indeling wel even rond en dan horen we vanzelf of er gezeurd wordt.'

'Top,' piep ik veel te opgewekt.

Kikker gaat me voor. Het valt me op dat hij achterwaarts de keuken uitloopt. Schijnbaar durft hij wel met ontbloot bovenlijf door het huis te lopen, maar keert hij mensen toch niet graag zijn gehavende rug toe. Als we op de gang zijn, komt hij naast me lopen. Ik wil graag iets slims, grappigs of in ieder geval spontaans zeggen, maar mijn hersenen zijn veranderd in een onwillige klomp griesmeelpudding. Ook Kikker houdt zijn lippen stevig op elkaar, maar dat is waarschijnlijk omdat hij niet de behoefte voelt om met mij te praten. Ik probeer niet opzij te gluren naar zijn bovenlijf. In plaats daarvan focus ik me op de stofdeeltjes die door de gang dansen in het licht van de aprilzon. Er moet hier echt eens een raam open.

Bij zijn deur blijft Kikker even staan. Hij lijkt iets te willen zeggen, maar bedenkt zich dan. Met een snelle beweging duwt hij de deur open en stapt de kamer in. Ik vang een glimp op van zijn rug en de littekens die er als een landkaart overheen lopen. Dan draait hij zich weer mijn kant op. Zijn blik is ondoorgrondelijk. De stilte ligt als een verstikkende deken over mijn neus en mond, te dik om doorheen te komen. Bijna happend naar adem zeg ik: 'Sorry dat ik mijn troep zo lang in jouw kast heb laten liggen.'

Kikker schokschoudert. Hij trekt zijn kastdeur open en haalt er met één beweging een stapeltje kleding uit. Zonder me aan te kijken drukt hij het in mijn handen. 'Hier.'

Nu hij zijn blik afgewend houdt, zie ik pas de tekenen van vermoeidheid op zijn gezicht. Ze lijken zelfs nog iets erger dan vorige week. Zijn ogen zijn gezwollen en omgeven door donkere kringen. Voordat ik kan vragen hoe het met hem gaat, bromt hij: 'Ik hoop dat ze nu wel in je kast passen.'

Ik grijns schuldbewust. 'Mijn kledingcollectie is niet gekrompen en ik heb nog steeds maar één kast, dus ik denk dat het behoorlijk krap wordt.'

'Misschien kun je ze kwijt in de kast van Ferdi.' Ik schrik van de onverwachte felheid in zijn stem.

'Ik geloof niet dat dat een goed idee is,' zeg ik. Het idee dat ik mijn kleding in Ferdi's kast zou leggen is zo idioot dat ik een beetje moet lachen. Kikker ziet het, maar interpreteert mijn grijns verkeerd.

'Nou, ik hoop dat jullie heel gelukkig worden samen.'

'Sorry?' Ik trek een wenkbrauw hoog op. 'Niet om het een of ander, maar ik heb niets met Ferdi, hoor.'

'Ik heb andere dingen gehoord.'

'Van wie dan? Ze zijn namelijk niet waar,' zeg ik met stemverheffing.

Kikker zucht. 'Je hoeft niet te liegen, Lucy.'

'Ik lieg niet!' Ik bal mijn handen zo hard tot vuisten dat mijn nagels halvemaanvormige afdrukken in mijn handpalmen achterlaten.

'Jij gaat verder, dat kan ik je niet kwalijk nemen,' vervolgt Kikker onverstoord. 'Ik wil je eigenlijk mijn excuses maken.'

Mijn mond valt open. 'Wat? Waarvoor?'

'Ik dacht dat wat wij hadden speciaal was. Of dat het dat in ieder geval kon worden. Maar er zijn twee partijen nodig die dat vinden, hè?' Zijn woorden zijn botte scheermesjes die bloederige krassen in mijn ziel kerven. 'Jij hebt mij nooit gezien als relatiemateriaal.'

Ik hap naar adem. 'Hou op!' fluister ik. De tranen springen in mijn ogen.

Kikker schudt zijn hoofd. 'Nee, het is goed. Ik had gewoon naar mijn verstand moeten luisteren. Zo'n mooi en sexy meisje gaat toch in geen miljoen jaar voor mij?' Zijn stem is schor van de emotie. Hij praat over zichzelf alsof hij iets walgelijks is.

'Stop.' De eerste traan van machteloosheid verlaat mijn ooghoek. 'Hou daarmee op.'

'Goed.' Hij knikt. 'Ik wilde je alleen maar verzekeren dat ik geen druk meer op je zal leggen. Ik probeer ook verder te gaan. Echt.'

Ik staar hem met natte ogen aan, terwijl ik zijn woorden probeer te verwerken. Hij klemt zijn kaken op elkaar. 'Daarom lijkt het me beter als jouw kleren ook niet meer in mijn kast liggen. Ik word er gek van.'

'Gek?' echo ik.

'Gek, ja,' knikt hij. 'Ik trek dit niet, Lucy. Ik wil weten waar ik aan toe ben. Gewoon duidelijkheid, ze leefden nog lang en gelukkig, dat soort dingen.'

Ik wil de kleren in zijn gezicht smijten. Ik wil schreeuwen dat ik hem dat kan geven, dat ik hem dat verdomme wíl geven, maar dat ik de kans niet krijg. Ik wil mijn handen in zijn haar begraven en hem zoenen tot we allebei knock-out gaan door zuurstofgebrek. Ik wil van alles, maar voordat ik een van die dingen in de praktijk kan brengen, gaat de bel.

'BEZOEK! Hé tuig, errrr issss volluk!'

Kikker kijkt schichtig van mij naar de deur van zijn kamer. 'Ik denk dat je beter weg kunt gaan. En nogmaals sorry.' Tot mijn verbazing pakt hij mijn schouders, draait hij me om en leidt hij me met zachte dwang de gang op. Daar kijken we elkaar nog een keer aan en ineens weet ik wie er voor de deur staat. Ik weet wat zijn woorden betekenen. In een halve seconde voel ik mijn gezicht verstrakken en ik ren naar de deur toe voordat hij open kan doen. 'Lucy,' hoor ik hem achter me roepen, maar ik luister niet. Met één furieuze beweging trek ik de voordeur open.

Even lees ik verbazing in haar ogen, maar dan schenkt ze me een zelfvoldane grijns. 'Dag Lucy. Wat aardig dat je de deur voor me opendoet.'

Heupwiegend passeert ze me met haar kleine, ranke figuurtje. 'Hé liefje,' kirt ze.

'Hoi Jildou.' Zijn stem klinkt mat.

Ik kijk nog één keer achterom voordat ik de deur achter me dichttrek. De blik in Kikkers ogen haalt mijn hart open met een roestige spijker. Ik zorg dat ik zo veel mogelijk haat en boosheid in ons laatste oogcontact leg.

'Ik probeer ook verder te gaan.' Dat is wat hij zei. Ik lig met gesloten ogen op mijn rug in het gras. Eigenlijk zou ik gaan hardlopen, maar bij nader inzien heb ik daar geen puf voor. Ik heb nergens puf voor, dus het enige wat ik kan doen is maar gewoon met mijn armen wijd achteroverliggen. De zon is al best krachtig. Voor volgende week worden er zomerse temperaturen voorspeld. Volgende week is de Bata.

'Ik probeer ook verder te gaan.'

Ik trek woedend een pluk gras uit de grond. Hij probeert verder te gaan, zegt-ie. Dus legt hij het weer aan met Jildou? Hoe durft hij? Waar haalt hij überhaupt het bizarre idee vandaan dat Ferdi en ik een stel zijn? Ik moet er niet aan denken!

Toch is er ook een klein deel van me dat hem stiekem gelijk geeft. Waarom zou hij voor het moeilijke meisje gaan? Voor het meisje dat zomaar met iemand anders zoent? Ik frons met mijn ogen dicht, wat er denk ik heel raar uitziet. Waarom heb ik eigenlijk met Ferdi gezoend? Goed, eerst overviel hij me ermee, maar nadat ik weg was gelopen, had ik ook gewoon naar huis kunnen gaan. Waarom deed ik dat niet?

Kon ik de tijd maar terugdraaien. Kon ik die zoen met Ferdi maar uitwissen. Mijn verhuizing uit Het Fort deleten. Sterker nog, waarom zou ik niet meteen de hele verhuizing naar de campus ongedaan maken? Me gewoon inschrijven in Groningen. Dan waren de dingen gebleven zoals ze waren. Ik ben helemaal niet geschikt voor al die ingrijpende veranderingen.

Met een zucht die uit mijn tenen lijkt te komen hijs ik mezelf weer overeind. Ik moet mijn rondje afmaken. De ene voet voor de andere zetten. Tempo maken. In het juiste ritme komen. Als dat gelukt is, bel ik Merel. Misschien heb ik het allemaal wel schromelijk overdreven in mijn hoofd en wordt het minder erg als ik het aan iemand anders vertel.

Helaas wordt het alleen maar erger als ik het aan Merel vertel.

'Hij heeft weer iets met Jildou?' krijst ze onbeheerst in de hoorn.

'Hij zei dat hij probeerde verder te gaan.' Ik slik moeilijk en doe een moedige poging mijn ademhaling onder controle te houden. 'Hij geloofde niet dat ik echt op hem viel.'

'En toen heb je hem toch wel even flink duidelijk gemaakt dat dat wél zo is?'

'Nee, want Jildou stond ineens voor de deur.'

Merel slaakt een gefrustreerde kreet. 'Wat een gedoe! Leg hem uit hoe het zit, Dix.'

'Ik denk dat het nu geen zin meer heeft. En misschien is dat ook maar beter. Ik zie hem alleen nog met de Bata. Daarna hoeven we wat mij betreft nooit meer contact te hebben.'

Ik ben trots op de vastberaden toon in mijn stem.

Midden in de nacht schrik ik wakker van een geniale ingeving. Of misschien een heel klein beetje van Ferdi die zijn nieuwste verovering alle hoeken van de kamer laat zien, maar ik besluit het gebonk en gegil te negeren en te doen alsof ik werkelijk wakker ben geworden van mijn eureka-moment. Nog een beetje slaapdronken pak ik mijn mobiel en bel Hermelien. Na honderd keer overgaan wordt er opgenomen. 'Hallo?' hoor ik haar kraken aan de andere kant.

'Hermelien, ik heb echt een supergoed idee voor de Bata.'

'Lucy?' Ze is even stil. Dan slaakt ze een wanhopige zucht. 'Djiez, het is halfdrie. Kan het niet wachten?'

Ik snak verontwaardigd naar adem. 'Néé, het kan niet wachten. Dromen over Harry Potter doe je maar in je eigen tijd.'

'Wat is er dan zo belangrijk dat je me ruw uit mijn slaap moet sleuren?' De helft van haar vraag gaat verloren in een gigantische gaap. Ik hoor geritsel van dekens.

'Nou, veel teams hebben een thema, toch?' begin ik enthousiast.

'Hmm,' murmelt Hermelien.

'Niet in slaap vallen!' blaf ik in de telefoon.

Ze kreunt ellendig. 'Ga verder.'

'Ik dacht, misschien kunnen wij ons thema aan Chewy opdragen. Onder het mom: als hij niet mee kan lopen, doen we wel alsof hij erbij is.'

Het duurt even voordat er een reactie komt. Ik wacht in spanning af. Net als ik iets wil roepen omdat Hermelien schijnbaar weer in slaap is gevallen, zegt ze op wakkere toon: 'Dat is eigenlijk een heel goed idee, Lucy!'

Ik straal: 'Ja, hè?'

'Ja,' bevestigt ze. 'Laten we er morgen over verder praten. Welterusten!' Voordat ik nog iets heb kunnen zeggen, heeft ze al opgehangen.

Het liefst zou ik nog honderd jaar oefenen voor de Bata, maar aankomend weekend is het uur van de waarheid al. Of eigenlijk: de nacht, ochtend en middag van de waarheid.

Op dinsdagavond gaan we met het complete team om de gigantische keukentafel in Het Fort zitten om de laatste details te bespreken. Het is best krap en ook nog eens behoorlijk ongemakkelijk. Ik probeer niet te letten op Jildou, die de hele tijd schijnt te moeten benadrukken dat zij en Kikker weer bij elkaar zijn. De verliefde blikken die ze zijn kant op werpt, haar geaai over zijn arm en de stomme giechels om alles wat hij zegt negeer ik zo veel mogelijk. Gek genoeg schijnt hij hetzelfde te doen. Hij staart naar de tafel en lijkt totaal niet aanwezig te zijn bij de vergadering. Fronsend vraag ik me af waar de oude Kikker is gebleven, die grapjes maakte en de sfeer erin hield.

Naast Jildou is ook de rest van Kikkers roeiteam aanwezig. Het zijn gezellige jongens met harde stemmen. Abby zit tussen mij en Hermelien in. Ze heeft duidelijk haar zinnen gezet op een van de roeiers, een jongen die door de rest De Kakkerlak wordt genoemd. Het is me een compleet raadsel waarom en ik ga het ook niet vragen, want de ervaring heeft me geleerd dat bijnamen meestal zo'n twijfelachtige basis hebben dat niemand meer weet hoe ze ontstaan zijn.

Barman Dolly en de olijke tweeling Otto en Anjo zitten naast Chris. Ze maken grapjes over Paladins baard. Ik kan niet met zekerheid voorspellen of ze er allemaal zonder schedelbasisfractuur van af zullen komen, want Paladin ziet er niet uit alsof hij hun humor kan waarderen. Hij zuigt furieus aan zijn sigaret en gromt af en toe iets, maar schijnt zich dan te bedenken en neemt weer een trekje. Ik vang zijn blik en playback naar hem: 'Beledigd zijn is een keuze.' Hij playbackt iets terug. Door zijn baard kan ik niet zo goed zien wat, maar het lijkt verdacht veel op: 'Hou je bek, bimbo.'

Omdat het nogal veel moeite was om Merel en haar jaarclub helemaal vanuit Groningen naar Enschede te laten komen voor een vergadering, zijn zij via Skype aanwezig. Ze verdringen zich voor de webcam op Merels kamer, wat er heel gek uitziet op het scherm van mijn laptop. Ik merk dat veel van de campusbewoners aan tafel zenuwachtig worden van de semi-aanwezigheid van zoveel knappe blonde meisjes. Simone met haar spinnenpootwimpers staat gelukkig helemaal achteraan.

'Goed, kunnen we beginnen?' vraag ik zo zakelijk mogelijk. Getver, ik klink net als mijn moeder. Snel schakel ik weer over op mijn eigen toon. 'Het is natuurlijk heel jammer dat Chewy er niet bij kon zijn, maar misschien is het ook maar beter, want ik heb een idee.'

Chewy woont tijdelijk weer bij zijn ouders. Hij leek de chemokuren vrij goed aan te kunnen, tot hij afgelopen weekend ineens omviel en niets meer kon. Hij baalt ook behoorlijk van zijn uitvallende haar. Onze Wookiee wordt kaal.

Ik ben een beetje beledigd dat ik het vanochtend pas van Hermelien te horen kreeg, toen we deze afspraak planden.

We spreken mijn idee door, dat enthousiast wordt ontvangen. Daarna schakelen we over op de details, zoals de huur van het busje om de lopers naar het volgende punt te brengen en de indeling van het loopschema. Er wordt wat gekissebist over tijden en afstanden. Merel en haar clubgenoten krijgen alles binnen met enige vertraging en krijsen zelf ook overal tussendoor, dus de vergadering verloopt rommelig. We husselen het schema net zo lang door elkaar tot iedereen tevreden is. Iedereen behalve ik, want nu moet ik het stokje overnemen van Kikker. Hij heeft de voorlaatste etappe. Maar goed, ik kan moeilijk zeggen dat we weer moeten schuiven, alleen maar omdat ik geen contact meer wil met Kikker. We hebben elkaar nog niet één keer aangekeken. Wel heb ik een paar keer per ongeluk oogcontact gehad met Jildou, die dan meteen bezitterig haar hand over die van Kikker legde. Vermoeiend kind. Mijn hart is vandaag al zo vaak samengeknepen van pijn, dat ik inmiddels redelijk ongevoelig ben geworden voor haar valse blikken.

De rest van de week vliegt voorbij in een waas van colleges, hardlooptrainingen en telefoontjes met verschillende teamleden over sportkleding en starttijden. Voor ik het weet sta ik mijn tas in te pakken op vrijdagmiddag. Ik logeer in Het Fort, zodat ik niet nóg eerder uit mijn bed hoef. En stiekem vind ik het ook fijn om zo min mogelijk tijd door te brengen in het huis van Ferdi. Ik ben Roderick sinds het incident met de vis niet meer tegengekomen. Volgens mij ontloopt hij me, want ik zag vorige week zijn kamerdeur op een kiertje opengaan en snel weer dichtklappen toen ik langsliep. Het kan me niet eens schelen. Roderick is de laatste persoon op aarde die ik wil spreken. De engerd.

Hoe dichter ik bij de campus kom, hoe meer mensen dezelfde kant op lijken te gaan als ik. Als ik langs het station fiets, zie ik een schier eindeloze stroom mensen uit het kleine boemeltreintje komen. Ik stap af en blijf gefascineerd kijken. Waar gaan al die lui slapen? Eenmaal op de campus krijg ik mijn antwoord. Het hele park is netjes onderverdeeld in vakjes voor tenten, er is verlichting neergezet en er staat zelfs een toilet-en-douchegebouw. Ook de voetbalvelden en velden verder naar achteren zijn speciaal aan kant gemaakt voor de duizenden studenten die een slaapplaats nodig hebben tijdens de Batavierenrace. Voor het eerst besef ik ten volle hoe groot de Bata is.

32

Het alarm rijt mijn trommelvlies bijna aan gort. Ik schiet overeind en voel meteen mijn hersenen in *fast forward* wakker worden. De kamer is nog pikdonker. De nacht en ochtend zouden koud zijn, maar later op de dag zou het juist behoorlijk heet worden. Ik voel een scheut adrenaline door mijn aderen pompen. 'Hermelien,' sis ik tegen de slapende berg dekens in het bed naast me.

'Gawwegg,' murmelt ze in haar halfslaap. Ik duw tegen haar arm, waarna ze zich met een gigantische snurk omdraait.

'Zeg Doornroosje, het is tijd voor de Bata,' help ik haar herinneren.

'Nee...'

'Jawel, tijd om te rennen! Kom op, we willen een kickstart, weet je nog? Daarom ga jij als eerste!'

'O god, ik hoopte eigenlijk dat ik dat allemaal gedroomd had,' kreunt ze. 'Ik kom er zo aan.'

In de keuken zitten Merel en haar clubgenoten in hun pyjama's gezellig te keuvelen aan de gigantische ronde tafel. Ik kijk op de grote klok boven het aanrecht, die halfelf aangeeft. Halfelf 's avonds. Merel grijnst naar me. 'Goedemorgen, hoe was jullie schoonheidsslaapje?'

'Prima.' Ik rek me uit. Hopelijk redt mijn lichaam het op een paar uurtjes slaap. Ik wilde graag nog even slapen voordat het hele circus los zou barsten, dus ben ik meteen na het eten een paar uur in bed gaan liggen. Merels club hoeft pas de ochtendronde te rennen. Zij staan juist op het punt om naar bed te gaan. Hun luchtbedjes, oprolmatjes en slaapzakken liggen verspreid over de keukenvloer. Ik zou nu natuurlijk ook gewoon kunnen gaan pitten en iedereen bij de start in Nijmegen zijn gang laten gaan, maar ik vind het allemaal veel te spannend om te missen. Ik ben tenslotte wel ploegleider. Misschien kan ik in het busje nog even slapen. Nu voel ik constante kriebels in mijn borst van de spanning. We gaan het echt doen, we gaan de Batavierenrace rennen! Een grote grijns zit vastgeplakt op mijn gezicht. Dat laatste stuk dat ik vanmiddag – nee, dat zeg ik verkeerd: mórgenmiddag – moet rennen, lijkt nog heel ver weg.

Merel lacht: 'Hé stuiterbal, kom je ook even zitten en iets eten? We hebben een voorraad brood waar je een compleet leger mee kunt voeden.'

Ik neem braaf plaats aan tafel en smeer een heleboel broodjes voor onderweg. Dat ik er nu geen zin in heb, betekent natuurlijk niet dat ik er om vier uur 's ochtends nog steeds zo over denk.

Tien minuten later is iedereen klaar voor vertrek. Hermelien ziet nog bleker dan anders, maar ze heeft zich toch dapper in haar hardloopoutfit gehesen. Zij start, waarna de roeiploeg van Kikker het stokje overneemt en aan elkaar door zal geven. Mijn hersenen proberen mijn hart af te leiden als ik zie dat Jildou uit Kikkers kamer stapt en zijn deur achter zich dichttrekt. Ze wisselt met Merel een blik die knettert van elektrisch geladen haat. Merel maakt al de hele tijd zonder woorden erg duidelijk dat ze Jildou niet moet. Op non-verbale communicatie krijgt ze van mij een tien.

Als Jildou mij ziet, rekt ze zich pesterig langzaam uit. Haar haar zit in de war en haar ogen zijn bloeddoorlopen. Goh, veel slaap zal ze vast niet gehad hebben. Meteen geef ik mezelf een standje. Met zulke gedachten schiet ik niets op. Ik moet nog urenlang met haar in één auto zitten, dus laat ik er in vredesnaam het beste van maken.

Buiten op straat is het gezellig druk. In de lucht, die nog zwaar is van de barbecuegeuren, ruik ik een subtiele hint van zomer. Nog een paar weken college, dan is het vakantie. Ik zie licht uit het park komen en hoor geroezemoes van duizenden studenten die elkaar beter leren kennen en feestjes bouwen voor hun tent. Flarden van liedjes uit draagbare radio's drijven door de lucht, vermengd met gillende stemmen en af en toe een stukje gepingel op een meegebrachte gitaar.

Als ik zie wie er beneden voor het zwarte busje op ons staat te wachten, werp ik Chris een chagrijnige blik toe. 'Kon er niemand anders?'

'Hij is een vriend van Chewy en hij bood aan om te rijden,' sist Chris, schijnbaar even ontevreden met onze chauffeur als ik. 'Wat moest ik doen?'

'Nee zeggen,' mopper ik, waarna ik mijn gezicht gladstrijk in een vriendelijke glimlach. 'Hoi, wat fijn dat je ons kunt rijden!'

Sander klapt in zijn handen. 'Leuk je weer te zien, Lucy!'

'Ja, super,' zeg ik neutraal, met een dodelijke blik op Chris. Die grijnst naar me.

Hermelien vraagt: 'Goed, iedereen klaar? Trouwens, wilde Kikker niet mee?' Ze wendt zich tot Jildou.

Die haalt haar schouders op. 'Hij moest nog iets doen, zei hij.' Even lijkt het alsof ze nog iets wil zeggen, maar dan werpt ze een blik op mij en bijt ze op haar lip. We stappen allemaal in. Hermelien en ik gaan voorin zitten, naast Sander.

Het valt me op dat Jildou in het busje meteen aanpapt met een van de roeiers uit het team. Ik vraag me stiekem af met wie van hen ze er destijds vandoor is gegaan. Is het de jongen met wie ze nu zit te giechelen of misschien toch De Kakkerlak?

Met een nieuwe hinderlijke klap in zijn handen haalt Sander me uit mijn overpeinzingen. Opgewekt zegt hij: 'Nou, daar gaan we dan! Zullen we nog één keer onze yell doen, uit nostalgie?'

'Nee, dat hoeft echt niet...' begin ik, maar Sander klapt opnieuw in zijn handen en roept: 'Eén! Twee! Drie! ANNIE!'

Kikkers roeiteam brult braaf terug: 'Vier! Vijf! KUTWIJF!'

Hermelien grinnikt achter haar hand. Ik zak een stukje onderuit in mijn stoel en pruttel: 'Nou, ik ben in ieder geval blij dat ze de originele tekst in ere hersteld hebben.'

Sander start de motor.

'Zeg Lucy, zou jij het niet leuk vinden om volgend jaar iets voor de Kick-In te doen?' Hij haalt me uit mijn doezelslaapje als we ter hoogte van Apeldoorn rijden. Ik doe slaperig één oog open en antwoord knorrig: 'Ik laat me nog liever villen en in een ton zout gooien.'

Sander laat zich niet uit het veld slaan. Zijn gezelschap is iets beter te verdragen nu hij het stuur vast moet houden en dus niet in zijn handen kan klappen. 'Je zou echt een goede doegroepouder zijn, hoor.'

Hij is schijnbaar van plan om een heel gesprek te beginnen. Slapen zit er niet meer in voor mij. Ik ga zuchtend rechtop zitten, waardoor Hermeliens hoofd van mijn schouder glijdt. Ze schrikt wakker. 'Zijn we er al?'

'Nee, ga maar weer slapen.'

Ze laat haar hoofd tegen de deurstijl zakken en drijft binnen een paar seconden weer af naar dromenland. Ik ben jaloers; zelfs als ik het zou willen, zou ik nu niet meer kunnen slapen. Een blik over mijn schouder vertelt me dat de roeiers en Jildou wel allemaal vertrokken zijn. In haar slaap houdt ze de hand vast van de jongen met wie ze net zat te flirten. Ik trek mijn wenkbrauwen even op. Interessant.

'We zijn er!' Sander parkeert het busje walgelijk opgewekt achteruit in. Iedereen begint te gapen, te mompelen en zich uit te rekken. Hermelien wrijft in haar ogen. 'Moet ik straks echt beginnen? Ik slaap nog half,' klaagt ze.

Ik geef haar een speelse duw. 'Word je lekker wakker van, een stuk hardlopen.'

'Ik wil jou nog wel eens horen als je de eindetappe moet lopen,' moppert ze.

Er is een groot feest gaande bij de start in Nijmegen. Dreunende dancebeats worden afgewisseld met djembéklanken en overal (echt óveral!) zijn mensen. We banen ons een weg door de zee van dansende, hossende en wiegende lijven en halen ons hesje op. Ons nummer staat op het kledingstuk: 043. Het is naast een baken van fluorescerende stroken ook een soort check, want het bevat een zender. 'Niet kwijtraken,' drukt de jongen van de organisatie ons op het hart.

We peppen Hermelien zo goed en zo kwaad als het gaat op. Gelukkig helpt de sfeer daar behoorlijk bij: iedereen is opgewonden. Waar ik ook kijk, ik zie alleen maar vrolijke gezichten. De mensen die niet hoeven te lopen vieren dubbel zo hard feest. Het bier vloeit rijkelijk.

Dan is het tijd om ons naar de start te begeven. Hermelien trekt het hesje over haar hardloopoutfit aan en neemt plaats in de hyperactieve klont renners die zich al voor de start heeft opgesteld. Ik sta samen met de rest van de nachtploeg achter de dranghekken bij de start. Hermelien werpt me nog een onwillige blik toe, maar als ik een gekke bek naar haar trek, breekt er toch een glimlach door op haar gezicht. Het is donker en koud, dus ze doet af en toe een hupsje om warm te blijven. Vanuit mijn ooghoek zie ik dat Jildou dicht tegen een van de roeiers aankruipt.

'Oké jongens, luister!' Een jongen in een shirt van de organisatie komt voor de renners staan, die staan te trappelen voor het roodwitte lint. Hij draagt een grote Vikinghelm en toetert enthousiast door een megafoon. 'Nog héél even en dan gaat de Batavierenrace van start! Zijn jullie er klaar voor?'

Iedereen brult. O, ze zijn er zeker klaar voor. Zelfs Hermelien heeft inmiddels rode wangen van opwinding.

'Ja? Helemaal klaar?' De jongen laat een stilte vallen, die zindert van de spanning. 'Drie... Twee... Eén... Laat de race beginnen!' Snel stapt hij opzij. Iemand drukt op een luchthoorn. Het rood-witte lint wordt opgetild en de renners komen in beweging. Een hele stroom enthousiastelingen in fluorescerende hesjes komt langs. Een peloton fietsers zet zich tegelijk met de lopers in beweging.

Wij schreeuwen succeswensen naar Hermelien. 'Go, go, go!'

'Woehoe! Hermelien!'

'Je kunt het!'

Ze rent zwaaiend langs ons. We kijken haar na tot ze in het donker van de nacht is verdwenen met de rest van de renners. Dan draai ik me om naar de rest. 'Zullen we ergens een kopje koffie scoren en dan doorrijden naar het volgende checkpoint?'

Drie kwartier later komt Hermelien hijgend, trillend en bezweet binnen. Ik help haar uit haar hesje en geef het door aan de roeier die nu aan de beurt is.

'Goed gedaan! Ik ben zo trots op je,' roep ik, terwijl ik Hermelien om de hals val.

Hijgend weet ze uit te brengen: 'Ik werd aan alle kanten...' – ze hapt naar adem – 'ingehaald.'

'Ach, dat is toch helemaal niet erg?' Ik gebaar naar alle andere verhitte renners die nu nog binnenkomen. 'Je bent wel mooi even begonnen, toevallig! En je bent sneller dan al deze mensen.'

Ze grijnst. 'Dat is waar. Mag ik misschien een slokje water?'

De rest van de nacht is een vermoeiende en tegelijkertijd enerverende cocktail van doorrijden naar het volgende checkpoint, juichen en bijpraten over hoe het gegaan is, gecombineerd met hazenslaapjes in een ongemakkelijke houding in het busje en af en toe een broodje eten. Ik ben alle gevoel voor tijd kwijt. Het voelt surrealistisch als ik de zon op zie komen terwijl we op een van de roeiers staan te wachten. Zachtroze licht boven de horizon kondigt de dageraad aan, waarna de zonnestralen de lucht langzaam laten verkleuren naar oranje. Niet veel later staan we onder een strakblauwe hemel op de vroege ochtend te bibberen van de kou, het slaapgebrek en de adrenaline die door onze lijven raast. 'Ik heb nog nooit zo'n bizarre nacht meegemaakt,' zegt Hermelien.

Ik denk terug aan de zomernachten die Merel en ik in de kroeg doorbrachten, waarna we giechelend naar buiten rolden als het alweer licht werd. Zelfde tijdstip, compleet andere setting.

'Ik ook niet,' zeg ik.

De ochtendploeg arriveert per trein. Merel, Simone, Cleo, Fleur en Marijn stappen juichend in het busje als we hen ophalen van het station en afscheid nemen van alle roeiers, op De Kakkerlak na, die waarschijnlijk over een halfuurtje bij het volgende checkpoint aankomt. De ploeg neemt de trein naar huis om een beetje te slapen voordat we vanmiddag finishen. Zodra ze uit het zicht zijn, slaak ik een opgeluchte zucht. Even geen Jildou meer. Ze kreeg vlak nadat ze haar stuk had gerend een sms, waarna ze zich de rest van de tijd redelijk rustig heeft gehouden. Toch zuigt het behoorlijk wat energie op als iemand je de hele tijd moordlustige blikken toewerpt. Mijn benen voelen zwaar aan. Ik kan me amper voorstellen dat ik over een halve dag zelf nog in de benen moet om de eindetappe te lopen.

Omdat de roeiers en Hermelien allemaal relatief lange stukken hebben gerend, hebben we de kortere afstanden bewaard voor Merels club. Zij hebben per slot van rekening het minst getraind van ons allemaal. Simone en Cleo zetten allebei een heel degelijke tijd neer. Merel en Marijn doen het ook redelijk, maar op Fleur sta ik lang te wachten bij het checkpoint. Renner na renner komt binnen, maar nog geen spoor van onze ploeggenoot. De rest van de jaarclub spreekt de mogelijkheden door. 'Misschien is ze gevallen,' oppert Simone.

'Nee, dan hadden ze wel gebeld,' zeg ik, terwijl een ongerust gevoel me bekruipt. Als er iets aan de hand is, belt de organisatie wel naar mij, toch?

Achter me hoor ik getoeter. Als ik me omdraai, zie ik dat Sander aan komt rijden in het busje, met daarin de middagploeg. Abby springt eruit voordat ze zelfs maar stilstaan. 'We stonden in de file! Dat geloof je toch niet, op zaterdagochtend? Sorry dat we zo laat zijn, nu lopen we vast vet achter op schema! Moeten we herstarten?'

Ik zie een lang been uit het busje verschijnen. Snel wend ik mijn blik af. 'Jullie zijn nog op tijd,' stel ik Abby gerust. 'Fleur is nog niet binnen.'

'Daar komt ze!' roept Cleo. Ik kijk om en zie inderdaad een blond meisje in de verte. Ze is overgegaan op een wandeltempo en hinkt een beetje. Met haar rechterhand drukt ze hard in haar zij. 'Je bent er!' roep ik opgelucht als ze met hortende ademstoten arriveert en het hesje over haar hoofd trekt. 'Gaat het?'

'Nee,' weet Fleur uit te brengen voordat ze in huilen uitbarst. 'Het ging hartstikke sl-sl-slecht! Ze bleven maar naar me roepen dat ik moest stoppen, m-maar ik wilde eerst even het hesje doorgeven. Ik denk dat ik mijn knie overbelast heb, het d-doet v-vet veel pijn!'

Ze duwt het verfrommelde hesje in mijn handen. Merel en Marijn ondersteunen haar en met zijn drieën zetten ze koers naar de EHBO-post. Ik geef het hesje een beetje ongerust door aan Abby. 'Succes, heb je genoeg water bij je?'

'Ja hoor,' kwettert ze zonnig. 'Heerlijk, dit is nog eens wat anders dan de sportschool! Tot zo!'

We wachten tot Fleur terugkomt met een ingetapete knie en twee krukken (en gelukkig ook een kleine glimlach), waarna we Merels club afzetten op het station en doorrijden naar het volgende checkpoint. Hoewel ik na de algemene begroeting niet één keer achteromkijk, voel ik mijn nek constant kriebelen door de aanwezigheid van Kikker. Paladin zit achterin te roken, waardoor het hele busje stinkt. Otto en Anjo wapperen demonstratief met hun handen voor hun gezicht en kuchen af en toe, maar Paladin schijnt de hint niet echt te begrijpen. Dolly heeft zijn gigantische bos krulhaar geprobeerd bij elkaar te binden in een staart, maar er springen aan alle kanten alweer eigenwijze krullen uit. Hij neemt bij het volgende checkpoint het hesje over van Abby. Daarna is Anjo aan de beurt. Met een knalpaarse kop en piepende ademhaling komt hij anderhalf uur later bij het volgende checkpoint aan, waar Otto het hesje met een ongerust gezicht over zijn hoofd laat glijden. Anjo steunt tegen mijn schouder en puft buiten adem: 'Rennen... is voor...'

'Jaja, rennen is voor dieren,' onderbreek ik hem met een geruststellend klopje op zijn schouder. 'Je bent een beest, hoor. Een tijger.'

Ik ben inmiddels schor van het juichen, heb zere handen van het klappen en voel me behoorlijk wankel. Dat laatste is ook deels te wijten aan de aanwezigheid van Kikker. Hoewel ik nog geen woord met hem gewisseld heb, ben ik me constant bewust van waar hij is, wat hij doet en met wie hij praat. Hij ziet eruit alsof hij net zo'n gebroken nacht heeft gehad als ik. Maar waar ik eruitzie alsof ik al wekenlang onder een krant in een kartonnen doos slaap, draagt Kikker zijn vermoeidheid met verve. Ik moet fysiek moeite doen om hem niet aan te raken als hij voorbijloopt.

Ik besluit even een momentje voor mezelf te nemen. Met een soepele beweging laat ik me in kleermakerszit op het platgetrapte gras zakken. Ik sluit mijn ogen en leg mijn handen tegen mijn oren, om de wereld buiten te sluiten. Al is het maar voor even. Ik hoor mijn bloed suizen en mijn hart kloppen. Ik ruik de modder en de lente en de zwetende, opgeluchte mensen die de lijn passeren. Langzaam voel ik mezelf ontspannen. De zon schijnt warm op mijn hoofd, waar ze mijn haar en de achterkant van mijn oren verwarmt.

Ik zou eeuwig zo kunnen blijven zitten, maar dan legt iemand een hand op mijn schouder. Ik voel lange, stevige vingers en zijn lichaamswarmte die bijna een gat door mijn trui heen brandt. Met een schok veer ik overeind. Ik haal mijn handen van mijn oren en kijk in zijn gezicht. Hij zit gehurkt voor me, zijn lange lijf in een losse trainingsbroek en een rood-wit-groene trui van Euros.

'Gaat het met je?' Bezorgd kijkt hij me aan. Zijn ogen scannen mijn gezicht, op zoek naar een teken van... van wat, eigenlijk? Zwakte? Waarschijnlijk denkt hij dat ik het niet aankan.

'Ja hoor,' antwoord ik luchtig, terwijl ik zijn hand van mijn schouder schud. 'Niks aan de hand.'

Kikker kijkt beduusd. 'O. Maar je zat hier zo...'

'Niks aan de hand,' herhaal ik.

We kijken elkaar aan en daar is het weer. Het is alsof hij een magneet is en ik een willoos stukje ijzer. Ik voel dat mijn lichaam zijn kant op leunt. Mijn lippen gaan van elkaar en mijn bloed gaat sneller stromen. Zijn hand gaat een stukje omhoog, alsof hij mijn gezicht wil aanraken. Dan kijkt hij weg. Zenuwachtig haalt hij de hand door zijn blonde haar, alsof dat de reden was dat hij hem optilde.

Ik voel me een grote sukkel. Wanneer houdt mijn lijf eindelijk eens op me te verraden?

'Weet je zeker dat alles goed met je gaat?' Hij kijkt vluchtig mijn kant op en staart dan weer naar de grond.

Ik knik. 'Alles prima.'

'Fijn.' Hij kucht. 'Ik wil echt dat het goed met je gaat, Lucy.'

'Maak je over mij maar geen zorgen,' bijt ik hem toe.

Een droeve uitdrukking glijdt over zijn gezicht. Ons oogcontact duurt slechts een halve seconde, die aanvoelt alsof we samen een uur doorbrengen op een verlaten strand zonder kleren. Hij knikt en staat op. 'Jij redt het wel,' mompelt hij.

Ik hoor alleen maar wat hij niet zegt.

Als Otto de streep passeert, net zo paars en hijgend als zijn tweelingbroer, wringt Paladin grommend zijn gigantische lijf in het lichtgevende hesje. Het is een kansloze missie, alsof ik zou proberen een rompertje aan te trekken. Dolly, Sander en ik trekken met zijn drieën aan de onderkant van het hesje, terwijl Paladin staat te mopperen met zijn handen hulpeloos in de lucht. 'Zo kan ik niet eens een sigaret aansteken,' zegt hij.

'Je gaat straks een stuk hardlopen, je hoeft helemaal geen sigaret aan te steken,' wijs ik hem terecht.

'Ik rook wanneer ik wil, bimbo.'

Ik wil hem scherp van repliek dienen, maar dan klinkt er een scheurend geluid en schieten mijn armen omlaag.

'Shit,' mompel ik zachtjes.

Het goede nieuws is dat Paladin het hesje aan heeft. Het slechte nieuws is dat het aan de achterkant finaal in tweeën is gescheurd.

'Stuk?' informeert Paladin.

'Worden we nu gediskwalificeerd?' vraagt Dolly.

Ik probeer te bedenken of hier iets over in het reglement stond, maar er schiet me niets te binnen. Ik wissel een blik met Sander, die even nadenkt en dan in zijn handen klapt. 'Goed, we zien het vanzelf, nietwaar?'

Ik grijns. 'Alsof iemand Paladin durft te diskwalificeren.'

Als ik Paladin na drie stappen een sigaret op zie steken, zucht ik diep. 'De race is voorbij,' mompel ik tegen niemand in het bijzonder.

'Misschien doet hij het wel heel goed.' Dolly klinkt weinig hoopvol.

Twee volle uren later zitten we lusteloos bij het volgende checkpoint. De spanning is er wel een beetje van af, maar misschien is dat ook omdat ik niet het idee heb dat Paladin gaat finishen. Hij zit nu vast bij een fastfoodrestaurant, terwijl wij hier de tijd weg zien tikken. Ploeg na ploeg onthaalt met luid gejuich zijn rennende teamlid, maar Paladin is nog altijd in geen velden of wegen te bekennen. De kans dat we bij de eerste honderd finishende ploegen zitten is al lang en breed verkeken, maar ik betwijfel nu of we de race überhaupt nog wel uit gaan lopen.

Ineens gaat Dolly rechtop zitten. 'Is dat...?'

Ik volg zijn blik en val bijna om van verbazing. Daar komt Paladin aangesjokt. Hij tilt zijn voeten amper op. Op de maat van zijn zware, logge passen puft hij af en toe een grote wolk rook uit, alsof hij een soort stoomlocomotief is. Er bungelt een peuk in zijn mondhoek, die hij tijdens het lopen moeiteloos vervangt door een nieuw exemplaar.

We springen als één man op en beginnen te joelen. Paladin kijkt ons een beetje vreemd aan, alsof hij zich afvraagt waar we zo druk over doen. Hij trekt het hesje over zijn hoofd, waarbij de gehavende stof nog wat verder scheurt. Kikker pakt het grijnzend van hem aan. 'Bedankt, hè.' Hij steekt zijn hand naar ons op. 'Tot zo. Nog een klein stukje!'

Het is alsof hij mij iets langer aankijkt, maar dat verbeeld ik me vast. Ik knik en zeg zo zakelijk mogelijk: 'Veel succes.'

Ik probeer niet naar zijn lange benen te staren als hij vertrekt.

De reis naar het laatste checkpoint gaat voorbij als in een droom. Mijn hoofd is zweverig, mijn ogen zijn droog en mijn keel is rauw. Ik weet niet of ik moet proberen te slapen of beter iets kan eten. Tegen de tijd dat ik heb besloten dat een boterham wel verstandig is, zie ik dat het daar eigenlijk al te laat voor is. Als ik nu nog iets naar binnen werk, krijg ik daar tijdens het lopen ongetwijfeld last van. In plaats daarvan neem ik dus nog maar een slok water. Bij het checkpoint ga ik naarstig op zoek naar een wc, zodat ik mijn laatste plasje voor de finish kan doen én mijn outfit aan kan trekken, zoals we hebben afgesproken.

Als ik even later in vol ornaat naar buiten kom, kijken de vier meiden in de wachtrij me verbaasd aan. 'Goed thema,' lacht eentje naar me. Ik grijns terug, maar dan bedenk ik dat ze dat natuurlijk niet kan zien.

Sander maakt een foto van me als ik eraan kom. 'Hé, hou daar eens mee op,' zeg ik. Mijn stem wordt een beetje vervormd door het masker. Anjo, Otto, Dolly en zelfs Paladin zijn lyrisch over mijn outfit.

'Ik sms een hint naar Chewy,' zegt Sander, waarna hij voorleest: *'Er rent ook iemand van Kashyyyk mee voor je.'*

Ik frons en vraag me af hoe die arme Chewy zo'n rare hint ooit moet snappen. Ik begrijp niet eens wat Sander bedoelt en ik weet al wat voor pak ik aan heb.

Paladin fronst ook. 'Dat is toch veel te duidelijk?' bromt hij.

Ik schud mijn hoofd. Het blijven natuurlijk wel nerds.

Kikker ziet me al van verre staan. Gierend van het lachen komt hij voor mijn neus tot stilstand. 'Niet gedacht dat ik jou ooit nog eens zo zou zien,' hijgt hij. Samen met Paladin helpt hij me in het hesje, want mijn outfit zit behoorlijk in de weg.

Het pak is zwaarder dan ik had gehoopt, maar pas over de helft wordt het echt irritant. Ik zweet me een ongeluk, maar dat is niet het vervelendste. De rits schuurt in mijn nek, wat na een tijdje echt pijn doet. Daarbij teistert een bijtende pijn mijn kuiten en knieën. Ik probeer mijn ademhaling onder controle te houden, maar het lukt niet. Ik vertraag mijn tempo. Mijn lijf smeekt om even te gaan wandelen, maar ik weet dat ik verloren ben als ik dat doe. Normaal bel ik op zo'n moment naar Merel, maar dat is niet echt een optie met dit pak aan. Ik kan mijn touchscreen niet eens bedienen. Daarom ga ik maar voor plan B: ik doe alsof ik Merel bel. Waar zouden we het over hebben? Waarschijnlijk over Kikker en die rare spanning die de hele tijd tussen ons hangt, ook al heeft hij weer iets met Jildou en heb ik besloten dat ik niets meer met hem te maken wil hebben.

Merel zou dan waarschijnlijk reageren met iets snedigs en hem afserveren als een sukkel omdat hij niet voor mij heeft gekozen. Ik zou twijfelen en vragen hoe zij dat met Frits doet, die toch bekendstaat als een behoorlijke womanizer. Merel zou lachen en zeggen dat ze zijn zaakje in de sambal doopt als hij vreemdgaat.

Het helpt nu al, mijn lichaam past zich veel gemakkelijker aan. Ik adem door mijn neus en volg braaf de route. De zon schijnt genadeloos fel. Mijn mederenners werpen me zo nu en dan bemoedigende blikken toe. Niet zelden mompelt iemand die me inhaalt: 'Sterkte!'

Ik loop in mijn eigen droomwereld. Op een gegeven moment zit ik zo in een flow dat ik bijna geloof dat ik een dutje zou kunnen doen tijdens het rennen. Het voelt alsof mijn lichaam het heeft overgenomen van mijn hersenen. Dit heb ik nog nooit meegemaakt. Ik ben door een of andere barrière gebroken. Misschien werkt de combinatie van slaapgebrek, liefdesverdriet en hardlopen in een snikheet pak wel als een soort lsd. Ik haal zelfs een paar mensen in, tot mijn (en hun) grote verbazing.

Als de campus in zicht komt, hoor ik ook het gebonk van muziek en het geschreeuw van duizenden stemmen. Iedereen heeft zich op de atletiekbaan verzameld, bij de finish. Het voelt alsof een withete vuurbal zich in mijn buik heeft genesteld, die langzaam alle vermoeidheid, twijfel en verzuring uit mijn lichaam verdrijft, totdat mijn hart geen bloed meer rondpompt maar puur ongeduld. Ik wil finishen. Ik wil aan Chewy laten zien dat we dit voor hem doen.

En daarna wil ik dit godvergeten snikhete pak uittrekken.

Er zijn al heel wat mensen gefinisht, maar het publiek is er niet minder enthousiast om. Als ik eindelijk met een paar mederenners de atletiekbaan betreed, word ik overweldigd door een zee van geluid en gejuich. De commentator, die eigenlijk alleen heel saai de namen van de finishende teams opleest, galmt ineens verbaasd door de luidsprekers: 'En nu betreedt...' – een korte stilte, waarin het gejuich nog luider wordt – 'Ja, het is hem echt. Dames en heren, namens team Het Fort loopt Chewbacca de eindetappe.'

Ik steek mijn harige armen in de lucht. Het gejuich en geroep van duizenden vrolijke mensen draagt me de baan over, tot ik bijna gewichtloos ben. Dan voelt het ineens alsof iemand iets met een gigantische vaart tegen me aan katapulteert. Het raakt me zo hard van opzij, dat mijn masker verschuift. Ik zie nu nog maar met één oog de grond op me afkomen.

Onzacht klap ik tegen het rubberachtige tartan. Ik voel een dreun tegen mijn hoofd en rol met moeite op mijn rug om te kunnen zien door wie of wat ik word belaagd. Het eerste wat ik zie is de blauwe lucht. Het tweede is het van woede vertrokken gezicht van Jildou.

'Wat... Au!' Ik scherm mijn gezicht af als ze haar rechtervuist venijnig hard op mijn oor neer laat komen.

'Teef!' gilt ze in mijn gezicht. Er vliegen druppeltjes spuug met haar woorden mee naar buiten. 'Vieze, smerige, gore...'

Bij iedere belediging deelt ze een klap uit. Het masker beschermt mijn gezicht, maar maakt het ook behoorlijk lastig om te ademen en alles te overzien. 'Ga van me af!' schreeuw ik.

'Het lijkt erop dat Chewbacca momenteel in elkaar wordt geslagen door een boos meisje,' licht de commentator behulpzaam toe.

'Hij heeft voor míj gekozen!' gilt ze. 'Maar néé, dat was weer niet goed genoeg. Wat heb je met hem gedaan? Nou?' Ze geeft een harde tik op de bovenkant van mijn hoofd.

'Au! Waar heb je het over?' Ik worstel me los uit mijn apathie en dwing mezelf in een zittende houding.

'Over Olivier!' krijst Jildou. De tranen stromen over haar wangen. 'Waarom wil hij me niet meer?'

Ik probeer haar van me af te werpen, maar ze klemt zich vast met haar knieën in mijn ribben. Alle lucht verdwijnt uit mijn longen. Ze haalt nog een keer naar me uit, maar ik duik opzij.

'Oeiii,' doen duizend toeschouwers.

'Pak haar, Chewbacca,' gilt iemand.

Even plotseling als Jildou net boven op me zat, is ze nu ook weer weg. Ik schuif mijn masker weer goed en krabbel verbaasd overeind. Jildou staat ineens een meter bij me vandaan, waar ze in bedwang wordt gehouden door Kikker. Hij werpt me een ondoorgrondelijke blik toe en richt zich dan weer op Jildou, die zich probeert los te wurmen. Ze trapt naar achteren, probeert in zijn hand te bijten en schreeuwt alsof ze door twaalf bouwvakkers uit elkaar wordt getrokken.

'Sorry,' zegt Kikker, met een blik op Jildou alsof ze niet meer dan een stofje in zijn oog is. 'Kun je me een plezier doen?'

'Wat?' vraag ik door mijn masker heen.

'Kun je vanavond om tien uur naar de Vestingbar komen?'

'Eh...' Ik frons. 'Natuurlijk.'

'Mooi.' En zonder nog iets te zeggen draait hij zich om en neemt hij Jildou mee de baan af, terug het publiek in. Ik zie dat hij haar fel toespreekt.

Naast me hoor ik: 'Heb je hulp nodig?'

Ik kijk opzij en zie tot mijn grote verbazing een kale jongen staan. Na twee keer knipperen herken ik hem. 'Chewy!'

'De enige echte.' Een klein glimlachje speelt om zijn mond. Hij gebaart naar mijn pak. 'Is dit voor mij?'

Ik knik verwoed. 'Jazeker. Het was alleen de bedoeling dat ik zonder in elkaar gemept te worden over de finish zou komen.'

'Hier, ik help je wel.' Tot mijn verbazing slaat hij een arm om mijn middel om me te ondersteunen. Pas als ik een stap zet, merk ik dat mijn benen compleet verzuurd zijn. 'Gaat het?' vraagt Chewy, terwijl we gedwee naar de finish hobbelen. Zijn kale kop glanst in de zon. Het gejoel dat vanaf de tribune opstijgt, bereikt een oorverdovend niveau. Als we eindelijk over de finish komen, zet ik opgelucht mijn masker af. Mijn haar ligt als een plakkerige, vieze helm over mijn schedel. De rest van het team komt op Chewy en mij afgerend. 'Yes! We hebben het gedaan!' roept Hermelien hysterisch.

'We hebben de Bata gelopen!' gilt Merel.

'En we zijn niet eens als laatste gefinisht,' lach ik.

Iedereen staat te hossen en te springen. 'Tijd voor bier!' roept Chris. Ik draai mijn hoofd naar hem toe. Het voelt alsof ik op een slechte tv naar een voetbalwedstrijd kijk. Alles laat een soort spoor na en mijn hoofd voelt aan als een aquarium.

'Ik denk dat ik eerst even ga slapen,' zeg ik wazig.

33

'Lucy, wakker worden!'

Iemand schudt aan mijn schouder. Langzaam drijf ik naar boven uit mijn diepe slaap. Ik klamp me onderweg een paar keer vast om niet wakker te hoeven worden.

'Gaweg, ikwizzzllááápe,' weet ik met een onwillige tong uit te brengen. Zie je wel, zelfs mijn mond slaapt nog.

'Wakker worden, tijd om op te staan.' Het gepor tegen mijn schouder gaat door. Ik draai me om, maar dat zorgt er alleen maar voor dat de plaaggeest zich op mijn andere schouder concentreert.

Ik open mijn ogen om een chagrijnige uitval te doen, maar mijn slechte humeur verdwijnt als sneeuw voor de zon als ik in het breed grijnzende gezicht van Hermelien kijk. 'Hello sunshine,' zegt ze.

Ik trek de dekens over mijn hoofd om mijn glimlach te verbergen. 'Hoi draak.'

'Zeg, ik doe braaf wat jij me hebt opgedragen en dan ben ik een draak?' vraagt ze quasibeledigd. 'Ik zal je even citeren: "En ik wil dat je me om halfnegen wakker maakt. Geen minuut later." En daarna zei je nog iets onsamenhangends over de Vestingbar, maar ik geloof dat je toen al half sliep.'

'O ja!' Ik ga rechtop zitten in bed. 'De Vestingbar!'

'Vertel,' eist Hermelien.

'Kikker vroeg of ik daar om tien uur kon zijn.' Ik schokschouder als Hermelien me vragend aan blijft kijken. 'Je kunt de hele avond zo blijven kijken, maar meer weet ik echt niet. Je zult maar gewoon mee moeten gaan. Wat is die smerige lucht trouwens?' Ik snuif een paar keer diep, met een vies gezicht. 'Zijn er in de buurt boeren aan het gieren?'

'Nee, het is geen kunstmest,' zegt Hermelien met een uitgestreken gezicht. 'Ik vrees dat je je bovenlip ruikt. En de rest van je lijf. Als ik jou was zou ik eerst even gaan douchen.'

Om kwart voor tien sta ik zenuwachtig met een biertje in mijn hand tegen de bar geleund. Ik ben helemaal opgemaakt, met mijn favoriete zeeblauwe ooglook. Op mijn linkerwang heb ik wat extra concealer gedaan, want die is een beetje dik en blauw geworden door Jildous wilde aanval. Qua kleding heb ik het simpel gehouden: een zwarte blouse met korte mouwen en een v-hals en een turkooizen broek die op precies de juiste plaatsen mijn figuur omhelst. Even overwoog ik mijn pornohakken erbij aan te trekken, maar in aanmerking genomen dat ik daar normaal al amper op kan lopen, besloot ik mijn verzuurde kuiten te trakteren op ballerina's. Ik weet alleen niet of mijn haar opsteken wel een goed idee was; de eerste eigenwijze plukken hebben zich inmiddels al aan mijn kapsel ontworsteld.

'Wat nou als Kikker je niet kan vinden?' Hermelien drentelt heen en weer. Ze is zo mogelijk nog zenuwachtiger dan ik. Toch kan ik haar geen ongelijk geven, want de kans dat hij ons over het hoofd ziet in deze mensenmassa lijkt me vrij groot. Op een normale zaterdagavond zijn wij meestal de enigen die de Vestingbar bevolken, maar tijdens het grote Bata-feest barst de arme kroeg bijna uit zijn voegen. Het contrast is schokkend. De laatste keer dat ik het hier zo druk heb gezien, was tijdens de Kick-In.

Plotseling spot ik in de menigte drie bekende gezichten. Ik zwaai en Chris, Paladin en Chewy komen onze kant op. Die laatste ziet er inmiddels behoorlijk uitgescheten uit. 'Gaat het wel?' vraag ik bezorgd.

'Ik heb me in maanden niet zo goed gevoeld,' antwoordt hij, zo te zien naar waarheid; zijn ogen stralen in zijn verder asgrauwe gezicht. 'Helaas moet ik binnen nu en een uur wel naar huis, anders vermoordt mijn moeder me.'

'Dan hoeft ze je alleen maar thuis te houden tijdens de chemokuren,' gromt Paladin, waarna de jongens in een rauwe lachbui uitbarsten.

Ik wend mijn gezicht af, omdat ik vind dat ik niet om deze grap mag lachen maar het stiekem wel moet. Ineens kijk ik recht in het arrogante gezicht van Roderick. Hij neemt me van top tot teen op en zegt dan lijzig: 'Ik zie dat je je vacht geschoren hebt?'

Ik wend me tot Chewy en vraag: 'Hoorde jij ook een lama schijten?'

'O, grappig hoor,' snauwt Roderick. 'Heel volwassen, kreng.'

Chewy draait zich om naar hem. De jongens staren elkaar een paar seconden lang aan. Dan zegt Chewy verbaasd: 'Hé, HP, lang niet gezien.'

Ik kijk van de een naar de ander. Ergens in mijn hoofd valt een kwartje. 'Wacht even, Chewy. Zei je nou HP?'

'Yup.' Zijn blauwe ogen glinsteren ondeugend.

Ik wend me hysterisch lachend tot Roderick. 'Dus jíj bent de Hoekpoeper!'

Mijn arrogante huisgenoot loopt rood aan. 'Wat?'

'O, dat telefoontje dat je toen naar me pleegde,' helpt Chewy hem herinneren. 'Iets over schijten in de hoek van je kamer...'

De ballerige metgezel van Roderick mengt zich grijnzend in het gesprek. 'Wat, heb jij in de hoek van je kamer gescheten, Ro?'

Ik heb nog nooit iemand zich zo snel uit de voeten zien maken.

Ik kijk om me heen om te zien of Kikker al in zicht is, maar ik zie nog geen spoor van hem. 'Hebben jullie Kikker toevallig gezien?' vraag ik zo nonchalant mogelijk.

'Nee. Die jongen schijnt überhaupt nooit meer buiten zijn kamer te komen. Zit-ie daar maar de hele tijd op zijn gitaar te pingelen,' zegt Chris schouderophalend.

Voordat ik door kan vragen, zegt Paladin op zakelijke toon tegen Hermelien: 'Ik stop met roken.'

Haar mond vormt een stille O.

'Wauw, wat goed,' complimenteer ik hem.

Zonder zijn blik van Hermelien af te wenden heft Paladin zijn hand naar me op. 'Hou je erbuiten, bimbo. De grote mensen zijn aan het praten.'

'Nou zeg,' mompel ik, maar Chris trekt me opzij en zegt zachtjes: 'Mogelijk wil je je hier niet mee bemoeien.'

'Hoezo?' vraag ik op samenzweerderige toon.

Chris twijfelt even, maar dan flapt hij eruit: 'Vorig jaar hadden ze verkering.'

Ik geloof dat mijn ogen bijna uit mijn hoofd rollen. 'Sorry?'

'Ja, echt waar.' Chris grijnst. 'Helaas liep het stuk omdat Hermelien roken heel smerig vindt. O, en ze kon niet verkroppen dat Paladin haar heeft laten zitten op een afspraakje.'

'Waarom liet hij haar dan zitten?'

Chris kucht ongemakkelijk. 'Hij was World of Warcraft aan het spelen en vergat de tijd.'

'Dat méén je niet,' proest ik. 'Wat een drol!'

'Vijf keer,' voegt Chris er zachtjes aan toe.

'*Facepalm*,' grinnikt Chewy.

Stiekem gluur ik opzij, waar Hermelien en Paladin diep in gesprek verwikkeld zijn. Ze kijken allebei serieus. Voor het eerst zie ik meer dan een sprankje emotie in Paladins zwarte ogen. Hij kijkt hoopvol, zijn hele gezicht lijkt ineens een stuk jonger. Ik hoor Hermelien zeggen: 'Ik wil niet dat je halfslachtige toezeggingen doet, snap je? Ik wil dat je je levenshouding verandert en mij op één zet, niet dat stomme spelletje.'

Ik wacht ingespannen af tot Paladin haar begint uit te schelden omdat ze World of Warcraft een stom spelletje noemt, maar in plaats daarvan zegt hij tot mijn grote verbazing: 'Ja, natuurlijk. Het is ook maar een spelletje.'

'Toen ik dat zei gooide hij me nog net niet uit het raam,' mompel ik tegen Chris.

Die lijkt me niet echt te horen. Hij kijkt met een wazige blik over mijn schouder. Ineens besef ik dat de muziek uit is. Ik draai me om en zie dat Dolly op het podium klimt, dat provisorisch achter in de Vestingbar is gebouwd. Hij pakt met een zenuwachtig kuchje de microfoon, die spontaan een oorverdovende piep laat horen. Iedereen krimpt ineen.

'Ho, sorry,' mompelt onze krullige barman. Hij kucht ongemakkelijk. 'Dames en heren, welkom in de Vestingbar!'

'Gaan we karaoken?' schreeuwt iemand.

'Nee, we gaan een primeur meemaken,' zegt Dolly. 'Dat is veel leuker. Goed, ik zal niet zo lang dralen. Ik wil graag aankondigen:

een jongen die vroeger bekend was om zijn lieve gezicht en schattige liedjes' – mijn hart maakt een opgewonden huppeltje – 'en die vandaag optreedt met zijn grote helden. Hier zijn... Olivier en De Jeugd Van Tegenwoordig!'

De zaal wordt gek. Iedereen probeert een extra stapje in de richting van het podium te doen. Ik geloof dat ik een toeval krijg.

Eerst beklimmen drie mannen het podium. Blijkbaar zijn zij De Jeugd Van Tegenwoordig. Ik ken hun nummers wel, maar heb ze nog nooit in het echt gezien. Daarna komt Kikker erbij staan (hij heeft geen trappetje nodig met die lange stelten; hij stapt gewoon in één keer op het podium). Een van de mannen neemt het woord. 'Olivier en Willie Wartaal naast elkaar.' Hij gebaart naar Kikker, die behoorlijk boven hen allemaal uittorent. 'Een kleine, dikke neger en een twee meter lange ariër,' gaat hij verder. De zaal lacht. Willie pakt ook een microfoon. 'Ik heb ook nog wel ergens twee meter verstopt, hoor.'

De zaal joelt.

Willie wendt zich tot Kikker. 'Olivier, heb je inmiddels die 4 uit je naam weggehaald?'

Kikker knikt braaf.

'Goed man, gelukkig maar, want dat was echt gay.' Ik proest achter mijn hand. Willie gaat onverstoorbaar verder: 'Het eerste nummer brengen we jullie samen met Olivier. Ja, ik weet het, toen hij ons belde zeiden wij ook: "Olivier, je kan shit wel willen, maar als shit niet kan..." Maar het is een fucking vet nummer geworden. Dus fok die shit, we doen het gewoon.'

'En we doen het voor jullie allemaal, maar ik geloof in het bijzonder voor één iemand,' gaat de eerste man weer verder. FABER-YAYO, staat er op zijn shirt.

'Dat klopt. Ze zei dat ze om tien uur hier zou zijn, dus ik hoop dat ze ook echt in de zaal staat...' Kikker tuurt in het rond.

Mijn buik maakt een looping. Hij zoekt mij! Ik wil zwaaien en roepen dat ik hier ben, maar mijn ledematen en stembanden werken niet mee. Het enige wat ik kan is verbaasd naar het podium staren.

'Als ze er niet is doen we gewoon alsof,' zegt Willie. 'Joehoe, waar ben je?'

Tientallen meiden steken hun handen in de lucht.

'Aan hoeveel meisjes heb je gevraagd om hier om tien uur te zijn?' lacht Faberyayo.

Een meisje vooraan schreeuwt: 'Je mag ook voor mij zingen, hoor!'

Hermelien kijkt me met grote ogen aan en geeft me een harde por tussen mijn ribben. 'Lucy, dat ben jij! Zeg iets!'

Ik schud mezelf wakker uit mijn trance en steek mijn hand op. 'Hier,' roep ik met een zachte, ijle stem.

Kikkers blik schiet mijn kant op. Als onze ogen elkaar vinden, breekt er een zachte glimlach door op zijn gezicht. 'Daar is ze.' Hij knikt mijn kant op.

De zaal draait zich als één man om. Ik doe snel mijn arm naar beneden. Ineens sist iemand in mijn oor: 'Loop naar voren, doos. Hij gaat een liedje voor je zingen!' Als ik me omdraai kijk ik in Merels gezicht. Als ik niet echt reageer, rolt ze geërgerd met haar ogen. Ze pakt mijn arm vast en begint me naar het podium toe te loodsen. 'Als je mij toch niet had,' zegt ze.

'Dus dat is d'r?' vraagt de derde man. Hij moet Vieze Freddie zijn.

'Dat is Lucy,' bevestigt Kikker.

Vieze Freddy wendt zich tot mij. 'Mocht hij nou niet bevallen, dan ben ik bereid heel smerige dingen met je te doen. En je hoeft er niet eens voor te betalen,' voegt hij er grootmoedig aan toe.

Ik voel me net Hermelien, zo'n rode kop heb ik inmiddels. Kikker kijkt me grijnzend aan. Nu ik zo dicht bij het podium sta, zie ik dat hij er een stuk beter uitziet dan de afgelopen maanden. Er zijn honderd jaar zorgen van hem afgevallen. Hij draagt een spijkerbroek, en daarop – er trekt een schok van herkenning door me heen – het groene overhemd dat ik voor hem heb uitgezocht.

'Start die shit!' schreeuwt Willie.

Dan barst het nummer in alle hevigheid los. De muziek klinkt me bekend in de oren, alleen is hij vervormd en een stuk dansbaarder. Kikker begint met zijn diepe, melodieuze stem te zingen. 'Je bent mijn droom, mijn doel, de liefde van mijn leven.'

'En die kwijlerige tekst moet je hem dan maar vergeven,' roept Willie.

Het oude liedje is er nog wel in terug te vinden, maar met die nieuwe beats en al die rommelige rap van De Jeugd ertussendoor is het eigenlijk veel beter. Merel en ik gaan helemaal los. Kikker maakt af en toe oogcontact. Op die momenten voelt het alsof ik op de trap een trede oversla.

Na afloop buigen ze alle vier diep. Tot mijn grote schrik komt Faberyayo naar me toe met een microfoon. 'Wat vond je ervan, Lucy?'

'Eh, ja, leuk,' weet ik verlegen uit te brengen. Hij wacht nog even met de microfoon voor mijn mond, maar ik weet niets anders te zeggen.

'Alleen leuk?' vraagt hij een beetje beledigd.

'Die shit was *impeccable*,' roept Willie.

Ik wijs naar hem. 'Precies wat hij zegt.'

'Nou, vooruit dan maar.' Faberyayo knipoogt naar me en vraagt de zaal: 'En wat vonden jullie?'

Een orkaan van gejuich overspoelt het podium. Dan begint er een blikkerig, hyperactief muziekje dat ik herken als de intro van 'Sterrenstof'. Kikker springt met een soepele beweging van het podium, waar hij blijft staan. Een paar ongemakkelijke seconden lang kijken we elkaar alleen maar aan, maar dan geeft Merel me een duw. 'Als je nog passiever wordt, stoppen je vitale functies ermee. Ga in vredesnaam naar hem toe!'

Met onhandige spierpijnpassen overbrug ik de afstand tussen ons. Kikker pakt mijn hand en trekt me zonder pardon mee achter het gordijn van de knullig in elkaar geflanste coulissen. Het is niet veel, maar momenteel is het de hoogste graad van privacy die we krijgen. Ik kijk omhoog en word direct gehypnotiseerd door zijn blik.

'Wat vond je?' vraagt hij zacht.

'Super,' weet ik uit te brengen.

'Wat ik met je verjaardag op die kaart heb gezet...' Hij aarzelt even. 'Dat meen ik echt. Het is alsof ik dit nummer voor jou heb geschreven terwijl ik je nog niet eens kende.'

Ik bijt op mijn lip. Het is niet de beste vraag die ik kan stellen, daar ben ik me van bewust, maar ik moet het weten. 'En Jildou?'

Kikker trekt schuldbewust één mondhoek omhoog. 'Dat was behoorlijk stom. Ze vertelde me dat je wat had met Ferdi en ik geloofde haar.'

'Waarom?' vraag ik verontwaardigd.

Hij kijkt weg. 'Omdat ik dacht dat het te mooi om waar te zijn was dat je voor mij zou gaan. Gelukkig was Merel er.'

Ik trek verbaasd mijn wenkbrauwen op. 'Wat heeft Merel ermee te maken?'

'Toen jij en Hermelien een hazenslaapje deden vlak voor de Bata, klopte Merel op mijn deur om me even haarfijn uit te leggen dat ik een blinde eikel was omdat ik je liet lopen.' Een klein glimlachje speelt rond zijn lippen. 'Ze vond het trouwens helemaal geen probleem dat Jildou daarbij was.'

Een zenuwachtige giechel ontsnapt me. 'Dat heeft ze me helemaal niet verteld!'

'Nee, ik wilde het je zelf vertellen.' Hij strijkt een van de eigenwijze lokken haar uit mijn gezicht. 'Dus bij dezen. Je bent het knapste, grappigste en sterkste meisje dat ik ken. Als jij in de buurt bent, is het net alsof iemand het licht in mijn hoofd heeft aangedaan. Toen je niet meer in huis woonde, besefte ik pas hoe erg ik me was gaan verheugen op jou zomaar een keer tegen het lijf lopen in de gang. Zou je me kunnen vergeven dat ik zo'n complete idioot ben geweest?'

Ik glimlach trillerig. 'Natuurlijk, gek.'

'Ik wil je al sinds je zo aandoenlijk arrogant deed tijdens het verhuizen.' Zijn blik wordt intenser. 'Er gaat al zeven maanden geen nacht voorbij waarin ik niet over je droom.'

'O, en wat droom je dan?' vraag ik met een ondeugende grijns. Hij duwt me met zijn lijf tegen de muur aan. 'Geeft dit je een idee?' Ik voel alleen maar zijn warmte en harde spieren en hoekige ledematen. Mijn hartslag versnelt, evenals mijn ademhaling. Als Kikker vooroverbuigt en een spoor van kleine kusjes van mijn nek naar mijn oor trekt, adem ik scherp in. Ik voel mijn armen verstijven tegen mijn lijf aan. Ineens weet ik niet meer wat ik moet doen.

Hij leest mijn gedachten. 'Het is geen tentamen, Lucy. Ontspan.' Ik voel zijn mond glimlachen tegen mijn oor aan.

Trillerig adem ik uit. Hij vlecht zijn vingers door de mijne en drukt mijn armen boven mijn hoofd tegen de muur. Dan beroert hij zachtjes mijn lippen met de zijne. Ik beweeg mijn hoofd naar voren, hongerig naar de kus, maar hij trekt zijn gezicht een stukje terug. Ik kan hem niet volgen, want hij houdt me met mijn armen boven mijn hoofd op mijn plek. Pesterig blijft hij net buiten mijn bereik hangen. Zijn blik verschroeit mijn netvlies en van daaruit mijn hele lichaam. Alles klopt, zoemt, gonst van verlangen. Ik wil... Ik wil... Ik weet niet precies wat ik wil, maar ik weet wel dat hij het me kan geven. 'Toe nou,' fluister ik gekweld.

Zijn ogen worden donkerder. Even denk ik dat hij me nog langer zal laten wachten, maar dan raken zijn lippen de mijne en kust hij me zo diep, zo gulzig, dat mijn benen spontaan in pudding veranderen. Zijn lichaam drukt tegen het mijne en ik welf mijn rug, zodat ik hem nog beter voel. Ergens heb ik de vage hoop dat als ik maar hard genoeg duw, onze lijven vanzelf met elkaar versmelten, zodat ik hem nooit meer los hoef te laten.

Zijn greep op mijn handen verslapt, waarna ik ze meteen om zijn nek vouw. Hij staat een beetje gebogen en ik sta op de puntjes van mijn tenen. Kikker legt zijn handen om mijn middel en ik klim in hem zoals een kat in een krabpaal. Stevig klem ik mijn armen en benen om zijn lijf heen. Ik voel hoe zijn handen van mijn rug naar mijn billen glijden. Inmiddels ben ik helemaal vloeibaar vanbinnen, alsof ik alleen nog maar warme bijenwas bevat. Ik druk mijn onderlijf nog wat dichter tegen hem aan. Hij hapt naar adem en begraaft zijn vingers in het vlees van mijn billen. 'Jezus, Lucy, niet hier,' hijgt hij, maar zijn ogen zeggen iets anders. Ze schreeuwen: 'Jawel, wél hier! Het kan me niet schelen waar, maar nú!'

Langzaam laat ik mijn lippen zachtjes over zijn huid glijden, van zijn mondhoek naar zijn oor. 'Waar dan wel?'

Hij kijkt me aan en zet me op de grond. Nee, dat zeg ik verkeerd. Hij laat me martelend langzaam over zijn lijf heen naar de grond glijden. Ik rek me uit om zo lang mogelijk contact met zijn lichaam te maken. Hij grijnst zijn scheve glimlachje en mompelt: 'Het maakt me niet uit waar, als we maar alleen zijn.'

Ik weet niet hoe we afscheid nemen van iedereen in de Vestingbar en of we dat überhaupt doen. Ik weet alleen dat Kikker de hele tijd mijn hand vasthoudt, ook als we samen door de zwoele bijna-zomerlucht van de ochtend terug naar Het Fort lopen. Af en toe kijkt hij omlaag en geeft hij een kneepje in mijn hand. We zeggen niets, maar laten de zinderende spanning in de lucht tussen ons spreken. Als hij eindelijk de deur van zijn kamer openduwt, verwacht ik dat hij voor me uit de kamer in zal stappen. In plaats daarvan schept hij mijn lijf van de grond en tilt me door de donkere kamer naar het bed toe alsof ik helemaal niets weeg. Ik gil van plezier. Met zijn voet schopt hij de deur dicht. 'Eindelijk alleen,' fluistert hij in mijn haar. 'Geen mobieltjes, kleine zusjes, irritante huisgenoten of nare exen die ons kunnen storen.'

Zachtjes legt hij me op mijn rug op het bed. 'Eigenlijk zou ik nu kaarsjes aan moeten steken.'

Met een vastberaden lachje knip ik het lampje naast zijn bed aan: 'Romantisch genoeg.' Ik pak zijn hand en trek hem naast me op het bed. Met een teder gebaar strijkt hij zijn duim langs mijn lippen. 'Je bent zo mooi,' fluistert hij.

Ik trek zijn gezicht naar me toe en kus hem. Ik proef zijn lippen, verken zijn mond en bijt af en toe zachtjes op zijn onderlip. Hij kreunt en duwt me achterover op bed. Met ogen die donker zijn van verlangen laat hij zijn mond over mijn nek naar beneden gaan. Af en toe schampen zijn tanden mijn huid. Ik buig mijn hoofd achterover en sluit mijn ogen, om me alleen maar op zijn aanrakingen te kunnen concentreren. Zijn vingers glijden langs mijn lijf naar boven. Een voor een maakt hij de knoopjes van mijn blouse open. 'Het mag ook sneller, hoor,' spoor ik hem aan.

'Ik nodig je uit om het eens te proberen,' merkt hij op. 'Wat een kleine prutsknoopjes.'

'Oké.' Zonder pardon trek ik mijn blouse verder open, zodat de laatste drie knoopjes eraf springen. 'Opgelost,' zeg ik met een stralende glimlach.

Kikker grijnst. 'Dank je.' Hij kust mijn blote buik en gaat verder naar boven. Dan is zijn warme mond weer op de mijne, terwijl zijn vingers mijn broek losmaken. Zonder onze zoen te onderbreken, til ik mijn heupen een stukje op. Met één gebaar trekt hij mijn broek over mijn billen. Hij gaat rechtop zitten, stroopt de broek van mijn benen af en helpt me uit mijn blouse. Dan blijft hij een paar seconden stil, terwijl zijn ogen me hongerig in zich opnemen. Ik trek hem terug op het bed. 'Dit is natuurlijk niet eerlijk, hè,' zeg ik. 'Jij hebt alles nog aan en ik draag alleen nog mijn ondergoed.'

'O, dat is zo opgelost.' Kikker knoopt in recordtempo zijn groene overhemd open en ontdoet zich van zijn broek en sokken, zodat hij alleen nog een donkere boxershort draagt. 'Zo beter?'

'Prima.' Ik voel niet eens iets van de spierpijn die ik ongetwijfeld moet hebben als ik schrijlings op hem ga zitten, ter hoogte van zijn heupen. Hij kreunt zachtjes als ik mijn billen heel voorzichtig heen en weer beweeg, om mijn nieuw verworven machtspositie uit te proberen. Langzaam verken ik de scherpe contouren van zijn bovenlijf. Ik kus iedere vierkante centimeter, van zijn nek tot aan het randje van zijn boxer. Zijn lijf spant zich aan als een veer, vol verwachting van wat mijn volgende beweging zal zijn. Hij laat een tijdje met zich spelen, maar dan werpt hij me met een grom van zich af. Met één beweging klikt hij mijn beha open. Ik voel me bevrijd als de bandjes van mijn schouders glijden. De eerste seconden kijkt hij alleen. Het lijken wel uren. Dan, na een eindeloos uitgerekt moment, raakt hij me aan. Ik snak naar adem. Al mijn zenuwuiteinden staan op scherp. Zelfs het gevoel van zijn adem op mijn huid drijft me al bijna over het randje. Hij leunt voorzichtig voorover om me te zoenen, maar ik trek hem in één beweging boven op me. Hij kijkt me hulpeloos aan. 'Lucy, je maakt me gek,' fluistert hij met een jagende ademhaling in mijn oor. Ik voel zijn naakte huid op die van mij en huiver van begeerte. Een diep verlangen maakt zich van me meester. Met mijn vingers klauw ik naar zijn boxer. Hoeveel keer heb ik de kleren van zijn lijf willen scheuren? Ontelbaar vaak. Nu lijkt me het perfecte moment om die wens in vervulling te laten gaan. Mijn nagels krassen langs zijn billen terwijl ik de boxer eroverheen duw. Hij helpt me en trekt zijn laatste kledingstuk uit. Ik waag stiekem een blik naar beneden en hap naar adem.

Hij trekt plagerig een wenkbrauw op. 'Beetje ongeduldig?'

'Ik wil niet meer wachten.' Ik herken deze hese stem bijna niet als de mijne.

Die woorden ontketenen iets in hem; ik zie het in zijn ogen. Met één beweging trekt hij mijn kanten hipster aan flarden. Hij schrikt van zijn eigen heftigheid en stamelt: 'O, sorry. Ik wilde hem niet slopen...', maar ik mompel met mijn lippen tegen de zijne: 'Ik heb honderdduizend onderbroekjes en je mag ze allemaal kapotscheuren, als je nu maar met me vrijt.'

Hij kust me en zijn hand glijdt naar beneden, naar de plek waar nog nooit een jongen is geweest. Hij streelt me zachtjes, tot iedere vierkante millimeter van mijn lichaam tintelt. Dan spreidt hij me open als de partjes van een mandarijntje. Hij kijkt diep in mijn ogen terwijl hij zich in me laat glijden. Een zacht piepgeluidje ontsnapt aan mijn lippen, veroorzaakt door de zoete, branderige, heerlijke pijn die door me heen schiet. Hij stopt en trekt zich een stukje terug. Het voelt alsof hij een deel van mij met zich meeneemt. 'Doet het zeer?' vraagt hij gealarmeerd.

Ik schud heftig mijn hoofd. 'Ga door,' smeek ik. 'Alsjeblieft.'

Zachtjes geeft hij gehoor aan mijn verzoek. Ik kantel mijn heupen voorzichtig en kom hem tegemoet. Iedere centimeter die we dichter bij elkaar komen brengt een andere sensatie met zich mee, totdat zijn buik de mijne raakt. Ik sluit mijn ogen en probeer mijn gevoelens op een rijtje te zetten. Ik voel zoveel dat het bijna ondraaglijk is. Voordat ik mezelf weer in de hand heb, trekt hij zich een stukje terug, waarna hij zich met iets meer kracht dan net weer laat zakken. Ik hap naar adem en slaak een kreet. 'O!'

Iedere beweging is iets minder voorzichtig dan de vorige. Waar het gevoel eerst voor de helft uit pijn en voor de helft uit genot bestond, voel ik me nu alleen maar overdonderd. Zachtjes duwen verandert langzaam in stoten. Ik heb geen controle meer over mijn ademhaling, over wat mijn lichaam doet en over de geluiden die mijn stembanden maken. Kikker blijft me de hele tijd bestuderen. Een gefascineerd lachje speelt om zijn mond.

'Wat is er?' vraag ik, tussen mijn hortende en stotende ademteugen door.

'Je bent zo mooi,' mompelt hij. Ik ben blij om te horen dat hij zijn ademhaling ook niet meer onder controle heeft. 'Je straalt.'

En dan steekt hij me in brand.

Ik sluit mijn ogen en laat me overspoelen door de golven van on-bekend genot. Kikker begraaft zijn gezicht in mijn haar. Ik voel de spieren in zijn hele lijf spannen. Wat er gebeurt weet ik niet precies, maar het is alsof hij ergens diep in mijn binnenste de pin uit een gra-naat trekt. Ik schrik ervan, dat onvermijdelijke gevoel dat ik uit el-kaar rafel. Het restje zelfcontrole dat ik nog had, glipt als zand door mijn vingers. Er is geen terugkeer mogelijk. Dan voel ik hoe ik me als een oester om hem heen klem, hulpeloos en op zoek naar adem. Kikker richt zich op en kijkt me diep in mijn ogen. Hij siddert, zijn kaak verstrakt. Mijn hele lichaam trekt schokkend naar één punt diep in mijn onderbuik toe. Ik sper mijn ogen open.

Kikker laat voorzichtig zijn gewicht weer op mijn lijf neerko-men. De druk van zijn lichaam op het mijne doet me goed. Ik laat langzaam mijn ingehouden adem ontsnappen.

We kijken elkaar een tijdlang aan zonder iets te zeggen. Ik wil wakker blijven en eeuwig naar zijn gezicht staren, maar de slaap overmant me. De lange dag vol emoties eist zijn tol. Kikker trekt de dekens over ons heen. Ik rol op mijn zij. Hij vouwt zijn armen om me heen. Het gevoel van zijn warme lijf tegen mijn rug sust me in slaap. Kikker fluistert zachtjes: 'Welterusten, prinses.'

34

Onnodig om te zeggen, maar de zondag brengen we grotendeels in bed door. We vrijen, slapen, eten, vrijen weer, gaan samen douchen en belanden daarna toch weer in bed.

'Ik wil je graag mee uit eten nemen en onwijs met je pronken,' zegt Kikker, terwijl hij zijn wijsvinger tergend langzaam omhoog laat glijden over mijn buik. 'Maar nu kan ik nog niet lang genoeg van je afblijven om het tot aan het hoofdgerecht te halen.'

Ik grinnik. 'Zullen we dan maar gewoon een pizza in de oven doen?'

'Kan ik je zo lang alleen laten?'

'Je kunt kiezen. Of je maakt nu een pizza, of ik eet jou op.'

Hij laat zich bereidwillig achterovervallen. 'Met welk stukje begin je?'

Alles behalve dit bed lijkt ineens heel ver van me af te staan. Kikkers slaapkamer is veranderd in een klein universum waarbinnen plotseling het belangrijkste deel van mijn leven zich afspeelt.

De maandagochtend dient zich veel te snel aan. We hebben allebei belangrijke colleges, die mogen we niet missen. Onder de douche wankelt ons vaste voornemen om naar college te gaan even, maar we besluiten toch door te zetten. Bovendien moet ik toch een kéér langs mijn kamer in de stad om een nieuwe lading kleding op te halen.

Ik fiets fluitend door de warme voorjaarszon naar college. Ik probeer niet te veel te bewegen op het zadel, want ik ben ietwat overgevoelig geworden van de seksmarathon dit weekend. Het is natuurlijk ook een hele omschakeling, van nooit naar ineens meerdere keren per dag. Ik hoop dat dat beurse gevoel snel weggaat, want tijdens college heb ik het idee dat iedereen het gigantische bord met knipperende neonletters op mijn voorhoofd kan lezen: IK BEN ONTMAAGD!

Ferdi werpt me in het voorbijgaan een steelse blik toe. 'Heb je gloeilampjes gegeten als ontbijt?'

Ik doe alsof ik hem niet hoor en sla een bladzijde in mijn notitieblok om.

Halverwege het college begint mijn mobiel te trillen. Ik kijk op het scherm en zie dat Abby me belt. Na een paar seconden aarzelen besluit ik om haar naar de voicemail te laten gaan. Ik luister straks haar boodschap wel af.

Als ik later door de gang op weg naar buiten ben, zwaai ik naar Paul. Hij heeft de deur van zijn kamertje openstaan en wuift enthousiast terug. 'Tot morgen,' roept hij.

Ik fiets langs het huis van Ferdi om een paar luchtige zomerjurkjes en nieuw ondergoed op te halen. Gisteren heb ik in Kikkers boxer en badjas rondgelopen, die paar keer dat ik zijn kamer uit moest voor iets noodzakelijks als een wc-bezoekje, maar ik moet zeggen dat het ook wel fijn is om mijn eigen kleding gewoon aan te trekken.

We komen tegelijkertijd aan bij Het Fort. Hij heeft een doos vol boodschappen onder zijn arm geklemd. 'Dag prinses.' Er dansen lichtjes in zijn groene ogen als hij me naar zich toetrekt met zijn vrije arm. Tijdens onze kus glimlach ik tegen zijn lippen aan. 'Hier kan ik wel aan wennen.'

'Zullen we even pauze nemen?' Paul kijkt de tafel rond met zijn blije babyface. Ik voel een gênant steekje van opwinding in mijn onderbuik, omdat Kikker gisteravond precies hetzelfde tegen me zei. Alleen was de setting toen iets, eh, naakter.

'Goed plan.' De docent psychofysiologie rekt zich uit, waarbij zijn toupetje bijna van zijn hoofd valt. Hij kijkt snel om zich heen om te zien of niemand dat gezien heeft. Ik kijk beleefd de andere kant op.

'Dus, wat vind je er tot dusver van?' vraagt Paul me, terwijl we naar de tafel vol broodjes koersen.

'Interessant,' antwoord ik naar waarheid. Ik kan nog steeds amper geloven dat deze docenten mijn mening waardevol vinden. Ik denk na over hoe ik dat onder woorden kan brengen, maar dan gaat mijn mobiel. 'Je bent mijn droom, mijn doel, de liefde van mijn leven,' zingt Kikker over de beat van De Jeugd Van Tegenwoordig heen. Ik kijk op het schermpje en verontschuldig me bij Paul. Dan neem ik op.

'Lucy, ik heb een probleem, en jij bent de enige die me kan helpen,' brandt Abby meteen los. 'Heb je iets te doen?'

'Ja, ik zit nu bij de vakevaluatie,' zeg ik, maar Abby snijdt me de pas af.

'Want ik zit dus echt ontzettend omhoog hier!' Ze klinkt wanhopig. 'De visagiste is ziek, dus de shoot kan niet doorgaan. En de vervangster heeft vandaag een begrafenis, dus die kan ook niet. Dus kun jij hierheen komen?'

'Je covershoot! Is die vandaag?'

Abby zucht. 'Dit is de kans van mijn leven, maar nu kan het niet. We kunnen het niet verzetten, want de fotograaf moet de hele wereld over en hij was toevallig vandaag in Amsterdam...'

'Amsterdam,' echo ik. Shit. Natuurlijk zijn ze niet in Enschede.

'Kun je komen, Lucy?' smeekt Abby. 'Alsjeblieft. Als jij niet kan, gaat de shoot niet door.'

Ik twijfel. 'Zoals ik al zei, ik zit nu bij een vakevaluatie... Maar ik kan hierna wel jouw kant opkomen...'

'Dan ben je er pas over vier uur, zeker?'

'Ja, dat vrees ik wel,' zucht ik.

Ik zie bijna hoe Abby haar gezicht in haar handen begraaft. 'Nee, dat gaat niet lukken. Als je nu weggaat, zou het nog kunnen, maar anders heeft het geen zin meer.'

'O, fuck!' zeg ik gefrustreerd, waarna ik geschrokken mijn hand voor mijn mond sla en om me heen gluur op een manier die doet vermoeden dat mijn toupetje ook net van mijn hoofd is gevallen. Op zachtere toon ga ik verder: 'Ik moet er heel even over nadenken, oké, Abby?'

'Héél even, hoor,' zegt ze dwingend. 'Ik kan me niet veroorloven om heel lang te wachten.'

'Oké,' beloof ik.

'Héél even,' herhaalt ze voordat ze ophangt.

Ik laat mijn mobiel zakken en kijk om me heen. De docenten hebben zich bijna allemaal verzameld rond de tafel met broodjes. Alleen Paul staat in mijn buurt. 'Gaat het?' informeert hij.

'Ja,' zeg ik verstrooid. 'Of nee, toch niet, eigenlijk.'

Zijn blauwe ogen lichten bezorgd op. 'Is er een probleem?'

'Soort van...' Ik haal mijn hand door mijn haar. Wat moet ik doen? Ik kan hier toch niet zomaar wegrennen? Maar ik kan zo'n gigantische visagiekans ook niet laten schieten.

'Wil je erover praten?'

'Het is heel stom,' waarschuw ik hem.

Paul kijkt me geruststellend aan. 'Waarom geloof ik daar toch niets van?'

'Een vriendin van me is model,' begin ik. 'Ze is nu in Amsterdam voor een covershoot voor een groot fashionmagazine. En nu is de visagist ziek, dus vraagt die vriendin of ik haar kom opmaken...'

'... maar jij voelt je verplicht om de vakevaluatie af te maken voordat je dat doet,' vult Paul me aan. 'En als je dat zou doen, zou je te laat in Amsterdam zijn.'

Ik knik hulpeloos.

'Als er niets van af zou hangen, wat zou je dan kiezen?' vraagt hij rustig.

'Maar dat is het probleem juist,' werp ik tegen. 'Er hangt heel veel van af!'

'Dat weet ik. Maar stel dat je met niemand afspraken had gemaakt. Dat je niet met een stel oude mannen in een muf kantoor zat en dat er geen wanhopige vriendin in Amsterdam op je zat te wachten.' Hij trekt een wenkbrauw op. 'Wat zou je dan doen?'

Ik kijk hem zwijgend aan. Mijn hersenen maken overuren. Als er niets van afhing. Als ik helemaal zelf mocht kiezen. Wat zou ik dan doen?

Dan vervolgt hij: 'Je hoeft niet te kiezen tussen je studie en je hobby. Het kan ook naast elkaar.'

'Hoe bedoel je?' vraag ik verward.

Met een geduldige glimlach antwoordt hij: 'Ik bedoel dat we nu iemand anders kunnen bellen om de vakevaluatie mee af te maken, zodat jij naar Amsterdam kunt.' Hij kijkt op zijn horloge. 'Ik geloof dat de volgende trein over twintig minuten vertrekt. Die moet je nog kunnen halen.'

'Ik heb een cadeautje voor je.' Mijn vader komt de keuken van mijn ouderlijk huis inlopen, waar ik Marloes op slinkse wijze aan een kruisverhoor onderwerp. Ik heb het vermoeden dat ze een vriendje heeft, maar ze heeft tot nu toe alleen nog maar per ongeluk dingen losgelaten.

'Voor mij?' vraag ik verbaasd.

Als antwoord laat pap een dik glossy magazine op tafel vallen. Even weet ik niet wat ik ermee moet, maar dan herken ik Abby op de cover. Ik wapper met mijn handen. 'O wauw! Ik wist niet dat hij al in de winkel lag!'

'Ik hou het al de hele week in de gaten. Het is niet elke dag dat je dochter zomaar even de voorkant van Nederlands grootste mode-magazine haalt,' zegt pap trots.

'En dat ze daarvoor een vakevaluatie laat schieten,' voegt mam er wat zuur aan toe.

'Ik vind dat je de goede keuze hebt gemaakt,' zegt Marloes. Ze trekt het magazine naar zich toe en bewondert de voorkant. 'Prachtige foto. Wat is dat gaaf, met dat zilver bij haar ogen!'

'Jij draagt trouwens ook mooie oogschaduw,' merk ik op.

'Dank je.' Marloes grijnst. 'Eergisteren gekocht.'

'Zie je wel dat je een vriendje hebt,' zeg ik.

Marloes rolt met haar ogen. 'Lucifer, als je nu je kop niet houdt over dat zogenaamde vriendje, dan vraag ik of Fokje op je jas komt pissen.'

Ik grijns naar mijn zusje. 'Oké, oké. Ik zal er niks meer over zeggen.'

Sinds haar groeispurt hebben haar klasgenoten haar ineens gebombardeerd tot 'interessant'. Ze verdringen zich om met haar hun tussenuren door te brengen en 's middags een beetje rond te hangen in de stad.

Mijn mobiel piept ten teken dat ik een sms heb.

Wauw, dat opblaasbadje was echt een fantastisch idee van je. Ben zo blij dat je weer in Het Fort woont.

Met een vrolijk gevoel in mijn buik stuur ik terug: **Ik ook! Wel sneu voor Veronique. Zijn jullie helemaal alleen thuis?**

Hermelien reageert binnen een halve minuut. **Ach, die vindt met dat leuke smoeltje zo een andere kamer. Ja, alleen thuis. Proberen nu in zo veel mogelijk kamers seks te hebben. Wist je trouwens dat jouw deur niet op slot is? Fijne vakantie!**

Ik rimpel mijn neus en leg mijn mobiel snel op tafel. Hermelien is een lieve schat, maar ik wil me echt niet te veel voorstellen bij de fysieke relatie tussen haar en Paladin. Hoewel hij tegenwoordig zijn tanden poetst, naar de kapper is geweest en af en toe daadwerkelijk buiten komt, blijft hij voor mij altijd een beetje die vieze World of Warcraft-stinkerd.

Chris is voor een paar weken naar zijn ouders vertrokken, met het vaste voornemen om hun te vertellen dat hij homo is. 'Het zou dus zomaar kunnen dat ik over een paar dagen weer gewoon hier op de stoep sta, onterfd en wel,' probeerde hij er een grapje van te maken, maar ik zag in zijn bolle paddenogen dat hij bloednerveus was. Schijnbaar staat mijn moeders collega niet echt te springen bij het idee dat zijn zoon op jongens valt – wat ik nogal bekrompen vind, maar goed.

Chewy heeft inmiddels zijn laatste chemo gehad. De dokter bracht hem een voorzichtig goednieuwsgesprek, waarin hij vertelde dat hij hoopte dat hij Chewy na de laatste onderzoeken helemaal schoon kon verklaren. Ik heb even stiekem van opluchting tegen Kikkers schouder gehuild toen ik het goede nieuws hoorde.

De bel gaat. Mijn hart maakt een sprongetje van enthousiasme en ik sprint naar de voordeur. 'Hoi,' zeg ik ademloos als ik opendoe.

'Dag prinses,' zegt Kikker. 'Ik heb een cadeautje voor je.' Hij steekt het magazine naar me uit.

'O, mooi,' zeg ik. Aan zijn arm trek ik hem mee de woonkamer in. 'Eentje voor bij mijn verzameling.'

'Hè jammer, ik dacht dat ik de eerste was.' Hij knikt naar mijn familie. 'Dag meneer Luijcx. Dag mevrouw Luijcx. Hoi Moes.'

'Dag Olivier,' glundert mijn moeder. Ze mag mijn keuzes dan meestal afkeuren, mijn smaak in vriendjes kan schijnbaar wel door de beugel.

Mijn mobiel trilt. Meteen nadat ik heb opgenomen, word ik bedolven onder een lawine van Abby's oerkreten. 'Heb je het gezien? Hij ligt al in de winkel! Ik ben beroemd! Jij bent beroemd! Wij zijn beroemd!'

Ik lach. 'Ja, ja, ik heb het gezien.'

'Hoe kun je dan nog zo rustig zijn? Tering, Lucy, dit is zo gaaf! Ik ben net gebeld door een New Yorks modellenbureau, of ze me mochten inzetten bij een *high fashion shoot*,' toetert Abby. Mijn mond valt open. Ze haalt diep adem en gaat in volle vaart verder: 'Ik zal het nog even voor je herhalen, voor het geval de verbinding even wegviel of zo. IK GA NAAR NEW YORK!'

'Wauw! Dat is echt heel stoer,' zeg ik bewonderend. 'Gefeliciteerd, zeg.'

'Ja! Ik ga nu verder met dansjes door de kamer doen en mijn scharrel opbellen voor een euforisch overwinnaarswipje. Ga jij maar lekker zeilen, ouwe dekslet!'

Met een grijns hang ik op.

'Aan het aantal decibellen te horen was dat Abby,' merkt Kikker op.

'Ja. Ze mag naar New York voor een fotoshoot,' vat ik het chaotische telefoontje samen.

'Supertof! Ik wil later denk ik ook model worden,' zegt Marloes. 'Ik heb tenslotte al een visagist in de familie.'

'Ik heb de opleiding nog niet eens afgerond, hè,' help ik haar herinneren.

'Nee, maar je bent al goed genoeg,' werpt ze tegen.

Nadat ik glansrijk mijn propedeuse had gehaald, besloot ik dat dromen er zijn om nagejaagd te worden. Ik ben niet te beroerd om te studeren omdat mijn ouders dat willen, maar ik wil niet oud worden in de wetenschap dat ik alleen maar andermans droom heb geleefd. Daarom begin ik in de herfst met een opleiding visagie naast mijn studie. Iedere zaterdag ga ik naar Amsterdam om daar de fijne kneepjes van het vak te leren.

Maar eerst ga ik zeilen. Kikker vroeg vorige week ineens of ik zin had om met hem mee te gaan, want hij voelde er maar weinig voor om mij drie weken alleen te laten en in zijn eentje over de Friese meren te dobberen. Natuurlijk wilde ik dat! Ik bedoel, ik kan niet zeilen, maar dat heb ik vast zo geleerd. En anders volg ik Abby's advies wel op en ga ik gewoon mooi liggen wezen op het dek.

'Goed, nu mijn cadeautje geen succes bleek, kan ik je alleen nog maar een ritje naar Grou aanbieden,' zegt Kikker.

'Dat moet dan maar,' zucht ik quasiverveeld.

'Ja, bij gebrek aan beter,' zegt Marloes.

'Volgend jaar mag je mee,' belooft Kikker, die haar gedachten leest. 'Nu is er toch niets aan voor jou, want we gaan alleen maar heel klef en verliefd doen.'

'Dan gaan jullie zeker weer vies staan zoenen waar iedereen bij is.'

'Wat?' vraagt mijn vader gealarmeerd.

'Nou, tot over drie weken,' roep ik snel, terwijl ik Kikker voor me uit de gang induw. 'Geniet van de rust!'

De zon schittert over het water en de wolken drijven loom als witte watjes door de blauwe lucht. We dobberen midden op het Pikmeer. Ik hoor de meeuwen krijsen en de waterkipjes piepen. Af en toe blaast een zacht briesje over mijn blote huid. Naast me voel ik Kikkers arm en onder mijn rug het door de zon verwarmde gelakte hout van de zestienkwadraat zeilboot. Ik probeer me te concentreren op mijn boek, maar de fysieke aanwezigheid van een blonde god van twee meter lang doet dingen met mijn concentratievermogen. Dingen die ervoor zorgen dat ik na een halfuur nog steeds op de eerste bladzijde ben. Ik gluur over mijn zonnebril opzij. Zijn door de zon gebleekte haar hangt in zijn gezicht, maar dat deert hem niet. Hij schrijft een nieuwe songtekst – dit is al de derde vandaag. *Oneindig*, heeft hij boven aan het velletje gekrabbeld. Ik reik naar mijn glas cola, dat aan de buitenkant is bedekt met een laagje condens. Met mijn vingertop schrijf ik erop:

$I \heartsuit U \infty$

Ik stoot hem aan en wijs op mijn glas. Hij leest mijn boodschap met een zacht glimlachje om zijn mond. Dan schrijft hij eronder:

$I \heartsuit U x (x > \infty)$

'Voor iemand die een logische studie doet, geef je geen erg logisch onderbouwde liefdesverklaringen,' merk ik plagerig op.

'Ik begin steeds meer te voelen voor die vrouwenlogica van jou,' zegt hij.

Ik grijns en citeer Paladins woorden: 'Er is maar één soort logica.'

In één beweging rolt Kikker zijn warme, gespierde lichaam boven op me. Ik zie alleen nog maar zijn felgroene ogen in zijn gebruinde gezicht met een paar verdwaalde sproetjes en een lachende mond. Zijn handen glijden voorzichtig over mijn lijf en ze drukken in mijn onderbuik op een aan-knopje, waarna mijn hele lichaam verlangend begint te zoemen. Met zijn lippen tegen de mijne mompelt hij: 'Wat ben je toch een nerdje.'

Dankwoord

In totaal heb ik bijna vijf jaar op de campus gewoond, maar omdat er zoveel leuke dingen zijn gebeurd voelt het als veel langer. Mijn tijd daar heeft niet alleen mijn weerstand verbeterd (zelden zoveel smerigheid in één huis gezien), maar ook mijn houding tegenover andere mensen. Dus: campusnerds, bedankt!

Hedda, bedankt dat je zo'n leuke, lieve en kundige redacteur bent en dat ik me wel aan de deadlines móét houden. Ik heb liever een kilo feedback van jou dan een kilo chocolade. Verder een bedankje voor de Sijthoffjes: Geneviève (a.k.a. Waldien), Kristel, Saskia, Majelle en iedereen die ik wel van gezicht ken, maar niet van naam. En Marieke van der Mast, hoewel je niet meer echt-echt bij het proces van mijn boeken betrokken bent (wat ik heel jammer vind), moet ik nog vaak denken aan je grote compliment. Nog een *shout-out* voor Jacky en Melissa van Chicklit.nl, niet alleen voor de supertoffe taart, maar ook voor het enthousiasme waarmee jullie je werk doen!

Zonder de nerdkennis van mijn eigen nerd Lau en de feedback van mijn trouwe proeflezeres Lisje B was ik nooit over dat 'o nee, alles is slecht en het is niet eens grappig, wat nu?!?!'-moment heen gekomen. Ik ben jullie daar veel dank en sushi voor verschuldigd. Anne, bedankt voor de peptalks, dikke draak (en bedankt dat ik je in mijn tweede dankwoord gewoon ook Annus mag noemen). Lysanne, bedankt dat je inmiddels zo'n beetje mijn persoonlijke pr-dame en Nummer 1000 bent. En *thanks a million* voor de namen van al die rare drankjes en gekke uitdrukkingen. Ik weet dat Paardenkutten en Slipspoortjes alleen bij Albertus worden gedronken, maar we doen even alsof ze het in de Drie ook kennen. Gewoon, omdat ik de schrijfster ben. Arnoud, bedankt voor de kerstjurk en voor die goede opmerking waarvan ik heb beloofd dat ik niet zou vertellen dat die eigenlijk over jou ging. Caro, bedankt voor het adje frituurvet. Ook een speciaal bedankje voor *Viva*-toppers Danja en Kelly, die het lachend door de vingers zagen toen ik mijn blog straal vergeten was te schrijven omdat ik in mijn ondoordringbare *Verkikkerd*-cocon zat.

Andere mensen die verantwoordelijk zijn voor de voltooiing van *Verkikkerd*: mam, omdat je om het slechtste grapje in het boek het hardst moest lachen; pap, omdat je met een grijns de nieuwe plotontwikkelingen volgde; Frank, omdat je *Glazuur* inmiddels uit hebt; John en Ank, jullie zijn je gewicht in goud waard; en natuurlijk mijn opa en oma Retteketet, omdat jullie zulke lieverds zijn.

En natuurlijk, last but not least, wil ik jóú bedanken. Jij, die dit boek in je handen hebt! Of je het nu hebt gekocht, geleend of gestolen (hoewel, dat laatste natuurlijk liever niet), ik vind het fijn dat je *Verkikkerd* gelezen hebt. Ik hoop dat je er veel plezier aan hebt beleefd. Het is amper te bevatten hoeveel leuke en blije reacties ik dagelijks ontvang sinds *Glazuur* is uitgekomen. Ik beloof dat als ik ooit bestsellerauteur word, ik iedere lezer persoonlijk kom knuffelen als bedankje. Jullie zijn geweldig!

Liefs,
Lis

Scan de QR-code en lees het korte verhaal
Pizzageur & Maneschijn van Lisette Jonkman!

Lees ook van Lisette Jonkman:

GLAZUUR

Sophie baalt van haar nietige baantje bij het grote reclamebureau CopyBlinders. Dat haar vroegere beste vriendin Karlin haar baas is geworden en een relatie heeft met Sophies grote liefde Rein, helpt ook niet mee.

Als Sophie voor de zoveelste keer vernederd wordt, is de maat vol: ze neemt het heft in eigen handen. Hou je vast!